ཉིང་ཁྲིའི་ས་ཁོངས་རིག་གནས་དཔེ་ཚོགས།

ཉིང་ཁྲིའི་ས་ཁོངས་རིག་གནས་དཔེ་ཚོགས།
林芝区域文化丛书

林芝民间故事

主 编 普布多吉 副主编 索 确

上卷

人民出版社

图书在版编目（CIP）数据

林芝民间故事（全二卷）/ 普布多吉 主编 . —北京：人民出版社，2017.1
（林芝区域文化丛书）
ISBN 978 - 7 - 01 - 016975 - 0

I. ①林…　II. ①普…　III. ①民间故事 - 作品集 - 林芝地区　IV. ① I277.3

中国版本图书馆 CIP 数据核字（2016）第 282955 号

林芝民间故事

（全二卷）

LINZHI MINJIAN GUSHI

主编：普布多吉　　副主编：索确

组　　稿：任　超　于　青
执　　行：侯俊智
责任编辑：侯　春　史　伟
装帧设计：宁成春
美术编辑：肖　辉
责任校对：任　教
责任印制：孙亚澎
出　　品：图典分社
出版发行：人 民 出 版 社
经　　销：新华书店
邮　　购：人民东方图书销售中心（电话：010–65250042、65289539）
印　　刷：北京雅昌艺术印刷有限公司
版　　次：2017 年 1 月第 1 版　2017 年 1 月北京第 1 次印刷
开　　本：710 毫米 ×1000 毫米　1/16
印　　张：49.25
彩色插页：4
字　　数：670 千字
定　　价：133.00 元

虔诚（普多／摄）

与林芝民间故事中许多传说有关的南迦巴瓦峰（普多／摄）

林芝民间童话故事中描写的生死沙山（普多／摄）

林芝民间传说中的松宗东曲三姐妹化身山（扎西多吉／摄）

林芝民间故事
《贪心的猎人》发生地
——悬崖
（普多／摄）

林芝民间传说中，文成公主进藏时路过的角罗沟（普多／摄）

与林芝民间故事中苯教创始人顿巴辛绕·米沃切有关的尼池柏树及尼池拉康（普多／摄）

林芝民间故事中描写的魔鬼冰洞

（普多／摄）

林芝民间故事中描写的秘境
白玛圭的瀑布（普多／摄）

林芝民间故事中达大山泉形成的湖泊（扎洛／摄）

在林芝，每一座山、每一块石头、每一棵树都有自己的故事（普多／摄）

藏族群众在野外讲述民间故事（普多／摄）

格萨尔王的故事被搬上民间舞台（尼玛／摄）

林芝民间故事《猎人与熊》被搬上舞台（普多／摄）

《林芝民间故事》编撰人员深入基层，采录第一手资料（普多／摄）

《林芝民间故事》编撰人员深入群众，收集精彩传说（嘎玛／摄）

总　序

白玛朗杰

（中国人民政治协商会议西藏自治区委员会副主席兼
西藏自治区社会科学院院长）

　　盛世修书，传承文明，惠泽世人。在全国上下推进社会主义文化大发展、大繁荣的大好形势下，林芝市委、市政府为挖掘文化资源，提升林芝的文化软实力，于2014年启动《林芝区域文化丛书》（以下简称《丛书》）编撰工作，涉及8个方面，藏、汉文共计16部，即《林芝史话》《林芝当代历史变迁》《林芝民间故事》《林芝民歌精选》《林芝名胜古迹》《林芝山水文化》《林芝民俗文化》《林芝地名历史文化释义》。林芝举全市之力，聚多方之智，融史料之精，五易其稿，始成此书。这是林芝文化事业发展中的一件大事，足以载入史册。特表祝贺！

　　林芝物华天宝，人杰地灵。工布文化独具特色，源远流长。我曾有幸在兹耕耘数年，一直以来不敢淡忘。《丛书》面世，凝结了全体编撰人员的万千心血：足行千里，书翻万卷，伏案耕耘，殚精竭虑。这种对历史负责、对人民负责、对事业负责、对后人负责的精神，当与《丛书》同存。在《丛书》编撰过程中，西藏自治区社科院有幸参与其中，能为《丛书》编撰略尽绵薄，甚感宽慰。

　　用马克思主义观点认识林芝、研究林芝，功在当代，利在千秋；

保护林芝文化精粹，传承林芝文化优点，繁荣林芝文化发展，责无旁贷，义不容辞。

《丛书》是一面棱镜，全方位、多角度透视林芝的历史、文化、社会、政治、经济等各个层面，为世人认知林芝提供了系统、科学、准确的资料。同时，《丛书》中有关革命传统、爱国主义等内容，将对推动社会主义核心价值观教育产生积极影响。

愿《丛书》为认识过去、服务现在、展望未来发挥更大作用！

目 录

（上卷）

第一章　神话故事

第二章 传 说

第三章　动物故事

《林芝民间故事》编辑室

主　编　普布多吉

副主编　索　确

编　辑　丹　　增（林芝市朗县）

　　　　曲尼多吉　次旦曲吉

　　　　次仁旦珍

摄　影　普布多吉

插　图　扎西泽登（林芝市波密县农民）

　　　　白玛层培（林芝市波密县农民）

　　　　陈秋丹　江　　村　索朗次旺

　　　　扎西平措　张　晓飞

*

《林芝民间故事》（藏文版）审定人员
（以下审定人员按汉语拼音字母顺序排序）

　　　　次　　洛　次仁扎西

　　　　丹　　增（林芝市朗县）德　　吉

　　　　德　　庆　平措拉姆　普布多吉

　　　　索朗旦增　扎西洛布

*

《林芝民间故事》翻译（藏译汉）人员

班　　丹　扎西多吉　土旦培杰　阎生权

前　言

藏族是具有悠久历史和丰富文化的民族之一。在创造和发展中华民族光辉灿烂的文化过程中，勤劳、勇敢、智慧的藏族人民，凭借着自己的聪明才智，做出了许许多多不可磨灭的贡献，特别是在民间文学方面留下了种类繁多、内容丰富、堪与珍贵宝藏媲美的遗产。

民间文学，可以说是一切文学的基础或母体。它源自广大劳动人民的智慧，是广大劳动人民共同创作、加工、传承和发展起来的一种文学形式。

作为民间文学重要组成部分的民间故事，由人们口口相传，并通过现实与虚构、写实与夸张、繁杂与简略等相交相融的手法，反映广大劳动人民的意愿、梦想、苦乐、境遇、爱憎、审美等。它就像一本厚实的史籍一样，可以从中窥见各民族、各地区的文化根基、思维方式、风土人情等历史的影子，并俨然以肥沃的土地，给各族人民以无尽的文学和艺术滋养。

马克思说：民族的，也是世界的。发展民族文化，必须坚持批判与继承的方针，做到文化自省；在自省的前提下，提升文化自信。西藏的民族文化，由于历史和自然的原因，具有丰富多彩的内容，但更重要的是祖先们留给我们宝贵而丰富的精神财富。如诞生于"人类儿童时期"的神话，是藏民族向天的叩向、对世界本原的思索，有图腾崇拜，也有英雄赞歌，充分体现了藏民族的聪明智慧和探索精神。

第五世达赖喇嘛阿旺罗桑嘉措所著《西藏王臣记》所载："恰赤，又称布德贡杰（约公元前 2 世纪）……在其当政期间，出现了'仲'

（神话故事）、'德吾'（谜语）以及'神苯大辛（苯教）'。"此书还记载道："整整二十七朝，依据'仲'、'德吾'以及'苯'三者治理朝政。"这表明，早在西藏第八代王朝，即约公元前2世纪，民间故事便已得到了很大发展，并且成为执政者的工具。西藏的民间文化是世界文学宝库中的一颗灿烂宝石，也是中华文学百花园中的艳丽奇葩，我们有充分的文化自信。

2014年，林芝地委、行署决定成立专门班子编辑出版《林芝区域文化丛书》。这既是贯彻执行党中央提出的推动社会主义文化大发展大繁荣战略的需要，也是提升文化自信、实现文化自觉的需要。

《林芝区域文化丛书》总编辑室，分设7个编写小组，调动人力、物力、财力，利用3年时间，集中力量，编辑由8个方面内容组成的藏、汉《林芝区域文化丛书》。《林芝民间故事》编辑部按照丛书编委会和总编室的安排及要求，坚定树立对历史负责、对事业负责、对子孙后代负责的思想，克服种种困难，抓紧时间，奋发勤勉，专程赴林芝全市7个区县，一方面实地采访谙熟民间故事的老人，另一方面动员、调动一切可以动员、调动的力量，认真进行收集、整理和编辑工作。

收入本书的在林芝地区广为流传的诸多民间故事，按照现在的民间故事分类法分为6种，即：将"人类儿童时期"的、追问世界本原的民间故事归类为神话故事；将具有一定历史真实性或可作为历史剪影的民间故事归类为传说；将以虚拟形式表现动物与动物之间和动物与人之间的关系，也就是反映社会关系和人与人之间关系的民间故事归类为动物故事；将以少年儿童为故事人物主体或以少年儿童作为故事传述对象，或者对少年儿童教育具有重大意义的民间故事归类为童话故事；将不掺杂丝毫神话成分或掺杂量极少，具有很强现实意义的民间故事归类为生活故事；将以很小篇幅，简明扼要地对人们的某些缺点和愚蠢的做法进行讽刺，或者以娱乐、逗笑为主的民间故事归类为幽默故事。另外，对每个民间故事的收集地和隶属民族，在故事标题下用括号作了说明。

故事的选择，主要以能给读者传递正能量为标准，但由于我们的水平有限，以及林芝市抢救、搜集民间故事工作起步较晚等主、客观原因，未能做到使林芝全市的民间故事收集齐全、特点凸显。《林芝区域文化丛书·林芝民间故事》一书藏文版编撰完成后，聘请了班丹、扎西多吉、土旦培杰和阎生权等藏、汉翻译人员，将藏文稿件翻译成汉文。现在，该书与广大读者正式见面了。

　　另外，由于受到历史和时代的局限，民间故事中掺杂了一些神、鬼、妖以及宿命、因果报应等内容。为了凸显历史的踪迹和民间文学的特征，我们在编辑时仍保留了它们的原貌。对此，广大读者在阅读时加以正确取舍显得极为重要。

　　文化建设的目的，一方面是增强文化软实力，实现文化自强；另一方面，要为提升经济硬实力服务。基于上述认识，若是本书能为林芝全市乃至整个藏民族进行文化自省、提升文化自信、实现文化自觉、达到文化自强作出一点微薄的贡献，那是我们所热望的。

　　总之，书中缺点、错误在所难免，衷心祈望有识之士特别是专家学者不吝赐教。

普布多吉

2016 年 10 月 1 日于林芝

第一章 神话故事

什么是神话故事？

神话故事是人类最早的幻想性口头文学作品，是人类童年时期的产物，是文学的先河。神话产生的基础，是远古时代生产力水平低下和人们为争取生存而产生认识自然、支配自然的积极要求。

神话有三个特点：第一，必须是人类幼年时期的故事，多为"英雄史诗"；第二，神话必须是单一事件，人物是特定的，也就是创世纪时期的那些神灵；第三，传述者对所述内容信以为真。

产生在雪域高原林芝地区的神话，具有鲜明的地域特征和民族特征，是祖国乃至世界文学百花园中的一枝奇葩。

粮食和看门狗

（波密县）

传说在人类的幼年时期，人们是不用进行耕地、施肥、浇水等农业生产活动，就能坐享其成、享用粮食的。

粮食的种子来自于天帝的赐予。那时，每到春季，天帝仅将一粒种子掷向凡尘，便会芽发四野、麦浪飘香。那时的麦株体形高大，有8岁的小孩那么高；一枝麦株上有许多麦穗，像藤蔓一样节节分枝；麦子的籽实也大，大小与红嘴鸥的蛋相当。人们根本不用为吃饭操心。

粮食的丰足引发了人们不尚节俭的恶习，他们不仅不知道节约粮食，而且还蓄意糟蹋粮食。有的人将饼子当飞碟，进行体育游戏；有的人将糌粑砣砣放在"乌朵"（一种放牧工具）上，当作石子投掷；更有甚者，将糌粑面当作手纸，擦拭小孩大便后的肛门。

情况传到天帝那里，天帝十分震怒，决定好好教训一下不辨善恶的人类。一天，天帝手持宝剑，腾云驾雾，降临人间。上帝挥动宝剑，将麦子割伐殆尽，然后准备起身返回天庭。

看门狗目睹了这一切，心想：这可不是好事。今后，人间恐怕只听得见粮食这个名称而看不见这个东西了，人类的生活将如何延续呢？

想到这一点，看门狗急忙跑到天帝面前，向天帝祷告：我们狗类从未糟蹋粮食，请将余下的麦穗顶端留下来。

天帝一想，看门狗之言确有一定道理，狗确实从未糟蹋过粮食，遂起怜悯之心，把一枝麦穗的顶端留给了看门狗，然后拂袖离去。

看门狗请求上帝给人间留下一根麦穗（扎西泽登 绘）

从此，人类再也不能坐享其成、享用粮食了，必须通过辛勤的劳作才能取得收获；而现在的麦粒也变得很小了，因为现在的粮种来自古粮种的顶端部分。

通过这件事，人们改掉了不尚节俭的坏毛病，也增进了与狗的关系。如今，藏族人民对狗的喂食是一种自觉，无论家境多么贫穷，也不让狗饿肚子。这一方面是藏民族善良品性的体现，另一方面也有一种因果报应的佛教教义原因哪！

猎人误入世外桃源

（朗县）

　　很久很久以前的一天，一个猎人发现了一只野鹿，于是追捕野鹿来到一个山洞旁边。只见山洞的石门自动开启，野鹿转眼间蹦跳进去不见了。猎人赶紧将自己的猎枪放在洞门旁，毫不犹豫地跟着野鹿钻进了山洞。

　　原来，这个山洞的大门就是世外桃源的入口。猎人看到这里的人们没有生老病死的痛苦，所有人脱离了人世间的一切苦恼，过着极其美满幸福的生活。

　　一天，猎人正在念诵六字真言，当地人都好奇地问："你在念什么？为什么念这些？"猎人答道："我念诵六字真言，是为了祈祷来世投胎成为人。""所有生物在我们这里根本就没有生老病死，因此，在此地没有来世的说法。你可能是想家了。你如果非常想家可以回去，我们会帮你。"当地的人们如此劝慰他。猎人恳切地说："我非常想回到自己的故乡。"于是，当地的人们就交给他三个小小的颜色各异的布口袋，同时再三嘱咐他："红色的袋子带到了牧场之后才能打开，绿色的袋子带到了粮仓之后才能打开，白色的袋子带到了羊圈里面才能打开。"猎人记清了这些话，从山洞里出来，发现猎枪已经朽坏，于是只带了三种颜色的三个口袋回家。

　　猎人走到半路时，非常好奇布袋里面究竟装了什么东西，还没有走到牧场前，就打开了红色布袋。他看到这个布袋里装满了沙子。接

猎人误入世外桃源，过着幸福生活（扎西泽登 绘）

着，在快到粮仓之前，他又打开了绿色的布袋，布袋里面装满了小石头子。他快到家门口时又打开了白色的布袋，看到布袋里装满了草，草下面还有一些块状的小东西。猎人把这些小东西倒入了羊圈里，奇迹出现了——这些东西变成了大量的特别肥壮的山羊和绵羊。

家事既毕，猎人到村子里转悠，惊奇地发现与他年龄相仿的人都已谢世。在他还没有进入山洞之前出生的小孩，有的已经谢世；极少还在世的，也已变成了白发苍苍的老人。

随后，猎人疲惫地回到家里，在不知不觉中又睡着了。在梦乡中，他又回到了世外桃源。送给他布袋的人问他：“你是按照我们所嘱打开那些布袋的吗？”猎人将自己的所作所为一五一十地告诉了他。当地人都不约而同地惊呼：“哎呀！你怎么那么愚蠢！如果你能够按照我们所说的去做，在牧场打开红色布袋，牧场里就会出现无数的牲畜；在粮仓打开绿色布袋，就会有取之不尽的粮食；不仅如此，在羊圈里打开白色布袋，就会有数不胜数的山羊和绵羊。真是可惜呀！”

猎人明白自己做了不守信用的事，遭到了报应，非常懊悔，心中的痛楚把他从梦中惊醒了。

神赐的象牙骰子

（波密县）

很久很久以前，有一座高山，山顶是莽莽的森林，山腰是绿绿的草甸，山脚坐落着一处美丽迷人的村庄。在村庄的东头有一户非常贫穷的家庭，这户人家只有一个老奶奶和她的孙子，家里既没有田地又没有牲口，穷得家徒四壁、一无所有。在村庄的西头有一户无比富裕的商人家庭，家里也生有一个小男孩。村东头的小男孩一年十二个月三百六十五天，每天天不亮就到森林中去捡柴火，他和奶奶就靠卖柴火的收入维持生计。人们称他穷小子。村西头的小男孩则每天无所事事，到处闲逛。人们称他富少爷。

有一天，穷小子来到山谷深处森林边的山脚下，感觉有点累，就背靠着一块大石头小憩，不知不觉间进入了梦乡。当他从睡梦中醒来时，西面山峦的影子已经到了东面山峦的山腰上，树林里的鸟儿在声声回巢的叫唤声中回到各自的鸟窝里去了。夜幕降临，穷小子什么都看不见了，焦虑加上恐惧，让他大声哭喊着："奶奶！奶奶！"他奶奶自然无法回应。当他站在原地不知所措地哭泣时，突然从前方树林中的一棵枯松树洞里徐徐冒出烟雾，伴着出来一位头发和胡须白得如同海螺般的老大爷。他拄着拐棍来到穷小子身边，慈祥地问道："孩子，你为什么哭泣？"穷小子回答道："我是靠卖柴火生活的，家里还有奶奶。今天，我在这里睡到现在，如果空手回去，我和奶奶两人就没有钱买吃的东西了。"他边说边哭，哭泣声越来越大。这时，老大爷抚

神赐的象牙骰子（陈秋丹、江村 绘）

摸着穷小子的头说："你不要哭。你心地善良、劳动勤奋，所以，我把这副象牙骰子送给你。你要是能对这副骰子的威力毫不怀疑，并且不说错一句话地许三次愿，就会有三次机会，得到神赐给你所愿的东西。"老大爷说着，就把一副象牙骰子送给了他。穷小子非常高兴地回家了。还没有走进屋，他就迫不及待地把象牙骰子捧到额头上祷告道："三宝保佑，请赐给我和奶奶热腾腾、美味营养的一锅食物吧！"果然，炉灶上立刻出现了油亮的陶锅，从热气腾腾的陶锅里飘散出粥的香味。他和奶奶两人一块儿喝饱了粥后入睡了。

次日，穷小子毫不犹豫地又把象牙骰子捧到额头上，虔诚地祷告道："请三宝保佑，赐给我和奶奶比现在这个破屋子再好一点的房子吧！"只见眼前破旧的屋子立刻变成了漂亮的新房屋。随后，穷小子又祷告："请三宝保佑，赐给我和奶奶一块绿苗青青、收成好的小田地吧！"像之前一样，他刚说完就实现了。老奶奶和穷小子过上了幸福的生活，不用再去卖柴了。

此后过了几个月，富少爷听到穷小子有了新房和田地的传闻，感到非常奇怪，于是来到穷小子家问个究竟。穷小子将事情的来龙去脉原原本本、毫不隐瞒地告诉了他。

第二天，富少爷就装扮成穷人的模样，手里拿着斧头和绳子来到山谷深处的森林里，靠在山脚下的一块大石头上佯装入睡。当西面山峦的影子已经到了东面山峦的山腰间时，他便大声哭泣，可是，什么奇迹也没有发生。他一无所获，不得不空手回家。次日，他又去了森林里，如法炮制了一番，还是什么也没有见到。这样，他接连去了三天。第三天到落日西下时，终于如穷小子所言，突然从树林中的一个大树洞里伴着烟雾出来了一位老大爷。于是，富少爷比照着以前穷小子所说的话一字不漏地复述了一遍，老大爷也把一副象牙骰子送给了他，并且再三嘱咐着曾对穷小子说过的那些话。富少爷高兴得如同参加赛马得冠一样回到家里，到家时，看到自己的媳妇什么食物也没有给他准备，便生气地骂道："我带来了神赐的宝贝，你为什么不准备食物？"媳妇不相信地说道："你不要说谎。你一整天去哪里鬼混了？"他一听，恼怒地将手里的象牙骰子用力敲在堂前的桌子上，骂道："放屁！"媳妇也回骂了一句含有放屁字眼儿的脏话。没想到，转眼间，他们两口子浑身上下出现了许多黑乎乎的屁眼。他俩瞪大眼睛，狼狈地彼此看着，突然又慌忙抢着捡起象牙骰子，异口同声地喊着："不要屁眼！不要屁眼！"刚说完，他俩身上的屁眼完全消失，一个不剩，如同无口的皮囊。这时，他俩又想到，如果没有一个屁眼就无法排便，于是将象牙骰子捧到头顶祷告："三宝保佑！请发慈悲！把我们各自的屁眼赐给我们吧！"话一说完，他俩又恢复了各自先前的正常模样。除此之外，祈祷三次，什么也没有再变出来。

罗追小伙和德堆国王

（波密县）

在远古的时候，有一个士兵和百姓众多、文韬武略大臣辈出、昌盛富饶、强大无比的王国叫德堆。这个王国的国王德堆以残暴、凶恶著称。

一天，王后生了一个男孩。这个男孩相貌丑陋得像猴子，而且内心恶毒得如魔鬼。他倚仗权势作恶多端，因无人敢对付他而更加放肆。别说信仰佛教，他就连做人的起码道德也没有，对于学习知识也没有一丁点儿兴趣，是个五毒俱全的人。

在这个王国的百姓中，有一个叫罗追的男孩，在 12 岁时，父母双亲离世，成了孤儿。罗追面貌清秀，身材伟岸，非同凡响；聪明机智，心地善良，令人尊敬。

罗追的美名广为流传，最后传到了国王德堆那里。德堆想："我的儿子是富贵之子，但是相貌丑陋、不学无术，百姓都讥笑和诅咒他。相反，人们都赞誉和爱戴这个孤儿，这是一个不祥之兆。将来我死了，王子又没有治国本领，大臣都难以服从他，说不定还会拥戴罗追做国王。即使立儿子为王也很难持久，罗追将会站在对立面，不如趁早除掉他。"国王德堆心中的忌妒和愤怒如暴风又似烈焰，但是又想到：如果无缘无故除掉本性善良的孤儿罗追，恐怕所有正直的大臣和百姓都会反对，甚至会造反。还不如给罗追出道难题，让他办一件无法办到的事，然后找借口除掉他。毒计既定，德堆便派人传罗追来

罗追小伙和德堆国王（白玛层培 绘）

见。罗追来到德堆面前，非常惊恐地下跪，磕了三个响头。德堆口谕："喂！罗追小子你听着，我知道你是个英俊、老实、善良而且非常有名的人。但你是我的庶民，受我的恩赐生活，所以，你应该服侍朕。这一点，我相信。如今我担心的是宫殿已经陈旧，而且式样也老了。从明天起，你给我建造一座样式好看并且面积大、有围墙的三层宫殿。这件事如果办得全合我意，可以奖赏你享用一生的衣食和随便使唤的佣人，并让你做我的大臣。你如果胆敢违抗王命，就没有好下场。我绝不放过你。有道是：天子一言，驷马难追。不得推辞，速速去办。"

王命犹如雷电，就这样落到了可怜的小罗追头上。他惊恐万分，浑身发抖，大汗淋漓，泪水不断，想推辞又不敢，只好忍气吞声，痛苦地回到家里。待心情稍稍平静后，罗追思忖："国王德堆不但不依法治国，反而强迫我这样一个贫穷、无罪的人去办那种无法办到的事，肯定是有意陷害我。不然，为何放着众多的大臣、随从和可用财宝不用，而非要我去办？这是没有道理的。然而事已至此，唯有逃为上策。"但他又想，村里有一位社会经验丰富、善于观察现实、可以预测未来、善良而且被称为"智囊"的老婆婆，不如先去请教她，再做打算。想到此，他决定去找"智囊"老婆婆。老婆婆听了罗追的陈述，安慰道："好孩子，不要哭，哭也没有用。咱们都是穷人，我不帮你谁帮你？今晚午夜时分，你准备三块石头、三根大木梁和三筐土，并在每块石头上放置一根木梁和一筐土，然后向天祈祷：'为了挽救我的生命，请变出美丽的宫殿。'如果国王德堆还想加害你，到时候，我们再想办法。"

当晚，罗追照老婆婆的吩咐一一去办。次日早晨去看时，眼前果然出现了一座造型优美、规模宏大、围墙环绕的新宫殿。对比之下，原来的王宫更显得破败不堪。罗追非常高兴地去见德堆："恭请陛下巡察新王宫。"

德堆和大臣们目睹了新的大王宫，无不惊诧。大臣们在暗中纷纷议论：罗追这小子不是普通人，德堆不该欺负他，否则，将来不好办。德堆却在惊讶之余，更加忌恨罗追。他想：此人说不定会变什么戏法。这次让他过关了，不过，必须想办法把他除掉。这时，罗追来到德堆跟前说："陛下，我已经按照您的谕旨，完成了建造新宫殿的任务。请给我这个可怜的乞丐一点儿赏赐吧！"德堆凶狠地喊道："你修建的宫殿虽不全合我意，但这次不罚你。这宫殿不完整。人要有个头，王宫上要是没有金顶，就像个无头的人。所以，你要安装一个真正的九层金顶。这是你没干完的事，等你安装好金顶，再视情况奖赏吧。另外，你说自己是穷光蛋，穷人能修建出这样豪华的宫殿吗？你肯定是个富豪。庶民要为国王服劳役，你一个富豪冒充穷人说了假话，干得不彻底还想拿奖赏，这不是违法的大野心家又是什么？不管怎么说，安不上金顶，不要说奖赏，连你自己也别想活下去。"罗追连忙磕头合掌，跪下来痛哭流涕地央求道："陛下，我是个失去双亲的孤儿，这是大家都知道的事实，哪能说假话？九层金顶在传说故事中听说过，说是在神仙、龙王、山神或魔鬼那里才有。可是在人世间，谁也没见过九层金顶呀，我哪能办得到？请陛下开恩，收回成命。"德堆气愤地吼道："你这个乞丐骗子，好大的胆，竟敢抗命顶嘴，是不是想让我现在就宰了你？不想死，你就不要胡说，滚出去！"

罗追惊慌地跑回家，立即去找"智囊"老婆婆请教。他把德堆的口谕详细告诉了她，并恳请救他一命。老婆婆说："九层金顶非凡人所能造，它是神通广大的护世神建造的。这金顶自己能飞。王宫只要安上金顶，就能根除瘟疫、天灾、战争等各种灾祸。这个神通广大的金顶在神仙、龙王居住的地方才有，我们无法寻到。在阿瑶林的魔鬼王那里有个九层金顶，若想把它弄到手，要走很远的路、冒很大的危险。魔鬼们爱吃人肉，只要闻到人味，就会猛扑过来。不过，依靠智慧的力量和坚强的意志，也有办法得到它。你不必担心，虽然现在你还是一个穷苦的孤儿，但不见得一辈子总是如此。各种迹象都显示，你是命大福大之人，只要不懈地努力，不仅能依靠智慧弄到金顶，而且能除掉德堆这个忌妒心极强的国王。他的所作所为都是折福折寿的，王国已出现走向衰败的迹象。"罗追高兴地说："有什么高招，敬请赐教于我，我将用终身报答您的恩德。"老婆婆指点道："那么，你要往西南方向，走到没有人烟的尽头。那里是蓝色的世界，山、石、土全是蓝色的。在一条穿过森林的大道上，你会遇到一位姑娘。她有一张清秀的脸，双眼明亮、发出光芒，步展莲花，面带微笑。她的穿戴也都是蓝色的。其实，她是神通广大的仙女，专爱帮助善良的穷苦人。你见到她就要毫不犹豫地朝她磕头，向她说出自己的困境并请求她的保护。我算出你与这位仙女有姻缘，因此，她会教你具体的办法。你如果犹豫不决，就会误了大事。这一点，你千万要牢记。也许她不会轻易承认自己是仙女，但是，你要恳切地希望得到她的保护和指点，最重要的是诚心。至于我，不需要你报什么恩，只是我年事已高，将来衣食难以自理，到那时能让我不受饥寒之苦就可以了。这些你能否做到，自己看着办吧。"罗追感激地说："慈祥的婆婆，非常感谢！不管遇到多大的困难，我一定按您的教诲把事情办好。您晚年所需衣食住行，我将竭尽全力来满足，哪怕为此付出生命的代价也不足惜。此话若有半句假话，愿受报应。"次日，罗追备上干粮，日夜不停地向西南方向进发了。

德堆有几天没有听到罗追的消息，以为他已逃往异乡，若不想办法杀死他，留下来定是个祸根。因此，他派几名探子去打探消息。探子回来报告说："人们都说罗追已去魔鬼地域取九层金顶，谁也没劝住，都预言他这次难逃魔掌。"德堆听了非常高兴，暗想罗追这次肯定在劫难逃，自己也不用背杀人的罪名。现在夙愿既遂，就该安心度日了。

在途中，罗追跋山涉水，经历了千辛万苦，终于来到"智囊"老婆婆所说的蓝色世界。这里的山石果然都是蓝色的。他想念"智囊"老婆婆，忍不住流下泪水，默默地祈祷仙女保佑善良的老婆婆。这时，从林间的大道上走过来一位姑娘。他毫不迟疑地向她磕头，讲述了自己的苦难。姑娘说："你这个人说些什么？我是个普通农家的女儿，不是什么仙女，是你认错人了吧？"罗追答道："不会认错。如果没有你的妙计，我无法到达吃人的魔鬼地域。就算能活着回来，德堆也不会饶恕我。我已到了绝望的地步，唯有你才能救我。"姑娘这才含着笑容回答道："我只是试试你的诚心和决心。其实前世，我曾是你的妻子，由于我俩不失盟约地度过了美好的一生，才使今日有缘再见，并有了为你效劳的机会。你受了这么多苦难，我也很难过，但这是你前世作孽的报应，也是苦难即将过去的好兆头。你要继续往西南方向走下去，不远处会遇到三只秃鹫争抢一具马尸。你要帮助三只秃鹫平分马肉，并告诉秃鹫团结友爱的道理，让它们成为你的助手。因为去魔鬼地域要渡过大海，三只秃鹫会帮你飞越大海。过了大海，就到了魔鬼地域。海边的草场上，有一位白发老太婆在放牧羊群。你要想办法接近她，争取她的同情。她是魔鬼的女仆，知道金顶的存放地点和获取金顶的办法。千万不要将她教给你的办法搞错，一拿到金顶就立刻骑在金顶上，祈祷保佑并说出想去的地方，金顶就会飞起来把你送到目的地。事情办成之后，不要忘了来见我；如果一时找不到我，就求告金顶。你的目的一定能实现，但不要粗心、鲁莽行事，否则会有危险。我与你见面及告诉你的一切都要保密，泄密对你、我都有害处，要多加小心。"罗追顶礼道谢，又继续赶路。

走了几天后，罗追果然遇到了争食马尸的三只秃鹫，便按照姑娘的吩咐，把马肉公平地分给三只秃鹫，并诚心劝告它们要团结友爱。三只秃鹫很敬佩他，异口同声地问："善良的小兄弟，你从哪里来？要去什么地方？"他把自己的详细情况告诉了它们，三只秃鹫惊讶地说："你真行，是个善良的人，我们三个能够团结是你的恩德。如今，你要去魔鬼地域，中间有大海，我们三个愿意帮你飞越大海。"于是，三只秃鹫轮流背着罗追，平平安安地飞到彼岸。到达彼岸的散拉香俄山顶，秃鹫落下来说："我们不能再飞过去，不得不与你告别。这里是鬼域，有很多凶恶的鬼怪，你要多加小心。"然后就飞走了。

罗追下了山，看到海边的草地上有很多羊。他朝羊群走去，遇见了一位穿得很破烂的老太婆。罗追心想，这肯定就是姑娘所说的那位老太婆了。他对老人行礼后问候道："大娘您好！您在放羊？""对！"老人只应了这么一个字就没再开腔，便要去圈羊。罗追见状急忙阻止："大娘您年纪大了，坐下来歇息吧！我去圈羊。"说完，他把羊圈到一处。这时，老太婆已经生了火，要去打水。罗追又阻止她："大娘您歇着，我去背水。"水背回来，又帮她烧茶、做饭。老人感激地问候他："善良的兄弟，你是何方人氏？来这里干什么？这里是魔鬼的地域，魔鬼爱吃人的血肉，不是你该来的地方。你肯定是迷了路，还是赶快回去吧！"罗追把自己的家乡地址和国王德堆如何加害于他、要从魔鬼地域取金顶等详细情况告诉了老人，最后还强调："我若取不到金顶，就回不了家。取到金顶并脱离危险，只有靠您的帮助。我一辈子也忘不了您的恩情。"老太婆想了一会儿就应道："我不能不帮你。哪里有这座金顶，哪里就会出现繁荣昌盛，就能避免天灾人祸。本来，金顶要安在魔宫的房顶上，但怕它飞往别处，就存放在内库里，四周用铁链拴起来，并钉有人体大的铁钉。如今魔鬼地域的强盛，是因为有了这个金顶。放置金顶的库房的钥匙系在魔佣小花狗的脖子上，外人谁也不知道。你如果拥有这个金顶，就能避免天灾人祸，挽救无数生灵。它的好处难以估量。如果留下金顶，让魔鬼地域强大起来，会给世界带来大灾难。由于这些原因，我才愿意帮你。你必须按我说的去做，否则无法取到金顶。"罗追回答说："您怎么说，我就会怎么做。"老人说："首先，你要毫不怜悯地杀死我这老骨头，剥去我的皮，遮住你的全身，再穿上我的衣服，赶羊蹚过小河，到了彼岸就要说：'绵羊、山羊，白的跟白的，花的跟花的。'羊群会自动涉水过去，这是魔鬼的习俗。过了河，羊群到达魔宫附近时，你要说：'绵羊、山羊各入各圈。'羊群会分群进入羊舍。山羊圈附近有一间房子，你就住在此屋。到时，会有一条小花狗跑到你跟前。你的晚餐是人血、人肉，若不想吃，可以喂给小花狗。要尽量与小花狗亲近，否则事情就办不成。常给小花狗喂人的血肉，它会感激你。一有机会，你就要想办法把钥匙弄到手，然后去开库门。进库后，首先要取出碎金和碎银各两升。金顶容易辨认，你要不顾疲劳地去拔掉大铁钉，然后立即跨上金顶，说出自己想去的地方。金顶会飞出库门，带你逃往远方。魔鬼如果发现了就会飞过来追赶你，追到很近时会用魔掌把你和金顶从空中摔到地上。因此，你要仔细观察，在它快要赶上时撒出碎银。魔鬼很吝啬，它会停下来捡拾碎银而耽误追赶的时间。如果魔鬼再次赶来，你再撒出碎金让它捡拾。这样，可以延缓追赶的时间。一旦你越过魔鬼地域的边界，魔鬼就没有办法了。这些都要牢牢记住。"

罗追说："其他事情都已记住，也能办到，但要杀害您，我怎么也办不到。我穿上您的衣服，魔鬼可能认不出来。"老太婆说："魔鬼很聪明，再怎么穿衣服也能闻到外人的气味，除非你披上我的皮。我已老朽，又是魔鬼身边的佣人，今生和来世只能受罪。这个金顶对人世间诸多生灵有大益处，我为此而死也是值得的。这件事不是你个人的事，不要怜悯我的性命。"说完，她自己一头撞在墙上死了。

罗追跪在地上向老太婆的遗体磕了三个响头，流着眼泪按老人遗言剥下她的皮，将余骨放在无人的草原上进行了天葬，然后披上老人的皮，穿好她的衣服，赶着羊群过河并把羊群赶进羊舍。这时，小花狗来到他的跟前，他把自己的人血、人肉晚餐都喂给小花狗。小花狗说："我因为是魔鬼的佣人，平时很难吃到这么好的人血、人肉。"小花狗来了几次，罗追都喂它人的血肉，慢慢成了好朋友。一天，罗追问它："你是否真喜欢我？"小花狗说："谁不喜欢你这样大恩大德的人？只是我自己没有什么东西报答你，真不好意思。"罗追说："这没有什么。听说魔王的库房里有很多好东西，我真想去看看。"小花狗这下很神气："这个我有办法。魔王很狡猾，它怕丢了库房的钥匙，就把钥匙拴在我的脖子上。我的毛长，谁也看不到。这个秘密只有魔王和你、我知道，你想去看库房，我可以带你去。"罗追说："只要有机会，我当然想看看，但这件事一定要保密，我可以把我名下的食物都给你。"小花狗很高兴地走了。

第二天，小花狗就跑过来说："现在，魔王和其他魔鬼们正在睡觉。我俩趁此机会去看看库房。"罗追和小花狗很快到了库房的门口。罗追对小花狗说："你在门口随便走走，看有没有魔鬼进来，不然，被发现了很危险。"小花狗答应之后，罗追迅速走进库房，首先取出碎金、碎银各两升揣在怀里，然后用力拔掉了拴金顶的大铁钉，取掉了拴金顶的铁链，立即跨上金顶后说："赶快飞到蓝色世界去。"金顶带着罗追飞出库门，小花狗呆呆地看着他飞去一筹莫展。一个魔鬼见状，立即报告魔王。魔王想派几个小鬼去追又来不及，而且它们没有追回金顶的本领，只好亲自飞上天空追赶。魔王情急速快，罗追回头见魔王快要赶上，立即拿出碎银撒向天空。爱财吝啬的魔王赶紧停下来，在地上一颗一颗地捡拾，罗追已飞出很远。魔王再次鼓起劲头追过来，罗追又把碎金撒出去，魔王再次停下来捡拾碎金。此时，罗追早已飞过魔鬼地域，飞越大海。魔王无法越界，只得望洋兴叹，无奈返回。

罗追乘金顶飞到蓝色世界，落在与姑娘分手的地方。他正想去找姑娘，姑娘已打扮得靓胜仙姬地出现在他的面前。姑娘把罗追请到一间优雅别致的房间里盛情款待。他俩互诉衷肠，难分难舍，决定一起回去。第二天，他们同乘金顶飞落在德堆的新王宫上，并安上耀眼的金顶。罗追跑去找"智囊"老婆婆，感谢对他的指点。老婆婆说："你和姑娘住在一起。她是仙女，遇事多请教她。"

姑娘住在罗追家里后，罗追便去见德堆，对他说："陛下，我舍生忘死，历经千辛万苦，从魔鬼地域取回了金顶，已经安在新的王宫顶上，请国王和众大臣前去巡察。现在，我什么奖赏也不要，只要自由自在地劳动、自由自在地生活。"德堆和大臣都感到惊讶，立即去看金顶。这金顶果真是九层金顶，光芒四射，使整个新王宫更显得格外雄伟壮观，众人赞不绝口。德堆装腔作势地说："喂！罗追，你修建宫殿、取回金顶，可以算有功劳。不过，还有件事要你去办。这件事办成后，才可以考虑你的自由。就是要在新王宫周围栽上百种树木，并要养出百种鸟，使百鸟在树林里齐鸣。这件事比前两件事容易，但如果办不到，你别想活在这个世界上。"罗追想："这个国王丧尽天良、不知羞耻，总想设计陷害我，办了一件事，又要我办另一件事。"他回家把事情的经过告诉了仙女。仙女说："这件事，你不必担心。这个国王已经丧尽天良，他的福气和权势如西山落日，我们的出头之日快要到了。现在，你、我都去找百种树叶和百种鸟的羽毛。明晚，我去撒播在新王宫周围，事情就办成了。"罗追办妥了这些事情，早晨去一看，眼前百树茂盛，果实累累，林间传来百鸟齐鸣，如入仙境一般。罗追去禀报德堆。德堆说："办得可以。还有一件事要办，把早已死去的人都给我复活过来。这件事关乎我国的荣誉，对增加人口也有益，办成后设宴赏你。"罗追回答说："如果死尸都复活，有权势者复活过来就会欺压百姓。如果你已故的父王复活的话，你就会失去现在的一切权势，最好不要让我办这件事。"德堆听了大发脾气，吼道："你这个混蛋，竟敢想造反！叫刽子手来，把他押下去，砍下头颅和手献上来。"大臣们很看重罗追，都纷纷跪下请求德堆开恩，并劝告罗追按德堆的意图去办。德堆最后说："看在大臣们的面上，今天饶了你。如果明天办不成此事，你就等死吧。"罗追回家后，又将事情的经过告诉了仙女。仙女说："现在，德堆已死期临头。河谷上游有座最高大的山，山脚下有一片平如镜的岩石。明天，你去那里，用石头敲打这片岩石，嘴里说：'山神保佑，请开门。'里面有很多早已死去的人。他们当中有个白发老太婆，是群鬼的首领。你不用害怕，进洞后告诉她，是国王派你来请她出山。你要记住她的话就出来，再说一声：'山神保佑，请关门。'这就达到了目的。"罗追照着仙女的话，上山见了白发老太婆。她回答说："我们也很想见国王。请带个话，明日请国王和大臣们来此相见。"罗追回来对德堆说："死去复活的人想见陛下，请陛下带上大臣们上山看望他们。"德堆觉得很稀奇，想去看个究竟，便带上几个亲信大臣，让罗追带路，来到大山附近拴上马。罗追说："山神保佑，请开门。"石门徐徐打开了。待德堆和大臣进入洞后，罗追又喊了一声："山神保佑，请关门。"石门立刻关上。德堆和几个大臣一进石门，群鬼就扑过来，你夺我抢吃个精光。德堆结束了残暴的一生。

罗追牵着马返回，把发生的事情说给留下来的大臣和庶民百姓们。众人都曾经受过德堆的欺压，听到这个消息非常高兴。罗追铲除暴君成了英雄，众人一致拥戴他为国王。罗追封仙女为王后，封"智囊"老婆婆为母后，举行了隆重的婚庆活动。罗追保留了原来正直、善良的大臣，又从庶民中甄选出几个聪明能干、办事公道的人为大臣。新的国王罗追和王后以公德十法来管理国家，用佛法治理国家，博爱百姓，百姓更加敬爱罗追。从此，国家繁荣昌盛。

平原王与山地王

（波密县）

从前，在同一个地方有相邻的两个国家，分别叫平原国和山地国，两个国王分别叫平原王和山地王。平原王有个继承王位的王子，而山地王没有继承王位的王子。因此，山地王对上供奉法、僧、佛三宝，对下广施恩泽，中间寄托本尊守护神并向僧众布施供养等，最后得到善报，生了一个美丽的公主。

由于平原、山地两国之间关系非常友好，双方约定将山地国的公主许配给平原国的王子。从出生后到出嫁前，为了不让公主与别的男人见面，从小就不让她到远处去；长大后更禁止她去人多的地方，把她关在宫殿的三楼上，每个门口有两个卫兵守卫。山地王制定了严厉的法令，服侍公主的只能是女性，任何男性都不准进入公主的房间。

在山地王的属地有一个非常穷困的家庭，一位老奶奶和她的孙子相依为命。老奶奶年事已高，什么活儿也干不了。她的孙子看上去虽然身材高大，但是全身上下的皮肤呈绿色，而且连鼻涕也不会擦，如同傻子一般，但实际上，他是一个做事干脆利落、能吃苦耐劳的人。绿小子每天牵着家里唯一的毛驴，去山上砍柴再到镇上卖以维持生计。为了多挣钱，他总是和毛驴各背一捆柴上街。一天，绿小子去拾柴，将驴放在不远处，自己在附近砍柴。不到一会儿，他忽然发现驴的旁边出现了很多人，还乱哄哄的。绿小子以为人们要把他的驴牵走，毫不犹豫地跳了出来，左右挥动着手中的斧头。突然间，这些人全消失了。绿小子左看右看，只见不远处的石头上有一个东西，走到跟前，发现是顶优质的礼帽，戴在头上既轻便又合适，这是一顶隐形帽。卖完柴后，他如往常一样回家，坐在奶奶身边说起话来，奶奶却看不到他。奶奶说："我的眼睛刚才还能清清楚楚地看到孙子你，现在根本看不到，这是怎么回事？孙子你在哪里？""奶奶，我就在这里。"他脱下礼帽后，奶奶又看到了他。奶奶感到很惊讶，这才问起帽子的来历。绿小子把捡到礼帽的过程详细地告诉了奶奶，并把礼帽戴到了奶奶头上。奶奶瞬间消失不见了，祖孙俩更觉诧异。

接下来，老奶奶对孙子说："这顶礼帽肯定有很大的用处。虽然我不想让你干卑劣的事情，但我俩的生活如此艰难，不得不这样做。现在，你戴上礼帽。因为谁也看不见你，所以，你去国王宫殿的仓库，把酥油、肉、麦子、糌粑等拿些回来。"绿小子立刻戴上礼帽，去了国王的宫殿，在仓库门口站了一会儿谁也没有发现他。过了一会儿，来了个管家。绿小子乘管家打开仓库进门时，同管家一起进入仓库，把酥油、肉等按照自己的意愿带回了家。晚上，祖孙俩开心地享用了这些物品。从此，他不定期地去仓库拿各种各样昂贵的东西。不多久，祖孙俩变富了。

一天，奶奶对孙子说："我不是让你作恶。如果还继续使用这顶礼帽的话，你就能掌握国家政权。"绿小子说："那我应该怎么做啊？"奶奶开始指点迷津："自从我国的公主约好许配给平原国的王子后，为了不让其他人接近公主，宫殿的每道门都有卫兵把守。公主一直关在屋内，不准见任何男人。你若戴着礼帽去的话，谁也看不到你。你跟着丫鬟一起进去，就说你是从天上来的，千万不要让公主看到你。一旦你和公主相亲，就会导致两国互相残杀，你就能利用机会掌握国家政权。"

就这样，绿小子戴上礼帽去了王宫。来到王宫后，他刚好遇上两个丫鬟去给公主送晚饭，便一同进了公主的房间。半夜，绿小子钻进了公主的被子里。公主惊恐地问："你是谁？这么多卫兵守着，你是怎么进来的？你到底是人是鬼？我是已经许配给平原国王子的人。

为了不让和其他人接近，每道门都有卫兵。如果你不出去，我就叫我的父王大人。"公主威胁他。绿小子应道："别说是你父王，就算所有士兵都来，我也不怕。我是天宫里的大梵天神，知道你们国家没有继承王位的王子后专门来的。你是我命中注定的恋人。你不用害怕，也不用去当平原国王子的妃子。"公主说："虽然我不知道你是一个什么样的人，但千万不能这样做。如果我不去做平原国的王妃，不仅违背了父王大人的意愿，而且，平原国无论财力还是军事力量都比我们国家强大，我们的王国一定会被消灭。请你可怜我，不要这样做。""根本不用怕平原国，消灭他们是很容易的，也不会违背你父母的意愿。国家政权大事，我能搞定，你们不用担心。"绿小子装腔作势地说了很多，公主相信了他。从那天晚上开始，他俩便形同夫妻，但公主从没见过他真正的样子。

过了几个月，公主怀孕了，肚子日渐大了起来，终于被一个丫鬟发现并告诉了另一个丫鬟。那个丫鬟说："这不可能吧！要想去公主的房间必须躲过那么多卫兵，别说人，就连风都进不去。能接触公主的只有我们两个女人，公主怎么可能会怀孕？如果公主真的怀孕了，我们俩都不知道是什么原因，还是闭嘴好。要是多嘴，小心被国王惩罚。"但是，那个发现秘密的丫鬟没管住嘴，将秘密告诉了王后。王后惊讶之余告诉了山地王。山地王听说后，既焦急又疑惑：这是怎么回事？公主府禁卫森严，伺候公主的都是女性。如果公主府内进了男性，不可能一个人都发现不了。抑或是这些女子当中有一个男扮女装的？于是，他召集所有女子脱衣验证，结果都是女子。用尽所有办法都无效后，山地王和王后决定质问公主本人。

第二天，王后来到公主府。一番寒暄后，王后单刀直入，问及公主是否怀孕并要求作出解释。公主承认怀孕并解释说："他来了有几个月，除了感觉到他的存在之外也看不到他。他对我说：'我是大梵天神，因为贵国没有继承王位的王子，所以来做你们的女婿。'我因为不敢得罪天神，所以同他发生了肉体关系。我不知道他的住处，除了晚上之外，白天不知他去向。"公主的解释让王后如坠云雾之中，

山地王带着一把长刀，来到公主卧室捉奸（扎西泽登 绘）

她只好把这些事情禀报给山地王。山地王听后既疑惑公主的怀孕，又担心与平原国的关系，一夜胡思乱想，没有睡着。

第三天早餐后，山地王带着一把长刀来到了公主的房间，仔细查看后发现，除了公主，别无他人。山地王问公主："他去哪儿了？"公主答道："他刚从被窝里起来，应该就在屋内。"山地王昂起头，看着天花板吼叫："你在哪里？到本王跟前来！"这时，从房顶传来应声："我在这儿。陛下，您要说什么？"山地王骂道："你这个浑蛋，为什么要欺骗本王，还欺负公主？你这个大逆不道的人，还自吹是神仙。如果你是神仙，那本王也是奉天承运的国王。你为什么不在我面前现出你的原形？今天，我们要分辨出谁是神仙、谁是魔鬼。"说完后，山地王挥了几下刀，只感觉到刀在空间挥动，却没有碰着任何东西。这时，从屋顶传来嘲笑的声音："陛下在朝谁挥刀？我是大梵天神，来给你们做继承王位的人。你不但不尊重我，还藐视、侮辱我，拿着武器威胁我，真是不得了啊！这是你严重轻视和亵渎神灵的表现。我不会饶恕你！我不向你现身，是因为你不信仰神灵，并且与神灵的缘分已尽！如果你敢跟我斗，那就过来吧。"绿小子跳下来，从山地王手里夺走了刀。山地王吓得双膝跪地，双手贴在胸膛上："伟大的天神！请饶恕我吧。我只是考验你是不是真正的神灵，根本没有伤害你的意思。对前面所做的事，我从心里表示忏悔，并发誓从今以后再也不把你当成仇人。你是真正的继承王位的人，一切服从你的命令。明天是个吉日，希望你能在本王、王后和公主等人面前现出你的真面目。无论如何，我们都要拜见你的真面目。"绿小子答应这样做，山地王满意地回宫去了。

绿小子抽空回到奶奶身边，问道："国王、王后和公主等人要求我明天露出真面目，这下该怎么办？"奶奶说："现在，大事快要成功了！明天，你摘下礼帽后立刻戴上。帽子摘久了，可能被他们认出来，所以，你要小心谨慎。"他向奶奶恭敬地行礼。

第四天早晨，绿小子去了山地国的宫殿。山地王和王后、公主以及大臣、百姓，都身着节日的盛装迎接他。公主还在房间里安置了宝座，煨了桑，给神灵上了贡，并摆上了各种美味佳肴。吉时一到，公主向南方鞠了三个躬，请求他现出原形。绿小子刚摘了礼帽又马上戴上，所有的人都没看清楚他的长相，心想，神应该具有端正的五官，可他不但脸色黑，而且还长着虎牙，不会是魔鬼装成的吧？如果说不是神，平时也没见过神，究竟是什么，以后会弄明白的。大家都带着疑问各自回去了。其实，他们所看到的虎牙不是虎牙，而是绿小子平时流的鼻涕。

俗话说："好事不出门，坏事传千里。"公主与神或是魔成亲并且怀孕的事，很快就传到了各个地方。平原王听说后，忌妒如烈火般燃烧，大发雷霆地骂山地王不守信用，还发毒誓："这次，我不治服他就不是人。"

于是，平原王择日起兵，带着成千上万的精干步兵、骑兵，拿着功能强大的各种武器，来到山地国的国土。听了前方来报，山地王吓得魂飞魄散，惊慌失措地来到绿小子面前："请指教。"绿小子说："你们不要担心，消灭平原国很容易。父王和母后需要多少奴仆尽管说，从明日起，带上足够的财产和食物到幽静的山谷里闭关修行。执政方面，我没有不懂的。"山地王恭敬地说："非常感谢！您当将军，我们就不用担心了。战马和武器应有尽有，您需要拿什么样的刀、骑什么样的马？"绿小子口齿不清，本想说拿哪种刀都行，结果说成拿"孬种"的刀都行；把骑什么样的马都行，说成骑"是马样"的马都行。当他差点出丑时，刚好山地王有神赐的叫"孬种"的刀和名为"是马样"的马。山地王听到后更惊奇了："我的那把刀和那匹马，他根本就没听过，也没见过。看来，他是真神仙。"山地王打消了疑虑，高兴地将刀和马交给了绿小子，让他统领三军；自己和王后带了一些奴仆和齐全的日用器具，到山谷避险去了。

一天，得到平原国军队逼近的消息，绿小子决定与他们决战。他头上戴着礼帽，佩戴上那把"孬种"刀，骑上那匹"是马样"的马，斗志昂扬地走在队伍的前面。士兵们除了看到他的马之外，看不到他本人。"是马样"跑到哪里，士兵们就跟到哪里。在与平原国的军队对阵时，绿小子吓得想撤退。可是，他的"是马样"马凶猛得无法控制，一直冲到平原国的军阵中间，战士们也跟着冲了进去。顿时，平原国的军阵如同被搅乱了的羊群一样。绿小子别说向敌人挥刀，连两手握着马鞍都困难，而马却踩死了上百的平原国战士。由于马速太快，绿小子无法骑在马上，于是就抓了棵朽木。谁知，朽木的树根断裂了，造成马带着人、人拖着树横冲直闯，树的枝干也杀伤了许多平原国的士兵。最后，绿小子绝望得感觉到迟早会从马上摔下来。他想到，如果摔在凸凹不平的地上或石头上，肯定会伤得很重，还不如摔在松软的平地上，就说给马听："别往山地就往平原，别往山地就往平原。"这话被平原王听到了。他想：既然上天要灭平原国，说明平原国气数已尽，也只能保命了。平原王逃出战场，还是被绿小子用"孬种"宝刀砍死了。平原国的士兵被抓的抓、杀的杀，一个也没有逃走，山地国完胜。平原国的国土及所有庶民百姓都被山地国兼并。

此后不久，老国王禅退，绿小子当了国王。他用佛法来治理国家，对待庶民百姓如同自己的儿子。国家日渐富强，人民也过上了美满幸福的生活。

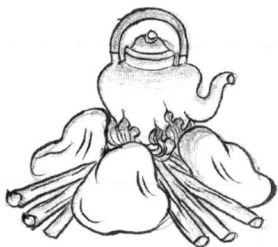

兄弟俩和龙的小公子

(波密县)

　　从前，在一个幅员辽阔、繁荣富强的国家里有一位国王。这位国王虽然势力强大、富贵荣华，但是没有继承王位的王子，因此，他非常担心王位延续不下去。后来，王后生了一个公主。国王将她视为掌上明珠，非常疼爱。

　　在这个国王的领地上有两兄弟，他俩从小就失去了父母，亲戚们有的离世，有的远走他乡，兄弟俩变得无依无靠。哥哥鬼主意多，非常聪明；弟弟是个安分守己、谦虚、高尚的人。兄弟俩靠每天砍柴、卖柴为生。一天，当兄弟俩在砍柴时，突然刮起了巨大的旋转妖风。弟弟听到，从风窝中传来一个女孩清晰的哭喊声。他仔细观察着旋转的妖风，看见它旋转至山脚下的岩石缝里消失了。兄弟俩回到家时，看到城内到处张贴着王榜："向天下所有的生灵通告国王的圣旨，公主被恶魔掠走了。如果公主被王国中的老人或妇女寻找到，就奖赏田地、房子、金钱等，足够用一辈子；如果公主被王国中的年轻男子找到，就招他为驸马，并让他继承王位。"

　　弟弟对哥哥说："我俩靠砍柴为生非常辛苦，报酬也少。明天，我俩去看能否救公主。如果能救公主，这辈子可就幸福了。"哥哥说："我俩是没有力量、能力平凡之人。对付恶魔，需要技巧和能力无与伦比的杰出之人。我俩不要去当恶魔的美食。再说，也不知道朝哪个方向去找，就算是找到了，想抢过来根本没门儿。"弟弟说："我知道

孤儿兄弟俩砍柴时，看到公主被恶魔掠走（扎西泽登 绘）

朝哪个方向走哪条路。昨天我俩砍柴时，我看到一个巨大的旋转妖风，听到从里面传来一个女孩的哭喊声，这个旋转妖风最后消失在山腰荆棘丛生的山石缝隙里。公主肯定在那里，我们明天到那里去看。即使抢不回公主，也能证实公主在那里，国王一定会给我们不少奖赏。"一番商量后，他俩决定第二天就去。

次日一大早，他俩就起床、吃饭，将平时砍柴用的斧头和绳子作为武器，带上后就出发了。到目的地后，他俩到处查看山石缝隙，发现了一个仅仅能钻进一个人的地洞，里面黑乎乎的，什么也看不见。于是，弟弟将两条绳子连接起来，把绳子的一头绑在哥哥腰上并叮嘱他："哥哥你钻进洞里，如果找到公主，先将公主用绳子绑住，然后喊一声'拉绳子'，我就往上拉绳子；拉完公主后，我就把绳子放下来，再把哥哥你拉上来。"说完，就让哥哥下到洞里。哥哥往洞里下降了一点后想到："如果能救出公主，弟弟可能不会把我从洞里拉上去；如果救出了公主，再把弟弟除掉，就没人和我争抢当驸马的资格了。"于是，哥哥心生除掉弟弟的歹念。随后，他就向弟弟发出拉绳子的信号。他上来后说："我在洞里什么也看不见，弟弟你下去，我来拉绳子。"这时，弟弟说："哎哟！哥哥你别这么说。你不仅能力比我强几倍，并且聪明机智，你去好。我对你绝对没有一点儿坏心眼，你根本不要怀疑。"虽然弟弟这样劝说，可哥哥根本不想下去。最终，弟弟在腰部绑上绳子说："我拉一拉绳子，你就往上拉。"弟弟下到洞里了。这个洞非常深。他下到洞里四处观察，可什么也看不见。过了一会儿，隐隐约约能看见旁边有个支洞，他听到里面发出尖细、凄惨的哭声。他慢慢地朝发出声音的方向走去，发现山洞里有一个高大的座椅，上面铺了很多种毛皮垫子，魔王正在酣睡，公主坐在地上哭泣。他轻轻地走到公主面前，公主惊恐地问："你是谁？""我是专门来救你的，请公主马上跟我到外面去，如果魔王醒来，我俩就没命了。"弟弟小声说道。他和公主来到了洞口底下。弟弟想："如果让公主先上去，哥哥也许不会拉我上去。"他心里产生了一丝疑虑，自言自语道："我还是先走，出了洞口，马上就给公主放绳子。"于是，他对公主说:"公主你在这里稍等片刻,洞口有我的哥哥。我先上去,马上就给你放绳子。"公主心里想:"他为什么想要先走?也许是不想拉我上去。"公主说:"求你可怜我,让我先上去。你根本不要怀疑你哥哥和我不会拉你上去。如果你哥哥不拉你,我会拉你上去。如果我得救了,父王就会把政权交给你们俩,我决定做你们俩的伴侣,所以,你们俩就如同我的左眼和右眼一样,没有区别……"弟弟最后决定让公主先走。公主将手指上镶嵌着各种宝石的金戒指赠给他。哥哥收到拉绳子的信号后,急忙拉起绳子。公主平安地出了洞口。

哥哥对公主说:"现在已经实现了愿望,我俩赶紧走吧。"哥哥说着准备走。公主说:"我俩不能走,得把弟弟拉上来后一块儿走。"哥哥坚持要走,他根本不想拉弟弟。公主说:"你这样做不道德!他是你同父同母的弟弟。对我而言,他不顾危险救了我,是我的恩人。你不拉,我来拉。"公主要往洞中放绳子,却被哥哥紧紧抓住双手,强行拖走了。公主虽然怜悯弟弟,但她除了发出痛苦的呻吟外毫无他法。

弟弟在洞里等了很久,也不见绳子放下来。他想肯定是哥哥骗了自己,对公主也使用了卑鄙的伎俩。弟弟气愤异常,伤心欲绝。待静下心来仔细观察周围,他发现旁边有一个大的支洞,洞里全是人的尸体。这时,魔王从睡梦中醒过来,发现公主不见了。魔王龇牙咧嘴,露出狰狞的面目,凶恶地吼叫着:"吃不到公主的肉,我就不是魔王!"弟弟见状惊恐万分,吓得藏到尸体下面。魔王来到尸群中挑选出好肉后生吃起来,又用人骨头做的瓢从尸体的肚子里舀起血喝了个饱。

到了半夜,魔王睡着了。弟弟仔细观察后发现,洞口下面的一个角落里有一条半死不活的龙。他想:"龙是能在天空飞翔的大动物,若它都飞不出洞,像我这样弱小的人怎么可能出去?早晚会被魔王吃掉。""你这样强大无敌的龙是怎么落到这里的呢?现在为什么飞不了?"他看着龙问道。龙回答:"我是千龙之王的儿子。千龙之王有一千个儿子,我是其中最小的。最近,我驾云去看热闹。散场时,突然一阵大风把所有云朵吹散到四面八方，我就坠落到了地上。魔王设计抓了我，夺走了我的宝贝，还把我关在这个洞里。没有云朵和宝贝，我就无法施展本领。现在，我俩要设法逃走。请你帮助我，我也会帮你做一件对你有用的事。"弟弟迟疑地说："像你这样勇猛强大的庞然大物都飞不出洞口，我这样弱小的人能帮助你吗？"龙公子说："当然可以！如果你能把魔王夺去的我的宝贝取回来，我俩就有办法逃走。"弟弟从人的尸体间隙爬起来，钻进一个小小的石门，来到另一个大支洞里。他看见许多奇珍异宝堆在那里，其中有一个不同于其他的珍宝光芒闪烁，便把这个珍宝交给龙公子。龙公子说："这下，我俩的愿望实现了。你紧紧抓住我的尾巴，不要松手。"说完，它用舌头舔了一下宝贝。随着轰隆隆的响声，龙公子飞出了洞口。可是，弟弟的手不慎松开，他又掉进了洞里。龙公子及时返回，降下来伸出尾巴。弟弟牢牢抓住了龙尾巴。一瞬间，他们一起飞出了山洞。龙公子对弟弟说："这次，你救了我的命，你是我的大恩人，我要报答你。今天，你不要回家，到我家做客。"随后，让他骑在自己的脖子上，用手紧紧地抓住自己的睫毛，叮嘱他坐稳了不要分心。随着一声巨响，龙子、人弟一起飞上蓝天。

千龙王父子们因为龙公子不知去向，终日处在痛苦中。这天听到了雷声，龙王说："我听到了雷声，难道是小儿子？大儿子，你去好好地看看。"大公子仔细地观察后说："声音像是小弟的，可是不见它的身影。"龙王又让老二去看，二公子观察后说："无论声音和身体都像小弟，但是，它脖子上有一个原来没有的黑乎乎的东西，不知是何物。"龙王下令所有的鳖臣、龟相都出宫，宫廷仪仗队也都带上乐器迎接小公子。当小龙子临宫的那一刻，千龙王和所有大臣都高兴地上前拥抱它，仿佛小龙子死而复活。千龙王兴高采烈地在大殿里和大臣们欢聚一堂，摆上丰盛的神肴仙馔筵席。席间，龙公子问大臣："我带来的小伙子到哪里去了？"大臣们答："不知他是什么人。因为他是公子您带来的，所以没有赶走，把他放在门后，给他食物了。他是不能和龙王、公子平起平坐的。"龙公子听后很生气："哎呀！不能这样对待他。现在我们能欢聚一堂，都是他的恩情。没有他，我的生命就不存在了。我无法报答他的恩情，所以把他叫过来。你们是怎么对我的，也要对他一视同仁。"千龙王和大臣一听惊讶万分。千龙王问："他是如何救了你的命？"于是，龙公子详细地讲述了自己从被恶魔抓住到被救的整个过程。听完小龙子的讲述，龙宫里上上下下所有的龙子龙孙都很感动，前呼后拥地将弟弟邀请到大殿里，给他摆上宝座，将他安置在龙公子旁边，并请他享用丰盛的美味佳肴。

弟弟在龙宫的几天过得很愉快，但善良的他开始思念故乡、挂念哥哥。有一天，他对龙公子说："我想念哥哥和家乡，一定要见哥哥一面。现在，请准许我离开。有生之年，我定会报答你的恩情。""把你送到恶魔嘴里的，不是你哥哥吗？换成我，哥哥做了这样的事情，我就不会想他，还要狠狠地报复他。如果你去见哥哥，可你哥哥还是以前那个德行的话，那么，肯定不会顾及兄弟情谊。因为怕你揭穿他，会将你置于死地；如果不能杀你，他会一辈子狠狠地虐待你，使你生不如死，这是毋庸置疑的。"龙公子真诚地告诫道。弟弟说："你说得对，我哥哥是没有良心。但他毕竟是我的亲哥，不免偶尔会想念他。同时，也想看看滋养我成人的家乡。我会提防并注意哥哥的行为。"龙公子说："那么，今天我去察看，若情况不错的话，你明天可以走，在这里再待一天也无妨。"弟弟同意这么办。于是，龙公子伴着轰隆隆的响声腾空而去。

龙公子回来后对他说："你如果要去你哥哥那里，灾难就会降临到你的头上；因为你哥哥说，你被恶魔吃掉了，是他自己克服一切困难、冒着生命危险救了公主。现在，他掌管了国家政权，公主的父母在家乡坝子下边河边草坪上原先的别墅里静修。公主因为不理睬你哥哥而被关在宫殿顶上的一间小房子里，不能出门，有士兵看守。另外，你哥担心你从外面回来，在国内到处安排了士兵和密探，若是一个人单独旅行都要带到他的面前，经他仔细盘问后才可放行。你回家去肯定性命难保。如果你留在这里，娶一位与我们和睦相处的其他国家国王的女儿，共同享用这里的宫殿和财宝等等，心情舒畅地过一辈子，这样，我也放心。这是上策。"弟弟听了说道："虽然哥哥是厚颜无耻、不可理喻的人，可公主是善良、正直的人。如果能见她一面，我死而无憾。"龙公子对他说："现在的你简直不可救药了，好像是命运在催促你。但是，我还有一句话要说，明天，你依旧骑在我的脖子上到他们的宫殿转三圈，那时就会见到公主。如果长时间停留，我俩就会有灾祸。"这虽然不完全合弟弟的意愿，但他只能无可奈何地答应这么办。

次日天亮时，弟弟就骑在龙公子身上，由空中飞回故里。他看到家乡到处都是士兵和密探，风物等也已经完全面目全非。人们的穿着和脸色，无不显示出痛苦的状况。龙公子载着弟弟围绕宫殿转了三圈：第一圈，弟弟知道了何处是公主的房间；第二圈，弟弟看见公主从窗户往外看；第三圈，龙公子靠近宫殿顶层盘旋，公主认出了弟弟，激动得差一点儿从窗户里跳出来。弟弟挥手示意不要这样，然后恋恋不舍地回去了。此后，弟弟更加思念公主，担心她的处境。于是有一天，弟弟找到龙公子说："小公子，我反复思考，若再见不到公主，我会变得茶饭不思、夜不能寐，所以，求你让我去见公主一次。"在他的再三坚持下，龙公子无奈地说："对于这件事，我之前已经给你讲得明明白白，现在不需要再重复了。如果你一定要去，这是你前世的缘分，对此，我无能为力。我只好在明天送你去，除此别无他法。你需要什么东西请告诉我，我会献给你。"弟弟听了，高兴得一夜没有入眠。

第二天，弟弟对龙公子说："我不需要其他东西，请给我一块羊头大的金子。"于是，龙公子给了他一块比羊头还大的金子，并把他驮到离他家很近的地方后，恋恋不舍地回头飞走了。

弟弟独自往家乡走去，快进村子时就被一群士兵抓住。他们将他紧紧捆绑住，立刻带到他哥哥面前。哥哥得知弟弟被抓后，奖赏了有关士兵。他佯装根本不认识弟弟，连一句话也不问，就下令把弟弟的四肢紧紧地捆绑起来，装进一个大铁箱子里，又在铁箱盖子边上钉上铁钉后，扔到了奔腾不息的大江里。

铁箱被江水带到坝子下边公主父母居住的地方，漂到农田的引水沟里被农民捡到后，向公主的父母禀报。公主的父母说："以前从未有过这种事，是恶兆还是喜事要看看。"便吩咐抬过来，叫来铁匠把铁箱上的钉子拔掉，打开铁箱盖子，认出里面的人是过去自己治理下的穷人的儿子、现在国王的弟弟。弟弟还处在昏迷中，于是给他换了衣服，往他的嘴里喂热饭。渐渐地，他苏醒了，可站不起来，也不能说话，就把青稞酒温热后喂给他喝，他这才恢复了意识。公主的父母问他："以前，你的哥哥带回公主的时候，说你掉进洞里被恶魔吃掉了。现在，你又是怎么回来的？是谁把你装进铁箱里的？"他把事情的来龙去脉及他们之间的交流，原原本本、一字不漏地告诉了两位老人，接着讲述了他和千龙王的儿子互助逃离，最后因为想念公主回到故乡却被军人抓住，终被哥哥装进铁箱、扔进河里这些经历，并且强调："你们如果不相信，请看我和公主分别时，公主送给我的金戒指。"他一边说一边拿出了金戒指。因为这枚金戒指不同于别的戒指，所以，公主的父母和在场的所有人都相信了弟弟，随即给他换上全套崭新的服装，摆上了丰盛的筵席欢迎他。

公主的父母虽然对哥哥的人品及行为怒不可遏、恨之入骨，但是，他们还装模作样地派信差给他捎去了一封信，请求他和掌握国家政权的所有大臣过来商量大事。随后，哥哥和少数大臣就来了。公主的父母迎接了他们。他们刚落座，弟弟突然从另一间房子里来到他们面前。哥哥一时不知所措、目瞪口呆。公主的父亲说："救我女儿的真正恩人是这个男人！你加害自己的骨肉兄弟，真是畜生不如。你用谎言欺骗我和所有大臣，骗取了王权。你卑鄙、违法的行径现在已经暴露无遗。对你违反国法的惩处，将犹如雷电般落在你的头上。无论用什么办法也无法拯救你，你对弟弟的残害无法得到谅解。现在要以其人之道，还治其人之身。这就是对你的严厉判决。"哥哥申辩说："大恩大德的父母，请不要相信他的谎言，救公主的人确实是我，我不是直接将公主带回来了吗？这个证据足够了，还要什么证据？"弟弟说："是我把公主从恶魔身边偷走，然后把她从洞里送出来的。公主离开洞子时给了我这枚金戒指，这是第一个证据；当时的所有情况如果问公主，她会马上证明，这是第二个证据；此外，千龙王的小儿子知道我的所有事情，问他就会明白，这是第三个证据。"哥哥听了无言以对，只想找个地洞钻进去，又感到无地自容。恐惧和羞耻交织在一起，让他束手无策。他狗急跳墙地要与弟弟搏斗时，大臣们以迅雷不及掩耳之势都站起来把他控制住，紧紧地捆绑起来，并逐一揭露他所犯的罪行，要求给他最严厉的惩罚，然后，把以前他装弟弟的铁箱抬过来，对他说："以前你弟弟遭受的这个滋味，现在轮到你了。"就把他塞进铁箱，用钉子把盖子钉好后，准备扔到大江里。这时，弟弟心生怜悯，对所有大臣和庶民说："不能这么做。虽然我哥哥有严重的罪过，但他毕竟是我的骨肉兄弟。人无完人，不如将他流放到边境。"在场的所有人对弟弟的善良、宽容肃然起敬，纷纷同意弟弟的观点。

善良的弟弟被大臣们邀请到首都拥戴为国王。庆典规模空前盛大，整整进行了21天。附近的庶民都来到首都参加庆祝典礼。远处的人们则在各自的家乡敬神，在房顶挂经幡，举行跑马、射箭活动。人们载歌载舞，用各种方式为新国王祝福。在庆祝国王登基的典礼上，应国王之邀，公主身着节日盛装，在众多女仆的簇拥下前来参加盛典。公主一见国王悲喜交加，眼泪仿佛断线的珍珠落下来。她伸开双臂，长久地紧紧拥抱国王，缓缓地倾诉相思之苦。众大臣都拥戴公主为王后，又摆筵席举行了几天的婚宴。老百姓为国王起名叫罗丹。罗丹依佛法来理政，创立了"出家十善法"和"在家道德规范十六条"等律规。

罗丹对百姓非常关爱，充满仁慈之心；百姓对罗丹顶礼膜拜、俯首帖耳。罗丹同附近的千龙之王也建立了前所未有的、亲密无间的友情，其他国家对罗丹的胸怀既倾心又爱戴，国家的财力变得特别雄厚，政治清明，军事等力量日益壮大。因治理有方，这个国家的常年祸害——瘟疫、灾荒、动乱、争端、霜雹等逐渐灭绝了，从此变成了幸福、富裕的地方。其综合国力无可匹敌。

牧羊小伙制服迪国王

（波密县）

从前，在雪域有个凶残成性的国王称作迪国王。他有近百位文武大臣，男女奴隶和百姓更是多得犹如天上的星星。在这些奴隶中，有一个没有父母和亲友，就靠给迪国王放羊度日的、有些傻的小伙子。迪国王给他的一天的食物，也就是一小碗酸奶和几粒炒青稞。

在牧场附近有黑、白两个湖，湖边是广阔的草坝，傻小伙每天在此放羊。每天饭后，他都会将几粒青稞撒在地上。说来很奇怪，傻小伙撒下的熟青稞也能发芽，草原上逐渐长出了大片青稞。他的羊也因此迅速繁殖增多，羊的数量达到了几千只而且膘肥体壮。

一天，傻小伙赶着羊群来到草坝上放牧时，发现在黑、白两个湖之间有黑、白两条龙在搏斗，于是驻足观看。眼看白龙快要失败，傻小伙跑过去没有劝架，而是直接抓住黑龙，用力将它扔回了黑湖里，抱起白龙轻轻地把它放回了白湖。傻小伙返回时发现，炒青稞被喜鹊吃得只剩下五六颗；到了傍晚准备回家时，又发现丢了羊。无奈，傻小伙只好饿着肚子，赶着剩余的五六只羊回去。这个情况被迪国王的侍寝官看到后禀报给迪国王。迪国王闻讯勃然大怒，立刻命侍寝官将傻小伙带到自己面前，不问青红皂白，就狠狠地将傻小伙毒打了一顿，并骂道："你这个叫花子，丢了那么多羊，是对本王恩将仇报！从今天起不准待在本国，你给我滚到本王看不到、听不到也摸不到的地方去。"说完，就将他驱逐出境了。

黑白两条龙在搏斗（陈秋丹、江村 绘）

从此，傻小伙在异国他乡到处流浪，以乞讨为生。一天，他想回到自己的家乡看看，便偷越国境，回到临近家乡的一个村庄。在进村的三岔路口上，他遇见了一位老大娘。傻小伙问："您从哪里来，现在要到哪里去？"老大娘说："我就是这个地方的人，去看了山脚下的牲畜，现在准备回家。小伙子，你从哪儿来，要到哪儿去？""我原先是迪国王的牧羊人，因为弄丢了他的羊，被毒打后驱逐出境。这些年，我独自一人在他乡流浪，时间久了，想回来看看。今天准备到迪国王那里去乞讨，也许不会得到施舍。"老大娘说："既然如此，你今晚就住在我家，明天去哪里再说。"于是，傻小伙跟着老大娘在一条向左拐的小路上走了一会儿，就来到一座美观的方形石头房子里。老大娘以丰盛的饭食招待了他，然后问道："你是怎么把羊弄丢的？"他说："我当迪国王的羊倌儿多年后，牧业有了大发展。在牧场的深处有黑、白两个湖。有一天，我在湖边放牧，看到在黑、白两个湖之间有黑、白两条龙在搏斗，就把它俩分开，回家时发现，大部分羊都丢了。"老大娘又问："在你没有劝架时，这两条龙怎么了？"他说："它俩刚开始搏斗时，我只是坐着观看，之后看到白龙快要输的时候，才跑过去抓住黑龙将它扔到黑湖里，把白龙放进了白湖里。"老大娘说："如果是这样，你到迪国王那里去没有用。他不仅不会给你吃的、穿的，相反，肯定会毒打和惩处你。你还不如到黑、白湖之间，在那里睡一觉。到时候，有一个人会说：'你这个危害他人的家伙站起来！'你绝对不要理睬这个人。然后过一会儿，又有个人会说：'恩人，请你站起来吧！'你就马上同他一起走。到了他家，你想要什么，他都会给你。但是，别的东西用处不大，他家的门里面有个圆圆的竹盒子，你就要那个。它对你会有很大用处。"

次日，天还没有亮，傻小伙就从老大娘家出发，日夜不停地来到黑、白两个湖边后就睡下了。过了一会儿，他听到有个人说："喂！危害他人的家伙站起来！"他装作没有听见。过了一会儿，他又听到有个人说："恩人呀！请你站起来吧！"他仔细打量了面前这个人：此人身长是他的两倍，面庞白净，模样英俊，身着白色服装。这个人说："我是龙王的内臣。您以前救了龙王。现在，他要报答您的恩情，今天专门派我来请您。"说话间，他用白布把傻小伙的头包起来，接着说道："在我没有解开白布让您看之前，您不要看。"说完就带他走。走了一会儿，只听见一片喧闹的鼓声、笛声等乐器声。这时，内臣解开白布让傻小伙看，他惊讶地发现，自己来到了龙宫广场。在通向龙宫的道路两侧，龙子龙孙们列着队、唱着歌、演奏着各种乐器欢迎他。当他通过欢迎夹道，来到用各种奇珍异宝建成的美丽的龙宫，眼前的一切让他惊呆了：院子里全是各种奇花异木，宽广的草坪四方流动着八功德的泉眼和瀑布、清澈的沐浴池，虾男、蚌女在表演动人的歌舞，龟臣、鳖相在演奏悦耳的音乐，所有的人都沉浸在美妙的歌声、舞蹈中。这一切令他目不暇接，仿佛来到了极乐世界。过了一会儿，从宫殿三楼亮着绿宝石酥油灯的大门里走出来一位气宇轩昂的人物，这自然是龙王。龙王对傻小伙很恭敬："请进来！"傻小伙又依次走上镶有各种珍宝的台阶。龙子龙孙们在左右殷勤地为他引导，将他带到龙王的寝宫。

他们将他安置在龙王对面相同的宝座上。傻小伙一点儿恭敬都不懂，坐在那里一声不吭。龙王想：此人不惧怕任何人，是个很了不起的英雄。这样想着，就对他更恭敬了。龙王仔细观察后发现，以前在湖边的牧羊人虽然穿着破旧，但他是青春年少的男子；而眼前这个男人无论穿着还是脸色都非常差。龙王不敢肯定他是不是原先救他的那个牧羊男子，心存疑虑。

傻小伙仔细看龙王时，发现龙王的脖子上有伤疤，于是问："陛下，您的脖子上有伤疤，是不是以前去什么地方打仗了？"龙王回答："我没有打过仗，但是以前同黑魔龙因争辩进而搏斗时，脖子受伤了。"傻小伙又问："你俩在打斗时，是谁拆开了你们？"龙王回应："一个放羊的救了我。"傻小伙这才说："当时救你的就是我。"龙王说："我一听说你来到了湖边，就专门派人请你来。以前，你年轻、威风，穿着也比较好。现在，你无论从穿着还是从脸色看，都非常穷困潦倒。所以，我一见到你，就认为不是以前那个放羊的，以为弄错了人，就不能肯定。你是因为什么变得如此穷困的呢？"傻小伙说："当年，我看到黑、白两条龙在搏斗，当白龙快要失败时，就拆开了两条龙。因为这事，我把羊弄丢了。迪国王也因此毒打了我，并把我赶出了国境。此后……"龙王听后惊讶地站起来，抓住傻小伙的手碰了碰自己的额头，感动地说："您为了我的事情遭遇如此不幸，现在请恩人安心地待在这里，以后该怎么办，咱们慢慢再说。"龙王如何盛情款待、精心服侍傻小伙不提。

傻小伙待在龙王的地域期间，所有的欲望都得到满足：龙域美丽怡人的风景、龙王金碧辉煌的宫殿让他流连、龙子龙孙的歌舞表演、乐器演奏使他目不暇接。在一次由龙王特设的筵席上，龙王对傻小伙说了如下的话："您是我的救命大恩人，我应该一辈子服侍您；但是，我们龙域的法律规定，不是龙类的普通人来此只能待三天，即便是人间的国王也只能待七天。说出这些话，我心里非常难过，可是没有办法。您来这里已经六天了，明天不得不送走您，请您原谅。恩人您要金钱、珍宝，我都会献给您；还需要什么，请您直说，明天，我会专门派龙臣送给您。"傻小伙说："陛下，您是正直而仁义的龙王。您对我慈母般照顾，我十分感激！珍宝之类的对我用处不大，因为我是无家无室的人，有了珍宝也无处珍藏，还不如把你们放在门里面的圆圆的竹盒子和一块羊头大的金子赏给我。"龙王思考片刻后说："这个圆圆的竹盒子是龙宫的镇宫之宝，谁都不能给，但是，您是我的救命恩人，不能不给。使用这个竹盒子会有风险：如果会使用，就会得到比国王还要多的财宝；若不会使用，就会变成乞丐。明白这一点非常重要。另外，如果您遇到重要的事情或需要什么东西，就到湖边喊我，我都会出来。"接着，龙王让龙臣给傻小伙教授了竹盒子的使用方法，便各自回房间就寝。

次日一大早，傻小伙准备出发，龙王将竹盒子和一块比羊头还大的金子赠给了他："您到人间后，在路上采摘足量的蒿草装进圆圆的竹盒子里，到您故乡的三岔路口后，用蒿草做一个合您心意的草房，然后在这个草房旁边睡一晚，就会心想事成。"龙王一边交代一边送他走出很远，才恋恋不舍地止步，让专使继续送他。

专使送傻小伙至人、龙交界处返回了龙庭。傻小伙回到人间后，把道路左右两边的蒿草拔了足量装进竹盒子，按照龙王的嘱咐，做了一间很美观的草房子。他回目四望，这个地方就是他与老大娘相遇的三岔路口，便寻找老大娘的房子，可是，当初的房子像从未有过似的不见踪迹。他依房形睡了一晚，翌日天亮时发现，那块金子还是原样，竹盒子却不见了。他心里想，那个竹盒子怎么就没了？这里不可能有小偷，如果有小偷，早把金子偷走了。他惊奇地发现，自己用蒿草做的房子出乎意料地变成了高大壮观的楼房，楼里房间很多，而且窗户都是玻璃的；五颜六色的装饰色发出耀眼的光芒，如同神仙的宫殿一般。他以为自己产生了幻觉，仔细观察，的确是现实，于是欣喜若狂："现在，我有了这样华丽的房屋，别说本国迪国王的宫殿，就是更加富裕的外国的国王也比不上。但是，不知房屋里面有什么财物。"傻小伙想着，便从大门进了房屋，又见所有的房间装满难以估量的无价财宝，客厅的桌上摆满丰盛的美味珍馐，香气四溢、热气腾腾。他痛快地吃饱喝足后，从阳台的窗户往外看，只见满山遍野骏马成群、牛羊无数；继而又仔细观察房屋，发现圆圆的竹盒子还在房子里面。他心满意足地小憩后，到外面观赏骏马、肥羊及其他牲畜；回来后发现，吃剩的食物不见了，桌上又摆了很多新的茶、酒、食物。他吃着这些，心里想：奇怪！这些饮食是谁做的呢？于是决定，第二天要佯装去看牲畜，半路回来看个究竟。

翌日起床后，他匆匆吃完花样繁多的早餐，便装作去看马及其他牲畜的样子外出了，中途再悄悄折返回来。他从窗户往房屋里面窥看，只见从圆圆的竹盒子里面出来了一位美丽的女子，帮他收拾剩饭，把所有的杯盘碗盏洗净，将房屋打扫好后又去提水。他就从窗户跳进屋里，把圆圆的竹盒子用火烧掉。女子提着水回到房间，发现竹盒子已烧毁，便说："哎呀！这不是好兆头。你为何要烧圆圆的竹盒子？现在，我们不能舒服地坐着了，做过的事，后悔也没有用。你快把圆圆的竹盒子烧后的灰烬收集起来，不要同别的灰烬混合，拿到后门旁边分三次撒掉并祈祷：人不要有尊卑，财物不要有大小，土地不要有凸凹，山不要有高低。"傻小伙便收拾灰烬并拿到后门旁，边抛撒边祈祷："愿人有尊卑、财物有大小、土地有凸凹、山有高低。"他没有听女子的话，而是反着祈祷了。回到家，女子问他："你是怎么祈祷的？"他将祈祷的过程原原本本讲了一遍。女子非常不满意，生气地说："谁让你这么祈祷？这是非常不好的兆头。你对所有的后代没有大恩，只有小惠。"但女子抱怨无益，现在世界上之所以存在人有尊卑贵贱、财有大小多寡、地有凹凸不平，甚至牲畜也有膘情好坏等等，都是由这个祈祷导致的。

这个骄傲、自负的傻小伙禁不住产生了要同别人攀比的念头，于是对女子说："明天，我要到迪国王跟前，叫他来这里做客。"女子说："你千万不要这么做，如果叫迪国王来做客，我俩就会有灾难。

绝对不能叫迪国王过来。"虽然女子苦口婆心,但他就是傻不明理,反而说:"我俩怎么会遭殃?我要把我俩的这些财宝向他炫耀。"说完就准备走。女子说:"你如果一定要去,我也拦不住。你走了之后,我会准备好丰盛的饮食。迪国王过来做客,如果喝完了茶、酒还要喝,你就要自己准备,不要叫我。如果迪国王看见了我,我就无法做你的终身伴侣。到那时,你就不得不变成穷苦的叫花子。你千万不要忘记这些,一定要牢记在心里。"傻小伙听了说:"我不会误事的。"说完就走了。

傻小伙走后,女子将茶、酒和丰盛的食物都准备好,便到别的房间里躲着。傻小伙跑到迪国王面前说:"尊贵的国王陛下,我曾经是您的牧羊人,现在在此地的下方安家落户了。今天专门前来邀请国王陛下到我家做客,请务必赏光。"迪国王吃了一惊,随后便嘲笑道:"你这个叫花子傻瓜别吹牛了,你一分钱也没有,还安家并请寡人做客,这真是天大的笑话。"傻小伙说:"现在,我也不申辩。总之,请陛下这就过去。"迪国王心里想,既然傻子有胆,就应看看他有何居心,于是准备去。此时,一个大臣提醒道:"陛下还是不去为好。他是否伙同外地的坏人搞阴谋诡计,不得而知。"迪国王说:"既然如此,我就带士兵去。"说完,迪国王带上大臣、侍从及精干的军队,还有很多食客,心里想,傻子在宴会上能摆出什么?如果宴会上的食物不够吃,就让他出丑,叫他无地自容。迪国王边想,边让傻小伙带路出发了。

迪国王一行来到离傻小伙家不远的草坝时,看到这个地方全是牛、马、绵羊、山羊等牲畜。迪国王问道:"这些牲畜是谁的呢?"傻小伙应道:"全是我的。""哈哈,你这个叫花子,别说这么多牲畜,恐怕连一只断了蹄子的动物都没有。"迪国王哈哈大笑。然后,他们又看到一座美丽壮观的宫殿。迪国王说:"这个地方原先连一间草房都没有,现在哪儿来这么多房子?"傻小伙更神气了:"这是我的住处。"迪国王说:"叫花子不要骗人了。你想住在这样的房屋里面,我怕你是做梦。"来到华屋的围墙旁边,所有人都下了马,傻小伙便请他们进屋。迪国王看见华屋里的床上都铺着卡垫，桌上摆满丰盛的、宛如神仙享用的美味珍馐，这才从心里相信了傻小伙的话。迪国王并不关心傻小伙是怎么得到这些财产的，他不能接受傻小伙的财产比自己多的事实，想用诡计把傻小伙的财产都抢过来；他也不能让傻小伙继续待在这里，将来与自己为敌。这时，茶喝完了，傻小伙喊道："姑娘，你过来打个茶。"女子没办法，便在脸上抹上陶罐的污垢后出来。熬茶时，茶水的蒸汽加上恐惧的汗水，除去了她脸上陶罐的污垢。迪国王一看到她那美艳的容貌，魂都丢了。他欲火烧身，真想马上同她共度良宵。心生歹念的迪国王，于是对傻小伙说道："今天，看了你的家庭、你的牛马，还有漂亮的妻子。对你的盛情款待，我很高兴。但我是人们顶礼膜拜的国王，而你的财富足以与我比肩，所以，我要与你赛马，赌注就是这个姑娘，谁的马跑得快，谁就算赢。"傻小伙焦急地说："陛下，这可使不得！赌注不管押金钱、绿松石、珊瑚还是牛、马都行；把人作为赌注，没有这个习俗。因此，我不押妻子做赌注。"迪国王说："你不要再说了，天子一言，驷马难追！这件事就这么定了。"当晚，迪国王和大臣等所有人都醉醺醺地回去了。

　　傻小伙很伤心，懊悔地低着头坐着。女子说："你根本不懂善恶，做什么事总欠考虑，随心所欲，说你也不听。现在，除了这个结局，还能有什么好结果？如果要赛马，虽然我们的马多，但是比不过迪国王的马。如今，你爱咋就咋。""现在，根本就没有办法了吗？难道你只能被迪国王抢走？以前我的做法根本就不对，以后再不会这样做。求你帮帮忙。"傻小伙哀求道。女子说："那我要到父王面前借一个东西。"傻小伙这才明白，原来女子是龙王的公主；同时也猜想："因为我没有听她的话，所以，她想回到龙域去。"于是，他说："你就坐在家里。需要借什么东西，我去借。"女子明白了他的心思，就说："那你去吧。到了白湖边，你这样喊：'龙王陛下，我不要高大的马，也不要矮小的马，请借给我中等的马，他就会借给你。在路途中，你什么也不要说，把马牵回来就行。"他去了，来到白湖旁边，按照姑娘说的做了，果然出现一匹既不大也不小的白马。迪国王的马都是高大强壮的。傻小伙心想，明天能赢吗？第二天，他一大早就起来，吃完早饭准备出发时，女子正给马喂料。她在马的额头上点缀一块酥油后，抚摸着马说："今天，你要和迪国王的马比谁跑得快。你看在我的面子上，必须比国王的马跑得快。开始不要跑得很快，之后逐渐加快速度。"她如此教导后，给马配上优质的马鞍。然后，傻小伙骑上马朝赛场奔去。

国王要和傻小伙赛马的事像长了翅膀的风，很快传遍四面八方。当天，全国所有的人都来观看赛马。赛场四周全是人和马。到了中午，开始赛马了，只见迪国王的马飞一般跑到了前面。赛程过一半时，傻小伙用马镫碰了一下马。马突然加快速度，过了一两分钟，就跑到了迪国王的马的前面，然后像箭一样直飞终点。此时，成千上万观看赛马的人看到傻小伙获得胜利后，兴奋地发出雷鸣般的欢呼声。迪国王感到羞耻，心里非常不高兴，他对傻小伙说："今天赛马你赢了，但是，这个胜利不顶用。明天，我与你斗牦牛，谁赢了比赛，姑娘就归谁。"傻小伙忧郁地回到家，受到了女子的迎接和款待。女子看到他愁眉苦脸的样子就问："你为什么不高兴？赛马比输了吗？""赛马赢得很精彩，但迪国王不守信用。他认为这次赛马的胜利不算数，明天要比斗牦牛。迪国王的牦牛全都像野牦牛，我俩没有这样的牦牛，怎么办？"女子说："这都是你自己惹的祸，何必伤心？"他绝望地对女子说："帮帮我，我一点儿办法也没有！"女子说："那你先去归还从我父亲大人那里借的马，再借牦牛，牵一头中等牦牛来。回来的路上，什么都不准说。"于是，他又来到白湖旁边呼唤龙王，说把马还给龙王并表示感谢，请求再借一头中等牦牛。这时，从湖里出来一头中等偏瘦的牦牛。傻小伙抓住这头牦牛，把马放进湖里。他牵着牦牛回来时心想：这头瘦小的牦牛和迪国王的牦牛相比，就如同是猪与黄牛的区别。这比赛能赢吗？但是他又想到，头天那匹马也是这么瘦小，却取得了最终的胜利，心里也就有了点儿底。第二天一早，女子在牦牛的额头上点缀一块酥油后说："你今天要和迪国王的牦牛进行比赛，必须赢得胜利；开始不要使很大的劲儿，之后逐渐加大力气。"傻小伙牵着牦牛走了。

在同迪国王的牦牛进行比赛时，早上，迪国王的牦牛好像力气大，因而，迪国王和大臣都非常高兴；下午，傻小伙的牦牛的体型变得像山一般大，牛角喷着火，并发出雷鸣般的怒吼声，嘴里仿佛冒出黑色的水汽。迪国王和大臣都吓得跑到远处观看。经过两三轮较量后，迪国王的牦牛的肚子被傻小伙的牦牛顶破了，内脏全出来了。傻小伙的牦牛进而用力把迪国王的牦牛摔在地上，迪国王的牦牛立刻断了气。傻小伙高兴得跳了起来，大声唱起歌来："好开心，好幸福，我赢啦！获得了英雄绶带。"羞愧的迪国王看到傻小伙自鸣得意的样子仿佛万箭穿心，于是又把他叫到身边说："赛马、斗牛你都赢了，明天把你刚才说的'好开心，好幸福'带过来，否则不仅是姑娘，还有你的房子和你所有的财产都归我。"如同前一天一样，傻小伙又伤心地回到住处，把当天所发生的一切告诉了女子。女子说："迪国王死期临头，福气已尽。现在，你就去把牦牛归还，请求借来中等的军箱。军箱内有震耳的声音，切记不要在途中打开。"这样，傻小伙又把牦牛放回湖里，请求借个军箱。这时，从湖里冒出一个小箱子。他把箱子背在背上后回返。到了半路，小箱子里发出震耳欲聋的声音。他想，这小箱子里装了什么东西？便放下小箱子打开一看，从里面走出来成千上万武艺高强的战士。他们穿着金质铠甲，戴着金质头盔，携带着金质弓箭、宝剑、长矛等各种各样的武器，怒目圆睁地分散到四野山上。其中一个军官问："喂，大哥，打哪儿？"傻小伙紧张地说："进到箱子里去。"他们就都进到箱子里。途中，他改变主意，没有回家，鼓起勇气，径直向迪国王宫殿的方向走去。在宫殿附近，他打开箱子。所有战士像原先一样走出来，那个军官问："喂，大哥，你想打哪里？"他说："去制服狡猾而且嫉妒心强的迪国王和那些庸臣、庸民。"瞬间工夫，国王、王后、大臣、庶民、士兵等，都如同雷劈雹打庄稼般被消灭了。迪国王的宫殿等所有家园被付之一炬，遍地都是废墟和尸体，恶臭和惨叫声充斥整个京都，烟雾遮住了太阳，场面让人心痛。军官说："喂，大哥，还要我们干什么？"傻小伙说："可以了，进到箱子里吧。"待所有战士疑惑地进入箱子后，傻小伙关上了箱子，满意地回到家里，并将情况都告诉了女子。女子吃惊地黑着脸说："你为何不听我的话，自作主张地去打仗？也不知道打谁，为何把所有人杀掉？如果把军箱拿到我这里，我会指挥如何打仗。该杀的是迪国王和王后，以及跟随他们的恶臣等少数人。那些善良的大臣和奴婢，尤其是庶民百姓，不应该去危害他们，而应该把他们拉到我们这边。若能如此，你就马上能当上统治此地的国王。现在，你怎么在空无一人的地方当国王？其他地方虽有百姓，但他们会说，你是一个不能明辨是非、缺乏智慧、不知报应的人，不会有人愿意做你的庶民。你平时说要当国王，可到能当国王时，却像到了嘴里的肉又被舌头推出来一样，竹篮打水一场空，这不要怨我。你这样做，结束了与龙王的缘分，我也无法留在这里。你现在还不去还箱子吗？你想让龙王不再帮你吗？"女子恼怒地斥责傻小伙。他连回嘴的勇气都没有，这时才明白，自己变得如此富强是龙王和女子的恩情。以前当乞丐的情景浮现在眼前，自己不听女子忠告所做的一切坏事也浮现在眼前，傻小伙感到无地自容、悔不当初。他的脸色变得像猴脸一般，立刻去归还军箱。

　　他回来之后，女子再次对他严厉警告。他便对女子顶礼膜拜，后悔当初所做的一切，并发誓今后听从女子的教诲。女子也变得温和了："我是父亲大人送给你的，对你有利的事情，我都要做。只要你能说到做到，我肯定还像以前一样对你好。"这之后，傻小伙虽然没能当上国王，但在女子的教导下，改恶从善，处理事情懂得取舍，成为这块土地上无与伦比的富豪，也成为被别人羡慕和膜拜的对象，就这样度过了幸福的余生。

小伙子玉杰

（波密县）

从前，在一个比较富裕的家庭里有个叫拉江的姑娘，与当地一个叫玉杰的贫困小伙子彼此倾慕，成了恋人。小伙玉杰是个老实、厚道、勤劳的人，拉江姑娘向她父母请求招他为婿。她的父母开始坚决不同意，后来在拉江的再三请求下，他俩的愿望实现了。

但由于玉杰是穷人家的孩子，到了女家当女婿后，岳父、岳母和姨姐把他当成眼中钉、肉中刺。他除了天天去放羊外，没有任何权利。小伙子玉杰是一个孝敬长辈、虔诚信教的人，总是听从自己岳父、岳母和姨姐的吩咐，从未表现出不高兴的样子。

一天，玉杰放羊时，领头的最大的公羊丢了。他正担心如何把其他羊赶回去时，大部分羊又丢了，只好赶着剩下的羊回家。玉杰来到岳父面前说："爸爸，爸爸，今天，我把领头的最大公羊和其他一些羊看丢了。"岳父气愤地骂道："狗要顾的只有自己的尾巴，你要看的只有一群羊。你为什么不好好放羊？我的羊上哪儿去了？"正在做木工活儿的岳父怒气冲冲地用小斧头背，重重地在玉杰头上敲了一下。

接着，玉杰又来到岳母跟前："妈妈，妈妈，我今天不小心，把领头的最大公羊和其他一些羊看丢了。"岳母更加愤怒地骂道："你这个乞丐，连羊都看不好，你干什么去了？"岳母正在做羊毛活儿，便使出最大的力气，将手里的纺锤抽打在玉杰头上。

无奈的玉杰只好走到姨姐跟前："姐姐，姐姐，今天，我把领头的最大公羊和其他一些羊看丢了。"姨姐正在织氆氇。她气愤地边咒骂，边将织氆氇的梭子狠狠地打在玉杰头上。

最后，小伙子玉杰伤心地来到妻子跟前，把事情告诉了妻子。拉江安慰他说："你不要伤心了，我俩一起去找羊。"一路上，小伙子玉杰非常伤心，眼泪不停地落下来，他把流下来的眼泪存放在手心里。走了很久，前方一条大河挡住了他们的脚步。玉杰说："大河请断开，放我一条路。"说完，大河真的从中间断开，出现了一条路。他们又继续走着，到了山谷。在一座白色的岩石山和绿色的草皮山旁边，玉杰手心里存放的眼泪已变得满满的。他便把手心里的眼泪撒向白色的岩石山和绿色的草皮山，并大声喊道："白色的岩石山和绿色的草皮山，请打开门吧！"顿时，"轰隆"一声巨响，山门打开了。玉杰立刻钻进了山洞，山门又"轰隆"一声关上了。拉江对着白色的岩石山和绿色的草皮山呼喊着玉杰的名字，但不管怎么呼喊，除了听到自己的回声外，没有一个人回应她。她只好无奈又痛苦地回了家。

拉江姑娘回到自己的家后，她哭泣着，不满地对父母和姐姐说："你们现在就把女婿带回来。如果你们不把他带回来，我除了死之外，别无选择。"她父亲着急地说："女儿，你别这么说。明天，我就去找玉杰回来。"

第二天，拉江的父亲骑着马到了山谷里。他对着白色的岩石山和绿色的草皮山唱道：

左边立有白石山，右边立有绿草山，
白石绿草山之间，玉杰请你走出来。
你若久留山洞里，谁来伺候拉江父？
谁来伺候拉江母？谁来伺候拉江啊？
谁来传宗接代啊？谁来管理家中畜？
谁来保管家中财？谁来祭祀土地神？

这时，山门打开了一条缝，小伙子玉杰的歌声从里面传出来：

岳父把我赶出来，岳母把我赶出来，

拉江姑娘到山谷岩石旁呼喊玉杰小伙子（扎西泽登 绘）

玉杰只好往外走，还是你们好好过。

你们相互伺候好，拉江给她自由吧。

传宗接代我不会，牲畜管理我不能，

家中财宝我不守，祭祀神灵我不干。

由于岳父平时喜欢刀枪，玉杰从山洞里给岳父丢出来不少刀枪后，山门就关上了。岳父把刀枪放在马背上，牵着马回到了家里。

拉江姑娘见不到玉杰，又申明："如果你们不把我的玉杰带回来，我除了死之外，再无其他想法。"她妈妈答应第二天去叫玉杰。

第二天，岳母骑着一匹骡子去了山谷里，对着白色的岩石山和绿色的草皮山，又唱了一遍她丈夫头天唱过的歌曲。

小伙子玉杰也用与头天同样的歌词，回应了岳母。

由于岳母喜爱衣物，他唱完，就从山洞里给岳母扔出了几卷绸缎。岳母让骡子驮着绸缎，牵着骡子回到了家。

拉江姑娘见玉杰依然没有回来，更加坚定地表达了必死的决心。无奈，次日，姨姐骑着一头牦牛，来到山谷中的岩石山旁边，又唱起了同她父母一样的歌。

玉杰依旧用同样的歌词回应了姨姐。

由于姨姐非常喜爱首饰，玉杰就从山洞里倒出了一斗猫眼宝石和珊瑚等首饰。姨姐让牦牛驮着首饰，牵着牦牛回到了家。

拉江姑娘心里想："我的父母、姐姐都是爱财如命的人，可我不能失去玉杰，除非他已死。看来，还得自己去请他。"于是，拉江在次日早晨走着来到山谷中的岩石山前，再次唱起她父母和姐姐唱过的歌。

玉杰又在山洞里面把对应的歌词唱了一遍。

小伙子玉杰根本不从山洞里出来。只是，他从山缝里一捆一捆地给拉江丢出刀枪，拉江马上把刀枪砸得粉碎；接着，又给她丢出了一匹一匹的绸缎，她又把绸缎撕成一块块的；最后，还给她倒出了一斗又一斗的猫眼宝石和珊瑚等首饰，她把这些首饰用石头砸得粉碎。拉江一边继续唱歌，一边苦口婆心地恳求玉杰出来，但小伙子玉杰别说出来，连山门都没开。万般无奈，拉江从腰上取出小刀，对准胸口准备自尽。这时，玉杰终于被感动了，打开了山洞门。玉杰把拉江请进了山洞里，对她说："你愿意跟我一起去极乐世界吗？"拉江回答道："只要能和你在一起，别说是极乐世界，就算是下十八层地狱，我也愿意。"玉杰从山洞里面拿出了不少猫眼宝石、珊瑚、绿松石、琥珀等珍贵的珠宝首饰和一捆线交给拉江，对她说："明天太阳升起时，我们俩就要去极乐世界。今晚，你要串完这些珠宝。这些珠宝是我俩到极乐世界敬献的供品，如果串不完，绝不能贪恋剩余的珠宝，不然，在去极乐世界的途中，会掉到有老虎、豹子、狗熊的地方。"小伙子玉杰说完，便去旁室打坐修禅。

第二天天亮后，拉江姑娘已经将其他珠宝全部串完，就剩一颗最大的绿松石没串完。玉杰也结束了打坐修禅，他把拉江放到自己的袈裟下面，乘着太阳的光芒，飞上湛蓝的天空。当他俩在天空漫游时，拉江突然想起了未串完的那颗最大的绿松石。一分心，她和袈裟都掉到了到处有老虎、狗熊等野兽出没的地方。幸亏在小伙子玉杰袈裟的威力下，拉江除了被野兽惊吓外，没被野兽吃掉。

次日，太阳刚出山，小伙子玉杰就乘着太阳的光芒，来到有野兽出没的地方解救拉江姑娘。成功后，他俩一起去了没有痛苦、没有忧愁的极乐世界，到今天还幸福地生活在那里。

已故王子和放牧女

（波密县）

从前，在一个牧人家里有一个小女儿。这个女孩身材苗条，长相秀丽，心地善良，性格温柔。每天，她都会赶着家里的牲畜到很远的草原放牧。

一天，她放牧的地方，来了一匹毛色漂亮、身形优雅，但只有麝香鹿般大的小马。骑在小马背上的，是一个长相非常英俊，但身形只有纺锤轮那么大的小男人。小男人对姑娘说："你愿意不愿意骑到我身后的马背上，跟我一起远走？"姑娘有点儿不好意思地说："这事，我不能做主，还得问我妈妈。"小男人满怀深情地强调："今晚回家后，请你不要忘了问你妈妈这件事。"

晚上回到家里，姑娘没敢说这件事。第二天，小男人又骑着小马来到姑娘放牧的地方问："姑娘，昨晚，你问你妈妈没有？"姑娘谎称："昨晚家里事多，我忘了问。"小男人说："那今晚，一定不要忘了问你妈妈。"说完，骑上小马走了。这天晚上，姑娘回到家后，鼓起勇气，把两天来所遇到的事情都告诉了她妈妈。她母亲不相信女儿的话，便说："你不要说胡话，世上哪儿有麝香鹿般大的小马和纺锤轮那么小的男子？也许是你眼花了。"

第三天，小男人继续来到姑娘放牧的地方问："昨晚，你问你妈妈没有？"姑娘说："我问了，但妈妈不相信我的话。"小男人说："你今晚一定要问清楚，我等待你的明确答复。"这句话打动了姑娘的心。

或许是姻缘，她觉得这男人虽小，但可敬可爱。她答应向她母亲问清楚这件事。晚上回到家里，她又对她母亲说："今天，那小男人骑着小马又来到我放牧的地方，他再三问我要不要跟他走，我怎么回答他的话？"或是缘分，她妈妈随口说道："如果你想跟他一起去的话，明天，你就跟他去好了哦！"

　　第四天，小男人又来到姑娘放牧的地方，再次问："昨晚，你是否问了？"姑娘回答道："我问了。妈妈说'你想去的话，就去好了'。"小男人很高兴："现在，我的愿望实现了。你就放心地骑在我身后的马背上。我俩一起回我的家。"于是，他俩便骑在小马上走了。走了很长一段路，他们来到一处红山、红水、红桥的地方。姑娘觉得很奇怪，就用歌声问道：

　　　　这红山是什么山？
　　　　这红水是什么水？
　　　　这红桥是什么桥？

　　小男人答道：

　　　　这红山是珊瑚山。
　　　　这红水是珊瑚水。
　　　　这红桥是珊瑚桥。
　　　　你活人想拿就拿，
　　　　我死人无法弄到手。

　　听到这里，姑娘才知道他是一个死人的魂体，心想："跟随一个死人走，我真是一个没有福气的人，但事到如今，后悔也没用，只能跟着他走，没有别的办法。"想到这里，她抓上几把红石子装进怀里，哭着跟小男人继续往前赶路。走着走着，他俩来到一个黄山、黄水、黄桥的地方。姑娘又以歌声问道：

　　　　这黄山是什么山？
　　　　这黄水是什么水？

已故王子的灵魂带着牧女来到珊瑚桥（陈秋丹、江村 绘）

这黄桥是什么桥？

小男人回答道：
　　这黄山是琥珀山。
　　这黄水是琥珀水。
　　这黄桥是琥珀桥。
　　你活人想拿就拿，
　　我死人无法弄到手。

姑娘抓上几把黄石子装进怀里。他们往前走着走着，又来到一处花山、花水、花桥的地方。姑娘问道：

这花山是什么山？

这花水是什么水？

这花桥是什么桥？

小男人回答道：

这花山是猫眼山。

这花水是猫眼水。

这花桥是猫眼桥。

你活人想拿就拿，

我死人无法弄到手。

姑娘又抓上一把花石子装进怀里。他俩走了一天的路，天已大黑，无法继续赶路。这时，离他俩不远的地方有一座精美的宫殿。小男人说："今晚，你就在这里借宿；晚上，我再过来。现在，我无权到这家来。"说完，小男人和小马就不见了。姑娘忧伤地来到宫殿跟前，敲响门要求借宿。这天晚上，房东让她睡在牛棚里。夜深人静时，小男人来到姑娘跟前，用歌声问道：

这屋顶是什么顶？

你垫的是什么垫？

是否别人叫你媳妇？

家权是否交你手中？

姑娘回答道：

这屋顶是牛棚顶，

我垫的是牛皮垫。

没人叫我这家媳妇，

没将家权交我手里。

小男人听出姑娘歌声里忧伤的情绪。原来，他就是这座王宫里的王子。死后，他的灵魂变成了一个小男人。这次，他因为娶上媳妇，回到了自己家里。

他俩的谈话被一个女仆听到了，女仆听出了王子的声音。次日早上，女仆来到国王和王后跟前禀报道："昨晚，听到借宿在牛棚里的姑娘与一个小男人谈论了很长时间。那个小男人的声音，和咱们已故王子的声音很像。他还问姑娘：'是不是别人叫你是这个家的媳妇'？"国王和王后说："王子去世已有一年多，他再也不会回到我们身边。不过，这人到底是谁，我们还是要进一步了解。"

第二天晚上，他们让姑娘睡在凉台上，给她铺了个破垫子，并留了几个男女仆人偷听她和小男人的谈话。这天夜里，小男人又来到姑娘跟前问道：

> 这屋顶是什么顶？
> 你垫的是什么垫？
> 是否别人叫你媳妇？
> 家权是否交你手中？

姑娘说：

> 这屋顶是凉台顶，
> 我垫的是破烂垫。
> 没人叫我这家媳妇，
> 没将家权交我手里。

他们的谈话又被仆人们听得一清二楚，立即把情况禀报给了国王和王后。

第三天晚上，国王和王后让借宿的姑娘睡在已故王子的卧室。他们自己隐藏在卧室门口，心想，如果王子再次出现的话，就抓住他。他们对姑娘说："这个小男人是我们已故王子的灵魂，你就是我们家的儿媳。今晚他到你身边时，请你一定要抓住他，别让他再离开我们。"这天夜深人静时，小男人来到姑娘跟前问道：

这屋顶是什么顶？

你垫的是什么垫？

你是否是这家媳妇？

家权是否在你手里？

姑娘答道：

这屋顶是卧室顶，

我垫的是虎皮垫。

我是这家媳妇，

家权在我手里。

　　小男人非常高兴，情不自禁地流下了眼泪。姑娘说道："你为什么不露出自己的原形？说你存在，白天见不到面；说你不存在，每天晚上都出现在我身边。这样下去，我实在受不了。求你从现在起，再也不要离开我。"小男人说："我只是个死人的魂体，因此，只能在晚上出现，白天无法和你在一起。"这时，躲在门口的国王和王后及臣仆们走进卧室，跪下恳求王子不要离开。在他们再三要求下，王子的魂体说："既然你们都希望我留下，那么，从这里往南走，越过九山九谷的地方，有座密林大山。山脚下滚动着很多像人的心脏一般的黑石头，它们不仅紧追着你们，还会说：'把我带走吧，把我带走吧！'你们绝不能理睬这些石头。其中有块白石头，从谷底往上爬，它会说：'不要带我走，不要带我走。'只有你们能抓住这块白石头并带回来，我才能变回人。带回这块白石头不是一件容易的事，途中会遇到很多难题。前往密林大山时，第一，要路过一座破烂桥，到了桥上要说：'桥啊！神桥呀，没有比你恩情大。'第二，会遇到一扇破门，要说：'门啊！神门，没有比你恩情大。'第三，会遇到100匹马，要带一些干草，把干草平分给它们后要说：'马啊！神马，没有比你恩情大。'第四，会遇到100只狗，要带一筐骨头，把骨头平分给100只狗后，就说'狗啊！神狗，没有比你恩情大。'这样回来时，若遇到难题，它们都会帮忙。如果能把那块心脏一样的白石头带回到我身边，我就能跟你们生活在一起了。"姑娘说："如果是这样，我就是死九回，也要取回这块白石头。"

当天晚上，姑娘就朝南走了。路途中，正如王子所说，遇到了破烂的桥、破烂的大门、100匹马和100只狗。姑娘按照王子的吩咐，对大桥和大门说了好话，给100匹马平分了干草，给100只狗平分了骨头，最后来到了一座森林覆盖的大山脚下。从山上滚下来很多形似人的心脏的黑石头，这些黑石头都在喊："带我走吧！带我走吧！"姑娘没有理睬这些黑石头。这时，一块形似人心的白石头拼命地从谷底爬上山，并说："不要带走我！不要带走我！"姑娘去追它，白石头爬得很快，姑娘经过千辛万苦才抓住它。她把白石头揣在怀里往回跑，后面，很多形似人心的黑石头都在追赶姑娘。姑娘来到有100只饿狗的地方，黑石头们喊："老狗们，你们抓住这个姑娘。"那100只狗说："我们不能抓她。只有这姑娘赞美我们是神狗，又给我们平分了骨头。"它们给姑娘让开了路。姑娘跑到有100匹马的地方，人心似的黑石头们说："百匹马，踩死这个姑娘。"那100匹马说："我们不能踩死她。只有这姑娘赞美我们是神马，又给我们分草吃。"100匹马轮流驮着姑娘跑。人心似的黑石头们追得很快，到了破大门处，它们喊："破大门，快关上！不要让这个姑娘过去。"大门说："我不能给她关门。只有这姑娘赞美我是神门。"姑娘跑到破桥上，黑石头们大喊道："破桥，把姑娘扔进河里去！"大桥说："只有这姑娘赞美我是神桥，我不能把她扔进河里。"等姑娘过了桥，破桥自己掉进河里。这些黑石头无法再追赶姑娘。

姑娘克服了所有艰难险阻，带回形似人心的白石头送给小男人。经过几天的洗礼和祈祷，小男人变成了高大、英俊的王子。王子的父母对姑娘感恩不尽，给他俩举行了隆重的婚礼。姑娘由故乡过来时，从红山上捡来的红石子都变成了红珊瑚，从花山上捡来的花石子都变成了猫眼石，从黄山上捡来的黄石子都变成了琥珀。

从此，国王、王后禅退，王子执政，姑娘成了王后。父王、母后和百姓们的忧愁烟消云散了。王国避开了苦难的乌云，迎来了政治清明的阳光，人民过上了更加幸福美满的生活。

意志坚强的猎人降伏女妖

（波密县）

远古的时候，在一个上有草原、中有森林、下有农庄的美丽迷人的地方，有个名副其实的猎人叫洛旦①。

有一天，猎人洛旦来到森林中打猎，不一会儿就猎杀了鹿等好多野兽。那晚，洛旦准备在森林中过夜，便想找个能避雨的山洞，找呀找，最后找到了一个非常舒服的山洞。他把野兽的皮、肉放在山洞里面，在石头上生了火，还捡了很多干柴准备夜里用。

天快黑的时候，来了一个不知来路的漂亮女子。她对洛旦说："大哥，我是从上部牧场来的，去下面的村庄办事。现在，天快黑了，请让我今晚与你一起在这个山洞过夜吧！"洛旦对女子的话信以为真，同意让她跟自己一块儿在山洞里过夜。

天黑后，他俩围着火堆坐着闲聊。火光映衬下的女子的脸色显得白里透红，看上去美丽迷人。她逐渐靠近洛旦，向洛旦抛去媚眼，摆出各种诱惑男人的姿态，随着火光渐渐暗淡，女子的脸变得像炭一样黑，嘴角两边露出一对又粗又长的獠牙，从獠牙上滴下血滴，样子极为恐怖。洛旦这才明白，这女子是女妖。

他在火上放了很多柴火，让火焰往天空蹿。当柴火快用完时，洛旦想：我得想个办法降伏这女妖，不然，今晚肯定会被女妖吃掉。绞

①　洛旦，藏语意为智者。

勇敢的猎人用火烧的鹿腿降伏女妖（扎西泽登 绘）

尽脑汁后，洛旦想到了一个很好的办法：他从当天猎杀的鹿的身上用刀切下一条腿，放在烈火中烤。

鹿肉快烤熟时，发出了沙沙的声音。那女子好奇地问："大哥，这沙沙沙的声音是什么声音？"洛旦说："沙沙沙的声音就是沙沙沙的声音。"过了会儿，烧着的鹿肉又发出舒舒的声音。女子又问："这舒舒的声音是什么声音呀？"洛旦不慌不忙地回答："舒舒的声音就是舒舒的声音。"他还抓住鹿腿，在火里左右翻弄着。鹿肉完全烤熟之后，女子又继续问："大哥，沙沙沙的声音是什么声音？"洛旦像原先一样，继续不慌不忙地回答："沙沙沙的声音就是沙沙沙呀！"趁着女子稍微走神，洛旦突然发出雷鸣般的声音："沙沙沙就是这个东西！"他抓着被火烧的鹿腿，用力打在那个女子脸上。女子发出痛苦的声音，跑得不见踪影了。

本来，女妖变成一个女子想夺走洛旦的生命；但在勇敢、意志坚强和敢于面对敌人的洛旦面前，女妖除了失败之外，没有别的结果。

第二天，洛旦背着猎物回家，在路上发现一只半边脸被火烧毁的死兔子，知道这是降伏女妖的印记。他在原地把死兔子烧掉，烧得连一滴血、一根毛都不落下。从此以后，再也没有听说这个女妖害人了。

人类智慧的来源

（米林县）

　　远古的时候，并没有智慧超群的动物。现在的人类，那时叫作"黑头野兽"，其智慧水平同野兽一样，也是野兽之一。它和所有的动物一起，在茂密的原始森林里平等地生活着，整天在与其他动物的搏斗、争食中生存。

　　一天，在聚集着老虎、狮子、狗熊、棕熊等动物的地方，从蓝天降下神仙，手里拿着称作"智慧"的一块肉。神仙说："你们弱兽和猛兽每天都寻找并争抢食物过日子，都没有出色的才华或智慧，以后的日子里不会有什么大的进步。我手里拿的这块叫'智慧'的肉，你们用舌头舔一下，你们的智慧就会上升一点。你们都公平、公正地去舔一舔吧。"说完，神仙便飞向湛蓝的天空，回到了清净界。

　　神仙回去后，野兽们商量如何舔"智慧"肉。所有野兽集合后商定，按照平时的等级顺序去舔。然而，所有野兽根据自己的等级顺序排队时，发现黑头野兽没到，于是又商量让谁去叫它。山大王老虎让山二王狗熊去叫，山二王狗熊又让山三王猴子去叫，依次后推，最后推到了兔子那里。兔子说："如果我去叫黑头，你们就会舔完这块'智慧'肉，还不如让我在走之前舔了我的那份。"大家都同意。于是，兔子便舔了一口"智慧"肉，获得了它那份智慧。因此，现在的兔子比其他动物要智慧一点，在世间享有聪明伶俐的美誉。

　　兔子走着走着，来了点儿智慧："平时除了黑头野兽外，其他比

动物们聚集在一起，商量如何舔"智慧"肉（扎西泽登 绘）

我高大的野兽都欺负我。我要想个办法让黑头野兽独享那块'智慧'肉，它也会报答我。"过了一会儿，兔子见到了黑头野兽，就对它说："神仙赐给我们一块叫'智慧'的肉，除了你之外，其他野兽们都舔了属于自己的那块，现在都盯着你的那块肉。它们说，如若你再不来的话，就要吃掉你的那份肉。"

黑头野兽对兔子说了声谢谢后赶紧跑过去，到了"智慧"肉面前，看到其他野兽都盯着那块肉。它一下子跳到"智慧"肉面前，一瞬间就将整块肉吞了进去。其他野兽们在惊讶的同时，气愤地要把黑头野兽杀死，可黑头野兽因为吃了"智慧"肉，已经有了很高的智慧。它灵机一动，便解释说："我以为这都是我的那份，就全吃了，没想到你们都还没舔。"接着，它继续说道："反正你们如果杀了我，吃我的肉、喝我的血、啃我的骨头，都不可能起到神仙赐给的那块肉的作用，甚至连光都不会沾上的，倒不如给我其他的惩罚。"它既有请求，又有建议。

其他猛兽一合计，觉得黑头野兽言之有理，就决定拔掉它身上的毛以示惩罚。野兽们一窝蜂地向黑头野兽围过来，要拔它的毛。黑头野兽绝望地用双手抱住头部护着，其他野兽抢着把它身上没能护住的毛都拔光了。

因此，现在我们人类身上的头发，是黑头野兽在遭惩罚时用双手护住而得以留下的。受到拔毛惩罚后，黑头野兽没有被杀死，而是获得一条生路。现在，我们人类比其他动物更有智慧，既是善良的回报，也是兔子的功劳。

懒惰的后果

（米林县）

从前，在一个叫乌有的地方有一个好吃懒做的人。懒汉整天别无他事，只想不劳而获，能坐拥财富。他到处询问一夜暴富的办法和点子，但总是一无所获。

一天，他去拜访村里一位德高望重的老僧，表达了自己的愿望，并再三恳求老僧帮他出主意。老僧无奈地说："传说中有个叫独脚鬼的动物，若是跟它交上朋友的话，要什么它都会给的。但是要和它交朋友，得带上骰子，到一个荒无人烟的地方去，装作打骰子，边打边说：'独脚鬼输了！独脚鬼输了！'总有一天，它会伸出手抓骰子。这时，你就把它的手紧紧抓住，把它头上戴的帽子抢过来。你若抢到帽子，它会恳求你还它帽子。这时，你就提条件，要跟它交朋友。它不但会答应和你交朋友，而且，你要什么都会给你，让你心满意足。"懒汉心想，真是这样的话，还确实是上策。于是，他决定第二天带着骰子去试一试。

懒汉带着骰子在荒无人烟的地方坐下，一整天都装着在打骰子，还不停地自言自语："哈哈，独脚鬼输了！"但是，独脚鬼一直没出现。

到太阳快下山的时候，懒汉还继续大声喊叫着："哈哈！独脚鬼又输了！"突然间，独脚鬼不知从何处冒了出来，伸手来抓骰子。懒汉便一手紧紧地抓着独脚鬼的手，一手抢走了独脚鬼的帽子并垫在

懒汉去拜访老僧，恳求帮他出主意（扎西泽登 绘）

了自己的屁股下。独脚鬼央求把帽子还给它。懒汉说："你若跟我交朋友，并且满足我一个愿望的话，我就把帽子还给你；不然，我绝对不会还给你帽子。"独脚鬼说："您要是把帽子还给我的话，别说一个愿望，哪怕是一百个愿望，我都会尽最大的努力帮你实现。"懒汉说："我没有特别大的要求。我家里有个装青稞的盒子，不是很大。只要你在今晚将盒子装满青稞，我就把帽子还给你；不然，就不还帽子。"独脚鬼回应："这是非常容易的事，今晚就满足您的愿望。"懒汉又说："那我今晚把盒子放在屋顶上，你什么时候装满了，我就把帽子还给你。盒子看上去不是很大，但是容量可不小哦！"说完就回去了。

懒汉是一个既懒惰又贪心、狡猾的人。他在装青稞的盒子底部打了个洞，放在了粮食仓库的房顶，房顶上对着盒子的洞也打了个洞，让青稞直接往仓库流。

天黑以后，独脚鬼背着青稞，来到懒汉的家门口问他："青稞背来了，你的装青稞的盒子在哪儿？"懒汉回答道："盒子放在屋顶上啦！"独脚鬼从盒子倒进去的青稞都从洞里流进了仓库，怎么也装不满。快到半夜了，懒汉拿着火把在仓库看到，已装了半仓库的青稞，高兴地自言自语："到天亮时，仓库会装满青稞的。那时，我就成了这一带青稞最多的人了。"接着，又去做他的黄粱美梦了。

过了半夜，独脚鬼来敲门："朋友，我渴得血都快要干了。你行行好，给我一口水喝吧。"懒汉是个没有同情心的人，假装深睡，没理独脚鬼。

快要天亮的时候，独脚鬼又来敲门："朋友，盒子里的青稞已经装到一半了；现在只要再去一趟，就能完全装满。你发点儿慈悲，给一口水喝吧！我真的快要渴死了！"但不管它怎么请求，懒汉依然不理睬，只顾自己继续睡觉。

公鸡鸣叫，天亮了。在太阳照到屋顶，鸟儿叽叽喳喳叫着的时候，懒汉才起来。他心想："现在，仓库应该装满了青稞。独脚鬼的声音也没有了，它连帽子都不要回去了吗？要是它死了的话最好，连帽子也是我的了。"他想着想着，爬上了楼顶一看，独脚鬼背着青稞袋子在盒子旁边死了。仓库与盒子都装满了，但仔细一看，全是沙子。

原来，独脚鬼在死之前对懒汉的所作所为恨之入骨，就发了咒语："把我搬来的这些青稞都变成沙子！"结果，懒汉除了拥有一屋子沙子之外，什么也没得到。

懒汉又懒又贪又狡猾，更没有同情心，把独脚鬼活活逼死了。独脚鬼临死前发恨心，将青稞变成了沙子，这是立报；而世上无因则无果、不劳则不获，乃是天理呀！

遗　言

（米林县）

古时候，在一个富饶的国家里，既有一个英明的国王，又有一个具备八种学问的王后，还有一个聪明绝顶的王子。王子是对学问从不满足的勤奋学者。

一天，王子向国王和王后提出了要到印度的神圣之地，去学习声乐、诗歌、经籍、因明①、医药和天文历算等知识的请求，他父母答应了，但国王不放心让王子独自一人去。

在王宫附近的幽静之处有一座梵烟远播的寺庙，寺庙里有一位富有智慧、学识渊博的僧人。国王决定委托那位僧人和王子结伴而去，以为关照。

随后，在一个良辰吉日，王子和僧人告别国王与王后及大臣、小民，踏上了西行的征途。他们跋山涉水，历尽千辛万苦，克服重重困难，终于到达印度，并找到了一位在声乐、诗歌、医药和天文历算诸多方面都具有高深造诣的大师为师。从此以后，他俩同窗学习了5年。

由于王子智慧超群、奋力刻苦，5年后，他圆满掌握了声乐、诗歌、经籍、医药和天文历算等等所修专业知识。而那位僧人，缺乏勤奋苦学的精神。冬天，他借口怕寒冷，天天睡懒觉；夏天借口怕酷

---

① 因明，为梵文的意译，指古印度的逻辑学。

暑，日日去游山。除了几个专业名词外，僧人什么都没学到。一天，他俩与恩师作别，踏上返乡的旅途。

在距故乡还剩骑马一天的路程时，僧人心里想："这次，我俩到印度去学习知识。王子聪慧过人，勤奋钻研，掌握了所有的理论知识，而我只是记住了一些名词而已。回到家乡后，一旦伙伴们了解到我和王子的学问有天壤之别，那真的是羞愧难当啊。不如今晚找一处无人的荒野将王子除掉，将来自己就是很有面子的学者，会获得人们的尊敬、供养、侍奉。到了国王那里，就谎称王子在途中因炎热中暑而死，尤其要胡编在途中和在印度期间自己如何尽力照顾和辅导王子的谎言。这样，国王和大臣既会感恩于我，又会崇敬于我。再说，在荒郊野外杀人只有天知晓，而天又不会说话。"想到这里，他下定了谋杀王子的决心。

这天，僧人让王子先就寝。王子入睡后，僧人突然拔出刀子，骑在王子的胸膛上准备行刺。这时，王子醒了，说："你对我存心不良，我早已知晓，这是我俩上辈子恩怨的现世报。现在落入你的手里，我毫无办法，没有别的选择了，但我有一个请求，希望你回去后告诉我的父王，说我临死前留下了'棒西'的遗言。"王子唯恐这个恶人怀疑，便解释说："棒西"的意思就是父母不要担心儿子，儿子已经到了极乐世界。僧人便答应了王子所求，随后将刀子刺进王子的心脏。王子流尽鲜血离世。

翌日黎明，僧人将王子的贵重遗物都装进了自己的牛毛口袋，残忍地把王子的遗体抛给了野兽，独自返乡。五六天后，他来到了国王面前，装出非常痛苦的样子，编造了王子中暑后遭受痛苦以及自己帮王子寻医救治无果等等谎言。最后，他为表现自己诚实，把王子临死前留下"棒西"遗嘱的情形也告诉了国王。国王和王后未能听完僧人的陈述，便悲痛地哀号着昏了过去。

傍晚时分，国王苏醒过来便立即下旨："明早，将寺院里现有的108个僧人全部召集到王宫前。"第二天一早，108个僧人一个不落地到王宫集合完毕。国王说："王子临死前留下了称为'棒西'的遗言。

返乡途中，伙伴僧人准备行刺王子（扎西泽登 绘）

这个遗言的真正含义是什么？如果有人能将这个遗言翻译成普通口语，就重奖他。不仅如此，我决定将一半的国土赐给此人。如果在7天内，还无人翻译出此遗言，我就将你们全部杀掉！"国王口谕既毕，拂袖而去。

这样过了5天，谁也翻译不出来"棒西"的意思。等到下午黄昏时分，寺院里一位年龄较大的僧人，想到遗言既然无人能译，不如趁早死里逃生为好，于是悄悄地找了一匹马，连夜逃走了。次日人困马乏，这个饥饿的老僧人来到了王子遇害之地的一个岩洞里歇息。当夜晚入睡时，听见岩洞外传来各种嘈杂的声音，老僧人就藏在岩洞里悄悄向外瞭望，看到一个鬼妈妈领着六七个小鬼钻进了岩洞。鬼妈妈面前放着一个人头，这是已故王子的头颅。鬼妈妈右手拿着金勺子，左手拿着银勺子，对小鬼说："今晚，我吃脑子，孩儿们啃骨头。明晚也许能吃到108个僧人的肉，到时，你们再痛快地吃脑子。"小鬼们忙问："妈妈，妈妈，我们明晚怎么能吃到108个僧人的肉哇？"鬼妈妈便将王子和僧人如何到印度的圣地去学习知识，返回故乡途中，僧人因妒忌而害死王子，王子临死前留下"棒西"遗言，国王要求当地的僧人翻译"棒西"这个遗言，如果不能按期译出，就要将僧人全部杀掉等等情况，都告诉了小鬼们。小鬼们高兴得跳起来，又问道："那么，这个'棒西'是什么意思呢？"鬼妈妈说："这是鬼神的语言，翻译成藏语，就是同伴把我害死了。可是，那些僧人除了藏语外，根本不会鬼神的语言，他们无法向国王交代。所以，他们明天肯定会被杀死，你们就准备享用'脑子宴'吧！"

老僧听到这些话，想到能救108个僧人的性命，喜出望外，便不假思索地跳到魔鬼群中。魔鬼们都吓得惊跳着慌乱地逃走了。老僧捡起鬼妈妈落在岩洞里的金勺子和银勺子，骑着马连夜返回了寺院。

7天时限既到，国王再次召集108个僧人问话。僧人们没有一人能回答问题，都垂头丧气，绝望地坐着等死。这时，那位老僧从人群中站起来，径直走到国王的黄金宝座跟前，从怀里取出金勺子和银勺子。他将头天逃走的原因、晚上住的地方、看到鬼妈妈和魔鬼崽子们谈论的情形以及鬼妈妈所说的话，都原原本本、绘声绘色地禀报给了国王，并解释"棒西"是鬼神的语言，含义是：我被同伴骑在身上用刀子刺进心脏而死。

王后还没有听完老僧的话，就昏过去了。国王惊呆了，怒不可遏，马上命令士兵把杀害王子的僧人抓起来处决。行刑的刽子手将僧人身上的肉一块一块地割下来。不一会儿，那个恶僧就只剩下骨头了。僧人对他人不轨，终遭恶报。

猴子和人的不同进化之路

（墨脱县）

　　远古的时候，世间没有太阳、月亮，也没有人类。天帝从高空朝下看时，是又黑又暗、深不可测的大地，除了黑暗的沟以外，什么东西也看不到。

　　一天，天帝对公猴子说："你到凡尘去吧，将大地变成人间。"于是，公猴子从天上来到凡尘。刚开始，只有它只身生活在大地上。天帝又派了一位天神变成母猴的模样，也来到凡尘准备与那个公猴子成亲。

　　可这个母猴的相貌很丑陋，公猴根本不爱它，甚至经常无故打它。于是，母猴回到天庭，请天帝评理。天帝根本没有判定它俩谁有理谁没有理，就把公猴也叫回天庭，下令它俩必须成亲。无奈何，它俩又回到大地，按照天帝的旨意成了亲。

　　它俩成亲之后不久，生了许多猴崽。猴崽们长大后，又互相与情投意合者自由地结亲。这样，猴崽越来越多，最后出现了一群一群的猴子。猴子们都不会种地，也不会打猎，它们靠每天爬到树上摘果子、剥树皮充饥来生活着。

　　看到这种情况，始祖猴夫妇又回到天庭，请谕天帝："我们的孩子、孙子、曾孙和各代裔孙都是猴崽，根本就没有出现所谓人类的动物。我们怎样才能建立人间？"

　　天帝认真思考后，赐给始祖猴夫妇一粒谷、一粒玉米、一粒麦籽

始祖猴夫妇种植天帝赐予的作物种子（扎西泽登 绘）

等，让它俩带回大地，并教授如何种植这些作物。同时，为了耕作的需要，天帝安排了太阳和月亮到大地上空，负责气候调节。始祖猴夫妇回到大地后，把这些种子撒在黑油油的土地上。没过多久，大地上麦浪滚滚，庄稼长势良好。

从此以后，大地有了庄稼，猴子一族掌握了如何种植庄稼的规律。但是，由于大地上最初没有火，它们只能生吃这些食物；又由于它们生吃食物，子孙后代还是同先辈一模一样，根本就没有变成所谓的人。看到这个情况，一个聪明能干的猴子又来到天庭向天帝禀报："我们能打猎，会种庄稼，但是不管吃多少食物，还是猴子，根本没有变成人。"

于是，天帝命众神讨论此事，讨论的结果就是给了猴子火种。从此以后，一部分猴子养成了用火烤煮食物的习惯，另一部分猴子则还是坚持生吃食物。还有一种说法：因为不是所有食物都能烤煮，猴子们曾多次聚会讨论怎样生活。当时，部分懒惰的猴子说："我们还是要吃生的食物，你们要是想吃煮的食物就吃吧，烤煮食物是非常麻烦的事情。"听完这句话，猴群中那些勤劳的猴子按照天帝的旨意烤煮食物吃。那些懒惰的猴子不尊重天帝的旨意，依旧吃生的食物。

此后，烤煮食物吃的猴子们变得越来越聪明能干，外貌也变得越来越美丽，它们的种族到后来逐渐变成了人。而生吃食物的猴子的种族依旧还是猴子的面貌，没有一点儿变化。

这就是人和猴子不同的进化之路。

人是怎么来的

（米林县、察隅县、墨脱县、巴宜区）

一、罗刹女与神猴结合后生下人类　（藏族）

　　普陀山上的观音菩萨，给一只神猴授了戒律，命它到雪域高原修行。这只神猴来到雅砻河谷的洞中，潜修慈悲菩提心。忽然有一天，雅砻河谷来了一位罗刹女。她见了神猴，施展各种招数来勾引它，但神猴始终不为所动。罗刹女见神猴如此不开窍，最后直截了当地提出来："我们两个结合吧！"神猴断然予以拒绝，说道："我乃观音菩萨的徒弟，受命来此修行，如果与你结合，岂不破了我的戒行！"那罗刹女便又娇滴滴地说道："你如果不和我结合，那我只好自尽了。我乃前生注定降为妖魔，因和你有缘，今日专门找你作为恩爱之人。如果我们成不了亲，我日后必定成为妖魔的老婆，并生下无数魔子魔孙。那时，雪域高原将成为魔鬼的世界，更要残害许多生灵。所以，希望你答应我的要求。"神猴因为是菩萨降世，听了这番话，心中自忖："我若与她结成夫妻，就得破戒；若不与她结合，又会造成更大的罪恶。"想到这里，神猴一个跟头翻到普陀山找观音菩萨，请教自己该怎么办。观音菩萨想了想，开口说道："这是上天的旨意，是个吉祥之兆。你与她结合，在雪域高原繁衍人类，是莫大的善事。作为一个神猴，理当见善而为之，速去与罗刹女结成夫妻吧。"就这样，神

罗刹女与神猴结合产生人类（扎西平措 绘）

猴便与罗刹女结成夫妻。后来，这对夫妻生下6只小猴，这6只小猴的性情与爱好各不相同。那神猴将这6只小猴送到果树林中，让它们各自寻食生活，自己则返回雅砻河谷的洞中继续修行。

3年后，神猴前去探视子女，发觉它们已经繁殖到了500多只，但由于树林中的果子数量有限，根本不够猴子、猴孙们填饱肚子，一个个饿得哇哇直叫，那场面十分凄惨。神猴见此情景，自言自语道："我生下这么多后裔是遵照观音菩萨的旨意。今日之事，让我伤透了脑筋，不如再去找观音菩萨，向她请教一个解决问题的办法。"想到这里，它又一个跟斗翻到普陀山，请观音菩萨赐教。观音菩萨说："这件事好办，你可以用须弥山生长的五谷来抚养后代。"于是，神猴上了须弥山，取了天生的五谷种子，撒向大地。大地不经耕作，便长满各种谷物，足够猴子、猴孙世代享用。神猴见此情景，便放心地回洞里继续修行去了。

众猴子因得到充足的食物，尾巴慢慢地变短了，开始使用语言，并逐渐变成了人。这就是雪域的先民。

二、女神与猴子结合后产生人类 （门巴族）

远古时，大地上没有人类。天帝派一只支乌（猴子）下到凡间，让它建立一个人的世界。为了不使神猴感到寂寞，天帝又派一位女神下界，与之结婚生子，繁衍了许多猴子。

一天，神猴想："我与女神结合生的后代都是猴子，怎能建立人间世界呢？"于是，它上天庭找天帝求教。天帝赐给它鸡爪谷、青稞、玉米等粮种，从此，大地上有了各种粮食。猴子们把这些粮食吃了，一个个发出人的语言，但由于没有火，不能熟食。神猴又上天庭求教天帝说："我们现在会打猎、种庄稼和说话，就因缺火，还未成为人类。"于是，天帝又赐予神猴火种。猴子有了熟食可吃，就慢慢地变成了人。人间世界终于建立起来了。

三、猴子自身演变成人 （门巴族、珞巴族）

珞瑜的山上，时常有滚石伤人，门巴和珞巴猎人对此非常畏惧。

后来，猎人们发现原来是调皮的猴子们干的，恨透了它们；但一般情况下也不敢去伤害它们，因为传说中猴子是人的祖先。

传说有一天，猴子们在山顶摆弄石头，比赛谁的劲大。石头垒得很高，突然，石堆垮了，巨石滚下山去。石头碰石头，碰出的火星，燃着了干草。火势越来越猛，燃着了整个森林，也把森林里的一些野味烧熟了。猴子们闻到香喷喷的味道，难以抗拒诱惑，便去林中觅食。熟肉吃饱了，它们的毛发却被烧焦了。所以至今，人身上没有毛。吃饱了野味的猴子们闲着没事，便坐在石头上聊天。时间一久，尾巴被磨掉了。林中潮湿，猴子们忍受不了寒冷，纷纷搬到岩洞居住，捕捉小动物度日。慢慢地，它们变成了人类。

四、天和地制造了人 （珞巴族）

相传很久以前，天（珞巴人称之为"麦冬"）是空空的，什么也没有。地（珞巴人称之为"石金"）是秃秃的，同样什么也没有。"这怎么行呢？"天和地商量着，"我们太孤单了，要造出一些东西来才是啊。"

于是，天和地结婚了。

天和地结婚以后，大地生了许多孩子。像太阳与月亮呀、山川与河流呀、树木与花草呀、鸟兽与虫鱼呀，都是大地生的孩子。天地间骤然热闹起来。

"但是，没有人怎么行啊？"天和地又商量着。又过了一些时候，金尼麦包和斯金金巴巴娜达明——大地的儿子和女儿也降生了。

姐弟俩降生以后，父母就再没有管他们，既没有告诉他们该做些什么，也没有告诉他们该怎么做，他们感到很茫然。

两个人解读珞巴族始祖的故事（扎西泽登 绘）

姐弟俩光着身子多害羞呀！麦包走遍了群山峻岭，采集各种各样的树叶和野草做了一块围身的遮羞布，采集来染巴草做了一副裹腿，还挖来藤根做了一副手镯，都献给了达明。麦包对达明在生活上的照顾也无微不至。为了使达明不被蚊虫叮咬，他砍来竹子，里面放上香草，做了个烟熏筒，让达明挂在身上。

开始，他们不会种庄稼，也不知道使用火，和其他野兽一样，全靠采草食、野果度日，生活十分艰难。

后来，达明请风魔涅龙也崩取来了火种。从此，他们用火烤食食物，再也不生吃食物了。

秋天，草食落地，野果入土；经过寒冬，待到春天，又都发芽萌生了。达明是个细心的人，她看在眼里，记在心上。此后，她也把采集来的草食、野果收存一些，待到春天播到地下，不多一些时候，也发芽萌生了。夏去秋来，他们有了收获。就这样，他们学会了种庄稼，发明了农业。

劳动，没有工具是不行的。起初，他们是用猴子的上颚骨和下颚骨当作生产工具，耙地种庄稼，这样干活很吃力。麦包想，这样下去怎么行呢？一天，他忽然想到，地老鼠为什么能钻到地里呢？为什么能咬断树根呢？于是，他仿照地老鼠的牙齿制作了木锄、木钩和木耒。从此，他们有了木制的生产工具。

他们的生活改善了。

他们在一起生活，繁衍着子孙后代，成为珞巴族的始祖。

人死亡的原因

（米林县珞巴族）

在很久以前，人是长生不死的。所有的人年老后，身体的老皮肤就像蛇蜕皮一样自动脱落下来，又变为年轻了。就这样周而复始，人类从来没有出现死亡的现象。

此后，天空升起了两个太阳。庄稼、树木和绿草等所有植物都烤焦了，人类面临灭亡的危险。怎样才能使天空只有一个太阳，人们都在千方百计地想方法。有一个叫祖布的人，见此情景，内心充满了痛苦。为了解除人间大难，他也绞尽脑汁想了许多，发誓要用弓箭射下一个太阳来拯救人类。在精心准备一番后，他拿上弓箭，使出浑身解数，射向天空中的一只太阳，射中了太阳的眼睛。变成瞎子的太阳就从天空中落了下来。另一个太阳见此情景，吓得躲到了空中的云层深处。于是，天空又没有太阳了，人们只能在黑暗里生活。这种生活充满了危险，人们遇到了许多困难。祖布诚心诚意地来到天空的云层深处，邀请躲藏的太阳出来。太阳向祖布提出了这样的条件："我可以出来，将光芒照射人间，但有一个要求，要带一些同伴来。它们到来后，会给人类带来一点儿危害。"祖布心里想：即使有点儿危害，也不能没有太阳。所以，他答应了太阳的要求。

太阳又在天空出现了。祖布的儿子看到太阳重新出现，心里非常高兴。他手里拿着刀子走出房门，看着空中的太阳，在地上活蹦乱跳。因为没有注意脚下，他不幸踩空，脸朝下倒了下去，手里的刀子

祖布射下太阳（扎西泽登 绘）

不偏不倚扎进心脏，他就死去了。和太阳一同出现的苍蝇、毒蛇等动物一看见尸体便蜂拥上去，有的吸血，有的吃肉，转眼间吃完祖布儿子的血肉，连皮肤都无法蜕下来，更别说生命了。这就是和太阳一同出现的同伴们给人类带来的危害。此后，原来人们年老后能蜕下皮又变年轻的情况就不复存在了，人类开始有了死亡。

白额头鬼

（巴宜区）

　　很久以前，在一个地方有两个相邻而居的单身汉。一个单身汉有很多银圆，另一个只有一块银圆。多银汉胆小如鼠，但是力大如牛；寡银汉胆大似虎，却力难缚鸡。

　　由于建房时共用一堵墙，因而只要他们说话的声音稍微大点，双方都能听到。多银汉每天晚上都要将银圆一块一块地数，声音很响亮；寡银汉听久了就知道，他的银圆有1000多块。寡银汉心想："这是在向我炫耀他的财富。"于是回击对方，把自己的那块银圆反复拍在桌面上数了一万来次，表示自己有更多的银圆。

　　日复一日，每当夜深人静时，这两个单身汉都在比着数银圆。有一次，多银汉在响亮地数着银圆的时候，突然，一个白额头鬼发出沉重的声音来到他身边。胆小如鼠的多银汉吓得浑身发抖，但装着没看见。这鬼一把将他抓住按在地上。多银汉因为力气大，在惊吓中一个翻身，就把鬼按在了下面。鬼说："喂！好汉，不要杀我！你要什么，我都献给你。"多银汉本想说要100块银圆，可是由于胆子小，加之被吓得浑身发抖，因而一时没能回答上来。过了一会儿，他含糊其辞地说："要一百，要一百。"连续回答了两遍。于是，鬼伸出手在他的脸颊上摸了摸后说："要络腮胡，这就给你。"鬼走了，多银汉也慢慢恢复了神志，他想："鬼给了我什么东西？"便在自己的房间里找。什么也没有找到，而他原有的银圆却不见了。

胆大的寡银单身汉与白额头鬼（扎西泽登 绘）

随后，多银汉的手碰到自己的脸颊时，发现原先没有胡子的脸上长满大胡须。这时他才想起，刚才，自己忘了说要 100 块银圆，却慌张地说成了要百要百。白额头鬼将一百听成了络腮胡①，因而给了他络腮胡。他已经无法挽回了。

两个单身汉见面后，议论起这件事。此后，寡银汉把自己的那块银圆重重地拍在桌子上等待白额头鬼。一天晚上，白额头鬼"噔"的一声跳到寡银汉身边。寡银汉已经听说了这个鬼，他胆子很大，不怕鬼，可是没有与鬼搏斗的力量。他说："请进，欢迎你朋友。晚上你到我身边，有什么事吗？"白额头鬼说："今天，我有个请求，不知你能否答应？"胆大的寡银汉对此毫不畏惧，深沉地问："你需要我帮什么？"白额头鬼说："今晚，有个老人死了，我要去敛他的生灵气息，你可以帮我吗？"寡银汉回答："完全可以。你带路，我俩一起去。"于是，他俩一起沿路去收敛老人的生灵气息。

他俩走着走着，寡银汉突然说："作为人，我这是头一次去收敛人的生灵气息，因此不会做。你得教我。"白额头鬼取下自己背上的皮口袋说："收敛人的生灵气息，一点儿也不复杂。你看，这是敛气皮囊。只要把它放在人的鼻子下面，就会把这个人的生灵气息吸入，这个人就会全身发抖、血脉萎缩、眼睛斜视、泪流满面。这时把敛气皮囊的口再绑紧一点，这人就会死。"寡银汉惊讶地说："哎哟！哎哟！这好恐怖。原来，人是这样死去的呀！那么，有没有让死人复活的办法？"白额头鬼说："当然有。让死人复活也简单，把敛气皮囊打开放在死人跟前，让生灵气息进入死人的鼻孔，就会使死人复活。但是，我们很少给死人灌生灵气息，主要的活儿是收敛人的生灵气息。"

为了诱骗这个鬼，掌握它的所有情况，寡银汉问："你们鬼类什么也不怕吗？""根本不是这样，鬼类最怕青稞。只要有一粒青稞落在鬼的头上，就如同天上的霹雳一般，疼得不得了。在秋天的青稞地

---

① 在藏语里，一百和络腮胡是谐音。

里，麦浪滚滚，青稞穗儿发出'喳喳'的响声时，鬼就恐惧得仿佛丢了魂儿。"白额头鬼如实地说着真话。

随后，白额头鬼问："那么，你们人类怕什么呢？"寡银汉回答："人类最怕的是金块和银块，特别是朝我们扔山羊头般大的金子和绵羊头般大的银子的话，肯定就会失魂而死，根本无法逃走。人间金银稀少，是人类没有福气的原因。"白额头鬼听完此话后，心想："这就好了。如果他不听我的话，我就用金子和银子来收拾他。"说着、想着，白额头鬼和寡银汉就到了老人的家。白额头鬼靠近老人的房门对寡银汉说："你在梯子下面等着，我到楼上去敛老人的生灵气息。"说完，就爬到了楼上。寡银汉藏在梯子下面没过多久，就听到从楼上传来的哭泣声。他好奇地偷看时，正好碰见白额头鬼带着鼓胀的敛气皮囊下来了。他走到鬼的跟前问："老人的生灵气息收敛完了吗？"鬼说："完了。你快点儿帮我背敛气皮囊。"说完，鬼就将鼓胀的敛气皮囊放在他的背上，然后就走了。寡银汉背着敛气皮囊跟随着鬼，来到了一块田地旁边，见田里的庄稼长得很高、麦穗儿硕大，便钻进去躲藏起来。白额头鬼转身一看，寡银汉已不知去向，慌忙猴儿急地到处找。见此情景，寡银汉就摇晃庄稼，白头额鬼吓得逃跑了。过了一会儿，白头额鬼明白了寡银汉在捉弄它，便带着许多山羊头般大的金子和绵羊头般大的银子，从远处使出浑身力气，朝庄稼地里扔过去。寡银汉佯装惊恐的样子，白额头鬼就继续扔，庄稼地里转眼间满是金块和银块。寡银汉捡起估计一辈子也用不完的金银，又把很多麦穗儿扔向白额头鬼，吓得它落荒而逃。不知不觉中，天就亮了，小鸟在鸣叫。白额头鬼不得不空手返回鬼域。

阳光洒满大地时，寡银汉将所有金银堆在一处，带着敛气皮囊朝老人居住的方向走去。这时，有两个姊妹背着水桶，哭泣着来取水。他问两个姊妹："你俩为何哭泣？"姐姐说："昨晚，我父亲去世了。我们非常难过，就哭了。"寡银汉便说："两个妹妹不要哭了。我是药师佛派到人世间的医生，我去看一下你们的父亲。"说完，将白额头鬼扔来的一部分金银送给两个姊妹，自己留一部分；将敛气皮囊佯装成药袋，拿在右手上，往两个姊妹家里走去。

来到两姊妹家里后，他让这家人都到别的房间回避，自己一个人来到停放老人遗体的地方，将敛气皮囊放在老人鼻子下放出生灵气息。过了一会儿，老人的眼皮动了几下，喘着气，渐渐地苏醒过来了。寡银汉连忙把全家人都叫到老人的房间，观察老人的情况。只见老人如同刚睡醒了一般："哎哟！哎哟！哎哟！我怎么了？我怎么变得毫无知觉？哎哟！哎哟！我怎么了？"说着，轻轻坐了起来。目睹此情况，全家人都转悲为喜，争先恐后地握着寡银汉的手："谢谢您！谢谢您！"一再谢他，并说："您同药师佛根本没有区别。在世上，无论哪个医术高超的医生都无法将死人复活，这一切不是白日做梦吧！"

老人也对寡银汉的"医术"感到非常惊奇，夸他是真正的神医。老人脸上露出了笑容，两眼流下激动的眼泪，紧紧地握住寡银汉的手说："大夫！如果您愿意，就请留下来做我的女婿吧，让她俩一起伺候您。"在老人的再三请求下，寡银汉说："可以，我现在还是单身，没有家庭，可以当你家的上门女婿。"见他同意了，老人非常高兴地频频点头。

从此以后，他们一家过上了幸福美满的生活。而白额头鬼由于失去了敛气皮囊、丧失了本领，变得人非人、鬼非鬼了。

白骨精

（墨脱县）

古时候，在喜马拉雅山南坡的门巴族聚居区有一个很小的王国，国王的名字叫勒格。勒格的王后去世得早，留下一双儿女在身边。王子叫玉奈仁巴，公主叫卓玛。卓玛是姐姐，玉奈仁巴是弟弟。

一天，勒格带着一名随从外出巡查，到了一处森林地带。眼见红日西沉，附近又不见人烟，怕遭野兽伤害，主仆二人便爬上一棵大树。正准备在树上过夜，这时从远处走来一位年轻女子。勒格一见，就被她的美貌迷住了。只见她头上盘着双辫，身穿藏青色氆氇缝制的上衣，下穿白底彩条长筒裙，佩着金耳环、银腰带。而随从却看见，这女子的身上附着一个妖怪的幻影。只见那女妖左手挟着一只老虎，右手挟着一只雄鹿，长毛长发，青面獠牙，血盆大口里含着一具正在滴血的人尸。

勒格是个好色之徒，天性浪荡，贪恋女色。女妖投其所好，卖弄风骚。勒格要从树上下来，随从悄悄地提示："她是女鬼。您千万不要下去。"勒格哪里肯听。随从就揭露了女妖的真面目。女妖说："我怎么会是女妖？我是女神，左手挟的是黄灿灿的金子，右手挟的是亮闪闪的银子，口中含的是绿莹莹的宝玉。我家就在不远处，请陛下和随从今晚到我家过夜吧。"

勒格对随从说："她是个美丽的女神，不应该怀疑她！"说着，便强行拽着随从爬下了大树。

女妖领着勒格和随从来到山洞（扎西平措 绘）

女妖领着勒格和随从朝森林里走去，转眼间就到了它的房舍。在勒格眼里，房舍精美宽大，房顶开着鲜花，房内挂着珍珠；而随从看到的却是人皮掩盖着的山洞，洞内是一排排骷髅；勒格看到女妖端来了用银皮木碗装的美酒，可随从看到的却是人头骨装的鲜红的人血。勒格鬼迷心窍，决定与女妖成亲，并派随从通告臣民迎接。

随从忧心如焚，匆匆回去把实情告诉了大家，臣民们半信半疑。

婚礼当天，大家备礼迎接。当他们来到官邸时，方知随从所说是真。臣民们惊慌失措，纷纷躲避。

大臣们预料女妖要吃勒格的儿女，便把姐弟俩藏了起来。女妖在勒格面前花言巧语，诡称自己得了重病，除非吃了孩子的心，否则不能治好，为了讨得女妖的欢心，勒格竟然答应用自己女儿的心为她"治病"。玉奈仁巴舍不得姐姐，哭着说："姐姐的心有毒，要掏就掏我的心吧！"姐姐卓玛疼爱弟弟，就说："弟弟的心有毒，还是掏我的心吧！"姐弟俩哭作一团。

一个好心的大臣知道了姐弟俩的遭遇后，用自己的孩子把玉奈仁巴换了出来，并嘱咐姐弟俩连夜逃走。结果，女妖把那个大臣孩子的心掏出来吃了。

姐弟俩躲过劫难，逃到了异国他乡。玉奈仁巴口干舌燥，见不远处有一个老婆婆坐在屋前，便上前去讨水喝。老婆婆说："我家的水喝完了。这里有个竹筒，你们到泉边去背水吧。"卓玛叫弟弟坐在那里等，她去背水。卓玛背水回来时，不见了弟弟的踪影，老婆婆和房屋也消失得无影无踪，她明白自己上了女妖变幻出的那个老婆婆的当。原来，姐弟俩逃跑时，女妖就觉察了，于是变成个老婆婆来骗他们。卓玛寻不到弟弟，伤心地大哭起来。她给弟弟修了三座小庙，自己在里边，天天念经祈祷，希望有一天弟弟能够平安归来。

女妖掠走玉奈仁巴，正想美餐一顿，不料来了一个老猎人，不便下手，只得将玉奈仁巴绑在树洞里，暂且回避。这个老猎人是天帝派来的，有起死回生之术、除害驱魔之能。他施展法术救出玉奈仁巴，并劝他说："孩子，你已无家可归，就跟我生活吧，我教你武艺和法术。你长大后，好去救你的父亲和姐姐。"

玉奈仁巴听从了老猎人的劝告，天天勤学武艺、苦练法术。不知不觉，10年过去了。玉奈仁巴长成一个身强体壮的青年，不仅学会了打猎、种地等生活技能，还学会了一身的武艺和法术。他决心去寻找姐姐，搭救父亲，杀死女妖，为民除害。老猎人欣慰地为他送行："我养育你10年，就是为了今天啊！"

玉奈仁巴背上弓箭和干粮，告别老猎人出发了。他走了七七四十九天，穿过一片片大森林，渡过一条条大河流，爬过一座座大雪山，终于来到当年女妖掳走他的地方。只见眼前有三座小庙，他便走了进去，进去一看，里面竟然住着他姐姐。10年分离，一朝相见，姐弟两人百感交集，抱头痛哭。

姐弟俩回到故国，只见到处是衰败凋零的景象。臣民们告诉他们，女妖已经吃光了王国里的所有小孩，现正在王宫里吸国王勒格的血呢。勒格虽然知道了女妖的真实身份，但为时已晚。

玉奈仁巴冲进王宫，一箭将女妖射死，救出了勒格。那女妖被玉奈仁巴射死后，很快变成一具骷髅躺在地上。众人见了，燃起一堆柴火，将骷髅烧为灰烬。

玉奈仁巴为民除害，深得人心，被拥戴为新国王，登上了莲花宝座。这个喜马拉雅山南坡的小国，在玉奈仁巴的治理下，渐渐兴盛起来，人们重新过上了安居乐业、吉祥幸福的生活。

帮玛洞穴

（朗县）

在朗县金东乡帮玛村后半山的岩壁上，有一个洞口挂满哈达和经幡的洞穴，人们叫它帮玛洞穴或藏经洞。该洞洞口是一个狭窄的岩石夹缝，仅能容一个人进入，但洞里面空间很大，洞中央有一个古旧的神龛。当地人讲，那是格萨尔王在此念经修行时供奉的。

传说，格萨尔王由于长年征战，对战争已经厌烦至极。于是，他辞别次妃梅萨邦吉，化装成一个喇嘛来到金东乡帮玛村，躲进洞穴念经修行。当地人看到，这位喇嘛每天中午出洞，摘山林的野果吃，又进洞继续念经修行。时间长了，人们便称他为"野果喇嘛"。

莲花生大师知道了格萨尔王看破红尘，下决心弃戎从禅，并装扮成喇嘛在此修行之事，立即召集手下商量如何激发他再次出山从戎、抑强扶弱。于是莲花生大师变幻成一位 60 多岁的婆婆，两位随从则一个变成一位 30 多岁的中年妇女，另一个变成一位未满 10 岁的小姑娘，俨然祖孙三人的模样。祖孙三人由老婆婆带领，来到格萨尔王修行的洞穴附近。放下背包后，老婆婆吩咐女儿进村讨糌粑，吩咐外孙女拿陶器去端水，自己则捡柴、垒简便石灶并准备引火烧茶。没多久，女儿便开始打外孙女，外孙女放声大哭。老婆婆就骂女儿："你不要打我外孙女。你若不想养，我可以养她。"

女儿边哭边解释："妈妈，你的宝贝外孙女把我们三人熬汤、烧水的罐罐打烂了，不知今后怎么过日子。"

莲花生大师及随从扮作一家老小，点化弃戎
从禅、化装成喇嘛修行的格萨尔王（扎西平措 绘）

老婆婆对女儿说："霍尔白帐王率兵入侵岭国，杀岭国官兵，焚烧民房，抢走了王后珠牡。岭国成了一片废墟，百姓到处流浪无人管，处处受欺负。徒有虚名的格萨尔吓破了胆，像只猫头鹰似的躲在山洞里。他能舍得整个岭国和王后，我外孙女打烂一个破罐算什么？"

　　外孙女说："外婆，你曾经说过，格萨尔王回来后会杀死霍尔白帐王，重建家园，结束流浪生活，今天却说格萨尔王的坏话。"

　　老婆婆对孙女说："你太天真了。我也曾听说过，格萨尔是个仙子的化身，下凡到人间来为民除害。可现在，他连洞门都不敢出，还不如我这个60多岁、年迈体弱的老太婆。我还敢带你们去找霍尔白帐王报仇。只要我们三人能在霍尔白帐王的脸上吐一口口水，就算报了仇，死也瞑目了。格萨尔现在改名换姓，躲藏在山洞里不敢露面。不信，你们自己去看看。"

　　在洞里修行的格萨尔王听到这些话，联想到岭国国民个个都有骨气，连60多岁的老太婆都敢为岭国报仇，带全家人出征。自己作为岭国国王却躲进山洞，不管百姓的死活，这还称得上个王吗？他越想越后悔、难过、羞愧，随即走出洞穴，单枪匹马出征，讨伐霍尔白帐王。

　　从此，帮玛洞穴就成了历代高僧闭关修行的仙洞，现在成了当地群众诚敬的一处宗教活动场所。

珞巴族始祖仓巴神

（墨脱县）

仓巴神，是墨脱米古巴部落信奉的男性生殖神。相传，他为墨脱的先民要来了天和地，是墨脱珞巴人的始祖和开天辟地的大英雄。他的故事是这样的：

从前，有一对夫妻，生了三个女儿。她们长大后，大女儿嫁给了一条黄狗，二女儿嫁给了一个驼背，三女儿嫁给了一个魔鬼。后来，这对夫妻又生了一个男孩，起名仓巴。

光阴似箭，日月如梭，小仓巴慢慢地长大了。有一天，他问妈妈："我有兄弟姐妹吗？"妈妈说："你有三个姐姐。"仓巴又问："那她们到哪里去了？我怎么从来没有见过她们呢？"妈妈说："她们长大后都出嫁了。"仓巴再次问道："她们出嫁时给咱们家彩礼了没有？"妈妈说没有。仓巴说："你把三个姐姐都养大了，没有彩礼可不行。我这就去要。"妈妈不同意，但仓巴执意要去。

仓巴先来到大姐家，大姐夫是条黄狗。大姐见弟弟来了，就倒酒给他喝，并嘱咐说："等一会儿，黄狗来了，你千万不要说它是狗。"说完，大姐就背水去了。

一会儿，屋子里果然进来一条黄狗，进门就去咬酒桶的木塞。仓巴生气地说："你这条狗……"话没说完，黄狗瞪了他一眼，就跑出去了。

大姐回来后问仓巴："你没看到黄狗吗？"仓巴说："我把它赶跑

珞巴人的始祖仓巴与他的三个姐夫（扎西平措 绘）

了。"大姐焦急地说:"你快走吧,一会儿,全村的狗都会来咬你的。"说着,拿出一个大铜锅给了仓巴,并告诉他说:"狗追上你时,你就躲进锅里;如果狗用爪子刨地,你就用锥子扎它们。"

仓巴背着铜锅上路了,背后果然追来了许多狗。仓巴就按照大姐说的做,狗被锥子扎跑了。仓巴把大铜锅当作彩礼背回了家。

仓巴又来到二姐家。二姐夫是一个驼背,只能低着头。二姐杀猪宰羊,盛情款待仓巴,还为他端上了很好喝的鸡爪谷酒。酒足饭饱后,二姐夫要陪仓巴上山打猎。仓巴问:"要是打不到猎物怎么办?"二姐夫回答道:"我们能打到猎物更好,打不到也没关系,我照样能让你吃到肉。"结果,他们在山上什么猎物也没有打到。

回家后,二姐夫忙着生火做饭,弄得满房子都是浓烟,熏得仓巴睁不开眼睛。原来,二姐夫把他的亲妹妹杀了给仓巴吃,怕仓巴看见,故意弄得满房子都是浓烟。二姐把这件事偷偷地告诉了仓巴。仓巴听后,就把二姐夫端来的肉塞在了地板缝里,并骂二姐夫:"你用妹妹的肉来招待我,我要杀掉你。"二姐夫见状,立即召集村里所有的驼背来杀仓巴。二姐给了仓巴一把大刀,说:"你赶快逃走。他们如果追上你,你就上树,他们不能抬头,所以看不见你。他们如果砍树,你就撒尿。"仓巴按照二姐说的做了,驼背们被尿浇得晕头转向,分不清东南西北。仓巴乘机溜下树,带着大刀回了家。

最后,仓巴来到三姐家。三姐夫是一个魔鬼。见到仓巴,三姐怕被丈夫发现,吓得全身发抖,将他藏在屋后的一个大石洞里,里面放了很多吃的、用的东西。三姐夫回来时,怀里抱着一块做石锅用的大石头,不料进屋子时,被门槛绊了一下,石头滚到屋后,把洞口给堵住了。

三姐夫又出去找石头了。仓巴想挪开大石头逃走,三姐说:"你现在不能出去。"

三个月过去了,仓巴去挪动那块石头,只能抱起到膝盖那么高;过了三个月,可以抱起到肩头高了;过了三个月,可以举到头顶了;又过了三个月,可以举着石头来回走了。这事终于被三姐夫发现,他

珞巴人的始祖仓巴与他的三姐夫魔鬼比力气（扎西平措 绘）

提出要和仓巴比力气，结果，三姐夫输了。

三姐夫说："我现在输了，你要什么，我就给你什么。"三姐悄悄告诉仓巴："你姐夫的绸缎是树叶做的，金银财宝是羊粪做的，要了也白要。你就要天和地好了。"仓巴照着三姐说的办了，结果，把天和地背回了家。

仓巴长大后，斩妖除魔，造福百姓，繁衍子孙，成为珞巴人的始祖。

五子擒龙

（米林县、墨脱县、察隅县）

相传，在很早很早以前，雪域高原是一片祥和、安宁的大海。海岸上，海涛卷起波浪，冲击着松柏、铁杉和棕榈，发出哗哗的声响；森林里，长满各种奇花异草，杜鹃、画眉和百灵鸟在树梢上欢乐地唱着动听的歌儿，成群的斑鹿和羚羊在奔跑、嬉戏，悠闲地在湖边饮水；草地上，肥牛壮马三五成群，迈着蹒跚的步伐；村庄里，人们过着丰衣足食、无忧无虑的生活。

然而有一天，惊雷滚滚，暴雨倾盆，海里钻出来一条五头巨龙，把大海搅得乱七八糟。巨龙掀起万丈浪花，毁坏了森林，淹没了草地，摧毁了村庄，还张着血盆大口，生吞活吃这里的生灵。

要想回到以前那种美好的日子，除非杀了那条作恶多端的巨龙。这时，雪域有五兄弟。这五兄弟父母早亡，他们生活贫困，相依为命。这条恶龙的出现，使得他们的生活更加雪上加霜。

五兄弟决定杀死恶龙，为民除害。他们磨亮尖刀，系紧腰带，等待着恶龙的出现。这一天，当这条恶龙再次出现在天空中时，五兄弟一拥而上，与恶龙展开了殊死搏斗。这是一场多么惊心动魄的搏斗啊！只见怒涛滚滚、血浪翻腾，恶龙时而在云雾中仰天呼啸，时而张牙舞爪要生吞五兄弟。战斗持续了七七四十九天，浑身是血的五兄弟才把恶龙制服，但恶龙不甘心就此罢休，还在做垂死挣扎。为了不让恶龙翻身，五兄弟只好骑在恶龙的身上，控制住它的各个部位，叫

五兄弟杀死恶龙，为民除害（扎西平措 绘）

它永远不得祸害百姓。天长日久，恶龙死了，五兄弟也幻化成了龙的各个部位：老大幻化成了龙头，老二幻化成了龙的骨架，老三幻化成了龙的腰部，老四幻化成了龙的爪子，老五幻化成了龙的尾巴。

这个传说中的五兄弟，就是汉人、藏人、珞巴人、门巴人和僜人。

乞丐执掌国政

（朗县）

从前，有一个国王，他拥有无人能及的财富。他虽然很富有，却是个为富不仁、高傲自大、非常吝啬的人。他从不顾及百姓疾苦，对百姓横征暴敛，是个十恶不赦的暴君。

在王国的臣民中，有一对穷苦母子，母亲叫玉琼，儿子叫旺堆诺布。娘儿俩也和其他百姓一样，过着食不果腹、衣不遮体的极贫生活。

长大成人的旺堆诺布在经过深思熟虑后，向母亲提出了经商的要求。听到儿子的话，玉琼大吃一惊，说："你是不是疯了？我们连肚子都吃不饱，哪有钱做生意？简直是异想天开！"旺堆诺布坚决不让步，他说："我要去做生意，这是改变我们生活窘境的唯一机会。"最终，玉琼别无他法，只好用家里的一点面粉做了四个饼子，让他带着出行。

旺堆诺布怀揣着母亲做的饼子翻山越岭。一天，在翻越一座又高又陡的大山时，天黑了，旺堆诺布就在山下一个小村庄的一户人家借宿了一夜。这户人家除老大爷和老大娘外，再没有其他人。两位老人看到他只带了少量食物而没有带任何物品，就给了他足够的食物和水，并提出了收他做养子的要求。旺堆诺布向两位老人说："我是一个一无所有的穷人家的孩子，为了今后生活有着落，要到很远的地方去做生意。"他把自己不愿做养子的想法讲明后就睡了。

第二天早上，旺堆诺布早早地起床，吃完两位老人准备的早饭，向他俩道谢后上路了。走了很久，他来到了一座很高的山前，爬到山顶后眺望四处，远近风景尽收眼底。只看见前面山脚下绿油油的草甸中，有一泓清澈的湖泊，圆圆的像一面鼓，又像是坠落到地上的一块蓝天的碎片。他立刻下山朝湖边走去，在湖东边喝了口水，掏出母亲给的饼子，拿起一块，自言自语地说："今天吃了一个，就只剩下三个饼子了。"他张嘴刚要一口咬下去，湖水突然涨潮，一浪推一浪，涌起浪涛。一位白衣龙女从波浪中走出来说："孩子，孩子，不要吃我，不要吃我。我给你任何想要的宝贝。"旺堆诺布一时惊呆了，过了一会儿问道："你有什么宝贝给我？"白衣龙女从怀里掏出一个红铜鏊锅说："我可以给你这个宝贝。"旺堆诺布问："这口红铜鏊锅有什么用处？"白衣龙女答道："这可不是一口普通的鏊锅。你要什么吃的、喝的，它都会给你。"旺堆诺布不相信，说："那我要一陶壶酥油茶和一碗细细的糌粑。"他话音刚落，就从红铜鏊锅里浮出一陶壶酥油茶和满满一木碗糌粑。旺堆诺布喜出望外，忙向白衣龙女磕头谢恩。他把手中的饼子给了白衣龙女，从白衣龙女手中接过红铜鏊锅。刹那间，湖岸上出现灰蒙蒙的水汽，白衣龙女从湖面上消失了。

　　旺堆诺布来到湖的北面，喝了一口水，拿出一块饼子准备吃，嘴里说道："这下，只剩下两块饼子了。"刚张口要咬饼子，湖中突然涌动一层层浪涛，同时蹦出一个蓝衣龙女来。蓝衣龙女说："孩子，孩子，不要吃我，不要吃我。我给你一颗如意妙果。"旺堆诺布问："你准备给我什么如意妙果？"蓝衣龙女从怀里拿出一只大皮袋说："我给你这个。"旺堆诺布问："这只皮口袋有什么用处？"蓝衣龙女答道："这只皮口袋可以给人财富。"旺堆诺布说："那我要一只金耳环和一个浮雕着福禄寿星的银碗。"话刚说完，从这只长方形皮口袋里就冒出来一只金光闪闪的耳环和一个银光闪闪的福禄寿碗。他把手中的饼子给了蓝衣龙女，蓝衣龙女把皮袋给了他。相互致谢后，蓝衣龙女慢慢隐入湖中。

　　旺堆诺布来到湖的西边，喝了一口水，拿出一块饼子说："这下，

乞丐的儿子登上王位（白玛层培 绘）

妈妈给的饼子只剩下一块了。"正张口要吃，湖里突然翻涌起浪花，同时出来了一位绿衣龙女。她说："孩子，孩子，不要吃我，不要吃我。我给你一颗如意妙果。"旺堆诺布问："你准备给我什么如意妙果？"绿衣龙女挂着笑容的脸上泛起仁慈的光辉，从怀里掏出一根棍棒说："这是如意棒，它可以击败劲敌，可以慢慢招揽一切权势、福运。"旺堆诺布说："那你敲一下我前面那座山崖。"棍棒就白晃晃地飞出去，击中崖顶，把岩崖砸得粉碎。他把手中的饼子给了绿衣龙女，把如意棒接过来，道了谢。绿衣龙女带着一束光环，慢慢隐入湖中。

旺堆诺布来到湖的南边，喝了一口水，拿出最后一块饼子，自言自语道："这下，妈妈给的饼子一块也没有剩下。"他正准备吃这块饼子的时候，湖面上翻起巨浪，出来了一位红衣龙女。她说："孩子，孩子，不要吃我，不要吃我。我给你一颗如意妙果。"旺堆诺布问："你准备给我什么如意妙果？"红衣龙女从怀里掏出一根花绳子说："给你这个。"旺堆诺布问："这根绳子有什么用处？"红衣龙女答道："这根花绳子可以绑缚劲敌和强盗，使权势和事业兴旺发达。"旺堆诺布说："那么，那边那只狼要吃无辜的野兽，你把它捆起来。"那根花绳就飞出去，把狼捆得牢牢的。他把最后一块饼子给了红衣龙女，把花绳接过来，道了谢。红衣龙女摆着姿势，慢慢地隐入湖中。

旺堆诺布带着龙女们给的那些宝贝，准备回家乡了。途中，他又在那两位老人家中借住一宿，给两位老人摆了一桌丰盛的宴席，以表谢意，还把自己得到龙女宝贝的事毫不隐瞒地说给了两位老人听。老太太想得到他的宝贝，就趁他睡觉之机，拿自家的普通红铜鏊锅换走了他的宝贝鏊锅。

次日早上，旺堆诺布准备给两位老人变出早餐时，发现那口红铜鏊锅变不出任何如意妙果。这使他生疑，要求老太太把宝贝鏊锅还给他。然而，老太太矢口否认，他们就吵了起来。旺堆诺布唱道：

> 如意珍宝锅色红，不知去向无影踪。
> 如意口袋显奇功，指认狂妄证真凶。

想啥有啥锅奇能，不知藏匿是何人。

如意妙果花色索，捆将大胆不容情。

如意宝锅贵弥珍，失却主人心欲焚。

如意妙果金刚棍，打击恶人索其魂。

恶人若是地位高，好人威望自弭消。

欢乐太阳落不返，黑暗临地似监牢。

这时，宝贝鍫锅当啷咣当地从老太太的储藏室里出来了。老太太惭愧地向旺堆诺布道了歉，旺堆诺布念及食宿之恩没有追究。他为两位老人准备了一顿丰盛的早餐，把其他宝贝都装到皮口袋里，回家乡去了。

旺堆诺布回到家乡后，因给生活困难的乡亲们施舍了丰盛的食物，立刻在那个小地方出了名。他发出通知，过几天，要为全体乡亲举行隆重的宴会。国王听说旺堆诺布有个什么都能提供的好宝贝，便千方百计地想把那个宝贝弄到自己手里。

宴会那天，国王也赴宴，知道了旺堆诺布的宝贝是一口红铜鍫锅，就想把它偷走。他趁所有人都喝醉的时候，把红铜鍫锅从旺堆诺布的皮口袋里取出来，装到自己的大口袋里，准备带回宫中。此时，正好旺堆诺布想给国王送个礼物，就朝红铜鍫锅走去，发现这件宝贝无影无踪。旺堆诺布询问起红铜鍫锅的下落，可是没有一个人承认偷窃。旺堆诺布说："如果不把我的红铜鍫锅主动送过来，偷锅人将难保其命，希望自觉地还给我。"可还是没有人还。无可奈何，他唱道：

如意珍宝锅色红，不知去向无影踪。

如意口袋显奇功，指认狂妄证真凶。

想啥有啥锅奇能，不知藏匿是何人。

如意妙果花色素，捆将大胆不容情。

如意宝锅贵弥珍，失窃主人心欲焚。

如意妙果金刚棍，打击恶人索其魂。

恶人若是地位高，好人威望自弭消。

美好时光将逝去，痛苦降临在今朝。

说完，皮口袋如意宝指证了盗窃者国王，花绳如意宝紧紧捆住了他，金棍如意宝在他头上敲了三下，送他上了西天。

国王一死，国民们推举旺堆诺布为新国王。他将拥有智慧和才智、公正并诚实的男女作为人才，任命他们为大臣，为全体乡亲公正地分配土地和牲畜。清明的政治和活跃的经济，使人们过上了幸福的生活。

乞丐登上王位

（巴宜区）

从前有个乞丐，他喜欢睡在马路边。一天，他又在阳光照射下一呼一呼地睡在马路边，面前的乞碗里落满了苍蝇。等他醒来伸手去拿碗，不经意间，握住碗的手一下子捏死了五十几只苍蝇。

乞丐带着碗起身去寻乞，路上与当地国王相遇。国王问他："你叫什么名字？"他答道："我叫捏死五十。"国王想，这个汉子好像能对付 50 个敌人，便对他说："要是这样，请你过来一下，我有几个要求。"国王把他请进王宫，用茶、酒、肉和水果等丰盛的食品热情款待他，又怕他没有吃好、喝好，宴请整整持续了 3 天。

3 天以后，国王对他提出要求："你是捏死五十。王宫右面的山上有几个土匪，那些土匪不让百姓安生，请你把他们捏死。"乞丐无法回避，只得硬着头皮前往土匪的地盘。他正无奈地赶路时，与一个女人相遇。女人问他："你为何如此无奈？"他把情况如实地告诉了那女人。女人笑着说："你用不着为这事担心，山上只有 7 个土匪。你把这些饼子带上，给他们吧。"她给了他 8 个饼子，说："这块饼子里没有毒，你自己吃。另外的饼子给土匪，就能实现你的愿望。"乞丐带着那些饼子上了山。土匪逮住他，准备抢东西，一搜就看到了那 8 个饼子。一个土匪怀疑饼子有毒，乞丐说："饼子根本没毒，这些是我一天的口粮。如果不相信，我可以吃一个给你们看。"说完，便拿起那个没有毒的饼子，吃得有滋有味。土匪们相信了他的话，把那些剩

116

下的饼子抢着吃掉了。过了一会儿，毒性发作，土匪一个个先后毙命。乞丐朝土匪的尸体捅了很多刀，折回到国王那里复命："我把所有土匪都杀掉了。"国王派人去查看，果然看到那些残暴的土匪个个被杀得血肉横飞。国王很高兴，给乞丐授予英雄称号，连续3天设宴庆贺，像对待守护神那样恭敬他。

又有一天，国王对他说："我们家乡的山沟里有一只老虎盗杀牛、羊，甚至危害人的生命，你去把它消灭掉。"乞丐带了许多帮手来到山沟老虎经常出没的地方，让帮手们朝左边方向去，而自己带着锣，朝右边方向走。他很害怕老虎，心里一个劲儿地祈祷："三宝明鉴！希望老虎朝他们的方向去。我别说是杀掉老虎，就是宰一只绵羊都不敢。"然而不巧的是，那只老虎恰好在乞丐过来的方向，正好狭路相逢。老虎一见乞丐，就咆哮着朝他扑过来，乞丐吓得爬到了一棵树上。老虎也奔在树下，不停地绕树怒吼，吓得乞丐都尿裤子了。老虎叫得越来越激烈，乞丐也吓得越来越厉害，浑身颤抖，险些从树梢上掉下来。老虎看见了，使出所有力气往树上蹿，想一口叼住乞丐。没想到，老虎的胸脯猛扎到一根树枝上，死了。万幸的他从树上跳下来，把锣砸破，把刀子插在老虎身上，回到国王跟前说："我把老虎打得锣都坏了，并用刀子捅到老虎胸口，它被杀死了。可是，那些帮手都压根儿没来帮忙，那群懦夫也不知干啥去了。"第二天，这个情况被所有臣民知晓后，他们惊异万分，把乞丐奉若神明。

国王给乞丐摆了3天喜筵，给予许多奖赏，并提出了新要求："好汉，对面的土地上有一个王国。那个国家不让我国臣民安宁，经常发动战争，弄得我也撇下宫殿逃到外乡。你去击败那个国家吧。这一次，好汉你若能为我们报仇，我俩今后一起治理国家。"

乞丐除了答应，别无选择。傍晚，他心情复杂地到江边踱步，心想，这次会不会招致灾祸？就在他焦急地走来走去的当儿，一位龙女从江里走了出来问道："你这乞丐到这里干什么？"他忧心如焚地把事情讲了出来。龙女给了他一把剑，说："你带上这个。只要这把如意剑问你'砍谁'，你就喊出仇敌的名字，说'砍他'，可以不费吹

龙女赐给乞丐如意剑（陈秋丹、江村 绘）

灰之力地实现心愿。"

乞丐带着那把如意剑出发了。对面王国的国王得到消息，率领士兵们在山脚搭起一座座白色帐篷迎战。乞丐把如意剑别在腰上，迎面冲了过去。那把剑在他腰间晃晃悠悠地跳动着，怒吼切切："砍谁？砍谁？"乞丐急忙指点："砍掉所有白点，砍掉所有白点。"只见那把宝剑裂变成许多小剑，暴风似的飞向白色帐篷，刹那间歼灭了对面的国王和所有士兵。乞丐带着胜利的捷报，高高兴兴地回到了王宫。

国王被乞丐的勇气所震惊，把对面那个小邦的王位给了他，并将自己的心肝宝贝公主嫁给了他。婚礼和加冕庆典一连举行了 15 天。这个国王由于没有儿子，就决定等到自己将来老了不能操持国事时，把王位交给乞丐，让他做联邦的国王。

三 姐 妹

（巴宜区）

很久以前，在一个地方的沟尾有一户人家。家中有一位老太太和三个女儿。她们一方面靠种田为生，另一方面以犏牛的酥油和奶渣为生。她们十分呵护并爱向别人炫耀那头黑白花母犏牛。

一天，大女儿赶着母犏牛到沟头放牧。因为走得越远，水草越丰美，她就不停地往远处走。走了一整天，到了傍晚，她发现在东面山脚下有一户人家。她又渴又饿，便走到这户人家的门口想要点吃的、喝的。这家的院子里有一位老太太，她发现家门口来了个客人，就问道："你到这里有什么事吗？"大女儿就把自己到这里放牛的事情如实告诉了老太太。

老太太很热情地说："如果是这样，那你肯定又渴又饿了，请到家里喝杯茶、吃点饭。"老太太把她请到家里，倒了茶，端上了饭菜。在大女儿吃东西时，拴在门口的狗叫道："嗷嗷嗷，给一坨糌粑吧，我给你说句话。嗷嗷嗷，给我两坨糌粑吧，我给你说句话。"可是，大女儿什么都没有给狗吃。没过多久，天黑了。夜里，老太太趁大女儿睡着了，把她和母犏牛都杀掉了。

那天晚上，姑娘的家人怎么等也不见大女儿回家。第二天天一亮，二女儿就去找大姐和母犏牛。她走了一整天，终于走到了东面山脚下的老太太家门口，看见一位老太太正在纺羊毛。她问道："老奶奶，您看到一位牵母犏牛的姑娘没有？"老太太回答道："根本没有看

120

到。姑娘，你的母犏牛是什么样的？"二女儿答道："母犏牛的犄角绿得像松耳石，颈上拴着一根花绳子，尾巴白得像海螺。"老太太说："你找了一天，肚子一定饿了，口也渴了，先到我家喝杯茶吧。"老太太把她请到家里，倒了茶，煮了母犏牛的肠子给她吃。这时，拴在门口的狗叫道："嗷嗷嗷，给一坨糌粑吧，我给你说句话。嗷嗷嗷，给我两坨糌粑吧，我给你说句话。"可是，二女儿什么都没有给小狗吃。天黑后，老太太说："天黑了，你去找母犏牛，哪儿找得到？今晚就住在我家吧，明天一早再去找你的姐姐和母犏牛。"二女儿走了一天，走累了，觉得老太太说的也对，便同意晚上就住在那里。老太太问她："姑娘你睡在稳稳扁扁上，还是睡在尾巴摇摇摆摆上？"二女儿问："老奶奶，什么是稳稳扁扁？什么是尾巴摇摇摆摆？"老太太回答说："稳稳扁扁的是我，尾巴摇摇摆摆的是那条黑色白胸母狗。今晚，你跟母狗睡，还是跟我睡？"二女儿说："我跟老奶奶您睡。"二女儿刚躺下没多久，就睡着了。在睡梦中听到"咯咯"的声响，她睁眼一看，竟然是这位老太太。老太太露出两颗长长的獠牙，手拿一把长刀，朝二女儿的心脏一捅说："很长时间没有吃到人肉，很长时间没有喝到人血。今晚，要吃热气腾腾的人肉，喝滚滚烫烫的人血。"说完，就把二女儿杀掉了。

天黑后，小女儿和母亲左等右等，也没有等回两位姐姐。第二天天一亮，小女儿就顺着沟头的小路去找两位姐姐。

小女儿找了一整天，也没找到姐姐和母犏牛，最终看到东面山脚下的那户人家，就走到这家门口打听情况。老太太仍然回答说，既没有看到什么，也没有听到什么。然后，老太太说："天也黑了，你一整天找两位姐姐和母犏牛，一定累了，口也渴了，肚子也饿了，先到我家喝杯茶吧。"老太太给她倒茶，又问："母犏牛是什么样的？你的两个姐姐是什么样的？"小女儿答道："大姐名叫色珍。二姐名叫俄珍。母犏牛的犄角绿得像松耳石，颈上拴着一根花绳子，尾巴白得像海螺。"老太太说："我没有看见这样的姑娘和母犏牛。今晚，你就好好休息一下，明天一早再去找她们。"老太太给她吃犏牛和她姐姐的

大女儿到女妖家打听丢失的母犏牛（白玛层培 绘）

肠子、糌粑，自己到房顶取柴火。这时，拴在家门口的那只小狗又叫道："嗷嗷嗷，给一坨糌粑吧，我给你说句话。嗷嗷嗷，给我两坨糌粑吧，我给你说句话。嗷嗷嗷，给我三坨糌粑吧，我给你说句话。嗷嗷嗷。"小女儿给了小狗一坨糌粑和一小块肠子，摸了摸小狗的头。这时，肠子发出"吱吱"的声音说："姑娘在吃母犏牛的肠子，吱吱；妹妹在吃姐姐的肠子，吱吱。"小女儿于是怀疑这些肠子会不会是母犏牛和她姐姐们的。老太太问："姑娘，你今晚睡在稳稳扁扁上，还是睡在尾巴摇摇摆摆上？"小女儿问："老奶奶，什么是稳稳扁扁？什么是尾巴摇摇摆摆？"老太太回答说："稳稳扁扁的是我，尾巴摇摇摆摆的是那条黑色白胸母狗。今晚，你跟母狗睡，还是跟我睡？"小女儿说："我跟老奶奶您睡。"这时，小狗低声对小女儿说："这个老太婆是个女妖，她杀死了你的两位姐姐和母犏牛。今晚天一黑，你就从后门逃走吧。"为了使小女儿相信，小狗还偷偷地叫她到女妖的储藏室看。小女儿进去一看，看到很多人绑在那里奄奄一息，还在"呼热呼热，呼热呼热"地呻吟着。小女儿受到了惊吓。小狗安慰她说："要是女妖发现你逃跑了，她就会追你的。到时候，你把这些撒到女妖脸上。"说着，把一把锯末、一把草、一把石子和一把沙子给了她，又说："你走的时候，给我的尾巴上抹一下毒药。反正我早晚都会被女妖吃掉，那时，女妖也一定会死的。如果能这样，对大家都有好处。你就下定决心，给我的尾巴抹毒药吧。"小女儿给小狗的尾巴抹了毒药，天黑后，就蹑手蹑脚地逃走了。

女妖以为小女儿已经睡着了，就过来杀她，可是不见她的踪影。女妖从房顶上看，望见小女儿正往西跑去，于是龇牙咧嘴地去追。小女儿使劲跑，在快要被女妖抓住时，将一把锯末对准女妖的脸一撒。顿时，在她俩中间出现了一片茂密的森林。小女儿继续跑着，女妖又汗津津地追了上来。等到快要追上的时候，小女儿把草撒到了女妖脸上。她俩中间出现了一座巨大的草甸山，拉开了她们的距离。小女儿喝了口水，又跑。过了好一会儿，女妖紧紧地跟了上来。在快要被抓到的当儿，小女儿把石子一撒，她俩中间出现了一座高大的岩石山。

小女儿的心情平静了一些，小憩片刻，又跑了起来。那女妖再一次追了过来，眼看就要追到她了，小女儿把沙子对准女妖的脸撒了出去，她俩中间出现了一座巍峨的沙山。

女妖爬沙山，因沙子太滑，往上走三步，往下退四步，怎么也爬不上去，两只脚陷入沙中，再没有追上小女儿。

女妖回到了家。由于小狗把小女儿放跑了，她气得露出獠牙，伸出爪子，说道："我现在没有人肉吃，就吃狗肉。"她把那条小狗吃掉，把狗皮铺在床榻上，啃咬狗头，喝着狗血。吃完狗没多久，女妖毒性发作，身子开始哆嗦，口中吐血，脸色和皮肤发青，不久就死了。

小女儿回到家里后，把情况如实告诉了自己的母亲。母女俩伤心地哭了一会儿，又怕女妖找上门来，就逃到了沟头一位仙人住的地方。这样一来，既躲过了女妖的祸害，又可向圣贤仙人讨要佛法的甘霖，为亡者修善根，为活者积阴德。

第二章　传　说

什么叫传说？

传说是民间文学的重要组成部分。这里所说的传说是指继神话之后出现的古代传说。神话与传说之间的主要区别在于，神话具有十分奇特的浪漫、夸张的特点，而传说具有与现实生活较为贴近的特点。并且总的来讲，传说具有真实反映属于一定历史时期抑或一定历史阶段的社会生活、人的意识、风俗习惯、神山圣地、地名人名来源等特征。

传说富有一定的历史和现实基础，对事物作出超现实的诠释，在民间文学园地被称为口传（口述）历史。口传既有历史的真实性，也不乏一定的篡改和夸张，但绝不意味着所有口传的都是篡改而成。

妖魔恰巴拉仁与祖师顿巴辛绕·米沃切斗法

（根据苯教有关资料整理）

　　妖魔恰巴拉仁派达普童老虎和斯普童猎豹，试着偷苯教祖师顿巴辛绕·米沃切的马。他俩都是眼神非常锐利的人，一起去高山朝顿巴辛绕·米沃切所在的地方望了望，但因有了顿巴辛绕·米沃切的加持，什么也看不见。故而，达普童和斯普童对妖魔恰巴拉仁说：

　　　　辛绕之地影空濛，山水人物俱无踪；

　　　　别说前去盗良马，方向难辨西与东。

　　妖魔恰巴拉仁杖罚了达普童和斯普童，魔域里充满了惨叫声。随后，妖魔恰巴拉仁说：

　　　　即使眼睛似明鉴，辛绕神通不一般；

　　　　良马藏身于何处？凡夫焉能看得见！

　　随后，妖魔恰巴拉仁决定由自己的儿子七肖瓦去盗马。妖魔说：

　　　　妖魔之子七肖瓦，令尔盗辛七匹马。

　　　　人肉留给辛族地，任他藏匿人笑话。

　　　　依山设伏计谋周，设法绕过畜群走。

　　　　以乱致滥奇袭之，取来男童之人肉。

　　　　北方格萨戎马场，边陲蕃族食肉乡。

　　　　啖肉饮血当日宰，不是豺狼胜豺狼。

其中堪称残酷王，乃是娘工塔^①三邦。

塔布食用蛤蟆蛇，娘布食肉不认娘。

工布更是灾祸地，兄妹通婚视吉祥。

舅甥亦不避羞臊，共享女人是大方。

水如地狱铜锅煮，山似黑猪哭泣状。

谷地宛如骆驼嘴，岩似蒙人回望乡。

要建雪域之霸业，必驱罗刹之三邦。

七肖瓦是好儿郎，快去偷马莫彷徨。

若能得到辛之马，为父封你工布王。

工布之王白色狼，收复工布责无旁。

我要骑上辛之马，将其擒入大牢房。

如此约定后，妖魔之子七肖瓦到顿巴辛绕·米沃切的家乡去盗马。

白色王在工布地区统治了很多年。这天，魔王恰巴拉仁让达瓦米嫩控制和监视军队，将30万军队开进工布，令所有工布人惊恐万状。

工布的白色王问军队："不曾见过的军队开往何处？"妖魔恰巴拉仁答道：

我们乃是黑色军，来此本欲开战争。

妖王神力已解除，乃是业力现原形。

但你不必太害怕，我你不必起纷争。

我军反复商量过，共同之敌苯教辛。

今日到此求联合，人的亲人唯有人。

比人更为残暴者，是那边陲之蕃人。

比起蕃人残暴者，娘塔工地没人心。

其中最为残暴者，工布残酷是兽行。

工布统治罗刹者，白王红王魔人形。

---

① 娘工塔，地名，分别指娘布、工布、塔布。

128

今天与你谈友睦，只因强敌才屈兵。

已遣鬼子七肖瓦，前往辛地盗良马。

若成逃到你跟前，实意帮他不许假。

工布王答道：

军队威武从未见，骏马良弓人足美。

合心同力抗强敌，恪守信用神天鉴。

妖魔恰巴拉仁发誓道："姆查图查热，长查玛啦坦。"随即到一间黑屋等七肖瓦的信息。妖魔军卒向目光锐利的米嫩报告。米嫩回头向魔王恰巴拉仁说：

圣明之子七肖瓦，技高人勇谋亦佳。

从那沃莫龙仁地，获得辛之七匹马。

地水风火四大家，浑然不知马已差。

魔王恰巴拉仁正在焦急，得到喜讯，很高兴。士兵们也聚集在一起庆贺。正是：

忧急如焚坐黑房，喜讯降临喜欲狂。

士兵纷纷广场聚，魔鸟邀请恰巴王。

肖瓦盗马功成返，魔王欣喜至会场。

魔王恰巴拉仁来到广场，把七肖瓦夸赞了一番：

七肖瓦是好儿郎，他乡盗宝如探囊。

辛绕法力难想象，你们为我争了光。

马蹄痕迹江中藏，马匹关在宫殿旁。

七肖瓦在半夜盗马，再由魔王恰巴拉仁作法降雪以覆盖马蹄之痕，目的是不让追兵明确方向，但这迷不住顿巴辛绕·米沃切的法眼。他率四个法童追了上来：

半夜时分将马盗，拂晓九度大雪飘。

大雪来把蹄痕覆，追兵难寻是妙招。

马后有无跟踪者，眼尖巫觋来盯梢。

巫觋观察后报告说：

跟踪马匹是辛绕，随从伴有四幼童，

紧跟其后追来了。此事妖魔通报兵，

众兵一听俱欢腾。师证报应魔要肉，

一触即发战事临。

顿巴辛绕·米沃切一行离魔鬼愈来愈近，魔鬼叫嚣着要吃童子肉，顿巴辛绕·米沃切誓灭魔鬼。一场大战不可避免。对此，魔王恰巴拉仁说：

全体士兵听我言，我俩搏击费时间。

锋利兵器用不上，武力难以把敌歼。

且看本王施魔法，诛灭辛绕奏凯旋。

此时，祖师顿巴辛绕·米沃切把这一切如照镜子一般看得清清楚楚。他了解敌人的魔法，想到要制伏藏地罗刹类，除掉狂傲的妖魔，要靠不可思议的慈悲心。他跟在马儿后头。随从们聚集起来，向他启呈道：

拂晓时分大雪飘，应是魔王施魔招。

七匹马儿既已盗，祖师性命比天高。

祖师倘被妖魔杀，世界灭亡成野芜。

宏教大业无须马，劝师请别把马找。

返回沃莫龙仁地，要把苯波奉为教。

祖师见徒儿们不理解自己的意图，解释道：

为师并非恋马人，妖术为患日已深。

130

妖魔恰巴拉仁与祖师顿巴辛绕·米沃切斗法（扎西泽登 绘）

今日正好时机到，铲除叛逆不留根。

徒儿无须瞎担心，妖魔即使与我拼。

为师自有降妖策，管教汗毛动不成。

相信功业齐天之，能够教化众生灵。

说完，他便在四位灵慧幼儿的陪同下，亲自跟踪马匹而去。

马匹走过的地方被厚厚的雪覆盖，祖师便以正直的慈悲心射出秘密之箭，召唤九节仁慈的太阳念诵咒语。须臾之间，妖魔的雪像酥油似的融化了：

慈悲箭道上，仿佛马蹄响。

辛师所历处，一路伴阳光。

魔军围四角，山川被焚烧。

欲断辛师路，辛师有奇招。

辛师凭加持，烈火焚烧处。

妖法断无力，凭地莲花出。

四位灵慧郎，心静色不慌。

腿呈跏趺势，坐于莲花上。

部分妖魔兵，生出敬仰心。

许多俗家人，急忙来拜诚。

大家夸口称："神奇真圣人，

悲心降妖法，化雪不留痕。

马儿蹄痕上，洒下太阳光。

慈悲无量宫，历火亦清凉。

辛师真神奇，谁能伤害您？

祈祷并祝福，我们齐敬礼。"

说完，众人绕着顿巴辛绕·米沃切连连顶礼。

如此这般，缘于祖师顿巴辛绕·米沃切的加持，妖魔的火堆被扑灭，妖魔军变成了仆从，其他妖魔的仆从在哭泣、哀号。如今在荒谷

132

中，燃烧的岩缝里长出莲花乃是吉祥的标志。尔后，祖师追敌于四河汇流的源头，在此又被众多妖魔军队包围。

> 聚水如大海，降冰如石块。
>
> 要将辛师徒，致死而后快。

在祖师的加持下，妖魔的火堆里长出火莲花。莲花垫子上，坐着四名幼儿，面色不改变，脸上泛微笑，呈现跏趺坐。许多俗家人，来到祖师面前，嘴中夸赞道：

> 伟大的圣者，奇异的神人。
>
> 用智慧填满，妖魔的水坑。
>
> 未把无量宫，冲走或陷沉。
>
> 燃烧成灯火，播种着光明。
>
> 怎能损害您？伟大的救星。
>
> 我们祈祷你，我们亦祈祷。

他们绕着顿巴辛绕·米沃切连连顶礼。然后，众人前往象雄木恰吞巴蔡，用威德和神力将一切进犯的妖魔士兵都降为仆从，跟在马儿后头，教化众生，为获得无上的雍仲之位，奔雅鲁藏布江的中央而去。

蕃地鬼神等很多生灵也前来迎接，并叩拜之、供奉之。现在，西藏的所有山峰都低垂着，就是寄身片石山、雪山和岩山的鬼神拜见祖师时敬礼的标志。祖师降赐对蕃地苯波供神祭鬼的预言，指明灵器为木漆、柴火和神饮。蕃地所有的鬼神都守护苯波、提供便利，也是被祖师顿巴辛绕·米沃切制服的标志。祖师顿巴辛绕·米沃切跟随着马，追击魔王恰巴拉仁，于江中铺展莲花垫到工布坐底森林。妖魔大力士在工布的深谷口用妖魔黑山挡住顿巴辛绕·米沃切的去路，挑衅道："不要爬上我的石墩。"

祖师道：

> 可怜工布人，石墩焉挡门？
>
> 结果马上出，且看行不行！

他把右手的小指取下，搁在工嘎三岔口，取名拉日江多（本日山），继续往前行。在一座黑山里，他遇见一大个黑人。黑人开口道：

迷路之客人，哪里是前程？

不向人敬礼，应祷告山神！

他阻断了顿巴辛绕·米沃切的去路，向祖师明示道：向辛挑战者，黑人日通拉。向苯[①]下网者，黑山小山妖。由心幻化出，矛头似的山。妖魔山与辛[②]山比，妖山不及辛山基。黑人与辛比块头，妖魔只抵辛脚踝，故称苯日钦波山，人称辛钦杰瓦者，黑人迅疾逃离去。

祖师顿巴辛绕·米沃切继续赶路，妖怪黑人悍然举兵进攻。加拉推杰对顿巴辛绕·米沃切说：

辛绕米沃乃狂傲，时间来把因果报。

妖魔四水已干涸，孙子孙女俱杀掉。

许多妖眷被抢掠，兄弟姐妹亦被盗。

红脸罗刹之蕃人，娘塔工地罗刹兵，

竟被报复追又撵，象雄辛绕是祸根。

说完，他扑向顿巴辛绕·米沃切。祖师顿巴辛绕·米沃切张开双腿，扬起手，念诵降妖咒语："啊巴尔吞，姆巴尔喜，芝常巴尔涅。"念毕，只见100位天兵、神将向妖魔军队扑来，击退了妖魔军队。出于慈悲心，很多天兵回到天庭，将抓捕的加拉推杰放走。祖师为了教化众生、弘传教法，继续跟踪被盗的马匹，追赶魔王恰巴拉仁。

娘布、工布地方的众多魔鬼，魔王恰巴拉仁、残暴的工布王和很多军队，到达工布隘口，不敢朝前迈步，都在嗷嗷叫嚷。

面对此种乱象，祖师说道：

---

① 苯，指苯波。

② 辛，是西藏苯教祖师顿巴辛绕·米沃切出身的氏族名。

恰巴拉仁和士兵，俱是邪妄贪婪人。

不要大吼听教义，先觉之训记于心。

对此，恰巴拉仁回答道：

祖师辛绕持邪见，讲话报怨语不端。

尽管祖师作了答复，但妖魔们不听，反而攻击道：

辛绕若是天上神，为何降世下凡尘？

祖师若有平等心，为何与魔起纷争？

祖师向它们解释道：

为了六道之众生，我便降世到凡尘。

尔等有情邪见重，想见觉者随我行。

妖魔恰巴拉仁说：

若是你有平等心，为何盗走姑娘们？

若是你有慈悲意，为何杀戮绝子孙？

祖师回答道：

你若皈依事苯教，兄弟姊妹璧归赵。

说完，他做了各种有益的事。最终，祖师顿巴辛绕·米沃切通过施展各种威德和法力，制服了一切妖魔，并将它们引向成熟、解脱之路。他为后世众生事业着想，加持所有石山，让雍仲苯教的白色光芒照耀雪域大地；特别是对工布谷地，使之成为一片白亮而光洁的地方。

热西马玉塘连绵起伏的
小山丘的由来

（波密县）

波密县玉许乡白玉村至玉仁则普冰川即波堆河，有很多小山丘。其中，热西马玉塘一带小山丘最多。最大的山丘直径有五六米，最小的也有一米左右，共计有几千个山丘。据说在 20 世纪 30 年代，英国探险家曾得出结论：这些山丘是古代战场上阵亡的英雄先烈的坟墓，但当地的民间传说有另一个版本。

吐蕃王朝兴盛时期，赞普赤松德赞邀请天竺著名的密宗大师莲花生来西藏传法布道，根据需要，将兴建西藏第一座寺庙——桑耶寺。莲花生大师按照赞普的旨意，从西藏各个地方神那里获取修建寺庙需要的土、石头、树木等。波密的地方神召开会议，一致决定为兴建桑耶寺送去土、石等。选定吉祥的日子后，他们在热西马玉塘准备好土和石头，共同启程。刚一上路，他们就遇上了一只从工布地区飞回的小乌鸦。小乌鸦告诉地方神们："桑耶寺已经建成，你们的这些土和石头已经用不上了。"地方神相信了小乌鸦说的话，便把那些土和石头堆放在热西马玉塘，各回各地。其实，这是小乌鸦的谎言。当时，桑耶寺根本就没建成。波密的地方神因此也受到了藏地诸多地方神的指责。处理结果是：从此，土地容不下水。如今，波密的房屋不像其他藏区的房屋，房顶不是平面，而是斜面，而且两面都有木板。当然，小乌鸦也受到惩罚：从此，不许离开林芝飞往卫藏地区。说起来也很有意思，拉萨及日喀则等卫藏地区确实见不到小乌鸦。

热西马玉塘连绵起伏的小山丘（扎西泽登 绘）

神女的眼泪——尼洋河

（工布江达县、巴宜区）

溯拉萨河河谷一路向东，渐走渐高，翻过海拔 5013 米的米拉山，继续往东，就进入了尼洋河河谷。米拉山是拉萨河与尼洋河的分水岭。

尼洋河是位于雅鲁藏布江北侧的最大支流，也是雅鲁藏布江流域内的五大支流之一。河流两岸，森林植被完好，河水清、含沙量小。藏语称河为"曲"，故而，尼洋河又被当地人称为"尼洋曲"。

尼洋河风光秀丽、变化多端，一会儿创造了峡谷，一会儿又开辟了平原，一会儿流经大草原，一会儿又在山峦间奔驰。它流经林芝地区时，又像一位娴静的少女，缓缓流淌着。尼洋河之美，美在它的水色。那如玉般的清澈，那翡翠般的碧绿，与飞溅出的洁白浪花纷纷攘攘、难分难辨地交融在一起。当地人美其名曰：飞花溅玉。

尼洋河发源于米拉山西侧的错木瓦拉和娘蒲乡吴朗沟，在太昭附近汇合后，由西向东流，在巴宜区的则拉岗附近汇入雅鲁藏布江，全长 307.5 公里，落差 2273 米，平均坡降达 7.39%。尼洋河平均流量 538 立方米 / 秒，年径流量 220 亿立方米，水能蕴藏量达 208 万千瓦 / 小时。

在古代的传说中，尼洋河是神女流出的悲伤眼泪。相传很久以前，工布地区有个善良、美丽的姑娘叫尼洋。一个偶然的机会，她与小伙念青唐古拉相识了。在那次见面后，两人没过多久就恋爱了，一

姑娘尼洋流下悲伤的眼泪（扎西泽登 绘）

直相爱了两年。两年里，两人的感情日益加深。如果顺理成章，不用多久，两人或许就会结婚生子，可事情远远没有两人想的那么简单。由于女方尼洋的家境不好，念青唐古拉的家长极力反对这门亲事。尽管尼洋在念青唐古拉的父母面前极力表现，想让他们给自己一个机会，可事情的发展与她的愿望背道而驰。

两年里，尽管念青唐古拉的父母反对，但尼洋与念青唐古拉生活得非常开心、非常甜蜜。他俩坚信，只要两人坚持了，事情肯定会好起来的。

可是，事情又发生了变化。有一天，尼洋去念青唐古拉家去找他，她看到了一幕让她快崩溃的场景：念青唐古拉竟然背着她，和另外一个女人在一起。尼洋不能相信，曾经那么爱自己的人会背着她去爱别的女人。尼洋心碎欲绝，哭着跑回了家。

从此以后，每当深夜来临，尼洋便随着不眠的夜风呜咽。一想起曾经的恋人、如今的负心汉念青唐古拉，一想起那份无法相触的爱、不能相守的情，尼洋的心就不由得坠落到思念的深渊之中，无法自拔。每当这时，心无所依的尼洋只能默默地流泪。她的泪水汇集成了河，成为这世界上最美的河流，即工布地区人民的"母亲河"——尼洋河。

聂赤赞普及其出生地

（摘自《邦锦梅朵》①）

公元前117年，第一任藏王沃德布杰或普遍称之为聂赤赞普，出生在西藏东南方向。那里，连绵起伏的高山环抱，山巅长年白雪皑皑，茂密的森林覆盖大地，犹如碧空融化而成的湖泊点缀着。他取名为吾贝惹。其父名为拉达楚，母亲叫恰莫尊。他俩生有9个孩子，最小的吾贝惹自幼就不同于其他孩子。他相貌俊美，舌大覆面，趾间有蹼，体格强壮，聪颖睿智，性情刚烈骁勇，行为粗暴而喜好叛逆，具有降伏敌人的勇猛精神。故而，当地人给他送了个诨名，叫作"独脚鬼"。

那时，在广袤的西藏高原，奴隶制已然到了如青苗般破土而出、发芽生长的时期。由于受到原始社会的影响，由父系氏族衍生而来的族群形成父系部落，由母系氏族衍生而来的族群形成母系部落，另外还形成了12个诸侯国，后来逐渐形成了40个割据小邦。这些诸侯国各自为政，连年征战，相互抢劫，弱肉强食。当时，亚隆一带集结了6个氏族的部分部落，经常遭到周边一些小邦的欺侮、抢劫和倾轧，部落百姓们遭受到的痛苦和折磨犹如落入火坑般难以忍受。但因自身力量弱小，无法对付敌人，他们不得不忍辱负重。

一次，当地一位具有智慧、长于对事物进行取舍的首领，将所有

---

① 邦锦梅朵，直译为邦锦花。《邦锦梅朵》是西藏的一种民间故事杂志。

被人们尊崇的吾贝惹成为部落首领（扎西泽登 绘）

人召集到旁布索章草滩商议国事："喂，喂，跟乡亲们说一下，若不集思广益，贤才无法决断。其他小邦如此欺负我们部落，有何良策，请大家讨论。"在场的人们面面相觑，个个沉默不语。这时，一位已到花甲之年、披散着一头灰黄色长发的老者，从宛如蜜蜂簇拥于莲花池一般的人群中缓缓地站起身，举起枯木枝条似的手，用沙哑的声音说："岩羊奔跑于草滩，需要领跑的弯角羊。杀向强大的敌人，要有领队的如本①。其他小邦敢于挑衅我部落的原因，是我们没有英勇的王做统帅。眼下应尽快寻找那扶亲灭敌的王，是与不是，请揣想。"老者的话犹如八功德水②流向干涸的土地，滋润了人们焦躁的心田，骤

---

① 如本，旧西藏军官名。如本管辖的兵额为 250 名。

② 八功德水，即佛书中所说的具有一甘、二凉、三软、四轻、五清净、六不臭、七饮时不损喉、八饮时不伤身这八种优点的水。

然萌发出智慧的苗芽。大家积极参与国事的商谈，纷纷发表各自的意见，最终达成共识，一致表示道："要赶快去找一位能制伏敌人、扶持臣民的君王。"后来，当地一些聪慧的头人和德高望重的老者等精干人马，带上所需盘缠，离开家乡，长途跋涉，奔塔工①方向而去。与此同时，吾贝惹渐渐长大成人、智商发达，他不愿忍受部落首领的欺凌、部落的禁令和不良习俗，一再与首领争吵。

彼时，在波密地区有一棵非常高大、粗壮，无法以绳索围拢的松树。此树的树梢直插云天，根茎直抵龙宫，枝杈伸向四处，树叶覆盖大地，一年四季，绿意盎然地矗立在茂密的森林中。当地所有人称其为"神树"，将这棵树作为敬奉的对象，每年宰杀大至大公牛，小至山羊、绵羊等牲口祭祀，一心祈祷风调雨顺，五谷丰登，消除瘟疫、饥荒和战争，获得幸福。不论是何人，如砍伐此树，便剁掉手指；捡拾枝叶，便割鼻、截肢；爬树者，则剜去其眼珠或焚烧。诸如此类，施行酷刑。对此种残酷的规则，吾贝惹心存不满，叹息道："该如何是好啊？"他经常处于惴惴不安的状态。一天，他对首领说："树是树，神是神，不可将树奉为神，无端地对臣民进行惩罚更为不妥。"他的话一传十，十传百，传入众乡亲耳中。所有人惊讶不已，把头摇得像拨浪鼓："'独脚鬼'真是活鬼。"具有法力的苯波、当地首领和乡亲合起来追打吾贝惹，他最终不得不离开美丽的家乡。

吾贝惹被逐出家乡后，连躲带逃，穿过西面的茂密森林，涉过河流，翻过高山，一路艰辛地逃亡。他到达工布本日山（苯教神山）西面的拉日江妥神山时，正巧与来自雅砻的一队强壮人马不期而遇。吾贝惹是个不可目视，出乎想象，不可比拟，具备一切美妙身形、相状的少年。来者极感神奇，便问道："你是谁？自何而来？"吾贝惹答道："我从波沃来，前往吐蕃。"来者问，"你有何才能？"吾贝惹回答说："我因本领太大，被家乡人驱逐。"来者又问道："那么，你能做吐

---

① 塔工，早期西藏一个区域的简称。"塔"现指山南市以东的桑日、加查和林芝市的朗县一带。"工"指现在林芝市的巴宜、米林等地。

蕃王吗？"吾贝惹说："你们以颈为座，把我抬走吧。你们不用怀疑我的威德、神通。"于是，这些人按吾贝惹所说，以颈为座，将其抬着走。他们快速赶路，抵达雅砻后，这里的人们欢欣若狂，面带微笑，紧握他们的手说："派去的人起了作用，找到了人主，射出的箭中的了，圆了心中的愿望。"一时间，部落里掀起赞美和欢笑的美妙声浪，将吾贝惹奉为雅砻第一代王。因以颈为座迎请他，他被称为"聂赤赞普"，即颈座之王。

此王做了雅砻部落首领后，有效地护持国政，兼并了邻近的小邦，建立了吐蕃王朝，发展雍仲苯教，供养苯教法身，修建了第一座苯教寺庙——雍仲拉孜。他最终因未能实现苯波（苯教教徒）的利益，而被苯波的沃龙等人杀死。

止贡赞普的故事

（根据口传历史整理）

　　吐蕃王朝第八代首领止贡赞普，系斯赤赞普与缅赤秋莫所生。他年幼时，家人请教老祖母取什么名字？老祖母反问道："吉地方的扎玛岩峰坍塌了没有？邦典玛地方的草甸被火烧了没有？塘列崴地方的湖水干涸了没有？"家人答道："岩峰没有塌，湖水没有干，草甸也没有被烧。"老祖母因为年迈耳聋，误听成"岩峰坍塌了，草甸焚毁了，湖水也干涸了"，便认为是不祥之兆，说道："将死于匕首，就取名为止贡赞普吧。"于是，就按老祖母的意愿给他取了这么个名字。

　　由于取坏了名字，止贡赞普心里中邪，性情狂暴，骄慢不羁，拥有超乎常人的飞天升空等变幻神通，并常强令父系九族和母系三族属民与他比试："谁敢与我较量，就站出来吧。"众人纷纷退后答道："不敢。"最后，止贡赞普竟然挑逗罗昂达孜与自己较量。罗昂达孜毕恭毕敬地说："大王您怎么啦？我作为臣属，根本不敢当您的对手。"但止贡赞普置罗昂达孜的请求于不顾，强令罗昂达孜与自己比试。因不敢违抗性情暴虐的止贡赞普严苛的命令，罗昂达孜启奏道："若将大王神库中自动穿刺之戈矛、自动挥舞之长剑、自动着身之甲胄和自动着戴之盾牌等赐予臣下，臣便可以与大王一试。"如此这般，止贡赞普将所有宝贝武器均赐给了他。

　　君臣二人约定，以氐宿星和亢宿星出现日为比试的时间。止贡赞普因为不放心，就派一只名叫耳敏者纳桑玛的拥有法术的母狗到罗昂

止贡赞普与罗昂达孜相互较量（扎西泽登 绘）

达孜那里窃听情况，被罗昂达孜认出。他便使了个计谋，装出一副可怜、悲哀的样子说："倘若后天国王来杀我，不带兵士，单枪匹马来战，我就要迎接。若国王头裹黑色绫罗头巾，额头悬挂镜子，右肩搭狐尸，左肩负狗尸，剑绕头顶，用红色公黄牛驮着灰囊而来，则我绝无胜算。"止贡赞普派去偷听的狗把所听到和看到的情况，一五一十地禀报给他，止贡赞普听后说："我就这么办。"他就按照约定的时间，前去与罗昂达孜较量拼杀。

罗昂达孜先到娘若香波城堡准备迎战。止贡赞普随后也到了娘若香波，决定在娘若台瓦蔡林苑中布阵对垒。到了格斗的时间，罗昂达孜将200支锋利的矛横拴在100头红色犍牛的背上，牛背皆驮灰囊冲了过去。在呐喊声中，牛群厮杀搏斗。罗昂达孜趁牛群受惊、尘土弥

146

漫之机，自腋下取出小斧，向穿行在烟尘中的止贡赞普砍去。

灰尘蒙住了止贡赞普的眼睛，狐狸的尸体使护卫止贡赞普身体的战神驱散而不能复归，狗尸迫使男性战神消失，剑绕头顶则将前往光明天界的登天绳、登天梯割断。紧接着，罗昂达孜瞄准止贡赞普黑色绫罗头巾上的额头镜，猛劲拉满了弦并准确地射出箭，杀死了止贡赞普。之前的赞普都待王子们驾驭国政后，抓住登天绳升天而死。但止贡赞普因登天绳被割断，尸骸便留在人间。

止贡赞普的尸骸被置于合盖铜箧里，从吉达桥头抛于年楚河中。止贡赞普的尸骸被江水带入色仓地方龙王鲁维德仁波的腹中，由鲁维德仁波保管。止贡赞普的三个王子亦被流放至工布、年布和波沃。罗昂达孜夺取了吐蕃止贡赞普的政权，自封国王，逼迫止贡赞普的王后当马倌，娶止贡赞普的小女儿为妻，执掌吐蕃国政整整 13 年。

布德贡杰的故事

（根据口传历史整理）

止贡赞普被杀后，罗昂达孜占据了赞普的宝座，让止贡赞普的王后去放马。悲伤的王后每天都以放马打发着生不如死的日子。一天，王后在睡梦中梦见雅拉香波神化身一个白人，跟自己睡在一起并有了肌肤之亲。待从睡梦中醒来时，她见雅拉香波神化身成的白牦牛从枕边走过。

过了八个月零九天，王后身上掉下一块拳头大且能活动的血团，就将它以裤腿包裹，置于温热的野牦牛犄角中。几天后一看，血团生出了一个男婴。因他生于野牦牛犄角里，故名茹列杰。

这个男孩长至 10 岁时问其母："人皆有父，我父为谁？人皆有王，我王为谁？人皆有兄，我兄为谁？"其母说："稚幼小儿莫说大话，幼小马驹别跑错路。"她并未说出任何实情。茹列杰说："母若不说，我将死矣。"无奈，母亲只得将曾经发生之事一一讲与儿子茹列杰。

茹列杰说："人不见时，可以按足迹找寻；水不见时，可以循着水流声找寻。"他向母亲要来干粮，前往工布地区寻找哥哥们。

中途干粮吃尽，他便又回到母亲身边备得干粮，复又出发，至工布的哲纳，与夏奇、聂奇两王子相见，亦见到龙王鲁维德仁波，欲赎取止贡赞普的遗骸。龙王鲁维德仁波说："需寻求一人，此人目如鸟目，眼皮可以自下往上覆盖。找到此人，方能赎取遗骸。"茹列杰在工布四处觅寻此人，终于有一天，见一位灌溉农田的母亲背负一小儿，其眼皮可以自下往上覆盖，便将此婴孩买下，交与鲁维德仁波，赎出他父王的遗骸。

在羊道拉布①修建了止贡赞普的陵墓，史称它为首座吐蕃赞普的陵墓。聂奇王子留下来祭奠他的父亲，夏奇则踏上了为他父王报仇雪恨之路。

夏奇领兵3300而去，翻越门巴长山和丁索戎仁山等山峰，到达巴曲的贡塘。他暗中观察，见罗昂达孜在宫中，便在两只漂亮的狗崽毛上涂以毒药，放它们到出宫的罗昂达孜跟前。罗昂达孜见到两只漂亮小狗，将狗抱至手上说："多么乖巧。"这一摸，他立即中毒毙命。夏奇举兵至娘若香波，罗昂达孜的100男丁以红铜锅扣于胸际自尽，罗昂达孜的100名女佣将整锅抱于胸前逃逸。于是乎，夏奇攻下娘若香波城堡，将罗昂达孜的侍从置于囹圄，将伏地而行的牲畜劫走，以显示勇猛的气概。事毕，夏奇重返巴曲贡塘，作歌道：

> 父亲英名好似太阳，
> 鸟儿出风头只会毙命于矛芒，
> 兔子不老实会被缝成鞋帮，
> 打击让敌人命丧，
> 父王陵墓修得辉煌，
> 危险已经远去，
> 冤仇得报好回乡。

复返青瓦达孜之后，他又唱道：
> 重做父王故地之王，
> 又称伏地而行的牲畜之家长；
> 吐蕃的九重雪山，
> 尽是王家之牧场。

---

① 羊道拉布，位于西藏林芝市郊，也叫米玉吉塘。

止贡赞普的王后与她的犄角儿子茹列杰（扎西泽登 绘）

150

王后握住夏奇王子的手说："愿我儿战胜所有人！"她向天发愿，诅咒之声久久回响在天空，反复响起："愿我儿战胜所有人！""愿我儿战胜所有人！"她给王子取名为普迪衮列杰（意为战胜所有人），即布德贡杰。王国的大臣由茹列杰出任。这两位君臣执政时期，以苯教立国，国家蓬勃发展，是吐蕃历史上的中兴时代。

在羌塘发现盐巴的传说

（根据口传历史整理）

朗日松赞之父，为达日年斯赞普，其母为维贡萨。朗日松赞生于藏历金鸡年，即601年。达日年斯赞普执掌吐蕃国政至40岁，于藏历土兔年，即619年去世。

藏历土兔年，朗日松赞登上赞普的宝座。瓦囊协、次崩纳僧、娘孜古等人出任大臣。彼时，汉地的医药、历算开始传入吐蕃。而且，国家兴盛，蒸蒸日上。修建的赤孜崩都宫殿，都是用红黄牛奶和着泥巴修建的。朗日松赞这位英勇的赞普不仅收复了乌如地区掌管僧波杰的所有政权，并将工布迟那以上地区、塔布地区和后藏所有地方都收入囊中。

朗日松赞赞普携穆地龙瓦（瞎子），在工布的巴松措湖边找到一匹马，将它当坐骑骑上。由两个分别叫作章嘎卧和穆崩江的大力士伺候着，朗日松赞赞普从巴松沟头翻山，前往羌塘（藏北），在一个叫彭亚台嘎仁的地方，杀死了一头叫作纳勒彭森的藏北野牦牛，把它的肉拴在马背上往回走。途中，牛肉坠地，无奈，只好拖着走。后来，将此肉煮好一尝，感觉味道极其鲜美。从此，开始了用盐时代。

朗日松赞在藏北无意间尝到盐味（扎西泽登 绘）

多如大力士的传说

（巴宜区）

在巴宜区的多如村，很久以前，生活着一位闻名遐迩的多如大力士，他力大无比、胆识过人。民间广泛流传着有关他的奇闻逸事，而且，他的后代至今仍生活在这个村子里。

据说，村民在寺庙或神殿竖立经幡大旗时不需要别人帮忙，只要他一人就能将经幡大旗抱在怀里竖起来。而通常要立起又长又粗的经幡大旗杆，需要用许多绳子绑住经幡旗杆，然后由很多人从四面八方齐心协力拉动绳子，才能将经幡大旗竖立起来。由此可见，多如大力士的力量是多么惊人。

人们平时吃完动物的肉后，若要吸骨头里的骨髓，必须将骨头放在石块上砸碎后，才能把骨髓取出来。而多如大力士吃完动物肉要吸骨髓时，就用手抓住骨头两端，在自己的膝盖上一拍，轻松地取出碎骨中的骨髓吃下去。如果不是经常勤奋练习，怎么可能有这种技能？目睹这一切的人们，没有一个不佩服他的。

以前，有些大力士为了向别人炫耀自己的技能和力量，会将一块巨大的石头放在道路旁边。一般的男人别说抬起它，连推动它的力量也不够。看到这样的巨石，人们都对这些大力士赞不绝口。一天，一位外地的大力士来到这条路上，将路边一块一般人无法挪动的巨石抱在怀里，放置在道路中央。此事被人们一传十，十传百，传到了多如大力士的耳朵里。有一天，多如大力士在经过这条道路时，将道路中间的巨石搬到

多如大力士将一块巨大的石头放在道路旁（扎西泽登 绘）

了路边的树杈上。途经这条道路的所有人，对他更是惊叹不已。

又有一次，一群人在尼洋河两岸修建河堤。河对面的人群中有一位大力士，他当着众人的面，将一块很重的石头投到河的对岸，两岸的人们惊讶不已。一般强壮的男子仅仅能举起这块石头，但要抛到很宽的河对岸，是不可想象的。看到此景后，多如大力士从人群中走出来，捡起那块石头举了一下，摇摇头说道："这块石头太轻了。"他眼观四方，找了一块更大的石头。这石头别说投到河对岸，就是动都别想动得了它。多如大力士先在这块大石边吸了一次鼻烟，然后使出浑身力气，用双手将巨石举起来抛到了河对岸。

在西藏的史书中记载，古时候的杜松芒波杰时期有 7 个大力士。其他史书里，还有一些有关大力士的记载。大力士的技艺练习，也许随着吐蕃时代的结束而衰落。

文成公主路过波密的传说

（波密县）

在公元 7 世纪，联结藏汉两个民族团结纽带的藏王松赞干布，迎娶了唐朝唐太宗的女儿文成公主。根据历史记载，文成公主是从首都长安启程，经过青海北边前往吐蕃的。

但是，在民间广泛流传的各种美丽传说中，文成公主途经的地方颇多。例如，波密民间广泛流传着一种传说：文成公主从长安出发，准备从北路经过青海到吐蕃，渡过大渡河后，恰逢历法更替。汉地的卜算高手们通过占卜得出结论，文成公主应该从南方前往吐蕃为好。文成公主依据占卜的结果，从现在的洛隆县来到波密的大道上。在迎请释迦牟尼佛塑像经过现在称作角罗乡的地方时，文成公主在森林和狭窄的险路上开辟了能够行驶马车的新道路。从此以后，这个地方就称作角朗。天长日久，这个地名逐渐地变调了。现在，当地口语就叫成了角罗。

在波密地区曲宗寺的中心有一座古老的佛堂，至今都被人们称为文成公主佛堂。传说，文成公主路过曲宗寺时，为了及时修建供奉释迦牟尼佛塑像的佛堂，事先派吐蕃大臣禄东赞和汉地来的两个木匠以及侍从等人在此做准备。文成公主一到此地，就立即召集曲宗地方的所有百姓修建了这座小佛堂。佛堂大门是与藏地不同的汉式造型结构。

在路经松宗的松朵巴热山脚时，文成公主对这座山感到非常惊

文成公主途经波密（扎西泽登 绘）

奇，认为是神山。她朝这座山磕了头并献上玛尼石。从此以后，所有转神山的人都要添上一块块玛尼石，我们看到的巨大石堆就是人们虔诚地堆积起来的。

从松宗往下走，就到了现在称为玉荣冲①的狭路。这是一条狭小险要、树木茂密的道路。当时，文成公主怕身上的首饰被树木刮掉，便将所有首饰收起来放进怀里。因此，这条险道被称为玉荣冲，是因文成公主把绿松石、珊瑚等装入怀里后继续行走而得名的。

接着，来到称作通麦的地方。因为通麦山高谷深、森林密布、江河交错、道路险峻，文成公主和大臣禄东赞等人不管是过江还是越险，都遇到了很大困难。当他们异常焦虑的时候，吐蕃的所有护法神和土地神都来帮忙，于是，险道上的障碍被全部清除。文成公主他们得以奉着释迦牟尼的佛像顺利通过。所以，现在有了通麦②这个地名，而通麦正是由妥米③演化而来的。

---

① 玉荣冲，藏语意为途经此处时必须将绿松石等装入怀里的险道。

② 通麦，藏语意为下平坝。

③ 妥米，藏语意为顺利通过。

女神工尊德木的座椅——"中流砥柱"

（工布江达县）

"中流砥柱"位于工布江达县县城以西约 15 公里处，传说是女神工尊德木修炼时的座椅，被当地妇女供为神物。每逢吉日就烧香朝拜，以求万物生灵平安吉祥。尤其在每年藏历一月一日至五日的工尊德木女神节，更是吸引四面八方的工布妇女来此祭拜，举办各种祭祀活动。祭拜时只限女性，男性不得参加。

工尊德木是何许人也？她为什么会被工布妇女尊称为女神呢？"中流砥柱"为什么会成了她的座椅呢？这一切说起来话就长了。

相传，在雅鲁藏布江大拐弯处，经常有水妖兴风作浪，致使河水泛滥、瘟疫横行、饿殍遍地，工布人民深受其害。当时，工布地区有一位叫工尊德木的少女。她纯洁美丽，聪明善良，一心向佛，立志要通过刻苦修炼学得法术、求得正果，以护佑善良的工布人民。

为了修行，工尊德木在南迦巴瓦峰修了一座宫殿，又独自一人跋山涉水，到那曲、阿里等地游历。经过多年的找寻，她发现尼洋河第一大峡谷是最有灵气的地方，于是施展法术，招来巨石置于河中，作为修炼的宝座。从此，她就在尼洋河的巨石上日复一日地经受日晒雨淋、急流冲击，修炼的成果日益呈现。

水中的妖魔害怕工尊德木修炼成仙后对自己不利，就设法阻挠她。它们施展妖术，调集巨石向工尊德木身上砸去，变成虎、豹、熊、狼向工尊德木身上扑去，甚至招来瘟疫侵入工尊德木的身体，企

工尊德木施展法术，将修炼时坐的宝座掷向尼洋河，镇住了水妖（扎西泽登 绘）

图加害于她，但都被工尊德木一一化解。就这样，工尊德木排除种种
阻挠，苦苦修炼了999年，但还是没有修炼成功。工尊德木从不灰
心，仍然坚持修炼下去。到了第1000年的最后一天，佛祖释迦牟尼
被她的诚心和坚强的意志所感动，便来到附近不远的神佛山小声诵
经，启迪她的智慧，度她成仙。附近其他的神听到佛祖的诵经声后，
纷纷赶了过来。在佛祖即将诵完经的一瞬间，工尊德木修炼成仙。于
是，佛祖和周围赶来听经的众神隐去身形，化为山上的巨石。

工尊德木修炼成仙以后，看到尼洋河的水妖还在兴风作浪、危害
当地百姓，于是把宝座留在尼洋河中以镇水妖，这宝座便是今天的
"中流砥柱"。同时，她还把随身携带的宝剑插在山顶，形成剑形巨
石，以此来震慑过路的妖魔鬼怪、虎豹豺狼。

工尊德木成仙升天后，还是念念不忘家乡的亲人。于是，每年藏

历一月一日至五日，她便骑着神马飞临人间，来到尼洋河谷，看望工布人民。在"中流砥柱"对面有一块高20余米的柱形巨石，中间有一段稍细，被称作系马柱，是工尊德木长期系马所致。在山顶上，有一尊石像被称为"工尊德木石"。工布的老百姓称，工尊德木虽然已经成仙了，但是仍留有她的石像守望着家乡的亲人。

　　每年七八月份，尼洋河流域常常连降大雨，河水暴涨，激起巨浪，拍击河中岩石，并发出轰轰的巨响；但不管河水如何汹涌，"中流砥柱"始终屹立不动，尼洋河水也不再泛滥成灾。当地人说，这是因为女神工尊德木庇佑的缘故。

文成公主来到林芝鲁朗的传说

（巴宜区）

古时候，第32代藏王松赞干布迎娶唐朝公主文成公主为王后。文成公主从汉地前往吐蕃时，途经林芝的鲁朗。当时，文成公主在鲁朗一个叫多如的地方，遇上了一位身背背篓的老阿婆。

老阿婆的背篓里装的全是破烂的鞋子。文成公主问老阿婆，到前方的村子有多远。老阿婆回答："如果是我去，要走一上午，可我一路走来，穿烂了这么多鞋子。"说着，她将背篓里的烂鞋给文成公主看了，接着又说："如果你们到前方有村庄的地方，要翻越九座山、九条谷，还要经过名为黑鸟的大桥。"从此，这个地方就有了九山九谷的地名，一直沿用至今。

听了这些，文成公主决定不再前往有村庄的方向。文成公主又问老阿婆："那么，这地方的南面怎么样？""那里是个舒适的地方。"（此后，这地方的地名就叫作舒适的地方）文成公主就带领随从，前往这个舒适的地方。文成公主朝这个地方的远处瞭望时，看到村落四面被树木围绕，中间有碧玉般的草坪，是一个百花盛开、美丽迷人的地方，于是情不自禁地说："这真是一个仙境！"鲁朗（仙境）这个名称由此而来。文成公主一行来到了这块美丽怡人的狭长草地上，看到一个小村庄。文成公主说："这是一个吉祥的地方。"从此，就有了扎西（吉祥）岗村这个地名。

如今，那座名为黑鸟的木桥已废弃。有些岩石顶上留有文成公主的右脚印记，仍能瞻仰；岩石上还曾有文成公主测量身高时留下的标记，在近年来修路时被毁掉了。

文成公主前往吐蕃途中，遇到身背背篓的老阿婆（扎西泽登 绘）

嘎朗王的印章

（波密县）

从波密城往西行，翻过一座小山，距县城约 30 公里的地方有个名叫嘎朗的村庄。村庄群山环抱，墨绿的森林和雪山交相辉映，宁静之中蕴含着灵气。这里是古代嘎朗部落首府所在地。

1717 年前后，青藏高原发生教派纷争，各个部族混战不已。居住在嘎朗湖畔的嘎朗部落乘机崛起，建立了嘎朗巴政权，藏史称嘎朗王朝。嘎朗部落在觉欧拉登山半腰处的湖畔建造了宫殿，嘎朗遂成了历代嘎朗王朝的首府所在地。湖光山色掩映下的嘎朗王宫，雄伟壮丽，气势磅礴，依山傍水，易守难攻。这使得历代嘎朗王朝能够与势力强大的西藏噶厦政府长久对峙，成为藏东南高度自治的一个独立王国。

对于嘎朗王朝的存在，噶厦政府一直视为一大隐患，一直想征服。历史上，噶厦政府曾多次兵临嘎朗城下。由于嘎朗民众英勇善战、同仇敌忾，噶厦政府征服嘎朗的企图始终没有得逞。然而，噶厦政府试图剿灭嘎朗的决心并没有因此而改变。

传说有一天，西藏噶厦政府的头头们再一次聚在一起，商议如何将嘎朗纳入噶厦政权的管治之下。他们派出使节，向嘎朗王发出命令书，要求他乖乖投降、束手就擒，并要每年纳贡缴税；不然，就派工布、塔布、娘布三个地方的军队来剿灭他。命令书的最后，加盖了噶厦政府的大印章。

嘎朗王挑选巨大的竹节底部作为印章（扎西泽登 绘）

嘎朗王收到加盖了噶厦政府大印章的命令书后，非常生气，立即给噶厦政府的头头们写了一封回信。信中写道："你们派工布、塔布、娘布三个地方的军队来，我也不怕；我在这里已经调集了索通、白通、加措三方面的军队，随时迎接你们的到来。"

当信写好，加盖印章时，嘎朗王犯难了，为什么呢？因为他没有那么大的印章。思前想后，嘎朗王最后想出一个办法，在巨大的竹节底部涂了印泥盖在信上，派使者送了回去。

噶厦政府的官员们接到嘎朗王的回信后，迅速召开会议，研究信中的内容。他们看到加盖的印章时，一个个惊得目瞪口呆。他们把竹节底子盖出的纹路误以为是文字，反复研究了几遍，但没有一个人能够认出印章里的"文字"。有的官员说是蒙文，有的说是俄文，有的说是英文，莫衷一是。最后，他们一致认为，从信的内容来看，嘎朗王已经做好了应战的准备，还可能与俄国、英国等国家结成联盟，因此，不宜贸然出兵。于是，他们决定暂缓攻打嘎朗。结果，使得嘎朗王朝再一次保存了下来。

其实，嘎朗王信中提到的索通、白通、加措三个地方，是嘎朗附近的三个小村庄。三个村的人口加起来，还不足 100 人，根本无法跟噶厦政府的军队相抗衡。

工布"扁"①

(巴宜区)

　　很久以前，在工布地区有一位称为"扁"的尊者。他是个白痴，但为人正直，是个虔诚的信佛者。

　　一次，"扁"到拉萨朝拜释迦牟尼佛，来到供奉释迦牟尼佛像的佛殿。在朝拜益西罗布佛像时，周围没有寺庙的僧人和朝佛的人。他非常虔诚地靠近佛的塑像，看到供奉的食物和酥油灯就想，这好像是佛在用供奉的食物，蘸着酥油灯里融化的酥油享用呢。

　　这点燃的酥油灯是为了不使酥油汁着凉，佛是怎么品尝这些供品的呢？"扁"也想尝尝，于是将供品里的糌粑蘸着酥油灯里融化的酥油吃了一点。然后看到威严的佛像平静地坐着，佛的面庞没有一点儿怒容，依旧是慈祥微笑的表情，他的信仰更加虔诚了。供奉的食物即使被狗带走，佛仍旧是笑眯眯的；酥油灯被风吹灭了，佛还是笑眯眯的。于是，"扁"说："您真是善良的喇嘛。"

　　接着，"扁"在佛像前脱下自己的鞋子对佛像说："把鞋子存放在这里，请您保管。我围着您转圈去。"随后将鞋子放在佛像前面，转帕廓去了。

　　在"扁"转帕廓期间，看守寺庙的僧人回来，正要把鞋子扔到佛殿外面时，听到佛说："香灯师，这是工布'扁'存放在我这里的，

---

① 工布"扁"，即工布地区的阿杰王。

扁到拉萨朝拜时，让佛像保管自己的鞋子（扎西泽登 绘）

不要扔。"

过了一会儿，工布"扁"转完帕廓回来，从佛像前拿走鞋子穿上说："您是善良的喇嘛，以后请光临工布，我将准备那里出产的美味珍馐恭候您。"佛像口里发出了真切的"好"的声音。

回到家里的"扁"嘱咐妻子："我邀请了佛来做客，不知何时来，你不要忘了经常去看看。"

随后有一天，佛顺着尼洋河前往工布方向，过了佳巴渡山，到了仁青苯巴山（现在的比日神山）附近时，在岩石上自然呈现了释迦牟尼佛像。然后，佛又顺着尼洋河前行，在快到迟那时，山崖上出现了天然生成的佛像（现称作薄石佛）。

一天，"扁"的妻子去汲水时，看到水中真实地显现出拉萨的佛像。

妻子慌忙跑回家里说："水里好像有什么，可能是你邀请的客人吧。""扁"立刻跑过去看，只见水里显现出了拉萨的佛像。工布"扁"想，佛可能是坠入了水里，便舍命跳入水中抓住佛像；结果，佛现出真身，他将真实的佛迎请上来。

"扁"非常高兴地将佛请往家里的途中，遇见一块巨石。佛说："我不去俗人的家庭。"便消失在巨石里。巨石面板上呈现出了天然生成的佛像。由于此佛像最初是在水里显现的，因而就叫"曲确"（意为水中佛像）。

此事发生地，是现在的巴宜区米瑞乡斯果热村的曲觉寺院一带。至今人们都说，这尊佛像和拉萨大昭寺释迦牟尼佛像的加持完全一样，大家都鼎力供养。

商人诺桑

（波密县）

大老板诺布桑布是雪山围绕的西藏地区拥有财富最多、名声最响亮的老板，是从古至今所有老板学习和敬仰的榜样。

诺桑既不是靠祖上留下的遗产变成富可敌国的富人，更不是靠侥幸才成为声名远播的商人，而是一个百折不挠、不畏艰难困苦才走向富裕的大老板。从9岁开始，他就参与商业活动，到15岁时曾9次亏本。第九次亏得特别大，以致他对经商已经完全灰心丧气了。他如同乞丐一般来到一座山坡上，独自一人躺在那里，看到在自己额头旁的一根草上有一条虫子在爬，于是愣愣地瞪着这条虫子。只见这条虫子在这根草上爬得很艰难，有时爬到一半就掉下去了，有时爬到这根草的尽头时又掉了下来，最终在第十次的时候爬到了草的顶端。虫子爬上草端遇到的困难，同诺桑亏本的次数一样。这条虫子没有灰心丧气，最终爬到了草尖，还吃到了草尖上新鲜的花瓣。

看到虫子成功的时候，诺桑心想："这条弱小的虫子都有如此坚强的意志，最后达到了自己的目的。而我作为人，经商的本钱亏了9次就灰心丧气，这样不对。"于是，他又重新开始经商了。从此以后，他做买卖越来越顺利，生意越做越大，名声传遍了整个藏区，成为首屈一指的大老板。

商人诺桑从虫子那里学会了坚持（陈秋丹、江村 绘）

毒蛇盘踞泉水的传说

（波密县）

相传古时候，在如今的波密县玉普乡阿西村南面有一处泉眼。泉眼里有一条毒蛇经常危害四邻，特别是泉水对面的村庄，不时有由于毒蛇喷出毒气致人得麻风病而死的惨剧。至今，这个地方还被称作麻风男子平地，这个泉眼还叫作毒蛇盘踞的泉眼。这块平地中间有个土包儿，据说是古代坟墓的遗迹。现在，这里名叫"则崩"（麻风病患者之墓）。这条毒蛇还对路上的行人喷毒气，毒死了很多行人。人骑马路过时，由于毒蛇喷毒气使马立刻患上麻风病倒下，马上的人摔断脚等等灾难则更多。

一次，格萨尔王骑着枣红神马前往北方降伏鲁赞妖魔时，顺路来到此地。格萨尔王得知这条毒蛇危害甚大，寻思一定要制伏它。当格萨尔王来到泉眼旁的路上时，毒蛇看见格萨尔王威武的雄姿，吓得马上逃到了泉水上部的木如沟。

格萨尔王骑着枣红神马追赶，毒蛇用土和石头堵住木如的河水。当它准备钻进积水时，枣红神马用蹄子弄掉土石让水流泄。毒蛇找不到藏身之处，便往更远处逃跑。

在格萨尔王和他的坐骑神马追赶毒蛇时，前方不远处有一座大岩石山，山脚下有一汪积水。毒蛇朝积水方向跑去，准备钻进水里。这时，格萨尔王的神马立刻实施神变，瞬间赶到前面拦住毒蛇。格萨尔王也在后面追赶，毒蛇无处藏身。

格萨尔王制服盘踞在泉水中的毒蛇（扎西泽登 绘）

　　毒蛇无路可逃，就朝岩石山上爬去。格萨尔王立刻取出弓箭射向毒蛇，毒蛇受伤后无法逃走。格萨尔王跑上前去抽出宝剑，将毒蛇的头砍成了两半。至今，此山上格萨尔王的弓箭以及毒蛇头落地的印记，仍历历可辨。

工布年

（工布江达县、米林县、巴宜区）

工布年，是巴宜区、米林县和工布江达县的藏族群众提前过的新年。当每年的藏历十月初一来到时，该地区的男女老少便身着盛装，载歌载舞，欢度这一节日。关于工布年的来历，这里有两个动人的传说。

传说一

相传很早以前，工布跟西藏其他地区一样，也是在藏历正月初一过新年。到了工布王阿吉杰布时代，他统领的部落繁荣昌盛，人们十分爱戴他。有一年，一支强大的敌军迫近工布北部边境。工布王要带领所有的男人离开家乡去打仗，"阿达"（对工布男子的泛称）们有点恋恋不舍。

当时已是深秋，离过年的时间不远了。过年时，要喝青稞酒，吃猪肉、羊肉和麦子烤饼等等，夜晚围着青冈木燃起的篝火跳工布民间舞蹈"博"，白天还要举行各种民间体育竞赛。这些对他们都有很大的吸引力。

阿吉杰布是个聪明的首领，看出了"阿达"们的心思，便大声宣布："哟！'阿达'们！仗不能不打，年也不能不过。不打仗，过不了年；不过年，也没有心思打仗。现在，我宣布：咱们的新年提前到十

工布王带领所有男人离开家乡去打仗（扎西泽登 绘）

月初一来过。让你们吃得饱饱的、喝得足足的、玩得痛痛快快的，再出发打仗吧！"

工布地区的男人们提前过了年，心里很痛快，打仗很卖力气，最终取得了胜利。

后来，人们为了纪念这一历史事件，把每年的藏历十月初一定为工布年。藏历十月一日遂成为工布地区人民群众喜庆的盛大节日，这个习俗一直延续到今天。

传说二

1904年4月11日，英国侵略军在荣赫鹏的指挥下侵入江孜。藏历五月初，侵略军为了使自己的运输线畅通，从萨理岗和江洛两地出动大批步兵、骑兵，使用当时世界上最先进的武器，即机枪、步枪，从南、北两面向乃宁寺发起猛烈进攻。塔布、工布的500多名僧俗民兵参加了乃宁寺大血战。

侵略军的第一次进攻以失败告终。第二次进攻时，在大炮的掩护下，80余名英军爬上乃宁寺山头，直接构成对乃宁寺的威胁。藏北"那仓六部"的14位藏兵挥刀冲向山头，在奋勇杀伤几十名英军后，全部壮烈牺牲。7个小时过去了，英军仍然未攻下乃宁寺。在密集炮火的掩护下，他们出动工兵，用炸药在寺院围墙上炸开一个口子，大批英军才涌入寺内。聚集在大殿内的塔布民兵、昌都民兵，在前藏代本米林巴和民兵首领顿热娃的指挥下，奋勇杀敌。工布民兵首领阿达·尼玛扎巴举刀将英军军官杂尼萨砍成两截，英军锐气大大受挫。

这场大血战，英军被歼120余人，幸存者向萨布岗逃窜而去。工布的阿达·尼玛扎巴两兄弟在血战中英勇无畏、殊死搏斗，与其他工布民兵一道献出了宝贵的生命，受到工布人民的无比尊敬。有歌唱道：

阿达·尼玛扎巴英勇非凡，
英国侵略者闻风丧胆。

176

首领和民兵的热血，

染红了乃宁寺大殿。

英雄的业绩传遍工布，

像尼洋河水高歌向远。

　　工布人民为了纪念阿达·尼玛扎巴兄弟俩的光辉业绩，把藏历十月一日定为"工布年"。这一天，是阿达·尼玛扎巴率领工布僧俗民兵出征抗击英国侵略者的日子。这一天，工布人民通过举行盛大的纪念活动，如赛马、射箭等，纪念英雄的兄弟俩。

九兄弟山①

（米林县珞巴族）

从古时候起，所有珞巴人就都幸福地生活在南伊沟的上游。一天，湛蓝的天空中出现了黑压压的乌云，伴着轰隆隆的雷声，下起了雨。接着，冰雹猛烈地砸下来。转眼间，整个村庄周围的洼地全被水淹没了。渐渐地，水面越来越高，形成了一个大湖泊。

天空电闪雷鸣，在天翻地覆之时，随着一阵恐怖的声响，一条恶龙从空中轰隆隆地飞进了湖里。

自从这条恶龙待在湖里后，这个幸福的自然小村庄变得混乱不堪，祸害接连不断。人们的生活处于痛苦的境地。人们悲伤地说："曾经和平安宁、悠闲无恙的好时光，已经一去不复返了。"

村庄的一户家庭里有九个兄弟。他们都非常勇猛，决心要将家乡的父老乡亲从痛苦的深渊中解救出来，彻底驱逐这条恶龙。

一天，九兄弟握着锋利的宝剑，决然跳入湖里。他们在湖中来回游动，找到恶龙后将生死置之度外，与它展开了你死我活的搏斗。打斗了几十个回合，湖水被搅得掀起了巨大的波涛。恶龙发出震天动地的叫声，时而浮出湖面，时而潜入湖里。湖水漫溢到了村庄，夺去了许多人的生命和财产。九兄弟采取车轮战，在湖里与恶龙整整搏斗了

---

① 九兄弟山，位于西藏林芝市米林县。此山有九个峰头，如手指般相连，峰顶常年积雪、雄伟壮观，现在是著名旅游景点。珞巴人从内心怀念给予他们幸福生活的九兄弟，敬仰九兄弟舍生忘死的精神。这座山被称为九兄弟山。

勇猛的九兄弟与恶龙搏斗（扎西泽登 绘）

三天三夜，最后凭着勇猛和智慧杀死了恶龙。村庄恢复了以往幸福安宁的生活。

　　九兄弟为了使这片美丽的珞巴族集聚地不再重现这样的灾难，将自己野牛似的身躯幻化成九座巍峨的雪山，永远护佑家乡的父老乡亲。至今，这九个山头依然屹立在这片土地上。

阿古顿巴和易贡地主

（波密县）

一次，阿古顿巴来到波密的易贡。他虽然非常贫困，但由于聪明过人，无论在什么地方，根本不用担心衣食问题。

阿古顿巴到了易贡后，听说此地有个千方百计地剥削百姓的贪婪地主，他想教训一下这个恶毒的地主。于是，阿古顿巴前去拜见地主并毕恭毕敬地说："尊贵的老爷！我是一个穷困潦倒、到处流浪、以乞讨为生的人。到了贵地，我感到这里不仅风景美丽怡人，而且听说老爷您是个对所有穷困百姓怀有仁慈和怜悯之心的杰出人士，因此，我想在这里安家落户，成为您的百姓。但是要安家，我既没有手掌般大的土地，也没有老鼠似的牲口，所以，请求尊贵的老爷租给我一块土地，再借我两头耕牛。"

地主心里想，如果租给他一块土地，就可以增加自己的收入，于是说："我可以把土地租给你，但地的收成怎么上交，现在不立字据可不行。俗话说得好：'有吃有喝会高兴，非议无争是快乐。'因此，为了今后彼此之间不发生争议，我们订立协议吧。耕牛，你自己想办法，我不可能把土地和耕牛都给你解决。"阿古顿巴想了想说："谢谢您！谢谢您！我一定会守信用，就像您说的那样，可以双方按手印、立字据。地里的收成上交问题嘛，您老人家要我交什么，我就交什么。比如，您老人家要庄稼的根部，我就上交根部；您老人家要庄稼的头部，我就上交头部。请您直接说，不要有顾忌。"地主心里想，

180

这人真傻。庄稼只需要头部，根部有何用？他微笑道："那么，今年庄稼的头部都归我，根部归你。"

阿古顿巴连声致谢："今年是租田的头一年，老爷要庄稼的头部，完全是个好兆头，十分感谢您的关照。"然后，阿古顿巴跟地主签了合同，按了手印。过了几天，阿古顿巴想出了解决两头耕牛问题的妙计：趁着夜深人静、月光昏黄，悄悄爬起来，从地主的牛棚里牵出两头耕牛，把租给自己的地犁了后，将两头耕牛赶回牛圈；再往自己的两条狗的脖子上套上牛轭、拖着犁，留在田边。天亮时，他自个儿在不远处吸着鼻烟，假装在休息。地主看到此景，感到很惊讶，急忙跑来询问："你的田是怎么犁的？"阿古顿巴叹了一口气说："没有办法呀，只好给狗套上牛轭，把田给犁了。"地主听到此话，连连称赞这两条狗好过耕牛，并希望得到这两条狗。阿古顿巴猜中了地主的心思，便顺水推舟地说："这两条狗有三大用处：一是可以守护家门，二是充当耕牛，三是做猎狗天下无双。您若有意，我可以送给您，但我提个小小的条件：到播种季节，您得借给我两头牛。"地主不等阿古顿巴把话说完，就满口答应："不要说借耕牛，就是给也行。"说着，准备牵那两条狗。阿古顿巴装出一副严肃的样子："我不是不信您，如您所说：'有吃有喝会高兴，非议无争是快乐。'您若有意将两条狗与一对耕牛交换，就该有个白纸黑字好些。您说是不是？"地主闻言："好说，好说，我俩现在就立字据。"立完字据，地主把两头耕牛交给阿古顿巴，将阿古顿巴的两条狗牵走了。

过了段时间。地主想试一试那两条狗的能耐。没有想到，那两条狗既不会追赶猎物，也不能拉犁耕田，连守护家门都不行。这时，地主才知道自己上当了。可是，说出的话如同泼出去的水，无法收回，只好自认倒霉。等到收获季节，阿古顿巴赶着两头耕牛来交租。地主看到满满两个袋子，按捺不住内心的喜悦，赶紧打开粮仓门，前去迎接阿古顿巴。阿古顿巴来到粮仓门口，漫不经心地对地主讲："这些装到粮仓里，恐怕不行吧？"地主回答："哪儿有什么不行的？我见到过你种的玉米，真是无可挑剔、饱满极了！"阿古顿巴觉得诧异："怎

阿古顿巴向地主借两头耕牛（扎西泽登 绘）

么，您不是要头部吗？这里装的都是庄稼的头部，并没有玉米。"说着，打开袋子让地主看。地主看到里面装的全是玉米穗儿，非常生气："我要这些做啥？"阿古顿巴满脸堆笑地回答："这是您老人家自己选择的，不信，可以翻一翻合同。"地主无言以对："今年就算了。明年，我不要头部，也不要根部，只要庄稼的中间部位。"到了次年，阿古顿巴种了白青稞。到了秋季，他把青稞的穗头拔掉，把根部留在地里，割了中间的秸秆送到地主家里。地主觉得莫名其妙："要秸秆干吗？我说过要庄稼的中间部位。"阿古顿巴不慌不忙地告诉地主："老爷，我去年种的是玉米，上头有穗。今年种的是白青稞，没有穗，所以，秸秆不是中间部位，那是什么？若不信，可以找人作证。"地主觉得理亏，就气哼哼地说："明年，我将庄稼的头部和根部全要了，

182

到时别弄错。"说完，把阿古顿巴撵出了家门。年后，阿古顿巴种的全是元根。到了秋季，他用刀子把元根的叶子和根须剃掉，然后送往地主处："老爷，这次，我又完全按照您的旨意，把庄稼的头部和根部全带来了。"说着，把元根的叶子和根须呈上。地主火冒三丈："你愚弄我已不止一次了。你有时种玉米，有时种青稞，有时又种元根，这怎么行？"阿古顿巴答道："老爷，每年要是种同一种庄稼，就不会有好收成，轮作是每位农民都该懂得的最基本常识。"地主听到这番挖苦话，顿时脸面无光，于是，气势汹汹地对阿古顿巴说："你这个乞讨鬼，永远是乞讨的命。从明年起，我的地不租给你耕种了，你还是去乞讨吧。"阿古顿巴不无讽刺地说道："您不说，我也准备走。我要给那些和你一样贪婪狡猾、专门欺压老百姓，又没有任何能力的地主们去上上课。"

穷乞丐和富小姐

（波密县）

很久以前，在雪域高原的康区与前藏之间，有一处风景秀丽，如同画家描绘、诗人吟诵的地方。此地有一个非常富裕，又有无比权势的大富豪。

按照藏族的传统，一般应该是儿子继承祖业，但是，主宰这个富豪大家庭的夫妻俩只有一个女儿，因此，没有继承祖业的男子。夫妇俩打算从出身高贵，既有财富，又有权势的家庭里，给女儿招一女婿来继承家业。可是相了几家都不中意，中意的男子都已经入赘到别人家了，而愿意上门入赘的男子，夫妇俩又看不上。就这样一天天拖下来，女孩也从妙龄少女转眼就成了大龄"剩女"。

在没有解决婚姻大事之前，夫妇俩担忧女儿随意地和别人交往、相好，因此，平常不让女儿接触陌生人。夫妇俩不仅不允许女儿外出，甚至她去林卡散步时也派很多女仆跟着。在夫妇俩看来，挑选一个好女婿，一方面是为了家族的声望，另一方面也是为了女儿的终身幸福，因而对女儿要严加管束，在没有得到父母首肯之前，她不能草率行事。女儿就像关在笼子里的小鸟一样，没有一点儿自由，不免心生忧愁。

每年当寒冷的冬季过去、朝气蓬勃的春天来临时，富家小姐为了解闷儿，便带上一些侍女到林卡游玩。这一年，当小姐愉快地带着女仆们再一次来到林卡时，一个衣衫褴褛的男乞丐正坐在林间的树荫

184

下光着膀子捉虱子。女仆们见此情景，对乞丐训斥道："你光着膀子、赤着脚钻进我家林卡，真是胆大包天！"可是，小姐一句话也不说。她发现这个乞丐虽然穿着很差，但模样很英俊，特别是这乞丐机灵的样子和那炯炯有神的双眼、结实的肌肉，以及那男子汉才具有的臂膀和胸膛，牢牢地迷住了小姐的心。

"不要骂了！"小姐对侍女们说，然后就问这个乞丐来自何方、要去哪里。乞丐也将自己的经历毫不隐瞒地告诉了她。小姐平日里别说与青年男子闲聊，连见都见不着，今日，就如同食物里放了盐、肉里有了调料一般，感觉非常惬意。他俩聊了很多，并将各自的情况都诚实地向对方倾诉。小姐将她父母对自己严厉管束、无法与别人交往，因此，心情非常寂寞的，都痛快地告诉了乞丐。这时候，从林卡里的树林中传来一群画眉鸟悦耳的鸣叫声。它们从一个枝头飞到另一个枝头上，互相嬉戏。仔细观察后发现，这些画眉鸟都是一对一对地在玩耍，没有落单儿的。看到这些，乞丐故意长出一口气说道："小姐您过得可真悲惨啊！都已经18岁了，不要说有情投意合的朋友，连说句心里话的地方都没有。"他用手指着这些画眉鸟说："您看，就连画眉鸟都是一对一对地互相说着心里话，情投意合。"这时，只见一双一双色彩斑斓的蝴蝶，从林卡的草丛中嬉戏着飞过来。又见从河流的方向飞来成双结对的野鸭子飞到林卡的池塘里，发出悦耳动听的声音。

乞丐给小姐一一列举这些，说了很多调动情欲的话。

由于小姐已经到了青春妙龄的年华，加之命运的驱使，她心里春情荡漾，不能自禁，下决心要自由地选择自己的意中人，便对乞丐说道："你说得对！我平时非常寂寞，今天能和你交谈，心里有说不出的愉快。为了经常有这种愉快的感觉而不仅仅只有这一次，请你明天此时到这里和我聊天可以吗？"乞丐说："只要小姐高兴，我一定来。今天不知情地钻进你家的林卡没有受到责备，非常感谢！"他俩商定次日在林卡里相聚后，各自离开了。其实，乞丐也倾慕小姐，这是不言而喻的。

穷乞丐和富小姐在林卡里聊天（陈秋丹、江村 绘）

翌日，小姐穿上绸缎服装，给乞丐准备了各种美味而富有营养的食物，领着两个最听话的女仆来到林卡。乞丐早已来到林卡里等候。小姐将两个女仆打发到远处，然后和乞丐坐在树林中，边吃着美味的食物边聊天。

最终，小姐那饱含深情的目光犹如丘比特之箭射向了乞丐，他们双双坠入了情网。

从此以后，大富豪的小姐和到处流浪的乞丐有了亲密的关系，整天在林卡幽会，如胶似漆。

藏族有句谚语："有装水的容器，无盛话的器皿。"这话说得非常准确。没过多久，小姐和乞丐之间有关系的事情上至她的父母、下至仆人，犹如春季布谷鸟的叫声一般，所有人都知道了。富豪老爷心

186

想："这是件不得了的丑事！自己仙女一般的女儿找了这么一个下贱的叫花子。我这么大的家业让一个乞丐去管理，岂不遭人唾骂？这事情无论如何都是有害的，必须立刻分开他俩。"于是，他就派一些勇猛如虎的仆人去抓小姐和乞丐。

这些仆人犹如猎狗追逐野兽一般，赶到林卡里寻找小姐和乞丐，恰好看见两人在树林里正在相互倾诉衷情、拥抱接吻。见此情景，这些仆人如同鹞鹰捕捉小鸟一样，不由分说，将乞丐五花大绑后带上小姐，送到富豪夫妇面前。

怒火中烧的富豪对乞丐怒吼道："真是不知天高地厚！你想得到我这样一个上有牧场、下有农场、中有宫殿的大富豪家的小姐，真是太岁头上动土。俗话说：'黄金在海底，金鱼难取得，老青蛙岂能拿到？臭气太多要闭嘴。'难道你没有听说过？我女儿比海底的金子还要珍贵，如同龙王头顶上戴的珍宝一样。你真是癞蛤蟆想吃天鹅肉！如果你明天不离开这个地方，还做白日梦，企图玷污我的家业和我女儿的名声的话，就把你送到阎王爷那里去，或者挖出你的双眼来惩罚你。"如此恐吓乞丐。

乞丐虽然已经喜欢上了小姐，但是当生命遇到危险时，对小姐的情谊也发生了改变。他连连答应并发誓第二天就离开此地，免受了毒打和折磨。

次日，乞丐准备离开此地时，小姐瞒着父母，偷偷地让两位仆人护送自己来到乞丐身边。她情不自禁地流下了眼泪："你我同心，除非死别，绝不生离。你在这里等几天，我要通过母亲大人求父亲大人准许我俩的婚事。"无法改变的男女感情和命运先前的缘分，这是刀切不了、火烧不掉、水浸不散的。小姐和乞丐的感情与缘分已经到了这个程度。乞丐愿意暂时推迟离开，等待小姐的父亲允许。但是，世界上的事情哪能如人们所希望的那样圆满实现呢？不幸的是，小姐和乞丐相会的情况被富豪获悉，他立刻派人将两人带回家里。他雷鸣般地怒吼道："对不听话的老黄牛，与其用国王的圣旨，不如使用棍棒奏效。明天就把这乞丐的双眼挖出来，再流放出去。"这个残酷的处罚犹如晴天霹雳，震住了这对年轻的男女。此外，富豪警告女儿，不准心疼、怜悯乞丐。那天晚上，小姐仿佛热锅上的蚂蚁，根本无法入眠。为了营救乞丐，她挖空心思，想了许多，最后想出来一个好办法。翌日凌晨，小姐就起床揉面，做了一块又大又厚的饼子，在饼子里包上一节母绵羊的牙床骨后烤熟，又从脖子上的首饰中取出一些绿松石和珊瑚，放在一只大碗里，再满满地盛上酸奶。随后，小姐来到她父亲面前，跪在地上，双手合十道："尊贵的父亲大人！女儿以前违反家规，和一个乞丐私通，玷污了家庭的声望和自己的名声，现在深感羞愧。女儿向父亲大人赔罪，答应并发誓，从此以后再也不会有这种事情。今天，女儿恳请父亲大人恩准两个小小的请求。第一个请求，今天是挖乞丐眼睛的日子。请求父亲可怜他一次，延后一天再处罚他，请父亲不要让我失望。第二个请求，给乞丐送最后一顿饭——一个饼子和一碗酸奶。最好让女儿亲自去，如果不行，就让监狱的看守去送。"富豪考虑了一会儿说："如果你对以前所做的事情感到后悔，从今以后以此为鉴，我就准许你的请求。但是，这个饭只能由看守送，你绝对不能出现在乞丐眼前。"于是，小姐答应了。

随后，小姐将一块饼子和一碗酸奶通过监狱看守送给了乞丐，自己来到监狱窗户对面的房顶上，唱起了一首动听的歌：

> 美味可口饼子宜慢咬，
> 绵羊的牙床骨比刀利；
> 云杉木头犹如软酥油，
> 酸奶别从上面尝。
> 酸奶深层味道更甜美，
> 夜色今天不黑有明天；
> 微风就在梯子下面哎，
> 多堆路险多麦幸福哎，
> 新建黑屋面朝白寺院。

富豪夫妇听到女儿在唱歌，就说道："女儿真的一点儿也不担心

188

乞丐了，听，她在愉快地唱歌。"他们俩喜悦地议论着，根本没有注意歌词的内容。

乞丐拿到小姐托看守捎来的食物后特别快乐，聪明的他认真地倾听了小姐唱的歌，理解了歌词的内容："美味可口饼子宜慢咬"暗示他把饼子分成几块，果然发现，饼子里面包着如同锯子的绵羊的牙床骨；"酸奶别从上面尝"也是暗示下面有东西，果然，酸奶里面放了一些绿松石和珊瑚；"夜色今天不黑有明天，微风就在梯子下面哎"，是暗示"眼睛今天不挖明天挖，今晚从梯子下面的马厩里骑上一匹骏马逃走"；"多堆路险多麦幸福哎，新建黑屋面朝白寺院"，是暗示"不要往卫藏方向去，那里不容易逃走，不如到多麦投靠寺庙或是宗"。

夜幕降临后，乞丐用绵羊的牙床骨将监狱窗户的木窗棂锯断，然后悄悄地从监狱逃出来。他想到，自己逃出来了，但不管小姐可不行。于是，乞丐偷偷地来到小姐的寝室将她带上。他俩从梯子下面的马厩里骑上一匹骏马，朝安多方向逃奔而去。

乞丐和小姐两人到了安多一座寺庙和宗城的结合部，投靠那里的部落，依靠自己的双手建立了一个小家庭，彼此恩爱和睦地白头到老。

仁布圣水

（朗县）

　　朗县金东乡政府后面有一座美丽的大山，名叫仁布神峰。仁布神峰半山处有一口占地面积约 15 亩的清泉，它的美丽让无数人为之心折。

　　每年藏历五月十五日（公历 7 月中旬）左右，仁布神峰的斜面就发出一阵巨雷般的轰鸣声。随即，原本清澈见底的泉水便会变成牛奶一样的乳白色液体喷涌而出，形成一道奇特的自然景观。这种像牛奶一样的水会持续流上一星期左右，当地群众把这种水称为"圣水"。每年，都有来自藏区各地的虔诚的佛教信徒到这里拜祭神灵，用圣水洗去身上的污垢，净化心灵和灵魂。当地的农牧民群众也经常聚集在此，用跳舞、赛马、拔河来欢呼圣水降临。

　　可是，有谁能够知道，这么一个美丽的地方、这么一股神奇的泉水后面，有着一段催人泪下的传说。

　　很久很久以前，在金东这个地方，有一位叫仁布的猎人。仁布英俊而勇敢，他的手臂像岩石，胸怀像山川，智慧像河海，又有谁能与他匹配呢？

　　一天，仁布正在打猎，突然看见一只头生金角的藏羚羊。他迅速张弓搭箭，正欲射出的时候，忽然发生了奇迹：藏羚羊面前出现了一位美丽的少女，脚踏五彩祥云，身着七彩藏衣，如星星般的眸子里闪烁着温柔而迷人的光芒。

少女轻轻地用她那犹如来自天籁的声音对仁布说："伟大而强壮的汉子呀，现在正是春暖花开的季节，万物复苏，众生都正在孕育着下一代，请给它们留下一个生存的机会吧。"

仁布被姑娘的美丽和善良惊呆了、感动了。他看着姑娘，半晌才说出一句话："美丽的姑娘啊，你是谁？为什么会来到这个人迹罕至的地方？让我送你回家吧。"

姑娘回答说："心地善良的猎人啊，我不需要你的保护。我是春神的女儿，名字叫卓玛，是春风、细雨、流云和彩虹的化身。滋润万物、保护生灵，这是我的责任，更是我的心愿！善良的猎人啊，我盼望你在未来的日子，让所有生灵都在你手下得到超生。在这春暖花开的季节，饶过一切母亲吧，哪怕它只是一只毫不起眼儿的野兔。"

温柔的仙女说完后，向仁布报以浅浅的微笑，随手撕下一片白云，包裹住自己，慢慢地隐去了。

仁布看到这一切后，对着仙女消失的地方，发下誓愿："仙女啊，从今天起，我将再不杀生，在你的感召下，把我的一切，包括灵魂都献给你。"

从此，仁布放下弓箭，拿起牧鞭，放牧起了羊群，成为一个勤劳朴实的牧人。每天，他都会赶着羊群，来到仙女消失的地方，默默地倾诉自己的心里话。

原来，那天惊鸿一窥之后，仁布已经深深地爱上了仙女，每天轻轻地述说着自己的心里话。殊不知，仙女那颗圣洁的心，也将一缕情丝紧紧地系在仁布的身上。

然而，天有不测风云。忽然有一天，黑暗笼罩了天空，狂风、冰雹、瘟疫降临在了这片土地上，金东沟死了很多很多的人。

看着无辜的乡邻们受灾受难，仁布胸中那腔热血又沸腾了。他再次来到仙女消失的地方，请求得到仙女的帮助。

仁布诉说完后，在仙女消失的地方，出现了一道圣洁的光芒。光芒中，仙女出现了。仙女对仁布说："勇敢的汉子呀，我可以帮助你，但，但……你必须取得雪莲……而且我想，在我帮助了你以后，你会

猎人仁布与仙女（扎西泽登 绘）

后悔的。"

仁布对仙女说："只要能够帮助乡邻，我不管付出什么，乃至生命也无怨无悔！"

仙女苦笑着说："你去吧，在珠穆朗玛峰顶上正盛开着一朵雪莲……"

仙女说话的时候，眼睛里透露出无限的悲哀，粗心的仁布却没有发现。

仁布经历九九八十一难，终于从珠穆朗玛峰顶上取得雪莲，来到了仙女的面前。仙女对他说："勇敢的汉子呀，你不会后悔吗？"

仁布回答说："不会。"

仙女再次问他："你真的不会后悔吗？"

仁布坚定地回答："不！"

仙女凄婉地笑了，把雪莲送入了她那小巧的口中。她哀伤地笑着对仁布说："我的勇士呀，要解救你的乡邻，只有让我吃下雪莲，以我的仙魄和身躯化作清泉，让人们服下，才可以解除他们的病痛。再把我化作的清泉洒向四方，就可以驱逐黑暗和瘟疫，重新滋润大地。但是，你知道吗？本来，我想和你结成夫妻，过快乐的日子。可是我知道，你不能看着乡邻们受苦受难，以至于我不得不帮助你。"

仙女说完此番话后，粲然一笑，瞬间就消失了，化作一池清冽的甘泉。这便是仁布圣水。

仁布万分自责和悔恨，但仍时时记着受苦受难的乡亲。他按仙女的话做完了自己该做的事后，毅然来到了甘泉边，绝食7天而亡。他死后，身躯化作了仁布神峰，永远地守护自己心仪的仙女。

博如巴俄和玉普觉则

（波密县）

　　古时候，在波密雅龙的博如有个称为博如巴俄的人，在波密的玉普有个叫作玉普觉则的人。这两人的武功一个比一个高强。他俩仅仅相互耳闻过对方的名字，但并没有见过，也没有比过武功。

　　一天，他俩心里同时在想："究竟我俩谁的本领大，应该比一比。"于是，玉普觉则从玉普来找博如巴俄，博如巴俄从曲多的雅龙出发去找玉普觉则，他俩刚好在曲多门普唐平坝的一块大石头旁边不期而遇。他俩互相询问对方是谁、从哪里来、到哪里去。博如巴俄说："我从雅龙来。据说，在叫作玉普的地方有一个名叫觉则的人，他有无敌的武功。我去看看他的武功究竟怎么样。"玉普觉则也毫不隐瞒地说："我从玉普来。听说，在曲多的雅龙有个叫博如巴俄的人。据他自己说，没有比他武功高的人。我今天专门过来，就是想和他一比武功高低。"话说到这里，他俩都知道对方是谁了，犹如鸟飞翔一般，同时跳上那块大石，抽出宝剑比剑术。两人用宝剑劈对方时，除了大石头被劈成两半外，没有分出胜负。随后，博如巴俄将平时比武时使用的干铁块用法力像拧湿布一样挤出油，玉普觉则也将自己平时比武时使用的一个手磨的孔里穿上绳子像抛石绳一样投过去，仍然没有分出强弱。博如巴俄对玉普觉则说："你现在如果能把曲多寺里一位比丘僧人的灵魂带来从我面前跑掉，就算你的武功比我强。"玉普觉则立刻带上一个比丘僧人的灵魂，像风一般飞奔。博如巴俄追上

194

博如巴俄与玉普觉则比武（扎西泽登 绘）

去，在称作松纳塘的平坝上抓住了僧人之灵。据说，现在曲多松纳这个名称就是因此而来的。他俩在一块大石头上争夺、拉扯比丘僧人的灵魂时，留下了用脚踩下的凹坑，这块石头被称为"朵嘎聂"。就这样，他俩比了三场也没有分出胜负。最后，他俩按照"敌人来了同时对付，朋友来了一起欢迎"，结成了要活一块儿活、要死一起死的把兄弟，并前往曲多寺向佛祖立誓。

他们在前往曲多寺途中，碰上人们在垒寺院的围墙。他俩问人们："为什么要垒墙？"寺院的方丈回答："为了阻挡敌人。"玉普觉则说："那么，我们看看能不能挡住敌人。"他朝博如巴俄使了一个眼色后，他俩同时将各自手里握的长矛往地上一插，顺着长矛利落地跳到了围墙内，双脚丝毫没有碰到墙上。他俩在围墙内说："你们寺院的围墙矮了一点，应该垒高一点，而且要在围墙背面挖又宽又深的壕沟灌上水，然后在水上撒上麦秆，这样才能挡住敌人。"寺院便如此照办。由于他俩的提醒和出的主意对寺院抵御外来侵略起了很大作用，所以从此，曲多寺每年抛扔"朵尔玛"、跳种舞"羌姆"时，有两个滑稽的小丑出场吓唬和逗笑所有观众的传统。据说，其中身材高大的就是博如巴俄的扮相，身材矮小的是玉普觉则的扮相。这是为了给他俩留名、纪念他俩恩情的表演。

工布的强龙蛇头绳之来历

（巴宜区）

工布的阿杰王前往拉萨朝拜释迦牟尼佛，途中在称作墨竹斯坚的地方露宿时，因为他们一行在火上烤了很多肉吃，冒犯了龙王。龙王非常愤怒，便加害阿杰王的随从和牛马。

这使阿杰王异常恼怒："烤了一点肉，你就这样加害我的人和牲畜。我要从工布调来许多人和500多头犏牛，把墨竹斯坚这块平阔的土地翻得只剩巴掌大的地方，再砍掉所有树木。"他这么说了，并决定这么干。龙王非常害怕："尊敬的工布阿杰王，我再也不加害您的人和牲畜了；而且答应并发誓，以后再也不伤害您家乡所有的人和牲畜。"

为了使阿杰王的人和牲畜与别处的相区别，龙王给了一条称作强龙的、蛇头形状的绳子作为证据，因此，工布地区的人们都使用这种绑驮子的绳子。这条叫作强龙蛇头的绳子，就是因为这件事情而来的。

墨竹斯坚的龙王送给阿杰王一根蛇头形状的绳子（扎西泽登 绘）

宗达家的姑娘阿西玛

（波密县）

从前在波密亚隆地带，有个闻名遐迩的地方官宗达，不远处也有一个有名的富豪唐囊巴。宗达家里有一个模样俊俏、性格温柔、勤劳善良的淑女，叫作姑娘阿西玛。两家商定，把宗达家的姑娘许配给唐囊巴家。宗达的夫人是一个对佛、法、僧三宝非常虔诚的人。她想到，女儿一旦嫁到别人家里当媳妇，就会因为忙于料理家务事，一辈子都不可能有修习佛法的机会，于是坚持把女儿的婚事推迟了半年，让女儿在修行室闭关修行，吟诵莲花生大师的咒语。

过了半年，宗达家依照先前的约定让女儿出嫁。婚礼当天，双方家里的父母和亲朋好友以及乡邻等众多人聚集在一起，喜宴非常豪华。新娘本来就腼腆害羞，加之闭关修行半年没有外出的原因，面对婚礼上的众多人们非常羞涩，一整天不吃不喝，饿着肚子待着。到了夜里，新娘子又饿又渴，睡不着觉，于是起来到厨房找水喝。新娘子不熟悉夫家的环境，在黑暗中来到厨房，在水缸的台子上摸索，恰好摸到水缸台子上的一个容器，里面盛放着为准备喜宴杀猪后剩下的猪血。新娘口渴至极，竟将血水痛快地喝掉了。

翌日清晨，忙完婚事后，新娘子出了房门。侍女发现她嘴唇上沾有血迹，便问："姑娘你怎么了？鼻子和嘴唇都粘了血。"新娘子听到这句话感到害羞难堪，于是跑到门外，在房屋附近的一棵松树旁上吊了。新娘子虽然因羞愧而自尽，但还是非常留恋世间男女的夫妻生

姑娘阿西玛被许配给唐囊巴家（扎西泽登 绘）

活，所以死后，变成了称作"阿西玛"的妖女。

从此以后，这个叫阿西玛的妖女经常变成猪嘴人身的模样，自由地游走在自己曾经去过的任何地方。她一般都是夜里走动，若在路上碰到人，会用袖子遮住自己的一半脸庞，装出害羞的样子。见过她的人都感觉，这姑娘是个身段非常苗条的窈窕淑女。如果人们在夜里议论有关她的事情，她就会立刻出现在现场，恐吓议论她的那些人。妖女阿西玛喜欢所有的男性，忌妒所有的女性并且伤害她们。例如，波密倾多地方大部分村庄的牧民回宗达沟里放牧时，放牧者如果是男性，阿西玛就会在暗地里帮忙放牧。如果阿西玛帮忙和喜欢的男子喜欢上了其他姑娘，妖女就会立刻让那个姑娘疯癫，或者让她家的牲畜无疾而死。

200

由于妖女阿西玛生前闭关修行了半年，一心一意吟诵了无数莲花生大师的咒语，积累了功德，无论什么样的上师和活佛对她只能劝解，而降伏不了她。据老一辈人讲：等到她上吊自尽的松树上生长出12根树枝后，她将投胎为人，同时停止祸害人类。如今，尚在宗达的这棵松树已长出了12根树枝。这个叫作阿西玛的猪嘴人身的妖女，果然消失得无影无踪了。

南迦巴瓦峰和加拉白垒峰

（巴宜区）

南迦巴瓦峰耸立在著名的世界第一峡谷——雅鲁藏布大峡谷马蹄形大拐弯的内侧。工布下部的加拉白垒峰，位于雅鲁藏布大峡谷马蹄形大拐弯外侧的北面。南迦巴瓦峰的高度是海拔 7782 米，为世界上第 15 座高峰。加拉白垒峰的高度则有海拔 7234 米。所有人怀着无比的信仰将这两座山视为神山，不仅如此，传说只要用心聆听这两座山，就会有美妙的感觉。

相传，在大地形成后，天神派南迦巴瓦和加拉白垒到雪域东南地区任护法神：哥哥南迦巴瓦负责守护雅鲁藏布大峡谷南面，弟弟加拉白垒守护地势高一点、风景优美的大峡谷北面。

诚实、勤劳的加拉白垒日渐长大，变得越发英俊，才能和武功也逐渐提高，有望成为藏地群山之王。于是，一个心胸狭窄、有很强忌妒心的魔鬼想加害于他。

一天，居心叵测的魔鬼化装成南迦巴瓦，趁加拉白垒熟睡之际，偷偷地渡过雅鲁藏布江，把加拉白垒的头用刀砍了下来。从此，加拉白垒再也没有长大，并且有了加拉芝董的名字。确实，这座山的山顶平得如同用刀切过的酥油包一般。

天界里所有的神仙和世间所有的人，都误认为这件事是南迦巴瓦干的。哥哥南迦巴瓦认为自己没能保护好弟弟，深深愧疚，悲伤万分，泪流满面，从此永远低着他的头，把容颜笼罩在风雪之中，难以看到真面目。

居心叵测的魔鬼趁加拉白垒熟睡，用刀砍下他的头（扎西泽登 绘）

小乌鸦说谎话

（巴宜区）

赤松德赞时期，寂命和莲花生两位大师受命修建桑耶寺。工布的阿杰王收到了要为建寺捐献土、石、树木的圣旨，于是运用法力和神通，将加拉白垒峰的头颅砍下后带走了。

乌鸦对运柴人说谎，柴火已够（扎西泽登 绘）

阿杰王把大量柏树集中后，顺着雅鲁藏布江往山南运输时，有个别柏树遗落在江边（这些零星的柏树，至今仍在米林与林芝交界处见证着历史）。当阿杰王来到朗县和米林县的交界地时，一只小乌鸦对阿杰王说道："桑耶寺已经竣工了，这些上好的土、石、树木不需要运了。"听了小乌鸦的话后，阿杰王就将加拉白垒山头放在了原地。加拉白垒山头逐渐幻化为巨石，供现今的人们供奉。那些最好的柏树也被扔到此地的江里，于是在江两岸形成了很多柏树林。此地生长的柏树有的如箭一般笔直，有的如蛇歪着生长，还有的甚至依偎着大地生长，别处的柏树都不会这样长。当给工布阿杰王运送柴火的人到达加新的时候，小乌鸦又对运柴人说谎："柴火不需要了。"于是，运柴人就将青冈丢弃在了此地。如今，一过加新地段，就见不到青冈林了。

小乌鸦因为说谎话，受到了莲花生大师的惩罚：不允许小乌鸦越过塔布山和米拉山，前往卫藏的方向。如今只能在尼洋河流域见到小乌鸦的身影，而卫藏地区都见不到小乌鸦的原因由此而来。

雅鲁藏布大拐弯的形成

（米林县、墨脱县、巴宜区）

  翻过皑皑的雪山，爬上悬崖绝壁，穿过荆棘丛生的原始森林，走过几座横跨于激流汹涌的帕隆藏布江上的吊桥，到达扎曲，就可以看到雅鲁藏布大峡谷著名的马蹄形大拐弯。

  雅鲁藏布大峡谷孕育了无数优美的神话故事和民间传说，大拐弯的形成便是其中之一。

  话说远古时候，天底下的河流多如翠竹，有向北流的，有向南淌的，有西去的，有东回的。在地球之巅叫"卫"（即今西藏）的地方的最高处，有号称"冰山之母"的岗仁波钦大雪山，它有4个儿女：大哥雅鲁藏布江，二哥狮泉河，三哥象泉河，四妹孔雀河。它们听从双鬓斑白的老母亲的教诲，前往世界各地游览，见见世面，结识朋友。经过商量，它们分成四条路线出发，穿过平坦无山的大平原，约好3年后在印度洋汇合。

  它们各自寻找着平坝往下淌。狮泉河往西，象泉河往北，孔雀河往南，大哥雅鲁藏布江则一直往东。大哥之所以往东，一是思念"冰山之父"——南迦巴瓦大雪山，二是想看看太阳到底是怎样升起来的。它们遇山绕道而行，或者边靠水流冲出平坝边往前淌。四兄妹都按原定的计划，往前欢快地奔跑。

  大哥劲大如牛，劈开了好多大山，把窄窄的山沟冲成开阔的河谷。当来到工布地区（即今林芝），那绿色的林海、广袤的草原、争艳的花朵、耀眼的雪山让它流连着迷，在眼花缭乱的美景中，兴奋地放声高歌起来。

这天，大哥准备开凿芝伯村（即今米林县派镇辖区旁号称"冰山之父"的高山山脚）。它使劲地挖呀、刨呀，累得满身大汗。突然，一只黑"查顷"（鹡鸟）飞来喝水。大哥问它："喂！'查顷'小朋友，你是从哪里来的？""查顷"晃着身子，歪着头，扇着羽翎，骄傲地答："我是从印度洋里飞来的。"大哥听后，肉筋都鼓了起来，忙问："你看见我的二弟狮泉河、三弟象泉河和四妹孔雀河了吗？""大江爷爷！你的三个弟弟、妹妹早都在印度洋相会了，焦急地等着你快快赶到，以便化作吉祥彩云返回故乡，看望白发苍苍的老母呢！""查顷"又讽刺地补说了一句："你还在这里磨蹭，是要长久地住下去吧！"大哥听"查顷"这么一说，心急如焚，心想："弟弟、妹妹们都先期到达了相会地点。我若不赶快赶到，恐怕它们要先飞回岗仁波钦老家了。"它的心儿急得乱跳，江水翻起的汹涌波涛。它来不及考虑冲出坪坝这项工作，豁出命，来了一个急拐弯，朝南方的大洋飞跑，遇到悬崖绕道闯，遇到深谷往下跳。现如今围绕南迦巴瓦峰的险峻峡谷，就是大哥急于赶路而没有修路留下来的。大哥日夜赶路到达印度洋后，没有看到弟弟、妹妹们的影子，知道自己上当受骗了，后悔莫及。它在大洋里待了两年，弟弟、妹妹们方才赶到。

三个弟弟、妹妹问它："你为什么先期到达？"

大哥羞愧地回答："我不赶快过来，没有办法呀！小'查顷'说你们兄妹仨早已在大洋里等候了，我才慌忙赶来的。"

弟弟、妹妹们又问："那你在流经的地方修造了平原没有？"

大哥说："为了赶时间，后段没有修造平原。我是从险峰峻岭中穿越而来的。"

大哥接着反问："你们是怎么来的？"

弟弟、妹妹们异口同声地答道："我们是按原先说定的那样，边修平原边流淌过来的。我们流过的地方，都是开阔的大平原。"

它们都很生气，命令大鹏鸟传"查顷"前来受审。

大哥雅鲁藏布江跟"查顷"鸟对话（扎西平措 绘）

"你为什么要对我大哥撒谎？造成大哥流过的地方都是深山峡谷？"狮泉河首先开了腔。

　　"我根本没有到过印度洋，更没有见过你们三兄妹。我只是和大江爷爷开个玩笑，谁知它却当真了。""查顷"答。

　　象泉河说："哪能拿这么大的事开玩笑！"

　　"查顷"答："我是想试试它是否守约。"

　　孔雀河说："你坏了大事，要施以刑律。"

　　兄妹们恨透了撒谎骗人的鹬鸟，经合计后说："在一年里，不！在它这一生，不！在它的再世、再世也不准喝江水。"

　　珞瑜地区全是大山、深谷，不少地段根本无法逾越，这些全是"查顷"造成的。至今，"查顷"还在服刑，它不敢落到江面、地面上来，只是一个劲儿地在半空中一边盘旋，一边鸣叫："我渴（鹬子的叫声）！我渴！"人们说，这是它扯谎的报应。

两个易贡猎人

（波密县）

古时候，在美丽的波密易贡有一老一少两个猎人。一次，他俩带着够吃几天的干粮以及弓箭等武器，结伴翻山越岭打猎去了。几天工夫下来，获得麝香、熊胆、鹿茸、兽肉以及兽皮等很多珍稀猎物，他俩心满意足。

一天，老猎人让年少猎人做饭，顺便把猎物守护好，自己独自外出了。年少猎人心想："这几天所获的这些东西如果都归我一人，那多好啊！"于是，想出一个恶毒的办法，决定干脆把那老猎人杀了。年少猎人深入森林，挖了一种名叫"嘎玛花头"的毒菌，同兽肉一起切好，为了让味道更好，加进了很多花椒和辣椒，一同煮了起来。午饭时，老猎人回来了，年少猎人装出一副高高兴兴的样子说："你一定很累了，赶紧吃饭，再好好休息吧！"说着，就将有毒的蘑菇炖肉摆在了他的面前。老猎人说："你也坐吧，咱们一起吃。"年少猎人答："你没有回来之前，我已经吃得饱饱的了，再也吃不下去了。"不管老猎人怎么劝，年少猎人就是一口不吃。见这情形，老猎人就起了疑心。他仔细一瞧，发现这肉食中有"嘎玛花头"毒菌，还有辣椒和花椒。老猎人明白了，年少猎人想用"嘎玛花头"毒死自己；但也发现，年少猎人并不知道花椒有消毒的作用。老猎人毫不犹豫地把肉全吃了，吃得饱饱的。看着老猎人吃得精光，年少猎人心想，他什么时候会死，并不断观察老猎人的脸色。可是，老猎人没任何反常。过了

210

老猎人拔出腰刀赶走年少猎人（扎西泽登 绘）

不久，老猎人突然站起来指着年少猎人怒斥道："你这混账东西、无耻之徒，你知不知道善有善报、恶有恶报？你虽然知道'嘎玛花头'是毒菌，但不知道花椒有消毒的作用。我一点儿事也没有，但今天饶不了你这个恶人。"说着，拔出腰间的长刀，跳到年少猎人面前。年少猎人吓得目瞪口呆，随即头也不回地拼命逃走了。

他俩几天来打猎所获，全部归老猎人一人所有。之后，年少猎人由于心里羞愧，加之迫于老猎人的威力，逃到了异乡。从此，在波密地区就有了"知道'嘎玛花头'是毒菌，但不知道花椒可以消毒"的俗语。

扎西岛和巴松湖

（工布江达县）

在工布江达县措果乡的巴松湖中心，有一个美丽的小岛，人们将它赐名为扎西岛。

相传，扎西岛的来历是：古时候，在巴松湖边生活着一对感情深厚的夫妻，丈夫叫扎西大哥，妻子叫卓玛大姐。扎西大哥每天翻山越岭去打猎，卓玛大姐在湖里打鱼、做农活、织氆氇，过着丰衣足食的幸福生活。扎西大哥打猎回来后，卓玛大姐端出美味的肉食和糌粑共享美食。他们在安静祥和的环境里，享受着幸福富裕的生活，这使得森林里的神仙也羡慕不已。

一天，一个名叫次旺的国王带着仆人，从遥远的地方威风凛凛地来到了这里。次旺听说，巴松湖里可以显现拉萨的布达拉宫等三大寺院以及其他名胜古迹，便骑着马、带着随从前来谒湖。

但是，谒湖要靠福分和运气，即使心地善良的人都不能随意谒湖，更何况凶狠、残暴、傲慢、根本没有信仰的次旺。正因如此，次旺一行什么都没看到，他气得火冒三丈。

恰在此时，从湖边传来了清脆悦耳的工布民歌，歌声驱散了次旺心中的怒火。他急忙朝歌声传来的方向走去，只见扎西那美艳的妻子卓玛仿佛仙女下凡一般，正在湖边浣衣。次旺的魂儿顿时被她的美貌夺去了。

次旺以甜言蜜语引诱卓玛，但她不为所动。于是，次旺就强行将

212

卓玛姑娘跳进了巴松湖（扎西泽登 绘）

她掳走了。到了王宫，无论次旺用财富诱惑还是恐吓威胁，卓玛根本不答应做他的妻子。次旺明白，想要让这女人和自己恩爱，简直就是白日做梦。

卓玛被次旺在宫殿里强行留了3年。次旺对她软硬兼施，但卓玛依然没有回心转意。次旺对她无计可施，渐渐放松了对她的看管。一天，这个聪明的女人找准机会，穿上翠绿色的绸缎衣服，如同飞出笼子的鸟儿一般，径直朝故乡巴松湖方向飞跑而去。

卓玛来到湖边，发现丈夫扎西不见了踪影，异常焦急，而且痛苦不堪。实际上，扎西是放下狩猎的活儿，到异地他乡寻找妻子卓玛去了，卓玛并不知道这件事。她想，自己在异地被强留了3年，扎西也许认为自己嫁了别人，没有耐心等她，弃她而去了。卓玛认为，今生她与扎西的夫妻缘分已尽，丧失了对生活的信心，悲痛欲绝地跳进了平静的湖里。由于卓玛翠绿色服装的魔力，这湖里的水比以往更清澈，湛蓝湛蓝的，仿佛落入了一块蓝天。

扎西翻越无数山岭，四处寻找妻子的下落，却始终没有找到，彻底失望后，回到了自己的家乡。得知美丽的卓玛已跳湖自尽，他心想，妻子没能和自己白头偕老，自己独自活着毫无意义，便毫不犹豫地跟随妻子跳入了碧玉般的湖里。

扎西投湖身亡后，他的身躯在湖里变成了一座岛露出湖心。卓玛的身心也化成了湛蓝的湖水，围绕在丈夫身边。岛上那坚硬的岩石发出幽蓝的光芒，波浪追逐着波浪，向着湛蓝的天空把坚贞歌唱。

青蛙的眼睛为什么是鼓的

（米林县、墨脱县珞巴族）

一位老人去山坡上种地。路上，一只青蛙拦住他，要抢他的斧头和砍刀。

老人急了，不小心，一脚踩到在地上爬行的蛇。

蛇生了气，吃掉了鸟下的蛋。

鸟也生气了，把屎拉到了瓦噶日（一种红尾巴、很漂亮的鸟）的嘴里。

瓦噶日生气地用野果打草鹿。

草鹿气愤地吃了人种的荞麦。

人无奈，告到波恩那里。

波恩一层层追查原因，最后查到青蛙。

青蛙呱呱地叫着，就是说不出它为啥要抢斧头和砍刀。

于是，波恩就命令惩罚青蛙，将石头压在青蛙身上。从此，青蛙的眼睛就成了鼓鼓的，眼珠子像要冒出来一样。

波恩惩罚青蛙，将石头压在青蛙身上（扎西泽登 绘）

十二生肖的顺序是怎样来的

（波密县）

古时，人间没有十二生肖这一说法。后来，帝释天创立了属相说。一天，帝释天为了给世间的人们配定属相，召集所有在凡间的动物头目，对它们说："规定生肖非常重要。明天早上太阳一升起，所有动物要去渡一条江，谁先渡过江，就按先后顺序排名。渡江的动物越多，属相也就越多，而人类的寿命也就越长。这件事，你们要铭记在心。"

当天晚上，动物们聚在一起商议次日如何过江、谁先渡江。有的说野兽之王是老虎，应当让老虎先过江；有的说动物中力气最大的是黄牛，应该让黄牛先过江。它们争来辩去，最后决定让黄牛先过江，再让老虎过江，其余动物可以跟着老虎自由过江。动物之中，老鼠是最弱小的，别说不可能第一个到达江对岸，就连过江都非常困难。但小老鼠聪明过人，它可不想落在其他动物们后头，冥思苦想一番之后，便在夜晚趁着黄牛睡熟之机，悄悄钻入黄牛的大耳朵里。

第二天，太阳刚升起，黄牛便率领众动物过江。它领头，慢慢地游到对岸。突然，老鼠从黄牛的大耳朵里跳出来，拼命地向前飞跑，并大声喊叫着："帝释天，我老鼠先到！我老鼠先到！"帝释天便把老鼠封为属相之王，将它放在属相的第一个，其余的动物按到达岸边的顺序依次排名，顺序是：牛、虎、兔、龙、蛇、马、羊、猴、鸡、狗、猪。由于猪刚走到岸边就已累得气喘吁吁，尾巴不停地左右

动物们聚在一起，商议如何过江（陈秋丹、江村 绘）

摆动，正要渡江的其他动物看了都说："你们快看，猪好像在向我们昭示不要过来，属相已经够了。"这样，众多动物就没有渡江。于是，猪就成了第十二个属相。

如果猪不摇晃尾巴，属相就会更多，而人们的寿命也就会更长。

猫为什么吃老鼠

（巴宜区）

古时候，帝释天为了在人间制定生肖说考虑了很久，决定把所有动物的代表召集到天界，征询动物的想法，及是否同意属相说等问题。

这天，动物们接到通知：次日，到天庭开会。

动物们打算通知猫时，却不见猫的踪迹，最后决定让老鼠传话给猫。

老鼠在寻找猫的途中想："我能成为属相就好了。而且，我多想去一趟天界呀！"想想自己一直没有机会，老鼠心里便闷闷不乐。老鼠找猫找遍了许多动物的领地，都说没有见到猫，累得坐在一根大树干上休息，疲倦的它马上睡着了。等它醒来时，天已经黑了，只有夜空中的星星一闪一闪地眨着眼睛。

老鼠心想："夜这么深了，找猫越发困难了，自己又很累，还不知能否找到。不如撒谎说，猫不愿意到天界去，自己代替猫去。"于是，老鼠找了一个藏身之处睡了。次日天亮后，老鼠起来，找到其他动物撒谎说："猫说，它不想到天界去，让我替它。"就这样，老鼠替猫去了天界。

老鼠到了帝释天的面前，帝释天问道："你是猫吗？"老鼠回答："我去找猫了，猫说它根本不愿意到天界来。我只好替它来了。"

这样，帝释天就将猫从属相的候选名单中除掉了，让老鼠代替猫

猫见到老鼠就咬（扎西泽登 绘）

加入候选名单。后来，这件事被猫知道了。其实，猫很想到天界去一趟。老鼠的狡诈让它吃了亏，猫非常恼怒。

此后，猫对老鼠怀恨在心，只要见到就咬，于是形成了猫吃老鼠的习惯。

南迦巴瓦峰①

（巴宜区）

古时候，誉满藏区的念青唐古拉山和藏北的纳木错湖是生活在世上的一对帅男靓女，后来成为一对志趣相投、恩爱有加的夫妻。他们相守相惜，有福同享，有难同当，享受着世间的安乐幸福。

然而，岁月疾速更替。很多年以后，昔日娇媚艳丽的纳木错，变得人老珠黄、满脸皱褶；以往娉娉婷婷、柳枝似的身段，变得像枯萎佝偻的老树；过去柔嫩如绫罗的手指，变得丑陋、粗糙；当年一头青苗样的秀发，就如撒了白霜，而且干燥稀疏。这一切，让念青唐古拉心中对妻子的喜爱和情感渐渐淡薄了。

终于，这对曾经形影不离的夫妻感情破裂了。念青唐古拉背着妻子，与玛旁雍措偷偷建立了亲密关系，并生下了一个孩子。这个孩子不是别的，正是赫赫有名的南迦巴瓦雪山。

念青唐古拉生怕自己偷偷生下的孩子被妻子纳木错发现，也为了这一隐私不被别人知道，就将自己的这个亲生骨肉，送到藏东南地区茂密的森林中藏了起来。

如今，南迦巴瓦峰总是被缭绕的云雾和交杂的风雪笼罩着，前来瞻仰的人们很难见其真颜，可谓是隐蔽至深。

---

① 南迦巴瓦峰，位于西藏东南，即西藏林芝市巴宜区境内，是世界上第 15 位的高峰，海拔 7782米。它山形俊俏，十分奇特，通常因被风雪和云雾笼罩，很难看见其貌。此山素有"冰川之祖"和"云雾中的极乐世界"之称。

念青唐古拉背着妻子，跟玛旁雍措相爱、生子（扎西平措 绘）

丹巴米塔桑珠

（巴宜区）

很久以前，有一个称为丹巴米塔桑珠的人，是工布地区弹唱六弦琴的鼻祖。传说，他是工布本地人，生活在卡斯木山脚下。父亲名叫曲则扎巴，母亲名为果莫白珍。

丹巴米塔桑珠喜爱并擅长弹六弦琴，创立了一个弹六弦琴的团体称为"达巴次确"。每月10日，这个团体的成员便聚集在一起弹起六弦琴，附近的人们参与其中，载歌载舞，沉浸在欢乐的海洋里。慢慢地，这个团体开始到别的地方去演出，悦耳的琴声传遍了藏东南各地（从小擅长歌舞、身姿矫健、仪表堂堂，是人和神都为之倾倒的俊男）。逐渐在林芝镇里发展了18个同乐会。相传，每年在过"娘布"迎神节的时候，他们都聚集在林芝表演很多歌舞节目。

塔拉岗布寺的护法女神春心萌动，对丹巴米塔桑珠一往情深。丹巴米塔桑珠当时心里渴望着和伙伴结伴到拉萨的八廓街朝圣，在同母亲商量时，母亲说最好不要去，因为自己的梦境预兆，此去会有灾祸。但他根本听不进母亲的话，坚持要去朝圣。母亲就在一个长柄瓷碗里倒满牛奶，让他端着围村庄转三圈。母亲告诉他，转完三圈，如果牛奶不洒出来，就可以去朝圣，反之则不准去朝圣。于是，丹巴米塔桑珠依照母亲的吩咐做了。当转到最后一圈时，碗里的牛奶洒了出来。但是，他依然不听劝阻，同一群年轻的朋友弹着六弦琴，载歌载舞地朝圣去了。夜晚在塔拉岗布寺里面投宿时，朋友们都在谈论着各

丹巴米塔桑珠与塔拉岗布寺的护法女神（扎西泽登 绘）

自的恋人，丹巴米塔桑珠了无兴致地听着。这时，不知从哪里跑出来一只黑猫，轻轻地跳到了丹巴米塔桑珠怀里。丹巴米塔桑珠抚摸着那只猫，对朋友们说道："这是我的心上人。"话音刚落，黑猫立刻消失了。原来，那只猫是由护法女神变成的。次日，大家都去护法女神的殿堂朝佛时，护法女神抓住了丹巴米塔桑珠。他想逃出去，刚迈出右脚，左脚就被粘住了；好不容易伸出左脚，右脚又被粘住了。丹巴米塔桑珠无奈的躯壳，在这座寺里成了护法女神的终身伴侣。

同伴们从拉萨回来后，把发生的事情原原本本地告诉了丹巴米塔桑珠的妻子。第二年，丹巴米塔桑珠之妻牵着骡子，骡背上驮着金子和绿松石，前往护法女神的寺院，想用珍宝诱惑女神，让丹巴米塔桑珠回到自己身边。她将金子和绿松石堆在女神庙旁边，请求护法女神放她丈夫回来时，护法女神从寺庙里扔出了丹巴米塔桑珠的一些骨头。丹巴米塔桑珠之妻在惊诧之余，想到夫妻再无团聚之日，悲痛欲绝地猛然倒在地上离世了，后转世为神仙。

如今，在塔拉岗布寺的护法女神殿堂里，可以拜见丹巴米塔桑珠的塑像。丹巴米塔桑珠之妻由于爱恋自己的终身伴侣，变成了依附在寺院外面一棵沙果树上的神灵。塔拉岗布寺里所有的尼姑将他们作为护神供奉。他们变为神体，作为永恒的精神依恋存在这座寺院里，享用人间香火。

为了纪念丹巴米塔桑珠，每月藏历十四日，都在林芝举办弓箭比赛，俊男靓女聚集在一起表演歌舞。到了每年藏历五月十七日和十八日，各村的男人聚集在一起表演藏戏、"庆"舞和羌。在供奉娘布神的时候，扮演丹巴米塔桑珠的人身着盛装，介绍与丹巴米塔桑珠有关的历史，演奏的是林芝的六弦琴和其他乐器。

因傲慢自大而死去

（波密县）

从前，在卡达有相邻的两家人，一家家长叫刚瓦理白贡，另一家家长叫作曲布阿热。两家如同亲戚一般和睦相处，并用铁链作为门铃，一拉动铁链，就相互请吃或帮忙。一天，铁链上落了一只小乌鸦，"叮当叮当"的铁链声，让两家人误以为对方在叫自己去他家吃饭。两家人同时从家里出发，在半路上见面后，都认为对方玩弄与欺骗了自己，并为这事争吵。此后，两家的关系日趋恶化。

刚瓦理白贡的攀比、傲慢之心日益加深。一天，他让自己心爱的、懂人话的猎犬董拉去猎一只从未见过的野兽。猎犬董拉在山上找到了这只野兽，把它赶到了刚瓦理白贡家的院子里。只见野兽长得圆圆的像鼓，全身都是眼睛。刚瓦理白贡把它杀了后发现，野兽身上没有瘦肉，全都是脂肪。原来，这野兽是自己的家神。往常，刚瓦理白贡和曲布阿热两家哪一家有好吃的东西，都要邀请另一家过来共享或送到另一家去。这一次，刚瓦理白贡既没有请曲布阿热吃饭，也没有送给他一块肉。过了几天，刚瓦理白贡在独自享用野兽的脂肪时，脂肪液从嘴角流出。他用刀把将脂肪液推进口里时割伤了自己，并因伤口渐渐发炎而死。不久后的一天，猎犬董拉也神奇地融入房屋下面的牛型巨石里去了。如今传说，曲布阿热和刚瓦理白贡及猎犬董拉成了这个地方人们所崇拜的神，刚瓦理白贡家的残垣断壁和猎犬董拉融入的磐石及曲布阿热家的遗址尚清晰可辨。

226

傲慢的刚瓦理白贡与他的猎犬猎到的野兽（扎西泽登 绘）

达大山泉与木古黑水

（波密县）

在很久很久以前，如今的波密县多吉乡达大村非常缺水。人们要走一条很远的下坡路，才能到达河边取人畜饮用的水，而灌溉农田只能依赖雨水。由于几乎年年都遭受旱灾，家家户户缺少粮食，生活非常艰难。

在达大村的东北面有一位修行者，耳闻目睹了这些情况，村民的困苦成了他心中最大的包袱。

过了一段时间，修行者委托仆人带上不少金钱和一封信去印度，并叮嘱说："你要克服艰难困苦去印度一趟，那里有座叫马拉雅的山，山上有我的根本上师掘藏圣者在隐居。你找到他后，把这封信和所有的金钱奉上，请求他赐给水的宝藏，大师会把水的宝藏赐给我们。若能将水的宝藏带回家乡，那么，我俩就为这里的众生办了一件崇高的事，长时间的修行也就有了美好的结果。"

仆人用一年半的时间远赴印度，到了印度的马拉雅山，拜见了隐居的根本大师掘藏圣者，向大师陈述了修行者的请求。大师将一个精美的小铜箱子交给他并说道："这个箱子非常宝贵，所以在返回的途中，要像爱惜自己的生命一样珍惜它，千万不要打开，一定要完好无损地交到修行者的手上，这样就能实现你们的心愿。"

于是，仆人把小铜箱子紧紧地裹在包袱里，从马拉雅山往回赶路。途中，他听到从这个小铜箱子里发出"沙沙沙"的声音，尽管有

228

仆人好奇地打开箱子，蛇逃走了（扎西泽登 绘）

一探究竟的欲望，但想起大师的嘱咐，就打消了开箱的念头。

仆人不辞劳苦，翻越千山万水，终于回到了离家乡达大还有半天路程的叫作木古的地方。从木古眺望家乡，家乡达大清晰可见，仆人心里无比高兴：到了此地，与家乡达大没有什么区别了，修行者会怎样赞扬我呢？该怎么告诉修行者自己经历的艰难困苦和遇到的各种危险呢？随即，仆人就在木古村的山脚下打尖，吃完饭准备休息一会儿，又听见小铜箱子里不断地发出"沙沙"的声音。仆人心里想：现在这地方与家乡达大一样，没有区别了。这小铜箱子里面究竟装了什么，打开看一下，应该不会有什么不妥吧？他抱着侥幸的心理将小铜箱子打开了一条缝，还没有看清楚，突然从里面钻出一条碧绿色的蛇。他立刻将箱子盖用力关上，把蛇的尾巴压断在了箱子里，而蛇身逃到木古村的山脚下，钻进了一根大树干底下，旋即从树干下汩汩地流出了水。仆人心里想："这下，我的辛苦全都成了泡影。"因为心里充满了懊悔、苦恼和焦急，他便反着祈祷道："愿这水只能喝，别的什么用也没有。"高高的水渠变得越来越低，从山脚顺着木古村往右面绕了半圈，最后流到曲宗河里去了。由于仆人反着祈祷，这条称作木古黑水的溪流不仅绕着村庄流进河里，而且壕沟很深。这水除了可以喝以外，不能灌溉农田。

仆人在伤心、懊悔中回到达大，来到修行者的住地，将事情原原本本地告诉了修行者。修行者说道："哎呀！真可惜，功亏一篑了。现在，后悔也没有用。你不如带上这个小铜箱子，走到本地山谷深处，把蛇的尾巴慢慢放走，也许不至于劳而无功。"仆人照办了。于是，在此地山谷的深处出现了一眼小小的泉水。这水也是只能饮用，却不够灌溉农田。传说，达大山谷的水和木古黑水因为是印度马拉雅山的宝藏所化，人们喝了就会变得聪明、美丽。看来，事实确实如此。

松宗乡东曲村三姐妹山的传说之一

（波密县）

波密县松宗乡西面东曲村的旁边，有一座三个山峰并连成的大山，山顶白雪皑皑，山腰森林浓密，山脚溪流淙淙。这座山就是著名的东曲三姐妹山。

很久以前，在东曲附近的一户人家里有三姐妹。一年夏天，她们到东曲的上部牧场放牧，同时做夏季牧活。一位同村的老大娘也来到牧场，与她们比邻而居。

三姐妹不仅勤劳，而且善于向别人学习做事，这是她们从小养成的习惯。到了夏季牧场后，她们就投入工作，将挤出的牛奶长时间搅拌提炼成酥油，到了吃晚饭的时间，年龄最小的妹妹揉着"咕咕"叫的肚子问大姐："今晚，我们吃什么呀？"大姐回应道："'不供奉山神就没有福报，不如邻居炉灶就使人耻辱'。你去看一下，邻居老大娘首次搅拌牛奶、提炼酥油后晚饭吃什么。这样，我们就知道该吃什么了。"小妹说："好的。"便跑去看邻居老大娘晚饭吃什么。她一到老大娘屋门口，不仅闻到酥油味，还听到熔化酥油时发出的"呲呲"的声音。小妹回家把这些告诉了两位姐姐。大姐说："不如邻居炉灶使人耻辱。我们平时干活非常劳累，今天就把搅拌牛奶提炼的酥油熔化后一块儿吃，以后可以再搅拌牛奶积攒酥油。"于是，她们将首次搅拌牛奶提炼的酥油熔化后吃了。

就这样，她们在第二次搅拌牛奶，以及第三次、第四次、第五

小妹偷看邻居老大娘在吃什么（扎西泽登 绘）

次、第六次搅拌牛奶提炼出酥油后，都要让小妹去看邻居老大娘吃什么，而看到、听到的情况都一样。三姐妹每天晚饭时都因为"不如邻居炉灶使人耻辱"，把所有酥油熔化后吃掉了。

时间一晃就到了秋末，家乡的人们赶着驮马来到牧区，要迁移牧场了。

三姐妹在牧区没有积攒到一点儿酥油，看到人们来迁移牧场，非常着急、羞愧，便忙碌起来。大姐对小妹说："你快去看看，迁移牧场的人是不是到了邻居老大娘那里。如果老大娘也同我们一样没有积攒酥油，那就没事。"小妹便跑到邻居老大娘那里，只见家乡的人们从老大娘的房间里搬出一包又一包酥油，不仅骒马背上驮满了，还往牛背上也驮上了。小妹根本不相信，走进老大娘的房间问道："大娘，您每天每顿晚饭都把酥油熔化后吃了，而您还有那么多酥油，是怎么来的呀？"老大娘微笑着回答："牧民如果不积攒酥油，每顿饭都吃酥油的话，就不可能有那么多酥油了。"小妹更加不相信，便将自己经常在老大娘家门口闻到酥油味及听到熔化酥油声的情况告诉了老大娘。老大娘听后，大声笑着说："这是我们家乡牧民的习俗。搅拌牛奶提炼出酥油后，取一小块粘在炉灶上献给土地神。用桦树皮点燃炉火时，你就会闻到酥油味和听到熔化酥油的声音。"听完老大娘的话，小妹非常羞愧、尴尬，匆匆跑回去，把情况告诉了两位姐姐。

三姐妹呆呆地看着牧场里的人们都忙碌着给骒马驮酥油，看见驮东西准备返乡的牲口排着队就要过来了，深感不安。当人们走来想帮三姐妹迁移牧场时，三姐妹惊慌失措、头也不回地朝山上跑去。她们来到一座山峰前一字站开，幻化成了三位一体的山峰。

如今，每年牧民来到这个牧场，三姐妹山有时羞赧地用云朵遮掩住自己，有时雷声隆隆地下起瓢泼大雨。看到牧民在房间里烧炉子冒出炊烟，她们便会大声喊："不要比炉火，要积攒酥油！"

松宗乡东曲村三姐妹山的传说之二

（波密县）

在西藏波密县松宗乡辖区称作东曲的地方，有一座三峰相连的雪山，人们把这三个雪峰叫作东曲三姐妹山。那么，为什么把这三个雪峰叫三姐妹山呢？民间有这样的传说。

很久以前，在东曲有一处牧场，不仅水草丰茂，而且景色秀丽，同时还有肥沃的农田。村庄里有一对血统高贵、作风正派的夫妻，生有三个如同心肝宝贝、视为掌上明珠的女儿。这三姐妹拥有花儿一般美丽迷人的外貌，并像菩萨一样仁慈善良。

每年夏季来临，夫妻俩都赶着所有牲畜到牧场去，留下三姐妹在家中同邻居一起到农田里做农活。这一年，大姐满15岁了。快到夏天时，她同两个妹妹商量："世间有句俗语道：'男子十五是父亲的伙伴，女儿十五是母亲的伙伴。'我今年已经15岁了，带你们两个去做牧活愿意吗？"两个妹妹听到这话，高兴得不得了。三姐妹的想法不谋而合。

夏天终于到来了，三姐妹按之前商量好的，赶着家里的所有牲畜去了牧场。往常勤劳、善良的三姐妹，在令她们心旷神怡的美丽牧场玩得十分尽兴，竟然耽误了牧场的劳作，而且由于没有放牧的经验，影响了劳作效率、降低了收入。

当她们积攒了一些酥油和干奶渣后，大姐说："父母平时教导我们，如果要做一个高尚的孩子，对上要信仰并虔诚地供奉三宝，对下要怜悯乞丐并尽量地发放布施，中间要很好地侍奉并供养僧人。我们去朝圣供佛吧。"三姐妹带上酥油和干奶渣朝佛去了。她们朝圣完毕，回到牧场。当她们又积攒了一些酥油和干奶渣后，老二说："父母平时教导我们，如果要做一个高尚的孩子，对上要供奉三宝，对下要怜悯乞丐并尽量多地发放布施，因此，应慷慨地施舍乞丐。"所以，只要乞丐来乞讨，三姐妹就毫不吝惜地把酥油和干奶渣施舍给他们。又过了一些日子，当她们再次积攒了一些酥油和干奶渣后，老三又说："父母平时教导我们，如果要做一个高尚的孩子，对上要尊敬老人，对下要爱护小的。我是家里年龄最小的孩子，你俩应该带上我，到比此地更好玩的地方去游玩。"于是，三姐妹带上酥油和干奶渣等等做成的美味食物经常出游，有时到附近的玉湖边，有时又到白湖和黑湖边游玩。

草木最茂盛的夏季转眼间就过去了，凉爽的秋季降临大地。当山上的草坪也变成黄色、山下的树叶都变成红色时，别的牧民都让骡马与牦牛驮上酥油和干奶渣依次运回家里。三姐妹没有能够像其他牧民一样积攒很多酥油和干奶渣，怕回去后不仅在街坊、邻居面前感到羞愧，而且在父母和亲朋好友跟前也抬不起头，便决定继续待在牧场。如同俗语说的"平时不烧香，急来抱佛脚"一般，她们想办法积攒酥油和干奶渣。

秋去冬来，天气逐渐变冷。一天，山上忽然下起了雪。按常理，每当下雪时，马和羊都会朝山上走，黄牛会下到山下走进树林中，只有母牦牛和母犏牛会进入牲口圈。于是，三姐妹首先挤母牦牛和母犏牛的奶，然后把黄牛赶进牲口圈里。当她们上山去，准备赶回所有在雪中继续朝山顶奔去的羊和马时，雪越下越大。三姐妹浑身被白雪裹住，仿佛雪人一般。此地的土地神看到三姐妹如此不畏艰难，心里既怜悯又钦佩，幻化成一位白发老人，来到三姐妹面前说道："哎呀！三位姑娘，你们这样固执没有用啊！不如马上赶着牲畜回到农区的家里，我会帮你们的。你们三位，确实是对三宝忠诚、尊敬父母、对众生怀有仁慈和怜悯之心、干活非常勤奋的优秀三姐妹。因为我对你

土地神变成白发老人，来到三姐妹面前（扎西泽登 绘）

们怀有钦佩之情，所以，要让此地的西面雪山上出现三位的塑像。"
说完，土地神便消失了。没过多久，这座山的山顶上就自然形成了三
座如同玻璃佛塔一般的山峰。

此后，人们称这三座山峰为东曲的三姐妹山。三姐妹的故事宛如
剪不断的流水，至今仍在当地民间广泛流传。

拉杰村名称的来历

（巴宜区）

　　拉杰村是斯芝村的别名，位于巴宜区比巴乡政府的西南方，距离乡政府约 32.5 公里。

　　拉杰村的名称来历有这样的传说：很久以前，格萨尔王降伏魔鬼阿穷王时，魔王从扎松湖的赤木平原变成一头牦牛逃走，逃到了叫克朗的地方。格萨尔王从如同大象鼻子一般的妥布嘎年山脚下看到魔王正朝比热草原跑，于是向它射了一箭，这箭射中了比热草原上的一块石头（石头上箭射中的窟窿至今历历可见）。魔王跑到比热草原边缘的一个大湖里藏了起来。格萨尔王赶来，用宝剑将这个湖砍成了九段。魔王无法待在湖里，又逃了出来。至今，雪巴村对面不远处察斯的岩石上，还留有格萨尔王神马的脚印和魔王变成牦牛后的脚印。

　　追到如今拉杰村的位置，格萨尔王砍掉了魔王的灵魂。当时的魔王断魂处，后来就形成了一个村庄，村庄的名字叫作拉杰（意为魔鬼）。魔王之躯最后在克朗的比热草原的一块大石上消失了。格萨尔王便用宝剑砍了无数次，最终砍碎了大石，把魔鬼阿穷王送到了另一个世界（如今，这块大石叫作宁可（心）岩石，附近的岩石上可以看到魔鬼阿穷王的肝脏和支锅石等等）。格萨尔王降伏魔王后，安逸地坐在草坝的一块巨石上歇息，这草坝后来叫作罗地（意为安逸）草坝；巨石上有格萨尔王和三位侍从的身体印记，至今还可以看见。整个地方后来叫作克朗（意为获胜）。以前，有一些人以讹传讹地将拉杰写成拉贵，这是错误的。

格萨尔王降伏魔鬼阿穷王（扎西泽登 绘）

238

圣地白马圭（岗）名称的来源

（墨脱县）

　　圣地白马圭（岗），内境为法身普贤菩萨的净土，秘境为大日如来的净土，外境为清净金刚勇识的净土，顶部为三姓如来龙王的宫殿。相传，这一所有佛聚集的大圣地是与莲花生大师有缘的宝贵之地。

　　当年，莲花生大师在藏地弘扬佛法，驾着白云在空中盘旋，在游览南域即今墨脱县时，发现此地群山环抱，沟壑交错，形似莲花初绽，就取名白玛（莲花）圭（岗）。莲花生大师指出，白马圭系世间16处秘境中最大的一处，故而，得名秘境白马圭或秘境吉木迥。据传，白马圭境内有众多神山和小圣地。譬如，衮堆颇章、普塔尔次仁、桑多白日、白玛喜日、南日衮堆岭、诺达（财神）南赛岭、喀卓岭、龙巅孜娘岭、查波嘎杰岭、帕莫卓堆岭等6个大洲和6个小洲。相传，这些圣地，一见就能清除病魔孽障，一听说便能脱离恶趣。文字记载："我莲花生发誓不使生灵堕入恶趣。"这里有许许多多享誉藏域的神山圣地，到处流传这样的传说：白马圭有通往极乐世界的门，只因还不到时候，无法开启。开门用的钥匙藏在秘境，等着有福气的人找到钥匙，才能打开圣地之门。

　　白马圭人把这里称作佛陀的净土。藏文佛教经典《甘珠尔》记载："佛陀净土白马圭乃圣地最殊胜之境。"墨脱县还有这样一个传说：于9世纪来到藏地的藏传佛教宁玛派创始人莲花生大师，依照吐

莲花生大师驾着白云在空中盘旋（扎西泽登 绘）

蕃赞普赤松德赞的命令，前往南域讲经布道。由他加持的神山之所以被称为大秘境白马圭，其含义是隐秘描绘的莲花之境。此地还有 16 处小圣地，所以就有了"圣地最殊胜之境"的说法。据说，这个大圣地是由金刚亥母化身形成的。她仰躺着面向天空，头部是一年四季白雪皑皑的南迦巴瓦峰，脖颈为金刚亥母山（这座山位于墨脱至拉萨和林芝的排龙之间，是一座雪山），她的心脏是今天的墨脱邦兴乡坑坑村（相传，这个村的人非常聪明），德瓦仁钦崩寺被视作她的肚脐，她的左乳是衮堆颇章（这里有十分重要的转神山、圣湖的路），她的右乳是白玛喜乃曲，一直潺潺流淌的河是她的乳汁，她的左手是波密县的东曲拉康，右手是巴宜区的布曲赛吉拉康，她的左脚是察隅的上察隅、下察隅和察瓦龙，她的右脚是亚桑河流域，东北一带的雪山和南面相连的山脉是由金刚亥母的头、脖颈、身体、手和脚形成的，漫山遍野的草木是金刚亥母的头发，到处流淌的江河之水是金刚亥母的血管。

金刚亥母满身都是宝。有吃不完的粮食、用不完的肉类、数不尽的麝香等的天堂之所，就如闪电一般传遍全西藏。人们羡慕地称此地是充满幸福的殊胜秘境。

缘于墨脱的神奇和无污染圣境的吸引及受到根深蒂固的宗教信仰的驱使，无数人来到此地，把自己干净的躯体留在这里，视为善业和美好的大事。墨脱有一个传说：这里有不用种植的糌粑洞，不用挤的奶水之源，不用屠宰的树之菇，不用盖的多罗树之房，过河有引渡者，草有党参等，即使死一条狗，也会立刻变成虹身。凡此种种，都在史书上清楚地记载着。因为高僧大德的加持和这些不可思议的现象，18 世纪初叶，门隅和竹域的大量门巴族人开始搬迁至东面的墨脱县；20 世纪初叶和中叶，大批康区的藏族人也以自发的形式迁徙至墨脱。

迎 神 节

（工布江达县、米林县、巴宜区）

迎神节是工布地区规模盛大的传统节日，藏语为"娘布拉苏"，是"娘布人求宝"的意思。迎神节的整个活动内容，包括祭神、跳神、跳民间"博"舞、跳牦牛舞等。在人们看来，这些都是为了驱魔镇邪、祈祷风调雨顺。迎神节一般持续两三天，观看者近之有娘域人，远之有昌都、那曲、阿坝、青海等地的人。据1991年的统计，前来观看迎神节的人数达1万余人。

关于迎神节的来历，当地流传着这样一个美丽的传说：古时候，工布地区有一个叫卡色母的小镇，镇上有位名叫边巴朵朵的大乡望。他家养了一大群羊，领头的是一只神奇的母山羊。有一段时间，羊倌发现一件奇怪的事情：每天晚上，那只母山羊就不见了；第二天早上，又早早地回到了羊圈。羊倌决定要探个究竟。于是，羊倌便在母山羊的脖子上悄悄地拴了一根细线，自己抓着线的另一头。这天晚上，正打算睡觉的羊倌忽然感觉拴在母山羊脖子上的线动了。羊倌一边卷线，一边顺着线往前走。他来到一棵大松树下时，惊奇地发现母山羊以一种给小山羊喂奶的姿势坐在地上，树下有一颗闪闪发亮的石头。羊倌连忙跑回去，向主人边巴朵朵报告。边巴朵朵听到汇报后，命令羊倌赶快返回，把那颗闪亮的石头取回来。原来，这块石头是当年苯教大师顿巴辛绕·米沃切前来工布地区传教时，被后人珍藏起来的苯教伏藏物之一。

自从边巴朵朵将那颗闪亮的石头供奉献祭以后，工布一带便风调雨顺，牧场肥美，庄稼丰收，牛肥马壮，猪羊成群，人们过上了安居乐业的幸福生活。这一消息被居住在工布地区周围霍尔丁青部落的人知道了，也很艳羡边巴朵朵手上的宝石。他们打听到边巴朵朵是乐善好施的菩萨心肠之人，就派人装扮成商人模样，来到了边巴朵朵的家，装出一副可怜的样子，要求边巴朵朵把闪光的石头卖给他。边巴朵朵经不住那个"可怜人"的再三要求，把宝石卖给了他。与此同时，当年苯教祖师顿巴辛绕·米沃切在本日山（苯教神山）上为后人隐藏的自响海螺被转山者发现了。当时，转山者在本日山顶休息时，听到不远处响起清脆悦耳的海螺号声。众人持着惊异的心靠近响声处，发现一只洁白的海螺一会儿从地下钻出，一会儿从地面钻入，不停地响着"嗡嗡"的声音。转山者中有一位名叫玉热的姑娘见状，飞快地跑过去，用自己藏袍的衣襟拴住了海螺。海螺不飞也不响了。她把海螺带回家里交给父母。她父母对此物没有引起足够的重视，而是随便放在了家里的角落。此事一传十、十传百，不久传到了琼波。琼波的苯教信徒们得知这一消息后，派出三个人探究此事。从琼波来的三个人克服艰难困苦，想尽一切办法，把工布地区的伏藏物——白海螺请到琼波去了。从此，工布人的厄运降临了：气候变得异常恶劣，瘟疫盛行，饿殍遍野。

工布人不堪重负，就在边巴朵朵的带领下，结伴来到苯教的大修行者——章松玉热面前询问原因。章松玉热告诉他们说："宝石是苯教祖师顿巴辛绕·米沃切赐给工布的伏藏物，你们把它卖给了商人，福气也被带走了。海螺也是顿巴辛绕·米沃切赐给工布的伏藏物，又没有引起你们的重视，被请到其他地方去了。如果想办法把宝石和海螺请回来，就能重新拥有福气。"于是，边巴朵朵带领工布人多次出去寻找宝石和海螺的去处，但每次都是空手而归。万般无奈之下，他们又结伴来到章松玉热面前请教。章松玉热通过占卜，得到上天的旨意：要想让宝石重归，就得在每年藏历八月十日举行隆重的迎神节——"娘布拉苏"节。

众人发现，洁白的海螺从地下钻出来（扎西泽登 绘）

　　这年藏历八月十日，工布地区的人们依照苯教修行者章松玉热的教训，早早地聚集在卡色母镇举行隆重的迎神仪式。正当仪式举行到高潮时，突然天空飘来一朵七彩祥云，祥云在人们的头顶飘荡了好久才散去。祥云飘过后，由于宝石和海螺的威力，工布人民果然重新过上了幸福的生活。从此，"娘布拉苏"节成了工布地区藏家人最大的节日，也成了藏传苯教的传统节日之一。

　　迎神节的习俗传承至今，已有600多年的历史。

竞争心和灾祸

（波密县）

从前，在一个称作唐堆的地方，有一位叫做措姆的孤贫老人。她用了大约三个月时间去往拉萨朝佛，在拉萨朝拜色拉寺、哲蚌寺、甘丹寺后，又前往桑耶寺朝拜。

夜幕降临，老人还在桑耶寺的敛气室里朝拜，供佛的僧人将佛堂的门关上了，老人落在佛堂里大声呼救叫喊，用力敲门，可是无论怎样做，根本没有人来开门。老人非常恐惧，又累又渴只好倚靠在敛气室的一个角落里坐着傻等。

老人听说过，凡是有生命的众生死前的最后一吃都要来到这里咽下，因此心里非常紧张。当夜色笼罩大地时，她听到了无法忍受的吵闹声，恍惚间似乎看见分不清是人还是鬼的几个屠夫拿着刀子和板斧把人的尸体砍成一段一段的。老人感觉六道众生的身体都被切成一段一段的。这时，只听一位拿着铁钩儿的屠夫说："今晚的饭剩了一份。"另一位屠夫说："那就给坐在角落里的老人吧。"说着把一片肉扔了过来，重重地落在她的衣襟里。次日天亮后，老人一看怀里，头天晚上的肉块竟然变成了一块羊头大的金子。佛堂的门开启后，老人蹒跚地走了，怀揣金子返回拉萨后，将其中一部分给益西罗布佛像焕彩，其余大部分买了生活用品便返回家乡了。

富裕的邻居拉玉大娘听说老人阔了起来，便问道："你走的时候很穷，现在怎么变得这么阔了？"措姆老人就将事情的经过原原本本

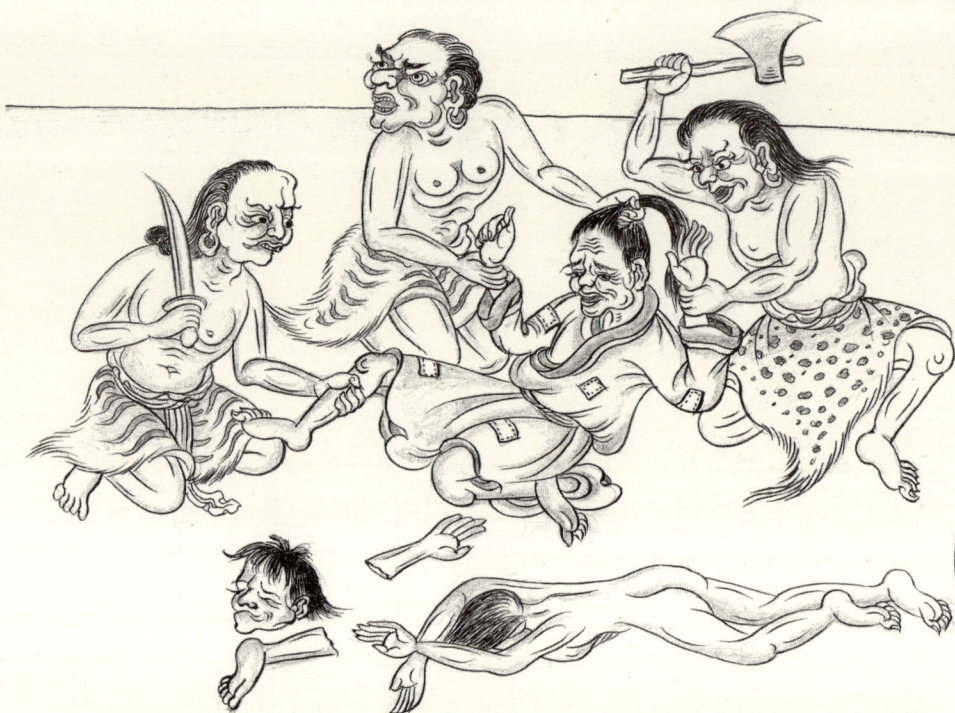

几个屠夫拿刀斧把人的尸体砍成几段（扎西泽登 绘）

　　告诉给了拉玉大娘。第二天，拉玉大娘就直接去桑耶寺朝圣，到达后没有去其他佛堂朝佛，而是直接打听寺院的敛气室，跑到里面藏起来。

　　等了一段时间后，僧人把佛堂的门关上了。天逐渐黑了，在黑暗中，敛气室里的喧闹声让人无法待下去。这时候，来了几个非人非鬼的屠夫砍人的尸体。那天正好缺一个人的尸体，屠夫的头头问道："哎！今天怎么人数不够？"其他屠夫都无法回答，屠夫头头便下令道："把那边门后面的老太婆带上来，砍了。"于是，其他屠夫把拉玉大娘带上来砍成了一段段的。这就是无限地忌妒的结果。

鱼为什么不长毛

（察隅县）

虽然很多动物能在陆地生活，可是，它们如果待在水里就只有死路一条。而所有的鱼类不仅能生活在水里，而且还不能离开水。鱼和水无法分离的关系常被喻为鱼水情，意思就是双方无法分离。

但是传说在古时候，所有种类的鱼同陆地上其他动物一样生活在广阔的土地上，而且身上长有毛，还能像蛇一样摇头摆尾地自由活动。

那时候，世间有一位德高望重、声名远播的大师，绝大多数动物极其信仰并非常尊敬这位大师。大师无所不知、无所不通、法力通天，堪与日月同辉，连皇帝都万分崇敬他。鱼却不信仰他，更不崇敬他。众生纷纷谴责鱼是没有毛的鱼，不会有福气。有一天，大师问鱼："这大地之上、蓝天之下的众生都信仰和崇敬我，你却不信仰、不崇敬我。这样，你就没有救主和保护者，怎么在世间生活呢？"鱼回答道："到了水里，谁也管不了我。"刚说完就进入水里了。

对于鱼的行为，大师非常遗憾，可是依然怀着仁爱之心，想办法要把鱼从水里捞出来。鱼知道大师无法进入水里，因而经常待在水里躲避大师。其他人也无法将鱼从水里弄出来。所以现如今，所有的鱼都生活在水里，身上也不再长毛，离开水就会死去。这就是因为鱼不信仰大师造成的。

高尚的大师想挽救无信仰的鱼（扎西泽登 绘）

魔　湖

（米林县）

魔湖位于雅鲁藏布大峡谷入口处。

雅鲁藏布江流经此地，水面渐宽、水势渐缓，在一洼地处形成一个瓶状的湖泊，为魔湖。魔湖因雅江而成，江湖融于一体，实为大峡谷入口处的一大奇观。

关于魔湖的形成，民间还有另外一种神奇的传说。

相传，魔湖是魔鬼巴洛拉领地的标志，由他派出的两只独角水怪看守着。一日，魔鬼巴洛拉与镇守该地的南迦神展开生死决战，两人行法斗力，大战七七四十九天。巴洛拉终不敌南迦神，被南迦神斩于雅鲁藏布江边。

就在南迦神与魔鬼巴洛拉打斗之时，两只独角水怪趁机潜入南迦神的住处，把佛祖赐给南迦神的仙丹偷吃后，躲藏于湖中。这两个水怪偷吃了仙丹后，都获得了一身法力，每过一段时间，就浮出水面来作乱。每当水怪作乱时，漫天乌云，狂风暴雨，湖中掀起一个又一个冲天水柱，把周围数十里的村民和动物席卷一空。村民们吓得四散逃跑，纷纷迁徙他乡谋生。

这件事被南迦神知道后，他便派弟子格桑下山，让其在湖面修建一座宝塔来镇压水怪，并赐格桑一块神石，告之此石必须由 9999 个族人一起诵经祈福，再放入宝塔之中，方可镇住水怪。当地本来就人丁稀少，再加上水怪危害，基本上十室九空。所以，格桑下山后遇

众人诵经祈福，用神石镇住水怪（扎西平措 绘）

250

到的最大难题，便是寻找为神石诵经祈福的 9999 个族人。格桑意志坚定，他历时 13 年，徒步走遍珞瑜的每一个部落，终于带着神石和 9999 个族人归来。

这一天，格桑和族人们在湖中筑起一座镇妖宝塔。当众人围着宝塔一起诵经祈祷时，神石忽然发出一道金光，从格桑怀中挣脱，缓缓地飞进了宝塔。一瞬间，原本波涛汹涌的江面一下子变得风平浪静、一平如镜。

从此以后，湖里的水怪再也没有出来作怪，这一带也逐渐地变得富饶美丽起来。原来迁徙出去的人们也相继归来，大家都过上了幸福祥和的生活。

天仙洞与地仙湖

（墨脱县）

　　在喜马拉雅山脉南麓的多雄拉山上，有一个天然的大洞穴，周围还有不少小洞穴，像一座美丽的宫殿，耸立在蓝天白云之中。传说，这个大洞是天仙王居住的地方。小洞是小仙们的住所。洞穴左侧的林海中有一天然湖泊，湖水清澈透明，像一颗绿色的宝石镶嵌在深山林海之中，传说是地仙王居住的地方。

　　每年春夏之交，总有很多藏族、门巴族、珞巴族的信教群众和尼泊尔、锡金、不丹、印度等地的佛教徒，牵着牛羊，带着青稞酒和酥油茶，前往这里朝圣。临走时，他们抓一把洞中的土，提一壶湖中的水。据说，土是天仙王生产的粮食、青稞酒和酥油茶，人们尝了会延年益寿。湖水是神仙们为百姓免灾治病的药水，人们喝过湖水，可以治愈百病。相传，天仙洞和地仙湖的来历是这样的：

　　很久很久以前的一天，从一片荒原上突然升腾起一缕青烟。青烟散去之后，出现了一位白发仙翁。这位仙翁就是地仙王。他用手杖敲敲脚下的泥土，只见一股青烟缕缕升起。青烟散后，一群美丽的小伙、姑娘出现在白发仙翁的周围。他们前呼后拥，叽叽喳喳，吵着闹着要仙翁带着他们一起环游世界。仙翁没有办法，只好答应他们，并嘱咐道："凡间规矩很多，不可扰乱凡间，要多为百姓做好事。"于是，仙翁带着他们踏上了通向人间的道路。他们每到一处，都要赐百姓一些羊、粮食、青稞酒、酥油、金银首饰等，并给百姓

信徒们朝拜天仙洞与地仙湖（扎西泽登 绘）

施药治病。凡是他们看过的病人，无论病多重，只要喝上半碗他们
施给的汤药，马上就恢复健康。百姓感恩不尽，纷纷向他们敬献哈
达以表谢意。

又过了几天，白发仙翁一行来到多雄拉山顶。举目四望，只见天
红蓝红蓝的，朵朵白云在头顶盘绕着。山间，青雾缭绕，起起伏伏，
构成一幅龙飞凤舞的彩图，多好的地方呀！仙翁一行面对如画美景
正在赞叹不已的时候，天空中又飘起几朵白云，转瞬间又变成了彩
虹，把整个多雄拉山都映红了。众人正感到惊奇，只见一位红发仙翁
出现在他们的面前，笑哈哈地看着他们。白发仙翁见到红发仙翁，马
上就认出来，原来是天仙王来了，他后边也跟着不少随从。两人亲热
得像兄弟一样，两位仙翁都被多雄拉山的奇异美景深深吸引住了，他
们决定在此定居下来。

于是，天仙王在多雄拉山的山顶岩石上变出一个大洞穴作为自己的宫殿，另再变出一些小洞穴，让小仙们在这儿居住，专为百姓做好事。地仙王在左侧的林海中变出一个湖作为自己的宫殿，让小仙们在林海深处扎下根来，专门收集稀世药材，为百姓治病。

工布地区为什么没有白牦牛

（工布江达县、米林县、巴宜区）

工布地区的藏族群众对白牦牛有着审美趣味上的特殊偏爱和崇拜，在他们的眼里，白牦牛是神灵的化身，善神的代表。千百年来，工布人民把对白牦牛的崇拜，借自己丰富而颇有人情味的神话故事，委婉动听地表达出来，世世代代传颂。

从前，工布地区有位名叫多布杰的青年，主要以打猎为生。一天，他到南迦巴瓦山下的森林里打猎，忽然碰到一只老鹰口中叼着一条白蛇，向远方飞去；白蛇在空中不断地挣扎呼救，样子十分可怜。

年轻人见了，张弓搭箭，"嗖"的一下射向老鹰。老鹰惨叫一声，丢下白蛇仓皇逃去。

白蛇掉到地上，变成了一位白胡子老仙。原来他是工布地区的山神。山神要答谢年轻人，问他要什么东西，年轻人说想娶个老婆，山神答应把自己的三女儿嫁给他。同时，要他能够经得起时间的考验。山神说完便不见了。

不久，山神的三女儿化身一头白牦牛来见这位青年。青年捧上纯净的泉水让它喝，拿出家里最好的糌粑喂它吃，并且每天向它诉说自己的心事，诉说对山神三女儿的思念之情。白牦牛终于感动了，七七四十九天过后，变成一位美丽的姑娘。青年欢天喜地地迎娶她为妻子。

婚后，小两口十分恩爱。但有一天，青年无意中杀死了一头白牦

猎人杀死化身的白牦牛后，妻子离开人间（扎西平措 绘）

牛。那头白牦牛是山神三女儿小时候的一个玩伴，因为思念她，便私自下凡来与她相见，没想到却遭遇不测。青年的妻子一气之下，跑回了天宫。从此，白牦牛在工布地区绝迹了。

工布人为什么不吃鱼

（工布江达县、米林县、巴宜区）

据传说，吐蕃七代王止贡赞普被大臣罗昂达孜所杀，祸及他的两个王子。两个王子率家眷欲逃往工布，但走到雅鲁藏布江边时，时值夏天凶猛的江水拦住了去路，没办法，只好在江北 10 公里的地方扎下营寨。当时，这个地方没有多少人家，也没有船，士兵们搭了几次桥也没搭成，大王子非常着急。

一天夜里，大王子做了个梦，梦见江水冻上了，大军全部过了江。梦被惊醒后，他连夜升了大帐，派了一个官员去查看江水到底冻没冻上。这位官员去了不大一会儿，回来禀报说："江水没有冻。"大王子认为那个官员在撒谎，一怒之下把他杀了。接着，一连派了 9 名官员，都因说江水没有冻，全遭残杀。二王子见 10 位官员被杀，便向大王子说情："眼下正是夏天，江水不可能冻上。"大王子听后，觉得有道理，就退了大帐。

大王子刚刚睡着，又梦见江水冻上了，大军全部过了江。于是，他又传令升帐，这次，他派二王子去看看江水是不是冻上了。二王子没办法，硬着头皮往江边走去，边走边想：回去说实话就得杀头，说谎话欺骗兄长也得死，但有罪死也比平白无故死强。所以，回来后，他向大王子禀报说："大哥，江水已经冻上了，大军可以渡江了。"大王子一听心中大喜，立即传令，命二王子压队，大军直奔雅鲁藏布江。

二王子见数条大鱼漂浮在水面上（扎西平措 绘）

这时，天已大亮。大军来到江边时，看见江水真的冻上了，大军一下子过了江。二王子最后一个过江，心里也觉得奇怪。他走到江中心时，忽听身后一声巨响。他忙回头一看，只见无数条大鱼漂浮在水面上，其中有一条最大的鱼眼看着往下沉。不一会儿，鱼就都沉下去了。

　　后来，二王子当了工布王，他的后代生活在工布地区。二王子从当工布王起，便教导儿孙后代不得吃鱼，因为是鱼救了他和士兵们的命。这种习俗一直延续下来，直到今天，工布地区的人都不吃鱼。

马尼波德尔①鸟的头为什么是扁的

（米林县珞巴族）

阿巴达尼②同亚洛比列结婚后，生了一个男孩。这个男孩长到会走路时，就喜欢同家里的黑鸡玩耍。

一天，黑鸡飞到芭蕉林里不再出来，小孩无法再和黑鸡玩了，急得直哭。无论妈妈亚洛比列怎样哄他，他也不听，只是又哭又闹。妈妈没有办法，只好进芭蕉林里，想把黑鸡找出来。可亚洛比列一靠近芭蕉林，浑身就像针刺似的，不敢钻进去。原来，芭蕉林四周被宁崩乌佑③锋利的硬毛挡住了。

亚洛比列在四周走，钻不进芭蕉林，没有办法，只好从芭蕉上面爬进去。为了不让宁崩鬼锋利的硬毛扎到自己，她在芭蕉林上面铺上牛皮，然后踩着牛皮进入芭蕉林找黑鸡。但又硬又尖的毛把牛皮也扎破了。亚洛比列没有发觉，脚一踩上去，就被扎破了。她疼痛难忍，只好用竹针挑，结果血流不止。亚洛比列就这样死掉了。

阿巴达尼的妻子死后，家里只有父子两人。阿巴达尼尽管非常爱自己的小孩，但不会抚养，孩子越长越瘦。

一次，阿巴达尼外出打猎回来，发现孩子长胖了一些，感到很奇怪，想弄清楚到底是怎么一回事。第二天一早，阿巴达尼假装外出打

---

① 马尼波德尔，珞巴语的音译，汉语意为戴胜鸟。

② 阿尔达尼，在珞巴族的族源传说中，是珞巴族的一位先祖。

③ 宁崩乌佑，珞巴语的意思是人死后的魂魄。

猎，然后悄悄转回家里躲藏起来。过了一会儿，他发现妻子的灵魂悄悄回家喂孩子，把孩子喂饱后又走了。

阿巴达尼为了证实自己的判断，等妻子的卧入姆①一走，就问孩子："谁来喂你奶？"

孩子回答说："我妈妈！"

阿巴达尼见妻子的卧入姆这么关心孩子，很想把它留下来，便嘱咐孩子说："我给你两条小绳子，明天你妈妈回来喂奶时，悄悄地把她的两个奶头绑住。从此以后，你妈妈就不会离开你了！"

阿巴达尼的孩子听到能使妈妈不走的办法，很高兴，便记住了父亲的话。

次日，阿巴达尼妻子的卧入姆回来喂奶时，孩子就偷偷用小绳把她的两个奶头绑住。阿巴达尼就冲进来，紧紧抱住妻子的卧入姆。因为有绳子套住奶头，他的妻子一时无法挣脱，被阿巴达尼紧紧抱住，一直抱到天黑。到了晚上，他的妻子越变越小，最后变成老鼠，还是跑掉了。

阿巴达尼见留不住妻子的卧入姆，心里很难过。他痛苦地在家里待了三天，就着手启程上天。行前，他去向东尼询问，怎样才能把妻子的卧入姆留住。东尼回答说："在她的坟墓上埋三块石头，她的灵魂就回来了。"

阿巴达尼回到家后，按照东尼的吩咐在妻子墓上埋了三块石头；同时，还派马尼波德尔鸟到乌佑蒙②那里，对那里的首领说："月亮死了不要让它回来，人死了要让他回来。"

马尼波德尔鸟到了乌佑蒙后，却把阿巴达尼的话记颠倒了，它说："人死了不要回来，月亮死了要回来。"这下把事情弄糟了。

阿巴达尼以为派马尼波德尔鸟到乌佑蒙那里说情后，妻子就一定能回来，他在家里焦急地等待着。但他见到月亮每天早晨在西方天上

---

① 卧入姆，是珞巴族传说中的一个厉鬼，专害孕妇和幼儿。

② 乌佑蒙，在珞巴族传说中，是人死后鬼魂居住的鬼界或阴界。

怒气冲天的阿巴达尼，用拳头打扁马尼波德尔鸟（扎西平措 绘）

死了，晚上又从东方生出来，天天都是如此。他总不见自己死掉的妻子回来，感到奇怪。阿巴达尼暗想，一定是马尼波德尔鸟到乌佑蒙那里把话说错了。马尼波德尔鸟回来后，阿巴达尼一问，果然回答说人死了不要回来，月亮死了要回来。阿巴达尼听了十分生气，抡起拳头就打，结果把马尼波德尔鸟的头打扁了。

直到今天，马尼波德尔鸟的头还是扁的。

第三章 动物故事

何为动物故事？

所谓动物故事，就是以各种动物复杂的行为、语音，以及各种动物的形态、禀性和活动特征来描述内容，以动物的各种行为为例来详细地辨明事物的本性，用恰当合理的事例来告诫、教诲。它是从低级动物到高级动物产生的人与人之间的复杂矛盾关系中产生的文学，也是民间故事与民间动物故事不可分割的源泉之一。

兔子的嘴为何有缺口

（巴宜区）

从前，兔子洛典^①和狐狸、猴子三位是要好的朋友。猴子爱吃鲜草和各种水果，不吃肉；狐狸专偷肉吃，不吃草；而兔子则靠吃无主的鲜草和喝净水为生。不同的饮食结构造就了不同的性格，这三位非常要好的朋友渐生离隙。

一天，聪敏的兔子洛典起了一个戏弄两位朋友的念头。它指着对面东方山下的一户牧主家对两位朋友说："我们若是敢到那户牧主家去化斋的话，应该可以得到酥油、奶渣、牛肉等食品，而且会想要多少就有多少。但是俗话说，草耗子吃白茅有十八种吃法，兔子走草坪有十八种走法。我们三位化斋也应该各自有自己的办法才行，否则，哪能化到丰富的斋食呢？"

猴子和狐狸听了，迫不及待地问兔子洛典："那我们如何到牧主家去化斋呢？"兔子洛典就指点迷津："猴大哥，你具有圣贤的通达和菩萨的相貌。狐狸大姐，你具有本尊护法的稳健和如长寿翁的坐骑。若是你俩装扮成佛骑、神骡，脖挂玻璃串珠前去化斋，他们一定会奉上布施的。我想，他们会把肉、油、奶渣、各种皮子和各种畜禽堆积成山，把黄牛、牦牛的鲜奶倒流成河，把山兰、绵羊的鲜奶涌如泉眼，把犏牛的奶浆如大海潮涌般献给你们。"

---

① 洛典，为聪敏之意。在藏族文化中，兔子是既聪明又敏捷的动物。

猴子和狐狸一听，觉得此计甚妙，决定第二天就照此实施。

第二天一大早，兔子洛典就让猴子骑在狐狸的背上，可猴子怎么都骑不稳，总往下掉。兔子洛典见状便说："我有个好办法。"它边说边从一棵松树下拿起一堆沉积的松油，涂抹在狐狸背上，把猴子粘坐在狐狸背上。

当它们一行装模作样地来到离牧主家不远之处时，牧主觉得这一现象很奇怪，于是马上放出了一群牧羊犬。见牧羊犬们来势汹汹、张牙舞爪地前来攻击，兔子洛典它们吓得魂飞魄散，只好各自夺路逃命。可是，猴子和狐狸粘在了一起，怎么挣也分不开。急急忙忙中，它俩逃到一个大峡谷旁边。虽然此时牧羊犬们停止追赶返回家了，但猴子和狐狸还是因惊慌而滚到谷底。滚摔中，它俩挣脱开了，但是，猴子屁股上的一块皮肤仍然粘在狐狸的背上，于是，猴子从此屁股变为红彤彤的；而狐狸由于背上粘着猴子屁股上的一块皮肤，从此身上有了臊臭味。

兔子洛典在山顶上看着猴子和狐狸的狼狈相，笑得口不能合，以致笑裂了自己的嘴巴。从此，兔子便有了永远合不上的缺嘴。

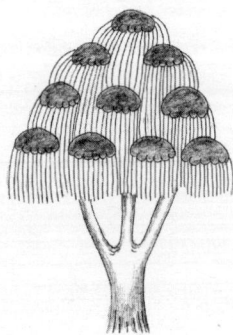

兔子洛典教训狐狸与猴子（扎西泽登 绘）

格萨尔王悬吊魔王阿琼杰布

（工布江达县）

在工布江达县工布江达镇结巴村的南面有座山，那里曾经是魔王阿琼杰布的宫殿。当年，魔王阿琼杰布夫妇在此兴妖作怪，危害四方百姓。神王格萨尔为了惩戒阿琼杰布，将他的爱妃擒拿处死。魔王阿琼杰布不思悔改，反而十分震怒，并在一气之下，禁坐于山中黑暗的冷宫里达九年九个月零九天。魔王此意，一为悼念爱妃，二为报杀妃之仇。

修炼之期既满，魔王阿琼杰布出宫。他把双脚分别踩踏在扎松错湖两边的大山顶上，准备彻底洗去心里的哀愁——魔王果然法力大增。

对魔王的行踪，神王格萨尔了如指掌。魔王阿琼杰布刚刚出现在扎松错湖上不久，神王格萨尔便跨着神骏枣红马前来。魔王阿琼杰布根本没有料到格萨尔王会主动来挑战，心慌之下，立刻离开湖边，准备逃回魔洞，不料被神骏枣红马发现了。神骏迅速从空中腾飞而过，去追打算逃跑的魔王。如今在扎松错湖边，每天傍晚时分在湖面上会显现出一道白线条，那便是神骏枣红马在空中飞翔的印迹。

魔王阿琼杰布惶恐不安地刚逃到吾金贝魔洞，格萨尔王就紧追不舍地来到了。魔王阿琼杰布无奈，又逃到迪庆寺的大岩石山上。在此，魔王举起一块巨石砸向格萨尔王，但格萨尔王机敏地躲开了。巨石落在格萨尔王脚下，砸了一个大坑，至今仍依稀可辨。

躲过了巨石的格萨尔王迅急地口念祈祷词，挽起那牛角弓弩，搭

格萨尔王降伏魔王阿琼杰布（扎西泽登 绘）

上秃羽飞镝，向魔王阿琼杰布的头射去。飞镝射中了魔王的右肩，魔王惨叫着从大岩石山顶掉了下来。格萨尔王便用法绳将魔王捆绑起来，然后就一直悬吊在这座大岩石山上。

工布的服饰为何是白色的

(巴宜区)

工布地区历来被认为是魔域之地，这不仅与工布在历史上常有魔王统治的传说相关，也和工布独特的文化有关系。由于长期的封建割据和独特的地理环境，造就独具特色的文化，事实上很正常，但在民间传说里就有了动人的文学色彩。工布的服饰为何是白色的？应该与地理环境有关，民间相传的故事却既凄美又动人。

话说，大须公赤德祖赞是吐蕃王朝中兴时代的一位英主。文韬武略的大须公改革政治，发展经济，强化军事，使吐蕃王朝进入全盛时期。一天，赤德祖赞与大臣们相聚娱乐。大臣们都说，吐蕃的事业能如此辉煌，是因为咱们的赞普诚心敬拜神灵、爱佛爱教，并称赞普是婆罗门的化身。赤德祖赞听后十分高兴地说，如果我是婆罗门的化身，那么，就祝愿我的爱妃羌萨赤尊能生出比我更有教养和礼数、爱教爱佛、聪明伶俐的儿子吧！如果我没有说错，请各位祖父舅臣和内外大臣们牢记我的预言。果然，根据赤德祖赞的这一意愿，羌萨王妃生下了天下无与伦比的神仙太子江察拉翁。江察拉翁长大后，在藏区无法找到一位能配得上他的贵妃。于是，大臣们决定参照松赞干布的妙法，向大唐皇帝求亲。为求亲，准备好了大量的彩礼，并派去得力的使者去长安求婚。唐中宗同意许婚，但由谁出嫁，得由各公主自行决定。当时，金城公主拿起自己的宝物——变幻宝镜测看，得知西藏雅隆是个世上稀有、美不胜收的好地方，此地藏王的儿子江察拉翁

身着工布服饰的男女（扎西泽登 绘）

又是一名智勇双全、英姿飒爽的王子。她被王子的容貌所打动，主动要求出嫁。

其实，大臣娘赤桑很想让自己的女儿成为王子江察拉翁的贵妃，因为愿望落空，便深怀恶毒之心。他设下毒计，借在月光下赛马为幌子，设计故意惊马，将江察拉翁暗害致死。

当护送金城公主的大队人马抵达工布地区时，公主非常激动，迫不及待地再次打开变幻宝镜，但镜子里出现的是凄凉衰老、满面胡须的老国王赤德祖赞。正当金城公主感到惊异之时，藏王赤德祖赞派来邮臣告知："我专程派使者前来迎接你为我儿子的贵妃，但不幸，我的儿子已不在人世了。现在，继续前行或返回故里，请你自选。"金城公主为了父皇的重托和藏王的大义，毅然选择继续西行，但为了死去的王子江察拉翁，公主换上了白色丧服以示悼念。工布地区的百姓为金城公主的诚心所感动，也将衣服换成了白色，遂成风俗并一直延续下来。

如今，在原工布地区的中心地带，依然可以见到当年金城公主沦为寡妇公主的遗迹，如寡地、寡树和石柜等。据说工布妇女们捻羊毛时用的园轴倒着转动也是悼念之意。

不容泄露的才智

（米林县）

　　远古时，一个小国的国王雇了一个乞丐为他牧羊。牧羊人每天带着国王发给他的一小袋糌粑外出放牧。糌粑虽然很少，但牧羊人每次只吃半袋，把余下的半袋抛向空中。天天如此，从无变化。

　　初冬的一天，牧羊人放羊时在温暖的阳光下睡着了。他梦到身边落下两只鲲鹏，对他说道："在这8年里，我俩承蒙您的恩赐活到了今天，今日特意给您带来两件小宝贝，以报养育之恩。"说完，把两颗石子儿放到他的手中。就在此时，牧羊人猛然从梦中惊醒过来，身边已然不见鲲鹏的身影，但掌中两颗小石子儿分明存在。牧羊人把两颗小石子儿揣在怀中，赶着羊群回家。快到羊圈门前时，牧羊人惊异地听到羊圈里的一只母绵羊对自己的羔儿说："从明天起，你不要走在羊群前头，因为那样容易被狼吃掉或跌入悬崖之下；也不要落到羊群后面，那样容易受牧羊人的鞭笞。要时刻牢记，小心翼翼地走在羊群中间。要自立、自重，从此不要依赖阿妈来帮忙。阿妈无法帮助你，因为昨日我听说，明天无情的国王要屠宰我。"母绵羊深沉地反复嘱咐着自己的儿子。牧羊人不敢相信自己拥有了听得懂动物语言的能力，同时也为绵羊母子的遭遇悲哀，希望能凭自己的力量帮助它们。于是，他在当晚三更时偷偷来到羊圈中，把可怜的母绵羊和它的羔儿放出来，并赶着两只绵羊远走他乡了。

　　走到第二天中午时，牧羊人有些累了，便在一处宽阔的草坝上休息。他忽然看到远处一匹母马背上驮着一位骑手狂奔而来，后面紧跟着一匹小马在拼命喊叫着："阿妈呀阿妈，你等等我呀！等等我……"小马叫喊连天，母马在狂奔中无奈地回头喊道："我的儿子呀儿子，加紧步伐赶上来呀！阿妈的脊背疼痛得无法停下来等你呀，阿妈背上的鞍垫中间有针刺着我，骑手又不知晓，只好先去了。"牧羊人听到这段对话后，立即上前堵住了道路，一把抓住了母马的缰绳，对骑手吼道："你，你到哪儿去？"骑手回答："我要去山那边，因为我国国王昨日耳朵里进了一些小黑虫，实在无法取出来，让我去找一个能取出小虫的郎中。"牧羊人十分着急地对骑手说："你赶快给我下来！快把马鞍子卸下来，鞍垫中间有针刺着马背。"他们把马鞍卸下来一看，果然发现在马鞍垫中间夹着一根针。那骑手恍然大悟，松了口气，诚恳地对牧羊人说："你有这等才智真了不起，我今天要找的人就是你了。这下好了，请你随我去王宫。"骑手高兴地领着牧羊人快步回到王宫。当天晚上，国王设宴款待牧羊人。牧羊人正欣喜地享用食物之时，突然发现火灶旁边睡着一只母猫和三只小猫崽。其中一个小猫崽说："哟，给这个人摆了这么多的肉啊。"牧羊人听后，马上给四只猫各一块肉。另外一只猫崽十分感激地说："这个人真好，我从来没有见过这么好的人，他今天到王宫来干什么呢？"母猫一面舔着小猫崽的头，一面温和地说："他来王宫为国王取出耳朵里的黑虫子。"小猫崽又问："怎么才能取出来呢？"母猫贴着猫崽的嘴巴说："那还不容易。首先在桌子上铺一块草绿色的布，上面撒上一把柳树叶片，然后让国王的耳朵贴在桌面上，让一个人在旁边用力敲鼓，将牛尾浸在水中，轻轻地把水珠抖洒在桌布上。小黑虫会误以为春天到了，就自行爬出来了。"牧羊人听了非常高兴。到第二天，他照着母猫的说法一一实施，果然见效：只见一只小虫从国王的耳朵里缓缓探出头看了看，立即缩回去告诉虫阿妈说："阿妈呀阿妈！春天已经到了。雷声轰轰，雨也在下，柳树也发芽了，草地都已经变得绿油油的了。"这么一说，国王耳朵里的小黑虫们纷纷爬了出来。

牧羊人治好了国王的耳病，国王十分高兴，一口许下了把自己一

牧羊人用母猫的方法治好了国王的耳病（扎西泽登 绘）

半财产和土地送给牧羊人的承诺。当国王兑现承诺，领着牧羊人来到田边移交土地时，牧羊人发现在一株草根下有两只蚂蚁在嘀咕着什么。细听，其中一只蚂蚁不断地喊着："阿啦贝斯！阿啦贝斯（加油之意）！往草上攀登。"另一只蚂蚁劝它说："小心呀，要摔下来哟。"正爬行的那只蚂蚁，骄傲而无所畏惧、毫不在乎地回答："好了好了，你放心，我有灵巧的身躯，根本不会摔下来的。"话音未落，"哎哟"的一声，它从草上掉了下来。另一只蚂蚁埋怨道："这下子，真掉下来了吧！做什么事情都要稳重，光会吹牛是不行的，否则，结果就是这样。"从草上刚掉下来的蚂蚁揉着摔痛的屁股羞愧难言。牧羊人听到这些对话，不由自主地大笑起来。

国王见牧羊人突然大笑，感到十分奇怪，忙问："为何如此狂笑？"牧羊人如实地把刚才的所见所闻和蚂蚁的对话告诉了国王。就在此刻，两颗小石子突然从牧羊人怀里不翼而飞。从此，牧羊人再也听不懂动物的语言了，因为他不容泄露的才智让国王知道了。

雄鸡喝水抬头的来历

（巴宜区）

在一个非常炎热的夏天，神鸟雪鸡和家禽雄鸡因为口渴，不约而同地到山沟里去找水。这两只鸡在山沟里不期而遇，于是结伴去找水。它俩找呀找，找了半天也没有如愿。口渴难忍的神鸟雪鸡对雄鸡提议说："看来，水是找不到了，不如我们自己挖出一口泉好了"。家禽雄鸡表示同意，但只是懒洋洋地在一旁歪着头看，无意跟神鸟雪鸡一同出力挖泉。在神鸟雪鸡的努力下，终于挖出了一口犹如金子般珍贵的泉。神鸟雪鸡兴奋地一头钻入泉眼，喝起了甘甜的泉水。家禽雄鸡看到此情景，也迫不及待地要钻入泉眼喝水。当它来到泉边正要低头喝水时，神鸟雪鸡愤怒地骂道："此时不喝这水行不行！你这个无赖、不劳而获的懒禽，是禽类中的败类。"此后，雄鸡喝水总要瞒着神鸟雪鸡，怕被发现后挨骂。它每次喝水时，喝一口，就抬头向空中望一次，以提防被雪鸡发现。

如今，家禽每次喝水时总是低头喝一口，又向天空望一眼的习性，即是由此形成的。

喝水的雄鸡抬头提防雪鸡（扎西泽登 绘）

鹦鹉王的考验

（察隅县）

在远古时代，有一座遍布森林的大山，山中有一只鹦鹉王。这个鹦鹉王拥有成千上万的鹦鹉奴仆，其中有两只歌声最嘹亮、羽毛最绚丽。它俩为刻意讨好鹦鹉王，每天千方百计地在鹦鹉王面前进行各种表演。这两只鹦鹉最拿手、最能让鹦鹉王高兴的是将一根长棍用嘴叼着，让鹦鹉王坐在中间，说是请鹦鹉王坐轿游山玩水。

拍马屁持续了很长一段时间。一天，鹦鹉王暗自心想：这两只鹦鹉对我如此亲、如此好，这究竟是发自内心还是出于讨好呢？于是，它故意装病，睡在烂树叶堆里一动不动。那两只鹦鹉召集了很多鹦鹉，当着众鹦鹉的面，问鹦鹉王该怎么办。鹦鹉王装死不说话。那两只鹦鹉误以为鹦鹉王已死，就将烂树叶集中起来，盖在鹦鹉王的尸体之上，然后大声喊叫着，投奔另一座山头去了。

这两只鹦鹉投奔了另外一个鹦鹉王，说道："我们山的鹦鹉王已去世了，恳请让我俩当你的王臣，我俩一定遵照你的指示老实办事。"那座山的鹦鹉王说道："你们的大王是否真的已死，我得亲自去看看。"两个长袖善舞的马屁精都说原鹦鹉王真的死了，带着新鹦鹉王回到了自己的旧山头。

到墓地查看，见不到原鹦鹉王的尸体，到处找也找不着。最后发现，在一根树枝上依然落着原鹦鹉王，不仅没有死，而且活得好好的。两只鹦鹉立即谄媚地向原鹦鹉王走去，恭恭敬敬地施礼。原鹦鹉王说

鹦鹉王考验溜须拍马的两只鹦鹉（扎西泽登 绘）

道："我算是看穿了你们趋炎附势、见利忘义的本性，现在不需要你们虚伪的尊称和假意的服务了。"说完，拂袖而去。新鹦鹉王见此情景，也丢下它俩返回了领地。两只鹦鹉羞愧失落地躲藏到山林里去了。

这个故事用事实告诫人们，不论做事、交友，都要真诚以待。交朋友要交那种情谊长久、能相互信赖和依靠的人，千万不可交今天和你亲近、明天和他人相好、关键时候人影都看不到的两面派。

乌鸦与喜鹊比视力

（工布江达县、巴宜区）

　　从前，有一只乌鸦，总认为自己是世上无与伦比的、最聪明的鸟，经常在大众面前炫耀自己，表现出一副自高自大、目中无人的样子。

　　一天，乌鸦突然跑到喜鹊家，毫不客气地对喜鹊说："我们两个是否应该比一下，看谁的视力好？"聪明的喜鹊听后心想：乌鸦平时总是到处吹嘘它的视力。今天，我要借此机会好好教训一下他。于是，喜鹊爽快地答应道："可以可以，完全可以。那你说，我们两个怎么个比法呢？"乌鸦十分傲慢地望着远处说："我们两个谁能看到那座山上有什么样的动物，谁就算赢。"喜鹊连忙问道："那么，你看到那座山上有什么动物呢？"乌鸦满不在乎地说道："那座大山上有个兔子正在屙屎蛋。"喜鹊望着大山说："哦，对！对！那兔子的屎蛋滚下山来了。"乌鸦心想，这喜鹊是不是真的看到什么了。它又问喜鹊："那兔子的屎蛋是否滚到这里来了？"喜鹊说："那粒屎蛋停止滚动了。哦！那屎蛋被撞击后出现裂缝了。"乌鸦又说："我看到那条河里正冲走一根马尾毛。"喜鹊知道乌鸦在说谎，就将计就计，说道："就是呀，你看那根马尾毛还打了个结。"乌鸦无话可说。乌鸦在视力竞赛里输给了机灵的喜鹊。从那时起，乌鸦就再也不敢吹嘘自己的视力如何好了。

乌鸦与喜鹊比视力（扎西泽登 绘）

两乌相争，狐狸得利

（巴宜区）

很早以前，在密林深处住着许多野兽和野禽，另外还有两只乌黑的乌鸦。这两只乌鸦经常为抢吃抢喝，无休无止地打斗、争吵。

一天，这两只乌鸦正在林中觅食，突然发现前方有一大块肉。为了独霸这块肉，它俩又争斗起来。在争斗不休的时候，前方来了一只狐狸。狐狸看明白了它俩争斗的原因，主动提出帮助调解。两只乌鸦听后也表示同意，并要求："狐狸大姐，你要公平、公正地把肉分给我们俩，不然，这争斗没法停止。"狐狸胸有成竹地回答："我当然会公平、公正地分配的。"乌鸦又问："那你准备怎么公平、公正地分配呢？"狐狸说："为了你们和谐相处、不再相斗，我有一个绝好的办法，就是把这块肉分割成相等的两份。但是，其中的一块肥一点，另一块瘦一点。为了公平、公正起见，你俩先飞回山下去；等我在这里摇三下尾巴，你们就飞回来。谁先到，谁就优先选肉。"两只乌鸦齐声喊道："同意！这样做再公正不过了。"于是，两只乌鸦飞到山下，并密切注视着狐狸的动向，等着发信号。可是，等了好长时间也不见狐狸摇尾巴。两只乌鸦猛然觉得可能上当了，狐狸精也许跑了，于是全速飞回，但已不见狐狸的踪影。地上只有狐狸留下的一大块臭屎，似乎在取笑这两只笨乌鸦。

狐狸欺骗斗嘴的乌鸦，设法抢食（扎西泽登 绘）

小兔子智驱大老虎

（波密县）

　　从前，有一座大山，山腰有一片茂密的森林，山下有一条流淌不息的小河。山里生活着各种各样的生灵，它们每天饿了就一起到山腰吃草，渴了便一起去山下饮水。一直以来，大家都和和气气，没有任何争吵和争斗，过着和谐共存的幸福生活。后来，山里来了一只老虎。

　　这只老虎的到来，让祥和的森林变成了混乱不堪之地。此时，住在森林与草地之间的智者兔子想，应该想一个办法驱逐这只凶恶的老虎，要不然，住在这座山里的弱小生灵会被这只凶虎吃光，自己也逃不出恶虎的魔掌。它冥思苦想，终于想出了一个整治恶虎的妙招。

　　一天，兔子来到森林。它从一棵桦树上剥下一块树皮，然后用黑炭在上面画上密密麻麻、弯弯曲曲的图画，再慢慢靠近那凶恶的老虎。兔子拿着那张画一会儿看看，一会儿挠头，装出万分着急的样子来回奔跑，并自言自语道："哎呀！哎呀！这到底是什么猛兽王呢？这么厉害！下这样的严令，我该如何才能完成这个重任呢？"接着，兔子又看了看自己手中的那张树皮，假装生气地埋怨道："明天就要上交活老虎皮一张和死老虎皮100张。这张活老虎皮倒是容易找到，最近山林里钻来了一只老虎，只要指点给他们，皮子任由他们自己去剥，我不用动手了。但是，这100张死虎皮到哪里才能弄得到呢？"那凶恶的老虎听到兔子的话后非常担心，以为是某个兽王给兔子写信

智者兔子驱赶恶虎（扎西泽登　绘）

286

下达指令，要兔子收集虎皮，兽王准备来此山带走。老虎觉得，应该趁早远离此山，跑到别的山头去，这样才能避开危险。于是，这只凶恶的老虎慌忙地、不分昼夜地跑到另外的山里去了。

从此，住在这座大山里的生灵们又恢复了平静、愉快的生活，再也没有任何害兽的骚扰。生灵们纷纷赞扬兔子说："你真是一只聪明伶俐的兔子"，并不约而同地给兔子起名为"洛邓兔子"（智慧兔子之意）。兔子从此扬名四方。

聪明牛制服饿狼

（朗县）

从前，有一处如深幽碧毯似的沼泽地，沼泽地周围水草丰茂、森林密布。这一切吸引了无数牛羊及野生动物在此休养生息。这里有很多牛群和其他畜群，它们共吃甜美的草，同饮清爽的水，睡着舒服的觉，无忧无虑地过着安逸舒适的生活。

一天，一头黑牦牛边走边吃草，不知不觉走到了这块沼泽地的中央。没过一会儿，黑牦牛的四肢陷在了泥中，越动陷得越深，最后动弹不得。危急时刻，迎面来了一条饿狼。黑牦牛无法逃生，只好考虑如何迎敌的计策。黑牦牛首先拉开气势，不客气地对饿狼说："你这个蠢狼，想吃我的肉，但我身上泥巴多。一是味道不香，而且对你的肚子有害；二是在泥水中吃肉，肉里的血全被泥水吸去了，吃了没有一点儿营养，也很不好吃。你不如把我从沼泽中拉出来，然后用清水把我洗干净再吃，不是很好吗？"

饿狼听了觉得有理，就把黑牦牛从沼泽中拉了出来，用清水洗了又洗。刚洗好，黑牦牛就大声叫道："现在，你可以吃我了。最好在吃之前，先念念刻在牛角尖上的六字真言，因为你一辈子杀生，虽然此生吃得饱，来生却会投胎成饿鬼。再说，你在世害命过度，会深陷地狱，经受各种严酷的惩罚，难逃酷刑的苦难。我不知道，你要做今世和来世两利的事，还是只顾今世、不顾来世。你要考虑好。"

饿狼听到黑牦牛的劝告，心想这也对呀，于是流着口水回答道：

288

陷入沼泽中的黑牦牛制服饿狼（扎西泽登 绘）

"那好吧，我就念一遍六字真言，然后再开吃。"当饿狼眯着眼睛在牛角上寻找六字真言的字迹时，黑牦牛又说："你要仔细看好刻在牛角上的六字真言，这是观音菩萨无量光佛注的，如有深重罪孽，不容易找到。你要怀着无比崇敬的信仰，耐心细致地去寻，才能找得到。"那饿狼心想，我一贯吃的是肉食，干的是杀生的勾当，是个罪孽深重的畜生，因此，大白天找不到六字真言。于是，饿狼集中精力，全神贯注地寻找。就在这时，黑牦牛不慌不忙地瞄准饿狼的心脏部位，用自己锋利的角尖，使出全身力气撞向饿狼，结束了这只凶狠的饿狼的性命。

"愚蛙"的良果

（波密县）

这是一个很美丽的动物故事。从前，某地有一座山，山下有个小小的水塘，塘内聚集着很多青蛙。一天，天上下着毛毛细雨。青蛙们兴高采烈地商量说："今天的天气真好，我们一起去爬这座山，到山顶上看看风景。说不定，山那边的景物比我们现在住的地方还要好几倍呢。"

大家都同意爬上山去看看，于是争先恐后地开始爬山。谁知，刚爬到半山腰的时候，雨过天晴。在火热的阳光照射下，青蛙们又累又热、难以忍受，无精打采地纷纷诉苦道："这下，我们实在爬不动了，不如回到原来的池塘里休息、玩耍好了。"说完，一个接一个下山了，一个比一个跑得快，不一会儿就到了山下的那口池塘里。但其中一只"执迷不悟"的"愚蛙"顽强地坚持继续爬上山去，经过努力，最终爬到了这座山的顶峰。

到了山顶，只见山后是目不暇接的好美景，一片绿油油的草坝上盛开着五颜六色的花朵，中间镶嵌一个美如翡翠镜子般的湖泊。这只"愚蛙"从此在这天堂般的地方，享受着美轮美奂、幸福美满的生活。

话说这只青蛙因为耳背，在山前只听到伙伴们爬山前的话，却没有听清来到半山腰后决定返回的话，所以，只顾向前爬行。它终于爬到山顶，取得了胜利，并且通过艰辛努力，找到了这个美丽、舒畅的新家园。恰好此处有一只独蛙，它们巧遇后日久生情，成了夫妻，不

290

顽强的"愚蛙"过上天堂般的生活（扎西泽登 绘）

久生下了一群可爱的小青蛙。从此，这个地方就变成了青蛙的乐园。

这个故事说明，任何人再聪明，但如果没有坚持到底的雄心壮志和刻苦努力的意志，就不可能取得丰硕的回报；也有力地证明了，办任何事都要坚持到底，有始有终才是取得优异成绩的根本基础。

吐元根①种子的麻雀

（波密县）

　　很久以前，在一处地方住着一穷一富两户人家，两家各育有许多儿孙。穷父母经常教育自己的孩子要用善心、诚心对待人和动物，而富父母在儿孙们很小的时候就开始教授他们习武、箭法、枪法等本领，进而不惜杀生。因此，富家的儿孙们个个骄横跋扈，而穷人家的孩子们都谦恭善良。穷孩子们每天上山砍柴、卖柴，以维持一家人的生活；富家子弟则每天在捕猎玩鸟、吃喝玩乐的生活中度过。

　　一天，穷孩子们照常到山上去砍柴火，在山上发现一只小麻雀因为断了腿飞不起来。慈悲之心让他们小心翼翼地把小麻雀捧回家，拿糌粑和糌粑汤给小麻雀吃。过了几天，他们发现这只小麻雀突然吐出很多元根的种子。穷孩子们非常稀奇，赶紧拿着元根的种子给阿妈看。阿妈把元根的种子撒在农田中，过了几天到地里一看，长出了无数大大小小的元根。到了秋天，这户穷人家把大元根留存起来当粮食吃，把小元根出售给别人。不久，这户人家就过上了衣食无忧的日子。

　　富家的阿妈觉得非常奇怪，一定要弄清楚邻居家是如何富裕起来的，就去找穷人家的阿妈问。而穷人家的阿妈是个真诚善良又爽快的人，把所发生的事一五一十地告诉了富家阿妈。

---

① 元根为食用蔬菜，外形酷似萝卜，也叫芜。

292

穷人家的孩子救了断腿麻雀，得到元根的种子（扎西泽登 绘）

富裕人家看到穷家变富，心生忌妒，就想着要是自家有断腿的麻雀该多好啊，于是，不仅给儿孙们讲穷家如何富起来的故事，而且每天派自家儿孙去山上砍柴，并嘱咐儿孙们注意观察断腿的小麻雀。富家子弟们几次上山砍柴都没有看到断腿的麻雀，无奈之下，只好用石头打了一只小麻雀，抓到后折断了麻雀的腿，带回家交给阿妈。阿妈每天手忙脚乱地用酥油、糌粑喂食小麻雀。不久，这只麻雀还真吐出了许多元根的种子。富家阿妈见此情景无比高兴，把元根的种子全部撒在地里。同样过了几天，地里长出无数大大小小的元根。富人全家把元根统统运到家中，正准备切开的时候，突然从每个元根中出现了两三个小孩，都在喊着叫着："阿妈我要吃糌粑，阿妈我要吃肉！"哀求声不绝于耳。他们把富家的粮食、酥油、肉食都吃得精光，使这家富户逐步没落为穷家。

小黑羊羔

（工布江达县）

很久以前，有一个贫苦的农户家中养了三白一黑四只绵羊羔。羊羔一天天成长，可以离开自己的阿妈到远处去吃草了。三只白色小羊羔平时喜欢自吹自擂，非常骄傲自满。其原因是，它们有一身雪白的绒毛，常被很多人赞扬和羡慕。

三只白色羊羔经常取笑黑色羊羔说："你看你这身黑不溜秋的毛色像什么，就像锅底一样，这就是命运。"说得小黑羊羔十分难过，经常独自躲到墙角下，不由自主地流下伤心的泪水。

初春的一天，羊羔又一次离开阿妈外出吃草，这次走得较远。冬春交替时的冷风刮得嗖嗖响，接着下起了大雪，小羊羔赶紧找个避风地躲起来。不一会儿，整个大地银装素裹。等雪渐渐停了，羊羔准备回家时，才发现由于雪太厚，看不见路在何处，也无法迈步前行，只好望着遥远的家，等待家人来救援。

这户牧主人发现四只羊羔不见后，到山上寻找，找遍了周围，也不见四只羊羔的踪影。突然，向远处遥望的户主发现在雪原深处有一小块黑点，就快速跑过去，看到是黑色的小羊羔跟那三只白色羊羔奄奄一息地依偎在一起。户主万分高兴，把黑色小羊羔紧紧搂在自己怀中，对三只白色羊羔说："如果今天没有小黑羊羔，你们几个必死无疑。"

小黑羊羔的黑色绒毛，拯救了雪中的伙伴（扎西泽登 绘）

狐狸断案

（朗县）

古时，某条河里有三只水獭交上了朋友，经常一起捕鱼。有一天，它们捕到了一条大金鱼，正要杀这条鱼吃时，却找不到鱼的命脉在何处。为此，三只水獭激烈地争吵起来。大龄水獭说："鱼的命脉在头部。"中龄水獭反驳道："鱼的命脉在胸部。"小龄水獭说："鱼的命脉在尾部。"一时之间，三只水獭争执不休。

此时，大龄水獭说道：

　　大脑犹如擎天柱，若无大脑无法活。
　　鱼儿能去游大海，只因命脉在脑部。

中龄水獭接着说道：

　　鱼儿吃食全靠腹，如不吃食无法活。
　　心是永恒之住舍，无心无疑是空壳。

小龄水獭说：

　　鱼儿平衡全靠尾，没有尾部怎戏水？
　　鱼儿命脉在尾部，如履平地游大海。

它们一再强调各自的道理，争论越来越激烈，无法达成共识。其中一只水獭提议道："这样吧，赌上我们每个的一半家产，再请众人公认的评判专家狐狸先生来评理、判断如何？"大家听后，异口同声地叫道："同意！同意！"然后，三只水獭一同到狐狸的住地去找狐狸，不约而同地问狐狸："鱼的命脉在何处？"狐狸摇摆着尾巴说道："你们从明天、后天、大后天开始，选好吉日良辰再来我这儿，我会给你们准确的答复。"水獭又异口同声地回答道："好！好！"然后回到了各自的家中，思考着取胜的手段和措施。

这天下午，大龄水獭瞒着其他两位朋友，偷偷来到狐狸的住处说道："我是主张鱼的命脉在头部的。这把剑是镇妖杀敌的宝剑，是我家唯一的传家宝，今天敬献给你，希望你判定鱼的命脉在头部。"它把祖辈留下的宝剑送给狐狸，而狐狸毫不思索地回答说："可以！可以！"

第二天一早，中龄水獭拿了一根金条，瞒着其他两位朋友，偷偷摸摸地找到狐狸恳求道："我是那个说鱼的命脉在胸口的，为取得争辩赌博的胜利，特向您敬献这根金条。"狐狸看到金条，高兴地满口答应说："一定照办。"

到了第三天，小龄水獭牵着一匹枣红马来到狐狸面前，轻声对狐狸说："我是那个说鱼的命脉在鱼尾的水獭，为取得此次赌局的胜利，今天特将最心爱的枣红马赠予您，希望予以关照。"狐狸又忙回答说："我一定照办。请放心。"

狐狸为轻而易举地获得三份财物而沾沾自喜。到了第四天太阳光刚射向山顶之时，三只水獭都充满信心地来到狐狸面前。大龄水獭抢先对狐狸一语双关地说："先知聪慧的狐狸先生，我是说鱼的命脉在头部的那只水獭，请用宝剑劈半似的公平评判为谢！"紧接着，中龄水獭也用双关语说："能明辨是非的狐狸先生，我是说鱼的命脉在胸口的那只水獭，请用土中刨金、空中闪光式的明辨真理为谢！"最后，小龄水獭依旧一语双关，恭恭敬敬、十分客气地说道："真理的主宰、尊敬的狐狸先生，我是那只说鱼的命脉在鱼尾的水獭，请您用公正公平的、就如骏马跑道般的评判是非为谢！"然后低头哈腰，吐着舌头退后而立。

三个朋友因金鱼相互争论，被狐狸欺骗（扎西泽登 绘）

狐狸停顿了好长时间，才慢条斯理地说："自古以来，鱼的身体就分三部分，即鱼头、鱼身、鱼尾，因此，鱼类也就有三种活法。也就是说，这真理同属于你们三位，说不上谁对谁错。"三只水獭一时之间哑口无言，无法论证。这时候，狡猾的狐狸假装十分懊悔地说："你们真笨啊！根本没有抓住问题的本质。我可是根据砸烂多大石头，就落下多少土块来判断的。"三只水獭的问题没有得到任何解答，可是，送出去的财物再也要不回来。狡猾的狐狸暗暗自乐，傻笨的三只水獭只好无奈地离开。

选拔禽类之王

（波密县）

在远古时代，禽类因为没有一个属于自己的王而一直耿耿于怀。一天，天下所有的禽鸟集中在一起，商量选拔禽王之事。蝙蝠是世上鸟类中最狡猾、最难看，而且架子最大的一种禽鸟。它心想，要是能选我当禽王，该有多好呀！但又想到，猫头鹰在禽类中因为有一身美丽漂亮的羽毛而十分神气，有可能选上它。于是，蝙蝠立即跑到猫头鹰那里，装出一副十分关心的样子，对猫头鹰说："明天选禽王，你很有可能称王。但是我非常担心，因为你平时少言寡语，恐怕到时提问，你不能立刻回答。"猫头鹰呆呆地看着蝙蝠想，明天肯定会出题问答，怎么办呢？它将计就计地问蝙蝠："你会怎么回答呢？"蝙蝠嬉皮笑脸地对猫头鹰说："明天禽鸟们都到齐后，主持禽会问大家，谁是屠杀百禽鸟的屠夫。如若你不马上回答说是自己，那肯定选不上禽类之王。"猫头鹰听后，当真把蝙蝠的话牢牢记在心间。

第二天一早，所有禽类吵吵嚷嚷地集中起来了。主持禽让大家安静下来，然后说道："今天要选禽类之王，在选之前，要清理对我们禽类危害最大的鸟。因此我如果问，你们得马上回答是谁。"猫头鹰正在想着蝙蝠教它的那些话，根本没有听清主持禽说的话。正在这时，主持禽大声问道："谁是百禽鸟的屠夫？"话音刚落，猫头鹰大声回答道："是我！"顿时，所有禽类抓住猫头鹰拳打脚踢，并将之隔绝开来，同时判猫头鹰只准晚上出来觅食，白天不准出来活动。之后，

蝙蝠争当禽王（扎西泽登 绘）

才宣布竞选禽王的事："明日早晨公鸡打鸣时，全体禽类飞到这里，谁先到，便选谁为禽类之王。"当晚回到家中，狡猾的蝙蝠迫不及待，专心致志地施展21种心识，想出了在膀胱里装一袋土，带在自己身上，然后躲进白颈老鹰羽毛中的办法。

第二天一早，飞禽们你追我赶地展翅飞向蓝天。白颈老鹰第一个到达目的地，高兴地说道："今天，我是第一名！"突然从老鹰羽毛中钻出来的蝙蝠狠狠地说道："你的上面还有我哪。"接着，其他飞禽也陆续来到这里。见此情景后，禽类不同意选蝙蝠为王。主持禽宣布，现在我们看谁落地落得最快，就选它为禽王。话音刚落，蝙蝠立即将早已准备好的那袋土套在自己脖子上跳下去了。由于土很沉重，蝙蝠摔得昏倒了。不一会儿，其他禽类也陆陆续续下来了。此时，昏倒在地上的蝙蝠被吵醒了，它马上高喊道："我是第一个落地的，并且还在这儿打了个盹儿后，你们才到。"可是，大家依然不愿意选蝙蝠为王。于是，主持禽又说道："这样吧，明天大家看日出，谁最早看到日出，就选它为禽王。"

不甘心失败的蝙蝠回到家里，为次日选禽王做准备。第二天拂晓时分，所有禽类都全神贯注地注视着东山山顶。蝙蝠故意大呼小叫地喊道："我看到太阳了！我看到太阳了！"此时，其他禽类奇怪地回头看，发现蝙蝠是面朝着西山山顶在喊。这时，蝙蝠又急转头望着由东山初升的太阳说："我真的看到太阳了！我真的看到太阳了！"禽鸟们才明白，这又是蝙蝠的一个骗局，于是一致决定，首先从禽类中剥夺这个阴险狡猾、胆子最小，又最难看的家伙参选禽王的资格。所有禽鸟都赞同在美丽多姿、羽毛又好看的杜鹃和戴胜鸟两位中选一位，让杜鹃和戴胜鸟第二天同到山顶上，谁的叫声好听又有穿透力，就选它为禽王。

到了第二天，两只禽鸟一同到山顶上比叫声。杜鹃鸟的叫声一阵阵地传到山下的村寨里，叫声清亮又好听。此时，所有禽类公认杜鹃为禽类之王。也就是从那时起，产生了"百禽向东，蝙蝠朝西"的讽刺之言。

傲慢的公马

（工布江达县、米林县、巴宜区）

古时候，有一匹公马长着一双非常尖的耳角。它经常炫耀那双耳角，并认为自己是草原上最勇敢的动物之王。

一天，耳角公马外出玩耍，半路上发现了一具狼尸。公马装作十分生气地大喊道："是谁打死了这条狼？究竟谁这么大胆？马上给我滚出来！"生活在此山里的动物非常害怕，连大气都不敢出。这时候，一头温顺的雄鹿走出来，和气地对公马说："尊贵的骏马，请你不要发怒，这条恶狼是我顶死的。"耳角公马越发显得凶狠，准备用耳角顶雄鹿。这时，从山中跑出来一只小绵羊羔，恳切地对公马说："尊贵的骏马，请不要发怒，原谅它吧！这事根本不能怪雄鹿，这一切都是因我而起。这匹凶恶的狼吃尽了山里的小动物，正准备吃我。幸亏遇上了雄鹿，我才得以存活。它是我的救命恩人，聪明又勇敢的它一下子把狼顶死了。"公马生气地对羊羔说："什么？它比我聪明、比我勇敢。小小羊羔，你的口气也太大了。"于是准备顶小羊羔。此时，雄鹿猛然向前迈进几步说道："你如果有那么大的能耐的话，就和我单打独斗。"公马听了，抖着自己的威风喊道："让开，让开。今天谁敢站到我的跟前，我就顶死谁！"那雄鹿哈哈大笑起来，又说道："你真不愧是坐井之蛙。你以为在世上只有你了不起吗？"那公马听后，气得直跺脚："嘎伊！长脚的鹿，你休想压制我的威望。这片草原上如有比我威望高的，放马过来好了。"雄鹿说："有本事，你

傲慢的公马被小羊羔和雄鹿教训（扎西泽登 绘）

跟我来。"雄鹿带着耳角公马和羊羔来到一座高高的岩山之下。公马一看，只见悬空中的云和雾，不见任何东西。此时，雄鹿对公马说："大哥你看，这座岩山不是挡住了你的去路吗？你如果没有超长的本事，是无法过去的。"公马壮着胆子，非常愤怒地说："我早就说过，谁敢挡住我的去路，我就顶死谁。"它大声喊道："让开！让开！"并用尽全身力气，用那双耳角向岩山撞过去。可那岩山一动不动，只有山谷里在回传"嘎伊！让开"。公马又一次愤怒地急红了双眼，再次用全身力气向岩山上撞过去。只听到"嗡"的一声，公马眼前全是闪烁的火星，它那双耳角被折断并流着鲜血，自己也昏过去了。

小羊羔和雄鹿将公马折断的耳角固定好并缠上绷带，帮它疗伤，公马才从昏睡中苏醒过来。看到羊羔和雄鹿为它做的一切，公马感到非常羞愧，低着头说道："我出丑了。从今以后，我不要角，也不当草原之王，就当一匹安守本分的普通马。这次教训，让我忏悔过去的所作所为，在此向你俩发的誓，就如刻在石上的字迹。"于是，公马曾经犯下的所有罪孽烟消云散了。从此，傲慢的公马就变为一匹忠诚老实的好马。

狐狸伏虎

（巴宜区）

古时候，在一座山的山脚下，有一个大石洞，里面住着狐狸阿妈和许多狐崽。狐狸阿妈每天白天到山下觅食，回来喂养着这些狐崽。

一天，狐狸阿妈照常把狐崽们安置在巢中，自己外出觅食。狐狸阿妈出去不久，狐巢中进来了一只凶猛的老虎。它恶狠狠地问狐崽："你们的阿妈到哪里去了？"说着，用眼四处望着狐巢。狐崽中最伶俐的小狐崽突然反问道："你找我们的阿妈有何贵干？"这只凶恶的老虎愣了一下，回答说："我想和你们的阿妈一起养虎崽。"说完，摇摆着庞大的身躯出去了。不久，狐狸阿妈在外吃得饱饱的，回到狐巢内，把肉吐出来给狐崽们，让它们吃。正休息的当儿，她突然在巢内发现有老虎的脚印，急忙问狐崽们："今天谁到我们巢里来过？"狐崽们争先恐后地回答说："今天你走后，来了一只凶恶的老虎，它还说要和你一起养虎崽呢。"狐狸阿妈听后非常气愤。

又过了一天，狐狸阿妈像往常一样外出觅食。狐狸阿妈走后不久，那只凶恶的老虎又来到狐穴中。它在狐穴中转了一圈后，恶狠狠地问狐崽们："你们的阿妈又到哪里去了？"狐崽们照旧回答了老虎的问话，又问老虎，你来我们的巢穴有何贵干？老虎又和前次一样，回答后就走了。不久，狐狸阿妈觅食回巢了，喂饱了狐崽们之后又问："那只老虎来过没有？"狐崽们异口同声地说："来过了。"并把情况一五一十地告诉了狐狸阿妈。狐狸阿妈心中的怒火又一次被点燃

狐狸阿妈智取老虎性命（扎西泽登 绘）

了，心想一定要治一下这只老虎。第二天到了外出觅食的时候，狐狸阿妈没出去，嘱咐狐崽们后，躲在了巢穴的一侧，想着如何制服这只恶虎的计策。

这时，清晨初升的阳光照到山顶。那只凶恶的老虎又钻到狐狸的巢穴里来了，正要向狐崽们问话，狐狸阿妈轻手轻脚地在老虎背后准备袭击。老虎灵巧的身躯猛然一转，撞得狐狸阿妈翻了个四脚朝天，差点要了它的小命。狐狸阿妈灵机一动，爬起来转身向外跑，老虎在后面紧追不舍。狐狸阿妈发现被追赶，故意放慢脚步，在与老虎相隔几步远的地方，回头向老虎摆出一副要打架的样子，又转身猛跑。老虎见状，更加恼怒地追赶狐狸。狐狸阿妈跑到一块大石头跟前，看见石头下面有一口小洞，哧溜一下就钻到洞里去了。老虎也用尽全身力气猛地往洞里钻，但由于洞口太小，老虎的头进去了，身子却怎么都

306

钻不进去，卡在洞内的头也抽不出来了，进也不是，退也不是。在老虎吭哧、吭哧使劲的当儿，狐狸阿妈顺利地从另一个洞口钻了出来。它绕到老虎的后面，狠狠地臭骂老虎一顿后，用牙咬断了老虎的尾巴。此刻，老虎的嚣张气焰完全消失了，往常的怒吼变成了此刻的哀泣声。狐狸阿妈还不解气，从老虎身上割下一大块肉，放到自己嘴里吃了下去；然后又回到自己的巢穴，把狐崽们带到老虎身边，从老虎身上割下几块肉给狐崽们吃，自己也猛吃老虎肉。在饱吃了一顿虎肉后，狐崽们把老虎的内脏、肠子掏出来，在地上你拉我扯地玩耍起来。这只凶残的老虎就这样断送了自己的性命。

日暮西归，狐狸阿妈带着狐崽们回到巢穴中。此后的一段日子里，狐崽们饿了就出来吃老虎肉，饱了又回巢中睡觉，天天如此。狐崽们很快就长得和狐狸阿妈一样壮实了，变成了能自食其力的强壮的狐狸。

野兔报恩记

（波密县）

很早很早以前，在一处山谷里仅住着一户人家。家中只有一位老人，无儿无女，后来收养了一名孤儿在一起生活。他家里种下的庄稼总是被一只野兔吃得精光，没有一年有好的收成。

这年，老人心想，如果再不消灭这只兔子，也会如往年一样，休想有个好收成。于是，他在田地各处安放了套索，决意抓到那只野兔子。功夫不负有心人，有一天，果然套住了那只兔子。当老人准备打死这个祸害时，那只野兔哀声哭泣道："请您放我一条生路，不要杀了我。我保证在三天之内报答您的不杀之恩。"并再三向老人求饶。老人愤怒地骂野兔道："你这个祸害，每年毁了我多少秋果？这还不算，你居然还想用花言巧语来欺骗我，说什么报恩，鬼才会信你。"野兔继续低声下气地向老人央求道："以前每年吃您的庄稼是我的错。从今天起，我发誓再也不会吃您的庄稼；并且向您保证，在三天之内发挥自己的聪明、智慧，报答您的不杀之恩。"老人听后心想，这只野兔如此哀求，还说要报不杀之恩，是否真诚？它想干什么？不如放了它，考验一下也无妨。如果它在三天之内没有报恩的举动，用套索套回来杀掉也不迟。于是，老人严肃、认真地对野兔说："那么，你要说到做到，必须在三天之内拿出实际的东西来报恩。如若做到了，我不仅可以放你一条生路，而且从此你我结交为朋友，有福同享、有难同当，做如矛尖和矛杆一样永不分离的知心朋友。"兔子听后，十分高兴地满口答应了老人："恩人您放心吧，我一定做到。"说完愉快地回家去了。

到了第二天的时候，野兔假装非常恐惧的样子，在密林深处来回闯，嘴里不停地大呼小叫："敌人来了，赶快跑呀！"又指指点点，好像看到什么东西似的。林中的其他小动物看到后，也害怕地纷纷向林外跑去了。

野兔又急忙跑到山顶的岩洞里对罗刹魔王说："山下林中来了一群不怕火、不怕水的厉鬼魔王，住在山下的所有动物全跑到别处去了。我看，罗刹王你也赶快跑为好。"说着，野兔装作十万火急的样子往前继续跑。罗刹魔王从山顶往下一看，只见动物们四散奔逃，立刻紧张起来，心想肯定是有问题，自己还是先离开这个山洞为好，于是，仓皇失措地奔出岩洞，逃生去了。这时候，野兔满有把握地来到老人跟前说："请您跟我到山顶的魔洞里去，会有您从未想过的东西来报答您的恩德。"老人心想，会有什么东西呢？还是跟它去一下就知道了。野兔带着老人来到了罗刹魔王遗弃的岩洞，只见岩洞里藏着很多金、银和玉石、珠宝。老人看到此情景非常兴奋，赶紧装满一大袋金银财宝，背回自己的家中。

从此，老人把那些金银财宝留一部分在家中当不动产；另一部分作为流动资金，与其他人交换来大量的粮食和肉食等食品，不久又盖上新房子；从外地雇来很多工人，开垦大量的荒地种下庄稼。他家真是一步登天，马上富起来了。老人对兔子的智慧赞不绝口，对待兔子就如尊敬的祖辈和喇嘛官员一样。

有一天，兔子心想，老人曾对我发过誓，和我做像矛尖与矛杆一样永不分离的知心朋友；还许下有福同享、有难同当的诺言。究竟能否做到，我得考验一下才行。于是，这只兔子装作自己得了非常严重的病，嘴里不断哀叫道："哎哟！哎哟！"老人看到后，非常着急地问："你的病如何才能治好？"兔子说道："要想治好我这个病，只有一个办法。明天，你到山顶上，岩洞里有个兔子喇嘛，问它便知道了。"紧接着，兔子又说："你上山时必须从山的左侧有流沙处上去，

为报恩，野兔智取罗刹魔王的宝藏（扎西泽登 绘）

310

下山时必须从右侧乱石堆下来。千万要遵照我说的去做，千万别背道而行。"老人按照兔子所示，从流沙处往山上爬行，爬一步、滑两步，万分艰难。而兔子从山的右侧顺着石阶爬上山去，顺利地到达了山顶的岩洞中，马上穿起袈裟，装作念经，坐在岩洞内。老人千辛万苦地来到岩洞，向兔子请教如何治好兔子的病。兔子做出一副四平八稳、认真睿智的样子，眯着双眼，直伸着脖子，庄重地对老人说道："要想治好你兔子朋友的病，只有一个办法。那就是把你儿子的心喂给它吃，再没有其他任何办法能治好兔子的病。"老人听了，顿感天崩地裂，哀声叫道："哎呀呀！若要治好朋友的病，就得失去养子的命；如要保住养子，又要失去知心的兔子朋友。现在，我该怎么办才好呀！"老人左思右想，深感养子是心头肉，和亲生的没有两样。兔子是助他摆脱贫穷的大恩人。他们是他的左眼和右眼，哪一个都舍不得放弃。从前，他曾向兔子许诺过，与它像矛尖与矛杆一样永不分离，有福同享、有难同当。现在眼睁睁地看着兔子死去，不管是不行的。老人痛下决心，决定把养子的心挖出来让兔子吃。老人从右侧的乱石堆中，深一脚浅一脚地下山了。兔子立即脱下喇嘛的袈裟，从大山左侧的流沙里滑了下去，继续装病躺在床上。这时，老人无精打采地回来了。兔子问老人："兔子喇嘛说什么了？"老人没有正面回答兔子的问话，只答道："说了一件事。"他从腰中抽出刀在磨盘上来回磨，双眼含着痛苦的泪花。兔子看到老人这副模样十分感动，感受到老人对自己比养子还要亲，马上夺过老人手中的刀激动地说："我现在完全相信您了，刚才那个兔子喇嘛就是我。"接着，兔子将自己如何考验老人的详情如实告诉了他。从此以后，老人、他的养子和兔子共同享受着幸福的欢乐时光。

有一次，兔子真诚地对老人说："我还要向您报第二次恩，今天，我到山顶的罗刹魔王那里去吓唬他说，山下来了很多强大的敌人。你在山下开始放火，烧竹林草木。这样，魔王会吓得跑到别处去，他的所有财产从此就归我们享用了。"老人按照兔子的安排，跑到山下开始放火烧山。大火烧到了竹林，到处响起可怕的爆竹声。兔子假装非常惊慌的样子，再次跑到罗刹魔王跟前，十分关心地说："罗刹王呀！您还不跑？这会儿，真的来了那个不怕火、不怕水的动物天敌。"罗刹魔王一听，跑出去向山下一望，果然看到山下一片火海、浓烟滚滚，噼里啪啦的响声不断。罗刹魔王急忙回头问兔子："那你说，我的这些财产怎么办？"兔子装作十分着急地回答道："这个时候，逃命是最重要的，不要考虑什么财产，逃得越远越好，永不回头才好。要知道，世上没有比生命更珍贵的东西。"罗刹魔王认为兔子说得有理，连头都不回地猛跑，翻山越岭地逃到远处去了。它从此再也没敢回到这座山上。兔子兴高采烈地叫自己的家人，把罗刹魔王遗留下的全部财产搬到山下老人家。从此，他们过上了无与伦比的、幸福和谐的美满生活。

兔子复仇记

（波密县）

古时候，在一处森林里生活着狗熊、狼、狐狸和兔子四种动物。这四种动物经常在一起，遂成了很好的朋友。它们曾经共同发誓，今后无论何时何地，都不损害对方的利益和生命，紧密团结，共同防范外敌。

狗熊是一个既愚蠢又凶暴的大型动物，狼更是既凶残、无赖还贪吃的动物，狐狸也是一个阴险、狡诈、无情无义、无羞耻心的动物。一天，当兔子外出觅食之时，它们三个恶徒串通一气，把兔子所有的崽子都残忍地杀害并吃掉了，还把兔穴毁成了一把灰。

等兔子回到巢穴，狐狸装出一副非常痛苦的样子说："兔子大姐！今天你外出觅食期间，我们这里突然来了一头非常凶猛的大狮子，它张口就吃掉了你的崽子。我们三个拼尽全力与它搏斗，但由于猛狮力大无穷，反而把我们三个打得半死不活，没能救出你的崽子们。它还把你的巢穴毁掉了。"兔子听后心想，这三个坏家伙肯定是在欺骗自己，兔崽们就是被它们三个活生生地吃掉的。到现在，它们三个的嘴上还沾满了兔毛和鲜血。如果真来了狮子，这三个家伙绝不会像现在这样毫发无伤，这完全是它们三个的骗局。想到这些，兔子真想马上跟它们拼命，但是自己根本不是对手，得找个合适的机会报仇也不晚。于是，兔子强忍着满腔的怒火和悲痛，装出十分感激的样子对它们说："三位好朋友为了我的崽子们与猛兽搏斗，这狮子本是食肉动物之王，幸好没有伤到三位的性命，这已经是不幸中的万幸了。见你们三个嘴角上沾满了兔毛和鲜血，可见跟狮子的搏斗是非常激烈的。我虽然现在没有什么可报答你们的，但是从今日起将牢记三位好朋友的好意，酌期报答。"它们三个听了自以为阴谋诡计已得逞，就放心了。

过了些天，兔子与狗熊它们三个同去觅食，大半天了，都没有觅到一样东西，大家都饿得无精打采。正在这时，对面来了一位行脚僧，背着黝黑的马褡子，非常疲倦地走了过来。兔子看到后，心想机会来了，立即提议去抢行脚僧的东西，并如此这般地给它们交代如何分头实施。

正在赶路的行脚僧突然看见一只狐狸一瘸一拐地走到自己面前，心想难道这是三宝神灵赐给他的狐皮帽吗？真是个不易得到的宝贝。他低着头，弯着腰，伸出双手去抓狐狸。可狡诈的狐狸总是不远不近、时快时慢地让他无法抓住，转眼就把僧人引诱到很远的地方。行脚僧追了一路，气喘得如鼓风机，汗水如雨滴般淌下。他来到了一棵大树下，放下行囊，脱下长靴，将行囊和长靴留在原地，轻装上路，继续追赶狐狸去了。就在这个时候，狗熊、狼和兔子按照预先的约定，来到大树下拿走了行脚僧的所有东西，很快集结到了预定的地方。狐狸把行脚僧骗到很远很远的一处空地之后，突然加速，返回到事先约定好的地方。四个动物集中以后，兔子心想，这下有了报仇的好机会，便对三个坏家伙说道："我看，现在把行脚僧的物品分了好些。"三个坏家伙异口同声地回答道："对！分了好！"又对兔子说："你有谋有略、智勇双全，应该由你分给大家好。"于是，兔子拿起那双长靴对狗熊说："这双靴子分给熊大哥，因为你经常要爬树摘果子，穿上靴子既方便又威武。"兔子又拿起那对钹叉对狐狸说："狐老姐家崽子多，经常敲起钹叉，崽子们会高兴得连饭都不用吃。你会变成快乐之王的。"狐狸赶忙回答："谢谢你！谢谢你！"十分满意地接过这对钹叉。兔子接着拿起鼓对狼说："狼二哥经常去吃羊。羊群只要听到鼓声，自然会跑到你的面前；而牧羊人听到鼓声，自然就不敢过来

314

为复仇，兔子用计劫了行脚僧的东西（白玛层培 绘）

加害你。"狼非常感激地接过鼓，对兔子说："谢谢兔大姐！"恨不得马上敲鼓试试并吃掉活生生的羊，想着想着就流下了口水。兔子做出不情愿的表情，看了看那黝黑的马褡子里的酥油、糌粑和肉说："这些你们不喜欢的东西还是留给我吧！"狗熊它们拿着分到的东西，满意地回去了。

狗熊穿着那双长靴爬树摘果子时，从树上滑下来摔到地上，身受重伤；更惨的是，因为头撞到石头上，致使牙齿全部脱落，变成了一个不能吃不能喝、奄奄一息的熊包了。狐狸拿着那对钹叉回到巢穴时，狐崽们哭着喊着朝它拥来。狐狸得意地举起钹叉敲击起来，狐崽子们由于没有听过这种声音吓得四处乱窜，结果，大多数狐崽摔下万丈悬崖死了。而那匹狼发现远处有一群羊时，轻脚轻手地走近羊群，用力敲起那面鼓。羊群听到鼓声后，吓得四处狂奔。牧羊人发现后，用枪打断了狼的一条腿，狼的另外一条腿也受了伤。从此，狼无法去觅食，瘦得只剩下了骨头，面临着饿死的窘境。

狗熊和狼来到狐狸住的地方，它们商量说："兔子如此欺骗和耍弄我们，灭了你的狐崽，把我们整成这般模样，实在是忍无可忍。现在，我们应该联手去找那兔子报仇。"他们三个四处寻找兔子，终于发现它住在山下一个岩洞里。兔子因为吃得好、住得好，毛都有光泽了。兔子一看见它们三个，就抢先喊道："喂！朋友们！朋友们！非常高兴你们三位来看我，但是，我因为吃了那僧人又辣又苦的食品，患上了最严重的传染病。你们看，我的毛都脱落了，毛色也全变了，全身都浮肿了起来，变成这般模样了。我全身不分白天黑夜地疼痛，痛苦万分，实在无法忍耐，如若传染给你们，那实在对不住。千万不要靠近我为好。"三个坏家伙听到后不由得恐惧起来，迫不及待地离开了，连报仇的心思都消失了。

狗熊和狼，由于身受重伤，无法觅食，最后活活饿死在荒野里。而狐狸被猎人的套索套住，也死了。

轻信的山羊

（工布江达县）

从前有一处环境优雅的好地方，此地有丰美的鲜草和甘甜的清泉。一只母山羊领着一只黑狗住在这里，它们情同夫妻，亲如母子，形影不离。

一条恶狼很想吃掉这只母山羊，但发现还有一条黑狗形影不离地跟着母山羊，尽管流着口水，因怕这条黑狗，一直没有下手的机会。恶狼经过一番深思熟虑后，决定跟狐狸交朋友，联手对付母山羊。一天，恶狼假惺惺地来到狐狸面前说："毛皮美丽的狐狸大姐，我俩交个朋友吧！你要是能把母山羊和黑狗分开的话，我就立刻把母山羊杀掉。成功后，我们就可以同吃肉、同喝血。"

在一个非常炎热的中午，狐狸静悄悄地靠近母山羊说道："喂！尊敬的母山羊请听我说，你本是食草动物，为何每天跟一条食肉动物一起生活？其他的动物都在议论说，这个山羊每天都吃着美味的鲜草、喝着甘甜的清泉，原本是一只忠厚老实的好山羊，现在却和食肉动物为伍，狼狈为奸，大家都感到不可思议，你应该远离那些食肉的坏朋友。"母山羊听到狐狸这番话后，不知所措，心想，我是一只食草动物，现在却要背负食肉动物的骂名，实在是无法承受。这些骂名都是因为黑狗这个坏朋友。别说损毁我的名声，对其他动物也带来不好的影响，将来也会影响到我的子孙后代。于是，母山羊决定远离这条黑狗。第二天，母山羊就避开黑狗，单独去吃草了。

恶狼用计分开母山羊和黑狗（白玛层培 绘）

到了第三天，恶狼偷偷地去找母山羊。只见母山羊独自在吃草，却不见那条黑狗，恶狼高兴得眉开眼笑。它轻轻摇着尾巴，靠近母山羊的身后，当剩下几步远时，猛然起身扑向母山羊。母山羊受惊后弹跳了起来，但没跑几步就被恶狼抓住了。到此时，母山羊才明白自己受了狐狸的蒙骗，可后悔已经来不及了，它为轻信付出了生命的代价。

聪 明 误

（察隅县）

很早以前，在山谷里住着一对老年夫妻，他俩年轻时没有生下一个小孩，到白发苍苍时，才为没有一个传宗接代的后继之人，自己的尸骨也无人收敛，而忧心忡忡、茶饭不思。此事如巨石般压在二老心头，难以驱散。

两位老人四处走访、寻找世上最著名的算命大师，到处求神拜佛，还经常布施各方来的信教者、乞丐和求食者。不久，这两位年过花甲的老人真的就有了一个长得非常可爱的小孩。从那以后，两位老人愉快地在农田和牧场忙活。冬天临近，老人觉得需要到山上去砍柴火，但家里有小孩无人照顾，急需要找一个看管小孩的保姆。有一天，他们在山上看到一只美丽的兔子，便将它带回家中充当保姆。

第二天，两位老人上山去砍柴，留下兔子在家里看管孩子。兔子忙前忙后地把家里打扫得干干净净，还把茶水热好等二老回家。二老回家后见到此情此景，也感到非常高兴和满意。接连几天，兔子仍旧勤奋不辍，两位老人对它更加放心了。

日子平顺地流淌着。一天，兔子干完当天的全部家务活之后，感到又累又饿，便在屋里找吃的，发现家中没有任何可吃的食物，只见床上睡觉的婴儿露出了那双白嫩的小脚。兔子看见后，忍不住过去轻轻地舔了几下，舔着舔着，忍不住咬了一小口，感到非常好吃。它一口又一口地吃，最后只剩下了婴儿的头部。兔子吃饱肚子，在休息时

老头子睡着时，兔子趁机逃跑（扎西泽登 绘）

心想，我把小孩吃了，那两位老人一定会找我报仇的。于是，它急忙把屋子收拾了一下，把婴儿的头包在枕巾里放到床上，然后就如挣脱套索之兽似的，逃到大山密林中去了。两位老人砍完柴回到家，见家里打扫得干干净净，又见小孩在熟睡，就坐下来开始吃饭。过了很久还不见兔子回来，而婴儿还是一动不动地在睡觉，老太婆觉得事情不妙，赶紧起身去抱婴儿，一掀开小孩的睡衣，没想到，小孩的头颅滚到了地上。二老见了万分悲痛，当场双双昏倒在地。等二老苏醒过来时，这小小的房屋内充满悲哀的痛哭声和顿足声。

好几个月过后，一天，老头子手拿着一条绳子，背上背篓，准备到山上去找兔子报杀子之仇。他找了一天，快到下午才遇到一只兔子。老人赶忙上前问那兔子："勤劳勇敢的兔子呀，你的眼珠为何变成黄色的？"兔子毫不客气地说："因为我吃了山下老两口的婴儿，所以眼珠变黄了。"老人又问兔子："那么，为何你的嘴巴成了油乎乎的？"兔子答道："因为我吃了婴儿的肉，所以嘴巴变成了油乎乎的。"老头一听到这句话，就如老鹰抓小鸡一般抓住了这只吃人的兔子，用绳子牢牢地捆绑好后，装在背篓内准备背回家。

老人走了一段长路之后，感觉有些累了，就停下来休息。奔波劳累让老人在不知不觉间睡着了。狡猾的兔子趁这个机会慢慢地解开绳子，并捡来一块石头和一块冰放入背篓，飞快地跑回山里。过了一会儿，老人睡醒了，看也没看就背着背篓赶路回家了。走到半道时，发觉背篓里在滴水，老人心想，这可能是背篓里的兔子在撒尿，就骂道："你这个坏兔子不要撒尿啊！"他加快脚步快到家门口时，看到老太婆遥望着在等自己回来。老太婆早就在厨房烧了一大锅水。老头一进家门就兴奋地大喊："老伴，水烧好了没有？"老太婆应道："早就烧好了，就等你回来。"老头说："你快掀开锅盖。"老头高兴地举起背篓，用力摔到大陶锅中。想不到，背篓里的那块大石头和冰块一下子砸破了那口陶锅的底儿。两位老人定睛一看，简直如做梦一般，傻愣在那里无法动弹。

那只兔子也没有好下场，它在逃跑途中慌不择路，撞上了猎人的套索，终成别人的下酒菜。

善报恩德

（波密县）

从前在某地，有一头大象和一只老鼠和谐地生活在一起。有一年，当地发生了非常严重的干旱，花草树木全部干枯，此地变成了寸草不长的荒野空地。

大象见此情景便想，如若渡过此地的大河向东走，既有前所未见的密林，又能看见到处盛开的鲜花。大象决定渡河，老鼠知道后恳求大象道："我也想渡河，可是身子弱小无法渡过。请好朋友帮帮忙，让我跟你一起渡河，今后一定会报答你的帮助之恩。"大象想了想，这个小小的老鼠能给我报什么恩呢？但毕竟我们一起相处了这么久，而且是好朋友，该帮忙时还是应该帮的。于是，大象把小老鼠放在自己的背上后说道："要抓紧呀，坐好了！"渡过大河的它俩，来到了环境美丽、物产丰富的地方。

大象的年龄本来就比老鼠大好几倍，再加上在新的环境中生活了那么久，身体一天天衰老。一天，大象不小心摔倒在地无法起来，正在挣扎的时候，老鼠飞速地跑过来，热情地安慰大象。老鼠坚定地说："老象没关系！这次由我来报答你的恩情。"大象听后，半信半疑地说道："我的身躯那么庞大，你的身躯那么弱小，有气无力的，如何才能报恩呢？"老鼠召集本地的所有老鼠，带领它们从大象的一侧挖土坑。一部分老鼠挖土，另一部分老鼠运土，不一会儿，就在大象身体的一侧挖出了一个斜坑。坑挖好后，老鼠立即钻到大象的耳朵里

体弱的老象倒地时，老鼠们帮助它起身（陈秋丹、江村 绘）

使劲一咬，疼得大象猛地顺着斜坑站了起来。

　　大家看到这一情景又惊又喜，老鼠们热烈地为大象鼓掌。

　　从那时候起，"有心报恩的老鼠扶象"的故事便流传于世。

祸　殃

（巴宜区）

很早以前有一处密林，林中有块美如碧玉的草坪，是小象们的嬉戏之地。小象们经常在草坪上来回蹦跳，日积月累，就在草坪中央跳出了一个地坑。小象们在玩乐中渐渐地长大了，从此自食其力，各自品尝着世上的甘苦，并逐渐变老。

有一次，一头衰老的大象在散步时路过这块草坪，看到了自己小时候玩耍过的那个坑，就想试一下，自己还能否跳过去。它用尽全部力气跳了起来，结果还是摔进了坑里，活活地摔死了。

过一会儿，来了一只觅食的狐狸，发现坑里有大象的尸首，就高兴地饱餐了顿大象肉，又就地睡了一会儿。等醒来时，狐狸心想，这么好吃的肉，如果很快吃完的话，那就太可惜了。于是从当天下午开始，狐狸光吃大象的肋，把好肉都留了下来，想着以后吃。一直坚持了几天，由于长时间吃难以消化的肋，狐狸患上了消化道疾病。狐狸感觉到自己的病日趋严重。今后会难以觅食，这象肉一定要省着吃。这时，它发现象肉旁边有一把弓弦，便又舍下象肋，开始吃那根弓弦的肋条。由于这把弓是用牛肋绷起的，吃了弦，弦一断，弓的张力一松，弓木就打到了狐狸的鼻子上。结果，狐狸当场毙命。

又过了几天，有三个商人路过此地，发现坑中毛色火红的狐狸尸首、两根白花花的大象牙和一堆象骨。他们都为无意中捡到如此好的宝贝而惊喜和兴奋，三人商量着如何分配。其中一个年轻的商人心

三个商人争夺象牙和狐狸皮（扎西泽登 绘）

想，象牙在市面上那么昂贵，那张狐狸皮也那么漂亮，要是都归我一个人的话，在家乡人面前该有多么荣耀、多么令人羡慕啊。于是，他起了设法杀掉两个同伙、独吞财物的恶毒念头。他对另外两个商人说："你们两个在此烧火守营地，我去附近买青稞酒。"说完，转身跑到村里去了。年轻的商人在买回青稞酒的路上，偷偷地往酒中下了毒。他想，为了获取更多、更好的财富，今天作个小小的孽是无所谓的。只要能将全部财宝归自己，今后就有享不尽的福乐。此时，营地的两个商人也在盘算着：这个年轻的商人一贯是一个既滑头又阴险狡诈的家伙，我们吃了他不少的亏。他俩也商讨了一个毒计，在一块酥油糌粑里面下毒，毒死年轻商人。三人见面后，各自都装出一副善良的模样，貌似相让相敬，实则各怀鬼胎。年轻的商人迫不及待地抢先爽快地说:"今天这个酒香太浓了,我是不敢喝的,是特意买回来孝敬给二位的,祝贺我们捡到如此贵重的财宝。"他亲自倒酒并举起酒杯敬向另外两人,两人接过酒杯,毫不犹豫地喝了下去。与此同时,另外两人也急忙拿起早已准备好的那坨酥油糌粑,对年轻商人说:"你是我们三人中唯一具有聪明才智的人,因此,我俩特意做了这块酥油糌粑给你吃。你是我们做生意的导师,希望今后继续与我们合作,共享成功。"说完,将糌粑喂给了年轻人。没过多久,这三人都开始口吐白沫并相继倒地,一命呜呼。

那美丽而平静的草坪上依然留存着那个发生过故事的坑,坑里有大象的尸骨、诱人的象牙、狐狸的尸首以及旁边倒卧着的三具商人的尸首。除了大象,他们都是为财而葬送了自己的生命。

这个故事警示人们:在人生中过于小气会饿死自己,过于贪财最终将害人害己。同时,它还告诫人们:天上的神仙也有老的时候,坑中死去的大象是例子;害人如害己,三个商人是例子;不要过于小气,狐狸的尸首是例子。

326

聪明的麻雀

（波密县）

从前有一只麻雀和一只燕子，把巢筑在同一块岩石上，成为非常近的邻居。麻雀是非常聪明的禽鸟，而燕子是一只既愚蠢固执、不信任别人，而且非常爱告状的禽鸟。虽然它们两家长期共同生活在同一个地方，但是两家的思想意识和行为方式完全相反。日久天长，两家的关系越来越恶化，终究无法和谐共处了。

一天，在麻雀和燕子外出觅食期间，飞来一只蝙蝠。它捣毁了燕子的巢穴，还吃掉了所有燕子蛋。这一天像往常一样，麻雀回来得早一点，而燕子回来得晚一些。燕子回来时发现，自己的巢穴被捣毁了，巢中的蛋也不见了，急忙问邻居麻雀事情的由来。麻雀实话实说："不知道是谁毁了你的巢穴。我也出去觅食了，这会儿刚到家。"燕子怀疑是麻雀捣毁了自己的窝。此后，经常发生燕子窝被毁的事情，却总也无法查实。燕子心想，这个罪魁祸首绝对是麻雀。因为它是一个阴险狡猾又善狡辩的恶棍，可自己根本不是它的对手，所以，一时不知道如何才好。

燕子左思右想，想起好友屠雕，可以叫它马上吃掉这只麻雀。屠雕听了燕子的遭遇，没有认真查实，就用爪子抓住麻雀飞到一个山坡上。屠雕正准备吃麻雀时，聪明的麻雀哀求道："老雕哥！请你等一下。在临死时刻，我有三句遗嘱，请你替我一条不漏地转告大家。"它说道："老牛缺了一只角，转告玉色杜鹃鸟未能善终；流僧鹬鸟，请念六字真经颂，告诉老伴莫尼干嘎要守三年寡；转告大姐斑斓细绳玉珠在关闭，转告稻田绿虫无天敌。"屠雕听后，不知该先吃麻雀，还是先替它传达遗嘱。屠雕思索再三，最后决定还是请示鸟王白颈鹰为好。

第二天，屠雕来到鸟王白颈鹰面前，把麻雀的"罪行"详详细细地向鸟王作了报告。鸟王听了，立即下令鸟警把麻雀押上法场并打两百法棍！鸟警们异口同声地回答道："威武！带麻雀！"把麻雀押到了法场。鸟王说："大胆的麻雀！你这个麻雀中的败类，目无法纪，侵害同类禽鸟，犯下了大罪。根据飞禽国的法律，现宣判杖击法棍两百下。你有什么话说？"麻雀回答说："你们冤枉我了。我因为没有证人和辩护人，只好认罪服法，接受法律的严惩，但希望在打法棍时，把我按倒在山坡之上打。这样，来往的飞禽都能看到，也会为我求情、辩护的。如若把我按在洼地里打，飞禽都看不见我挨打，也不会来帮我求情，我只能陷入苦难等死。"但是，自以为聪明的鸟王心想：麻雀是在实在没有办法抵赖的情况下才吐出真话的，要求在坡地上打法棍，不在洼地里打。我偏要让它在洼地上挨法棍，根本不能让其他禽鸟前来求情。于是，鸟王大声道："喂！法警们来呀！把罪犯拉出去，挖个能装麻雀身子的小坑，把它放在里头，如数杖击法棍。如若不按规定惩罚，我就要你们的鸟头鲲鹏鸟监刑。"鸟警们坚定地回应道："得令！执行！"随后，用绳子捆绑好麻雀押了下去，挖好小坑把麻雀推进去，按照鸟王的命令打法棍。结果，无论怎么打，就是打不到麻雀身上，只能打在土坑上。当两百下法棍打完后，麻雀站起身来，大声喊道："惩罚完毕！"说完就飞走了。鸟警们也无法追上麻雀。

麻雀重返原地后，蝙蝠又破坏了燕子的巢穴。燕子认为又是麻雀报复它捣毁的，就去找鸟王，一边磕头，一边大声哭求道："之前，惩罚麻雀打法棍两百下，它不但没有悔改之意，而且更加凶恶了，给全禽类带来了更大的灾害。请鸟王为我这类弱小无力的禽类做主。"鸟王听后非常愤怒，心想，这次如不好好整治麻雀目无禽法的行为，

聪明的麻雀躲过鸟王白颈鹰的刑罚（扎西泽登 绘）

今后就无法立威。为了树立禽法的威严，必须从严整治麻雀。于是，鸟王大声喊道："鸟警们！你们一部分去把罪犯麻雀绑着押上来，另一部分去请比鲲鹏威严、现任禽鸟刽子手的灰花大王鸟来，并恭恭敬敬地转告它，今天要严惩罪大恶极的麻雀，请务必前来参加执法会。"鸟警们迅速完成了各自的任务，刽子手灰花大王鸟来到法场。燕子高坐在旁听席上，看到众鸟也来了。鸟王白颈鹰威风凛凛地宣布道："请众鸟听好，让灰花大王鸟吃了罪犯麻雀。"此时，灰花大王鸟正在走神儿，听到后突然爪子一松，结果，麻雀逃脱了。麻雀无处藏身，看见一个牛角，忙钻了进去。正当灰花大王鸟不知所措时，麻雀假装自哀自叹道："哎呀！这下子坏了，轮回善恶轮到我自己身上了。从前，我的老父作恶多端，最后躲到牛角里。追赶的禽鸟看到后飞向高空，然后瞄准牛角尖直冲下来，把那个牛角撞碎了，杀死了我父亲。如今，终于轮到我自己了。"灰花大王鸟听了，心想，就照此杀掉这只麻雀，于是飞向高空，然后用尽全力往牛角尖上冲下来。这一撞，灰花大王鸟体外看似无伤痕，内脏却已全被震碎，一命呜呼了。麻雀马上从牛角钻出来回了家。

从此，燕子真正遭到麻雀的报复。燕子再次无奈地去找鸟王告状，倾诉了麻雀的所作所为。鸟王本来也想除掉麻雀，但一直没有找到有效的方法。以前施法棍和派刽子手灰花大王鸟去杀麻雀，不但没有杀了它，灰花大王鸟反而丧了命。到如今，只有把麻雀流放到遥远的四方山谷里去，永远也不准它返回。鸟王立即派了几个精干的鸟警，把麻雀抓了回来。鸟王严肃地宣布："罪犯麻雀听好！你昔日所犯下的滔天罪行，数都数不清。按理说，应立即处死你，但是为了挽回我们飞禽类在水生动物面前的威严，现在决定流放你到遥远的四方山谷，永远不准返回来。如若违反此令，那只有死路一条！"这时，鸟王又心想，以前所派的几个鸟警都没有办好此事，这次必须亲自处理流放事宜。鸟王把麻雀放在自己的左翅上，飞到了很远的地方。路上，麻雀对鸟王说道："我犯下了如此大罪，非常感谢你们把我流放到别处去，还可以在人间继续生活，但是希望把我流放到高山的山腰之处，便于观看千万个往返的行人，那该有多么舒畅。如若把我流放到麦浪滚滚的青稞、燕麦地里，那麦芒会直刺我的身，玉色燕麦的长矛会直刺我的心，要忍受各种酷刑。如若这样，世上再没有任何禽鸟比我更苦的了。"麻雀说着这些话，还假装痛苦地哭泣。鸟王听后，信以为真，就想着一定要把它流放到青稞、燕麦地里受苦，于是把麻雀流放在五谷丰登的田地里了。从此，麻雀在农田里愉快地享受着阳光雨露的滋润和无忧无虑的富裕生活，彻底埋葬了黑暗的日子，迎来了光明的彩霞。

"流放边远，到了家乡"的这句谚语，也在人间流传。

会说人话的杜鹃鸟

（墨脱县珞巴族）

古时，在一处幽深的森林中，乌鸦、兔子、狗熊、猴子四个好朋友共同住在一个隐蔽的石洞里。

一天，它们四个一同去觅食，半路上遇到了一个没有父母的小女孩，四位朋友就把那女孩带回了石洞中。它们每天捡来各种山果和蘑菇给女孩吃，就像对待自己的亲骨肉一样地抚养、爱护她。小女孩白天吃着野兽朋友们给她带回的各种野果，夜里离开寒冷的石洞，到山下的村民房边睡，如此度过了很多年。

一天夜里，女孩睡在一家人的房门后，突然听到楼上一位老人对儿子说："明天，你阿妈要回家，你去接一下。"只听年轻人答道："阿爸放心好了，我去接。"听了对话，女孩心想，这家的老阿妈究竟去哪里了呢？正想着，她又听那老人嘱咐道："这次因为你阿妈背着全年的工钱回来，你去晚了，回来时天会黑的，一定要早去早回。"小女孩听后感到十分奇怪，什么叫工钱呢？明天，我也要去看个究竟。

第二天，天还没完全亮，小女孩就起身去看个究竟了。小女孩由于自小生活在野兽群里，走起路来就如一阵风，不一会儿来到了一处开阔地。她看见前方不远处，走来了一个背着沉重包袱的老阿妈。小女孩心想，难道她就是昨晚说的那位老阿妈？如果我主动前去帮助老阿妈背东西，顺便问一下什么是工钱，不就明白了吗？于是，小女孩就主动迎上前去，很有礼貌地向老阿妈说："老阿妈您辛苦了！

我帮您背包袱好吗?"老阿妈听后并不高兴,还回答说:"我终生是受苦的命,背个包袱没有什么辛苦的,不用帮忙了。"老阿妈疑心重重地和小女孩并肩同行着。小女孩感觉到老阿妈怀疑自己,就对她说:"老阿妈,请不要怀疑我,我是你们家专门派来接您的。"她边说边伸手去拿老阿妈背上的包袱。老阿妈既紧张又生气,使出全力将背包从小女孩手中拽回来后说道:"我的妈呀!陌生人,你为何抢我的包?为何如此惊吓我这老婆子呢?"小女孩立即缩回手,对老阿妈耐心、和气地说道:"我的好阿妈,您不用怕我。您家老阿爸昨晚本来准备派阿哥去接您的,但是阿哥最近农活太多无法离开,因此就派我来接您了。"老阿妈听后放了心,又说道:"如果是这样,就再好不过了。这个包里,是我全年辛辛苦苦伺候他人得来的工钱。"说着,便把自己身上的背包放下来给了小女孩。小女孩心想,这下好了。我走在她前面,等她累了就加快步子走远,然后找机会看一下工钱究竟是个什么东西。女孩的步子越来越快了,当走到较远处时,回头对老阿妈高喊道:"阿妈呀!您慢慢在后面跟着我,我先走了。"说完,飞快地远离老阿妈,钻到森林里的一个洞穴中。她打开背包一看,里头装着很多水果、面食、玉米、茶叶、禽肉和猪肉等各种各样好吃的食品。她高兴地喊道:"哈哈,原来这就是工钱呀!现在,我彻底明白了。"她心想,今天该请四位好朋友好好地吃一顿了。

小女孩离开了此山洞,去了彼山洞,回到了四位朋友的住处。小女孩兴奋地对它们说:"今天,为报答你们四位的养育之恩,我设大宴让你们吃好、吃个饱。"她从包中拿出丰盛的美味,摆放在一起。四位朋友敞开肚子吃了个饱。这时,小女孩骄傲地走到狗熊的旁边问道:"熊大哥呀!吃得香不香?"熊回答说:"香!香!"接着,她逐个问兔子、乌鸦、猴子同样的话,它们三个异口同声地回答:"香!香!好吃得不得了。"黑乌鸦吃饱喝足之后,鼓着圆肚,扇动着双翅,表示非常满意。猴子也客气地对小女孩说:"你带来这么多好吃的食物,我们四个朋友深受感动,希望你的食物是自己辛苦挣来的。我们当中不论是谁,都绝不允许不劳而获。强占、偷盗别人的财物和坑蒙拐

小女孩自杀后，变为杜鹃鸟报恩（扎西泽登 绘）

骗的行为，是最卑鄙、无耻的。"兔子紧接着说："猴大哥说得很对，双手偷盗、出口说谎是最卑劣无耻的。"乌鸦和黑熊也接着说道："以前，我们当中从来没有发生过此类坏人坏事，今后也不许发生这样的事。"小女孩听了心想，我今天闯下了这么大的祸，假如它们知道所有的食物是我从老阿妈那里骗来的，会对我大失所望。那时，我怎么面对它们好呢？她后悔莫及地流下眼泪。四位朋友见到此情景，奇怪地跑过来同声问道："小姑娘，你怎么啦？"那小女孩双手捂着自己的脸，对四位朋友诉说了如何骗得老阿妈一年工钱的始末。四位朋友听后惊呆了，大家急得如热锅上的蚂蚁，指着小女孩的鼻子，跺着脚喊道："你闯祸了，你闯了大祸！"在大家的喧哗声中，小女孩哭泣着说道："从今以后，我不敢面对你们，不如死了。"说着，便将头往石头上连撞了三下，当场倒在地上断了气。四位朋友见小女孩就这样死了，都悲痛地同声悼念道："你这可怜的小姑娘，为何首次犯错就自杀呀！"大家为死去的小女孩流下了惋惜的热泪。四位朋友的泪水滴到小女孩的遗体上，突然闪出一道光。滴落在小女孩身上的泪水，逐渐变成美丽的羽毛。小女孩变成了一只有着光彩斑斓羽毛的杜鹃鸟，飞向蓝天在空中盘旋三圈后，飞往村子。

再说那位老阿妈，到家了不见自己的背包，忙问老头和儿子背包放到哪里去了。老头和儿子愣住了，奇怪地回答："我们从未见到你的什么背包。"老阿妈更加着急地说："装有我辛苦一年工钱的背包，不是你们派来接我的新媳妇背回家的吗？"大家你一言我一语地说着事情经过，老阿妈非常惋惜地说道："这下子，我辛苦了一年的成果全被坏人骗去了。"她正感到悲痛万分的时候，猛听屋外传来一阵鸟鸣声："啊贝呀尼，西恩达纳。"（珞巴族土语：阿妈，你的茶叶、玉米和猪肉等都被我吃光了）全家人赶紧跑出去一看，只见屋外大树上落着一只美丽的杜鹃鸟，叫完就飞走了。全家人对此感到非常奇怪，相互张望，不知所措。

到了第二天。老阿妈出来晒米的时候，一只杜鹃鸟又朝着老阿妈飞来并向她行了三个礼，接着又鸣起头天的鸟声来。老阿妈心想，假扮我家媳妇坑骗我的那个女孩可能就是这只鸟。她马上设下套子。不一会儿，杜鹃鸟被套住了。老阿妈套住杜鹃鸟后问道："你是不是坑骗我的坏女孩？你是不是吃了我的食物？"杜鹃鸟回答道："呀！呀！老阿妈您说得对，是我骗取了您全部的工钱。"老阿妈听后，非常愤怒地说："你这个坏蛋，今天如若不赔偿我的东西，就要你的命。"杜鹃鸟求饶道："阿妈呀！请息怒，静下您的心。我是犯下罪孽的坏畜生，但我对您有报恩之心。"老阿妈就把杜鹃鸟装进了笼子里。

过了好几天，老阿妈准备到另一山谷里去当佣人时，杜鹃鸟开口说道："好阿妈，听我讲，今天别去其他的地方。"老阿妈生气地说："我不去劳动，难道你养活我吗？"杜鹃鸟又说："今天，我们山谷里要来一位非常富裕的商人，他会对您说要买我。您答应把我卖给他，就可以换来享不尽的富贵。"老阿妈就问："卖什么价呀？"杜鹃鸟说："你就告诉商人，抖搂一下杜鹃鸟，掉下多少羽毛就值多少钱。然后，尽管收钱就是了。"果然到中午时分，来了一位赶着大群马帮的商人。他一看到老阿妈的杜鹃鸟就非常喜欢，对老阿妈说："无论如何，请将这只杜鹃鸟卖给我，要多少钱都行。"老阿妈假装很不情愿地摇头说道："大商官呀！我的鸟与其他鸟是不同的，很特殊的。它会说人话，而且是有先知天性的仙鸟，但如若不卖给你，又说不过去。"商人急忙抢着说："你只要答应卖给我，那价钱你说多少就是多少。"老阿妈听到此话，马上说："那么让杜鹃鸟抖搂一下身子，掉下多少羽毛就给多少钱吧！"那商人高兴地连忙点头答应。老阿妈对笼中的杜鹃鸟说道："杜鹃鸟啊，请你打个抖搂。"杜鹃鸟听后，立即回答说："您的工钱全在这儿。"说完就全身打了个舒服的抖搂，抖出的羽毛飘飘洒洒，就如大地覆盖着的雪花。商人清点了羽毛数，高兴地如数付清钱和各种财物，抱着那只会说人话的杜鹃鸟随马帮离去。从此，老阿妈再也无须离家去当佣人，全家也过上了幸福美满的生活。

羊羔智斗小狼

（工布江达县）

很久很久以前，有一只贪玩的小绵羊，因贪玩脱离了羊群，不知道羊阿妈什么时候走的、去了哪里，把它孤苦伶仃地留在山上。

等到夕阳西下，天也渐渐黑了，又急又怕的小绵羊到处乱跑乱闯。正在着急的时刻，它猛然看见前方不远处有一个岩洞，立即不管不顾地拼命钻了进去。洞里阴森森、暗黑黑的，小绵羊羔浑身颤抖着。这时，一只小狼紧跟着小羊钻了进来。小绵羊一看到狼，吓得尿都出来了。小狼见小羊羔在洞内，也吓了一跳，忙问道："你在干什么？"小绵羊胆战心惊地随口说道："我在这里准备洒水打扫卫生。"因为精神过于紧张，小绵羊不停地发抖，羊角碰到洞顶的石板发出嗒嗒声，拉出的羊粪蛋落在地面上也在嗒嗒作响。小狼听到后不知是什么在响，就紧张地问小羊："你又在搞什么？"小绵羊紧张又慌乱地说："我在向这块大岩石开枪射击。"小狼听后更害怕了。心惊胆战的小绵羊颤抖得也更加厉害了，羊角触碰到洞顶的岩石上，不停地嗒嗒作响。小狼胆怯地继续问小绵羊："你又准备干什么？"小绵羊这才知道小狼害怕自己，心里稍微平静了下来，故作镇静、满不在乎地说道："我在磨锋利的羊角尖。"那只小狼更加害怕了，又问小绵羊："你磨你的羊角准备干什么？"此时，小绵羊用傲慢、藐视的语气对小狼说道：

鲜肉心肝当食粮，鲜血骨髓作琼浆。

残害生命计无数，不分恶毒与贤良。

小狼疯子听端详，慈父赐我角一对，

小绵羊智斗小狼（扎西泽登 绘）

恩母赐我脚两双，全身上下尽是力，
此乃威猛小羔羊。四蹄疾飞快如电，
顷刻万水与千山。破开豺狼胸和腹，
角尖犹如金刚钳。

左山山上吃饱草，右山山下水喝好。
今晚宿在岩洞中，羊角磨得似钢刀。
岩石之上多磨炼，打制生角如利箭。
降服顽敌好武器，挂上彩褡更免灾。
我乃绵羊之壮男，未尝狼肉已三年。
今晚四方岩洞中，要用狼肉开喜筵。
锋利无比羊角镝，剖开腹肚不费力。
挖出内脏挂起来，膀胱当作球来踢。
煮熟肝肺当场吃，心脏当作石器掷。
狼皮制成行囊袋，挖出狼胃晾于室。
割下双肾小孩玩，取下肋骨当珠环。
脚骨用作烧火棍，肩胛骨头当卦盘。
狼皮当垫把觉睡，狼眼当作滚下礌。
狼耳用来扬风吹，狼肉来把秃鹫喂。
狼血用作大地肥，狼骨用来止犬吠。

　　那小狼听到以后吓破了胆，飞也似的从岩洞中逃了出去，惊慌失
措地翻越了九座大山、越过了九条大谷，消失在茫茫天际之中。

聪明的麻雀

（波密县）

很早以前，某地有个国王，本是一位爱民如子、平易近人的好国王，但由于王后心黑手辣、贪权狡猾、好吃懒做、爱财抠门并多疑爱吃醋（人们称她为狡诈的母狐狸），在王后的影响下，逐渐变成了一个性格粗暴、对下人臣子凶恶残暴的暴君。因此，人们在背后称他为母狐狸的走狗。

在一个炎热夏天的早晨，王后刚从懒睡中醒来，听到宫殿前后树上及屋顶上的杜鹃鸟和其他各种禽鸟发出悦耳的声音，这让贪睡的恶婆王后十分厌恶。她的脸上立即布满黑云，怒气如汹涌波涛的浪潮冲上脑门。她向国王吼道："这些鸟的怪叫声刺痛我的耳朵了。从今天起，你无论如何，要把整个国家的禽鸟的头都统统砍掉；如果你不这样做，这些鸟叫声会把我吵死。"国王立刻依照王后的指示，召集所有大小官差下达命令，要求将王国境内的所有禽鸟抓捕后，于第二天一早集中到大殿前的广场上。王国内所有禽鸟得知后，感到非常恐惧、悲痛万分。它们都在想谁敢违背国王的命令拯救大家之时，聪明伶俐的麻雀思索片刻后说道："弟兄们，你们不用这么害怕，没有关系。明天，你们先去，我自有妙招让国王回心转意。"第二天，禽鸟们集中到了大殿前的广场上。国王在亲自清点鸟类到场情况时，发现少了麻雀，怒气冲冲地大叫道："恶禽麻雀现在还没有到场，给我马上抓来，我要砍了它的头！"这时，突然跑来一个士兵向国王大声报

睿智的麻雀点醒国王（扎西泽登 绘）

告:"那懒畜生已经到场了!"只见麻雀上气不接下气、气喘吁吁地努力往前伸着细脖子,一瘸一拐地拖着凌乱的翅膀,来到了广场中央。国王看到后不禁怒形于色,用雷霆般的口气怒斥道:"你为什么不及时赶到会场!你敢违背我的命令!"机智的麻雀伶俐地回答道:"国王实在对不起,请息怒。因为我来之前去数了王国内有多少雌雄禽鸟,结果耽误了时间,没能及时赶到会场。"国王瞪大眼睛,恶狠狠地问麻雀:"既然如此,那么我问你,我国的雄鸟和雌鸟究竟哪个占多数?"麻雀马上回答道:"如果将缺少雄鸟气概而一味跟从雌鸟的雄鸟算作雌鸟的话,雌的多一些;如果不这样计算,那雄的多。"这句话直接触到了国王的痛处,他就如鲜花遭霜打了似的,脸色全变了。他心想,以前尽听王后的话,对自己属下的臣民百姓实行残酷的惩罚和欺压是不应该的。这下,禽鸟们把我算在雌类之中去了。国王为此感到非常后悔,于是让所有禽类各自回了家。

从此以后,这位国王处事时再也不听从王后吹的枕边风,减免了百姓的差税,又逐渐成为关心百姓疾苦的好国王。

狗 和 狼

（波密县）

早先的时候，狗只有嗅觉功能而根本没有疾跑的速度，而狼只有疾跑的速度，根本没有嗅觉。有一天，狗和狼在路口巧遇。狼对狗说："狗大哥，你能不能传授一点嗅觉知识给我？而我可以教会你狼族的十八般疾跑方法。"狗心想，狼是所有家畜和野生动物的夺命者，是最野蛮、残酷的野兽之一，怎么能给狼传授狗的嗅觉知识呢？倒不如趁机学一点狼的疾跑方法，为将来保护家畜提供帮助。于是，狗非常轻快地说："可以，可以。我俩明天一早日照山顶时约在这里，然后相互传授嗅觉和疾跑的方法。"其实，狗和狼早就各自打算着如何欺骗对方的恶毒阴谋。恶狼盘算着，先让狗教会我嗅觉知识后，我再找借口不教对方疾跑的方法。狗也在算计着，只要学到狼的疾跑方法，我才不给对方教嗅觉知识等。

第二天，狗早早地来到前一天约定的地方，偷偷观察着从远处奔跑而来的狼的姿势。狼到达后，抢先对狗说："你先教我，然后我再教你好吗？"机智的狗回答说："你先教我疾跑的方法，然后，我再教你狗的嗅觉。"

由于狗和狼长时间地推来让去、互不相让、相互警觉，转眼间，时间已过了大半。无奈的狗开口直说道："狼大哥，你想从我这里学到狗的嗅觉本领后，不想教我狼的疾跑方法；但是我告诉你，想欺骗我没那么容易，正如靠阴谋欺骗别人的，最终只能欺骗自己。我虽然

互不相让的狗和狼，互学疾跑和嗅觉（陈秋丹、江村 绘）

不懂什么狼的十八般疾跑速度，但从你刚才的奔跑中也学会了一点疾跑的方法。"说完，狗就回到主人家继续守护家畜。而这条四处流浪的狼依旧以所谓狼的十八般疾跑速度奔跑着，根本没有学到嗅觉的奥妙。

问 因 果

（米林县）

从前有只老虎，它被网套住好几天了，因挣扎过多，又没有食物，已筋疲力尽、奄奄一息。就在这时，一只狐狸在寻找食物的途中遇到了这只老虎。老虎立刻向狐狸求救："狐狸姐！请你把我从网里放出来吧！今后，我一定会尽自己所能帮助你。你叫我做什么，我都会听你的。"狐狸说："我可不敢放你。如果我现在因为同情放你出来，以后，你肯定会吃掉我的。"老虎连忙道："哎呀！我怎么会吃掉你呢？虽然我是吃肉喝血的猛兽，但是我再怎么坏，也不会对救过我宝贵生命的狐狸姐存有坏心眼儿呀！而且，我是一只非常相信因果报应的虎。"

老虎的花言巧语打动了狐狸。于是，狐狸帮助老虎解开了网，把它从网中放了出来。老虎被放出来后伸了个大懒腰，大呼一口气后对狐狸说："唉！我俩一起去找食物吧！"说着就向前走。此时，狐狸也不敢推诿或犹豫，只得紧跟在老虎后面走着。它俩走了大半天，也没有找到可吃的食物。老虎饿得肚子咕噜噜叫，就对狐狸说："看样子，今天我找不到食物了，只能把你吃了！"狐狸一听十分惊讶，对老虎说："你刚才还说你是只相信因果报应的好老虎，现在又说要吃掉我，这是怎么回事？"老虎回答道："虽然我不忍心吃掉你，但我现在快要饿死了，顾不上什么因果报应，没法子，只能吃掉你了！"狐狸感到十分委屈又害怕，就跟老虎商量道："你别这样，我们还是先找三个动、植物，问它们是否相信因果报应。如果它们三个都说不信因果报应，到时候，你再吃掉我，我无怨无悔。"

老虎同意了狐狸的意见，它俩继续往前走，走了一会儿，碰到一棵大柏树。狐狸一五一十地向大柏树讲述了老虎与它之间所发生的事，并问道："神树呀，你说这世上到底有没有因果报应呀？"大柏树回答道："其实，这世上是有因果报应的。只不过，现在大家越来越不信了而已。就拿我身上发生的例子来说，在下雨时，人们在我下面避雨，天热时在我下面乘凉，但临走的时候，边说着我长得很茂盛，边砍我的树枝带回家烧。"这时，老虎就对狐狸说道："你听到了没，现在根本没人相信因果报应。这下，我可以把你吃了吧！"狐狸拒绝道："你等等，不是说好还找两个动、植物吗？如果它们两个也说不信因果报应，那我就会毫不犹豫地让你吃了。"

老虎同意了狐狸的要求。它俩又继续往前走了一会儿，遇见了一头母牛。狐狸又向母牛说了一遍，母牛回答道："这年头，没有人信因果报应。就拿我自己来说，早上没让主人挤奶，他会打我一次；白天出去后回来晚了，他又会打我一次。不仅如此，如果生了公仔，就会当场在我面前把它杀掉……"母牛的话还没说完，老虎就抢话道："就是嘛！现在没有人信因果报应。"说着，就准备吃掉这只善良的狐狸。狐狸连忙反驳道："还有一个动、植物没问呢！如果它也说不用相信因果报应，到时你就吃掉我，我也没有任何遗憾了。"

老虎答应了狐狸的话。它俩又继续往前走，走了一会儿就遇见了一只兔子。狐狸又向兔子详细说了一遍事情的来龙去脉。聪明的兔子假装不明白狐狸说的话，就说："我还是没明白你俩争执的原因，还是要到事情发生的地方，把你俩之间发生的事，从头到尾给我演绎一遍。这样，我才能公平公正地作出裁决。"

老虎和狐狸觉得这个建议不错，就按照兔子说的意思，回到事情发生的地方。待老虎钻进网后，兔子对老虎说："老虎叔，你自己先把网套住吧！"老虎使劲拉了一下绳子，就把自己死死地套在了大网里，接着让狐狸在网上打了个死结。兔子确定老虎无法逃生后，就对

聪明的兔子解开老虎与狐狸的因果报应问题（扎西泽登 绘）

老虎说："老虎叔，这就叫因果报应！你在这儿慢慢等着猎人吧！"就这样，善良的狐狸逃出了老虎的魔爪，并愉快地歌唱着："恩将仇报的猛虎，最终落入猎人之手。恩将仇报的最好惩罚就是，让饥饿慢慢折磨你。"

虱子和跳蚤

（察隅县）

虱子和跳蚤两口子喝完土灶上陶锅内的早餐酥油汁，一起到山上去砍柴。跳蚤把柴火捆儿背在背上蹦跳着走。它每蹦跳一次，背上的柴火就散乱一次。

虱子背着柴火慢慢赶路，结果先到了家，不等跳蚤回家，就把陶锅里的午餐酥油汁全部喝完了，只剩下空陶锅。跳蚤回家后，看到此景，愤怒地拿起空陶锅，朝虱子的胸口用力扔过去。虱子也无比愤怒，抓住跳蚤的脖子狠狠地按压下去。

虱子和跳蚤两口子的争斗没有留下好结果。至今，人们还可以看到虱子胸部的黑痣和跳蚤以头贴地爬行的样子，据说都是那次打斗留下的印记。

青蛙和老虎

（墨脱县）

曾经有一只老虎和一只青蛙在一棵大树下不期而遇，老虎立刻张牙舞爪地扑过去，想吃掉这只弱小的青蛙，眼看青蛙就要落入老虎的血盆大口。聪明的青蛙灵机一动，不动声色地对老虎说："老虎大哥！请你别吃掉我，我帮你找身上的虱子。"说着，就跳上了老虎背。

青蛙用一只手帮老虎找虱子，另一只手偷偷拔老虎身上的毛，将几根塞在自己的牙缝里，几根塞进自己的屁股里。没过一会儿，老虎好奇地问道："你这么小，平日里是怎么吃饭、怎么喝水的？又吃些什么呢？"青蛙装作一副很自豪的样子回答道："这很简单呀！有什么好吃的，我都能吃得到。而且，找不到其他好东西吃的时候，就只能吃虎豹们的肉、喝它们的血。"

老虎听青蛙这么一说，吃惊地问："你连我也敢吃吗？"青蛙回答道："你难道不相信我能吃老虎？"老虎有些心虚，小声回答道："我确实不相信这是真的。"青蛙大声说："不相信，你瞧瞧我嘴里，就会知道实情。"便把嘴张开让老虎看。老虎一看，发现了青蛙牙缝中的虎毛。

老虎有些害怕，但想到青蛙的体型，又觉得不太可能，就说："那么，你拉个屎给我看一下，就知道你吃什么了。"青蛙自信地说："你既然不信，那么要看仔细喽！"它当场拉了一泡屎给老虎看。老虎看到青蛙大便里的一根根虎毛，惊异地跳了起来，连身上的青蛙也

青蛙灵机一动斗老虎（扎西泽登 绘）

350

被甩出去了。青蛙爬起来一看，老虎早屁滚尿流地跑远了。

老虎在逃跑的路上遇到了一只马熊。马熊看到老虎失魂落魄的样子，好奇地问："你怎么这么惊慌失措的？"老虎详细地向它述说了自己遇到青蛙后发生的一切。马熊听后嘲笑说："老虎叔！你怎么这么傻呢！那么小的青蛙怎么可能吃得了你这只猛虎，你肯定是被它骗了！"说完，马熊就一直捧着肚子笑个不停。老虎听马熊这么一说，觉得确实有些疑问，但还是不敢回头去找青蛙。

马熊见老虎犹豫的模样，就对老虎说："你别怕，我来帮助你。我俩去找那只青蛙，我来教训它。"可是，老虎对马熊说："你先去吧。如果青蛙没吃掉你，我才敢来，不然，我不敢靠近青蛙。"马熊听了这话，又是一阵狂笑，劝老虎说："你根本不用担心。那么，就把我俩的尾巴绑起来，一起去找那只青蛙，我会在你面前就把它给吃掉。"老虎同意了马熊的意见，把它们的两条尾巴绑起来后，去找那只青蛙了。

青蛙看见跳跑不久的老虎和马熊一起向它走来，顿觉事情不妙，但自己既不能飞天，也不能入地，只能着急地看着它们越来越近。突然，聪明的青蛙灵机一动，装出很高兴的样子，大声对它们说："亲爱的好友马熊呀！你为什么那么长时间没送老虎来，我都快馋死了，快把这只老虎带过来吧。"老虎一听，以为自己被马熊欺骗了，于是一掉头，拼命往回跑。目瞪口呆的马熊还来不及解释，就被老虎活生生地拖过崎岖的狭路、污水坑、荆棘丛后死去了。

从此，就有了老虎怕青蛙的传说。而在现实生活中，老虎也从不吃青蛙。

大象不吃蚂蚁的由来

（墨脱县）

　　曾经有一只小鸟对大象说："我俩比力气如何？"一听到这话，大象哈哈大笑，便对小鸟说："像你这样的小鸟恐怕动不了我身上一根汗毛，还想跟我比力气？简直是天大的笑话！"

　　小鸟盘旋在大象周围说："你先别说大话。我俩现在就比一比，谁先能把这棵树推倒在地再说吧！"随后，大象和小鸟走到大树前。大象说："还是我先来把这棵树推倒。"说着就使出全身的蛮力，狠狠地往树上踢了一脚。树摇摇晃晃地似乎要倒了。这时，小鸟飞快地飞向树顶，用力地拍打自己的翅膀，造成了自己推倒大树的假象。这个景象恰巧被糊涂的大象目睹了，它大吃一惊，一声不吭地逃跑了。

　　在逃跑的路上，大象一不小心踩坏了一个蚂蚁窝。蚂蚁们非常生气，立刻爬到大象身上咬它。大象愤怒地对蚂蚁说："你们为什么平白无故地欺负我？"蚂蚁们回答说："别以为我们小，我们比你能干。我们的窝高的在天上，矮的在地下。你信不信，这次把窝盖在你的鼻孔里。"说着就钻进了大象的鼻孔。

　　大象一惊之下，立刻跳进了水中。可是，灵活的蚂蚁已经离开它的鼻孔，爬到了岸上。从这之后，大象非常谨慎，甚至吃草时也要查看清楚草地里有没有蚂蚁，怕把蚂蚁吃进肚子后，在肚子里做窝。

352

小鸟与大象比力气（扎西泽登 绘）

易容的兽王

（工布江达县）

很久以前，在一片茂密的森林中，各种野兽们相处融洽，过着幸福的日子。可是，这片森林里没有兽王。动物们商量着要选举出一个特别优秀、能干的动物，担任野兽之王来领导它们，于是开始寻找它们的领头者。

一天，一只狐狸在染坊里寻找食物时，不小心掉进了染色锅里，这使它非常恐慌。狐狸想尽办法、用尽力气，终于从染色锅里爬了出来。这时，它已精疲力竭，也没有了找食物的心思，心惊胆战地逃离了染坊。

逃出来的狐狸到河边喝水，在水中看到了自己的倒影。它发现染色后，自己不但比以前更加漂亮，而且变得独一无二。正在这时，来寻找野兽之王的野兽们刚好看到了这只独特的狐狸，便好奇地问道："你是哪类动物？是从哪里来的呢？"狡猾的狐狸机智地回答道："我是天帝派到世上担任野兽之王的。"

野兽们以前从未见过这种动物，便以为它真是天帝派来领导众野兽的，就选举这只狐狸为野兽之王。

被任命为兽王的狐狸变得越来越骄傲自满、好吃懒做，过着逍遥快活的日子。它不仅把众野兽当作自己的奴隶，还把身躯魁梧的狮子当作自己的坐骑四处游荡。按理说，狐狸当上兽王后应该爱护同类，但是，它反而对同类欺压、凌辱，使众野兽吃尽了苦头。

354

假冒的野兽之王狐狸被狮子看穿后杀死（扎西泽登 绘）

众野兽本以为有了兽王，就可以过上更加幸福美满的生活，但相反，有了野兽之王之后，它们的生活反而悲惨了。狐狸们意识到，如果继续任命那只"怪兽"为野兽之王，将会给同类带来不幸，于是开始在暗地里观察野兽之王的一举一动。功夫不负有心人，狐狸们发现，这个自称天帝派来的野兽之王其实是狐狸冒充的。

狐狸们悄悄地找到狮子问道："每月十五日的月圆之夜，兽王还骑着你到处游玩吗？"狮子回答道："不是，每月十五日的月满之夜，兽王都会让我休息，它单独去别处游玩。"

听到狮子的回答，狐狸们更加确信自己的判断，就对狮子讲，狐狸在每月十五日的月满之夜都会昏迷很长一段时间；十五日的月满之夜跟踪野兽之王，就可以确定它是否是狐狸假冒的。到了十五日月满之夜，兽王像往常一样离开众兽单独出去了。狮子悄悄地跟着它来到了一个山洞后，发现兽王已经昏迷了。此时，狮子不仅知道自己受骗了，而且还想到自己做了狐狸的坐骑，觉得受到了极大的侮辱，感到万分生气，便愤怒地扑向那只狐狸，一口把它吃掉了。

野兽们因为没有核实清楚，把狡猾奸诈的易容狐狸选为野兽之王，受尽了欺压、凌辱。而自以为是的易容狐狸，最后也逃不过暴露真容、魂断身亡的惩罚。

乌鸦与猫头鹰不和的真相

（工布江达县）

很久以前，在一片森林里有许多鸟类。一次，鸟儿们召开选举鸟王的大会。因为猫头鹰不但具有两只特殊的眼睛，在夜晚办事能力强，而且头上有两只又小又尖的、漂亮的角，显得威风凛凛，鸟儿们一致推举猫头鹰担任鸟王。

当猫头鹰兴高采烈地拍打着翅膀，威风凛凛地朝亮晶晶的宝座飞去时，乌鸦却突然说，猫头鹰千万当不得鸟王。这是因为，一是人类把猫头鹰当作不吉祥的祸鸟；二是它头上两只漂亮的角，实际上是不祥的凶兆；三是它的眼睛和嘴唇变黄，是因为上辈子偷吃父母的食物而造成的。

俗话说：一句话能吓死一个人。这句话真不假。鸟儿们听了乌鸦的话，对猫头鹰的态度开始变得冷淡了。自然，猫头鹰当鸟王的好梦也成为泡影。

从此以后，猫头鹰和乌鸦变成了死对头，到现在都没有解除仇恨。猫头鹰和乌鸦之间因为几句话，就成了生生世世的冤家。

这个故事告诉人们：在日常生活中，跟别人打交道时要注意方式方法，千万不要因恶言粗语得罪他人，导致变成冤家。

多嘴的乌鸦令猫头鹰当鸟王的好梦泡汤（扎西泽登 绘）

358

兔子智赶掠夺者

（工布江达县）

很久以前，在一座山的山腰上有一口好池塘。这口池塘不仅面积大，而且水质好，既清澈干净，又甘甜，池塘的四周果树环绕。一群兔子在果树林里享受着美好的生活。

有一年的夏天，天气异常炎热。一群大象为了避暑，四处去寻找阴凉的地方，寻着寻着就寻到了这口好池塘，纷纷跳进这口池塘戏耍，瞬间就把池塘的水弄得非常浑浊，池塘边的草也被溢出的水淹没了，原本优美、平静的地方被破坏了。

兔子们向大象提出抗议，要求它们离开此地，但由于没能找出合理的理由说服它们，大象们根本不把比自己弱小的兔子放在眼里，还把兔子们统统从这里赶走，霸占了这口池塘。

被赶到别处的兔子们感到既生气又委屈，经常商量着要想个办法对付那些大象。有一天，一只聪慧的兔子想出了一个妙计，深得兔群的赞同。

这天晚上，大象们在池塘边喝水的时候，突然从天空中传来一声怒吼："不要继续在这里，你们再把这口池塘弄脏，我就不客气了！"大象们惊恐失色，彼此小声询问着："是谁在说话？"

这时，只听那个声音又传了过来："我是月亮女神派来的使者，天地间所有的兔子都是月亮女神的家人。你们现在欺负地上的兔子，月亮女神非常生气，命令你们把这口池塘还给兔子，赶紧离开此地。

兔子智取被大象霸占的池塘（扎西泽登 绘）

要不然，月亮女神要让天气变得更加炎热，把你们全都热死。"大象本来就怕热，一听到月亮女神要把天气变得更加炎热，十分害怕。一只大象抬头望向天空盯了许久说："月亮中不仅有兔子的影子，而且还有一棵树呢。"这时，那个声音又说："现在，月亮会面朝大地把光线都收回去。月亮会一天比一天小，最后会放出炽热的光。"

大象们连续观察了几天后，惊奇地发现月亮不仅朝着大地，而且确实一天比一天小，感到万分恐慌。于是，它们承诺：我们马上离开此处，而且永不再回此地。

此刻，从天空中又传来那个声音："如果希望月亮朝上，大象们必须马上离开这口池塘。"大象们怀着虔诚的心，一会儿也不敢停留，立刻离开了这口池塘，离开了这片果林。

过了半个月，正好是十五日月满之时。大象们看到月满后，都感到非常高兴，继续开始了找寻阴凉之地的旅程，没有再回到兔子们生活的这片果林。

其实，大象们哪里知道，它们听到的来自空中的声音是那只智慧的兔子从果树上发出的。它是由伙伴们将身体叠加送上树的。

聪明的兔子

（巴宜区）

很久以前，在一片广阔的森林里，居住着一只老虎和一只兔子。从这片森林中来去的许多动物都被这只老虎吃掉了。习惯了每天吃肉喝血的老虎，在没有其他动物来往这片森林时，没肉吃，把兔子的伙伴及家人也残忍地吃掉了。长此以往，这林子就只剩下了孤零零的兔子，而且整日还要面临被老虎吞食的危险。兔子每每想到自己的伙伴和家人都是被这只心狠手辣的老虎吃掉的，自己就像孤独的杨树一样可怜，而且有一天也将被老虎吃掉，觉得必须想个办法让老虎讨还血债。

一天，适逢老虎的生日。兔子到市场买了一些红糖送给老虎。没有见过红糖的老虎便问道："这是什么？怎么这么甜！以前我从未见过，也从未尝过呢！""这是我从市场买来的老虎的眼珠，肯定好吃呀！"兔子回答道。老虎听了，生气地说："你的眼珠也应该很好吃，把你的眼球给我吃怎么样？"兔子吃惊地回答说："我也想把我的眼珠送给你吃，可是根本不好吃，像水一样无味，这是因为我们兔子平时吃的是草、喝的是水呀！"老虎又问道："那么，老虎的眼珠好吃吗？"兔子连忙回答说："非常好吃，因为你们是食肉动物，我俩不是同类。据说，如果吃异类的眼珠，就会难以消化，而且死后下到地狱，阎王会让它在炼狱炉中烧百回。如果有英勇的动物敢吃自己的眼珠，就会通往极乐世界，并且能够死而复生。我虽然个子小，没什么力气，但见多识广。这次你过生日，我带来的礼物就是关于你的眼珠有甜味的好消息。"

老虎对吃自己的眼珠可死而复生的事情仍持怀疑态度，它问道："挖掉我的眼珠，我真的不会死吗？"兔子回答道："你肯定不会死的。如果会死，天帝不会说吃自己的眼珠这类话。"老虎就对兔子说："你就帮忙，把我的右眼珠挖出来吧！"兔子装作一副非常钦佩老虎的样子说："老虎叔，虽然会有些痛，但为了你的下辈子，可要忍耐一下！如果忍受不了疼痛，叫出来的话，眼珠不仅会变味，还会影响你的下辈子。"老虎不耐烦地说："你怎么这么啰唆，东拉西扯地净说些没用的，快别说了。赶紧把我的眼珠挖下来吧！"边说边睁大眼睛，等着兔子挖眼珠。兔子又装出很关心老虎的样子唠叨着："老虎叔，你千万别喊疼。"老虎生气地大吼道："你再啰唆，我就吃了你。"兔子开始挖老虎的眼珠。老虎痛得实在忍不住，喊了几句："啊嚓！啊嚓！"兔子挖出眼珠递给老虎后说道："你的眼珠在这儿，尝尝味道吧！恐怕不怎么好吃，太可惜了！你虽然克服一切困难，把右眼珠挖出来了，但因为忍不住痛，发出了呻吟声，让眼珠的味道没那么香甜，而你下辈子一定会升天的。"说完，兔子用老虎能听得到的声调自言自语地说："老虎叔怎么这么有福气，身为兔子的我不会有这样的福气！"老虎将眼珠吃到嘴里后大叫道："怎么不甜？像水一样，一点儿味道也没有。"兔子急忙回答道："我不是说过吗？这是因为你发出了呻吟，太可惜了。"老虎信以为真，就静静地把眼球吃掉了。老虎的右眼被挖，疼得不得了，便责怪兔子说："你这个三瓣嘴，把我变成了瞎子，这下怎么办？"这时，兔子就说："勇敢的老虎叔，据说，吃掉自己眼珠者，在极乐世界的宫殿里，能够死而复生，从此长命百岁。虽然你在两天内会是瞎子，看不到任何东西，但是第三天就能恢复光明，这就是神的威力！啊！众生中就属老虎最幸运。为了能够享受这样的福泽，你就暂时忍耐一下。在你眼瞎的日子里，我会尽力照顾好你。三天后，你恢复了光明，就对我好一点吧。"此时，老虎暗想：过了三天后，兔子就会无限崇拜自己，成为自己的追随

聪明的兔子挖掉老虎的眼珠（扎西泽登 绘）

者。到时，我就可以把兔子当成奴仆，自享清福就得了。

于是，老虎又要求兔子把自己的左眼珠挖掉。兔子说道："老虎叔！这次，你千万别喊出声来。俗话说：吃得苦中苦，方为人上人。你一定要吃到香甜的眼珠哦！"说完就开始挖老虎的左眼珠。在挖眼珠的过程中，老虎忍受着剧痛，没有发出一点儿呻吟声。挖完眼珠后，兔子立刻把剩下的红糖塞进了老虎嘴里，并问道："这次味道怎么样？是甜味还是无味？"老虎颤抖着身体说道："就是痛得厉害些，但眼珠的味道非常香甜。男子汉就要这样。像你这样的死鬼，拔一根毛都会忍不住呻吟。"兔子回答道："是的，我没有福气，怎么会吃到这样的美味呢？"

挖眼后，老虎不仅非常疼痛，而且变成瞎子，什么都看不到了。这时，兔子把老虎带到一个陡峭的悬崖上，让它坐在悬崖边，生起了火，并拔下自己的几根毛用火烧后，对老虎说："老虎叔，请你往后退一些，不然，你那漂亮的毛就要被火烧了。"老虎往后退了退，对兔子问道："哇！三瓣嘴，我现在疼得非常厉害。吃了自己的眼珠，真的会化身为神吗？"兔子回答道："你希望变成神，那么千万不要后悔，要忍耐着点儿。天帝曾经这样说过：'没有福气的老虎，不会知道挖眼珠的事；挖眼珠的老虎，这就是在造福；挖掉眼珠后，疼痛会不断折磨，直到洗清所有的罪孽；洗清罪孽的老虎，将会通向极乐的天堂。'"说着，兔子又从自己身上拔下一把毛用火烧后，对老虎说："老虎叔！你再往后退点儿，火烧到你身上的毛了！"老虎也正闻到烧焦味，再往后退时，便掉下了悬崖。

从此之后，再没有动物伤害这只聪明的兔子。这片森林里，兔子、岩羊、狐狸、孔雀、鹦鹉等动物越来越多，生活也越来越和谐、美好。

大雁和乌龟

（巴宜区）

在一个大湖的旁边，住着一只乌龟。乌龟的邻居是两只大雁。它们常常一起到湖里游水，在岸边游戏。

很久不下雨了，湖水慢慢干涸了。没有水可不行呀，大雁想搬家，搬到有水的地方去住。

乌龟舍不得离开大雁，挺想和大雁一起搬家；大雁也想让乌龟和自己一起走，只是不知道怎么才能带走乌龟。

乌龟挺聪明，想了一想，想出个好办法来："我去找一根小棍子来，大雁哥哥咬着这一头，大雁嫂嫂咬着那一头，我呢，就咬着小棍子中间的部分。你们一起飞，不就把我也带着飞了吗？"

"好办法，好办法！"

乌龟蹦蹦跳跳，不一会儿就找了根小棍子来。大雁哥哥咬着这一头，大雁嫂嫂咬着那一头，乌龟咬着小棍子中间。两只大雁一起飞起来，乌龟果然被带着飞起来了。

大雁飞呀，飞呀，飞过一个村庄。村庄里的人们看见了，他们一齐喊起来："你们看啊，大雁带着乌龟飞。大雁真聪明，想的办法真好！"

乌龟听了，心里挺不高兴，心想：这办法是我想出来的呀，怎么能说大雁聪明呢？

大雁飞呀，飞呀，又飞过一个村子。村子里的人们看见了，他们

亲同兄弟的大雁与乌龟一起搬家（扎西泽登 绘）

也一齐喊起来："大家快来看啊，大雁带着乌龟飞。大雁真聪明！"

乌龟听了，更不高兴了，心想，这办法明明是我想出来的，怎么偏说大雁聪明呢？这一次，乌龟差点儿把心里的话说了出来。

大雁飞呀，飞呀，飞过第三个村子。很多人看见了，一齐喊起来："大家赶快看哪，大雁带着乌龟飞。大雁真聪明！"

乌龟听到这话，简直气炸了肺。它怎么也憋不住了，就大声地嚷起来："这办法是我想出来的！"

这一张嘴说话，乌龟就从天上掉了下来。

忘恩负义

（工布江达县）

　　早年间，在一处密林中生活着一群猴子。其中，有一只聪明善良、尊重朋友，又明辨事理的好猴子。

　　一天，这只猴子干活累了，就在一旁休息，突然来了一只海龟。猴子和气地问那只海龟："你从哪里来，出什么事了？"海龟回答道："我本是生活在大海中的龟类，由于前些日子发生了海啸，汹涌的浪潮把我们的住处全冲散了。我和父母、子孙全被冲散了，我也被海浪推到大陆上来了。海啸中，我们龟类家族受尽了苦难。"猴子听后大发慈悲，把海龟带到自家赡养起来了。这只海龟深受感动。从此，它们两个成了知心朋友。不久，海龟回大海中重振家业去了。过了几年，海龟回到大陆上找猴子。善良的猴子又把它请到自己家中招待，一起享用了丰盛的饮食，过了愉快的一天。海龟在猴子家中吃饱喝足之后，要回大海时，猴子又送了各种各样好吃的果子和食物。从那时起，海龟认定猴子情深义重。

　　后来，海龟的老婆对自己丈夫的所作所为强烈地疑惑。心想，自己的丈夫每次到大陆上去，不花任何代价，在那里又吃又喝，回家时还带来各种果实和食品，这究竟是怎么回事呢？它决定，找好朋友老卦婆算卦问卜。狡猾的老卦婆早就知道，自从海龟和猴子交上朋友之后，海龟一家富起来了，心中早已燃起忌妒的火焰，但一时无法去破坏，只好忍着等待时机。现在机会来了，正好可以狠狠地挑拨一

368

下海龟和猴子的关系。老卦婆装出一副算卦的姿势，对海龟的老婆说道："你的丈夫现在迷恋上了一只母猴子，如不赶快除掉这只母猴，你们夫妻之间从此就无法过上纯洁的情感生活。你放心，我有办法帮你除掉这只母猴。你听我的指挥，今晚装病躺在床上，等你丈夫一回来，马上让它到我这里来算卦，我替你狠狠地修理一下它。"当天下午，海龟又带着大包小包的水果和食物回来了，见自己的老婆病倒在床上，急忙上前安慰。它老婆怒气冲冲，上气不接下气地对海龟说道："你赶快去找算卦的老婆子，寻出我的病因，问一下该如何治疗。不然，这样下去，我会死的。"海龟听了，立即去找算卦的老婆子，见到她后急忙问道："今天，我妻子突然得了怪病，也不知如何去治，请您算个神卦查明。"老卦婆眉飞色舞、煞有介事地算了半天后说道："你的妻子因冲撞了鬼神八部神灵而病，可惜呀，可惜！现在，这种病一般无法治的，必须吃到猴心才能见效。如若没有猴心，那就无药可救了。"海龟听后，着急地回家了。

第二天，海龟又照常来到大陆的猴子家中，先把朋友奉承了一番，接着又说："你的大恩，我永远铭记在心。我俩的心，就像刀和刀把子一样是分不开的。我一定好好报答你的大恩情。你是我唯一的依靠，因此请多关照我。我想再次请求你帮一个忙，希望你不要拒绝。"猴子听后急忙问海龟："出什么事了？快告诉我。"海龟回答："昨晚我和老婆商量，一定要请你到我家做客，请务必赏光。"在海龟的反复邀请下，猴子只好答应。于是，海龟背着猴子入海赴宴。这场宴会，海龟专门邀请了邻居算卦的老太婆、蝎子王、蝌蚪王、鱼幢明王等前来跳舞唱歌助兴，场面隆重。宴后，当猴子要起身准备回家时，海龟又装出一副十分痛苦的模样对猴子说："不瞒你说，我老婆突然得了病，现在生命垂危，务请帮忙救救。"猴子听后，非常关切地说："哎呀！那怎么办呢？你为什么不早说？我们森林里有的是各种草药。这样吧，我俩马上回陆地去采药好了。"海龟沉思了片刻，随即抬起头，斩钉截铁地说："吃药根本不起作用。据名医说，必须吃一颗猴子心，才能医好我妻子的病。希望你大发慈悲，因为你能舍

善良的猴子摆脱阴险的海龟（扎西泽登 绘）

370

己救人，求求你救救我妻子吧！我会永远把你的恩德铭记在心。"猴子吓得猛然站了起来，傻愣着不知所措。但是，聪明伶俐的猴子转眼间就明白了，这是海龟策划的恶毒的阴谋诡计，于是轻快地说道："可惜呀！可惜。怎么这么不巧，你为何不早说呢？你不知道，我们猴子的心都存放在林中树巢里，我俩只能回陆地的森林中去拿回来。"话音刚落，早已等在角落里的老卦婆喊道："好哇，这样才好。你们赶快去拿猴心，快去快回。"她还进一步强调说："这种病，求神念经根本没有用，只有猴心才能医好。"海龟向猴子重复着说："只要这次救了我老婆，我将永远铭记你的大恩大德。"海龟背着猴子来到大陆，立即跑进森林里，到了猴巢树下，可海龟怎么也爬不上树。海龟又对猴子说："你能不能背我上树呢？"猴子回答说："我俩同时上树，又慢又麻烦还耽搁时间。你老婆病情危急，不如我上去把猴心扔下来。你只要在大树下张开大嘴，等着猴心落入口中，一到口中，务必将其吞到肚子里去。若拿在手上，它会烂掉的。"说完，猴子就爬到树上去了，而这只笨海龟老老实实地在树下张开大嘴等待着。猴子爬上树后，对准海龟的大嘴，狠狠地解下了一团猴屎。而海龟以为落入口中的是猴心，立即吞了下去，结果口中臭气冲天，差点呕吐。猴子在大树上唱歌讽刺道：

交邪为正善业低，欺骗引诱入海底。

若无智慧和才干，宝贵生命到危期。

深恩报怨不讨好，荼恩未遇水来报。

唯有自利不顾他，邪友焉能世人效。

胸中只藏自私利，目中无人最卑鄙。

图吃猴心却吃屎，损人不成把己欺。

此时此刻，海龟实在羞愧难言，只好狼狈地独自回到大海里去了。

大象和小猴

（察隅县）

古时候，在一处茂密的森林深处，有一块盛开着娇艳鲜花、生长着茂盛仙草的美好之地。树上挂满香甜的果实，让住在这里的各种野生动物共同享受着和谐之乐。

动物们像大家庭一般同吃山顶的鲜草，同饮山下的甘泉，幸福、安宁、祥和。

但是，身躯高大的大象总觉得自己是无与伦比的动物，是动物界唯一的大力士。而那机灵的小猴，也觉得自己的攀登绝技首屈一指。它俩总是喜欢把自己的特长彰显于公众面前，这种骄傲自大经常引起大家之间的不满和矛盾。

一天，大象和小猴谈论起居住在此的动物们各自的特长和技能。大象毫不客气地对小猴说道："这个密林中，就我的力气最大，无可比拟。我是动物中唯一能改变命运的大力士。"小猴听了非常不服气，立刻对大象说："我才不管谁是大力士！没有我的攀登绝技，谁也别想吃到高挂在树上的香甜可口的果实，光有力气有啥用！"并用藐视的眼神看着大象。争论一直持续到第二天晚上，还没有分出胜负。正在它俩辩得难分胜负之际，从不远的一棵大树上落下一只漂亮的百灵鸟歌唱着，悦耳的声音扣住了它俩的心神。小猴对大象说："大象呀，我俩的争论不如请这只鸟帮忙裁决好了。"大象也表示赞同，并对小鸟说："美丽的百灵鸟呀，请帮助裁决一下，大力和攀登这两种技能

百灵鸟裁决大象与小猴的争论（扎西泽登 绘）

究竟哪个重要？请做明确、公正的裁决。"百灵鸟仔仔细细地打量了一下它俩的外表，然后回答道："这个问题，我可以解决，但是要求你俩先到河对岸去摘来部分果实，拿到这里来让我吃，然后再作裁决好吗？"于是，大象和小猴同时来到河边。小猴见河水又深、水流又急，不由得胆怯起来。它心想，这河流湍急，怎么能过去呢？正在心急如焚的时候，大象大声对小猴喊道："请你快点过来，骑到我的背上来，这么点大的河根本不在话下。"说着，它背着小猴过河去了。它俩来到果园里，看到最大最好的果实都悬挂在高处。大象伸着长鼻也无法摘到果子，正在着急时，伶俐、活泼的小猴机灵地喊道："大象朋友呀！别着急。我能爬上树顶，把果实打下来。你在树下捡果子就是了。"小猴敏捷地爬到大树顶部，把又大又甜的果子全打了下来。

然后，它俩轻快地拿着那些又香又甜的果子，来到百灵鸟面前。在它们愉快地同享香甜美味的果实时，百灵鸟非常真诚地对大象和猴子说："其实，大力和攀登都是很好的特长，是缺一不可的。要不，今天怎能吃到这么好的果子呢？"

听了百灵鸟的一席话，大象心想：是啊，要不是小猴攀技高，就无法摘到果子。小猴也思索着，要是没有大象高大的身躯和大力气，自己是无法过河的。

从此以后，动物一族更加团结、和谐，在继续发挥自身特长的同时，非常注重学习其他动物的长处。

猫头鹰和乌鸦

（巴宜区）

　　自古以来，猫头鹰和乌鸦这两种禽鸟，结下了世代的怨仇，最后演变成了无可挽救的战事争斗。多次战争后，乌鸦的兵力逐渐削弱了。

　　若干年后，乌鸦王国脱颖而出一位非常聪明、善于出谋划策的军机大臣。它详细地调查研究敌我双方的状况后，向乌鸦大王提出了一套克敌制胜的方案。乌鸦大王果断地召集手下禽类们拔掉军机大臣身上的羽毛，然后将它流放到了无人区域里。

　　一天，猫头鹰的队伍在路途中发现路边有一只无羽毛的秃乌鸦，在可怜地喊叫："救命呀！救救我呀！无情无义的乌鸦大王把我赶到无人区，我现在变成无依无靠的孤独者了。"哭喊声夹杂着哀求声。猫头鹰王反复审问乌鸦，乌鸦坚持说："为了两国和谐相处，我经常劝乌鸦大王要珍惜友谊，可歹毒的它不但不听劝，反而用酷刑折磨我。你们看，我身上的羽毛全被它们拔掉了。"说完又继续哭喊起来。猫头鹰王国的大臣们一致认为，这是一场阴谋不可信，但猫头鹰王在与乌鸦的对话中，认为乌鸦是可信的，决定收留乌鸦。不久，乌鸦王国的这位军机大臣受到了猫头鹰王的重用，当上了它身边的军机大臣。

　　一天，乌鸦突然严肃地向猫头鹰王提议说："我们猫头鹰的巢穴根本不符合禽类巢穴的规范，需要进行改造。所有巢穴都应该用干柴搭

乌鸦用巧言蜜语迷惑猫头鹰（扎西泽登 绘）

建起来，巢穴内要用干草来铺，巢穴下面要留一个通风口。只有这样，才能预防严寒和预防疾病的传染，住起来也舒服多了。"猫头鹰王听后，对此建议赞不绝口；并立即下旨，命属下坚决执行、不得违抗。

众所周知，猫头鹰有白天睡觉、夜里出来觅食的生活规律。一天正午，当猫头鹰王国的所有禽类都在睡梦中的时候，充当卧底的乌鸦王国的军机大臣手举火把，来到猫头鹰的兵营中把所有巢穴都点着了。猫头鹰王国遭遇了灭顶之灾。

蝙蝠为什么没有毛和尾巴

（米林县珞巴族）

阿巴达尼猎获了许多猴子，请蝙蝠帮助把猴子肉运回家。蝙蝠满口答应。

蝙蝠运猴子肉时，有时来回都很快，有时一趟就花费很长时间。阿巴达尼在夸奖它速度快、勤快的同时，也因为有时拖拉感到万分不解，便询问蝙蝠。蝙蝠回答说："你母亲叫我背水去了。"

阿巴达尼见几次都是如此，心想：家里用不了这么多水，蝙蝠一定在捣鬼。他悄悄地跟在蝙蝠后面观察，发现原来是蝙蝠把好的猴子肉运回了自己家。

阿巴达尼赶回家里，看到蝙蝠运回来的都是不好吃的猴子的爪子，十分生气。

阿巴达尼找到蝙蝠，质问它为什么这样贪心，并责令它交出贪占的好肉。蝙蝠听了，耍懒说："肉已吃完了。"

阿巴达尼气愤地说："那就把骨头交还给我。"

蝙蝠狡辩说："骨头比肉还好吃，更是早就吃完了。"

阿巴达尼眼看要不到肉，就把蝙蝠带回家，关在装盐巴的竹筒里。结果，蝙蝠把盐巴也吃了个精光。

阿巴达尼没有办法，只好把蝙蝠关在装粮食的筐里，它又把粮食也吃光了。

阿巴达尼见蝙蝠已无可救药，只好在它的尾巴上绑上一把火

贪心的蝙蝠被阿巴达尼绑上火把后放走（扎西泽登 绘）

把后点燃，然后把它放走了。蝙蝠飞回家时，尾巴和毛都已被烧掉了。

因此，今天的蝙蝠没有毛和尾巴，而且满身黑得像烟熏的一样。

猫喇嘛与老鼠信徒

（米林县、墨脱县）

猫喇嘛把一群老鼠召集起来，说要给它们讲经。猫喇嘛说："听讲经时要虔诚、有纪律，听完讲经回去时都要排好队，不能回头看，否则，是学不好的。"老鼠信仰猫喇嘛，每天都遵照它的意思，到猫喇嘛的住处听讲经，并且来回都排着整齐的队伍，走路时也不回头看。

过了段时间，老鼠们发现自己的同伴不断减少，但谁也不知道它们上哪儿去了，连个影子都找不到。谁也说不清这是怎么回事。原来，当老鼠听完讲经回去的时候，猫喇嘛就悄悄地尾随在后面，找机会将排在队伍最后的老鼠逮住吃掉。老鼠走路时都不回头看，所以没有发现这个秘密。老鼠每天都去听讲经，猫喇嘛每次照例吃一只老鼠。

一天，老鼠们在猫喇嘛那里听完讲经回来后，一只上了年岁的老鼠说话了："伙伴们，大家一直在关心失踪的老鼠吗？我也在琢磨这个事。据我观察，我们每一次听完猫喇嘛讲经，在回来的路上就会少一只同伴。我敢说，这准是猫喇嘛捣的鬼！大家看看！今天不也是少了一只吗？"

老鼠们开始怀疑猫喇嘛了，想要探个究竟。于是，几只老鼠壮着胆子偷偷来到猫喇嘛的厕所，果然发现在猫喇嘛的粪便里有许多老鼠的毛和碎骨。

从这以后，老鼠再也不去听猫喇嘛讲经了。猫喇嘛知道阴谋被揭露了，羞得不得了。从此，它拉的粪便总是用土盖上。直到今天，猫儿还保留着这个习惯，怕大家知道这不光彩的事呢！

双面的猫喇嘛在虔诚的老鼠面前讲经（扎西泽登 绘）

鱼为什么生活在水里

（工布江达县、米林县、巴宜区）

从前，有位著名的大喇嘛，绝大多数动物都信仰他，唯有鱼对他不崇拜。

喇嘛就问鱼："世上所有的生灵都信仰我，而你不信。那你怎么生活？"

鱼说："反正我不能信你。既然世上不能待，我可以钻进水里。谁也甭管我。"说完，鱼真的钻到水里去了。

喇嘛气坏了，就想尽各种方法捞它出水。

可是，鱼躲在水底，捞也捞不着。

这样，鱼就一直待在水里，天长日久，逐渐无法在地面上生活，只能永远在水里了。

生活在水里的鱼（白玛层培 绘）

《林芝区域文化丛书》
第一届编撰委员会

总 顾 问	白玛朗杰
顾 问	赵世军　巴桑旺堆
总 策 划	旺　堆
副总策划	多吉次仁　达娃欧珠
策 划	普布多吉
总 编	桑杰扎巴
常务副总编	普布多吉
副 总 编	平措多吉　谢　英
	洛　桑　肖　鹤
编 委	次仁多吉　扎西洛布
	丹　增（林芝市朗县）
	尼玛次仁　米玛次仁
	莎　莉　甘丹平措
	王耀曾　扎西达杰
	刘安奇　成　燕
	苏永卫　达　瓦
	晋　美　杜元文
	巴里龙　扎　西
	丹　增（林芝市墨脱县）

ཉིང་ཁྲིའི་ས་ཁོངས་རིག་གནས་དཔེ་ཚོགས།

ཉིང་ཁྲིའི་ས་ཁོངས་རིག་གནས་དཔེ་ཚོགས།
林芝区域文化丛书

林芝民间故事

主　编　普布多吉　副主编　索　确

下卷

人民出版社

目 录

（下卷）

第四章　童话故事

第五章　生活故事

第六章　幽默故事

第四章　童话故事

　　何谓童话故事？童话故事是以奇异的幻想与现实生活相结合的形式，讲述人们与自然界的力量进行斗争并熟悉自然界，反抗压迫，消灭狡猾的坏人，展现社会地位低下的普通劳动者的聪明才智，以及男女青年的命运和儿童奇妙的经历等的故事。

　　童话是主要针对儿童读者创作的一种文学作品。收入本书的童话故事系民间童话故事。

生死沙山

（波密县）

　　从前，在一个村庄住着一对夫妻。他们膝下只有一个儿子。两口子把这个独子视作宝贝娇生惯养，根本不让他干活。没过多久，夫妻俩相继去世，这孩子孤零零地生活在世上。父母在世时的过分溺爱，让他既不会做饭，又不会缝补衣裳，更别说干农活，没有任何独立生活的能力，只能过着坐吃山空的生活。

　　当父母留下的食物、衣物全用完后，迫于生计，孩子不得不衣衫褴褛地外出乞讨。一次，他来到一个村子讨饭，被一位好心的妇人看见。她想，这孩子看着挺聪明的，只可惜被父母溺爱，不但什么都不会做，而且变得如此懒惰。我得想个法子，让他成为自食其力的人。

　　于是，妇人把男孩儿叫过来，问他想不想念过世的父母。男孩儿不假思索地回答说："非常想念。"妇人说："如果是这样，你到一座叫作生死沙山的山上，就能见到你已故的父母。你愿不愿意到那座山上？"一想到能够见到自己的父母，男孩儿喜出望外地说："我非常愿意去，一定要去。"

　　妇人把一根针和一个线团交给男孩儿，指着当地最高的一座山说："你爬上那座山的山顶等待一天，就能见到父母了。"男孩儿信以为真，他走了几天后，方才到达山顶。一天、两天、三天、四天……他就这么一天天地等待着，却不见父母的影子。相反，山顶凌厉如箭的风从他满是破洞的衣服吹进来，疼痛和寒冷难以忍受。为了御寒，

好心的妇人为孤儿指点迷津（张晓飞 绘）

他取出针线，慢慢试着将衣服上裂开的口子一一缝好，甚至自己动手，垒了一间简陋的围子待在里面，感觉暖和多了。

过了好多天，还是没有见到父母，男孩儿只好离开生死沙山，去找那位妇人。妇人问他，见到你父母没有。男孩儿带着一脸无奈、失望的神情说："不要说见到父母，要不是有这些针线，我就被冻死了。"

妇人佯装十分欣喜的样子道："你见到父母了呀！这父母指的就是你自己啊！"男孩儿大吃一惊，问道："为什么呀？"妇人答道："靠自己的双手生活，学会生存的技巧，就等于见到父母了呀。"

小男孩儿回到自己的家里，心想：再也无法实现见到父母、让父母照顾的愿望了。如果不靠自己的双手创造幸福的生活，没有别的指望。从此，他养成自己动手的习惯，以父母留下的房屋和田地为基础，从事农业和牧业生产，最终过上了自食其力、衣食无忧的生活。

386

乞丐来到阎王殿

（波密县）

以前，有一个四处流浪的乞丐。一天，他外出讨饭，途中又渴又饿、疲劳不堪，但四周又没有人烟，便坐在路边的一块草甸上，从口袋里取出糌粑，因为没有找到水，只好干吃了几口糌粑。消除了饥饿和疲惫之后，他折了一根细草，迎着温暖的阳光，惬意地躺在草地上剔起了牙齿，不知不觉中，迷迷糊糊地睡着了。

这时，一群小鬼来到乞丐身边，把他围起来，十分好奇地左看右看，上下端详并争论起来。有的小鬼指着他插在牙缝里的那根细草说，这个人好像早就死了，瞧，白骨里长出了草。有的小鬼说，这个人好像是刚刚死的，看，嘴角还粘着糌粑。乞丐被小鬼们吵醒了，但他一动不动地躺着，听着小鬼们的议论，想看看这些小鬼究竟要干些什么。只听小鬼们争论一番后，有些小鬼大声喊道："要说这个人早就死了吧，明显看得出嘴边粘着糌粑。要说是刚刚死的吧，骨头上长出草，也是千真万确的事情。总之，这个人的死法很奇怪。这个死尸很少见，有可能非常珍贵，我们把他抬回阎王殿里，请阎王看一下不好吗？"小鬼们对这个提议都表示赞同。于是，它们连抬带扛，七手八脚，像蚂蚁搬家似的把乞丐抬了起来。它们一路疾走，遇见悬崖腾空而过，遇见大河踏浪飞奔。胆大的乞丐对所谓阎王殿很感兴趣，就由着小鬼们任意抬着他前往目的地，最终被带到阎王殿里。

阎王宫殿，既富丽堂皇，又阴森恐怖，极为神奇。里面堆放着

一群小鬼抬着装死的乞丐（张晓飞 绘）

金银、绿松石、珊瑚、珍珠、琥珀等数不尽的珍宝，花花绿绿一大片，令人眼花缭乱。小鬼们一个个牛头马面，龇牙咧嘴，叫人不寒而栗。小鬼向阎王禀报了刚刚发生的情况。阎王斜坐在黄金宝座上说："把他带上来。"小鬼们刚把这具"尸体"抬到阎王跟前，乞丐突然腾地一下站起身来，"哎嘿嘿"地一连大声喊了几遍。这喊声大得让整座阎王殿震颤起来。紧接着，他把宫殿里间的东西扔到外间，把外间的东西扔到里间，弄得像炒麦一般乱七八糟的。阎王、小鬼个个抱着头，大呼小叫地逃之夭夭，不见踪影。

一番折腾后，乞丐把各种珠宝满满当当地揣在怀里，梦游般地回家了。

乞丐把从阎王殿里拿来的一部分珠宝卖给别人，买了房子和田产，还娶了一个漂亮的媳妇。这个昔日以乞讨为生的人，摇身一变，成了一个富有的、尽享欢乐生活的人。

388

当地有一个心怀私欲、觊觎他人利益的富人得知乞丐抖然而富的消息后，便专程到这个过去以乞讨为生的人家里询问："你是如何从一个要饭的突然变成富人的？"心地坦荡、诚实的昔日乞丐，把情况毫无隐瞒、一五一十地讲了出来。富人听完他的传奇故事，心头燃烧起欲望的火焰，翻腾起忌妒的浪涛，刮起贪婪的风暴，下决心到他去过的那个无人的荒野。

富人扮成乞丐，跑到那个荒无人烟的地方，嘴角两边抹些糌粑，牙缝里插上一两根细草，躺在路边装死。过了一会儿，许多小鬼在此聚集，围观这个装死的富人。又经过激烈的争论之后，小鬼决定将他抬到阎王殿里，请阎王鉴定生死。穿过山上的小路，小鬼们把富人带到了险峻的山崖上。

当走过又高又陡的山崖时，小鬼们不停地喊着一、二、加油，一、二、加油，一、二、加油。装死的富人心想，是快到阎王殿了吧？他们想干啥？这么想着，他微微睁开双眼一看，看到悬崖峭壁，吓得魂飞胆丧，生怕自己掉下去，不禁对那些抬着自己走的小鬼们说："求求你们，别让我掉下去啊。"小鬼们听到他的声音，吓得连连叫着："这是僵尸，这是僵尸。"将他丢下悬崖，跑得无影无踪。这个充满忌妒和攀比心、狡猾奸诈、一肚子坏心肠的富人，坠入谷底粉身碎骨，丢掉了小命。

装死的富人被小鬼群们丢下悬崖（白玛层培 绘）

乐观和悲观

（波密县）

从前，有一对夫妻生了一对双胞胎儿子。夫妇俩分别给这两个儿子取名为嘎嘎（欢乐）和觉觉（忧愁）。这对双胞胎兄弟虽然是同父同母所生，在同样的环境中吃着同样的食物、穿着同样的衣服长大，性格却迥然不同。

嘎嘎善良、乐观，不论遇到啥事儿，每天总是欢欢喜喜地度过。而觉觉就不同，不论父母如何竭尽全力地照顾、呵护，他总是在傲慢、任性、惊恐、焦虑、悲观中打发日子。

看到这种情况，夫妇俩商量道：这俩孩子的性格差异如此之大，其原因恐怕在于我们做父母的。为什么呢？因为一个叫嘎嘎，另一个叫觉觉，给他们取的名字就不公平，也许是缘于这种预兆，一个非常乐观，而另一个却是那样的悲观。为了补偿，凡是最好的玩具都给觉觉买，最好的衣服都给他穿，最好的食物都给他吃。而嘎嘎却每天都在牛粪堆里打滚玩耍，即使这样，嘎嘎也能把形状各异的牛粪捧到怀里，认为这块牛粪像什么什么玩具、那块牛粪又像什么什么，愉快的心情不言而明。可是，待在五花八门的玩具堆里的觉觉总是满脸的怒气、傲气，甚至不顾父母、兄弟及周围人的感受，任性地把很多玩具都砸坏了。

夫妇俩经过长时间的思考，最终领悟到一个道理：改变一个人的性格，并不能单凭外在的物质条件。如果不能借助内心正确认知事物

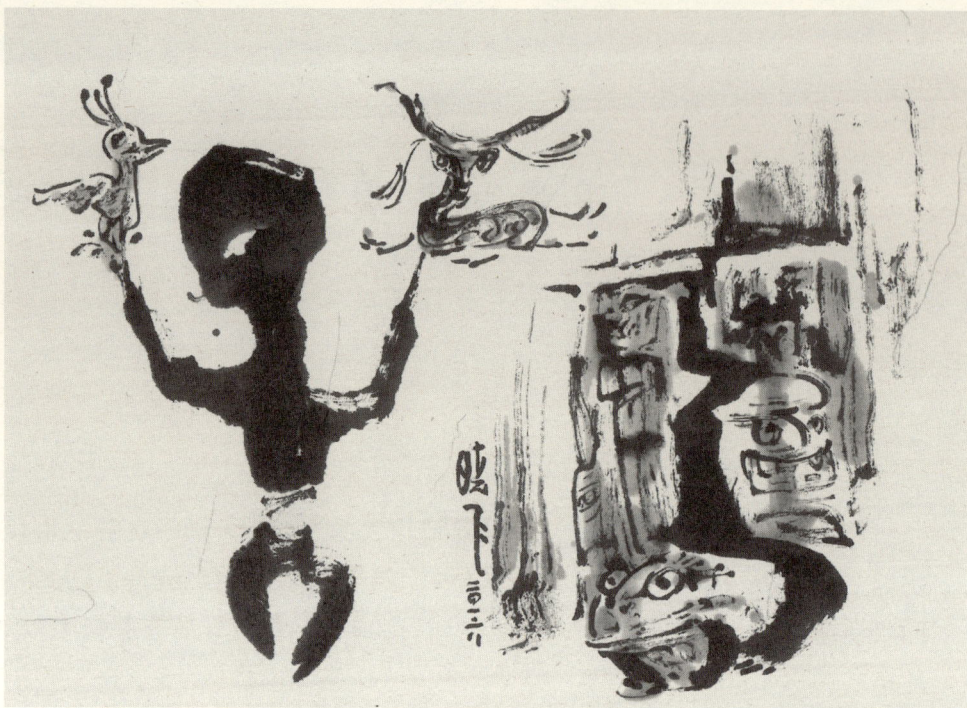

在乐观的小孩眼里，所有事物都是玩具（张晓飞 绘）

的智慧来加以改变，就别无他法。

这个故事向人们揭示的道理是：一个人一生的喜忧并不仅仅取决于外部环境和物质条件，而主要在于对内心的把握。不管我们身处什么样的环境、遇到什么样的困难，都不能悲伤、沮丧。与其如此，还不如静下心来，以自信、勇敢和乐观的态度改变自己的内心，这才是至关重要的。

四 个 朋 友

（墨脱县）

很久以前，有一个孤儿。他与自己的三个朋友以狩猎为生。他们四人和睦得如同一个父母所生，不管是谁打到了猎物，都真诚地共同分享。

一天，孤儿独自外出打猎，遇见了一位被饥渴折磨的老汉。他把自己身上所带的生活必需品拿给那位老汉，谦虚而又真诚地向他请教狩猎技术等问题。老汉心想，这是个品行善良、可爱的孩子，不仅教导他如何做人，还说有件礼物要送给他："你住的房子前面那棵松树下埋着一陶罐银子，把它挖出来好好用吧。"

孤儿向老汉表达谢意后，马上回家，把这事儿告诉给自己的朋友们。大家一起来到树根旁挖了起来，挖了一会儿，还真的挖到一陶罐银子。他们高高兴兴地回去，商量如何分这罐银子。

孤儿的三个朋友一见到钱，就已心生贪念。其中年纪最大的提议：咱们先取出一块银子，买些青稞酒和肉，吃个痛快，庆祝庆祝，然后再慢慢分其他银子。大家一致认为这个主意不错，就让其中一个人去买肉，派另一个人去买青稞酒，由孤儿去拾柴火，剩下的一个人留在家里守银子。就这样，大家都分头去完成各自的任务。

孤儿的三位朋友心里都盘算着，即使一辈子打猎，也攒不了这么多的财产。这会儿可得想办法，把这些财富据为己有。在家看银子的人打算躲在门后，待其他三人回来时，用木棒狠狠敲击他们的头部，将他们一个个打死；而去买青稞酒和肉的两个人也预谋往酒、肉里投毒，毒死另外三个人；唯有孤儿真心诚意地捡拾柴火，还萌生了与朋友们共享幸福生活的许多想法。

去买青稞酒的人想到自己有可能成为人羡己乐的富豪，兴高采烈地哼着小曲，带着青稞酒回到家里。他刚把酒罐搁在桌上，就当头挨了一棒子，立刻血流如注，倒地身亡。

去买肉的人心想着所有银子准该归他一个人了，也高高兴兴地回到家里。他的一只脚刚跨上门槛，一记闷棍就打在他的脑门上，顿时眼冒金星、晕晕乎乎，不久就倒地身亡了。

当孤儿兴奋地背着一大捆柴，气喘吁吁地回到家里时，躲在门后的"朋友"使出全身力气，高举木棒砸向孤儿，结果却打在了孤儿背的柴火上。孤儿一时没反应过来，一个嘴啃泥，倒在了地上。

看家人见孤儿也"死了"，高兴得拿起那罐银子正要逃离。他回头看见一桌子好酒好肉，顿觉饥饿，便把三个朋友的尸首集中到一个角落。他心想，慢慢吃个饱、喝个够再离开也不迟。他享用着青稞酒和肉，盘算着用银子购置啥样的土地、房子、家具，娶啥样的媳妇等事情，一会儿工夫就把桌上的大半酒肉装进了肚子。他抱起装满银子的陶罐，直起身正想离开，突然肚子疼痛难忍，嘴里哑儿哑儿冒出白沫。他一阵恶心，倒地，吐血，死了。

过了一会儿，孤儿苏醒过来。他慢慢站起身，环视四周，发现三个朋友都已经死了，装有银子的陶罐倒在地上。他努力回想刚才发生的事情，这时感觉自己的脑袋隐隐作痛，方记起刚才有人打自己头部的情景。他对朋友的死因进行仔细调查后，明白了起心害人、自食其果的道理。

于是，孤儿把村民们叫过来，向他们说明了三个朋友的情况，把他们的尸体掩埋起来。为三个朋友的善根着想，孤儿将银子分发给穷困潦倒的村民、衣不遮体的乞丐，剩下的一部分银子向僧众布施供养，另一部分用于佛像和佛塔的新建与焕彩。他自己跟往常一

贪心、残忍的后果（张晓飞 绘）

样，继续过着狩猎的简单生活。他的这种善意善行被人们口口相传，名扬四方。这个诚实、利他的孤儿最终被当地一个财主的小女儿招为丈夫。从此，女孩在家务农，孤儿外出狩猎，两人过着平凡而幸福的生活。

动物救姑娘

（波密县）

很久以前，有一个地方，经常发生罗刹鬼（恶鬼）跑到村子里抢走小孩的事件。而村子里有一个单亲家庭，母亲叫次珍，带着名叫玉珍、年方五六岁的女儿生活。

一天，次珍妈妈要到树林里拾柴，没法把玉珍也带上，无奈，只能把她一个人留在家里。次珍上山前再三叮嘱女儿："我把你关在屋里，锁上门，从窗户里把钥匙递给你。直到妈妈拾柴回家，谁叫门你都不要开门，钥匙不能随便给人家。"说完，锁上门上山拾柴去了。

次珍走了没有多久，那个食人的罗刹鬼就来到门外，喊了两声喂、喂。玉珍姑娘天真地问："你是谁？我妈妈不在家。妈妈叫我不要把钥匙给别人，也不让给你开门。"罗刹鬼听了天真姑娘的一番话后，认为可以好好骗一骗这个孩子了，于是用女人一般尖溜溜的嗓音喊道："姑娘，姑娘，我是妈妈呀，快把钥匙给我。"

玉珍半信半疑地说："如果你是妈妈，就把手从窗户伸进来吧，我把钥匙给你。"罗刹鬼一乐，忙把一只长满毛的手伸进去，装出十分亲切的声音道："把钥匙递出来吧。"

玉珍一看，分明是一只毛茸茸、黑乎乎的手，万分惊骇地说："啊哟，这不是我妈妈的手。我妈妈的手没有长这样的毛。"罗刹鬼想了想，说："姑娘，不让开门，那就给个火。"玉珍姑娘不知道罗刹鬼用火做啥，就把火从窗户里递了出去。罗刹鬼用火把手上的毛烧掉，

396

玉珍姑娘被罗刹鬼关进岩洞（张晓飞 绘）

再一次把手伸进窗户道："姑娘你看，我的手上没有毛，真的是你妈妈呀。"

玉珍姑娘见来者手上没有戴镯子，就说："哦嚯，妈妈戴着手镯，你没戴，我不给你钥匙。"她仍然没把钥匙给它。

罗刹鬼又想到一计，它从门口的麦草垛里拣了几根禾秸，编了只手镯戴上说："姑娘，你瞧。"说着，把手伸给姑娘看。玉珍把钥匙递到了它的手里，但由于心存疑虑，便趁罗刹鬼开门之际跑到里间，躲在扣放在黑黢黢的角落里的一口铜质大水缸下面。

罗刹鬼到房子里搜了个遍，也没找到姑娘，失望地、长长地叹了口气，同时忍不住放了个响屁。玉珍忍俊不禁，哧哧、哧哧地笑出声来。罗刹鬼因此发现她躲在水缸下面，立即像鹞鹰捉小鸟似的把她抓起来带走了。

次珍拾柴回到家里时，发现不见了玉珍，知道是罗刹鬼带走的。她立刻把一皮囊糌粑团揣进怀兜，哭着去追赶罗刹鬼。路上，一只喜鹊看见次珍妈妈边哭边赶路，便问道："大娘，你怎么边哭边走呢？"次珍答道："我不哭谁哭？我女儿被罗刹鬼带走了，我去找她。"喜鹊说："请给我一小坨糌粑。我虽没有什么力气，但是不管能帮上多大忙，都可以陪你去。"次珍妈妈给了喜鹊一坨糌粑，喜鹊就陪她一起追赶罗刹鬼去了。

　　走了一程后，她们遇见了一只小乌鸦。小乌鸦问："大娘，你哭着鼻子上哪儿呀？"次珍回答道："我不哭谁哭？我女儿被罗刹鬼带走了，现在去找她。"小乌鸦也说："请给我一坨糌粑。我虽没有什么力气，但是不管能帮上多大的忙，都可以陪你去。"次珍又给了小乌鸦一坨糌粑，小乌鸦也跟她们一起上路了。

　　她们走着走着，遇见了一只狐狸。它向次珍妈妈询问哭泣的缘由，次珍如前回答，并给了狐狸一坨糌粑。狐狸也陪着次珍妈妈一同去了。

　　途中，一只兔子看见她们，也问次珍妈妈为什么哭。次珍妈妈也跟前几次一样作了回答，并给了糌粑。这样，兔子也陪次珍妈妈一起去了。

　　最后，遇见了一只猴子和一只大雁。它们俩也问了原因，做得跟前面一样，之后，也跟次珍妈妈她们一起去了。

　　她们一路走去，发现罗刹鬼坐在一个挂着冰柱冰吊、可怕的岩洞口晒太阳。她们得知玉珍姑娘就在岩洞里，就为如何施救展开了讨论。猴子建议道，由狐狸、兔子和自己负责哄罗刹鬼，转移它的注意力，喜鹊、小乌鸦和大雁跟次珍妈妈到岩洞里救玉珍姑娘，大家都表示同意。

　　于是，狐狸、兔子和猴子跑到罗刹鬼能看得见的地方玩耍、跳舞。罗刹鬼对此非常好奇，饶有兴致地看着狐狸、兔子和猴子演戏。在这当儿，次珍妈妈、喜鹊、小乌鸦和大雁到岩洞里找玉珍，只见玉珍被罗刹鬼装进一个用人皮做的大口袋，吊在它烧火做饭的炉灶上方。次珍妈妈轻轻地把口袋放下来，将女儿抱出来。为避免被罗刹鬼发现，飞禽们搬来了冰块。次珍妈妈把冰块装入口袋里，仍旧吊在炉灶的上方，背起玉珍逃了出来。

玉珍姑娘脱险后，狐狸、兔子和猴子便停止跳舞，追赶次珍母女和飞禽们而去了。

过了一会儿，罗刹鬼回到岩洞里，生起火。不久，装在人皮口袋里的冰块被火烧热，开始往火里滴水。见此，罗刹鬼就说："小姑娘，别往火里撒尿，不然，我马上就把你吃掉。"又过了一会儿，水滴得更多了。罗刹鬼便将屠刀在磨刀石上霍霍地磨出响声，用恐怖的声音喊道："喂，姑娘你还往火里撒尿。我要马上剖开你的肚子，吃掉所有内脏和肠子哦。"然而，冰块被火融化后滴下来的水，哪会因罗刹鬼的恼怒而停止？罗刹鬼无可奈何地站起身，把嘴张得如洞口般大，狠狠地去咬人皮口袋。口袋里的冰块磕掉了罗刹鬼的牙齿，罗刹鬼这才发现玉珍姑娘已经被劫走，气急败坏地去追赶。

眼看罗刹鬼就要追上来了，狐狸让次珍母女先走，自己装成拾柴的，在路边削斧头把子。罗刹鬼一见狐狸就问："喂，你看见有位姑娘从这条路过去了没有？"狐狸说："没有看见。不过，你要是个追姑娘的，就用这根木棍在你的脚胫骨上打几下，你跑的速度就会很快。"罗刹鬼一听，对狐狸说："如果是这样，你就往我脚上打一下。"狐狸使出全身的气力，用斧头把狠狠地打了一下罗刹鬼的胫骨，转身逃走了。罗刹鬼痛得忍不住哎哟哎哟地不停呻吟着，一时间别说追赶，连步子都迈不开了。

待疼痛减弱了一些，罗刹鬼便硬着头皮去追玉珍姑娘。就在它快要追上时，猴子让次珍母女先走，自己装作木匠，在路边做起箱子来。罗刹鬼看见猴子就问："喂，你看见一个姑娘打这条路走过去没有？"猴子立刻回答道："看见了，看见了，你可能撵不上。不过，你若钻到这只箱子里去追的话，这只箱子会像鸟一样飞，马上就能追上了。"罗刹鬼听到这话，一乐，说："那么，你把这个箱子借给我吧。"猴子痛快地说："当然可以借。"说着就把箱子打开，对罗刹鬼说："请

罗刹鬼把骗来的玉珍姑娘放进口袋（陈秋丹、江村 绘）

钻进去吧。"罗刹鬼心想，这下，我可以撵上那姑娘了，就毫不迟疑地钻进箱子。猴子随即麻利地关上箱子，套上锁，把箱子从高高的悬崖上扔了下去，掉进了深不见底的沟壑。罗刹鬼绝望地发出震颤山河的叫喊声，转眼间摔得粉身碎骨，见阎罗王去了。

从此，次珍母女及生活在此地的人们彻底摆脱了罗刹鬼的侵害，得以享受幸福、恬静的生活。

巴 杰

（巴宜区）

巴杰是个身体肥胖、高大，智力低下，口齿不怎么伶俐的人。他每天都到沟头放牧，这种形单影只的生活和独撑风雨的人生，使他整天胡思乱想。

在一个阳光灿烂、温暖如春的日子里，巴杰赶着牲畜，如往常一样去放牧时，看见一只兀鹫在高空盘旋。望着兀鹫的盘旋技巧和飞翔姿态，他一时惊奇地愣在那里，边思考，边自言自语道："唉，这些飞禽具有在天上飞翔的本领，可我呢？一个瑕疵满身的人，别说与鸟王兀鹫比，就连一只小鸟也比我强。"想着想着，巴杰不禁为自己的缺陷长叹了一口气。

过了一会儿，他来到一处水池边，看着鱼儿、青蛙和蝌蚪等在水池里自由自在地游动，又叹气道："我这个瑕疵满身的人，别说在水里生存，就是在水里待一会儿都会憋死。我的技能，连水里的这些弱小动物都看不上。"

继而，他把牲口赶到一块平地上。身边的猪哼叫着用鼻子拱地，挖出富有营养的人参果，发出吧唧吧唧的声响，愉快地吃着。看到这情形，巴杰又想到自己是个瑕疵满身的人，鼻子哪能拱起这么硬的土，这些猪的能力都比他强，不禁叹气连连。

这时，下起了暴雨。牲口们在雨中继续悠闲地吃着草，一点儿也没有冷得要躲雨的意思。巴杰的衣服被雨淋湿了，哆哆嗦嗦地打起了

心思不定的巴杰（张晓飞 绘）

寒战。他望着眼前这些牲口又想到："我是个瑕疵满身的人，连这些牲口也比不上。"并为自己的困境暗自嘲笑自己。

看着这些牲口，巴杰若有所思。这些牲畜不用为衣物费心，冬天再寒冷，穿的是与生俱来的衣服；夏季再炎热，穿的也是与生俱来的衣服；既不用为这些衣服破损去犯愁，也用不着为这些衣服变旧而担忧。他自言自语道："我虽为自己投胎为人而自傲自满、自以为是，可怎么能比得上这些牲口的生存能力？"说完，又不由得长叹一声。

雨终于停了，云层中闪耀着太阳金灿灿的光芒。巴杰感觉身子有了暖意，肚子也饿了，便从怀里取出干粮准备吃。可是，一看见牲畜正在享用自然生长的水草，他又为此而自爱自怜："我是个瑕疵满身的人，连这些牲口也比不上。这些牲口不用干农活，可以食用天然水草；而我却没有享用这些水草的本事，只能勤奋务农、放牧。"巴杰又羡慕起牲口的生存状态。吃完干粮，他把仅有的一块肉也吃掉了，

402

把骨头扔到了地上。

此时，来了一条狗。看到它美滋滋地吃掉骨头，巴杰又惊愕道："这条狗的能耐也比我大，不但能吃肉，还能把我吃不动的骨头也啃光，能够吸收骨头里的营养成分。我这个瑕疵满身的人，可比不上这条狗寻找食物的本事。"想着想着，他不由得唉声叹气。巴杰的一天，就这样在不停的哀叹中度过了。

这个故事向人们揭示：事事与别人攀比，就会有无穷无尽的怨恨；应该发现自己的长处，修好妙慧。

杰鲁王子和小叫花子芝推

(波密县)

从前有一处叫杰的地方，那里气候宜人、经济富庶、人人为之向往。在杰的上部住着叫杰堆的国王。国王有一位叫杰鲁的王子，王子相貌俊秀、心地耿直。杰的下部，有个跟王子同龄的小叫花子叫芝推。他相貌丑陋，心狠手辣，不顾及业与业果，担任着王宫的放牧工作。

王室有三位公主，分别叫斯鲁、欧鲁和童鲁。她们三人每天轮流跟芝推一起去放牧。

一天，杰鲁王子代替大公主斯鲁跟芝推去放牧。他俩把畜群赶到山上吃草，然后进行射箭比赛。糟糕的是，杰鲁王子的箭射进旱獭的洞穴取不出来。当王子脱掉衣服，钻进旱獭洞里取箭时，小叫花子芝推心生歹念，往旱獭洞口塞入荆棘，堵住王子不让他出来，然后用烟熏旱獭洞，并威胁道："喂，杰鲁，你是想死呢，还是什么条件都答应我？"杰鲁王子无可奈何地说："大哥，只要你不杀我，我不但一切都听你的，而且还要报答你这次不杀之恩。"芝推想到自己的愿望有望实现，便说："那么，你和我把名字、装束、身份等全部换掉，你做小叫花子，我当王子可以吗？如果觉得这么做可以，你就发誓，今后即使到了生死关头，也不得变卦。"杰鲁王子应允按小叫花子所说的那样去做，为防止将来有变数，以三宝为证发了誓。

杰鲁王子从旱獭洞里出来后，穿上小叫花子的破烂衣服和鞋子，

404

杰鲁王子和小叫花子芝推比射箭（白玛层培 绘）

往白里透红、俊美得可与仙人媲美的脸上涂抹了一层纸筋泥，再擦上炭灰，弄得跟小叫花子一样又黄又灰。而小叫花子芝推则穿上王子的用绫罗绸缎做成的衣服，把又黄又灰的脸洗洗擦擦一遍后，涂脂抹粉一番。晚上，转变了身份的两个人，赶着畜群回家了。打这天晚上起，杰鲁王子就睡在楼下小叫花子满是虱子和跳蚤的卧室；而小叫花子芝推却在楼上天宫般的王子卧室里，盖着绸缎被子睡觉。

次日，王室依旧和往常一样给孩子准备了干粮，给装扮成小叫花子的杰鲁王子备上一皮囊难闻的酒糟拌糌粑和一块没法吃的山羊脖子，让他俩去放牧。这天，一同去放牧的是大公主斯鲁。一路上，她对"小叫花子"恶言恶语地谩骂。当他俩把畜群赶到山上后，"小叫花子"问姐姐："姐姐，我们俩谁到上围子，谁到下围子？"斯鲁生气地说："平时，我就待在上围子，你待在下围子，为什么今天又要问？"之后，她到上围子，让"小叫花子"待在下围子。临近中午，"小叫花子"问斯鲁："姐姐，我俩的干粮一起吃，还是各吃各的？"斯鲁说："我吃的是酥油、一皮囊糌粑和一条绵羊腿肉，你想吃，我也不会给你的；你吃的是一皮囊酒糟拌糌粑和一块没法吃的山羊脖子，你给我，我也不想吃。所以，我俩只能各吃各的，怎么可以一起吃呢？"就这样，他俩吃了各自的干粮。

过了午后，"小叫花子"问斯鲁："姐姐，我俩谁去把远处山头的牲畜赶下来，谁去收拢近处草甸的牲畜？"斯鲁回答道："你是我家的放牧员，远处山头，你不去谁去？我是王国的公主，我不待在近处草甸，谁待在这儿？"说完，她让"小叫花子"到远处的山头，自己留在近处的草甸。

"小叫花子"在远处的山头收拢牲畜的时候，不禁用动听的歌喉唱起了一首哀怨的歌曲：

> 看得见看得见看得见，山下面美丽的家园；
> 怀念啊怀念无穷怀念，童年时母子的深情依恋。
> 杰鲁在杰堆的日子，尽是请进来的恭候；
> 杰鲁在杰麦的日子，尽是滚出去的斥吼。

漂亮的金戒指，上面布满石子；

除了乞丐和我，别人焉能得知？

斯鲁公主一点儿也没有听懂这首歌的意思，只从远处大声吼道："喂！你个小叫花子芝推，别在这儿耍嘴皮子、唱好听的，赶快把牲口赶过来。"

第三天，"小叫花子"的帮手是二公主欧鲁。装扮成芝推的杰鲁王子把问过大姐的话向二姐问了一遍。二公主的回答跟大公主的没有一点儿区别。

下午，"小叫花子"悲伤地在远处的山头集中牲畜的时候，又一次唱起了那首哀怨的歌曲。二公主欧鲁也没有听懂这首歌的意思，也怒斥他："喂！你个小叫花子芝推别在这儿耍嘴皮子、唱好听的，赶快把牲口赶过来。"

第四天，跟杰鲁王子去放牧的是三公主童鲁。他俩把畜群赶到山上后，装扮成芝推的杰鲁王子仍然和先前一样，问自己的姐姐："姐姐，我俩谁待在上围子，谁待在下围子？"三公主童鲁是个性情温和、心地善良、富于同情心的人，她说："弟弟，要是到上围子，我俩一起去；要是到下围子，我俩还是一起去。"于是，他俩上午待在上围子，下午就一起去了下围子。

中午时分，"小叫花子"对童鲁说："姐姐，我们俩的干粮一起吃呢，还是各吃各的？"三公主说："弟弟，把你的一皮囊酒糟倒掉，把那块山羊脖子也扔掉。我俩一起吃酥油糌粑和绵羊腿肉吧。"说着，童鲁就让"小叫花子"把一皮囊难闻的酒糟拌糌粑和一块没法吃的山羊脖子扔掉，一起欢欢喜喜吃了自己那份干粮。

下午，"小叫花子"问姐姐童鲁："姐姐，谁去把远处山头的牲畜赶下来，谁去集中近处草甸的牲畜？"三公主说："远处山头的牲畜，我俩一起去赶下来；近处草甸的牲畜，也还是我俩一起去集中起来吧。""小叫花子"高兴地说："啊，我开了个玩笑。我去把远处山头的牲畜赶下来。"三公主还没来得及回答，他就径直到远处的山上赶

睿智的童鲁公主让小叫花子芝推原形毕露（张晓飞 绘）

畜群。"小叫花子"在远处的山头集中牲畜的时候，依旧和前两次一样，用美妙动听的歌喉唱起了同样的一首哀怨的歌曲：

> 看得见看得见看得见，山下面美丽的家园；
>
> 怀念啊怀念无穷怀念，童年时母子的深情依恋。
>
> 杰鲁在杰堆的日子，尽是请进来的恭候；
>
> 杰鲁在杰麦的日子，尽是滚出去的斥吼。
>
> 漂亮的金戒指，上面布满石子；
>
> 除了乞丐和我，别人焉能得知？

三公主童鲁是个见多识广、天资聪颖的姑娘，她对这首歌的歌词感到特别好奇。当"小叫花子"把畜群赶下山，让它们在放牧点附近

408

的草甸上吃草时，童鲁把"小叫花子"叫到自己跟前，逼着他解释刚才唱的那首歌的歌词含义。可是，"小叫花子"根本不作解释。童鲁就对"小叫花子"说："我俩互相掏耳朵吧。"说完，他俩就互相掏起耳朵来。童鲁在给"小叫花子"掏耳朵时，滴了一滴口水到"小叫花子"腮帮上。她揩了揩"小叫花子"的脸，揩掉了他脸上的纸筋泥和炭灰，露出了白里透红的脸颊。童鲁认出了自己的弟弟杰鲁王子，杰鲁王子也抱住姐姐哭了起来。三公主问杰鲁王子为什么要这样。杰鲁王子就把发生的事情一五一十地讲了出来，特别是将自己出于无奈，装扮成小叫花子芝推，并以三宝为证、发誓永不揭穿这一秘密的事情，也讲给姐姐听。童鲁告诉他说："弟弟你不敢食言，这没关系。我有个办法：今晚我俩回到王宫后，你到芝推那儿，装成检讨的样子跟他说，今天有几只牲口走散了，没找到。到时，我会让小叫花子现出原形的。"

回到王宫后，杰鲁王子按三公主童鲁吩咐的那样，到装扮成王子的小叫花子芝推跟前，装作检讨的样子说："王子，今天有几只牲口没找到。"如同披着羊皮的狼的小叫花子芝推坐在黄金宝座上，端起架子，傲慢而严厉地训斥了他。这时，三公主童鲁也佯装非常生气，拿起一铜瓢水说："今天，我多次跟他说，要是不早点儿把畜群集中起来，就有可能集中不起来，可他压根儿没有听进去。"说着，一边骂道"你这个无耻的小叫花子芝推"，一边把那瓢水泼到王子脸上。顿时，抹在杰鲁王子脸上的纸筋泥和炭灰全部被冲刷干净，杰鲁王子光彩照人的容貌清晰地显露了出来，宫殿里瞬间犹如升起了太阳。装扮成王子的小叫花子芝推面对这突如其来的变化，害羞、愧疚和惊惧地从黄金宝座滚落到地上，吐血而亡。

杰鲁王子重新登上黄金宝座，磨难的黑暗消散，欢乐的太阳从天空升起，王国避免了一场灾难。

乞丐让食人魔鬼饿死

（波密县）

　　从前，有一处风景秀丽、物产丰富的小村庄。但不知从何时起，有个魔鬼跑进村子夺走了很多村民的生命。从此，村子里的死人事件就没有间断过。据传，这个食人魔就住在村头老树底下的洞里。村民们人心惶惶，天一黑就关起门，根本不敢靠近老树。

　　一天傍晚，一个乞丐到这个村庄要饭。当他晃晃悠悠地走到村头老树跟前时，天已暗黑。他发现老树底下有个地洞，心想：如果晚上住在这里，老树可以为自己挡雨，地洞可以为自己遮风，就决定在地洞里住一宿。夜深时分，食人魔鬼拖着一具死人的尸体来到地洞里。乞丐是个胆子特别大的人，毫不惧怕地帮魔鬼从背上卸下并肢解了那具尸体。食人魔鬼对此感到惊奇，问道："别人都很怕我，可你别说害怕，还这么帮我，这是为什么？"聪明伶俐的乞丐说："我是个没爹没娘、无依无靠的孤儿，住的是荒原旷野，闯的是海角天涯。人们不喜欢我，我喜欢的是像你这样具有威德和力量的人。"食人魔鬼听了非常高兴，说："那么，我俩何不交个朋友？"乞丐答道："若能跟你交朋友，是最好不过的事儿。朋友相互间就得把所有心里话说出来，请你说出最喜欢的和最害怕的是什么。"食人魔鬼认真地答道："我最喜欢的是敛魂皮囊。"说着，让乞丐看了一下用人皮做的囊袋，继续说："把人的魂魄收入此囊后将口绑紧，人就会死去，就能得到人的尸体。我最怕的是秋天地里乱糟糟的麦芒和滚滚翻涌的麦浪，别说到

410

聪明的乞丐骗走食人魔鬼的敛魂皮囊（张晓飞 绘）

那种地方，连看都不敢看。"食人魔鬼说完问乞丐："那么，你最喜欢的和最怕的是些什么？"乞丐想到，这魔鬼绝对是个生吃人肉、喝人血的食人者，得把他的敛魂皮囊骗到手，去救人们的命。他巧妙地说："我最喜欢的是像你这样有威德和力量的人，最怕的是油乎乎的酥油拌糌粑团和肥溜溜的绵羊肉。我一见油乎乎的糌粑团和肥溜溜的绵羊肉，就吓得魂飞魄散，这么吓人的东西是怎么到这个世界上的？"他装出一副害怕的样子道："太吓人了。"

这天晚上，乞丐跟食人魔鬼一起睡在老树底下的地洞里。过了会儿，食人魔鬼入睡了，乞丐就轻手轻脚地拿上敛魂皮囊，跑到一块有乱糟糟的麦芒和麦浪翻滚的庄稼地里躲了起来。

食人魔鬼一觉醒来，发现敛魂皮囊被乞丐拿走了，就气急败坏地跑去追。乞丐躲在有乱糟糟的麦芒和麦浪翻滚的庄稼地里，食人魔鬼不敢靠近。它心想，要是把油乎乎的酥油拌糌粑团和肥溜溜的绵羊肉扔进地里，乞丐肯定不敢待在地里，最终会自己走出来的。于是，食人魔鬼把油乎乎的酥油拌糌粑团和肥溜溜的绵羊肉扔进了地里。乞丐待在地里吃着酥油拌糌粑团和绵羊肉，等着食人魔离开。而食人魔鬼因为没有敛魂皮囊，就不能索人性命，也就吃不到人肉、喝不到人血，最终饿死在麦地旁。

乞丐听到田埂上的人们纷纷议论，最近听不到食人魔鬼的消息，是不是被哪位喇嘛或者成道者降伏了？他向那些人道出事情的缘由，把自己从食人魔鬼那儿抢来的敛魂皮囊拿给他们看。村民们十分敬仰、信赖这位救命恩人，向他提出了在本村安家落户的请求。乞丐也爽快地答应了村里人的请求，在这风景秀丽、物产丰富的村庄成了家、立了业。

从那以后，村庄人无疾病、畜无灾殃，进入了太平、安宁的状态。

寡欲即福

（巴宜区）

古时候，在一无名村庄里有两兄弟，经常到沟头的树林里去拾柴。一天，他俩正在拣拾柴火，突然看见一位白发如霜、身着白衣的老汉被一只凶猛的老虎追赶，从陡峭的山路上踉跄着跑下来。危急时刻，两兄弟举起砍柴用的斧头和腰刀，奋不顾身地与老虎搏斗。最终，老汉得救了。

这老汉是当地的土地神。兄弟俩救了他的命，他非常高兴，决定要报恩。老汉温和地对兄弟俩说："喂，孩子，你俩今天救了我的命，我要报答救命之恩。你俩有什么需要实现的愿望尽管讲，我无论如何都要办到。"兄弟俩一时面面相觑。沉默片刻之后，爱财的哥哥说："我先说。我不要其他东西，给一块金子就可以，我要拿它做发财的本钱。"老汉就给了他绵羊头那么大一块金子。弟弟是个诚实而欲望小的人，便说："我别的什么都不要，赏一支经常带给我欢乐的笛子就行。"

老汉立刻给了他一支看着赏心悦目、吹着悦耳动听的竹笛。

哥哥用绵羊头一般大的金子做本钱，积聚了大量财富，盖上了新房，添置了许多山羊、绵羊，娶了漂亮媳妇，还生了孩子。得到这一切的他。却没有多少幸福的感觉，整日为财产是否会被盗窃、丢失而担惊受怕。为了这些财富，他甚至与邻居结怨，不断发生纠纷。没过多少年，他的头发变黄，容颜憔悴，疾病缠身。而弟弟虽不如哥哥拥

土地神为报恩，实现了两兄弟的愿望（张晓飞 绘）

有无人可以企及的衣食、住房、土地和财产，但是在心情不愉快的时候，吹一吹笛子，就会变得豁然开朗，心情好的时候，吹一吹笛子，就会变得更加愉快。逐渐地，他变得肌肤柔嫩、容光焕发、心宽体健，与左邻右舍相处得又好，成了人人钦慕的对象。

有一年过年时，兄弟俩不约而同地来到沟头祭神的地方，恰巧遇到那位老汉。老汉问及别后的情况。哥哥把自己用老汉给的金子做本钱，积累巨大财富的情况，及同时又被诸多担忧和痛苦所折磨，如今老迈、多病的情况一一告知老汉。弟弟也把自己仍和往常一样，虽然没有多少财产，可是心情愉快、身体健康，乐观而又安逸、轻松地过着舒适的生活等情况讲给老汉听，并向他请教了自己为何过得如此好的原因。

老汉连连捋着又白又长的胡须说："哦，幸福并不仅仅是财富能给予的，主要取决于自己的心态。自己的欲望越是容易满足，获得的幸福就越多。"说毕，瞬间就消失了。

414

三兄弟

（米林县）

古时，一处地方的沟头住着一户富裕人家。这户人家的父母不幸在几年之内相继去世，只留下三个兄弟无依无靠。坚强的孩子们忍受着丧父丧母的悲痛，做完了父母的忌日佛事。为了不使家境败落，他们对家务进行了分工：老大负责沟尾的农活，老二负责沟头的牧业，老三到外地拜师学习魔术戏法。此后，老大、老二日常耕种放牧，生活平淡如水，而老三的故事却充满了戏剧性。

老三拜的魔术师起先并没有教他任何魔术秘诀，只是天天让他干些琐碎的事情，一年过去了，也没有学到什么有用的魔术。为此，老三考虑了很长时间：该怎么得到最好的魔术秘诀？魔术师只有一个独生女，如果能获得她的欢喜，并成为师傅的女婿，师傅就一定会把所有的魔术秘诀都教给我。于是，老三千方百计地去讨师妹的欢心，终于让她坠入了爱河。第三年，他俩结为夫妻。打那以后，魔术师开始看重老三，把许多魔术秘诀传授给他。他也努力，尽可能多地学会魔术秘诀。这样，不仅可以解决自己的温饱问题，还可以改变家里的窘境。过年时，老三和媳妇回家乡去探望两位哥哥。

一天，老三把自己变成一头老牦牛，让两位哥哥去卖。次日，两位哥哥到沟尾一户富裕人家把他当牛卖了。富人买下这头老牦牛，把它拴在院子里。老大和老二拿上卖牛所得的钱，兴高采烈地打道回府。

到了午夜时分，老三变作一只鸟儿飞回了家。天亮后，沟尾那户人家发现老牦牛不见了，便到卖主家询问老牦牛是否回家了；得知牛没有回来，就走遍沟头沟尾去寻找，始终没有找到。

过了几天，老三又把自己变成一头肥猪，由老大和老二赶着到沟尾的人家去卖。有农户把这头猪买下来，拴在院子里。老大和老二揣上卖猪的钱，高高兴兴地回了家。

到了半夜时分，这头猪变作一只小鸟飞回了家。次日天亮后，买猪的那家人发现猪不在，就到沟头卖家处问猪是不是回到他们家了；得知猪没有回来，就四下去找，却连猪的影子也没有找见。

又过了几天，老三把自己变成一头公黄牛，老大和老二牵着它到沟尾卖。这天，曾买过老牦牛的那户人家买下了这头公黄牛，把它拴在院子里准备立即宰掉。见状，老大和老二吓得赶紧对买主说，这福禄牲口喂一天再宰为好。卖主怕牛丢掉，就说："今年，我家长子要结婚，没有肉不行。这头公黄牛还是在丢失之前宰掉的好。"说完就磨起刀子，并把公黄牛的腿绑紧，拉倒在地，准备宰杀。在屠夫准备朝牛肚子捅刀子那一刻，老大和老二紧张得险些昏倒。这时，老公黄牛变作一只小鸟，刹那间飞走了。

出人意料的是，买家有个老爷爷，他年轻时学过一点魔术秘诀，就立刻变作一只可怕的鹞鹰跟了过去。在鹞鹰快要抓到小鸟的当儿，小鸟变成了水池里的一条鱼；而那只鹞鹰变作一只狰狞的水獭，跳进了水池。当水獭就要吞掉那条鱼的当口，鱼儿摇身一变，化作拴在水池旁的一只绵羊；水獭即刻变作一只恐怖的狼，扑向绵羊。绵羊变成一只兀鹰，穿过天空，疾速飞向自己的师傅家；那只狼也变成一只鹞鹰追了过去。最终到了魔术师家附近，兀鹰大声喊："救命，救命！"魔术师眼看自己的女婿遇到危险，立刻化作一只威猛的百鸟之王鲲鹏躲在门楼边。兀鹰一进门，那只鹞鹰也紧跟着进了门。百鸟之王鲲鹏伸出爪子把鹞鹰压住，不给它幻化成其他动物的机会，并念诵废掉它魔术的秘诀，吸吮鹞鹰的脑浆，让它一命呜呼了。

事后，老三把自己所遇到的事情都一五一十地讲给了魔术师夫

三兄弟谈论学技艺（白玛层培 绘）

妇。他的师傅说：魔术秘诀只能用来做有益于他人的事情，万万不可
用来做坏事。如果利用魔术秘诀只为自己谋私利，特别是只做害人的
事情，会毁掉今生来世，以后应收手。这次，你做了一些讹人的事
情，得到了报应，还差点儿送掉了自己宝贵的生命。今后，你要用魔
术秘诀为这个世界做些好事。对那些损人利己的人，是不能传授魔术
秘诀的。老三连声说好，对自己所做的事情深刻忏悔，并回到家里，
把妻子接回来，潜心学习更多的魔术秘诀，过起了幸福、安逸的家庭
生活。

尼夏王的马倌普琼

（波密县）

　　从前，叫尼夏的国王手下有个马倌唤作普琼。普琼每天在太阳即
将落山的时候，赶着马群到奇异的湖边，给白色马饮白色水，给黄色
马饮黄色水，给蓝色马饮蓝色水，给棕色马饮棕色水。

　　一天，普琼赶着马群来到湖边，正在按照马的颜色让马饮水的
时候，蓝马却站着不喝水。他就指着水问蓝马："你为什么不喝蓝色
水？"这时，一个披头散发、嘴露獠牙、手持金箭、面目狰狞的老罗
刹女从蓝色的水中钻出来，在一阵凶恶、恐怖的大笑声中，将普琼如
鹞鹰叼小鸟一般带走了。罗刹女把普琼带回家奴役，每天让他捡柴
火、晒牛粪、干各种各样的重活，受尽苦难。而罗刹女每天带上黄
金的弓箭去打猎。回到家里，她就自言自语地说："今天猎到了喜鹊，
吃喜鹊肉，喝喜鹊血，煮喜鹊的肠子。明天杀死普琼，吃普琼肉，喝
普琼血，煮普琼的肠子。"第二天，她继续自言自语："今天猎到了小
乌鸦，吃小乌鸦肉，喝小乌鸦血，煮小乌鸦的肠子。明天杀死普琼，
吃普琼肉，喝普琼血，煮普琼的肠子。"普琼每天都吓得不知所措，
在惊恐万状中度过每一天、每一夜。

　　一天，普琼去捡牛粪，发现在一大块罕见的干牛粪底下，有一头
带花纹的母黄牛盯着他看。他万分惊奇，给了它一个微笑，想到自己
的处境，又不禁流下眼泪。见此，母黄牛问道："小伙子，你为什么
先高兴，然后难过？"普琼回答道："先高兴是因为见到了从来没有见

过的你，后来难过是因为我自己成了罗刹女的佣人，而且终究要被罗刹女吃掉，只是时间早晚的问题。"在母黄牛的详细询问下，普琼把自己的遭遇如实讲给了它。母黄牛听了说：

劝声小伙别难过，苦难过后是欢乐。

若要早日脱苦难，静听老牛把话说。

明天阳光房顶现，偷来魔女弓和箭。

我来背你把魔挡，奔向幸福艳阳天。

普琼一听，高兴极了。他牢记着母黄牛的教诲，回到了罗刹女的家。

翌日太阳一升起，普琼往窗户外一瞧，见母黄牛过来了，就对罗刹女说："请把黄金弓箭借给我吧，有一头母黄牛闯进院子里了。"罗刹女一紧张，就说："你杀不了那头母黄牛，我来杀。"说完拿着弓箭走了出去，看到母黄牛，拉起弓，正要射箭，只见母黄牛突然把尾巴朝天上一翘，如同下雨般喷出一堆稀屎，把罗刹女全身上下都喷得脏兮兮的。罗刹女一阵恶心，把黄金弓箭交给普琼说："你杀母黄牛吧，我得去洗一洗，不然受不了。"说完，跳进了大江里。普琼立刻带上弓箭，骑着母黄牛逃走了。当罗刹女洗完澡返回来时，普琼和弓箭都不见了。她明白普琼同母黄牛逃走了，气急败坏地追了过去。眼看她快要撵上了，母黄牛对普琼说："我背上有一升碎金，你把它撒到地上。"普琼就把碎金撒到了地上。罗刹女由于贪财，忙着将碎金一粒一粒地拣起来，耽误了很长时间。母黄牛背着普琼翻过了千山万水，罗刹女望着茫茫前路，束手无策。

母黄牛和普琼来到了一个无边无际的草原。草原上各种奇异的花儿盛开如大花毯，花毯上草药的馨香随风飘散。母黄牛和普琼在此歇脚。母黄牛对普琼说：

苦难小伙听我言，消除疑虑莫迟延。

动情的舞蹈在脚下，欢乐的太阳在心间。

舍弃怜悯和恻隐，牺牲母牛换明天。

母黄牛舍身，从罗刹女手中救了马倌普琼（陈秋丹、江村 绘）

留下血肉不要吃，牛皮铺在阿钦滩。

黑毛抛向滩上部，白毛置于滩中元。

红毛掷撒滩下处，精心为要莫出沿。

双肾放在皮两侧，肝肺放在卧榻边。

斯文小伙别失望，舍弃恻隐莫悯怜。

立即把我宰杀掉，快刀乱麻是儿男。

若不把我宰杀掉，如意奶汁自然干。

没有机会获财运，寿运神力化云烟。

富贵福泽系后世，如意荣华大无边。

男儿做事当立断，直面困苦若等闲。

母牛知你负荷重，愿意为你合一肩。

未来总是伴希望，欢乐太阳正东山。

听到这里，普琼悲痛地号啕大哭起来。他说："你把我从罗刹女手里救了出来，大恩未敢言报，哪能加害于你？"母黄牛一心赴死，固执到底。普琼迫于无奈，宰掉了母黄牛，并唱道：

> 母牛恩情比天大，情不得已宰掉它。
>
> 盖世无双阿钦滩，无奈也把牛皮摊。
>
> 宏大无比乐草甸，无力唯做牛肉垫。

唱毕，他按母黄牛的遗嘱，把它的肉、皮子和内脏分开安置好。因为身体经受的困难和心灵经受的痛苦折磨，他累得不知不觉睡着了。

一阵风把普琼吹醒。他环顾四周，发现抛到草滩上方的黑毛，变成不计其数的牦牛，它们正在发出吼声；抛到草滩中心的白毛，变成了一群一群如白云一般的羊，在悠闲地吃草；抛向草滩下方的红毛，变成了成群结队在草原上奔跑的骏马；那张牛皮变成大大小小的新牛毛帐篷，帐篷里，厨房、卧室、储藏室、客厅和粮仓等一应俱全。难以估量价值的家具锃光瓦亮，还有享用不尽的美食，堪比神仙和龙王的荣华富贵。普琼坐在大帐中的床榻上，众多男女老少仆从恭敬地侍奉他。母黄牛的双肾变成两条看家狗，发出阵阵雷鸣般的狂吠声。另一座帐篷内是一片乳海，许许多多青年男女唱着欢快的歌搅拌着乳汁。其中，有一位美如天仙的年轻女子，身着贵重的服饰，由四位和她一般年纪的女佣拥簇着，唱起优美动人的歌谣，拉开了喝茶、饮酒的帷幕。只听那位天仙姑娘唱道：

> 心仪小伙听我言，前世积得好姻缘。
>
> 花牛舍弃牲畜体，投转为人伴君边。
>
> 欢乐时光已降临，幸福之海温如春。
>
> 望请开心饮美酒，佳肴尽献心上人。

普琼的兴奋难以言表。自此以后，他脱离苦难，和姑娘过上了天堂般的幸福生活。

小乌鸦救牧人

（墨脱县）

从前有一位牧人，他每天都要到沟头的寺庙里去磕头。一天，一头母黄牛离开牛群，不知去向。牧人着急地去找寻，寻了整整一天，也没有见到母黄牛的踪影。

牧人又累又渴，正想在森林中歇歇脚，突然看见一棵大树上有水正在缓缓滴落。

他立刻折了一片宽大的树叶，把水滴积攒起来。过了一会儿，积了一点水。牧人小心翼翼地用双手捧着叶子准备喝水时，不知从哪儿飞过来一只小乌鸦，一扇翅膀，硬生生地把叶片上的水碰翻，洒到了地上。小乌鸦打翻水后，鸣叫着飞到了前面一棵大树上。

牧人非常生气，拿起一根木棍，使劲扔向小乌鸦。木棍打到小乌鸦的脑袋上，它从树上掉到地上死了。

牧人再次来到树前折下一片宽大的树叶时，看见水溅到的地方连虫子都死掉了。他十分惊奇，想了又想，但怎么也没有找到合理的答案。

牧人望着滴水的树梢，想探明水的源头，便爬到树梢上，察看了水滴的来源。令他惊讶的是，那棵树的树梢右方有一条断枝，枝头顶端形成一个很深的坑，坑里淤积着水，水里盘着一条毒蛇。这条毒蛇生怕自己处于睡眠状态时被其他动物吃掉，就从嘴里慢慢滴出少量毒汁，毒汁顺着树身滴到地下。牧人见到毒蛇很后怕，迅速从树上下来

牧人不知小乌鸦救了自己，反而用木棍打死了它（索朗才旺 绘）

离开了。他继续往前走，走了十来步，到了那只小乌鸦的尸体跟前，看了看小乌鸦的尸体说："我也差点儿死了。"牧人明白是小乌鸦救了自己的命，为自己的鲁莽深感懊悔。然而，小乌鸦已经死了，没有任何办法使它复生。

这时，牧人眼前出现了一位树林仙女。她喃喃地说：

> 不辨事物究由根，花言巧语就迷心。
>
> 不辨是非与善恶，鲁莽行事是愚人。

牧人听了，羞红了脸。

傻子降伏恶鬼

（波密县）

从前有一对兄弟。弟弟虽然又笨又傻，可他的个头和力气都非常大。一天，哥哥从一户富人家租来一对犏牛耕种庄稼，行前嘱咐弟弟道："中午做一顿干净的饭送过来。"弟弟尽力做了一顿干净饭，到时间就去送饭了。路途中，他看见一堆散发着臭味的粪便，就用双手护着装饭的器皿，威风凛凛地对粪便说："喂，哥哥叫我做干净的饭送过去。你在这儿挡路，饭就会染上臭味。快走开，不然，我就拿石头砸你。"粪便是个没有知觉的东西，哪里知道躲闪，依然纹丝不动。弟弟一生气，把装饭的器皿放在地上，拣起一块很大的石头，朝粪便砸了下去。四处飞溅的粪便落进了原本干净的饭里。弟弟砸完粪便，满意地拿起饭盒找哥哥去了。

到了地边，哥哥问他饭做得干不干净，他答道："饭做得很干净。只是路上有一堆很臭的粪便，怕它把你的饭弄脏，就叫它走开，可它愣是不走，气得我搬起一块石头砸了下去，有一小块粪便掉进了饭里。"哥哥说："你真傻，哪有跟粪便较劲的？掺了粪便的饭谁吃哟！你看着这两头犏牛，我去做饭。"说完，自己回家做饭去了。

哥哥走后，由于蚊蝇叮咬了那对犏牛，犏牛就摇起尾巴，踢腿蹬脚。弟弟看见了，就反复训斥犏牛："你俩要老实点啊，不然，我要处罚你俩哦。"可是犏牛听不懂人话，依然如故，甚至差点儿拖着犁跑走。弟弟一生气，就想，不让这两头犏牛老实待着的是它们的尾巴和腿，便拔出刀把它们割了下来。见犏牛还在使出浑身力气跳跃扑腾，弟弟更加气愤，拽住两头犏牛的犄角，一拧它们的脖子，把两头犏牛生生地扭死了。

哥哥做好饭返来时，弟弟已经把一对犏牛宰掉了。哥哥惊恐万状地问弟弟为什么这么做。弟弟把这么做的原因理直气壮地说给哥哥听。哥哥无奈地叹气道："你除了做坏事，啥也干不了，把这对犏牛宰掉，牛主人肯定会把我俩送交法庭。现在，我俩除了逃往异乡，别无他路了。"于是，哥哥带着弟弟逃走了。翻过很多山，蹚过很多河，来到一处茂密的丛林地带时，弟弟对哥哥说，现在口渴了，肚子也饿了，打尖吧。哥哥生火，让弟弟去取水烧茶。当茶将要烧开的时候，一只猛虎突然扑向哥哥，哥哥和老虎扭打起来。只见一会儿哥哥把老虎压在身下，一会儿老虎把哥哥压在下面。弟弟不仅不帮哥哥打老虎，还看得兴高采烈，笑得连牙腮骨都要脱落了。这时，老虎尾巴突然一甩，碰到灶上烧茶的陶罐，碰翻了将要烧开的茶。弟弟抱起灶石，朝老虎头部一砸。老虎死了，哥哥得救了。

他们又不停地赶路，到了一位孤独的老太太家，便向她借宿。老太太说："借宿可以，但这里是鬼域，夜间会有一个九头恶鬼到这里，把你俩吃掉的可能性很大。"兄弟俩说："让我们住吧。我俩可以躲在房间的地板下面。"老太太拗不过兄弟俩，让他们借宿了。太阳一落山，老太太就把兄弟俩藏在地板下面，并叮嘱他们千万不要大声嚷嚷。

天色渐渐暗下来，九头恶鬼果然来了。只见它在屋里搭上一张木床，坐在上面，用一根黑色绳子把自己的胡子拴在大梁上，把尾巴从地板缝隙里伸了进来。哥哥非常害怕，可是弟弟非但不害怕，反而小声地反复恳求哥哥说："让我碰一下恶鬼的尾巴。"哥哥再三对弟弟说："要是触碰了它的尾巴，恶鬼会吃掉我俩，不要出声。"可弟弟就是不听，而且嗓门越发大了起来。哥哥只好小声说："要不，你就用手碰一下，不要做其他事情。不然，一旦被恶鬼察觉，我俩就无法脱身了。"弟弟发誓只碰一下，心里却想趁机教训一下恶鬼，便用双手

猛虎扑向哥哥，弟弟却在旁边窃笑（白玛层培 绘）

紧紧抓住它的尾巴，使劲从地板缝里往下拽。弟弟力气太大，恶鬼使出浑身解数一扯，弄得胡子和尾巴同时拽断了，叫苦不迭地慌忙逃远了。

从此，那个恶鬼再也不敢来了。兄弟俩也跟老太太住在一起，过起了快乐、幸福的生活。

心猿意马的人

（工布江达县、米林县、巴宜区）

很久以前，乌有乡有个小伙子以心眼儿多、好逸恶劳、妒忌心强、自私自利而著称。

一天，村子里来了一个残暴的头人。村民因为惧怕他而对他毕恭毕敬、唯命是从。然而，小伙子不但不把头人放在眼里，而且还摆出一副与头人平起平坐的架势。同时他心想，天底下没有比头人权力大的人，要是我也能当一名头人该有多好啊！打那天起，小伙子每天反复祈求上天，无论如何要保佑他、帮助他成为一名头人。过不多久，他真的如愿当了头人。这使他喜不自禁，认为在这个世界上没有比自己权力大、威望高的人，就恣意折磨当地百姓。

不久，一场严重的旱灾降临当地。庄稼枯死，牲畜染病，人们遭受了很多痛苦；再加上暴君的欺压，多数人流离失所、漂泊异乡。即便如此，这个欲望不断膨胀的头人还在想：在这个世界上比我权力大的是太阳，我要是能够当上太阳该有多好啊！因此，他每天祈求上天让自己当上太阳。果然有一天，上苍让他当了太阳。忘乎所以的他狂妄地释放火一样炽烈的光焰，所有草木和动物瞬间就被烧死了。南方的雨云层看到这一情景，想到让旱灾如此持续下去可不成，便以浓密的降水云层遮住太阳，救活了草木和牲畜。这时，利欲熏心的头人又想到：比太阳权力大的是云彩，我要是也能成为云彩该有多好啊！于是乎，他继续祈求上天让自己变成云彩。上天果然又让他变成了云

428

心猿意马的小伙子祈求佛陀（白玛层培 绘）

彩。他用乌云笼罩天空，把白昼变成无法驱散的黑暗。风看到这一情形，心想，如果天空继续让乌云笼罩，人们将无法生存。北方风神之地就掀起一阵大风，把乌云吹得踪影全无。这使得愚蠢、残忍的头人又有了想法。他想：风的力量比云大，我要是能够成为风该有多好啊！此时也不知是为了考验他，抑或是为了满足他的心愿，让他做最后的垂死挣扎，上天又遂了他的愿，让他变成了风。

这个心猿意马的人有幸成为风，就不停地刮起北风，致使整个大地尘土飞扬、遮天蔽日，给动植物和人类造成极大的威胁。

这时，一块大岩石挡住了风的去路，避免了大风造成进一步的危害。这个心猿意马的人又在想：我要是能够成为连大风都不怕的岩石山该有多好啊！霎时，他又变成岩石山，矗立在一片宽阔的平坝上。生活在这里的人们看见平白无故多出的岩石山挡住了日常劳作的去路，认为应把它彻底铲除，就用镢头和锤子将岩石山砸得粉碎。直到此时，愚蠢、贪婪的小伙子才意识到人世间的任何事物都会遇到困难和阻力，一切事物都是相互依存的。从此以后，他重新过起了普通人的生活，逐渐摒弃了自傲、妒忌的毛病，成为一个勤奋、耐劳的人。

开心良药

（察隅县）

从前有一位国王，他的势力强盛昌兴，仿佛要把世上所有财富都聚集在一起；还有数以百计的妃子，俨然要将天下所有美女都聚拢在一起。他的国事由大臣处理，家事由妻妾处理，国防由军队办理。按理讲，他应是世上最快乐的人。

然而，这位国王总是摆脱不了忧愁和烦闷，连一天快乐的时候都没有。一天，国王给大臣们下令：你们到各国去请一位能开出开心良药的好医生。大臣们依旨到各国寻找能开出开心良药的医生，几经周折，终于找到了一位声名显赫的医生。大臣就把他带到了国王面前。国王对医生说："你若想法子，给我开出什么时候都能心神安宁、开心愉快的良方，我不仅可以给你丰厚的奖赏，而且还封你为御医。"医生稍稍考虑后说："我没有陛下需要的这种良方，但可以说个寻找这种良方的办法。"说完，他拿起笔写了一张纸条交给国王，只见上面写着：找一个全国最开心的人，买下他的上衣给国王穿。只有穿上那件上衣，国王陛下才能和那个人一样变得开心起来。

国王立即将大臣们分成几路，派到各地寻找最开心的人，终于找到了一个很有名气的开心人。但大臣们在向国王禀报时称，虽然找到了一个无人能比的开心人，可没法买他的上衣，更没法带回。国王一听，愠怒道："为什么？我乃一国之主，怎会拿不到一件衣服？"大臣们回禀道："陛下，那个十分快乐的人是身无分文的乞丐，无论什么

忧愁的国王看见赤身的开心乞丐（陈秋丹、江村 绘）

时候都赤裸着上身，压根儿没有穿过上衣。"听了这话，国王一时缄默无语。

　　这个故事所阐释的道理是：每个人对幸福有着不同的标准。开心既是一件极其简单的事情，又是一件十分复杂的事情。对于生活，欲望越小，就会越开心；反之，越不知足，就会越痛苦。人们应从各自的内心出发，彻底抛开欲念；否则，仅凭外部的物质力量，永远满足不了精神需求。

聪明的阿久降伏恶鬼

（波密县）

很久以前，一个长着瘿疣的恶鬼来到一处村落，夺走了很多人的生命。尸体堆积如山，血流成河。幸存的百姓们整天心惊胆战，躲在家里不敢出门劳作，灾难如影随形。

有一天，一个四处流浪、以乞讨为生、名叫阿久的男孩来到这个地方，看到村落萧条的景象，听到恶鬼给人们造成灾祸的情况。心胸宽广、意志坚定、对所有生灵都心怀慈悲的阿久，对被恶鬼杀害的生灵产生了莫大的恻隐之心，对即将成为恶鬼口中美味的众生产生了深深的同情。他心想，如不尽快除掉恶鬼，这里的人们就有可能灭绝。他日思夜想，琢磨出了除掉恶鬼的办法。

一天，阿久与那个长着瘿疣的恶鬼相遇。恶鬼一见阿久，就张牙舞爪地想把他吃掉。阿久不紧不慢地对恶鬼说："尊敬的先生，不要想着吃我。我想和你交朋友，是专程来请你赴宴的。"恶鬼想了想，问道："那么，你准备给我摆什么样的宴席呢？"阿久答道："请你到我家来，我给你摆桌丰盛的宴席。"说完，转身就走了。

第二天，阿久抓了一些猕猴放进自己的被窝，并给一只体形很大、剥了皮的羊穿上漂亮的衣裳，佩戴上许多首饰，把它立在灶边，又在自己脖子上挂了一块装满脂肪油的牦牛肚子。不久，恶鬼走进了阿久的家。阿久准备了一个坐榻，铺上厚实的软垫，让恶鬼就座，假装把剥了皮的羊当作妻子。阿久说："喂，老婆，我的朋友来了，给

432

聪明的阿久降伏长着瘿疣的恶鬼（白玛层培　绘）

他上茶、倒酒。"羊纹丝不动，阿久又说："喂，我的朋友来了，你是不是不高兴，还在怄气？再不给朋友端上茶、酒，我会把你送给朋友吃掉的。"死羊仍旧一动不动地立在那里。阿久就假装异常愤怒，取来斧头朝戴满首饰的羊砍了下去，做出砍死的样子。被窝里的猕猴听见动静，也惊恐地一只只吼叫着窜了出来。阿久大喊道："你们不要再闹了，不然，把你们也一起送给我的朋友吃。"猕猴哪听得懂人话，吵吵嚷嚷地从被窝里钻出来开始玩耍。"孩子们也根本不听我的话。"阿久把猕猴一个个抓起来掐死，和羊一起剁，并说："今天，要给我的朋友摆个丰盛得不能再丰盛的宴席。"由于剁肉时挂在脖子上的油肚左右晃荡，使用斧头很不方便，阿久佯装责骂脖子上的油肚说："臭瘿疣老实点儿，不然的话，也把你取下来，跟我老婆和孩子的肉一起剁，请我的朋友享用。"可是，油肚仍然在他脖子上左右来回晃动着。阿久就从腰部拔出刀子，把脖子上的油肚割下来，跟羊肉和猕猴的尸体一块儿剁碎，放进一口大陶锅煮成汤，盛给恶鬼喝。恶鬼喝得美滋滋的，转眼就把整锅汤都喝得一滴不剩。

恶鬼特别高兴，对阿久说："明天，我也给你摆宴席，一定要来哦。"阿久答应赴宴。

第三天，阿久前往恶鬼家。恶鬼吩咐妻子道："我的朋友来了。你如果不看茶、上酒，我就请朋友把你吃掉。"因没有茶和酒，女魔就磨蹭了起来。恶鬼一斧头就把妻子的脑袋砍了下来。见女鬼被杀，小鬼们都站起来，发出难以忍受的哭闹声。恶鬼也用斧头把小鬼们宰掉，和女鬼的尸体一起用斧头剁碎，准备给阿久做吃的。这时，恶鬼脖子上的瘿疣晃来晃去，使得用起斧头来很不方便，气得他对脖子上的瘿疣说："你这个臭瘿疣，要是不老实，我就把你也剁碎，煮给朋友吃。"但随着身体的摆动，脖子上的瘿疣也晃了起来。恶鬼就毫不迟疑地用刀把瘿疣割了下来，自己也因失血过多而死。

从此，这个地方彻底摆脱了恶鬼的侵害。人们把用策略与智慧除掉魔鬼和灾祸的阿久奉为首领。

国王和宰相的儿子

（波密县）

很久以前，有一个国家叫南方天国，国王叫德炯桑布，王子叫顿珠，宰相的儿子也叫顿珠。两个顿珠打小亲密无间，有着深厚的感情。

宰相年老后身患重病，卧床不起，无论怎么治疗、做法事都无济于事。老宰相感觉自己不久将离开人世，留下遗言并恳求国王："微臣本想继续忠心耿耿地侍奉陛下，却被死亡的绳索套住。我儿有可能成为无依无靠者，衷心祈望陛下念及微臣一辈子忠心不贰侍奉陛下的情面，尤其是看在我儿与王子从小和睦相处的份儿上，在我死后请不要舍弃小儿，并望将他照拂、抚育成人。"德炯桑布国王答应了老宰相的要求，老宰相去世后，就把他的儿子接到了王宫与王子一起生活。

日复一日，年复一年，公子顿珠渐渐长大，从外在的相貌到内在的聪明才智都超过了王子顿珠。这使得国王德炯桑布心头翻涌起一股股妒忌的暗念。他担心自己死后，公子顿珠会篡夺王子顿珠的王位，因而产生了除掉公子顿珠的念头。然而，随意杀人有损于国王的声誉，因此，他想出了一个取蛋不扰鸡、杀牛不见血的办法：把公子顿珠打发到北方罗刹恶魔之地，让他返回无望、自生自灭，自己也不会落下杀人的坏名声。

一天，国王德炯桑布把公子顿珠叫到自己面前，装出一副极其慈悲的样子说:"顿珠,自从你父亲过世后,我就把你当成亲生儿子抚养。现在,你长成为充满勇气和聪明才智的人,必须为全世界,特别是为我们的国家做件大事,相信你能做得好。我要你从王城出发,朝北方走,翻过九座山,越过九条河,到达北方恶鬼之地。那里的鬼宫里有一尊用无与伦比的上品纯金铸造的佛祖像,要是能把那尊佛祖像请回来,我国就会风调雨顺,农牧丰产,消除疾病和饥饿。你明天就出发,到北方恶鬼之地去迎请佛像,不得迟疑。"公子顿珠是个勇敢而又能吃苦的人,坚定地对国王德炯桑布说:"陛下,我一定坚决完成任务!"

第二天,国王德炯桑布让公子顿珠带上一条羊腿和一皮囊糌粑上路了。公子顿珠坚定而自信地朝北方走去。他翻过一座座山岭,越过一条条河流,跨过一座座桥梁,走过一个个村庄,来到了一处原野无草、谷地无水、山头无路、村庄无人的令人惊惧之地。难过而又疲乏的公子顿珠倚着一块磐石仰望天空。这时,一只狗头雕在空中盘旋着,越飞越低,飞到公子顿珠跟前问道:"孩子,你一个人急急忙忙地出行,从何而来,到何处去?"公子顿珠惊奇地望着狗头雕,认真地回答道:"我奉南方天国德炯桑布国王之命,前往北方恶鬼居住地请上品纯金铸造的佛祖像。"狗头雕十分惊讶地说:"你单枪匹马的,没法到达北方恶鬼之地,还不如哪儿舒服上哪儿去。"公子顿珠说:"狗头雕大哥,我誓死也要完成这件对全天下有益的事情,不准备退却和停止。如果您熟悉北方恶鬼之地,请为我指引方向。"说完,就把那条羊腿送给了它。狗头雕被公子顿珠的勇气与利他之心所折服和感动,它说:"如果你执意要去北方恶鬼之地请上品纯金铸造的佛祖像,我就不劝你放弃此行了。不如你骑到我的脖子上,我送你去。"

公子顿珠骑在狗头雕的脖子上,朝北方恶鬼之地飞去,飞着飞着,飞到了一个有白色山、白色地、白色水和白色宫殿的地方。狗头雕对公子顿珠说:"孩子,这是叫作童龙(海螺之地)的地方。你今晚就到童龙国王府借宿吧,我到谷底岩崖上住一宿。"公子顿珠按狗头雕的叮嘱,到童龙国王府借宿。童龙国国王问他:"你从什么地方来，到什么地方去？"公子顿珠将自己奉南方天国德炯桑布国王之命，前往北方恶鬼居住地请上品纯金铸造的佛祖像的事情告诉了国王。国王感到十分震惊，说道："你是个勇敢的人，可是到北方恶鬼之地很难走，不一定能走到。如果你能到达那里，并能安全返回，说明你是个具有超强勇气和能力的人。我可以把王国年龄最小的公主许配给你。"

翌日，童龙国国王给了公子顿珠一条羊腿和一皮囊糌粑做路上的干粮。公子顿珠把羊腿送给狗头雕吃，自己吃了那一皮囊糌粑。狗头雕又让公子顿珠骑在自己的脖子上，带着他飞走了，飞着飞着，到了一个有蓝色山、蓝色地、蓝色水和蓝色宫殿的地方。狗头雕对公子顿珠说："孩子，这是叫作玉龙（绿松石之地）的地方。那座宫殿是玉龙国国王的。你今晚就到下面的玉龙国国王那儿借宿吧，我在附近的谷底岩崖上住一宿。"公子顿珠就到玉龙国王府借宿。玉龙国国王允许他住宿并问他："你从什么地方来，到什么地方去？"公子顿珠就将奉南方天国德炯桑布国王之命，前往北方恶鬼之地，请上品纯金铸造的佛祖像的事如实告诉了国王。玉龙国国王十分惊愕地说："你是个非常勇敢的人，可是到北方恶鬼之地很难走，不一定能走到。如果你能到达那里，并能安全返回，说明你是个具有无比勇气和能力的人。我可以把王国的二公主许配给你。"

玉龙国国王给了公子顿珠一条羊腿和一皮囊糌粑做路上的干粮。公子顿珠把羊腿给狗头雕吃，自己吃了那一皮囊糌粑，依旧骑在狗头雕的脖子上，朝北方飞去。

狗头雕飞了一整天后，到了一个满是花花绿绿的山、花花绿绿的地、花花绿绿的水和花花绿绿的宫殿的地方。狗头雕对公子顿珠说："那个地方是斯龙（猫眼石之地）国国王的领地，那个宫殿是斯龙国国王的宫殿。你今晚就向斯龙国国王借宿吧，我到此处的谷底岩崖上住一宿。"公子顿珠前去借宿并向国王回答了同样的问题。此地的国王同样许下了将年龄最大的公主嫁给他的承诺，并送了羊腿和糌粑。

第二天，公子顿珠依旧把羊腿给狗头雕吃，自己吃了那一皮囊糌粑，又骑在狗头雕的脖子上，朝北方飞去，终于抵达恶鬼之地。这时，狗头雕给公子顿珠出主意说："恶鬼的宫殿在一座大山中的洞里。每天太阳升起后，恶鬼的儿子就会到山洞外晒太阳。你得想办法把它杀掉，然后披上它的皮子进入宫殿，再用自己的智慧和计谋，随机应变，就一定能够如愿以偿。"

第二天日暖时分，公子顿珠走到老虎嘴一般张着的洞口，恰与晒太阳的恶鬼的儿子相遇。他毫不迟疑地掏出刀子将鬼儿子捅死，剥下它的皮，披在自己身上，走进了恶鬼的宫殿。而恶鬼和鬼婆根本没有嗅出他是外来者，也不曾起丝毫疑心。

又过了一天，扮成鬼儿子的公子顿珠，随恶鬼夫妇进了鬼宫的宝库。在第一间库房，看到的是垒起的人尸和马尸。他努力克服恐惧，让自己装出镇定的模样。走进中间的库房，他看见里面堆满了半死不活的人和动物。公子顿珠吓得双腿发软，继续努力克制着，不让恶鬼和鬼婆发现异样。来到内库，他终于看见在洞中央放着灿烂耀眼的、用上品纯金铸造的佛祖像。佛祖像的右边放着一藏升针，左边放着一皮囊虱子。见此，他问鬼婆："妈妈，一藏升针和一皮囊虱子是做什么用的？"鬼婆答道："孩子，你在说什么？不是经常说这一藏升针是你父王的魂魄之根吗？今天怎么老生常谈，一惊一乍地问这个事儿呢？"公子顿珠及时将话锋一转："妈妈，我逗您玩呢。如果不妥善保管这一藏升针和一皮囊虱子的话，会给您二老的生命带来灾难吧？"恶鬼和鬼婆异口同声道："对对对，我俩的儿子真聪明。"接着，又对公子顿珠说："今天，爸妈要到山那边去看看有没有人可以抓，你就在宫殿门口晒晒太阳，自己玩吧。"待恶鬼和鬼婆远去后，公子顿珠悄悄摸进库房，用石头把针砸碎，又把那一皮囊虱子放进铁鳌锅里，像炒青稞花一样炒了起来，彻底断除了恶鬼和鬼婆的魂魄，使得他俩无法返回。当公子顿珠把上品纯金铸造的佛祖像抱到怀里，走出洞口，为不知如何回到南方天国而犯愁之际，狗头雕盘旋着飞到了公子顿珠跟前。顿珠骑着狗头雕，朝斯龙国的王宫方向飞去。斯龙国国王隆重欢迎并款待了他，并按先前的承诺，把自己年龄最大的公主嫁给了他，又对他说："本来要给公主很多嫁妆，但因为路途遥远，没法带走，所以，这就是嫁妆。"说着，他把包有碎土、碎石的小包裹交给了公子顿珠。

公子顿珠和斯龙国公主骑着狗头雕飞往玉龙国。玉龙国国王以锣鼓、号角、唢呐等乐器演奏迎接他们的到来，并安排了丰盛的宴席，按照先前的承诺，把二公主嫁给了公子顿珠。玉龙国国王说："本来有很多嫁妆要给公主，但因路途遥远，没法带走。这是为表心意而备的一点嫁妆。"说完，他把包有各种树木种子的小包裹给了他们。

公子顿珠和斯龙国、玉龙国的两位公主，骑着狗头雕向童龙国方向飞去。童龙国国王也隆重欢迎并款待了他们，按承诺把年龄最小的公主嫁给了公子顿珠，并说："本来有很多嫁妆要给公主，但因路途遥远，其他物品，你们也没法带走。这点嫁妆给女儿以表示祝贺。"说完，他把各种鸟禽的羽毛做成的一个小包裹交给了他们。

公子顿珠骑在狗头雕的脖子上，把上品纯金铸造的佛祖像抱在怀里，斯龙国公主骑在狗头雕的右翼上，玉龙国公主骑在狗头雕的左翼上，童龙国公主骑在狗头雕的尾巴上，欢欢喜喜、风风光光地回到了南方天国。他们绕着天国的王宫转了三圈，缓缓地降落在宫殿大门前。德炯桑布国王见公子顿珠骑着狗头雕、带着三位容貌美丽的姑娘和上品纯金铸造的佛祖像归来，心里既高兴又害怕，不禁说道："哎呀！这是真的，还是梦幻呀？是真实存在的人，还是虚无的神？"他不敢相信自己的眼睛，又是揉眼睛，又是擦眼睛；又察看地上是不是留下了脚印，因为脚印清晰可辨，这才相信是真的。公子顿珠大声禀告："陛下，用上品纯金铸造的佛祖像已经请来了。"德炯桑布国王却心想，无论如何，也要把公子顿珠撵到别的地方。这个孩子的智谋、勇气等无人能比，王位将来必然到他手里。想到这里，德炯桑布国王就说："你从北方恶鬼之地凯旋，太好了。我为你能请来佛祖像感到欣慰。但是你还没有完成另一个任务。"德炯桑布国王让公子顿珠为这尊无与伦比的佛祖像修建一座无与伦比的寺庙，而且必须在三日之内建好。公子顿珠非常气愤，心想，国王说的尽是些难为人的话。别说是三天之内建一座寺庙，连普通人家的房子也无法盖起来。这时，斯龙国公主劝慰他说："顿珠，你无须担心。你把我父王作为嫁妆的碎土、碎石撒到一片宽广的坝子上，祈祷一下，或许可以如愿以偿。"公子顿珠按斯龙国公主说的那样，把碎土、碎石撒了出去。第二天，在那片宽阔的坝子上耸立起一座从未有过的三层高、带金顶和屋脊宝瓶的寺庙。公子顿珠欣然跑到南方天国国王德炯桑布跟前，把寺庙建成之事呈报给他。德炯桑布国王不相信，亲自前去查看，果然看到了一座举世无双的寺庙。德炯桑布国王慌了，但故作镇定地说："你已建成一座寺庙，这是非常好的一件事情。不过，你还要在寺庙四周种上果树等各类树木。只有完成这个任务，我才会把你视为有才干的人。"

正当公子顿珠一筹莫展的时候，玉龙国公主温和地说："顿珠，你不必焦虑。我有个办法，你把我父王作为陪嫁的那一小包树种撒到寺庙四周吧。或许可以如愿成事。"公子顿珠抱着试试看的心态，把树种撒在了寺庙四周。第二天，寺庙周围果然长出了果树及其他各种树木，满树的果子压弯了枝头。有些果子，从寺庙窗户伸出手就可以摘到。

公子顿珠把这个情况向德炯桑布国王禀报后，被贪婪忌妒、狡猾奸诈、残酷凶狠充斥着内心的德炯桑布国王又下令："如果树林里没有鸟雀，空荡荡的可不行，你一定要想办法弄到各种鸟雀。只要你完成了这个任务，我就会把你视为有才干的人。"公子顿珠一听，就马上问童龙国公主："你有没有什么办法？"童龙国公主回答："你把我父王作为陪嫁的有各种鸟禽羽毛的小包打开，把羽毛撒到树林里吧，或许可以如愿成事。"他照童龙国公主说的那样做了。第二天，整个树林就变成了百鸟鸣啭的地方。

公子顿珠把这一情况呈报给德炯桑布国王后，生性残暴、贪婪无度、充满忌妒与阴险的德炯桑布国王哈哈大笑一番，然后下了一道十分严苛的命令："你顿珠为何眼界如此狭窄、心思如此愚笨啊。让你干多少，你就只会干多少。没有水，那些树木和鸟雀还不得枯死、渴死？你赶紧让清澈的溪流和美丽的湖泊出现在寺庙周围。如果能做

公子顿珠骑着狗头雕迎请佛祖像时，娶回三位公主（陈秋丹、江村 绘）

到，我就可以视你为有才干的人；而且哪儿舒服，我就准允你到哪儿。要是做不到，就只好把你处死。"公子顿珠心想：这个凶残的国王压根儿没有满足的时候，总是得寸进尺，想方设法地为难我，想让我无立足之地，抑郁而终。如今，我已经没有任何办法了。斯龙国、玉龙国和童龙国三位公主也已经把所有办法都拿了出来。俗话说得好，好汉与其干得俏，不如睡个痛快觉。我还不如带上三位公主远走高飞，逃到他乡异地。这时，狗头雕盘旋着飞到了寺庙跟前说："顿珠，你不要气馁。凶残的国王已经到了起心害人、自食其果的时候了。你不如在寺庙的前后左右随便画上河流和湖泊，祈祷一番吧。这样不但能实现心愿，而且，你辛苦得来的成果最终都会归你所有。你认真考虑一下。"说完就飞走了。公子顿珠毫不犹豫地按狗头雕说的做了。

次日，寺庙前面一上一下出现了两湾美丽的小湖，寺庙四周也淌出了清澈的溪流。看着眼前的美景，公子顿珠心想：自己不管如何尊敬、忠诚、唯命是从地听命于这残暴的国王，他都一味狠心地找我的岔子。现在，到了该给他点颜色的时候了。于是，公子顿珠钻进上面的湖中，等着伺机而动。

德炯桑布国王一见寺庙四周的涓涓溪流和寺前的湖泊，哈哈哈、嘿嘿嘿地干笑着。他东瞧瞧、西看看，东跑跑、西走走，一时间对壮观的寺庙、青翠的树木、碧绿的湖水、欢畅的溪流和林间欢快飞翔、尽情歌唱的鸟雀痴迷了，全然忘记了公子顿珠的存在。这时，公子顿珠突然从湖里钻了出来。德炯桑布国王吓了一跳，说："你要干什么？别把湖水弄脏了。"公子顿珠说："国王陛下，昨晚，我跳进了下面的湖里，好像到了龙宫，见到了我父亲，还见到了令尊、令堂。他俩让我给您捎话，请您尽快到龙宫去一趟，他们有如意宝等很多很多宝物要送给您。"德炯桑布国王信以为真，立即盛装打扮，携王子顿珠匆匆忙忙跳进了下面的湖里。残暴的德炯桑布国王父子溺水而亡，终获恶报。

此后，公子顿珠执掌南方天国的国政，封斯龙国、玉龙国和童龙国三位公主为王妃，并依法治国理政。臣民们过上了安详、幸福的生活。

姐 弟 俩

（墨脱县珞巴族）

从前，在一个人口众多的村庄里住着一双姐弟。他俩很小就失去了父母，又没有其他亲人，无依无靠，以乞讨为生。

姐弟俩从早到晚除了在村子里讨饭外，从不靠自己的双手干活找饭吃。日久天长，当初可怜姐弟俩的人也逐渐觉得，施舍助长了他们的懒惰。慢慢的，给他俩赏饭的人也就越来越少。最终，他俩落到整天连一口饭都要不到的地步。村民们一见姐弟俩，就露出一副厌烦的神情。

姐弟俩无奈，只能忍饥挨饿地等待着村民的同情。终于有一天，弟弟对姐姐说："我饿得一点儿力气也没有，两眼昏花，连手脚都抬不起来。"姐姐看着弟弟可怜的样子说："我们继续去要饭吧。"说完，就带着弟弟到外地乞讨去了。

他俩走呀走，来到一处搭着竹围子的空地。姐弟俩钻进围子，姐姐环视着四周说："这就是我俩的家了。"随后，姐姐劈开竹子做成箭，顺便到附近邻居家门口找了些米糠。熬粥充饥后，她让弟弟到山里打猎。

弟弟按照姐姐的吩咐，爬到高处的山林、下到低处的河边到处寻猎，可一只野兽也没有打到。在太阳快落山的时候，弟弟抓到了一把蝗虫，带回家里。姐姐把从村子里要来的米糠团拢起来，打了又打，终于打出来一把米。等弟弟回到家，她用蝗虫和那把米做了饭。吃完饭，姐弟俩心里格外高兴，脸上满是笑意。他俩感觉到，找到了一种生存方式。

晚上，姐姐问弟弟："明天，我俩像今天这样去做各自的事情好吗？"弟弟很干脆地回答："当然可以。"第二天天一亮，姐弟俩把剩饭一吃，弟弟就上山了。临走前，他自信地说："今天，我要弄到比昨天更多的肉。"说完，便带着弓箭走进了茂密的森林。一天下来，虽然没有打到一只大的猎物，但他拣了一帽子的黄蘑菇，到傍晚，就唱着小调准备回家了。

在路上，弟弟看见一位白发苍苍、嘴中无牙的老人摔倒在地。他急忙上前把老人扶起来问："老爷爷，您怎么了？"老人颤巍巍地带着哭声说："孩子，你救救我这个老头吧。我的脚扎进了一截竹子，已经三天了，肯定有生命危险。"弟弟立即握起老人的脚，将竹子拔出来，并将伤口的血和脓清理干净，把老人扶了起来。老人对他说："谢谢你！我一定想办法报答你。"他问老人："老爷爷，您住在哪里？我送您回家吧？"老人摇头又摆手道："不用。我叫阿古智波，走到哪儿，就把哪儿当我的家。"说着，他头也不回，一瘸一拐地走了。

晚上，姐弟俩团聚后，姐姐用从糠里挑出的一把大米和弟弟拣来的蘑菇做了饭。吃过饭，他俩把剩下的大米放在石板上，就睡觉了。半夜时分，睡梦中的姐弟俩突然听到，从竹围子附近传来轻微的咔嚓声和脚步声。姐姐完全清醒过来，竖起耳朵静静一听，只听见从小屋子外面发出"聂孔尼啦阿若剁聂孔尼啦阿若剁"（珞巴族语，意为在这里，看这里）的声音。她觉得，我们两个穷孩子连饭都吃不饱，也没什么可偷的，便没在意，又沉沉地睡去了。

第二天天一亮，姐弟俩就起床准备分头做事，却发现他俩简陋的竹围子，已是方方正正、整洁舒适、美观又充满温馨气息的房子。他俩惊讶地面面相觑之际，只见那位弟弟在森林里救过的老人走了进来。他说："这房子是我给你们的，以报答救命之恩。房子里有粮食。你俩只要肯依靠自己的双手辛苦耕作，幸福的生活就在眼前。"说着，他就出了门。姐姐想跟过去说声谢谢，可老人瞬间就消失得无影无

姐弟俩过上丰衣足食的好日子（索朗才旺 绘）

踪了。

打那以后，姐弟俩开垦家门前的空地，种植稻谷、玉米、鸡爪谷等各种农作物和果树。经过艰苦的劳作，他俩过上了丰衣足食的好日子。家里从此不断飞出幸福的歌声。

三兄弟各学本领

（波密县）

古时候，有一户富人家育有三个男孩。在三兄弟长大后，一天，父母给了他们许多金银，让他们到天竺国学习本领。

到了天竺，三兄弟商量好用父母给的金银做学费，各自拜一位师傅，用三年的时间，按自己的意愿学习一门知识。大哥把学费交给了一位资深法官，学习了很多法典；二哥把学费交给一位技艺高超的工匠，学习了打制金、银、铜、铁器具等手艺；三弟是个懒散之人，沉湎于各种娱乐节目，用父母给的金银大吃大喝。转眼工夫，两年过去了。到了第三年，三弟才想起要学一门手艺，但已经没有足够的时间，学费也不够用，没法学习过硬的手艺。于是，他向一位朋友打听学什么样的手艺花费最少，也最容易学会，而且收入又最多。这位朋友是个靠偷盗谋生的人，而且心黑如炭。他就教唆三弟说："在所有手艺中，最少花费、最容易学会、将来收入最多的就是偷盗技术。"三弟不知道朋友在教自己学坏，也不知偷盗毁人毁己，只知道学起来容易。因此，他学习了偷盗技术，此后不久就成了一个有名的盗贼。

三年后，三兄弟学成回到家里。父母特别高兴，问大儿子学了什么知识。大哥回答，自己学习了很多法典，学会了如何做一名法官。问二儿子学了什么知识。二哥回答，自己学习了所有高级工艺和普通工艺，懂得很多手艺。最后，问三儿子学了什么知识。三弟回答，自己学习了偷盗技术，现在成了有名的盗贼。

446

三弟钻进国王的卧室偷走金瓶（白玛层培 绘）

听了三儿子回答的这番话，父母和所有亲戚都吓坏了，就对他说："你不该这么做，也不该这么对别人说。"三弟答道："你们不要害怕，可以向国王申请准予我偷盗。"

第二天，三弟登门拜访国王，请国王批准他偷盗。国王说："你若是真有无人匹敌的偷盗技术，那么，我卧室枕边有一只金瓶，若能在三天之内把它偷走，我就不惩罚你。"三弟答应了。

国王生怕金瓶被盗，便在外门、内门、中门等所有门口都安排了警卫，昼夜把守。第一天晚上，三弟没有去偷国王的金瓶，第二天晚上也没有去。

第三天夜晚时分，三弟从宫殿背面爬了上去，警卫们什么也没有察觉。他从宫殿房顶的一扇小天窗往国王卧室一看，国王、王后和警卫恐怕金瓶被盗，连续几个昼夜强打精神把守着，没能合眼，今夜一个个都疲惫不堪、困顿不已，睡得像死人一般。于是，三弟偷走了金瓶。

次日，国王从睡梦中醒来时，金瓶已经被盗。他感到十分惊愕，马上派出许多士兵缉拿三弟。士兵们如同雕捉兔子、鹞子叼小鸟一般，把三弟抓到国王跟前。国王下了处死三弟的命令。

行刑前，大哥跑到国王跟前说："偷走金瓶是陛下准许的。我在天竺学习法律，只见过国王一诺千金的事例，却没见过国王不守信用的记载。如果国王做出如此不守信用的事情，将会出现没有人遵守国法和乡规民约的事情，而且有损于国王的名誉，不守信用的恶名必将传遍所有地方。"国王一听赧颜万状，就说："我决定不处死这个盗贼了，但今后，他不得再行偷盗之事。假如以后再次偷盗，定将流放远方，这就叫作一诺千金。"三弟也不得不作出承诺：今后不再偷东西。

三弟非但没有获得任何赴天竺学习本领后带来的好处，还险些丢掉了自己的性命。

哥哥唯旦和弟弟唯琼

（波密县）

从前，有一对夫妇。他俩育有两个儿子，大的叫唯旦，小的叫唯琼。

有一年，他们所在的村庄瘟疫蔓延，很多人死去了。这对夫妇也未能幸免，双双撒手人寰，兄弟俩成了孤儿。俗话说，屋漏偏逢连天雨。就在这一年，地里的庄稼也因霜、雹等灾害颗粒无收。孤苦伶仃的兄弟俩只好到外地乞讨。

当初离开家乡时，兄弟俩有很多同行者，但哥哥唯旦只有9岁，弟弟唯琼也刚满6岁，跟不上其他人，慢慢地落在了队伍后面。

有一天，他俩需要翻越一座很大的山。这座山，壮年人在一天之内就可以翻越，可是，唯旦、唯琼兄弟俩走了三天也没能翻过。特别是弟弟唯琼，如果不是靠哥哥唯旦背着，完全靠自己步行，那就需要更长的时间。这座山的一面没有树木和水源，光秃秃的；而且，被太阳照射得跟着火似的，烤得兄弟俩的嘴唇都起了一层层的皮。当他俩爬到可以看到山顶的地方时，弟弟唯琼渴得像被火烧了似的，并且高山反应很大，连一步也迈不动了。哥哥唯旦也是筋疲力尽，再也背不动弟弟，但他强忍着，对弟弟说："坚持一下啊，我们已经看到山顶了。"弟弟唯琼有气无力地不断喊道："水，水，水！"哥哥唯旦心急如焚，可是山上一滴水也见不到。他束手无策，不知如何是好，眼里噙满泪水，望着天空想，要是天上突然乌云密布，下一场痛快的暴雨该有多好。然而，天空越发显得湛蓝如洗，阳光越发炽热似火。此时不论什么人，都会愤恨太阳。唯旦呆呆地望着天空，看见两只天鹅在空中盘旋。聪明伶俐的他立刻想到，天鹅盘旋的地方一定有水。眼看着天鹅飞到侧面的山洼，他对弟弟说："你坚持一会儿，有两只天鹅飞到侧面的山洼里去了，那儿可能有水。哥哥现在就到那儿去，给你弄水来。"说完，就朝天鹅降落的方向跑去。

唯旦拐过一个山岗一瞧，发现那山洼间有一湾碧绿的湖泊，看上去就像拂拭过上百次的绿松石镜子一般。在他高兴地正要朝那里跑过去时，仿佛有一种悠长的声音在呼喊——"唯旦哥"。他急忙回头，朝远处弟弟唯琼的方向望去，只见弟弟像折断的枯树干一般慢慢倒了下去。唯旦万分焦急，大声喊着"弟弟"就跑了回去。当跑回到弟弟跟前时，唯琼已经断了气。哥哥唯旦抱住弟弟渐渐冷却的身体哭泣了许久。最后他使出浑身所有的力气，背起弟弟的尸体，翻过了这座山。

山的背面是一片森林。唯旦在林间河边用片石搭建了一间小屋，把弟弟的尸体安放在里面。他心想，弟弟是因为没有喝到水而死的，肯定恋着水，要想办法让弟弟的嘴每天都沾到水。于是，他剥下很多树皮，用一张张树皮接成引水槽，将水从泉口引至片石小屋里的弟弟尸体旁，并在水槽口接了一根草管子，使水能一滴一滴流进弟弟的嘴里。

唯旦独自一人走了很远的路，看见一处山嘴上迎风招展的五色经幡，他的心情才稍微平静了下来。他想，有经幡的地方一定有人，便径直朝挂着经幡的地方走了过去。原来，这山嘴的一个旮旯里有一间小修行静室，里面住着一位满头白发、面带亲切微笑的仙人。唯旦向仙人磕了很多头，把自己的经历如实地详细讲述了一遍，并提出愿意留下来修行的愿望。仙人听后生出无限怜悯之心，以慈悲和笑脸对待他，收他做了徒弟，教他识字，并传授了许许多多自前代圣贤那里传承下来的深奥教诫。

三年后的一天，唯旦因特别想念弟弟，便向仙人提出要到安放弟弟尸体的地方看一看。他的请求得到了仙人的准许。他沿着三年前自己走来的那条路走回去。到了目的地，安放弟弟唯琼尸体的小片石屋仍然完好无损，而且那道小树皮引水槽也完好如初，只是唯琼的尸体不见了。唯旦想，如果尸体是被野兽或秃鹫吃了，这个小片石屋不可能保留得跟过去一样完整，那么，尸体怎么没有了呢？这时，很多猴子叽叽喳喳地叫着从森林中蹦跳出来，到泉边喝水。喝完水，它们爬到一棵老果树上摘下很多果子，堆在一只身上没毛的猴子面前。没毛的猴子拣了几个最好的果子，对唯旦说"请吃"，并向天空敬了三下。唯旦听到这话，瞬间悲喜交集，带着哭腔喊了起来："弟弟——"令他高兴的是弟弟还活着，难过的是弟弟变成了猴子。听到唯旦的这声叫唤，猴子们像棒打豆子，四散奔逃。那只没毛的猴子也吃力地跟在其他猴子后面跑。唯旦追着那只没毛的猴子说："唯琼别跑！我是你哥哥唯旦。"没毛的猴子竖起耳朵听着唯旦说的话，继续往前跑。唯旦紧追不舍，不让它从视野中消失，并一声接一声地喊："弟弟唯琼不要跑，我们兄弟俩遭遇了生死之别呀！"声声呼唤让没毛的猴子停了下来，朝唯旦跑过来，并说："哥哥，你跑哪儿去了？"原来，这没毛的猴子正是唯琼。他哭着抱住了哥哥。唯旦把三年前发生的事情原原本本、详详细细地讲给了唯琼。弟弟唯琼也把三年前跟哥哥一起翻山的情景和此后如何梦见自己体内着火、如何由哥哥用水将火浇灭、从梦中醒来时如何自己一个人躺在小片石屋里，以及后来在林中猴子们如何给自己果子吃才得以生还等等经历，一一讲给了哥哥。

　　三年前，唯琼因口渴暂时断了气，但在灵魂离开身体之前喝到了水，便慢慢苏醒过来了。兄弟俩相见后，哥哥把弟弟也带到仙人身边，让他学习文化。

　　兄弟俩长大后，哥哥唯旦成为具有菩萨心肠、善良正直的佛门弟子。弟弟唯琼则成为一名能言善辩、识文断字的头人。兄弟俩相互间恪守信誉，幸福、快乐地度过了余生。

经历生死离别的兄弟俩重逢（白玛层培 绘）

452

傻男孩和聪明男孩

（工布江达县、米林县、巴宜区）

古时候，在一个村庄里有两户人家。穷的人家有个傻男孩，富的人家有两个聪明的男孩。

这两家的小孩打小一起玩、一起干活，关系处得十分融洽。长大后，富家的两个男孩开始做起生意来。而穷家的男孩由于是个傻子，仍旧只会玩耍、干点零散活，无法像富家的两个男孩那样做生意。因此，穷家的父亲常常愁眉苦脸地埋怨自家的孩子是傻瓜，没有能力；又夸富家的两个男孩如何如何能做生意，如何有本事，如何积攒了很多钱财，将来人生前途如何如何美好等等。

有一天，穷家的傻小子央求父亲说："爸爸，我也要跟邻居家的两个孩子一样做生意。您把咱家的公黄牛好好打扮打扮，再给我一点儿货物。"他父亲心想，真不愧是傻子，赶一头公黄牛能做什么生意？但为了逗他开心，他父亲还是答应把家里的公黄牛给儿子，还将公黄牛打扮了一下。行前，他还给了傻小子白、黄、红、绿几种不同颜色的纸。因为没有任何货物，父亲就叫傻小子自己想办法。傻小子就用那些纸给公黄牛做了一个面具，并在面具上做了很多犄角，在所有犄角上都挂上彩色的纸片，把公黄牛的头弄得乱七八糟的。随即，他骑上公黄牛，摇头晃脑地出发了。

傻小子走了一天的路程后遇到一条江，就骑着公黄牛过江。等到慢腾腾地过了江，天也快要黑下来了。他把公黄牛留在江边，自己跑到有上、下两个山洞的山上，在上面的山洞里住了一宿。

半夜时分，傻小子听到从下面的山洞里传来各种各样的声音，并看见老虎、豹子、黑熊、马熊等聚集在山洞里。只见，它们面前摆着金盘、玉盆和海螺酒器。野兽们敲一下金盘，从金盘里就出来很多肉、酥油和茶；敲一下玉盆，玉盆里就出来很多糌粑团和酪糕；敲一下海螺酒器，就从里面流出青稞酒和白酒等，要多少就流出多少。虎、豹、熊等野兽们尽情享用着肉、酥油、酪糕、酒和茶。

天快亮的时候，傻小子听到野兽们讨论说：昨晚，山下来了一个头上长着许多犄角、犄角上挂着各种彩旗的古怪动物。我们去杀掉那个动物吧。讨论完毕，野兽们走出山洞，四散而去。傻小子见此情景，马上钻进这个山洞里，拿上野兽们留下的金盘、玉盆和海螺酒器，迅速下山，骑上公黄牛，过江后直奔自己的家而去。

回到家里，傻小子对父亲说："阿爸，今天，我做了一笔了不起的买卖。"父亲心想，你一个傻子能做什么买卖，便说："你不要骗我，别想着生意那么好做，这是能干的男子汉做的事情。做生意身体要受累，心里要盘算，如果不具备心智和体能双重条件，哪还能到各地做生意？"傻小子把金盘、玉盆和海螺酒器一个个摆出来后挨个一敲，肉、酥油、酪糕、酒和茶等源源不断地出现在眼前。这个穷困人家，一夜之间变成了富裕人家。眼见这一情况，富家的两个儿子产生极为强烈的忌妒心。兄弟俩想尽办法，巧妙地向傻小子询问致富原因。一开始，傻小子并不怎么愿意讲实话；但后来，傻小子一不小心还是说出了实情。

被贪念控制思维的富家两兄弟，把陪伴他们多年、为他们辛苦卖力的骡马扔在一边，各自弄来一头公黄牛，照傻小子的做法给每头公黄牛一个面具，面具上做了很多犄角，所有犄角都挂上很多纸片，一人骑着一头出发了。路上，像傻小子那样遇见了一条江。他俩渡过了那条江，到了江的另一边，就去看半山腰是不是有上、下两个山洞，还真像傻小子说的那样，找到了分上、下两层的山洞。夜里，兄弟俩待在上面那层静静地听响声。到了半夜时分，老虎、豹子、黑熊和马

富家两兄弟学傻男孩渡江取财宝（白玛层培 绘）

熊又照常聚在了一起，议论起山下又来了两头和前段时间一样的公黄牛。有的野兽说："今天骑着奇怪公黄牛来的人，或许是偷走金盘、玉盆和海螺酒器的人，今晚很有可能躲在附近。"有的野兽说："今晚，我们要发出最大的叫声，盗贼一定会吓得跑出来。到那时，把他们抓住美餐一顿吧。"

野兽们纷纷表示就这么办。于是，老虎、豹子、黑熊和马熊同时发出了怒吼声，大地都被吼声震动了。两兄弟吓破了胆，发出颤抖的声音。

野兽们知道了两兄弟躲避的地方，就一只紧跟一只钻进上面那层山洞，把两人从山洞里拖过来。一会儿工夫，就把他俩肢解了，并撕扯着把肉吃掉，把血喝掉，把骨头嚼碎，吃得干干净净，不留痕迹。

王子和乞丐的儿子

（工布江达县、米林县、巴宜区）

一天，乞丐的儿子起了个大早去讨饭。他走一路，讨一路，转眼工夫就走到了国王的宫殿门口。他正要大声乞讨，看见相貌俊俏、穿戴华贵、神采奕奕的王子达娃旋努从宫殿走了出来。目瞪口呆的乞丐儿子望着耀眼的王子，竟然忘了发出乞讨声。

事实上，乞丐的儿子对王子的名声早就有所耳闻，但真正见到王子还是头一次。乞丐的儿子想，还真是百闻不如一见啊。就在他还愣神的当儿，王子的一个侍卫突然呵斥道："喂，滚开，滚开！"并狠狠地踹了他一脚，可怜的乞丐的儿子倒在了地上。王子达娃旋努见此情景，不禁生出强烈的恻隐之心，对那个侍卫说："喂，你可不能这么做呀。难道他不是个值得同情的人？他跟我们一样也是人，快把他扶起来。"说完，王子正欲离开，却又停下来，把乞丐的儿子领进了寝宫。据说，这位王子曾经在天竺国投转为某个菩萨，此生念着雪域西藏之王，转生于世间，做利生事业。总之，他精于修辞、语法、算术等世间学问，以及胜义菩提心、世俗菩提心等所有超世学问，对臣民极为悲悯，对财富毫不悭吝，一向乐善好施。他们走进卧室后，开始聊了起来。王子达娃旋努询问乞丐的儿子叫什么名字，现住何处。乞丐的儿子回答说："我叫嘉沃，没有固定住所。"王子又问："你是一个人来的吗？你没有父母呀？"

嘉沃应道："我不但有父母，而且有爷爷、奶奶、兄弟、姐妹等

王子达娃旋努与乞丐的儿子相遇（陈秋丹、江村 绘）

很多亲人。"王子说："你家有那么多人，生活想必很困难。"乞丐的
儿子应道："生活是很困难，但是我们过得很快活。平时，我们兄弟
在一块儿玩，夏天一起到河里游泳、戏水。"他俩都对于对方的生活
感到好奇，经商量达成一致意见：嘉沃在王宫里待几天，王子达娃旋
努替嘉沃流浪街头。随后，嘉沃扮成王子待在宫里。王子达娃旋努穿
上嘉沃的破烂衣服，离开王宫，来到街头。从表面上看，王子达娃旋
努与乞丐的儿子嘉沃相互钦慕对方的生活，相互换了几天角色。其实
不然，王子出宫是为了视察臣民的疾苦，了解贪官污吏是如何蹂躏和
迫害百姓的。

魔鬼的孩子和人的孩子

（波密县）

远在苯教开宗祖师顿巴辛绕·米沃切时期，某地一个女鬼生有九百九十九个小鬼。在众多孩子里面，女鬼最喜欢、最疼爱的是年龄最小的孩子，她管它叫心肝宝贝。这个女鬼不仅喜欢吃人肉，而且特别喜欢吃小孩的肉，因此，经常在各处寻找并活捉、生吃小孩。

当地人尽管承受着巨大的恐惧、侵害和痛苦，却找不到对付女鬼的有效办法。出于无奈，大家就接连来到苯教开宗祖师顿巴辛绕·米沃切跟前，祈请他护佑。祖师于心不忍，就用法术将女鬼年龄最小的鬼孩子带过来，装进自己的钵盂里。

女鬼抓人的孩子回家的时候，知道自己年龄最小的孩子丢了，非常着急，用七个昼夜，在地上、地下、空中找了个遍，却根本没有找到。

女鬼无计可施的时候，想起祖师顿巴辛绕·米沃切为了众生的事业来到工布地区，他是遍知者、众生的殊胜救星，应该有良策。女鬼马上跪在祖师跟前，哭诉所发生的事情，并就如何找到自己的心肝宝贝，连连祈求祖师明示。

祖师亲切地指出：你有九百九十九个小孩，丢失一个孩子，都如此痛苦；那么，这个地方的人，孩子最多的也就七八个，顶多九个、十个，一般只有两三个或者三四个，甚至有的只有一个。你经常满不在乎地活捉、生吃儿童，他们会多么痛苦啊！祖师双手合十，反复

女鬼在祖师顿巴辛绕·米沃切面前双膝跪地忏悔（白玛层培 绘）

念诵"唵嘛吱哞叶萨列嘟，唵嘛吱哞叶萨列嘟"。

听了祖师的教诲，女鬼认为确有道理。她双膝跪地，两手抱胸，带着忏悔的呻吟声说："我错了，我错了。请您帮我找到我最小的孩子，我发誓今后再也不吃乡亲们的孩子了。"

祖师制服女鬼后，把那个最小的孩子从钵盂里放了出来，交给女鬼，女鬼高高兴兴地回了家。从此，工布地区再也没有伤害小孩的魔鬼了。

一皮囊碎金

（波密县）

从前，在一户富人家，有一个天生油嘴滑舌、善于投机取巧的小男孩。此户人家的邻居是一户普通人家，他家则有一个傻气十足的小男孩。由于他们是邻居，所以，这两个孩子成了朋友。虽然他俩日常形影不离，但是，聪敏的小男孩只要找到能欺骗呆傻男孩的机会，就尽可能地欺骗他，只要能从他那儿捞点小便宜，就尽可能捞足便宜。

一天，他俩在远行途中，傻男孩捡到一只皮囊。他打开皮囊一瞧，发现里面装了满满的碎金，傻孩子知道装的是金子，但因不知道价值，就问聪明男孩："这些碎金值多少钱？"聪明男孩立刻想到要骗傻男孩，就说："这些碎金价格很高，可是，它们归我俩共有，为什么呢？因为虽然捡到它们的人是你，但知道它们价值的人是我。我俩把这一皮囊碎金平分怎么样？"傻孩子是个一心一意对待朋友的人，就爽快地回答："当然可以，我们是忠诚的朋友。"

过了一会儿，聪明男孩越想越觉得不满足，便挖空心思想出了继续欺骗傻男孩的计策。当快到家乡时，聪明男孩跟傻孩子商量道："我俩不能把这些碎金带回家，如果带回家，就不再是我俩的了，会被父母抢走。不如把碎金藏在山上，等到我俩谁需要了，就一起去取一点。"傻孩子又同意了这么做，并按聪明男孩说的那样，在树林中一棵空心树旁边挖了个洞，把金子埋到里面，再盖上厚厚的枯叶，做得不易被人发现就回家了。

第二天，聪明男孩去找傻孩子说：今天，我需要一点碎金，我俩一块儿去取吧。傻孩子就跟他一起去了。其实，那些碎金早已在头天晚上就被聪明男孩偷偷拿回家了。他揭开洞口，立刻摆出一副吃惊的样子说："哎呀，糟糕，这下完了！我俩的金子被别人偷走了。"说着，又露出怀疑的表情进一步讹诈说："昨天知道金子藏在这儿的只有我们两人，一定是你偷的。"傻孩子大为惊讶，百口莫辩，除了反复说根本没有偷，也没能讲出其他任何理由。聪明男孩看到傻孩子惊愕失神的样子，就装出一副宽宏大量的模样说："算了吧，就当我俩运气不佳吧。"

这时，傻孩子忽然如开窍了一般，大声说道："我根本没有偷碎金！如果要偷，一开始，我就不会答应跟你平分，绝对是你偷的。"聪明男孩一看这个办法没奏效，立即改用其他办法。他严厉而且带着威胁的口吻说："我俩争来争去不会有什么结果，还不如向法官提出诉讼。到底是谁偷的，他会作出公正的判决。你要是说不出充分的理由，就有可能受到监禁、判处死刑等各种惩处。到那时，你可不要后悔哦。"聪明男孩认为，用法官、惩处、监禁、判处死刑等词语能吓唬傻孩子。然而，傻孩子如俗话所说，不做亏心事，不怕鬼敲门。因为心里无愧，他就丝毫不惧怕、不屈服地同意向法官提起诉讼。

他俩到法官那儿提起诉讼。聪明男孩首先讲了充足的有关碎金被傻孩子偷走的理由。他能言善辩，巧舌如簧。好在，那位法官是个秉公执法、刚正不阿、聪慧伶俐，并具有丰富判案经验的人。他并没有马上作出判决，只是说："我得仔细调查一下。"聪明男孩说："我俩藏碎金的地方在土地神居住的那棵大树旁，谁偷的，土地神肯定看得清清楚楚。所以，要是问土地神，他会一碗水端平，公正地分辨是非。"法官也同意这么做。

聪明男孩回到家里跟父亲商量后，决定由父亲装成土地神，躲进藏碎金之地近旁的空心树里。他还向父亲交代了怎么说话。次日，父子俩一大早就来到藏碎金的地方。做好充分准备后，聪明男孩返回到住处，与傻孩子、法官和乡亲们一道前往藏碎金的地方。

傻孩子捡到一皮囊碎金，问聪明男孩值多少钱（索朗才旺 绘）

到那儿后，聪明男孩高声喊道："尊敬的土地神呀，请您清楚地告诉我们，那一皮囊碎金是谁偷走的？"躲在树洞里的聪明男孩的父亲用粗重的嗓音连着说了两声："是傻孩子偷的，是傻孩子偷的。"傻孩子气不打一处来，大声说："你这个土地神撒了谎！我今天先把你这个说谎的土地神烧死，然后，你们再把我扔进火堆里烧死吧。"他边说边捡来很多干枯的树叶、树枝，扔进树洞里点了火。聪明男孩看着，心想这下糟糕了，便喊道："喂，得罪土地神可是大逆不道的行为。如果没有土地神，谁来当我们的救星？"说完，准备救火。而傻孩子压根儿不让他灭火。对事情的真相虽了然于胸，可法官一时缄默不语。火势渐渐变大后，聪明男孩的父亲被烟熏得受不了，就喊着"我不是土地神，别烧我"，狼狈地从树洞里爬了出来。

聪明男孩的阴谋完全败露，羞愧难当。那一皮囊碎金自然重新回到傻孩子手里，归他一个人所有了。

第五章　生活故事

何谓生活故事？

所谓生活故事，就是不掺杂幻想的东西，或者掺杂量极小，并以现实生活为依据，辅之以一定虚构和杜撰的叙事性艺术作品。

这些故事多数反映的是生产劳动、家庭矛盾、朋友之间的纠葛和关系，以及通过勤劳创业、成就心愿等等。

罗雅府和亚冲府

（波密县）

18世纪末一年冬季的一天，在雪域东方多堆一个半农半牧区的县城，一对父子各牵着一头公黄牛在巨大的狂风中艰难地逆风而行，这是一个令人悲哀的关于流放的故事。这件事情的起因，与几个月前该县由一起谋杀未遂而引发的严重杀人案有直接关系。

该县有一个叫冲措夏（村东）的村庄，庄里有一户人丁兴旺，日益富裕名为罗雅府。这家男主人罗雅饶旦有三个如同虎狼般凶残的儿子。这家人迅速富裕起来的主要原因在于，以罗雅饶旦为首的一家人，在该县辖区内凭借所谓的"胆略"和"勇气"，蛮横地进行抢劫活动。因而，该县绝大多数人都非常怕罗雅父子。

在该县另一个叫冲措努（村西）的村庄里，有一户所有人仰慕和信任，并具有良家风范的人家，叫作亚冲府。尽管这家只有两个儿子，但拥有胆量和勇气，并且不欺辱乡邻；在面对罗雅府父子时却非常严厉，从不惧怕和屈服。罗雅府迫于亚冲府在村民中的威信对亚冲府也只好忍气吞声，不敢像欺负其他村民那样欺负这家人。有一年春夏之交，亚冲府的小儿子前往拉萨做生意。这时，罗雅饶旦心想，这下可算是等到了一个报复的好机会。他将儿子们召集到身边说："亚冲府的小儿子到拉萨做生意去了，这对于我们家来说，岂不是获得如意妙果的好兆头吗？"小儿子听了兴奋地说："对对对，我们这就去打掉他们的嚣张气焰。"老二自作聪明地说："不，我们还不如到他们家抢劫。"长子想了想说："如果我们现在这么做，等他们家小儿子从拉萨回来后，有可能携起手来，弄得我们不得安宁。"一时间，你一言我一语，难以定夺。而罗雅饶旦考虑的并不仅限于此，心狠手辣的他正将一个阴谋的画面在脑中整理出来，嘴上却不明说。他的右手攥紧拳头，重重地砸在自己的右膝上，哈哈一声，露出一副足智多谋的表情说："呀，贤父之子，良母之女，到时候，我会慢慢讲给你们听。"

约莫过了一个月，美丽的夏天向人们揭开美颜的面纱，香艳的花儿绽开了笑容，碧绿的草坪张开了怀抱，妙音布谷鸟开喉鸣叫，河流泛起涟漪，和风徐徐吹拂，到了半农半牧的人们将牲畜从平原牧场转往高山牧场的时节了。亚冲府的长子曲炯出发把自家的牲畜转至高山牧场了。

罗雅府的父亲罗雅饶旦一直注意着亚冲府曲炯的行踪，心里想，该是采取行动和获取如意妙果的时候了。他把儿子们召集到自己跟前说："我们罗雅府获取如意妙果的时机到了。今天，亚冲府的曲炯要去山头转场。我们在他回来的路上把他干掉，然后再闯进他们家。那时，他们家里一定没有人，我们就把他们家所有值钱的东西全部搬走，他们几天以后回来才会发现。那时发现了，也无所谓，他们家只剩女人而且还在牧场。女人能想到什么？能做到什么？"罗雅饶旦的儿子们听了，完全赞同，并决定按他的想法去做。

父子四人佩刀带枪，装备齐全，悄悄来到冲措努村的谷底，准备埋伏在一个道路狭窄险要、江河翻滚、浪涛飞溅，让人不敢久留的地段。罗雅饶旦先把儿子们带到离狭道较远的一处小桦树林，指着狭道尽头的一座小山说："孩子们，往下看。曲炯从这条狭道走过来翻越小山时，马的速度会降下来。他一到山顶，我们若从这儿瞄准他的后背开枪的话，马肯定受惊向上跳跃。他就会仰身从马背上掉下去，直接落入江河，连尸体的处理工作也无须我们费心。"儿子们听了，兴奋地对他大加赞赏，似乎"胜利"就在眼前。

罗雅府父子四人埋伏在险要地段等待着。太阳快要落山的时候，曲炯骑着一匹快马，伴着丁零咚咙的铃声奔驰而来，一会儿就踏上了那条狭窄的道路。在爬那座小山头时，马的速度果然减缓。此时，远处传来"砰砰"两声枪响。马受到惊吓，腾空一跃。马背上的曲炯理应坠马落江，但他骑术高超、手脚灵活，及时抓住了马鞍，躲过了一劫。虚惊一场的曲炯尽管看不见暗算者，但心里分明知道是罗雅府的人，便大叫道："老贼罗雅，你收敛收敛好吗？"曲炯知道自己受了重伤，没有独自反击的能力，就立即策马扬鞭，径直穿过那条狭道，朝村庄方向跑去。

罗雅饶旦看见远处骑马而去的曲炯，忙说："不好了，不好了，曲炯跑回村庄里了，我们去追。"父子四人"叽嘿嘿"地吼叫着徒步追赶。而曲炯催马狂奔，一会儿就跑到了村口。村口有一个独门独户的人家，这家的门像是特地朝大路开的，曲炯径直冲进这家的大门。他在院子里下马的时候，发现心脏旁边被打穿了，伤口可以伸进拳头，殷红的鲜血犹如泉水汩汩喷出。这家人一见曲炯，吓得都赶紧跑进屋内，准备关门。曲炯虚弱地说："喂，别这么害怕，给我拿一大瓢冷水。"由于失血过多，他犹如栖息在麦穗上的小鸟，摇摇晃晃地扶着马站立着。这家人这才拿了一大瓢冷水，曲炯一口气把水喝得一滴不剩。冰冷的水暂时凝固了他伤口喷出的鲜血，双脚也能慢慢站稳了。曲炯平时喜欢在腰上别一把短刀和一把不丹刀，骑马出行时还要在马背上插一把藏式长刀。等到身子稍微平稳以后，曲炯从马背上抽出那把藏式长刀，右手拄着刀，怒气冲冲地站在大门后。这时，罗雅父子像猎狗追赶野兽一般，一个跟着一个进了这家大院。罗雅府的长子右手拿着刀，左手提着枪，跑进院子。曲炯如同离弦的箭从门后闪出，将藏式长刀一挥，发出"咻""啪"两声响，如劈柴一般，将长刀劈向罗雅府长子的头顶，瞬间将他的脑袋劈成左右两半。不等曲炯重新举起藏式长刀，罗雅府的老二又跳进了大门。曲炯把藏式长刀扔掉，闪电般地从腰间拔出了锋利的短刀，顺势从后面一捅，老二就面朝黄土背朝天地倒下了。此时，罗雅府的小儿子也到了。曲炯因为没能从罗雅府的老二身上拔出短刀，便用双手抓住罗雅府的小儿子的腰一摔，把他压在身下，用右手去摸自己腰部的不丹刀。不料，这时罗

亚冲府英勇的曲炯杀死罗雅府的长子和老二（白玛层培 绘）

雅饶旦赶到了。他用枪顶住曲炯的肩膀，救出了小儿子。

罗雅饶旦的美梦瞬间破碎，变成看见了害怕、想起来吓人的现实：他把两个如同自己心肝的儿子送上了西天，导致家破人亡。

罗雅饶旦自己和他的小儿子也因谋杀未遂被法律追责，变成了毫无自由、被流放到外地的罪人。

王子江央扎巴和仆人洛追朗杰

（墨脱县）

　　从前，在一个山谷狭长、谷地地势低缓、腹地地形美丽、天空呈八辐轮状、大地呈八瓣莲花状、两边有八吉祥徽图案的地方，有一个弹丸小国，人们叫它通瓦公门（意为一见倾慕）。

　　这个山谷的谷底牧草丰美，适宜发展牧业；谷口水源充足，适宜发展农业；中部村庄聚集，邻里和睦，金碧辉煌的王宫建在居中的小山之上。国王勤政爱民，王国国泰民安，成为人羡己乐之地。然而，先王过世后，王子江央扎巴接班，懒于问政，横征暴敛，整个国家贪腐成风，官民之间也是相互敌视，冤仇、纠葛、灾祸等不断发生。幸福的太阳即将隐没，痛苦的时代随之降临了。仆人洛追朗杰看在眼里，急在心上。他决意好好地教训一下昏庸的江央扎巴。

　　一天，洛追朗杰到村东头的集市买东西。他去了一整天，日落时分，才骑着一头毛驴慢悠悠地准备回王宫。国王江央扎巴揣想着，集市到底有些什么好商品，这洛追朗杰还不回宫？于是，江央扎巴骑上叫作雍珠普尔西（意为会飞的青龙马）的坐骑，找到了洛追朗杰。洛追朗杰装出一副高兴和敬慕的样子，从驴背上下来，恭恭敬敬地站在江央扎巴跟前。

　　江央扎巴看了一眼洛追朗杰的挎包和褡裢，问："呀，集市有什么好东西？"洛追朗杰惬意地答道："没有其他什么好东西，倒是有三样令人瞩目的新产品，都是从天竺、汉地和尼泊尔进口的。"江央扎

仆人洛追朗杰到集市买东西时，戏弄王子江央扎巴（白玛层培 绘）

巴又问："都有些什么新产品？"洛追朗杰炫耀道："有产自天竺佛法之国的长生不老甘露之水，有产自汉地律法之国的圣药甘露丸，有产自尼泊尔暑热之国的金粉药。"

江央扎巴睁大眼睛看着洛追朗杰："那么，你买了没有啊？""买了一点点。"洛追朗杰边回答，边从怀里掏出一个用黄色藏纸包着的东西，却并不打开纸包："这是产自尼泊尔的金粉药。吃了这个，可以医治人畜一切疾病，尤其是五脏六腑的所有疾病。这是药师佛赐予的，您吃一点吧。"说完，打开了纸包。江央扎巴伸出手来，用两根指头夹了一撮黄澄澄的粉末，送进嘴里品尝着说："这个不像是上等金粉药。"洛追朗杰说："哪里有比这个加持更大的。"说着，他小心翼翼地把那个纸包揣进自己的怀兜里。

继而，洛追朗杰又从怀兜里掏出一个小小的玻璃瓶说："这是天竺国法王的长生不老甘露水。"他小心翼翼地打开玻璃瓶，呈给江央扎巴看，接着又说："此水只喝一滴就对所有器官都有好处，不失为治疗眼浊、耳聋、鼻子不通气、口齿不清等顽症和中风等症的佳品。"江央扎巴伸出右手，将手掌收拢成窝状。洛追朗杰往江央扎巴掌心里滴了几滴甘露水。江央扎巴一口喝了下去，把沾在手掌上的剩余的水珠擦到眼睛和脸上，又往头发上抹了几遍。之后，洛追朗杰将玻璃瓶盖紧，放回怀兜里了。

最后，洛追朗杰又从怀兜里掏出了黄布小包，说："这是汉地律法之王的圣药甘露丸。"他小心翼翼地打开那小包，从里面取出三粒黑色药丸，递到江央扎巴手上。江央扎巴迫不及待地吞下去后问："这个圣药都有些什么疗效？"洛追朗杰假装吃惊道："这个圣药可以除掉所有病魔疾鬼，尤其是可以使所有肢体都变得舒服。"江央扎巴听后，满意地回王宫了。

江央扎巴一走，洛追朗杰忍俊不禁，嘻嘻暗笑，骑上毛驴，奔自己的家而去。到了家附近，他从怀里掏出两个小包和一个玻璃瓶，使劲扔到了沟壑里；然后，在房子附近哗哗流淌的小溪里把手洗干净。洛追朗杰一想起为了报复江央扎巴这个暴君，头天夜里将干粪便捣碎，用黄色藏纸包起来，这天早晨把第一道尿尿进玻璃瓶中，把夜间身子出汗后擦出来的泥垢搓成丸，用黄布包起来的事儿，又一次不禁失笑。愉悦的心情唯有自知。

债务人和债权人

（波密县）

    很久以前，有一个懒惰、狡猾、心毒的人。此人从别人手里借了很多钱、粮。人家几次催债，他却根本不还，是个"老赖"。一次，他还起了杀死债权人的坏心，把债权人请到自己家里做客。他捡来一些叫作花头星星的毒蘑菇，掺进肉中烧了菜，想借此毒杀债权人。为了使饭菜美味可口，债务人就往菜里加了花椒、大蒜、辣椒等调料，然后请债权人吃，并说："我虽然很穷，但是为了对您这么长时间以来不逼债表示感谢，特地准备了这顿饭，略表寸心。请不要客气，好好享用吧。"

    债权人早已看出债务人不怀好意，但看到蘑菇里面放了大蒜和花椒，于是放心地吃了个饱。吃完饭，债权人准备告退时，债务人假惺惺地送了一下。他心里想："债权人回到家里准会死"，便说："朋友慢走。不出三天，我就想办法还清你的债。"接着，债务人还笑嘻嘻地用温和的语气说："哎哟，今天，我没能请你吃什么好东西。请千万不要生气啊。"债权人说："朋友，我不知道你能不能在两三天之内还清我的债，但早晚都要还。你只知道这种蘑菇有毒，却压根儿不知道花椒是解毒药。还有，你也不知道这个臭大蒜也能消毒。饭好吃极了！好吃极了！"债务人说着，笑吟吟地不时回回头就走了。听完债权人的话，债务人的脸变得像墙上的壁画一样乌黑，嘴巴和眼睛变得像树上的结疤一动不动。

474

债权人看出债务人的恶意（白玛层培 绘）

儿子还没出生，就取名达娃扎巴

（巴宜区）

古时候，在一个地方有一个光棍乞丐。

一天，乞丐在外出乞讨的路上，侥幸捡到一袋粮食。他兴奋地背着粮食朝家的方向走去。晚上，他来到一座陡峭的山下，从山脚爬到山腰，看见了一处小山洞，于是决定，当晚就在这个山洞里住下来。他把那袋粮食放在洞口，用以挡风，然后缩起手脚，头朝着那袋粮食，踏踏实实地躺了下来。

躺下来的乞丐并没有立刻入睡，而是想着自己回家后怎样以这袋粮食为本钱发家致富。他想到：如果用这袋粮食为本钱做生意的话，一定会赚到很大的利润，从此衣食无忧，再也用不着羡慕别人的财富。到那时，娶一个漂亮的媳妇，再生一个聪明能干的儿子。顺着丰富的想象，乞丐开始想该给儿子取个什么样的好名字，以示做父亲的责任。他挖空心思想了很久，却没想出一个让自己满意的好名字。这时，恰巧东山顶上升起了一轮亮闪闪的皓月，乞丐就联想到给儿子取名叫达娃（意为月亮）非常好听，随即又觉得取名为达娃好是好，可这是个普通的名字。他又想了许久，最终想起：天上洁白的月亮像在提醒我，可以像月亮一样从东山顶上升起来。这当然是个好兆头、好因缘。是月亮让我自然而然地想起（藏语为扎巴）了"达娃"这个词，不如给儿子起名为达娃扎巴。

乞丐越想越兴奋，不禁连连喊着"达娃扎巴"。被兴奋冲昏了头

乞丐捡到一袋粮食后空想未来（陈秋丹、江村 绘）

脑的他调整了一下睡姿，掉了个头，心中充满希望和喜悦。他用力伸展四肢，又蹦又踢，不料脚劲儿过猛，把那袋粮食蹬翻了。粮食从洞口沿着陡峭的山坡滚落而下，坠入了山下的江里。湍急的江水，不一会儿就将那袋粮食冲得无影无踪。乞丐的美梦也归于白日梦、水中泡。

"儿子还没出生，就取名达娃扎巴"，这句民谚正出自这个故事。这个故事告诉我们：无论做什么事情，都要一步一个脚印地落到实处。假若仅限于幻想，而没有实际行动，一切规划都将变成空话。

狠心外道者的下场

（朗县）

古时候，在一条河流的流域内有两个王国。居上游的王国大而贫穷，居下游的王国小而富裕。

下游王乐善好施，甘于把自己的身体、财富和善根等毫不吝惜地施舍给他人，富有不可思议的菩提心。特别是逢年过节或遇良辰吉日，"没有"二字绝对不会从他嘴里说出。王国中的人不论高低贵贱、不管从事何业，只要前去向他讨要财物，他都会给予丰厚的施舍。长此以往，这位具有菩萨心肠的下游王的利他声誉传遍四面八方。

忌妒心极强的上游王因此吃不香、睡不着。他不能容忍下游王的声望超过自己，心生除掉下游王的念头，因此向自己的国民发布谕旨："凡砍下下游王首级者，我将以半壁江山赐之，并将自己美丽的公主拉泽配与他。"

这道谕旨被正在附近森林里忙于修行的外道者得知，他欣喜若狂。外道者想，自己在前半生辛辛苦苦地修行，后半生应该享受无尽的荣华富贵。于是，他在过年时毫无顾忌地前往下游王的王宫，欲取下国王的首级。

外道者装出一副谦恭的样子，贴近富于菩提心的下游王叩首，极尽花言巧语和恭敬之态："您无论如何要把您的头颅赐给我。"下游王想了想，说："尊敬的成道者，其他财富、赏品，你都不要，为何偏要我的头颅？我的头颅上没有首饰，只有一点儿骨头和肉，你又吃不成。请把这件无聊之事转化成有意义之愿不好吗？"狡猾的外道者装出一副极其可怜的样子说："我做了触犯上游王国法律的事情。上游王作了处决我和妻儿等全家人的严厉判决，但也作了另外的承诺：如果我能得到陛下您的头颅，就可免除对我的所有惩罚。因此，请求圣明的人主开恩，让我全家脱离灾难。"他心怀歹意，却装出一副十分恭敬的样子，不停地向下游王磕头，似乎要把宫墙磕倒。

具有菩提心的下游王对外道者深表同情，就说："好吧，我可以救你们的命。但是，如果我的大臣和庶民看到你砍我的头，他们就不会放过你。所以，今晚天黑后，你就悄悄地到西宫，砍下我的头后赶紧逃走，不要让任何人发觉。"

天刚擦黑，狠心的外道者便潜入西宫，砍下了好心的下游王的头颅，用一块缎子包起来，搭在肩上跑出去，又从马厩里牵出下游王的坐骑，骑上它，欣欣然快速奔上游王国而去。

外道者充满希冀地走了一段路程后，与打猎回来的下游王国的一对兄弟相遇。这对兄弟认出了外道者骑的正是下游王的坐骑，便走到马跟前，抚摸了几下马的脖颈。他们发现，外道者的缎子包裹里滴着血。两个猎人心想，这个坏蛋是不是做了杀人越货的事情，就把外道者肩上的包裹抢过来，打开一看，发现是好心的下游王的头颅，一时都晕了过去。当清凉的月光洒到脸上、寒风拂面吹来，两个猎人兄弟才从晕厥中渐渐清醒过来。

两个猎人尾追外道者。年轻的猎人射出一支箭，射中了外道者骑的那匹马的腿肚，马当场倒地。尽管狡猾的外道者手拿包裹，迅速奔跑，但两位猎人不管遇到什么样的高山河流、悬崖峭壁，都能快速追赶。猎人兄弟追上恶毒的外道者，将他带到了下游王国的王宫广场。

得知富于菩提心的下游王被狠心的外道者杀害，众臣民陷入了无比的悲痛之中，号啕之声弥漫全国、响彻云霄。人们把那个凶狠毒辣的外道者绑在了广场中央粗壮的旗杆上。谩骂之声犹如雷鸣，石头、碎砖烂瓦、短木棍从四面掷来，要杀要剐的巨大吼声震撼天地。

恶毒的外道者说出下游王把自己的头颅作为赏品赐给他的事情

猎人兄弟追赶杀死国王的外道者（白玛层培 绘）

后，当地一位 80 岁的老人抚摸了一下银白的胡须说：

　　遂愿一切如意树，应予供奉不可砍；

　　获取荣华富贵树，斫伐之罪重如山。

　　野心勃勃的外道者不仅没有得到获取上游王国半壁江山的机会，而且在四面八方暴雨般的打和砸的剧痛中，走上了漫漫的死亡之路，连过一个普通百姓生活的机会也失去了。

机 敏 的 丈 夫 查 案

（工布江达县、巴宜区）

古时候，有一对上无老父老母、下无只儿片女的夫妻。夫妻俩感情甚笃，又都勤于耕作，积累了厚实的经济基础。因此，邻里们都羡慕他俩，并尽一切所能帮他俩干活。

在收割青稞时节的一天，夫妻俩雇来五六个人收割地里的青稞，女主人负责在家里做饭。

中午时分，女主人给雇工们送来了饭。当他们在地里用餐时，一个满肚子坏心肠，而且喜欢招摇的雇工看到了一只青蛙，便恶作剧地把青蛙拴在了女主人的发辫上。吃完饭，女主人收拾了饭碗、器皿，回家准备晚饭。

女主人回到家里，打算往炉膛里添柴火。她低下头，正要把火吹旺，拴在发辫上的青蛙突然垂到了胸前。她惊叫一声，仰面倒在地上，再也没有起来。胆小的女主人被突如其来的恶作剧吓死了。

天快黑了，还不见女主人来送吃的。男主人心生疑虑，便回家去看是怎么回事。回到家里，他看见自己的妻子死在灶边；仔细一瞧，发现妻子的发辫上拴有一只青蛙。他揣想，这肯定是哪个雇工搞的恶作剧，气愤与悲伤交织在一起，瞬间失去了知觉，稀里糊涂地往地里返去。途中，他忽然灵光乍现："哎哟，我这样回到地里，人家一眼就会看出发生了什么事。如果他们知道了这件事情，便无法查出往我妻子发辫上拴青蛙的人。还不如先蒙蒙他们，弄清楚拴青蛙的人是谁

坏心肠的雇工把青蛙拴在女主人的发辫上（白玛层培 绘）

再说。报仇可是大事。"男主人强忍着悲伤，抑制住情绪，笑眯眯地回到了地里，没有引起那些人的怀疑。雇工们以开玩笑的口吻问他："你怎么没有带回吃的？是不是你老婆把你挡在门外啦？你老婆到底在干什么？"男主人答："我老婆傻乎乎的，也不知是你们中的哪个在她的发辫上拴了一只青蛙。她玩青蛙玩得入迷，柴火也没有加，饭还没熟。"那个狠毒、爱招摇的雇工哈哈一笑，说："你老婆还真的够傻的，玩青蛙竟然玩昏了头。青蛙是我拴的。"男主人立刻站起身一把抓住他，宣告了自己妻子的死讯，随后将恶作剧者送交法官。恶作剧者被绳之以法。人们都为男主人的机智和心胸点赞，并异口同声地谴责恶作剧者："这个管不住自己的狠心家伙，就该落得如此下场！"

酒毁喇嘛

（波密县）

从前，有一个既贪色又贪财的女子。她表面上以卖青稞酒为生，实际上是靠卖淫来换取钱财，妓女才是她的真实身份。

一天，妓女上街卖青稞酒，一整天只卖出了少许。晚上，在失望回家的途中，她遇到了一位喇嘛，便问喇嘛买不买酒。那位喇嘛只顾念诵经文赶路，连看都不看她一眼。妓女心里想："这个喇嘛太不像话。明天，我得好好教训他一下。"

第二天，妓女带上一壶好酒，牵着一只羊，在半路上等候喇嘛。过了一会儿，那位喇嘛走了过来。妓女拦住喇嘛，不让他通过。喇嘛面露愠色，问她："为何不让我过路？"妓女说："我对您有个要求，如果您能做到，我就马上放您走。"喇嘛问道："是什么要求？"妓女说："别的要求倒没什么，您就把这壶青稞酒喝了吧。"喇嘛说："这可不成。我是个受了比丘戒的僧人，直到今天，一直恪守253条戒律，至死也不能破。"妓女又说："要不，您帮我把这只羊宰了？"喇嘛大为惊讶，连连摆手说："别说是宰羊，就是拔羊毛，我都不忍。"妓女又提要求："要不，您跟我做爱吧。您要是不做这三件事其中一件，我就死在您面前。"说着就要跳河。喇嘛于心不忍，就说："那么，我就成全你一项要求，你可不要跳河呀！没有比自杀更大的罪孽。"妓女紧逼着说："那么这三件事，您做哪一件？"喇嘛考虑良久，心想："宰杀羊只或者与这个女人交欢，罪孽深重，不予考虑。酒也是许多

486

妓女引诱喇嘛喝酒（陈秋丹、江村 绘）

罪过的根源。世尊说，酒乃万恶之源。信仰我佛祖者，连露珠般的一滴酒也不可沾。我作为一个出家人，与其宰羊淫女，还不如喝酒。这也是为了救人一命。"于是喇嘛勉强喝了一碗酒。可那妓女不依不饶，继续劝酒。无奈，他又喝了两碗酒。后来，喇嘛越喝越想喝，把一壶酒都喝光了。喝醉酒后，他不能自持，禁不住诱惑，又跟妓女做了那事。事毕，喇嘛顺便把羊也宰掉了。

这个故事，昭示了犯下众多罪恶的主要根源在于酒的道理。

酒，是世人都喜爱的饮品之一。会饮，它具有使身心愉悦、富于极佳的营养等很多益处；不会饮，就会导致无端的斗殴、争吵，不分内外、泄露隐私等后患。劝人们戒酒，正是因为这个道理。

另外，做人要坚持自我，经得住诱惑；否则，一旦犯错，便会一错再错、不能自拔，而陷入万劫不复的罪恶深渊。

铁哥们儿

（工布江达县）

从前，有一对朋友，分别叫洛丹和顿桑。他俩从小一起长大。长大后的他们，谁家里有好吃的，必定请来另一位一起享用。

一天，他们俩结伴上山拾柴火。洛丹见深谷下有很多兀鹫在盘旋，就对顿桑说："你看，那儿有很多兀鹫在盘旋，咱俩去看看吧。"他俩前去一看，发现深谷里的溪水汹涌湍急，一只獐子死在溪水边。如此险峻的深谷别说人，连灵巧轻捷的獐子也会坠入水中死去。洛丹对顿桑说："依我看，下面那只獐子是公的，按理应该取上来。一来，不用杀生；二来，麝香很值钱。但俗话说得好，过于贪财，会送掉宝贵生命。好汉与其能干，不如睡个好觉。我俩还是平平安安地回家吧。"

顿桑仔细观察后很兴奋："哎呀，是公獐！"发财梦瞬间油然而生。他不愿放弃这次发财的机会，便对洛丹说："我俩再待会儿，应该想个办法把獐子弄上来。麝香那么值钱，撂在那里，未免太可惜了吧。要想把值钱的东西弄到手，不下点功夫哪行？"洛丹想了想说："唯一的办法，就是把绳子系在一个人的腰上，上面的人放他下去；下去后，把獐子的尸体用绳子绑好，上面的人把它拉上来；然后，用同一办法再把下面的人拉上来。"顿桑一听这话，好像如梦初醒，就说："能拖上来，能拖上来。我可以把你和獐子都拖上来。"洛丹说："朋友，你身子轻，溜绳子下去会好些；我块头大，又胖，下去容易，上来难。如果绳子断了，还会危及生命。"于是，顿桑就下去了，用绳子绑上獐子的尸体，让洛丹往上拖。等把獐子拉上来以后，洛丹的坏心眼儿就上来了："麝香值很多钱，要是归我一个人所有，就把它卖掉。如果用卖獐子的钱做本钱经商的话，保准能过上好日子。"这样一想，他就把好友顿桑扔在谷底，自己背起獐子的尸体回家去了。

顿桑眼巴巴地等着洛丹把绳子放下来，等了很久也没有动静，喊多少回也没有回应，这才明白过来是朋友把他扔下了。顿桑心想，自己没法逃离深邃的峡谷，只有等死了。悲伤、无望之中，他又想到，自己一死，家里的母亲和妹妹无依无靠，无疑会沦落为乞丐，会多么可怜、凄惨啊！然而，自己被自私的坏朋友害成这样，也只有向三宝祈福的份儿了。顿桑双手合十，默默祈祷着。天渐渐黑了下来，无助的顿桑在悲伤、恐惧之中熬过了绝望的一夜。次日天一亮，他就在峡谷里转了转，看有没有上山的通道，但压根儿没有找到。他感到极为失望，心想，与其在这儿等着饿死，还不如一死了之，便纵身跳进了湍急的溪流中。

幸运的是，顿桑并没有死，而且被水冲到一处河滩上。他站起身来，脱下身上的衣服，把水拧干，并自嘲道：还是俗话说得好，要是不到死的份儿上，就是跳进河里也死不了。随后，他就在河滩上躺了下来。在快要睡着的当儿，顿桑恍惚间听到了人类交流一般的声音。他好奇地坐起身一看，发现不远处有两只野鸭在交谈，便聚精会神地听了下去，只听雌鸭问道："你怎么啦？这么不高兴？"雄鸭答道："下面那个地方的国王对百姓很仁慈，又没有多少私欲。可天不佑他，国王只有一个女儿还身患重病，不管是吃药，还是做法事，都不管用，现正处在危险期。本来，我们有对付这个病的办法，可人类根本听不懂兽语，这该咋办？啊哟，救不了公主，这事弄得我心情差！"雌鸭问："那么，有什么救治公主的办法？"雄鸭看着背面的山说："那座山的半腰处有个鹫巢，从那儿取点鹫粪，让公主服下，她就可以痊愈。医那种病最有效的药就是新鲜鹫粪。"雌鸭问："那么，怎样才能取到新鲜鹫粪呢？"雄鸭回答说："到鹫巢正下方挖个洞，钻到里

490

洛丹为了独占麝香，把朋友顿桑扔在万丈深谷（扎西平措 绘）

面，用片石把洞口盖住，待上一夜。第二天，在兀鹫飞出的同时，鹫粪就会落在片石上。把它拿去献给公主，准能治好她的病。"听到这里，顿桑一想，觉得救治公主是国家的头等大事，便迅速爬起来，穿好衣服，竭尽全力爬向那座山，到了鹫巢下面。他依雄鸭所说备好片石，并在洞里待了一宿。次日太阳一升起，在兀鹫们离巢飞旋的同时，鹫粪果然"嗒"的一声掉落到片石上。顿桑带着鹫粪高兴地跑到王宫前，大声喊道："我可以治公主的病！"

　　禁卫立即把这个情况禀报给国王，国王立即命令："宣见来者。"见到风尘仆仆的顿桑时，国王也不相信他这种其貌不扬的人能治病，不过，还是抱着试一试的心理让他治一下。顿桑也装模作样地在公主身边把了一下脉、看了一下尿，然后就把鹫粪塞进了公主的嘴里。公主不由恶心得吐了半天。第二天，公主渐渐有了食欲；过了几天，病便痊愈了。见此情景，国王、王后、大臣、仆人个个喜出望外。国王把顿桑招为驸马，公主也打心底里喜欢这位救命恩人。顿桑一夜成名，变成有权有势的王储。就这样过了一些年头，国王因年迈体弱，把王位让给了顿桑，顿桑遂成为一国之君。而洛丹则以麝香为本钱，在做些小生意的同时，依然捡拾柴火，过着普通人的生活。

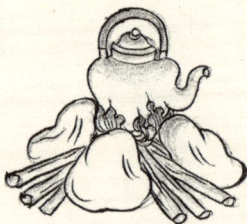

贪 心 的 猎 人

（波密县）

从前，有位让野兽血流成河、自己声名远播的猎人。与他相伴的，有一只名叫查杰、能听懂人话的猎狗。

然而，这个猎人是个贪欲很强的人。他不满足于现状，永不知足地不停打猎。不仅如此，他还妄想着猎杀一只闻所未闻、见所未见的猛兽，让乡邻崇拜他。而乡邻们认为过度猎杀不好，私下都叫他"猎贪"。

一天，猎贪扛着猎枪，牵着猎狗查杰，到一处崖沟摩岭，也就是白鹭也感到晕头转向、岩羊也觉得天旋地转的地方去狩猎。在横贯于悬崖峭壁的一条羊肠小道上，猎贪对猎狗说："喂，神狗查杰，今天，你给我撵一只从来没有见过的猛兽过来。"可是，忠诚的查杰一反常态，根本不走。它抱着猎贪的大腿流泪、号叫。猎贪不但不理会查杰的哀求，而且恶毒地谩骂、诅咒道："死狗！你为何不走？我养你为的是打猎。今天，你要是不按我的要求赶一只前所未见的猛兽过来，我就把你杀了！"并用石头砸、用脚踹，迫使猎狗查杰上山。这条猎狗跑得小腿酸痛、夹起尾巴，但什么也没有撵到。事实上，猎狗不愿去的原因是：猎贪没有见过的猛兽只有一样，能否征服它是个问题。

查杰跑上山后过去了半天，非但不见它撵猛兽过来，连一声狗吠也听不到。猎贪自言自语道："这死狗今天跑到哪儿去了？"

当太阳快要落山时，猎贪听到了查杰的叫吠。它狂烈而急促的叫

贪心的猎人遇见罗睺罗星丧命（白玛层培 绘）

494

声跟平时完全不一样，这叫声忽而像从天边传来，忽而像从地底响起，十分奇怪。猎贪寻找不同变化的叫声的方向，竖起耳朵、睁大眼睛寻找着，却迟迟没见查杰和猛兽的身影。许久过后，猎狗查杰的吠声终于越来越近。它从天上发出刺耳的"岗、岗、岗"的叫声，把一头令人恐惧、全身上下冒出火花的猛兽撵到崖壁唯一的小路上，将它堵在一个岩洞里。猎贪一边说着："啊啧，今天查杰还真的赶来了一头前所未见的猛兽啊！"一边把枪口对准那头猛兽。他在正要扣动扳机的当儿，突然滋生出一种前所未有的恐惧感。他想：啊啧，这么大的猛兽能用枪打死吗？不由得抬起头仔细看了一下。就在这时，猛兽变成一阵猛烈的龙卷风。瞬间，猎贪和查杰从悬崖绝壁上被掀了下去，随即火花闪闪地飞向了太空。原来，这头猛兽并非凡间野兽，而是专食日、月的天狗（罗睺罗星）。

如果这个猎贪果断开枪，凭借查杰的威慑力，或许能镇住天狗。然而，猎贪的胆怯和犹豫，葬送了自己和查杰的性命。

从此，世间便有了"河里淹死的是会泳汉，悬崖摔死的是好猎人"的民谚。

两个朋友的不同命运

（墨脱县）

从前，有两个分别叫扎西顿珠和索朗央钦的年轻人。他俩义结金兰，情同兄弟，成为铁杆儿朋友。平时，他俩有什么好吃的一起吃，有什么活儿一起干，哪怕只有一杯水，也要推杯换盏地喝。

一天，一位旧密宗派的喇嘛来到他俩的家乡，十里八乡的百姓都在传说此喇嘛是位公认的预言家。因此，这两个朋友也来到喇嘛跟前，就各自一生的命运吉凶问卦。

喇嘛占了一卦后，对索朗央钦说："你是个很有福分和权势的人，这一生将顺利、吉祥。"接着再占一卦，对扎西顿珠说："你是个缺少福气、运道衰落之人，此生生活坎坷、困难。"

谁也没想到，喇嘛的卦词，深刻地影响了扎西顿珠和索朗央钦两人的人生之路。

扎西顿珠心里想："原来，我是个福分、权势不济之人，这辈子没有任何得到幸福的希望。不过话说回来，就算福祉、运气不会让人飞黄腾达，悲惨命运也不会把人逼到绝境。看起来，我不付出艰辛努力是不行的。"从此，扎西顿珠时刻警示自己，早起犹似飞禽，晚睡亦如家犬，起早贪黑地忙碌，不论是山沟下游的农业、山沟上游的牧业，还是家中的副业，样样不耽误。他用汗水逐渐换得了芝麻开花节节高的美满生活。

索朗央钦则想："既然我是个前世修得福运的人，衣食等生活各

扎西顿珠和索朗央钦向喇嘛问吉凶（扎西泽登 绘）

方面根本无须担忧。今生要是不能好好享受前世修来的福分、权势，岂不白白浪费啦？"从此，他便不再干活，沉迷于荒淫无度的生活，挥霍祖祖辈辈积累起来的财富，一到揭不开锅的时候，索性把祖辈留下的珍贵物件卖掉，仍旧过着奢侈的生活。就这样，三四年后，索朗央钦的家产全部消耗殆尽，甚至把父母留下的那头花母牛也卖掉了。后来，他把门口的柴火也卖掉，以维持生计。

　　窘迫的生活让索朗央钦心里翻涌起悔恨的浪潮，认为喇嘛的卦词都是骗人的。他口中诅咒着，远走他乡异地，过起了流浪的行乞生活。一天，走投无路的索朗央钦，恰好遇见了那位占卜的喇嘛，立刻走上前对喇嘛说："喇嘛，今天，我有一事向您请教。"喇嘛问道："你有何事呀？"索朗央钦抱怨道："以前向喇嘛您请教的时候，您说我的福分、权势比扎西顿珠好。我也满以为自己有福气，一味地过起懒惰、享乐的生活，三四年工夫，就把所有财富都消耗掉了，如今成了身无分文的乞丐。"喇嘛说："哦，是这样啊，那我再给你看个卦象吧。"喇嘛重又看了一下卦象，略微想了想，说："你只是把父母积累的财富用掉了，你自己并没有积攒任何财富呀！你岂不是不付出任何艰苦努力，就享用了那么多资财？这不是前世修来的福分，又是什么呢？特别是你把自己所剩的一丁点儿福泽也卖掉了，致使家里的所有运气、福禄都散失了。那头有恩于人的母黄牛屙在地里的粪也被你的朋友扎西顿珠捡拾，所以，他的福分、权势才得以增长。你们俩的状况变成现在这个样子，是因为一个肯吃苦耐劳、积累财富，为未来享福积攒了福分，而另一个则恰恰相反，仅仅是享用过去的福分，而根本不为未来享福积累福祉。"过了一会儿，喇嘛又笑吟吟地说："你为何不为今后的财富和幸福积累福祉？只想不劳而获，这跟什么代价也不愿付出，就想塑一尊大头菩萨没有什么两样。"一番话，说得索朗央钦目瞪口呆，为自己的行为而懊悔、叹气。

　　索朗央钦灰心丧气地回到家乡，登门拜访好友扎西顿珠，见他过着幸福美满的生活。扎西顿珠察觉到索朗央钦失望、惭愧的心理，就对他说："你比我有福气。如果在原有财富的扎实基础上，自己再出

扎西顿珠鼓励索朗央钦努力搞好生产（陈秋丹、江村绘）

点力，你就会比我富好几倍，这是肯定无疑的。我是个穷困人家的孩子，没有任何基本条件，但是，我因为积累了今后所需福分，才有了今天的好成果。朋友，你只是享受过去积累的钱财，却没有为今后积攒任何财富，所以，才落到了这样的地步。"扎西顿珠让索朗央钦吃饱喝足，并说："从明天起，我俩齐心协力，为未来积累福运不好吗？"听到这话，索朗央钦如同方从梦中醒来：有福气没修为可以变成没福气，没福气有修为可以变成有福气。他决定从第二天起效法好友扎西顿珠，努力辛勤地搞好农业、牧业和副业生产。

好面子的头人

（波密县）

从前，在一个叫艾拉加日的地方，有一个非常好面子的头人。

一次，头人要去拉萨，便和仆人盛装打扮，各骑一匹骏马出发了。他俩走了很远的路，来到一个大村庄。村里的人都好奇地跑来围观。其中一位恭恭敬敬地上前问候道："你们好！二位打哪儿来？"仆人是个心直口快的人，马上回答："你们好！我们从艾拉加日来。"

离开村庄，头人严肃地叮嘱仆人说："哦喷！人家恭恭敬敬地问我俩打哪儿来时，你就不会装成是远一点、名气大一点的地方的人？却要说是由艾拉加日来的。你看，人家听了，不但不对我俩抱以崇敬的态度，还漠视我俩，让我俩的威风扫地，因为艾拉加日是个很不起眼儿、没啥名气的小地方。以后，若有人问候我俩并问我俩是从哪儿来的话，你一定要说来自远一点、名气大一点的地方啊。"仆人无奈地觉得，这世上没有比自己的主人更好面子的人；况且，头人既没有一点儿能力，也没有一点儿名气。头人的行为，正如俗话所说：铜充黄金，铅当银子，没有丝毫实际意义。仆人自忖："好吧，下次，我可以向别人作出令你满意的答复。"

他俩又走了很长一段路，来到了一处有很多人在路边干活的地方。看见他俩骑着骏马路过，有人不经意地问候道："二位老爷好！您俩打哪儿来？"仆人露出一副趾高气扬的表情回应道："你们好！这位大老爷和我来自遥远的北俱卢洲。"这回答使得路边所有人都不禁

500

仆人跟随头人前往拉萨（白玛层培 绘）

大笑连连。

　　走过人群后，头人气急败坏地训斥仆人道："哪有比你这个臭仆人更笨的人！别说是从北俱卢洲到这里，连赡部洲的边缘地带也到不了，这就成了另外一个洲的人。你撒这样的谎，谁会相信？"仆人说："请息怒，请息怒，老爷。我没回答好，以后绝不这么说。"

　　他俩继续走了很长一段路，来到了一处众人聚集的地方。又有人问候他俩："你们好！两位老爷打哪儿来？"仆人说："我回答不好，这回轮到老爷回答了。"他用双手做出表示恭敬的动作，并像介绍似的朝头人望去。头人没有立即想起合乎自己身份的答语，不知道该说什么好。头人愣神之际，聚集于此的人们不由得连连发出"哈哈哈"的笑声。好面子的头人羞赧尴尬，威风扫地，脸红得跟猴子屁股一样。

狗头雕杀人，狗头人赔付命价

（波密县）

从前，一家牧户确定了一名中年汉子专事牧羊。牧羊汉一年三百六十五天如一日，天天都要上山放羊。

一天，牧羊汉和往常一样上山放羊了。可是直到夜幕降临、羊群归圈的时间，也不见他把羊群赶回家。家人放心不下，急忙去找他。

家人找到他时，只见山羊、绵羊们七零八落地散落在山头，牧羊汉鲜血淋淋地倒在山下的草地上。家人扶起他，问他发生了什么事情。牧羊汉只是含含糊糊地说了两声："狗头雕，狗头雕"，便断气了。恰巧，当地有个诨名叫狗头雕的人。愤怒的牧羊汉的家人在未经详细调查的情况下，以那个叫狗头雕的人无故杀人，向官府提出控告。法官主观地认为：空中那种叫狗头雕的鸟不会杀人，这个叫狗头雕的人是唯一的嫌犯。因此，既没有对牧羊汉的死因进行调查，也未对此人的杀人动机及作案过程进行审问、调查，就像俗话所说"头人一句话"，武断地认定诨名狗头雕者杀了人，并当庭作出严厉判决：勒令诨名狗头雕者给牧羊汉赔付命价。

后来，人们渐渐发现，那种叫狗头雕的鸟是可以杀人的。当它从空中飞过，爪子里的动物腿骨会掉落而砸伤人，就有可能导致其死亡。

昏庸的法官指鹿为马、张冠李戴，枉判冤案。从此，便有了"狗头雕杀人，狗头人赔付命价"的民谚。这既是对那种昏庸无能的法官的无情嘲弄，也是对旧社会司法虚伪的有力批判。

狗头雕杀死牧羊汉（陈秋丹、江村 绘）

在国王头上撒尿

（波密县）

从前有一位国王，他有个非常聪慧伶俐的仆人。

一天，国王和大臣们对这个仆人说："你要是个聪慧伶俐的人，可不可以将你的聪慧伶俐在我们面前展示展示？"仆人说："陛下说我是个聪慧伶俐的人，这是人们随意奉承之言。我没有任何聪慧可以展示；就算有，也不敢在国王和大臣们面前现丑。"国王和大臣们听了都想：说这个人聪慧伶俐，有可能真的是人们随意而为。实际上，哪有比我们君臣更为聪慧伶俐的人呢？但高傲的他们有意让仆人现丑，于是逼迫他："你不必谦虚。你要是真的有什么可以施展的才智，就在我们君臣面前施展吧，可以给你丰厚的奖赏哦。"仆人想了想说："如果我展示聪明才智，势必要冒犯国王和大臣们。"国王和大臣们齐声笑了起来，固执地说："你当着我们君臣的面，只要能施展出聪明才智，我们非但不会生气，相反，会给予你丰厚的奖赏。有本事，你就使出来吧。"仆人心想：好哇，今天可算是有了煞煞国王和大臣们威风的大好时机，便说："那我就遵从国王和大臣们的旨意，略微展示一下。我不要任何奖赏，只求作出不责骂和处罚我的承诺！"君臣异口同声地表示："你尽管施展聪明才智，我们绝对不介意。"

仆人稍一琢磨，严肃地说："我现在就把一件普通物品拿给国王和各位大臣看。谁要是认出这个东西，而且能讲出正确的理由，就把他看成是最具有聪明才智的人，可以吗？"君臣众口一词地表示，

仆人把撒上尿的牦牛角让国王辨左右（白玛层培 绘）

506

就这么办。于是，仆人走到王宫外面，找来一弯又粗又长的牦牛犄角，往里面撒了尿，直接端到国王和大臣们跟前，双手把它捧给国王说："国王陛下，这只牦牛的犄角是右角，还是左角？你们认出来，而且能说出正确的理由，就算你们赢了，反之是我赢了。"国王笑着接过牦牛犄角说："如果分不清一只牦牛的犄角是左还是右，算我枉为王几十年。"说着，国王拿起这只牦牛犄角在自己头上比了比，说道："这是右角。很简单，只有犄角这样朝前长的牦牛，绝对没有犄角朝后长的牦牛。"这时，牛犄角里的尿流到了国王脑门上。国王问："呀，这是什么？"仆人答道："国王陛下，请您不要生气。这是我的尿，我要展示的才智也就是这个。"国王说："哎呀！你太过分了，最起码要顾及国王的威严吧？"说完，怒目圆睁地斜视着仆人。

仆人假模假样地说："刚才向国王陛下说过，我不敢在你们面前展示才智，但你们说：'当着君臣的面施展任何聪明才智，你们一点儿都不介意。'就如常言所说：君子一言，驷马难追。现在即便不给我奖赏，也不该斥责、迁怒、惩罚和责打我哟！"此时的君臣们个个面面相觑、缄默不语，完全没有了回应这位仆人的勇气。

国王父子的下场

（米林县）

古时候，有一个国力强盛的王国，国王有三位王子和两位公主。两个年长的王子看似聪明伶俐，实质上本性粗暴，不懂人情世故，一味狂傲自恃地对事物进行取舍，根本不考虑他人的利益和苦乐，满肚子都是坏心肠。而小王子虽然看上去傻气十足，不具备任何聪明的外貌特征，但实际上，是一个对百姓仁慈，能为他人的苦乐着想，对父母孝敬，重亲情、行正直的人。

国王常常为这三位继承者中该由谁来继承王位，而冥思苦想、举棋不定，为此，对他们兄弟三人多次进行考察。一天，国王就哥儿仨谁聪慧进行了一次测试。国王问："若要活捉熊，怎么捉为好？"老大、老二回答说："下套是活捉熊的最好办法。这样做有两个好处：既能捉到熊，又不使捕熊者受到伤害。"小王子却回答说："熊的力气很大，不管下多大的套都不能捉到熊。还不如埋伏在熊经常出没的路边，迅速抓住熊的后腿，同时用短刀从下往上捅熊的脖子，直到捅死它为止。"老大、老二听了说："这样做，熊会把攻击它的人的脸皮剥掉，甚至会置人于死地。"可国王表扬了小王子："要想活捉熊，就应该牢牢抓住熊的后腿。因为熊的本性很固执，捉住它的后腿，为了挣脱，它会一个劲儿地往前拉，而不会想到掉转头来咬人。这是熊的性格缺陷，有经验的人才会这么做。"老大、老二听后，觉得很惭愧。

过了几天，国王又问三位王子："要把熊杀掉，如何用斧头砍？"

508

老大、老二抢着回答说："这个简单，用力砍断熊的脖子就可以。"小王子说："父王，根据熊皮和熊毛的特点，拿斧子往下砍，刀口打滑，无法砍到皮肉。所以，应该从熊的脖子下方往上砍，才能把它砍死。"国王依旧赞同小王子的想法。

又过了几天，国王对三位王子说："你们谁若能在三天之内用土做根绳子，我就想办法打个绳结。"三天内，三个王子各自想了很多方法。到了第三天，他们带着与各自智慧相符的绳子前来向国王汇报。老大把一根泥巴绳子呈给国王看。老二什么也没有带，只是说："没有办法用土做出绳子。如果有这样的绳子，父王已经答应打绳结，我就解开父王打的结。"小王子却带来了一块扁平的片岩石，把一根草绳放在石块上，用火烧掉，留下了逼真的绳子印痕。这又一次让国王喜出望外。

又过了一段时间，国王将三个王子叫到身边，下令让他们学习本领，将来就把国王的黄金宝座交给最有能力的人，并问三人谁有登上国王宝座的资格。老大说："没有规矩，不成方圆。按照历史定制，应该是长子继承，我建议就按这一老规矩办。"老二说："通常是由长子来继位，但是，可以试试看老二能否继承王位。我看，这样肯定利大于弊。"小王子说："继承传统的优点固然重要，但关键是这个人应——

> 对外逞强威如雷，对内仁德柔似帛；
> 具备公正安邦智，能延国运宜登台。

又过了一些日子，老大、老二商量后来到国王面前，装出一副忠诚之相说：

> 天之骄子龙颜，请听我们忠言：
> 箴言乃是精髓，施行无须盘桓。
> 人主国王陛下，三言两句实话，
> 事逢过分之处，敬请父亲明察。
> 繁荣昌盛之国，好似当空明月，
> 要使国运不衰，当政还须能德。

三弟点子虽多，说话口若悬河，
可惜不分内外，怎能面对蹉跎？
且乏顽强气象，没有俊美长相，
若要人民诚服，必须自备威望。
弟多木讷口状，行为也有浪荡，
无疑损害国威，不如将其流放。

国王心想，小王子虽有脑子好使的优点，但是，相貌确实平平，没有为王的风度和威严，而且相貌像内臣。如果把他留在宫中，只会招来很多闲言碎语，不如给他一定的待遇让他出宫。于是，小王子被迫到宫外独居。

没过多久，王后知道了此事，便到国王跟前说：

人王天之骄子，请听我言一次：
君王福运昌隆，犹如太阳正赤。
太阳光辉灿烂，亦需星星陪伴，
天子若无贤臣，即是国家大患。
国王若是不信，请看院中花锦，
虽然艳丽夺目，还需绿叶陪衬。
人王再听我语，虽有众多儿女，
何必将你亲生，狠心逐出宫去？
尽管身为君王，权势无人能强，
想要天伦之乐，儿女多又何妨？

听了王后的一番言语，国王更加怀疑小王子是大臣跟王后私通所生，便回话说：

话说妇道人家，心胸虱子之下，
眉毛遮盖眼光，国事无干于她。
威震三界宝座，价值金山银河，
无理干预国政，闲事管得过多。

510

国王宝座会丢，除非傻似泥鳅，

耻辱长期相伴，小儿岂能再留？

国王宝座传承，关乎国脉根茎，

母续神香柏树，美哉不受柳侵。

　　王后不忍与小王子离别，就把自己想跟小王子一起离开王宫的想法讲给了国王：

富强昌盛国家，天之骄子人夸，

君王威力之大，如同天上光华。

天空之宝中枢，星星转来转去，

大量星辰陪伴，实属多此一举。

威震三界君王，愿您诸事吉祥，

妾要离君而去，前往陪伴儿郎。

　　对此，国王无情地回应道：

你要出宫请自便，留在宫中亦无妨，

威震三界王宫阔，不致变得空荡荡。

前世修福是典范，拥有嫔妃两千半，

有道君恩深似海，何愁无人来陪伴。

你要想走别回头，没有一人将你留，

免得待在王宫中，一天到晚独自愁。

　　就这样，王后来到王宫外面一处僻静之地安顿了下来。

　　一天夜里，国王梦见了一个闪闪发光的黄金宝座，据说找到那个宝座，预示着国家世代兴旺发达。次日天一亮，国王就把老大、老二叫来，让他俩去寻找自己梦见的那个宝座。两兄弟走出王宫后，在路上商量道："把老三也一起带上吧。他虽然傻里傻气的，但想法多、点子多。假定他找到了父王梦见的那个宝座，我们就可以想办法把它搞到手，然后交给父王。"就这样，他们到小王子的住处叫上他，一起踏上了寻找宝座的征途。小王子临走时，王后给了他一套弓和一把锋利的匕首，并一再叮嘱他随时随地都要做到不使自己的生命受到威胁。

一行三人走了一段路，来到一处森林旁。老大、老二对小王子说："为了节省时间，从现在起，我们分头去找父王梦到的宝座，完成任务后回到这里会合，再一起回宫。"并且，还为此发了誓。

于是，他们分头到森林里去找。越往里走，林子越发茂密。往常听人们说；这片茂密的森林里有一只吃人的老虎。小王子手持王后给的那套弓箭，小心前行，经过一段很长的路，与那只吃人的老虎相遇了。老虎发出震天动地的咆哮声向他扑来。他想："危急时刻到了，母亲给的弓箭，肯定能杀死这只吃人的老虎。不然，她怎么会把这弓箭给我？"一瞬间，心中的所有恐惧烟消云散。小王子沉着地拉开弓，对准老虎的额头用力一射，老虎霎时倒地。他立刻取出王后给的匕首，跑上前杀死了这只老虎，然后静静地歇息着。

这时，森林里的动物都来到小王子身边，不停地称他为救命恩人；并把各种各样的水果献给他，感谢他替它们除掉了让它们担惊受怕的老虎；又摆了一桌丰盛的宴席让他享用；第二天，还把小王子礼送出了森林。

老大走了很久，最终来到了满是独脚人的地方。那些人问他从何而来，他傲慢地回答说："我是大王子扎西央典，到此地寻找父王梦见的宝座。你们赶快把最好的肉和酒拿来伺候我。"那些独脚人听了，无声地各自回家了。没过一会儿，一大群独脚人聚集过来，齐声说："是那个恶毒的国王砍断了我们的脚，今天要报仇啦！"说着，同时围攻老大。暴雨似的拳头，致使他昏迷过去，渐渐断了气。独脚人抢了老大的钱物，扬长而去。

老二走了很久后，来到了满是独臂人的地方。那些人问他从何而来，他傲慢地回答说："我是二王子扎西央恰，到此地寻找父王梦见的宝物。你们还不赶紧把最好的肉和酒拿来伺候？"那些人听了，无声地各自回家了。过一会儿，一大群独臂人聚集过来，齐声呐喊："你就是那个恶毒的国王的儿子啊！那个恶毒的人砍断了我们的手

帮兄长找宝座的小王子遇见猛虎（白玛层培 绘）

臂。我们要报仇！"便同时扑上来围攻他。一阵杂石、乱棍敲击过后。老二也死了。

小王子历尽千辛万苦，继续走在为国王寻梦的路上。3年过去了，国王不见王子们回来，就派两位公主去寻找王子们。两位公主走啊走，来到一个全是独耳人的村庄。那些人问："二位打哪儿来呀？"她们回答说："我们是国王的公主，来找三个王子哥哥。你们见到没有？"那些人听了，立即召集全村人过来。他们说："我们是被你们的父王流放到这里的，虽然我们犯了一些错误，但不至于割掉我们的耳朵吧！我们对国王有着深仇大恨。"一位失去了两只耳朵的老奶奶把一瓶酸奶和两个饼子给了两位公主。她俩吃完酸奶和饼子就上路了。约莫半天时间，毒性开始发作，两位公主死在了路上。

两位公主也没有回来。国王再派两个最亲近的大臣去找王子和公主们。他们俩来到一个村庄，碰到一个没有鼻尖的人。那人问他们从何而来。两个大臣傲慢地把自己的身份和外出的原因告诉了那人。于是，渐渐聚集了很多人，大部分是被割掉鼻尖的人。那些人把两个大臣包围起来说："我们没有大罪，可是，狠毒的国王竟如此丧尽天良地对待我们。"说完，便向两个大臣动起了手。两个大臣向村民求饶，并赔礼道歉，特别申明判决是国王的个人行为，大臣们没有一丁点儿建议权，才得以保住了性命。

两个大臣四处奔波，也没能找到王子和公主，最后终于在路上碰到了小王子。他们一起回到宫中，向国王说明了情况。国王由大臣被打联想到，王子和公主可能被自己严惩并流放的那些人害死了，便急忙把小王子接到宫中，让他继承了王位。

报 复

（波密县）

很久以前，在一个无名的村庄里生活着两位猎人。年长的猎人诡计多端而又贪财吝啬，年轻的猎人正直、诚实且仗义疏财。

一次，两位猎人结伴到很远的地方去打猎。第一天，他们没有打到任何一只大动物，只是打到了一只藏马鸡。晚上，他们在篝火旁煮好藏马鸡肉，准备美餐一顿。年长的猎人把鸡的脖颈分给年少的猎人说："把鸡颈嫩肉之树送给你。"而把最好的鸡胸脯肉扯下来往自己嘴里送，还说："我只要鸡胸硬肉之石及下半身鸡肉枝叶就可以啦！"

第二天，他们打到了一只大牙公獐子。当晚分配獐子皮和獐子肉的时候，年长的猎人把獐子的睾丸递给年少的猎人说："把这块麝香给你。"而把昂贵的麝香装进自己的口袋后说："我可以拿这个鼓突突的肚脐！"年轻的猎人很清楚老猎人的为人，但是，他非常尊敬长辈，而且又是个善待朋友的人。他想，只要年长的猎人此后不再做欺骗人的事情就行了，在这两件事情上就让他占点儿便宜吧。因而，他对年长的猎人没有表现出任何不悦的样子，更没说任何不满的话。

第三天，他们翻越几座山岭继续寻猎，终于打到了一只大熊。由于第一枪是年轻猎人开的，照猎人的规矩，熊胆和熊皮理所应当归年轻猎人所有。

然而，到了晚上分熊肉的时候，年长的猎人又慢条斯理地对年轻猎人说："按规矩，你应该得到熊胆和熊皮，但你是一个善良的人，

年轻猎人报复狡猾的老猎人（白玛层培 绘）

516

而我患有关节炎，熊皮对治疗关节炎非常有效，把熊皮分给我最好。"说着，准备将熊皮据为己有。年轻猎人想，这人老想欺骗我，看来，不给他点儿颜色还真不行，就对老猎人说："对对对，熊皮对治疗关节炎确实有效，如果铺上湿熊皮睡觉，效果会更加显著。我以前也患有关节炎，后来捕杀了一只熊。当晚，我就睡在那张湿熊皮上，感觉湿熊皮确实比火还热乎。打那以后，我的关节炎彻底好了。"事实上，年长的猎人没有患关节炎，年轻猎人也没有睡过湿熊皮。熊皮能治疗关节炎的说法纯属谎言。

当晚，他俩在森林里的一棵大松树下过夜。年轻猎人在帮年长的猎人的垫子下面铺干松叶的当儿，趁他不备，把一根带有余烬的木柴放入干松叶中，再在上面铺上褥子和熊皮，让年长的猎人睡在上面。

他们躺下过了好长一段时间后，年轻猎人问年长的猎人："熊皮的温度高不高？"这时，恰巧干松叶开始燃烧起来，年长的猎人就回应说："的确很热。"

半夜时分，由于垫子下面的火越燃越大，温度非常高，年长的猎人就对年轻猎人说："熊皮的温度还真的跟火一样啊。"年轻猎人回答说："哎呀，那当然啦，我不是早就跟你说过了嘛。"他想到更精彩的戏还在后头，翻转身子，假装睡着了。又过了一段时间，垫子下面的火燃得更大了。年长的猎人无法忍受，便问年轻猎人："熊皮真的像火一样烫吗？"年轻猎人答道："哦呵，当然啦，当然啦。"老猎人实在受不了，只好起来。他站起来一看，发现垫子下面的干松叶正在烧。烧焦后的熊皮缩成皱巴巴的，还发出了难闻的焦味。

善良的福报

（波密县）

　　很久很久以前，在一个美丽富饶的河谷的谷口有一王国。王国里有一位依法理政的国王叫岗萨阿丹。河谷的上游，有一位德望堪比君王、家产富可敌国的大户人家。这家男主人膝下有三个貌如天仙、能赛织女的女儿，名字分别叫斯鲁、欧鲁和佟鲁。

　　不知从什么时候起，斯鲁、欧鲁和佟鲁三位姑娘都听说，下游的岗萨阿丹国王打算娶一位貌美心善的女子为王后；同时，三姐妹心里都在想，此生要是能成为岗萨阿丹国王的王后该有多好。然而，姐妹们清楚，要想成为王后，得看各自的宿业，更要有良好的性格、行为和行事能力；否则，不会如愿以偿。岗萨阿丹国王也听说了，河谷上游有三位美丽、能干的姐妹。而岗萨阿丹国王不是只看重外表的人，他更看重的是品格和德行。为了考察斯鲁、欧鲁和佟鲁三姐妹谁最合适做王后，一天，岗萨阿丹国王扮成一个要饭的瘸腿老僧人，前往河谷上游。

　　岗萨阿丹国王一大早，就来到斯鲁、欧鲁和佟鲁三姐妹平时背水时经过的路上。他把拐杖扔到右边，又把行乞的口袋扔到左边，横躺在路中间，假装摔倒，并不住地呻吟着。

　　斯鲁背着一只嵌有金箍的水桶，手里拿着一把镶有金线条纹的水瓢，佩戴猫眼石、珊瑚首饰，腰间装饰物发出叮叮咚咚的声音，走了过来。看到一位要饭的老僧倒在路上，她厌恶地大声喊道："喂，瘸

518

腿老僧让开！本姑娘要去给阿爸和叔叔取熬茶用的水，给阿妈、舅妈取造酒用的水，给本姑娘取出嫁时洗头用的水。"岗萨阿丹国王躺在地上，有气无力地说："姑娘，我上身发热，下身发冷，腰部寒热夹攻，起不了身。你要是有工夫绕，就请绕着走；要是没有工夫，就跨过去好了。"个性粗暴、毫无同情心的斯鲁姑娘听了，恶狠狠地说："喂，瘸腿老僧！姑娘我跨过上部天竺国王的辩经场，跨过下部汉地国王的法庭，跨过中部卫藏四翼的议事场，从你这样一个半死不活的老僧身上跨过去，没有什么了不起。"说完，便满不在乎地跨了过去。

斯鲁到了河边取水，岗萨阿丹国王也爬到那里说道："姑娘，你要把上游的水当供神水，把中游的水当饮用水，把下游的水当洗漱水啊。"斯鲁姑娘粗俗地回答道："你真是狗拿耗子——多管闲事。要不要我用水瓢敲你的头？"并故意把上游的水当作自己的洗漱水、把中游的水当作供神水、把下游的水当作饮用水来装桶，与岗萨阿丹国王说的完全反着来。在斯鲁姑娘背起水桶离开的当儿，岗萨阿丹国王再次说道："姑娘，你一回到家，就换一下供神水"，并口诵：

> 进贡啰！向天神本尊三宝进贡啰！
>
> 向上部天竺国王进贡啰！敬给天竺佛法之国王。
>
> 向下部汉地国王进贡啰！敬给汉地律法之国王。
>
> 向中部卫藏四翼进贡啰！敬给卫藏佛法之圣地。
>
> 向谷口岗萨阿丹王进贡啰！敬给政教两旺的岗萨阿丹王。
>
> 向路口瘸腿老僧人进贡啰！敬给证悟一切的乞丐老僧。

斯鲁说："谁给你这个该死的老僧进贡呀？你做梦去吧。"说完，头也不回地离去。

不一会儿，欧鲁背着一只嵌有银箍的水桶，手里拿着一把镶有银线条纹的水瓢，佩戴猫眼石、珊瑚首饰，腰间的装饰铃铛发出叮叮咚咚的声音，走过来取水。岗萨阿丹国王继续扮成要饭的瘸腿老僧人，与前次一样，把拐杖扔到右边，并把行乞的口袋扔到左边，横躺在路中间，假装摔倒呻吟着。欧鲁姑娘看到这个情况，闷声闷气地说：

"喂，瘸腿老僧让开。我给阿爸和叔叔取熬茶用的水，给阿妈、舅妈取造酒用的水，给本姑娘取出嫁时洗头用的水。"

岗萨阿丹国王说："姑娘，我上身发热，下身发冷，腰部寒热夹攻，不能起身，也无法挪动。你要是有工夫绕，就请绕着走；要是没有工夫，就跨过去好了。"欧鲁姑娘也是个性情粗鄙、心肠狠毒的人。她傲慢地说："我跨过上部天竺国王的辩经场，跨过下部汉地国王的法庭，跨过中部卫藏四翼的议事场，从你这样一个奄奄一息的老僧身上跨过去，没有什么了不起。"说着，毫不在乎地跨了过去。

欧鲁到了河边，岗萨阿丹国王也爬到了河边。他平静地说："姑娘，你要把上游的水当供神水，把中游的水当饮用水，把下游的水当洗漱水啊。"欧鲁姑娘厌烦地抬头说："你管得着吗？要取什么样的水，我自己知道。"她同姐姐斯鲁完全一样，与岗萨阿丹国王的教诲反着来：把上游的水当作自己的洗漱水、把中游的水当作供神水、把下游的水当作饮用水来装桶。在欧鲁姑娘背起水桶离开的当儿，岗萨阿丹国王又对她讲道："姑娘，你一回到家，就换一下供神水"，并口诵：

> 进贡啰！向天神本尊三宝进贡啰！
>
> 向上部天竺国王进贡啰！敬给天竺佛法之国王。
>
> 向下部汉地国王进贡啰！敬给汉地律法之国王。
>
> 向中部卫藏四翼进贡啰！敬给卫藏佛法之圣地。
>
> 向谷口岗萨阿丹王进贡啰！敬给政教两旺的岗萨阿丹王。
>
> 向路口瘸腿老僧人进贡啰！敬给证悟一切的乞丐老僧。

欧鲁姑娘冷冷地耻笑道："给你这个该死的老僧进贡呀？不把你嘴里的舌头用手指抠掉，就算不错啦。"

不久，佟鲁姑娘背着一只嵌有海螺箍的水桶，手里拿着一把镶有海螺条纹的水瓢来取水。岗萨阿丹国王依旧扮成要饭的瘸腿老僧，装作摔倒，横躺在路中间呻吟。佟鲁姑娘看到这个情形，便温和地说："对不起，老人家请让一下。我给阿爸和叔叔取熬茶用的水，给阿妈、

岗萨阿丹国王扮作瘸腿的老僧人试探三姐妹（陈秋丹、江村 绘）

舅妈取造酒用的水，给本姑娘取出嫁时洗头用的水。"岗萨阿丹国王说："姑娘，我上身发热，下身发冷，腰部寒热夹攻，不能起身，也无法挪动。你要是有工夫，就请绕着走；要是没工夫，就跨过去好了。"虽然佟鲁姑娘的衣服、首饰都比两个姐姐差，身材和长相也稍差一点，但是品赛珠峰，心似雪莲，对人忠诚如家犬，性格温柔胜过绵羊毛，心胸仁慈开阔如无边的大海。她说："我没有跨过上部天竺国王的辩经场，也没有跨过下部汉地国王的法庭，更没有跨过中间卫藏四翼的议事场，甚至没有跨过父亲、叔叔们的茶园和青年男子们的射箭场及幼儿们的游乐场。要是从你这样一位可怜的老人家身上跨过去，有什么意思？"说着，她把岗萨阿丹国王扶起来挪到路边安全处，自己从路的另一侧走了过去。岗萨阿丹国王对佟鲁姑娘感到比较满意，但还是匍匐着爬到佟鲁姑娘取水的地方说："姑娘，你要把上游的水当供神水，把中游的水当饮用水，把下游的水当洗漱水啊！"

佟鲁姑娘应声道："好的，好的，感谢赐教！"并照岗萨阿丹国王说的那样做了。佟鲁姑娘汲完水，正要背起水桶离开，岗萨阿丹国王又说："姑娘，要不要我帮你把水桶背上？"佟鲁姑娘说："老人家您有病，不用帮我背水桶。"岗萨阿丹国王摇摇晃晃地帮她把水桶抬到背上，并将一枚漂亮的金戒指扔到水桶里。当佟鲁准备走的时候，岗萨阿丹国王又说："姑娘，先等一下，我有两句话跟你说"。姑娘柔声柔气地应道："您尽管说吧。"岗萨阿丹国王说："你一回到家，就马上换一下供神水，而且要念诵：'进贡啰！向天神本尊三宝进贡啰！向上部天竺国王进贡啰！向下部汉地国王进贡啰！向中部卫藏四翼圣地进贡啰！向谷口岗萨阿丹王进贡啰！向路口瘸腿老僧人进贡啰！'另外，请帮我转告你的父母，把我留在你们家当马夫。"佟鲁姑娘答应照办。

佟鲁姑娘生怕把"老僧人"嘱咐的事忘了，一回到家里，便马上向父母请求道："恩泽深厚的父母，那边岔路口有个可怜的瘸腿老僧人，让我恳请你们留他做马夫。请父亲、母亲认真考虑一下留那个老僧人当马夫的事。"深明大义的父母同意了她的请求。当佟鲁姑娘把水桶里的水倒入水缸时，那枚金戒指的光亮瞬间让满屋亮了起来，并"咚隆"一声掉进缸里。父母双亲惊讶地睁大眼睛问佟鲁："是什么？是什么？"佟鲁姑娘连声说不知道。她父母往水缸里一瞧，发现是一枚金戒指。佟鲁姑娘换上供神水，在弹洒献新时，按照岗萨阿丹国王的叮嘱，说了一句："向路口瘸腿老僧人进贡啰！"遭到父母和两位姐姐的严厉呵斥。

当晚，打扮成瘸腿老僧人的岗萨阿丹国王出任马夫，在佟鲁家的马厩里煮着无盐、无佐料的元根汤。斯鲁、欧鲁和佟鲁三姐妹分别拿着金乳桶、银乳桶、海螺乳桶，挤母牦牛和犏牛的奶。这时，岗萨阿丹国王说："呀，三位姑娘，往我熬的汤里倒一点点奶，我们一起喝吧。"斯鲁和欧鲁两个姑娘听了恶语相向，大骂"老僧人"不知自尊。佟鲁姑娘可怜"老僧人"，偷偷往他的汤里倒了一勺奶。斯鲁、欧鲁发现这事后，到父母面前添油加醋地进行挑拨。双亲气得厉声训斥佟鲁，骂声如雷地说："从你今天早上到天黑前的所作所为和走姿、坐相来看，你跟那个瘸腿老僧人关系密切。良好的出身环境把你往上顶着，可你的所思所想有可能把你拖下水。你这么做，会毁坏我们家的名声、拖我们的后腿。你今天晚上就跟这个要饭的老僧人一起走，从今往后不许踏进我们家的门。"斯鲁、欧鲁两个姐姐也火上浇油围攻佟鲁，要把她赶出家门。伤心的佟鲁姑娘就哭着跑到岗萨阿丹国王面前，向他诉说了事情的经过。岗萨阿丹国王道："俗话说：'前世宿业改不了，额头皱纹去不掉。'说不定，欢乐的太阳也会照到我们俩。"他告诉佟鲁，准备第二天就走。

第二天一早，岗萨阿丹国王拄着拐杖，对佟鲁姑娘说："我腿脚不灵便，在前面慢慢地走。你就顺着我的拐杖留下来的印痕跟来。"说完便先走了。佟鲁姑娘悲伤地哭着，循着岗萨阿丹国王的拐杖留下的印痕跟了上去。

中午时分，岗萨阿丹国王在一个美丽富饶、草甸和松树相间、鲜花盛开的地方烧着茶，等候佟鲁姑娘的到来。佟鲁姑娘一到，他立刻问道："呀，大家闺秀累了吧？好父母的女儿肚子饿了吧？"佟鲁姑娘是个能够吃苦、善解人意的人，她回答说："我不累，肚子不饿，口也不渴。"

扮成瘸腿老僧人的岗萨阿丹国王心想，她真是个能吃苦的好姑娘，就更加高兴。等他们俩吃完糌粑、喝完茶，岗萨阿丹国王又说："呀，我腿脚不好，先走了。你慢慢跟来吧。"佟鲁姑娘说："我们俩一起走吧。"岗萨阿丹国王说："这样可不行。我先走，到河那边的人家乞一乞，在河这边的人家讨一讨，要解决我俩今晚和明早的吃食。你就从草甸上采摘各类花朵，包成一个大花束，装进包袱带过来吧。"

佟鲁姑娘走了很长一段路，地域变得越来越舒服、越来越开阔。可是，"老僧人"的拐杖印痕时隐时现，使她非常焦急。这时，她看见河那边放牧着一大群白云一般绵羊的牧羊人，就唱道：

　　　　河那边的牧羊人，请听我唱别走神，

　　　　可曾看见老乞丐，拖着瘸腿慢慢行？

牧羊人回唱道：

> 哎呀姑娘真荒唐，哎呀姑娘太轻狂。
> 我未看见老乞丐，但见谷口英俊王，
> 骑着枣骝小马过，乘着白唇野驴走，
> 快鞭疾马不寻常。

佟鲁姑娘更加着急，迈着步幅大小不一的步子继续往前走。走了一程，她看见河对岸放牧着身躯庞大得如同片状石山滑倒在平坝上的牦牛群的牧人，便唱道：

> 河那边的放牧人，请听我唱别走神，
> 可曾看见老乞丐，拖着瘸腿慢慢行？

放牛人回唱道：

> 哎呀姑娘真荒唐，哎呀姑娘太轻狂。
> 我未见过老乞丐，但见谷口英俊王，
> 骑着枣骝小马过，乘着白唇野驴走，
> 快鞭疾马不寻常。

又走了一程，佟鲁看见一位放牧着如同西边晚霞落地一般、色彩各异的马群的牧马人。她像前两次那样，仍旧以歌唱的方式问了牧马人。牧马人也用同样的唱词回应了她。

这时，佟鲁姑娘心想，那位瘸腿老僧人或许是谷口的岗萨阿丹国王吧。随后，她又否定了自己："不可能，不可能。"

当太阳快要落山时，在谷口一座富丽堂皇、雄伟壮观、如同天宫似的王宫的门口，成千上万的女佣背着水，来来回回地忙碌着，欢声笑语和引吭高歌声，如同林中的百鸟齐声鸣啭。佟鲁姑娘心想，人多眼多，人多耳多，问问前面那些男女佣人，或许他们知道老僧的去向，于是，就上前打听。此刻，神采奕奕的岗萨阿丹国王，透过王宫三楼的黄金菱形孔格窗户，看到了佟鲁姑娘，立即给内臣们下令，把她带到宫殿里。几个内臣把佟鲁姑娘带到了王宫。王宫左右拴着的两只体形高大、吼叫声足以吓破人胆的守门藏獒一见佟鲁姑娘，就狂吠着朝前扑，似乎要把铁链挣断。它们一会儿向佟鲁姑娘扑过来，一会儿又踅回来，撕咬"瘸腿老乞丐"穿过的破烂衣服。佟鲁姑娘看见了，自言自语："可怜的老僧已经被狗咬死了。"便哭了起来，眼泪如断了线的念珠，一时哭得连话都说不出来。岗萨阿丹国王看到这一幕，脸上露出会心的微笑。内臣们把佟鲁姑娘带到了岗萨阿丹国王面前。岗萨阿丹国王坐在高高的金銮殿上。他的母后从银座上站了起来，把一捆丝线交给佟鲁姑娘后说："把你家人给的绿松石、珊瑚和珍珠等饰品串起来吧。"佟鲁姑娘心里想："我从小到大，家里别说是绿松石、珊瑚，就连一颗蓝色的石子都没有给过我。我该拿什么穿这些线？"她的心头笼罩着悲伤的云雾。这时，岗萨阿丹国王朝佟鲁姑娘背着的包裹使了个眼色。佟鲁姑娘立刻把包裹放下，打开一看，白色的花都变成了珍珠，红色的花变成了珊瑚，黄色的花变成了琥珀，绿色的花变成了绿松石，杂色的花都变成了九眼猫眼石，所有花都变成了一包袱百看不厌的饰品。佟鲁非常高兴地把这些饰品用丝线穿成很多项链，一部分献给岗萨阿丹国王，一部分献给他的母后，一部分留给自己；还有一部分因为丝线不够，就分给了内臣们。岗萨阿丹国王的母后对佟鲁姑娘非常满意，大臣们都很讶异。

过了一年多，佟鲁王后把自己思念家乡和父母的事情讲给了岗萨阿丹国王。他准许佟鲁王后回家省亲，而且让其邀请她的全家到王宫赴宴。佟鲁王后奉岗萨阿丹国王谕旨回到家中，把自己如何跟"老乞丐"一起过日子，以及过得如何幸福等情况说给了父母。父母双亲觉得，跟一个老僧人生活有什么值得高兴的？转而又看了看女儿的脸，发觉她真有些过得很愉快的样子，心里感到惊讶和疑惑。佟鲁姑娘按照岗萨阿丹国王的谕旨，把邀请父母和两位姐姐到自己家里赴宴的事说了。她的父亲不愿意去。她的母亲和姐姐心想："一个死到临头的老僧人，能给我们大户人家摆什么宴？不过，还是要去看看他俩的日子是怎么过的。"就决定跟佟鲁姑娘一起赴宴。她们带上一个形状难看、容量很大、叫阿甲查日的碗，还有打了很多补丁、容量很大、叫纳敏纳古的口袋启程了。

到达岗萨阿丹国王的地界时，她们惊异地发现，路边许多臣民排起队，手举宝伞和胜利幢，奏乐迎候她们。到了王宫，她们看到身穿王袍的岗萨阿丹国王坐在左边的五彩黄金宝座上，穿着王后盛装的佟鲁姑娘坐在右侧的银座上，内臣们坐在铜座上，外臣们坐在木座上。丰盛的饭菜香气扑鼻，青稞酒和白酒滴着晶莹的露珠，与天界的喜宴没有丝毫区别。佟鲁姑娘的母亲和斯鲁姑娘、欧鲁姑娘本想把叫阿甲查日的碗和叫纳敏纳古的口袋拿出来，可是羞愧难当，又无处可藏，连头也不敢抬一下。

宴会结束后，岗萨阿丹国王给佟鲁姑娘的母亲和两个姐姐备了大量礼物，赠与她母亲100头母牦牛，赠与斯鲁姑娘100只绵羊，赠与欧鲁姑娘100只山羊，并嘱咐道："你们赶着这些牲口走的时候千万不要回头，如果回头，这些牲口就有返回来的可能。"母女三人喜出望外，赶着牲口回家了。

走了一段路程，佟鲁姑娘的母亲对两个女儿说："哎呀，真是出乎意料，佟鲁住的地方可真舒服！"说着，贪恋地回过头去。瞬间，母牦牛突然把尾巴高高翘向天空，朝谷口岗萨阿丹国王和佟鲁王后住的方向跑了回去。

又走了很长一段路，斯鲁姑娘说："谁会料到，那个僧人是岗萨阿丹国王装扮的。要是知道的话，我就可以当王后，成为这个地方的主人。"说完，她不禁长叹一口气，懊恼地回头朝王宫的方向望了一眼。一瞬间，所有绵羊都咩咩地叫着往王宫方向跑回去了。

当她们爬上一座小山头时，欧鲁姑娘长叹一口气说："我好像真的没有福气。如果我好好对待那个老僧人的话，现在可能跟佟鲁妹妹一样，好吃好穿地跟国王一道在王宫欢快如仙呢！"说着，她不由自主地回了个头。转眼间，山羊都一蹦三跳地奔王宫方向跑回去了。

因为妒忌，岗萨阿丹国王和佟鲁王后赠给她们母女三人的牲口，最终跑得一只不剩。

我的大碗在哪里

（巴宜区）

从前，在贡布地区有一个年纪稍大点的汉子和一个年龄较轻的小伙子。一天，他俩商量好结伴到上部太阳城拉萨朝拜佛祖释迦牟尼的圣像。他们日夜不停地徒步朝上部圣地拉萨走去，当累得走不动的时候，就随地打尖，烧茶歇脚。

每天歇脚时，大汉总是去捡拾柴火、取水熬茶。等茶烧开了，他就拿给小伙子喝，并千叮咛万嘱咐："路途遥远，往后要靠我俩自己的双手相互帮助。"小伙子听得久了就很烦。

他俩形影不离地一路走去，终于来到了一处离拉萨较近的地方。大汉依然做着烧茶的准备，而小伙子则在一个暖和的角落仰面四叉地躺着。

大汉回头朝小伙子喊："喂，小伙子，去提点水吧。"小伙子应道："我身体不适，你去提水吧。"大汉在去提水之前对小伙子说："那你去捡点柴火吧。"小伙子不耐烦地应道："大哥，我头疼，捡不了柴火。"大汉取完水，又去捡柴火。他捡来一小捆柴火堆在一起，边往陶罐里兑水边唱道：

> 小伙别睡快起来，睡觉只能吃小虱，
>
> 虱子体微还瘦弱，焉能填肚启舌苔。
>
> 凄凉便是乞丐样，看到凄凉乞丐相，
>
> 别人就会鄙视你，自己觉得也惶惶。

捡柴烧茶的大汉和偷懒的小伙子（白玛层培 绘）

528

小伙别睡快起来，男人做事莫徘徊，
勤劳才是兴家本，家兴业旺乐优哉。
热天能喝青稞酒，甘露醇香餐餐有，
消除疲劳又解渴，身心健康命长久。
冷天能够喝到茶，热气腾腾酥油茶，
热茶能使身体暖，养颜美肤体质佳。
体健面佳人中秀，庄重犹似三界首，
利己利人又利家，谁人见你不夸口？
小伙别睡起身站，去把世界转三遍，
三界景象很精彩，解困还使精神焕。
虚幻之梦意烂柯，眼前之利失去多，
人生之路了无计，不学无术叹奈何！

　　听到这番话，小伙子不耐烦地用被子捂住脑袋，仍旧躺着不动。
大汉垒好石头灶，生上火，伴着六字真言的念诵声，烧起了茶。一会
儿工夫，茶就烧开了。大汉大声唱道：

小伙别睡快起来，不要再睡快起来，
白日做梦黄粱幻，清香甘茶已烧开。
头碗敬献给三宝，善业福运年年到；
二碗献给好上师，如意妙果如矿储；
三碗献给空行母，十地五道证悟妥；
四祭家乡地祇神，救星帮手进家门。
敬献三遍茶祭毕，暂可消灾又逢吉；
敬祭之诚若不变，最终解脱获独立。
小伙别睡快起身，茶敬山重父母恩，
为子若是持孝道，诸般业障祛无根。
茶敬六道为众生，前世宿债俱可清。
积蓄善业造福田，有福汉子可遂愿，
暂时或难办大事，终获救度证因缘。

好汉当为三界王，文彰武显昭人强。

暂时快乐非快乐，最大圆满入天堂，

男儿当计天下计，功耀八极史流芳！

　　唱毕，大汉向十方诸佛、菩萨、地祇、助伴等天仙地圣敬了茶。

　　听了这番话，正捂着被子睡觉的小伙子一下子爬了起来，说：
"哎呀！好哇！我口渴了、肚子饿了，需要吃饭、喝东西。哦啊，我
的大碗在哪里？"

如意妙果带来的灾祸

（朗县）

从前，有一对父母早亡的兄弟。他们克服重重困难，以织氆氇为生勤奋持家，生活日渐富足，过起了人羡己乐的日子。同时，他俩凭借力量和智慧，不仅子承父业，将家庭的财产完全继承下来，而且不断积累，家业比父母在世时还要兴旺，得到乡亲的普遍赞誉。

转眼间，他俩已到了娶妻的年龄，但他俩顾不上这些，因为他们每天起早摸黑地纺织羊毛，使得织机破旧不堪、难以续用，正商量着制造一台新的织机。

一天，弟弟到原始森林里砍伐制作织机的木料，到了森林里一看，树木品种很多，而且一棵比一棵大、一棵比一棵直。他不知道该砍哪一种好，太难以取舍了，便寻思着继续往前走。他走了一整天，只见树木品种一个比一个好，树种一种比一种优良，就犹豫着继续往里走去。都到了太阳要落山的时候，他还没有砍一棵树。森林女神看到这个情况后问道："喂，你来砍树，为什么还不砍？难道我的这些树木都不能满足你的愿望？"他恭敬地回答道："森林女神，怎么会是这样的呢？我看这里的树一棵比一棵直，树种也一样比一样好，所以，想挑一棵最好的砍。"森林女神说："你是命运使然才来到这里的，我想给你一颗如意妙果，要吗？"弟弟不知道要什么样的如意妙果为好，就迟疑道："森林女神，我回去问一下哥哥，明天过来取想要的如意妙果可以吗？"森林女神亲切地微笑着，轻移婀娜的体态回应道:"当然可以。"说完,便从他眼前消失了。

弟弟欢欢喜喜地回到家里,把情况一五一十地告诉了哥哥。哥哥慎重地考虑了许久说:"依我看,我俩会干的也就只有织氆氇。直到今天为止,我俩靠织氆氇,过上了丰衣足食的生活。今后,还要靠这个手艺实实在在过日子。要想建设富裕的家庭,最好你的背后也长两只眼睛、两只手、两只脚。这样一来,就可以用一个人所需的衣食,做两个人的事儿。你就向森林女神要个背后能长两只眼睛、两只手、两只脚的如意妙果好不好?"弟弟点点头,表示同意。第二天天不亮,弟弟就走进大森林,顺利到达了森林女神出现的地方。

森林女神看见弟弟累得汗流满面,就现出原形,笑呵呵地看着他。弟弟立刻跪地叩拜:"尊敬的女神,我不要值钱的金银如意妙果,也没有诸事如意的愿望,更不想掌握用之不竭的矿藏知识。请给我背后能长两只眼睛、两只脚和两只手的如意妙果,我愿意和过去一样,吃苦耐劳过日子。"接着,他双手合十道:"恳请尊敬的女神满足我的愿望。"森林女神笑盈盈地劝导道:"可以给你这么个如意妙果。不过这么做,将来要是需要把背后的手、脚取掉,会危及宝贵生命,所以,现在就要考虑好。"可弟弟说:"我对自己过去所做的事情没有后悔过,就想靠这些手、脚建设一个令别人羡慕、自己快乐的富裕家庭,请女神尽快成全我的愿望。"听到这些话,女神双手合十,口念咒语。瞬间,弟弟的背后长出了两只眼睛和两只手、两只脚。谢过森林女神,弟弟欣喜地踏上了回家的路。

兄弟俩高高兴兴地做了两架新织机。哥哥负责做饭、料理家庭琐事;弟弟把两架织机背对背地架在一起,前后身体一起操作。高效的产量让他们家成了当地最富的家庭之一,但同时,有关弟弟长出多余手、脚的丑闻也传遍了各地。

听到传言的附近乡亲和邻居偷偷地前去窥望。看到传言属实,乡亲们非常害怕,议论纷纷地说:这个弟弟不是妖怪,便是蛇蝎。从他俩吃奶那会儿父母就去世这件事看,他俩似乎不是什么好人。俗话说"近狗者,易受伤",如果我们不从现在开始就跟他俩断绝关系,以

砍树的弟弟双手合十，恳求森林女神让他实现愿望（扎西泽登 绘）

后会不会发生家破人亡的事情还难以预料。从此，街坊邻居乃至所有人再不敢跟兄弟俩来往。他俩与乡亲们的关系日渐疏远，有手艺也没处使，致使家境开始败落。

出了这样的事情，弟弟每天茶饭不思。他埋怨哥哥："把事情办成这个样子，都是你的馊主意。"哥哥也对弟弟回敬昏话："自生出你这个倒霉的家伙，父母都去世了。如今，你又得到了这么个招霉的如意妙果，把这个幸福的家庭搞完蛋了。"就这样，他俩互相埋怨，结怨争执。长此以往，终于有一天，两人动手打了起来。弟弟利用多余的手、脚打伤了哥哥的肺部、心脏、肝脏等脏器，最终把哥哥送上了西天。

邻里乡亲听到这一噩耗，一连七天都不敢去他们家。弟弟陷入了无奈的窘境。他把哥哥的尸体抱到河里进行水葬，懊悔而悲痛地回到家里。

弟弟多余的手、脚和他家发生的不幸事件，令乡亲们大为惊悚，更不敢跟他来往。他被深深的孤独感和衣食无着的艰辛所折磨，便踏上了通往异域的茫茫之路。

傻子娶媳妇

（波密县）

　　从前，一户人家有个傻儿子。有一天，这家人前往另一家替傻儿子说亲，要将那家的女儿娶进门。起初，女方答应了这门亲事，可后来知道这家男孩是个傻子，就将这门亲事推了，决定把女儿嫁给其他人家。

　　傻子知道这件事情后特别担心，就想，应该采取一种最佳的办法，于是请教了当地一位有谋略的老太婆。老太婆说："你现在带上一些金钱，去好好学习起诉的知识和辩驳的言辞，然后诉诸法律。除此之外，别无他法。"傻子以为可以买到知识和言辞，便带上一些金钱，辞别家乡，到外地购买知识去了。

　　在通往异乡的路上，傻子看到许多鸟儿在一棵树上发出动听的鸣叫声。他被吸引住了，像一尊泥塑立在那里，竖起耳朵听着。过了好一会儿，一个人吭哧吭哧地走了过来。那群鸟儿受到惊吓，瞬间全飞走了。见此情景，那人说："鸟儿母子闹哄哄，我到之时静悄悄。"傻子听了，立刻对那人说："朋友，朋友，你把这句话卖给我吧。我给你一枚金币。"那人从傻子手里接过金币，把"鸟儿母子闹哄哄，我到之时静悄悄"这句话重复几遍后就走了。傻子背诵着这句话往前走，来到一座独木桥跟前时，看见一个人背着包袱从独木桥的对面走了过来。那人看了一眼独木桥，边说着"不能从独木桥上过"，边绕着独木桥走了过来。傻子听了又说："朋友，朋友，你把刚才说的话卖给我吧。我给你一枚金币。"那人莫名其妙地从傻子手里接过金币，把"不能从独木桥上过"这句话重复几遍后离开了。傻子背诵着这句话往前走时，又遇见一个渔夫正在捕鱼。渔夫发现渔网没有网住鱼，便自言自语地说："只能在水深的地方网鱼。"傻子听到这句话，马上取出一枚金币说："朋友，朋友，你把刚才说的那句话卖给我吧。我给你一枚金币。"渔夫从傻子手上接过一枚金币，把"只能在水深的地方网鱼"这句话重复几遍后走了。傻子又背诵着这句话，继续走。

走了一程，傻子看见另一位渔夫正在江里钓鱼，便走过去。看了好一会儿后，一条鱼上了钩。渔夫立刻收起线。可是，鱼线缠绕在水中的一块磐石上，让鱼脱逃了。渔夫懊恼地说："水中磐石大肚子，鱼儿溜掉全怨你。"傻子立即说："朋友，把这句话卖给我吧。我给你一枚金币。"渔夫从傻子手里接过金币，把"水中磐石大肚子，鱼儿溜掉全怨你"这句话重复几遍后走了。傻子背诵着这句话，继续走。

到了山路上，傻子看到一位猎人正在追赶一只狐狸。那只狐狸蹿过一条河逃跑了。猎人没法继续追赶，便说："河对岸的狐狸身子颤悠悠，你迟早会落入我的手掌心。"这句话被傻子听到后，他马上说："朋友，朋友，把这句话卖给我吧。我给你一枚金币。"猎人从傻子手里接过金币，把"河对岸的狐狸身子颤悠悠，你迟早会落入我的手掌心"这句话重复几遍后走了。

就这样，傻子的所有金币都花完了，无法再往前走，只好折返回家。他回到家时，女方家已经决定将女儿另嫁他人，并正忙乱地搞着嫁女的仪式，傻子便好奇地走过去看。那些送新娘的人想，这傻子来此干啥？便都沉默下来望着傻子的脸。看到这一情形，傻子突然想起了碰到的第一人说过的"鸟儿母子闹哄哄，我到之时静悄悄"这句话，便笑着重复了一遍。聚在那里的人们心里想，哎哟，这个人不像是个傻子，他说了一句含义很深的话。于是，大家把他请到家里，盛了一碗面疙瘩，递上一根筷子，让他吃。看到那根筷子，傻子又想起了碰到的第二个人说过的"不能从独木桥上过"这句话，便暗自一笑，重复了那句话，并拿一双筷子吃起了面疙瘩。听到这句话，人们

傻子碰运娶媳妇（白玛层培 绘）

愕然围观起傻子。由于给傻子盛的面疙瘩少、汤多，面疙瘩很快就吃完了，只剩下汤。傻子又想起第三位碰到的渔夫说的"只能在水深的地方网鱼"这句话，便重复了一遍，人们更加惊讶了。这时，新娘的母亲走进来，埋怨道："一个傻子有什么好围观的？你们都快回去吧！"由于新娘的母亲个头矮小、肚子下垂，傻子一看到她，就又想起第四位碰到的渔夫说的"水中磐石大肚子，鱼儿溜掉全怨你"这句话，便看着新娘的母亲，暗笑一下，把那句话重复了一遍。新娘的母亲心想，这人绝对不是个傻子，他知道变更婚约的主意是我出的，因而感到惭愧。

后来，傻子看到新娘飘然从卧室内走出来，将由迎亲的人带路时，又想起第五位碰到的猎人说过的"河对岸的狐狸身子颤悠悠，你迟早会落入我的手掌心"这句话，便重复了一遍。新娘及其母亲、迎送新娘的人听了都很害怕，心想，这个人绝对不会善罢甘休，姑娘早晚是他的人，便把送亲的事情全停下来。他们按照先前的约定，决定把姑娘嫁给傻子。

聪明的妇人

（米林县、巴宜区）

从前，在两处分别叫列定和童朵的地方各有一位力大无比的大力士，他俩都知道对方的名气和技能。两人都贪恋自己的名气和技能，又因为对方的存在而生起嗔怒、嫉妒之心，很想一比高下、了却宿怨。

一天，童朵汉在上工的路上右手抓着磨子的上扇，左手拿着磨子的下扇，边玩"搏搋"边走。这个消息立刻传播开来，传到四面八方，不久便传到了列定汉的耳朵里。听出传播人充满敬佩的语气，列定汉简直无法容忍。一天，列定汉将一棵松树连根拔起，把根须乱蓬蓬的松树扛在肩上，去找童朵汉比赛技能。他刚走到童朵汉的家门口，恰好被童朵汉从窗户里看到了。童朵汉不知道他是前来比赛技能的。因为只听说过列定汉的技能，没有与他正式比赛过，能否胜过他心里还没底，为了试探列定汉的技能，童朵汉让自己的妻子出去应付他。女人出去便问："请问你找谁？"列定汉答道："我找那个爱吹牛皮、叫童朵大力士的人，想跟他比力气和勇气。如果大姐你是他老婆，就请你进去问他敢不敢出来跟我比试比试。我在这儿等他。"

一听到这话，女人便说："哎哟，原来您就是列定大力士啊！我男人经常念叨起您，说要是能跟您比一场就好了。不过今天不凑巧，他出门了，也许很快会回来的。您先进来坐。"女人将列定汉请到屋里，倒了茶，把一盘白面饼子、荞麦饼子和一簸盒油菜子放在他面

童朵汉聪明的妻子，机智地支走前来比试的列定汉（白玛层培 绘）

前。列定汉问："童朵大力士是怎么吃这些东西的？"女人答道："我丈夫用手掌搓油菜子，挤出油，把油抹在饼子上吃。"列定汉抓起一把油菜子搓了一下，手指间只搓出薄薄一层油。他暗暗寻思："如果这个女人说的是实话，童朵大力士的力气可比我大。还不如吃完饭就找个借口回去，不然，他回来和我比赛技能和力气，自己很可能输掉。"

女人看着列定汉异样的表情，暗笑着说："要是往常，我丈夫这时候已经回家了，今天可能碰到了熟人，在那边展示技艺哪。您坐着等，别着急啊。"列定汉心想，这下得到机会了，急忙说："那我就不等他了，时间也不早了，我得回到很远的地方。我走了哈。"说完，拍拍屁股，便急匆匆地走了。

列定汉走后，童朵汉从里屋出来，不断赞扬妻子说："我虽然力气大，但你的智慧更强。我虽技艺高超，但你的嘴更管用。贤淑的女人就应该是这样的！我得到了。"

念诵"度母经"，吓跑一盗贼

（波密县）

　　从前，有一个风景秀丽、自然环境好得让人神往的地方。但由于通往外界的交通不便，少有人来，这里就成了僻静之地。反而有少数散兵游勇、强盗、小偷和商人摸熟路径，为了各自的生活需求，躲藏在这里。

　　此地有一位80多岁的单身老太太。她的眼睛绿如松耳石，头发白似海螺，嘴里仅剩两三颗细碎的牙齿，憔悴的面庞上满是涟漪般的皱纹，走起路来摇摇晃晃，说起话来颤声颤气。

　　老太太虽然没有豪华的房子、成群的牛马，但家境也并不差。老人笃信宗教，平时右手总是握着一只装有六字经咒的转经筒，左手捻着佛珠，嘴里不停地念诵六字真言。除了六字真言，她什么经文都不会念诵。她喜欢尽其所能帮助他人，特别是为穷人解决吃饭等问题。当看到别人念诵度母经时，她也特别想学度母经，老太太心想，要是自己在死之前能学会念诵度母经，该是何等的福分啊。

　　一天，一个身穿三衣、手持禅杖和钵盂、比丘装束、上了一定年纪的人来到老太太家借宿。老太太一见此人，无限崇敬之心便油然而生。她想："不论从相貌特征还是从装束上看，他无疑是位不可思议的大德高僧或者纯洁的比丘。这回，佛临家门，我即便没有福气，肯定也是有缘之人。"她毕恭毕敬地把那人请进家，在最高的座位铺上干净的垫子，请他坐。老太太不但拿出最好的碗、杯给他用，还把自

542

己心爱的金银、服装等最贵重的东西毫不吝惜地献给他，并双膝跪地，双手合十，把自己年事已高、如何信教等等，特别是根据自己的年纪和幻身①，一直非常想学度母经，但至今未得到灌顶和传承的机会，甚至连口诵都不会等情况告诉了他，并祈求传授度母经。事实上，这个人如果被识破了，是个强盗；如果不被识破，也是个小偷。一句话，他是个集谄、诳和诡谲三者于一身，任意胡作非为的人。这次，目不识丁的他假扮比丘，根本无法传授什么度母经。因此，他心里有些紧张，只能装腔作势地问："老太太，您真的不会念诵度母经吗？"老太太如实说："我怎么敢向您这位大德高僧说谎，我一个无缘无福的人完全不会念诵。"假僧人想："我不能说我不会诵度母经，既然老太太也不会念诵，就得想个办法。"他稍稍平静了下来，两眼微合，用微弱的、几乎听不清的声音念诵了一句"生灵可怜"，然后对老太太说："从外部来讲，我受了比丘别解脱戒；从内心来讲，我具有菩提心；从密法来讲，我为密宗瑜伽师。你不要分散精力，要以虔诚之心，重复我说的每一句话。"老太太激动地反复说："好，好。感谢您。"正当假僧人不知道该讲些什么的时候，一只老鼠从墙缝里钻了出来。看到老鼠，他就说："今天来了个人。"老太太跟着模仿了一句。

　　听到人的说话声，老鼠直挺挺地站立着。接着，假僧人又说："然后直直站立。"老太太也重复了一句。这时，老鼠转过身去了。假僧人接着说："接着转过身去。"老太太依旧重复了一句。老鼠一害怕，灰溜溜地钻进了墙缝。假僧人继续说："灰溜溜地跑了。"老太太跟着重复了这句话。假僧人最后说："度母经教完了。刚才我教给你的是度母经的殊胜精要，叫度母经殊胜四言。你要全神贯注地经常诵读。"老太太非常高兴，连连道谢。打那以后，老太太把假僧人的"经咒"谨记于心，不分昼夜地背诵这个"度母经殊胜四言"，并不间断地念诵：

---

① 幻身，佛教词汇，指身躯由地、水、火、风结合而成，无实如幻，故曰幻身。

假僧人借老鼠乱跑动，胡教度母经（白玛层培 绘）

544

今天来了个人，然后直直站立，

接着转过身去，灰溜溜地跑了。

　　过了一段时间后的一个夜晚，一个小偷心想着要从老太太家里偷一些东西，就去老太太家门口摸底。碰巧，老太太此时正在诵念"度母经"。小偷初听老太太诵读"今天来了个人"这句话，心想老太太是不是已经发现他了，就直挺挺地站在门口。老太太又诵念了一句"然后直直站立"，小偷以为老太太已经看到自己了，就害怕地转过身去。这时，老太太又来了一句："接着转过身去。"小偷更加害怕，刚逃了几步，老太太又加上一句："灰溜溜地跑了。"小偷更加紧张，连头也不敢回地加快步伐逃走了。

　　从此，长辈们口中流传着如下的话："只要一心信佛，狗头也能够生舍利"，或说"信则狗头也放光芒"。老太太诚心诚意地把假度母经当作真的经咒，真心信奉并坚持不懈地背诵，起到了和真经一样的作用，防住了盗贼。

报　恩

（朗县）

　　古时候，有个地方是个谷地。这个谷地纵深长、横垣阔，上游水草丰美，宜牧；下游地势平坦，适农；中部村落密集、人口众多，宜居。早晨太阳出来早，晚上太阳落山晚，地貌地形又好看，是个风水宝地。

　　在这个谷地的中部住着当地国王及其随从。上游有一个孤苦的老婆婆。在冬季异常寒冷的一天，老婆婆没有任何可以充饥的食品。她在屋子里找来寻去、翻东覆西地折腾了很久，终于在一处墙角里找到了一条山羊的干尾巴。她把山羊尾巴拿到院子里，把它搁在扁平的砸骨盘上，准备砸碎后，熬出可口的骨头汤。

　　老婆婆举起手中的斧子准备砸山羊尾巴时，突然听到一声："老婆婆，老婆婆，不要砸我，我可以给您好处。"老婆婆不以为然地说："你这条倒霉的干山羊尾巴能给我什么好处？"山羊尾巴央求道："我真的对您有用，请您放过我。"老婆婆仍然满不在乎地自言自语道："你一条干瘪的山羊尾巴能给我什么好处？还不如让我熬点骨头汤。"那条山羊尾巴苦苦哀求道："老婆婆，您不要这么不在意。我会记住您的恩情，一定能给您好处。"老婆婆想了一会儿，最终无奈地饶过了那条山羊尾巴。

　　老婆婆回到厨房里诵起六字真言。过了一会儿，她听到那条山羊尾巴从门外喊："老婆婆，请开门。"老婆婆说："你这条倒霉的山羊尾巴，从门缝里进来吧。"山羊尾巴喊："老婆婆，我可以从门缝里进来，可是，这些大户人家的肉和酥油不能从门缝里带进来！"

老婆婆很不情愿地站起身，开了门，惊奇地看到山羊尾巴确实带着不少肉和酥油。此后，山羊尾巴把各种财物源源不断地运了过来。老婆婆穷困潦倒的生活变得越来越富裕，可谓应有尽有。

老婆婆富起来的神奇消息传到了当地国王的耳朵里，他就带着几个随从专程到老婆婆家来看个究竟。他在这间小房子察看了半天，发现王宫里丢失的不少财物居然到了老婆婆的家里。国王严厉地问道："老太太，你是怎么把这些东西偷来的？"老婆婆愕然地如实回答说："这些东西不是偷来的，是我家能给如意妙果的干山羊尾巴赏赐的。"

国王根本不相信老婆婆说的那些话。老婆婆就把干山羊尾巴为了报恩，给她送来所需物品的情况作了翔实的说明。国王却想：宫殿里的东西明明在老太婆的家里，而她又不可能在戒备森严的王宫里行窃。一条干山羊尾巴别说是偷这么多东西，连扛都不可能扛得动，应该对此事做一番深入考察。于是，他下了最后通牒："如果是这样的话，今天晚上，你让山羊尾巴到我的宫殿，明天天亮之前，把挂在我脖子上的神魂璁玉偷走。要是不能把神魂璁玉偷走，老太婆你的余生就准备在阴暗的监牢里度过吧；要是能把神魂璁玉偷走，不但可以将过去所犯罪行一笔勾销，而且还把我的半壁江山分给你。"说完，国王及其随从气势汹汹地回宫去了。

发生这样的事情，老婆婆担心地哭了起来。正巧，山羊尾巴带着丰厚的物资回到家里。山羊尾巴见老婆婆在哭泣，问及原因。老婆婆就把刚才发生的事情讲了一遍，并悲伤地用微弱的声音说："老朽的余生肯定要在凄凉的监牢中度过了。"

听完老婆婆的一席话，干山羊尾巴就笑眯眯地说："老婆婆你根本不用担心。国王的上乘神魂璁玉，我今晚就给你偷来。老婆婆你就念诵六字真言，放心地在家待着吧。"它讲得很干脆。

天快黑的时候，国王的宫殿里已经做好了捉拿盗贼的充分准备——给两个禁卫一人一支枪，让他俩严守宫门；妥善准备了马匹和武器等；王宫门口还拴上一条嗅觉灵敏、行动敏捷而又凶猛的护院藏獒；吩咐佣人们不得睡觉，注意观察。如果山羊尾巴偷走神魂璁玉后逃跑的话，要及时追踪抓捕。夜晚，国王和王后在宫殿里躺了下来。国王的脖子上戴着那块发出绿色幽光的神魂璁玉，他将穿神魂璁玉的丝线打了九个结，让两个女仆在卧室守护着，并专门派一个人到厨房里守着，叮嘱他一有盗贼的响动声，就马上生火，做好点火把的准备。然后，国王又给随从们下了一道死命令：如果盗贼来了，就要灯火通明，让盗贼无处藏身。

王宫里虽然已戒备森严，但上半夜没有任何动静。约莫过了午夜，那条山羊尾巴在路中间挖了一个大地洞，接着拿着一块肥肉朝王宫方向走去。

山羊尾巴把那块肥肉丢给藏獒吃，然后把藏獒挪到拴牛犊的地方，把牛犊挪到拴藏獒的地方拴起来；把所有的马轻轻牵到牛圈里拴起来，把牛轻轻牵到马厩里拴起来；把枪支搬到其他地方，在平时放枪的地方放上几根与枪的长短相等的棍棒；把两个睡得很死的禁卫手里的枪小心翼翼地拿过来扔掉，往他们手里各塞了一根棍棒；又跑到厨房里，往火炭上撒尿，让火变成灰烬；拉下很大一堆屎，用灰烬把它盖住；跑到两个女仆跟前，把她们的发辫轻轻解开，绑在一起，打上紧实的结；蹑手蹑脚地挨近国王的床榻边，把王后又长又黑的发辫解开，拴在床榻上；用锋利的剃刀，轻轻割断国王神魂璁玉的丝线，把神魂璁玉揣进怀里，然后就离开了。

山羊尾巴刚走出王宫大门，就大声喊道："我孜热山羊尾巴，已经偷到了国王的神魂璁玉，你们来抓我吧。要是随从多，就出兵吧；要是随从少的话，就诵咒抓我好了。"山羊尾巴大喊大叫着，飞也似的朝老婆婆家的方向奔去。

这阵喊声，让王宫里像捅了马蜂窝一般乱作一团。禁卫追赶着山羊尾巴，正要开枪，掉进路中间的大地洞里；两个女仆一下子站起身，绑在一起的发辫害得她们扯来扯去、疼痛难忍、叫苦不迭；负责生火的人怎么用皮火筒吹火都不顶用，他干脆把手伸进炉膛一抓，摸

548

老婆婆拿石头准备砸山羊尾巴（白玛层培　绘）

到湿牛粪一样的东西，用鼻子一闻，方才知道是大便，恶心地呕吐起来；负责朝山羊尾巴跑走的方向开枪的禁卫跑去抓枪，枪却都变成了棍棒；负责骑马追击的禁卫跑向马厩，马厩里都是牛；恼羞成怒的国王命令内臣放狗去追山羊尾巴，狗却动也不动，国王气得用脚踹，发出的是牛叫声；王后被乱哄哄的叫声惊醒，忽地一下坐起来，头发被扯断，疼得无法忍受，惨叫连连。就这样，在一片混乱和嘈杂声中，天亮了，整个大地变得明明朗朗。

山羊尾巴带着老婆婆来到王宫前，毫不惧怕地当众说道："国王的神魂璁玉在这里。现在是兑现国王的诺言，把半壁江山分给这位老婆婆的时候了。"

一筹莫展的国王碍于臣民和眷属等人的面子，不得不将半壁江山分给老婆婆。从此以后，老婆婆也当起了国王。她对治下的穷苦百姓广施资财，使国政得以兴旺发达。

数 天 数

（波密县）

从前，在一个佚名宗里，有一位性情温和、公正廉明、对眷属及仆人和蔼可亲、宽厚仁慈的好宗本①，但宗本有一个残忍、贪婪、吝啬而又喜欢觊觎他人财产的管家。往常，如果管家在宗本面前胡作非为，宗本就会严厉地训斥他；所以，在宗本面前，他不得不装出一副比猫还老实的样子。

一次，宗本去外地办事。在这期间，管家竭尽全力欺侮和伤害宗本的眷属、仆人和百姓。等到宗本一回来，管家又装出一副善待和疼爱他的眷属、仆人和百姓的样子。在宗本的眷属、仆人和百姓中有个聪明机灵的人，很想把管家在宗本出门期间的所作所为向宗本告发，但一时没有得到合适的机会，不得不把话憋在心里，就如俗话所说，"肚里着了火，嘴里不冒烟"。

一天，宗本问管家："我这次出门，来回一共用了多少天？"管家吞吞吐吐，说不出准确的天数。

这时，那个聪明机灵的人觉得时机已到，便巧妙地说道："宗本大人，您这次来回整整用了六天时间。"他还伸出手指头，假装掐指算了算，说："管家，您无缘无故打我的那天是头一天，不给我们眷属和仆人饭吃的那天是第二天，在粥里放干肺、充作晚饭给我们眷属

---

① 宗本，相当于现在的县长。

机灵的人把管家所做的坏事数给宗本（白玛层培 绘）

和仆人吃的那天是第三天，您抢走我的羚羊角做的鼻烟壶的那天是第四天，昨天是第五天，今天是第六天。"听了这些话，宗本劈头盖脸地把管家大骂了一通，责令他把剩下的糌粑和工钱及时发放给眷属及仆人，以作克扣口粮的补偿；并让管家把从那个人手里抢来的羚羊角鼻烟壶还给了本人。

仆人们知道了事情的来龙去脉，都竖起大拇指赞誉这个机灵的人说："你数天数的做法实在管用，那可真是一石二鸟啊！"

对违背世间法则的惩罚

（波密县）

古时候，有一个做事细致而又争强好胜、一心想着积攒钱财的女人。

这个女人平时跟别人聊天时总是说："哎哟，睡眠这事情真是浪费时间，把整整半辈子白白荒废掉了。如果不睡觉，能多做多少事情啊！又能够积累多少财富啊！"

有一天，这个女人又跟别人聊起这些事儿，恰巧被一位医生听到。医生对女人说："话可不能这样说。俗话说'没有半生不靠睡眠、半生不靠水的人'，睡觉也是自然规律，人不能违背这个规律呀。"女人说："我可不懂什么规律不规律的。如果医生你有不用睡觉的药，我会付给你足够的药费。"医生说："我只有暂时不用睡觉的药，哪有一生不睡觉的药？就是有，也不敢给你。"

女人听了，斜着眼嘲讽医生道："医生，你只是配不出这种药吧！哪里是不敢给哟。"医生笑笑说："听说吃猫头鹰的大脑，晚上就会失眠。但到目前为止，还没有一个人向我要过这种药。"医生讲的"吃猫头鹰的大脑，晚上就会失眠"这句话，非常合这个女人的心意。因此，她托了多位猎人去抓猫头鹰。

一天，一位猎人抓到一只猫头鹰带了回来。这女人毫不犹豫地把猫头鹰的大脑全吃掉了。如医生所说，从此这个女人果然白天、黑夜都睡不着觉了。起初，她不分昼夜地干活。过了几天，她感觉身心疲

争强好胜的女子为了不睡觉，让猎人抓来猫头鹰（白玛层培 绘）

惫，干什么活都毫无力气。自此，不论是白天还是夜晚都睡不着觉的她，白天还可以跟其他人一起勉强干点活，晚上就开始为无法入睡而伤心不已。一天晚上，她无聊地到处转悠，爬上楼一看，人们都进入了甜美的梦乡，鼾声如雷；下楼一瞧，牦牛和黄牛全都在慢悠悠地回嚼着草料，舒舒服服地睡着；到骡马厩里一看，马和骡子全都竖着耳朵、闭着眼睛，美美地睡着；走出院门，风也无声无息地睡着了；白天欢畅跳跃的河流，此时也安静地流淌着，进入梦乡；甚至天上一闪一闪的星星，也放慢了眨眼睛的频率，甜甜地睡着了。她这才悲哀地发现，世界上除了她一个人，所有的动、植物都遵循着固有的法则，调整着生理平衡。她这才知道，自己受到了违背世间法则的惩罚。由此，难以言传的懊悔和痛苦，使她患上风疾，除双耳不分昼夜地嗡嗡作响外，别的什么声音都听不见。

这女人干了那么多活，既没能积累超过别人的财富，也没有任何幸福感，难以忍受的痛苦使她恨不能自杀。

焚烧羊毛团

（波密县）

从前，一对老夫妻养了一个如同心脏和眼睛一般珍贵的女儿，她是父母寄予一切希望的独苗。这位姑娘的容貌可与天仙媲美：身材挺直而又柔软，赛过南方沟谷林中的青竹；声音美妙而动听，能使林中的画眉鸟黯然失色。老夫妻只有她这么一个宝贝，总是惯着她，日常家务及农活都不让她干。姑娘渐渐丧失了勤劳努力之心，变得极其慵懒。

突然有一天，姑娘的母亲被阎王爷的绳索套住，极不情愿地撇下宝贝女儿和一生的伴侣，命赴黄泉。老太太生前准备用于织氆氇及给女儿和丈夫做袍子的碎羊毛，已被她梳理好，绕成一团一团的，一半已纺成了线，还有一半没有纺完堆在墙角。

一天，老父亲把姑娘叫到自己跟前，耐心而温和地说："女儿呀，姑娘应该是做家务活、农活和羊毛活的能手，不然嫁不出门，也不能持家。以前，爸妈宠你，别说粗重活，连羊毛活也没让你干过。现在，你已经 15 岁了，应该好好干农活和家务活，特别是羊毛活。俗话说：'男儿一十八，学会生意和打架。女儿一十五，学会酵酪和缝补。'你把你母亲还没有纺完的羊毛接着纺出来，到年底，给我俩每人做件袍子吧。"姑娘面露难色道："爸爸，我一直不会纺线呀！怎么织出做袍子的氆氇？再说，这么多羊毛何时能纺完？"老父亲说："俗话说：'没有不学而知的贤者，也没有学而不成的笨人。'你不可能学

依照父亲的教导，姑娘开始纺羊毛（陈秋丹、江村 绘）

不会纺毛线。你打小就聪慧机敏，一定能纺好毛线的。"说着，他怜爱地拍拍女儿的头就出去了。可是，被娇生惯养的女儿懒得纺毛线，把活一拖再拖，拖了好久。

过了些日子，老父亲看见女儿什么也没做，便严肃地说："女儿，你如果不能一天就纺完所有的羊毛，就每天纺一两团吧，总有一天能纺完的。"但是，姑娘把她父亲的期望和教诲当成了耳边风，就如投进海里的石子没有回响。

最终，老父亲完全失望了。他打起精神对女儿说："如果你懒得做纺毛线的活，那么从现在起，每天烧一团羊毛吧。"姑娘觉得，这件事做起来非常简单又容易。打那时起，她不间断地每天烧一团羊毛。等到把羊毛团全部烧光了，她就对自己的父亲说："这下，我把所有羊毛团都烧掉了。"见此，老父亲语重心长地说："你要是听我的话，每天一团不落地纺羊毛，现在也应该纺完了，就可以给我俩织暖和的袍子了。"

姑娘这才感到非常后悔和惭愧：自己每天烧一团羊毛，随后能烧完所有的羊毛团；那么，每天纺一团羊毛，也可以纺完了。从此，她认真听从父亲的教导，发觉不论是什么事情，只要耐心地、坚持不懈地干下去，总有一天会达到目标。

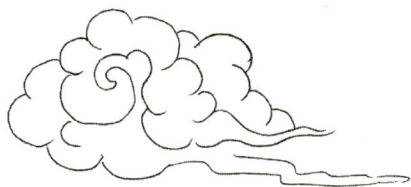

不加分辨的后果

（波密县）

从前，有个性情十分急躁而又非常傲慢自大的人。一天，他到森林里砍树，在林中藤蔓交织、小树缠绕的一条小路旁，用力抡起斧头砍一棵树，也不看清楚上下左右哪儿跟哪儿。此时，一位骑马人经过这条小路。

他发现傲慢人没有将砍下来的藤蔓清理干净，交织的藤蔓乱糟糟的，若是斧头被藤蔓绊住，很可能打到傲慢人的脑袋上。骑马者于心不忍，立刻停下马，好心地对傲慢人说："喂，朋友，如果你不清理斧头砍过的藤蔓，小心斧头打到自己的脑袋哟。"可是，傲慢人根本没有认真听，却认为骑马者在威胁自己，于是火冒三丈，瞪圆了眼，咬牙切齿，揉着肩膀大声吼道："他娘的，就你这么个倒霉蛋，居然命令我给你清理小路！你骑马，却让我清理'马路'，岂有此理！你愿意走你的路就走吧，不然，你再惹我的话，我就用手中的斧头，从你脑袋正中劈下去，让你的脑袋立即开花。"说着，就凶巴巴地扑向骑马者。骑马者吓得不敢再辩白什么，急忙扬鞭策马跑了。

骑马者走后，傲慢人更加激愤，使出浑身力气，将斧头朝树上砍去，结果被一根藤蔓绊住。斧子没有砍到树，却被藤蔓弹了回来，砍到了他的脑袋，血洒一地。傲慢人为傲慢付出了生命的代价。

有道是：

骑马者好心劝说傲慢的人，不要被斧头误伤（白玛层培 绘）

不对人言作分辨，无端发火是莽汉。
误将达兰判马路，结果伊命赴黄泉。

傻子的傻行

（波密县）

从前，有一个依山而建的村庄，村子东边有一大户叫村东府，村子西边有一富家叫村西府。两户人家不管是外面的田地还是家里的财产及各方面都不相上下，分不出孰贫孰富。

有一年，两户人家的女主人同时怀了身孕。因此，两家的男主人在小孩还没出生前就约定：如果一家生男孩、另一家生女孩的话，男方家就要迎娶女方家的女儿。打那时起，两家的男主人都希望自己的老婆生个男孩。有道是十月怀胎，终要分娩，在一个吉祥的日子，两家的女主人同时生下了孩子。正好，村东府生的是男孩，村西府生的是女孩。所以，在别人看来，将来村东府的男孩娶村西府的女孩是铁板钉钉的事。

然而，人有美愿，天意难测。随着年龄的增长，村东府的男孩越长越难看、越长越笨；而村西府的女孩则应了"女大十八变，越变越好看"的俗语，不仅长得貌如鲜花，而且聪明似鹞子。因此，村西府开始有了悔婚之意。村东府的男主人得知这个情况后，就让儿子尽量不出现在村西府的人面前，而且尽力隐瞒自己儿子有点笨头笨脑的缺陷。就这样日复一日、月复一月地过了许多年，两个孩子不知不觉已长到了18岁。已成为父亲左膀右臂的男孩那与生俱来的傻气和基因遗传的丑貌丝毫没有改变，而幽帘待嫁的女孩的美貌与聪明越发让人惊艳。

562

一天，村东府的男主人听到村西府的一头老犏牛死去的消息，想借此机会教儿子一套嘴上会说、脑子能使的本领，然后派到村西府去安慰一下，一来彰显儿子的聪敏，二来表达亲近。他想，若是儿子表现得好，村西府的女儿就有可能嫁到自己家；而且，女方家里还会有大量田地和财产做嫁资。这样一来，村东府就会变得比村西府富裕、阔气。想好了这一切，村东府的男主人把儿子盛装打扮一番，让他带上一罐青稞酒去村西府。行前，他反复交代儿子："到了村西府门口，你就哀号：'府上爸呀！'如果村西府的父亲出来看，你就问候：'爸呀，您贵体好吗？'这时，村西府的父亲肯定会叫你进屋。进去时，你要好好看着大门的门板说：'哦，爸呀，府上宅子大门的门板是用纯落叶松做的啊。落叶松虽然有些笨重，但非常坚硬，可以使用很长时间。'进屋就座后，你就说：'爸呀，俗话说得好，远亲不如近邻。作为邻居，不管遇到什么事情，我们都要做到同甘共苦。听说府上那头老犏牛死了，我今天特意过来劝您宽怀。按理说，老犏牛死在家门口，从头上犄角以下到腿脚以上都可以吃、可以用。如果府上打算把老犏牛的肉卖给别人，我家可以买一两条腿。'最后，你就把这罐青稞酒送上去，并说：'我得告辞了，家里要来一位客人。'说完就赶紧站起来，离开他家；不然待久了，你有可能出洋相。"如此这般，他又让儿子将这些话复述了一遍，等到儿子能把这些话说得一字不漏、倒背如流，方才让其出门。

　　男孩到了村西府的门口，就开始照他父亲教的那样做，一切都顺当，没有出任何洋相。因此，村西府的父亲就依约到村东府订了婚。双方家长按照风俗习惯，看了星辰，算了卦，把婚期定了下来。婚约既定，村东府的父亲夸奖并提醒儿子道："这次，你做得好，以后还要这样。这对你的未来有好处。"他儿子也因自己很快就要娶上媳妇而感到十分高兴。

　　临近婚期的一天，村东府的儿子得到了因村西府的爷爷突然去世，婚期只能延后的消息。他想："上次，我把父亲教的话一字不漏、准确无误地说了以后，不仅得到了夸奖，而且把我的婚事也确定了下

东府的傻儿子前往村西府家，却黄了婚约（白玛层培 绘）

来。如果今天我再去重复一遍，不但能得到更大的表扬，而且人家一定会早点把女儿嫁给我。"想到此，他问都没有问一下父亲的意见，就盛装打扮，带上一罐青稞酒和一陶壶酥油茶，径直去了村西府。

男孩到了村西府的门口，同上次一样喊："府上爸呀！"村西府的父亲到门口，把他迎进屋里。进屋时，男孩又好好看了看大门的门板，和上次一样说："哦，爸呀，府上宅子大门的门板是用纯落叶松做的啊。落叶松虽然有些笨重，但非常坚硬，可以用很长时间。"村西府的父亲听了，心里就想，村东府的这个孩子打小就有些傻里傻气，现在仍有点傻气啊。为什么要把上次讲过的话再讲一遍呢？进屋落座后，男孩从怀里掏出那罐青稞酒，从背上卸下那壶酥油茶，把上次老犏牛死后前来安慰时说过的话，一字不落地重复了一遍，还自以为聪明地把"老犏牛"改成"爷爷"，即："爷爷去世，哪有不悲伤的？不过，爷爷死在家门口，从头上的犄角以下到腿脚以上都可以吃、可以用。如果府上打算把爷爷的肉卖给其他人，我家可以买一两条腿。"最后，他还把那句"我得告辞了，家里要来一位客人"说成了"我得走了，不然会出洋相的"。傻子的傻行，致使村西府的人怒火中烧，跳起来骂道："该用尘土堵上你这个哑巴的嘴。我家死了人，你还说出这种不是人说的话，太不像话了！"说完，把男孩打出了家门。而两家的婚约也如五月的油菜花——黄了。

躲不开的因果

（波密县）

古时候，有一对手不离佛珠、口不离六字真言的老夫妇。他俩供养并经常向无量寿佛祈祷。夫妇俩只有一个独生女儿，因此，对她十分溺爱，夏天怕被太阳晒着，冬天怕被风吹跑，平常担心女儿饿着渴着，像爱护自己的眼睛一样呵护着女儿。这个女儿容貌出众而且能干，在家孝顺、服侍父母，在外不分贵贱，与所有人平等相处，是个品德优良、充满青春活力的姑娘。本国王子和一些贵族公子纷纷到她家提亲，可两位老人认为女儿是自己余生唯一的依靠，任谁提亲都没有允诺。姑娘也一心想着伺候父母，不想嫁人。

在离这家人不远处有另一户人家，生活着一个从不做好事、专事下流勾当、好逸恶劳的男人，人们都叫他"癞皮狗"。他听说那对老夫妇有个美丽贤淑的女儿，就狂妄地想：要是自己得到这么个姑娘，该有多好啊！为了一睹姑娘的芳容，有一天，他竟然摸到了姑娘的家。

到了姑娘家后，"癞皮狗"躲在窗户边偷听。两位老人正在谈论女儿的终身大事，只听老太婆对老太公讲："以前，王子和一些贵族公子曾来提亲，我俩没有答应。如今，我俩都年纪大了，来日无多，不能再为了我俩的余生，把女儿的婚事撂在一边。"说到这里，老太婆长叹一口气，又说："唉，我俩万一有个三长两短，女儿可怎么办呢？如何是好啊？不如在我俩死之前，把女儿的婚事办了，反正我

566

们的女儿不愁嫁不出去。要不，把一个合适的男孩作为上门女婿招进门来，对我俩也有个照应。"只听老太公也叹了一口气说："唉，这方面，我也想了很多，可女儿一心照顾我们俩，压根儿不愿意嫁人。如果我俩私自做主，把她嫁出去，如果日子过得不好，我俩该怎么办呢？"两位老人一时长吁短叹的，什么话也说不出来了。

过了一会儿，只听老太公像从梦中醒来一般说："要不，我俩这样吧：从现在开始，不分昼夜地祈求、供养无量寿佛。明、后天择个好日子，启禀、祈祷神佛，向无量寿佛问个卦。这样，女儿的婚事会有个明确的说法吧。"老太婆满意地回答说："要是这样的话，明天？后天？啊，大后天是吉日良辰。我俩到无量寿佛殿，向佛祈祷吧！"两位老人就这么作出了决定。老人的这些谈话被躲在窗户边的"癞皮狗"听得清清楚楚。他觉得自己幸运地得到了娶那个姑娘的好机会，便匆匆回家去琢磨实施阴谋的计划了。

第四天，"癞皮狗"起了个大早，赶在两位老人到佛堂前，躲在了无量寿佛像后面。过了一会儿，两位老人来到佛堂，点灯、供奉、点线香、熏焚香，然后跪在佛像前叩头礼拜："请三宝保佑！请无量寿佛保佑！我俩的女儿已经长大成人，该办婚事了，但不知该如何是好。曾经有过很多人提亲，但当时舍不得嫁出去。现在是把女儿嫁出去好呢，还是招个女婿好？如果嫁人，嫁给什么样的人好？请佛祖明示。"躲在佛像后面的"癞皮狗"清清嗓子，温和而又缓慢地说："姑娘还是嫁人的好。给姑娘提亲时，谁来得早，就嫁给谁吧。"两位老人以为这是无量寿佛开口说话了，便连连叩拜谢恩："请无量寿佛保佑！感谢明示、指路。"他俩满怀敬仰和欢喜之心，回家去了。

"癞皮狗"以为事已成，就回了家。次日，他背上一只装满水果的大箱子，前往两位老人的家提亲。尽管两位老人一见他心里就起疑，老太公还是对老太婆说："这个孩子看上去不像个好人，不过是无量寿佛预言的那个人，应该错不了。不要犹豫，把女儿嫁给他吧。"他们认真地叮嘱、开导女儿，并把她嫁给了"癞皮狗"。

"癞皮狗"背着箱子，领着姑娘到了离家不远处的河边，对姑娘

在佛前祈祷的老夫妇和躲在佛后的"癞皮狗"（白玛层培 绘）

撒谎说："你在这儿等一会儿啊。要是邻居知道我娶了你，肯定会有很多人过来看，家里没有准备。我先回家，搞完卫生，做好准备，就过来接你。"纯洁无瑕、没有丝毫心机的姑娘，相信了他的话，同意按他说的做。他怕姑娘逃走，就说："你这么待着，有可能被别人伤害。在我回来之前，你就待在箱子里吧。"说完，他把姑娘塞入箱子，盖上盖子，挖个沙坑，把箱子埋进去，自个儿回家去了。

"癞皮狗"走后，正好本国王子牵着虎狗和豹狗，带着随从大臣打猎回来。经过河边，两条狗突然左嗅右嗅，刨起沙子，沙底下露出一只箱子来。王子让大臣们打开箱子一看，发现里面是自己曾经提亲，却没有娶到的那位姑娘。问明缘由，王子发觉"癞皮狗"心怀歹意，企图欺骗姑娘，便下令将两条狗放进箱子，依旧埋在沙坑里。王子带着美丽的姑娘，高高兴兴地朝王宫方向走去了。

因家里空徒四壁，"癞皮狗"回到家里，只简单地搞了一下卫生，摆上东奔西跑借到的几件家具，又反复招呼左邻右舍说："今天，我要迎亲，你们谁都不许到我家。为什么呢？因为我媳妇是个非常厌烦、非常爱嚷嚷的人。今天，我家里不管怎么嚷嚷，你们谁都别管。"说完，就去接姑娘。

"癞皮狗"回到河边，把箱子挖出来，连盖子都没打开，就背着迅速回了家。回到家里，他把箱子放在地上，关上门窗，眼里闪着贪婪的光，匆匆地打开箱子。只见两条如虎似豹的狗从箱子里钻了出来，没等他反应过来，就把他摁在地上，狠狠地撕咬起来。"癞皮狗"措手不及，左躲右闪，满屋子响起震天动地的狗吠声和他的叫声。可是，因为他早已向乡亲们打过招呼，人们只是在外头听着，谁也不理睬。最后，这个满肚子坏水、残酷无情的"癞皮狗"成了两条猎狗的美食。

王子和姑娘一行到达王宫时，因为之前就向她家提过亲，所以，国王和王后都感到高兴。国王吩咐大臣们准备王子的婚事，并宣布选个良辰吉日举行婚礼。在一个风和日丽的良辰吉日，国王和王后为王子举行了隆重的婚礼，并且把姑娘的父母也接过来，与他们共享幸福美好的生活。

金鸟和玉鸟

（墨脱县）

从前，在一个地方的谷底住着一户人家。这户人家的父亲在儿子很小的时候就去世了，家中只剩孤儿寡母两人相依为命。勤劳的母亲在家操持家务。聪慧的儿子继承父业，把南方的商品运到北方，把北方的商品运到南方贩卖，使这个家过上了富足的生活。

男孩成人后，与附近的一位姑娘自由恋爱并结了婚，没过多久，先后生下了一男一女两个孩子。成为爸爸的男孩依然到外地做生意，他的母亲和媳妇务农放牧、照看孩子，家境变得更加富裕了。

由于媳妇的娘家家境差，男孩的母亲一开始就对这门婚事不满意。一天，为了给儿媳妇补身子，母亲要煮鸡蛋，却专门捡些快要孵出小鸡的蛋让她吃。儿媳不想吃，可婆婆硬逼着她吃。没过多久，儿媳的肚子疼得很厉害，她不知道是肚子里的蛋孵成了雏鸡。时间如流水一般，很快就过去了。在将满 21 天的孵卵期时，儿媳的肚子更加疼痛难忍。她叫来儿子米玛贵杰说：

儿子我的好乖乖，快到妈妈身边来，
坐到妈妈的右侧，听听腹内何声哉。

米玛贵杰把左耳贴在母亲的肚子上，听到母亲腹中响起小鸡的叫声，便说：

妈妈妈妈疼不疼？腹内似是小鸡声。

孵期快到二十一，应是小鸡在叫鸣。

"我怀的千万不能是小鸡"，儿媳安慰着自己，又喊来女儿米玛普尺说：

> 宝贝女儿听我言，快快爬到房顶檐，
> 若见爸爸把家返，叫他快来莫迟延。

米玛普尺爬上房顶，遥望父亲是否回来，却不见父亲的影子。她迅速从房顶上下来，流着泪水问：

> 母亲大人听我言，父亲身影等未见。
> 母亲能否忍疼痛？要不儿去把医延？

她母亲答道：

> 米玛普尺好乖乖，不要难过到这来。
> 听到小鸡叫声没？妈妈怀的是怪胎。

米玛普尺流着泪说：

> 回应可怜慈母亲，你的疼痛碎儿心。
> 孵期快满二十一，我也听到鸡叫声。

他们毫无办法，屋子里充满了哭声。儿媳的疼痛越来越厉害，实在难以忍受，就给两个孩子留下遗言道："妈妈死后，把妈妈身上的肉和骨头一起砸碎，放进松耳石做的棺材里供养；等到藏历十五日晚上，月亮升起来时，再把棺材打开。"她心里牵挂着丈夫和孩子，带着深深的眷恋断了气。

两个孩子按母亲遗言供奉起母亲的遗体，同时等候着父亲归来。终于有一天，他们的父亲回来了。他了解到妻子惨死的原因后伤心欲绝，叮嘱自己的两个孩子说："爸爸死后，也把爸爸身上的肉和骨头一起砸碎，放进黄金做的棺材里。直到次月十五日之前，把棺材放在

米玛贵杰和米玛普尺兄妹俩按照父母的遗言打开他们的
棺材后，飞出金鸟和玉鸟（白玛层培 绘）

你们母亲的松耳石棺材旁供养。等到再下个月十五日，月亮升起来时，跟你们母亲的棺材同时打开。棺材一打开，你们俩就使劲向神、三宝祈祷，一起喊'金鸟飞，玉鸟飞'。"被悔恨与痛苦折磨得骨瘦如柴的他，不久也去世了。

两个孩子认真遵循父母的遗嘱，办理了后事。等到两个月后的藏历十五晚上，随着月亮从东方山巅缓缓升起，两个孩子同时打开了黄金棺材和松耳石棺材。霎时，一只金鸟和一只玉鸟从棺材里飞了出来。两个孩子齐声喊道："金鸟飞，玉鸟飞！"那两只鸟绕着从前自己的房子转了一圈，又朝母亲大人房子的方向恭敬地点了几下头，鸣叫着，双双欢快地飞向南方的森林。

聋子朋友探病

（波密县）

从前，有两个非常要好的朋友。他俩可谓同甘共苦、肝胆相照、同心同德、亲如一人。

由于他俩有一段时间没见面了，有一次，小龄友听说大龄友身患重病、卧床不起，刚正不阿、情重如山的小龄友想去探望、安慰大龄友。可是，小龄友的耳朵本就有点背，前不久病情加重，别人说的话听不大清楚。因此，他非常担心前去看望、慰问好朋友时，互相交流不方便。想来想去，小龄友觉得就算不能听清朋友说的话，还可以根据他的表情和看望病人时的基本用语，把话尽量往好处说，不让朋友厌烦、伤心就行。

第二天，小龄友带上礼品去慰问大龄友。他一到大龄友那儿就说："我得知你得了重病，马上赶过来探望。你的病情好些了没有？"大龄友皱着眉头答道："我的病情越来越重，根本不见好转。"耳背的小龄友虽然什么也没有听到，但他猜想对方会说"病情有所好转"，于是就应道："那就好。"大龄友听了，心里很生气。小龄友又问："那么，你看的是哪位医生啊？"大龄友没好气地回答说："我看的是欣吉曲杰，正迈向地狱狭路。"小龄友没听见前面的"欣吉"二字，只是隐隐约约听到后面的"曲杰"一词。正好当地有个叫曲杰的医生，小龄友以为在看那位医生，就一副满意的表情说："哦，据说那位医生医术高。你就继续好好看啊！"他接着又问："医生给你开了些什么好

574

耳背但重情的小龄友，连猜带蒙地回答重病朋友的话（白玛层培 绘）

药呢?"大龄友带着怒气答道:"医生给开了乌毒。"小龄友觉得肯定是个好药,就说:"那个药确实好。你别嫌苦,继续好好服用哦。"大龄友心想:"我患重病的时候,连朋友也这样对待我。"他都快要气炸了肺。因此,整个人都颓废下来,病情也加重了。被病魔折磨得卧床不起之时,大龄友心中燃起一股强烈的寻求康复的火焰,但虚弱的病体毫无力气。

打那时起,大龄友暗暗下定决心:"我得强迫自己好好吃饭、服药,等把病治好了,要狠狠报复一下这心思歹毒的朋友。"往后的日子里,由于他坚持认真按时吃饭、服药,疾病很快痊愈了。

一天,大龄友去找小龄友报仇。大龄友问:"喂,哥们儿,上次我正被病痛折磨的时候,你为什么要说那么恶毒的话?"小龄友解释道:"我没有故意对你说任何恶毒的话,只是因为我的耳朵不好使,现在病情又加重了,所以根本没有听清楚你说什么,只是连猜带蒙地回答。我可能说了些冒犯你的话,还请好哥哥多多担待。"

听了小龄友的解释,大龄友仔细想想,觉得有道理。他继而想到:"如果不是小龄友对我说那些话,我的病恐怕到现在还没有好哪。因为误解和为了对他进行报复,我才迫使自己好好吃饭、服药。现在,病治好了。其实,真正恶毒的是我自己,而不是朋友。"从此,他更加喜欢聋子朋友了。

撒谎的后果

（工布江达县、米林县、巴宜区）

古时候，工布地区有一位非常喜欢箭法的老汉。老汉有一个相貌漂亮、性格温柔、勤劳能干、尊敬长辈、如同天上的仙女下凡一般的姑娘。

姑娘到了考虑婚事的年龄。尽管有很多想娶她和愿意入赘到她家当女婿的人可供选择，可是因为老汉十分喜欢箭法，对女儿的婚事有自己独特的想法。他经常对别人讲："我的姑娘既不嫁给权势熏天的公子，也不嫁给拥有万贯家财的骄儿。若能遇到一个长于箭法的、勇敢的青年英雄，就招他为女婿，以承继家风。"

此话传到住在不远处的一个精于撒谎的年轻人耳朵里。善谎者想，要是能成为那个天仙姑娘的丈夫该有多好啊！他眼前出现了用各种撒谎手段成为姑娘丈夫、继承老汉家业的幻象，并想出了多种欺骗的办法。

一天，善谎者在林中布下很多捕鸟的套索，套住了一只羽毛非常美丽的山鸡。他盛装打扮，腰间别上弓箭囊，骑上一匹善跑的马，把羽毛美丽的山鸡揣在怀里，直奔非常喜欢箭法的老汉家的方向而去。

善谎者到达老汉家门口后，从箭筒里抽出一支箭，插在山鸡的脖颈上，作出箭从山鸡脖子前面射穿到后颈的样子，把它扔到老汉的院子里。然后，善谎者右手握着弓，左手牵着马，使劲敲老汉家的门。当老汉开门出来看的时候，善谎者恭敬地说："老大爷，打扰了，请多多原谅！刚才，我骑马从大路上走过时，发现一只奇怪的山鸡从天上飞过。我就边骑马边瞄准山鸡的脖子射了一箭。山鸡被射中，掉到老大爷你家的院子里了，请把山鸡的尸体和那支箭还给我好吗？"老汉环视了一下院子，果真看见一支箭插在山鸡的脖子上，那只山鸡正挣扎蹦跳着。老汉把山鸡和箭还给善谎者，心悦诚服地把他迎进家里，拿出好吃好喝的，热情地接待了他。

老汉与这个年轻人谈论起箭法。善谎者谎称自己的箭法非常了得、举世无双。老汉心想，这个年轻人不正是适合当自己女婿的人吗？可老汉心里又想，俗话说得好："大事得谨慎，佛经要深悟。"女儿的终身大事不可操之过急。这个年轻人是不是箭法高超，还需进一步了解。这时，老汉恰巧从窗子里望见一群野鸭飞到了房前的湖中。这正好是考察这个年轻人的箭法是否娴熟、高超的机会，他便对善谎者说："喂，小伙子！那边的湖里来了很多野鸭，你去射一只带过来。"善谎者虽然心里很紧张，但不得不带上弓箭到湖边去。站在湖边，他巴不得这群野鸭赶紧飞走。他把一支箭搭在弓弦上，拉一下又松一下地磨蹭着。见他犹豫不决的样子，老汉想明白了，这个人别说是箭法高超，恐怕连箭都不会射，就气呼呼地大声质问："喂，你在干什么呢？"听到"喂"的一声，善谎者一紧张，箭从手指间滑了出去，侥幸射中了一对栖息在一起的野鸭，来了个一箭双"鸭"。善谎者把野鸭的尸体拿到老汉跟前说："老大爷，要不是您着急，我想一下子射死九只并排的野鸭哪。可是因为您着急，我只射死了两只并排的。"

喜欢箭法的老汉又一次被蒙了过去，他还以为真的是善谎者箭法高超，就说："我年轻的时候，虽然在当地是个箭法出了名的人，可是没法与你比。我根本不能骑着马射死正在天上飞的山鸡，也没有一箭射死两只野鸭，甚至射死九只并排的野鸭的能耐。"黄铜混金，铅充银子。善谎者的野心愈发膨胀，但他佯装温和、谦虚的样子说道："老大爷，我怕说多了有关自己箭法高超的事情，有自吹自擂之嫌。老实说，今天老大爷您所看到的不过是些雕虫小技，不值一提。我曾

经到上部草原杀死过野牦牛，到南方沟谷杀死过猛虎。特别是杀猛
虎，我的勇气和胆略还真的没人能比。一般来说，猎手在杀老虎时用
的是埋地箭、射暗箭等手法。可是，我杀老虎时直接跟猛虎搏斗。向
老虎射一支箭，老虎被激怒后，它会向我扑过来。这时，要沉着冷静
地攥紧拳头，纹丝不动。等到猛虎靠近，立即跳起来，把硬如岩石的
拳头砸向猛虎的鼻子，它就会窜过去。这时，你得马上抽出一支箭，
朝猛虎的屁股放一箭，就会更加激怒猛虎，它会反扑过来。就这样，
猛虎扑过来，用拳头打它的鼻子；猛虎窜过去，朝它的屁股射一箭，
直至把它打死。等把猛虎杀死后剖腹时，可以从它的腹中取出断箭。
有的箭像吉达①粘在棍头。"诸如此类，善谎者谎话连篇。老汉相信了
他的谎话，五体投地地说："你不仅是工布地区，而且是全藏都无人
能比的箭法高手。你愿意做我的女婿吗？"善谎者思忖："这下，我的
所有心愿都有望实现了。"他虽欣喜若狂，但表面上装出一副沉稳的
样子说："老大爷，俗话说：'只能顺从命运，哪能全由心意。'以前，
我心里没有一位满意的姑娘。这回，老大爷您把女儿介绍给我，这有
可能是前世的缘分。尤其是老大爷您对我如此真诚、信赖，我就不敢
再拒绝了。"老汉喜出望外，就说："打虎英雄，你已经被确定为我的
女婿。明天，就到寺庙看看星辰会合顺逆，尽快办理婚事吧。"他还
热情地把善谎者留在家里过夜。

　　次日，老汉和善谎者到寺庙里算完婚礼日期和星辰会合顺逆，回
来时路过一处宗府城堡。他们看见一群人围在宗府大门前看一纸告
示，便也凑过去看。告示称："近来本宗境内来了一只食人母老虎，
它不但阻挡恐吓成千上万的过往行人，而且还造成多人死伤。若有打
死此虎者，必将宗谿②土地的三分之一赏与此人，给予其他丰厚的奖
励，并授予'杀虎英雄'之称号。"老汉果断地把告示揭下来撕了个
粉碎。宗府里的几名捕快冲过来，把老汉扭住，押到宗本跟前。宗本

---

① 吉达，工布地区一种食物的名字。

② 宗谿，旧时的县府和庄园，此处应为县府。

善谎者敲锣，遇到母老虎丧命（白玛层培 绘）

威风凛凛地问:"喂,像你这么个老头能杀死母老虎吗?"老汉答道:"老汉我已年逾花甲,勇气散失,气力衰退,已经没有杀死食人母老虎的能力。可是,我女婿是个箭法和胆量都过人、曾经杀过两三只老虎的年轻汉子,杀只食人母老虎不成问题。"宗本马上把善谎者叫到跟前说:"听说你是个杀虎英雄。这次杀死食人母老虎,需要什么武器和助手尽管讲,宗里可以考虑。"听到让自己去杀老虎的命令,善谎者惊恐万状,浑身发抖,脸上冒出大滴汗珠。正如俗语所说,"攥着烫手,松开罐破",善谎者遇到了难题:如果不答应杀老虎,他已经多次夸过海口,而且没法得到那个天仙般的姑娘;如果答应吧,别说是打死老虎,他听到老虎的叫声都吓得魂飞胆丧,更怕自己被老虎吃掉。想到这里,善谎者一时连话都说不出来。看到这一情形,宗本对善谎者产生了怀疑,就问道:"你身体发抖、脸上淌汗是怎么回事?"善谎者又开始说起谎话来:"宗本呀,我的身子发抖不是因为怕食人母老虎,而是为食人母老虎给那么多人造成重大伤害而气得发抖;脸上出汗更不是因为害怕,而是现在就为打老虎鼻子攥紧拳头才出的汗。我除了需要 10 个打老虎的助手和一面声音最清脆的锣,其他什么武器都不要。"他想,一敲锣,母老虎准会被吓跑。就算跟母老虎打起来,如果只有很少的兵,他们会认为不能对付母老虎,肯定要逃跑。这样一来,杀不了母老虎,自然会找到借口。

宗本按善谎者的请求,给他派了 10 个士兵,又给了一面上等的寺庙用锣,让他前往食人母老虎出没的地方去打虎。到了目的地,善谎者决定派那 10 个兵到右面,自己去左面。他对士兵们讲:"我若'喤——喤——'地缓缓敲锣,说明没有找到母老虎,你们就要抓紧找;我若'喤喤喤'地急速敲锣,说明正在跟母老虎搏斗,你们就放心地休息吧。"士兵们也同意这么做,然后分头走了。善谎者来到左面开始'喤——喤'地敲起锣,以为母老虎听到锣声准会吓得往右面跑。然而恰恰相反,那只食人母老虎循着锣声跑了过来,正好与善谎者相遇。一见母老虎,善谎者就使出所有力气,急促地敲起锣。那只母老虎更被激怒了,朝善谎者扑了过来。此刻,他的助手——10 个士兵都在休息聊天，悠闲地待着。善谎者越是敲锣，食人母老虎就越被激怒，扑到他身上猛撕狂咬，瞬间夺走了他的生命。

　　善谎者在奄奄一息之际，想到谎话让自己付出了生命的代价，感到无比懊悔，但就像谚语所说："事前考虑是智者，事后后悔无益处"，这时后悔压根儿于事无补。

经堂护法唉嘎杂帝

（巴宜区）

在巴宜区坛堆村的祭神经堂里，有位半边是人形的护法叫唉嘎杂帝。护法为啥长成这样？民间流传着一个故事。

当年在建造桑耶寺的时候，总是受到妖魔鬼怪的破坏。人们白天建好的工程，妖魔鬼怪就在夜里毁坏，致使工程一再延误。是哪个魔鬼作乱？赞普赤松德赞查了许久也没有查出来，于是向莲花生大师禀报。大师决定设计找出作乱者并给予严惩。

一天，莲花生大师将西藏的凶神恶煞们传讯于大桑耶圣地。大师向它们训示说："我的金刚杵遗忘于无极大海那边，谁能速去速归，取回法器？"鉴于无极大海路途遥远，有的凶神恶煞说需要一年的时间，有的凶神恶煞说需要几个月的时间，也有的凶神恶煞说最起码需要几天的时间。正在诸神争论不休之际，妖仙唉嘎杂帝一脚踏在大桑耶圣地，一脚踏在无极大海那边，迅速取回了金铸的金刚法杵，敬献于莲花生大师尊前。

此时，莲花生大师已然明白，桑耶寺之乱是此妖所为。此妖既然有如此大的神灵变法，今后必将给人间带来诸多危害。大师一边说"你的神灵变法威力真大"，一边举起金刚法杵朝着这妖仙的头部劈去，唉嘎杂帝的身体被劈成两半。大师下令："从今以后，把你放在袖筒似的山谷里，不得随意乱跑！"他封妖仙唉嘎杂帝为工布地区坛堆村祭神经堂的护法神。

莲花生大师降伏妖仙唉嘎杂帝（扎西泽登 绘）

现在，人们在供奉唉嘎杂帝时，要口念"独齿独眼独剑仙，自然
女王唉嘎杂帝仙"等颂词。这说明，唉嘎杂帝的确是个独眼独齿的半
身护法。

584

仁青崩日山为何又称比日神山

（巴宜区）

在工布地区，有座享有盛名的仁青崩日山（意为堆宝山），又称比日神山（意为猴子山）。现在，人们把这座山统称为比日神山。此山位于林芝市东北方约2公里处，海拔约3330米，是林芝有名的旅游景点。仁青崩日山为何又称比日神山呢？这里面有一段悠远的故事。

相传在遥远的洪荒时代，此山是雪域杂日神山（西藏南部地区一大神山之名）的一座子山。杂日大神从印度云游到雪域西藏来寻找人间的香巴拉时，圣母为了迎接杂日大神准备了帐篷，用法术从空中向下撒定桩和绳索，其中的北桩后来变成了此山。

由于此山属于神胎仙骨，所以，常年云雾缭绕，祥彩纷呈，鸟语花香，清泉四溢。后被魔王恰巴拉仁看中，作为魔宫。

苯教祖师顿巴辛绕·米沃切南下传法时，在工布地区受到魔王恰巴拉仁的阻挠。两人斗法后，恰巴拉仁逃匿于此山。祖师环顾四周，发现此山有大量珍宝，就判定魔王藏匿于此。祖师在兴奋之下高呼"仁青崩日"，不料让魔王闻声潜逃。后来，祖师降服了魔王，封恰巴拉仁为此山护法，专门护佑工布人民。

在藏传佛教的前弘期，莲花生大师也来到工布地区传法。大师见此山地形殊胜，决定在此建一拉康，作为此山开光之所。在选择吉地时，大师犯了难——此山吉地太多，一时难以决断。大师正在踌躇之

五只猴子引领莲花生大师确定建寺的吉祥之地（扎西平措 绘）

时，来了五只猴子。大师明白这是佛祖借意提示，于是在猴子的引领下确定了吉地。拉康建成后，被大师赐名比日（猴子）拉康；此山开光后，也就自然成为比日神山了。

如今，在此山南部的岩山顶部，仍然留有多处清晰的莲花生大师坐、站像等遗迹。在此山东、南两个方向，有圣母留下的槽坊和格萨尔王坐骑之蹄印及神龟的遗迹等，供香客和游人朝拜与缅怀。

达拉玉苏节的来历

（林芝县）

每年藏历五月十三日，巴宜区巴吉村都在世界柏树王园林隆重举行达拉玉苏（神马献玉）民俗节活动。这个节日是如何产生的呢？

那是很久很久以前的事。一天，巴吉村定本（意近村长）的公子到山里去狩猎。当时还没有猎枪，只是靠弓和箭来猎取野兽。公子在山上转了一天，也没有找到任何野兽，只好空手回家。回家的路上，他突然发现在夕阳照耀下，一块巨石上有无数玉石发着光。他哪里知道，这块巨石是圣母的晒玉槽，面积大约有一间房子的房顶那么大。公子赶紧把箭套中的箭全部抽出来扔在树林中，把玉石全部装进自己的箭套里。他正准备离开时，被圣母和土地神发现，并在其后紧追不舍。公子只好边逃边从箭套中把玉石一把一把地扔在地上。最后，他无奈地挥了挥空箭套，大声喊道："你们的玉石全在地上！"圣母听到此言便停止了追赶，捡完地上的玉石就回去了。

公子回到家之后，看了一下自己的空箭套，发现在箭套中还剩一枚小玉石。后来，他将那块小玉石嵌在马鞍上做装饰。为纪念这块来历不平凡的宝石，巴吉村形成了举办达拉玉苏节庆活动的惯例。

达拉玉苏节的程序是：首先有一名乡望牵来一匹最好的骏马，并给马配上一套最华丽的鞍具；然后，由一位年轻力壮的男子身着白色藏袍，牵着马在场上转悠（此时若是看见骏马汗流如注，就说明请到了阳神，众人则及时煨桑）；最后，全村的男女老少都翩翩起舞，其

穿着白色袍子的男子牵马恭迎珀拉神（扎西泽登 绘）

中，男人们用说唱形式赞颂宇宙形成史和历代王传等，也唱有训示告诫性质的歌谣。余兴节目是大家一起跳工布的卓舞。此项活动历时一天。活动的经费由本村村长承担。

那颗不凡的小玉石还在，是巴吉村的传村之宝。

世界柏树王园林的传说

（巴宜区）

在林芝市以东8公里的巴宜区巴吉村东北方的山脚下，生长着一片巨大的柏树林，其中一棵巨柏的树龄已有2600多岁，被专家确认为世界柏树之王。此种柏树学名为雅鲁藏布巨柏。科学家认为，世界柏树王园林是由于印度洋暖流驻留于此，气候适宜柏树生长而形成的自然景观，但在老百姓那里有另外一种传说。

当年，坚固永恒之源的苯教祖师顿巴辛绕·米沃切为弘扬圣教，亲自南下传法，在工布地区受到了魔王恰巴拉仁的阻挠。在多次协商无果的情况下，两人决定在此比武艺和法力以决纷争。方式就是他俩各自拔下一撮头发置于此地，看第二天头发变化的情况。结果是，尊师顿巴辛绕·米沃切的那撮头发一夜间变成了高大的柏树林，而魔王恰巴拉仁的头发则刚从土里冒头。魔王自知不敌，逃匿而去。苯教自此在工布的大地上开花。

据说1717年，准噶尔部落首领策旺阿拉布坦入侵西藏时，巴吉村附近有位富家公子决定当兵参战。临出发前，他去祭拜神树，并捡了神树的九颗九眼籽用一块绸布包起来，挂在自己的脖子上。谁料，他在战场上竟然刀枪不入。而后，来此地旅游或朝圣的人们，都要捡拾一些柏树的籽粒，当成宝贝带回家乡。此乃后话。

苯教祖师顿巴辛绕·米沃切与魔王恰巴拉仁斗法（扎西泽登 绘）

590

因一章喀丢掉性命

（波密县）

从前，一个村子里有两个单身汉，他们是一墙之隔的邻居。

有一天，单身汉甲出去打工，得了一块章喀①。他从工地回到家后，为了向单身汉乙炫耀，就把手中唯一的那块章喀不断地大声重复数着，数出了百位数。这时，碰巧一个小偷来到他家门口。小偷听到数钱的声音，心想："这个人有这么多钱，我得想个办法把他弄死，钱就全部落到我的手中了！"接着，他偷偷地进屋，把单身汉甲杀害后找钱。结果，单身汉甲手里只有一块章喀。小偷懊恼地想，为了一块章喀，夺了一条人命，罪过太严重了。他非常后悔地在单身汉乙的门上写下："因一章喀，丢掉性命。请你帮我多为他念六字真言。"

---

① 章喀，为一种小面值藏币。

小偷在门后偷听单身汉甲数章喀（白玛层培 绘）

骰子的如意妙果

（巴宜区）

从前，有两个姐妹，姐姐叫拉吉卓玛，妹妹叫拉姆卓玛。姐姐拉吉卓玛在父母辞世前已经嫁入富裕人家，吃穿都用不着担忧。妹妹拉姆卓玛还未长大成人，父母去世后，她只能以乞讨为生。

一天，姐姐拉吉卓玛在院子里梳头，正遇妹妹拉姆卓玛来门口要饭。拉姆卓玛从门缝里看见自己的姐姐，就像见到父母一般，无比高兴地问道："姐姐，你还好吗？"姐姐拉吉卓玛一听见妹妹的声音，一股火气和憎恶感立刻涌上心头，她愤愤地说："看到你，我哪能安逸、愉快？我不是你这个乞丐的姐姐。从今天起，你别叫我姐姐，我不好意思见人。"拉姆卓玛可怜巴巴地乞求说："姐姐，你可别这么说。我如今成了个没爹没娘的孤儿，现在肚子饿得很厉害，口也渴，请给我一点茶和糌粑吧。就算你对我没有感情，也应该看在父母的份儿上，爱护我、帮助我吧！"

拉吉卓玛气得火冒三丈，用糌粑皮囊装了一点儿糌粑，往一个豁口碗里倒上茶，放到门外，大声说："呀！看在父母的面子上，给了你糌粑。你这个乞丐从今往后不要再到这里来要饭，现在马上给我滚！有你这样的妹妹，我见了外面的左邻右舍会不好意思，在家里的丈夫和老人们面前也抬不起头。你像父母在世时那样，把我们的家支撑下去不好吗？"拉姆卓玛伤心地流着泪水，委屈地拿上糌粑皮囊，喝掉那碗茶，就到别的地方去了。

拉姆卓玛走啊走，来到一处陡峭的山路上。她坐下来想吃一口姐姐给的糌粑，就把糌粑皮囊拿了出来。可不幸的是，她一失手，糌粑皮囊从陡峻的山上滚了下去。她万分惋惜，心想："这是姐姐给的。姐姐在别人家当媳妇，因为我的原因常常受到大家的歧视。而我年纪小，又是一个人，毫无持家的能力，才沦落到现在这等境地。"拉姆卓玛提了提神，走下山坡去找糌粑皮囊。糌粑皮囊掉到了一个岩洞里。她走进岩洞，发现里面空空如也，而且漆黑一团。拉姆卓玛正为找不到糌粑皮囊而苦恼的时候，突然看见一个老太婆拎个空袋子走过来，坐在她的身边。她又惊又怕，喘不过气来。老太婆长着长牙齿，留着长指甲，头发比海螺还白，还少了一条腿，不过，还能跑东跑西地走动。老太婆语无伦次："啊啧啧，这是什么呀？真恶心。"紧接着，她又说："我还是吃饭的好，饿坏了。"然后，她又自言自语："满足一切愿望的方块骰子、好心帮助他人的方块骰子、遂心遂愿的如意之宝方块骰子，你把好吃的糌粑和美味的茶、酥油、奶渣等等都给我这个老太婆吧。"说着，那个空袋子里马上出现了丰盛的食物，老太婆享用着那些食物。拉姆卓玛看着，感到非常奇妙。当时，拉姆卓玛饿极了，就大着胆子偷吃了老太婆的一点儿酪糕，可老太婆居然没有发现。拉姆卓玛接着又吃了老太婆的肉和糌粑，也没有被老太婆察觉。拉姆卓玛仔细一瞧，才发现老太婆原来是个瞎子。一会儿工夫，所有食物都被吃光了。老太婆摸摸空口袋说："啊啧啧，今天是怎么啦？所有食物都吃完了，可我这个老太婆压根儿没有吃饱呀！哎呀，算了，我要走啰。"说着站起身，瞬间就消失了，她的骰子却落在了那里。

　　拉姆卓玛拿上老太婆的骰子回家了。从此，她过上了衣食无忧、幸福美满的生活。

　　一天，姐姐拉吉卓玛上街，听到两个人交谈说："一个叫拉姆卓玛的姑娘过去是要饭的，如今突然变成了富人，继承家业的也只有她一个人。"拉吉卓玛听了，半信半疑，于是找了个机会回家去看。出乎她意料的是，妹妹拉姆卓玛吃穿不愁，还把以前的破旧房子拾掇

妹妹拉姆卓玛沦落为乞丐，到姐姐拉吉卓玛家要饭（白玛层培 绘）

得干净华美、惬意温暖。见到姐姐，妹妹拉姆卓玛问候道："姐姐，你好吗？"姐姐拉吉卓玛答道："我不好。如今，这日子也过得很一般。妹妹，你看在父母的份儿上，把怎么快速富起来的办法教给我吧。"妹妹拉姆卓玛把自己经历的事情从头到尾告诉姐姐后说："我可能是前世的造化好。姐姐你有足够的财产，没有效仿我怎么致富的必要吧？你如果要像我一样想得到如意妙果，万一有个什么闪失可得注意呀。我就是这么走运，谁知道是不是人人都这么走运？要是不积蓄资粮福德，也就不可能有所谓的运气，所以，各方面都要注意哟！"

　　虚荣又贪婪的拉吉卓玛，拼命跑到那个岩洞里。黑暗岩洞里的那个老太婆，已经变得瘦骨嶙峋。她闻了闻拉吉卓玛，说："今天闻到了人的气味，莫不是偷我骰子的人吧？"说着，她把拉吉卓玛抓起来，凶狠地说："很长时间没有吃到人肉、喝到人血了。今天，我要吃热气腾腾的人肉，喝滚滚烫烫的人血。"她露出獠牙，伸出爪子，现出女妖的原形，将拉吉卓玛吃了个干净！

寻 梦

（波密县）

从前，有一位国王。他拥有一群文韬武略的大臣，还有宽阔的疆域、众多的百姓、强盛的国力与和睦的家庭。按理说应该非常幸福，可是，他经常被担忧和疲惫困扰着，总也无法感受到幸福。

一天夜里，国王梦见一个人认认真真、反反复复地对他说了一些话，并叮嘱道："你只要牢牢记住这句话就会永远幸福，而不会有一点儿痛苦！"梦中的国王认为这句话说得很有道理，但第二天醒来后，怎么也想不起梦中人说的最关键的前半部分话。

附近的寺庙里有一位学识非常渊博的喇嘛。国王把那位喇嘛叫到自己跟前，将事情的来龙去脉仔细讲了一遍，请求他无论如何也要把梦中说的话找回来。喇嘛对国王的心事知道得清清楚楚，却没有立即讲出来，而是语气温和地说："找回您的梦很困难，不过，可以把您的一条靴带给我。今晚，我把它放在枕头下面试一试。"国王就把自己的一条靴带交给了喇嘛。

次日一早，喇嘛就赶到国王跟前，把一张纸片呈给他。国王看了一眼纸片，惊异地重复问："梦里人说的就是这句话？就是这句话？"喇嘛在那张纸片上写的是："舍得，便是幸福！"

国王让学识渊博的喇嘛帮助找回梦话（白玛层培 绘）

598

狡猾的商人

（工布江达县）

古时候，有个狡猾、奸诈、善于欺骗的商人名叫曲桑。一次，他得知天竺人喜欢吃大肉罐头，可以卖个好价钱，就想着去骗天竺人的钱。他准备了一麻袋大肉罐头，看似很多，其实，麻袋里只有一听真正的大肉罐头，其余的都是假货。

曲桑背着大肉罐头，在乡亲们面前吹嘘着，从家乡出发到天竺做生意去了。到了天竺边境，他找到一个房东借宿。在房东家，他与一个准备到西藏做买卖的天竺商人相遇。那个天竺商人也跟曲桑一样，是个非常聪明、狡猾、机灵的家伙。

天竺商人听说银刀在西藏很时髦，可以卖个好价钱，便准备到西藏做生意。他的刀子中除了一把是真的银刀，其余的都是涂抹了银粉的假刀。他俩煞有介事地谈论了很多有关天竺和西藏的贸易。曲桑有很多大肉罐头要卖，天竺商人又有在西藏畅销的银刀要卖，他俩最终决定相互交易。

天竺商人从麻袋里取出刀来，让曲桑看刀的质量如何，曲桑看后很满意。天竺商人将其中一把刀子拿回去并说："我不带一把刀不行，路上要对付来自强盗的威胁，带把刀防身！"他把唯一的一把真银刀带在了自己身上。曲桑也效法天竺商人，拿出一听罐头说："这个，我要带着在路上吃。"他把那听唯一的真罐头留给了自己。不想这时，天竺商人起了疑心，他对曲桑说："打开一听罐头吧，我要看

狡猾的曲桑与天竺商人互相施骗（白玛层培 绘）

看质量好不好。"曲桑只好把那听真罐头打开并说:"请你看看吧,这是最好的大肉罐头。"他还让天竺商人尝了一点,把剩下的揣进自己的怀里。其余的罐头则都交给了天竺商人,天竺商人也把他的麻袋交给了曲桑。交易完成后,他俩各自踏上了返乡之路。

在返乡的路上,曲桑想起了交易中的细节,怀疑天竺商人欺骗了自己。他就停下脚,打开麻袋,取出一把刀子,把它抛向树木。这把冒充银刀的木刀立刻折断了。曲桑大为惊讶,不禁叫苦不迭:"哎哟,我以为自己很聪明,却上了大胡子天竺人的当。"他当即返回,奔天竺方向而去,去追那个狡猾的天竺商人。

天竺商人在路上饿了,停下来打尖,从麻袋里取出一听罐头准备吃。他打开罐头一看是假的,便把所有罐头都打开,发现全是假的,也感到非常震惊。为了找曲桑,他迅速掉头,奔西藏方向而来。

过了一段时间,他俩在路上相遇了,都气势汹汹地指责对方没有信用,争执得不可开交。因为谁都理亏,也就没有谁对谁错。最后,天竺商人说:"我俩争吵,一点儿意思也没有,还不如交个朋友,一起创造财富吧!"他接着说:"以前,一个从西藏来的大商人做买卖很走运,积累了很多财富,几年前在天竺去世了。他的家族有非常丰厚的财富,如今家族中只剩下他的夫人。我俩一起去欺骗她,把财富弄到手吧!"臭味相同的两人达成一致意见,一同朝天竺方向走去。

一路上,天竺商人嘱咐曲桑:"你要把这些话好好记在心里。到了那家以后,你进去就对那位夫人说:'已故西藏商人诺桑是我的舅舅。他生前叫我一定来一趟天竺,说是要把家里的财产分给我一些。'不过,那位夫人是天竺人,不会马上相信的。所以,你要接着对她说:'我要到舅舅的坟头去问一下。'我在诺桑的坟墓旁挖个坑,躲在里面。你得呼天抢地般边哭边问啊!"曲桑把这些话牢牢记在心头,跟他一道向天竺的一个村庄走去。

到了那个村庄,曲桑去了天竺商人指明的那户藏籍商家。进了门,他照天竺商人说的那样,把那些话准确无误地讲给了藏商的夫人,可是,夫人根本不相信他的话,还说:"我家先生生前,并没有提起过他在西藏有亲戚呀！"曲桑又按天竺商人说的那样，对夫人说："如果您不相信，我俩就到舅舅的坟头去问吧。我们西藏人可以在人死后祈求神龙，依靠神龙的威势在坟头询问死者。"于是，他俩朝藏商的坟头走去。一到那里，曲桑就呼天喊地地号哭着，用天竺语说："舅舅！我来到您身边了。以前，您多次叫我来接受财产，我没空来，今天好不容易来了，您却走了。我把您讲过的那些话讲给舅妈，可舅妈不太相信。我把西藏的神龙请来了，您把情况跟舅妈讲一下吧。"这时，躲在坑里的天竺商人模仿藏商的语调说："曲桑是我的亲外甥，你得把一定量的财产分给他，这件事是我生前就答应过的。要是不给他分些财产，会惹恼具有威力的西藏神龙，它将不停地伤害你。你必须按我的遗言，给他足够的财产。"听了自己"已故丈夫"的这番话，藏商夫人完全相信了。她思念起死者，不由得痛哭起来。天竺商人又装腔作势地对藏商夫人说："你先回去吧！我要跟我外甥说说话。"藏商夫人哭哭啼啼地回家去了。曲桑想，如果让那个天竺商人活着，就得把财产分给他，便残忍地用一块大石头盖住天竺商人藏身的坑洞，然后离开了那里。次日，曲桑背上分得的财产踏上了回藏之路。但是，天竺商人并没有死。当夜，他就用随身带着的折刀把坑洞挖开，并急速往西藏方向追赶曲桑。

　　天竺商人在追赶途中，来到了一户人家。他问这户人家的主人："请问，你有没有看到一个西藏商人从这里走过去？"对方答道："没有看见。"天竺商人心想，曲桑肯定会经过这里，便又往前走。走了一会儿，他扔掉一只鞋，继续前行。又走了一段路，天竺商人把另一只鞋也扔掉，躲进了一片树林里。过了一会儿，曲桑还真的从这条路上走了过来。他看到天竺商人扔掉的一只鞋，但是因为只有一只，就觉得没有用处，接着朝前走。又走了一段路，曲桑看到了另一只鞋。他思忖道："哎呀，刚才应该把那只鞋子捡起来。鞋子还是八成新的，扔了多可惜。"他把包袱放在地上，迅速去捡另一只鞋。等到曲桑拿着鞋子回来时，包袱已不见踪影。于是，他怀疑天竺商人已逃离坑洞，骗走了包袱。

曲桑又回头朝着来路撵去。没多久，天就黑了，根本找不见天竺商人。这时，在他的前方出现了一片水草丰美的辽阔草原。曲桑想，那个天竺商人一定躲在草原的哪个角落，得想办法找到他。他发现前面有一户人家亮着灯，就走过去借了一只铃铛，朝黑黢黢的草原深处走去。他在黑暗中轻轻摇着铃铛，装出一匹马在吃草的状态。天竺商人听了心想："这下可好了，草原上有一匹马，我要趁夜深把马偷走，驮上驮子，解下铃铛，抓紧逃回家乡。"他慢慢摸向发出铃声的地方，倒霉的是，装作马吃草的原来是曲桑。曲桑抓住天竺商人，他俩争吵起来。可是，他俩依然是谁也不占理，只好将东西平分，各回各的家乡了。

机 敏 的 法 官

（米林县）

从前，有一位公正、机智的法官。他断案都以事实为依据，而不是通过当事人的钱财、地位、社会关系来判定胜诉方。这位法官断案雷厉风行，绝不拖泥带水，因此，人们都很尊敬他，他的声誉远播四方。

一天，一个商人从自己的商店里扛出一匹缎子走到街上准备送货上门，被一个小偷盯上了。小偷拿着一根点好的线香，悄悄跟在商人后面，偷偷朝缎子的一头戳线香，然后继续跟在商人后面走了一会儿。在快走到法官家门口时，小偷突然抓住缎子的一头往自己怀里拽。商人急得大叫道："疯狂的强盗！你想把我的缎子拿到哪儿去？"小偷大声说："这缎子是我的，还给我！"二人都高声说缎子是自己的。一时间，热闹非凡、难辨是非。

他俩最终决定，在街头摊贩的见证下向法官起诉。到了法官那里，两人都"有理有据"地阐述了事情的来龙去脉。如果根据他俩说的办，就没法判案。冷静的法官说："你们俩都说这缎子是自己的，那么，能不能讲出标记和理由呢？"商人仍然强调说，缎子是从自己的商店里扛出来的，但根本指不出明显的标记，也说不出任何制胜的理由。小偷却口口声声说："我的缎子有被线香烧的痕迹，请法官大人明察。"

法官看了一眼卷成一团的缎子的一头，那里正好有个被烧的痕

604

法官让小偷与商人互扯缎子辨案情（白玛层培 绘）

迹。这使得商人大吃一惊，但别无他法，脸上挂着无奈而又不甘心的表情。"以三宝为证，向法官大人发誓"，商人说，"这缎子的确是我的，这可以问我的家人。"法官把缎子藏起来，传商人的家人，让他们说出缎子的颜色、特点等。他们讲得分毫不差，与事实完全吻合。

法官略微想了一会儿，佯装判决道："你俩所言很有理。谁是谁非，我难以作出决断。这样吧，你俩一人抓住缎子的一头往回拉，谁拉得多，就归谁了。"就这样，商人和小偷都把缎子往自己怀里拽。商人想，用这么大的力气拉扯缎子，肯定会把它扯烂的。这种缎子压根儿不好织，又从遥远的尼泊尔运到西藏，也很不容易，运来的路途上还遇到强盗抢劫，运输人员被杀，过境时又要交不少关税，就这么把缎子白白撕毁太可惜了。因此，他不忍心使劲往回拽，只能把缎子一点一点地让了过去。而小偷却在想，拉得越多，得到的也就越多。缎子价格高，白赚。他用尽所有力气拽，拉得比商人多。旁边的法官仔细观察分析这两个人的言谈举止，从小偷毫不吝惜的做法，一眼看出了这缎子是谁的。

法官说："好了！你俩不用再拉扯缎子了。这个缎子是商人你的，拿走吧。"他下令："来人，把这个小偷抓起来。"同时，法官板着面孔对小偷说："喂，笨蛋，人家因为是东西的主人，生怕扯烂，才松手。你使出浑身的力气拽，不是贪图别人的东西又是什么？法庭助理们，给这个恶贼打一百大板拷问。如果他还不认罪，有的是其他办法，可以慢慢使用。"

小偷无计可施，瞠目结舌，同时被法官的智慧所折服。他双膝跪地，低下头，交代了自己的罪行，并高喊着："法官大人，请饶了我吧！"法官依照当地法典的规定，对他进行了适当的惩处。

瘸腿救度母

（巴宜区）

从前，在一座桥上游荡着一个男鬼和一个女鬼，他俩是因缘分结成的夫妻。桥东边住着一对十分和睦的夫妻。有一天，男鬼想来个挑拨离间，让这对和睦的夫妻出现矛盾。

他把自己的这一想法告诉了女鬼。女鬼赞了一句"好想法！"于是乎，男鬼就到桥东头，寻找机会跑进那对夫妻家里。他在屋子里左看右看、东找西找，却怎么也没发现有什么可以破坏的东西。他又跑进了这户人家的厨房，发现桌子上搁着夫妇俩的茶碗，便灵机一动，往妻子的茶碗里装了满满的沙子后离开了。早起的妻子发现自己的茶碗里装满了沙子，就埋怨丈夫。丈夫感觉冤枉，气不打一处来，就轻轻打了一下妻子。妻子又哭又喊，带着孩子回娘家去了。回家途中要经过那座桥，往常人们经过那座桥时，女鬼绝对要出来害人。可是，这位妻子是从一个笃诚信教的人家嫁过来的，打小就有念诵六字真言和度母经咒的良好习惯，因而在背着孩子从那座桥上走过的时候，念诵着只会背一半的度母经咒回家。

那位妻子顺利地走过桥后，男鬼急匆匆跑到女鬼跟前说："我让他俩吵架，还让那个女人从这里走过来了。你动她没有？"女鬼答道："我什么人也没有看见。"男鬼说："不会吧？她真的背着孩子走了。"女鬼一边想着一边说："什么人也没有走过去，刚才只有一个瘸腿救度母背着经书走过去了。她是至尊救度母，我哪敢伤害她哟！"

被鬼挑拨离间后，妻子带着孩子回娘家（白玛层培 绘）

608

露出马脚

（巴宜区）

古时候，有个光棍儿。他的祖辈家庭富裕，人丁兴旺。可到了他这一辈，就他一个孩子。父母去世后，还未成家的他成了孤零零的光棍儿。这时候，就出现了许多莫名其妙的亲戚。这些亲戚对他花言巧语，一心想把他家的财产和值钱的古董弄到手，使得他与亲戚闹出了诸多矛盾。他无法在老家立足，便带上祖辈留下的值钱的东西，到处去朝圣。

一次，光棍儿来到了一个地方。此处谷口有一座有名的神山，传说是本尊胜乐的住地，常有虔诚的教徒跋山涉水，经过万千险阻，来到本尊胜乐的住地朝拜。神山脚下住着一户人家，家中只有老汉和老太婆两个人。光棍儿就在这家借住了一宿。他想前往险峻的本尊胜乐住地朝拜，就决定把包袱寄存在两位老人家里。临行前，他嘱托两位老人说："这包袱里有点糌粑，请妥善保管。"他走后几天，两个老人的糌粑吃完了。他俩就想从光棍儿的包袱里取一点糌粑吃，便翻起他的包袱，发现包袱里有金银、猫眼石、珊瑚、珍珠、琥珀等很多值钱的东西。两个老人高兴地把这些值钱的东西全部掏出来，又把从邻居家借来的一点糌粑塞进包袱里，把偷拿的宝贝藏到了牛圈。几天后，光棍儿回到两个老人的家并决定立即启程。他提起包袱，感觉比之前轻了一点，便怀疑包内的宝物丢失了。解开包袱一看，他大吃一惊，那些祖辈留下的值钱东西不见了，取而代之的是一口袋糌粑。他料想

两个老人发现光棍儿包袱里的金银财宝（白玛层培 绘）

一定是两个老人偷拿了，就要求把东西一件不少地还给他。可是，这两个被贪欲冲昏头脑的老人死不承认。

出于无奈，光棍儿只好向当地法庭控告两个老人。法官如何软硬兼施，都没有找出偷窃宝物的人。于是，法官下令，第二天，双方当事人均到法院做最后的陈述并判决。翌日天一亮，两个老人和光棍儿准时到庭。法官宣布："我给你们最后一次机会，不管是谁偷的东西，都要承认。如果认罪，就会从宽处理，免除一切罪责。"可还是没人站出来承认，也没法判决。法官无奈，拿出三个小箱子，分别交给两个老人和光棍儿，要求两个老人背着箱子以顺时针方向转本尊胜乐神山，光棍儿背着箱子以逆时针方向转本尊胜乐神山。他们三人很不情愿，莫名其妙地去转本尊胜乐神山了。

转到神山的一半时，光棍儿自言自语道："唉，我是个没有福气的人，自幼父母双亡。亲戚们都盯上祖辈给我留下的遗产，使出多种诡计，与我反目成仇。无奈，我背井离乡、颠沛流离。现在，祖上留下的那点东西也被两个老人讹诈了，我又没个证人，真是自讨苦吃！"而正在转神山的老头对老太婆说："这次我俩转山虽然有点困难，但得坚持。我们辛苦了一辈子，不要说能得到这样的宝贝，连见都没有见过，这次要吃点苦，才会苦尽甜来。好日子还在后头哪！"老太婆听后，十分满意地说："这次就是死，也要坚持住。这么好的东西，我连做梦都没有见过。我们把宝贝藏在牛圈里，除了三宝，谁也不知道。看样子，我们下半生可以发财了。"过了一天，他们三个人同时聚集在法庭门口。

法官把他们背着的箱子放下来，让他们坐在坐垫上，说："这回，你们三位已经转完了神山，有罪就认罪吧！"此刻，仍然没有人承认罪行。法官站起来，威严地说："还没有人承认罪行啊？那么，我就正式判决了。"说完，他打开了箱子，只见每个箱子里均站出来一名10岁的孩子。法官问孩子："那三个人在转神山的时候都说了些什么？"孩子们把自己听到的话如实地告诉了法官。

法官作出判决：把两个老人关进地牢，并从他们家的牛圈里翻找出光棍儿的东西，一件不少地还给他。

卫巴贡布扎西和工萨夏娃曲宗

（巴宜区）

从前，在一个百户村里有户人家，家中只有母亲和儿子两人。儿子名叫卫巴贡布扎西，母亲为他从很远的地方娶了个叫工萨夏娃曲宗的媳妇。这个姑娘娇艳美丽，楚楚动人，勤于农活，少言寡语，品德优良。

然而，婆婆天天让儿媳妇干活，不但谈不上疼爱呵护，还千方百计地欺负她。一次，婆婆让儿子到康定做茶叶生意。儿子出门后，婆婆把工萨夏娃曲宗当佣人使，让她每天去放牧毛驴和猪，却只给她一小皮囊酒糟糌粑和一陶罐酪浆。工萨夏娃曲宗一直尽心尽力地伺候婆婆，可就是无法让她满足。婆婆总嫌儿媳这个不行、那个不好，一味地折磨她。工萨夏娃曲宗感到十分痛苦，盼望丈夫尽早回来，并每天在丈夫返家的路边放牧毛驴和猪等待着。

一天，一位商人打这里走过。工萨夏娃曲宗把心里的话一股脑儿地说出来，并唱道：

> 来了来了来了，首个老板来了。
>
> 老板桑培顿珠，归来时候正好。
>
> 如果渴得很慌，请您喝点酪浆；
>
> 如果饿得不行，吃点酒糟提神；
>
> 如果感觉很累，请您好好歇息。
>
> 茶商贡布扎西，与我命中夫妻。

612

爱人贡布扎西，缘何归来无期？

是否无灾无难？是否身心康怡？

汉茶运到西藏，是否不合时宜？

是否已然忘却，结发工萨贫妻？

他在远方异地，是否有了婆姨？

那个大老板听了，回答道：

是呀是呀上苍，夏娃曲宗听详。

我还没有口渴，不需饮用酪浆。

肚子也还不饿，不需补充食粮。

不想停下歇脚，还得抓紧赶路。

今晚必须走完，七八闻距之路。

商人卫巴扎西，在我后面回来。

工萨夏娃曲宗，请你耐心等待。

说完，他就慢慢地走了过去。这天，工萨夏娃曲宗回家晚了点儿，因思念丈夫，在回来的路上流了很多泪水。她又遭到了婆婆的责骂："喂，饭桶！为了躲避干家务活，你一直待在外头，回来后还要哭。要是我儿子有个三长两短的，我就扒了你的皮，你小心点儿啊！"婆婆说着，就摁着她的头，强行把她的头发剪掉，用梳羊毛的铁刷刮她的脸，用荆棘抽她的身子，还威胁说："喂，我儿子若问起你的头发和脸是怎么回事，就说头发是被毛驴撕抓的，脸是炒粮食时豌豆蹦出来烫的。如果说是我打的，就跟你没完。"

第二天天亮后，工萨夏娃曲宗和往常一样去放牧毛驴和猪。她又与第二个路过的商人相遇了，就问道：

来了来了来了，第二老板来了。

老板桑培顿珠，归来时间正好。

如果渴得很慌，请您喝点酪浆；

如果饿得不行，吃点酒糟提神；

如果奔波很累，请您停下歇息。
卫巴贡布扎西，与我命中夫妻。
爱人贡布扎西，为何归来无期？
是否无灾无难？是否身心康怡？
汉茶运到西藏，是否不合时宜？
是否已然忘却，结发工萨贫妻？
他在远方异地，是否找有婆姨？

那个大老板回答道：
是呀是呀上苍，工萨曲宗听详。
我还没有口渴，不需饮用酪浆。
肚子也还不饿，不需补充食粮。
不用停下歇息，已下决心赶路。
今晚翻山越岭，也要回家住宿。
商人卫巴扎西，跟在我后回来，
姑娘工萨曲宗，请你耐心等待。
他在远方异地，没有找啥婆姨。
心里没有忘记，结发工萨贤妻。

说完，商人就慢慢地走了过去。
次日，工萨夏娃曲宗依旧去放牧毛驴和猪时，见卫巴贡布扎西从远处走来，万分高兴，还没到自己跟前就唱道：
来了来了来了，第三老板来了。
老板桑培顿珠，归来时候正好。
伴侣卫巴扎西，回来我心甚喜。
如果渴得很慌，请您喝口酪浆；
如果饿得不行，吃点酒糟提神；
如果奔波很累，请您停下歇息。
归来无灾无难，我心甚是喜欢。

汉茶运到西藏，未遭厄运心甘。
结发工萨贫妻，是否已然忘记？
外地荡妇是否，诱惑与你同栖？

卫巴贡布扎西没有认出这个姑娘是谁，把她当成一位尼姑，便说：

是呀是呀谢了，庵中尼姑你好。
闻思修者风度，尼姑不见丝毫。
一度方正身子，何以累累痕伤？
远赴康定地方，贩运茶叶到藏，
生意买卖顺当，充满欢乐吉祥。
我还没有口渴，不需饮用酪浆。
肚子也还不饿，不需酒糟食粮。
不用停下歇脚，我要赶回家乡，
家中幸福温馨，心里一刻没忘。
工萨夏娃曲宗，是我挚爱贤妻。
面对放荡女子，我志忠贞不移。

说完，他就走了。

工萨夏娃曲宗心想："我的终身伴侣卫巴贡布扎西都没有认出我来，还把我当成尼姑。我的模样变成什么样了呢？"她极其伤心地哭着回了家，把毛驴关进驴圈，把猪关进猪圈，然后蹲在驴圈的一角抽泣。

卫巴贡布扎西回到家里后，问自己的母亲："妈妈，工萨夏娃曲宗到哪儿去了？"他母亲好一会儿没有回答。卫巴贡布扎西一紧张，就又问："妈妈，工萨夏娃曲宗怎么啦？她是不是有什么病痛？"他母亲答道："儿子你不用担心，工萨夏娃曲宗既没有病，也没有死。她健健康康地放牧毛驴和猪去了。"卫巴贡布扎西马上到放牧毛驴和猪的地方去找，可是，连工萨夏娃曲宗姑娘的影子也找不见。他就立即

工萨夏娃曲宗在放牧途中，被丈夫卫巴贡布扎西当成尼姑（白玛层培 绘）

回家，到猪圈里找，还是没有找到，接着又到驴圈里找。他见驴圈的门关得死死的，便使出全身的力气推门，嘴里喊着："工萨夏娃曲宗，开一下门！"卫巴贡布扎西终于把门撞开了，走进驴圈，发现妻子一言不发地在驴圈的角落里哭泣。

卫巴贡布扎西把妻子抱起来，惊异地问："你为什么成了这个样子？"姑娘只是瞪大眼睛看着他，一句话也不敢说。卫巴贡布扎西怀疑自己的媳妇变成这样是邻居造成的，他准备去找邻居质问。工萨夏娃曲宗看没有办法隐瞒了，只好说出了婆婆编的谎言："头发是我自己剪的，脸是炒粮食时被豌豆烫的。"

卫巴贡布扎西把妻子带回屋时，凶猛的守门犬非常伤心地说道：

> 来了来了来了，主人卫巴扎西。
> 老板桑培顿珠，归来时候正好。
> 如果渴得很慌，请您喝口酪浆。
> 爱人工萨曲宗，一直喝着酪浆。
> 来了来了来了，家长卫巴扎西。
> 老板桑培顿珠，归来时候正好。
> 如果饿得不行，吃点酒糟提神。
> 爱人工萨曲宗，全靠酒糟提神。
> 来了来了来了，主人卫巴扎西。
> 老板桑培顿珠，归来时候正好。
> 如果奔波很累，请到驴圈歇息。
> 爱人工萨曲宗，一直驴圈歇息。
> 来了来了来了，主人卫巴扎西。
> 老板桑培顿珠，归来时候正好。
> 一头秀美青发，被您母亲狂绞。
> 皓月似的脸颊，也被狠毒伤掉。
> 来了来了来了，主人卫巴扎西。
> 老板桑培顿珠，归来时候正好。
> 起早贪黑忙碌，猪狗之食难饱，

可怜姑娘生活，令我悲伤烦恼。

卫巴贡布扎西不太相信母狗说的话。他靠近中间那扇门时，笼子里的那只巧舌鹦鹉说：

来了来了来了，主人卫巴扎西。
老板桑培顿珠，归来时候正好。
如果渴得很慌，请您喝口酪浆。
爱人工萨曲宗，一直喝着酪浆。
来了来了来了，家长卫巴扎西，
老板桑培顿珠，归来时候正好。
如果饿得不行，吃点酒糟提神。
爱人工萨曲宗，全靠酒糟提神。
来了来了来了，主人卫巴扎西。
老板桑培顿珠，归来时候正好。
如果感觉很累，请到驴圈歇息。
爱人工萨曲宗，一直驴圈歇息。
来了来了来了，主人卫巴扎西。
老板桑培顿珠，归来时候正好。
一头秀美青发，被您母亲狂绞。
皓月似的脸颊，也被狠毒伤掉。
来了来了来了，主人卫巴扎西。
老板桑培顿珠，归来时候正好。
起早贪黑忙碌，猪狗之食不饱，
可怜姑娘生活，令我悲伤烦恼。

巧舌鹦鹉说完，不禁潸然泪下。

卫巴贡布扎西明白了母亲对妻子的伤害。他气愤地对母亲说："工萨受了这么重的伤。明天，我要带她到前藏太阳城拉萨治疗。家里家外所有的活，你自己负责吧。做家务活有多累，你自然会知道。"

他备好了必需品，第二天天一亮，就套上马鞍，用骡子驮着行李。两个年轻人互相抚慰着，从工布沟谷之地出发，前往太阳城拉萨。

卫巴贡布扎西和工萨夏娃曲宗在拉萨期间，沟口的地该浇水了，沟底的牲口和家禽也需要照料，这使得母亲焦头烂额，但由于她心毒，没有一个人搭理她。

性 情 被 驯 化

（察隅县）

从前，在一座寺庙里有一位老师傅。他手下有一位叫洛赛的徒弟。一天，洛赛对师傅说："师傅，您吃完糌粑后，手指头上根本不沾糌粑。可我吃完糌粑，碗和手指头都沾满了糌粑，这是为什么？"师傅说："我是被佛法驯化的，所以才会这样。你因为根本没有被佛法驯化，所以就沾了糌粑。"洛赛感到奇怪，心里生疑："不会是这样的吧？"

洛赛又想，他是徒弟，有理也没地方讲，也就不再言语了。一天，洛赛注意看师傅揉捏糌粑，看到他往糌粑里搁了很大一块酥油。于是，他也效法师傅加了一块不小的酥油揉捏糌粑，结果，手指头干干净净的，没有沾糌粑。洛赛跑到师傅跟前说："师傅，现在，我也完全被佛法驯化了。"说着，把碗和手指头递给师傅看。师傅把他的碗拿过来，闻了闻，说："真的是被驯化了，真的是被酥油驯化了啊！"

洛赛心想，师傅总是对他不满，便说："那么，师傅您到底是被酥油驯化的，还是被佛法驯化的？"师傅答道："酥油驯化了糌粑，佛法驯化了我。现在，你仅仅是手里的糌粑被酥油驯化了，可粗鲁的性情还远远没有被佛法驯化。"

这句话说得洛赛瞠目结舌、无言以对。

揉捏糌粑的老师傅和徒弟洛赛（白玛层培 绘）

报　仇

（察隅县）

从前，有一个残暴的国王。他既怕外面的王国入侵，又怕内部的臣民造反。为了能够防御外敌、防范内反，他下令修筑又长又高、规模宏大的城池，并让一个像走狗似的大臣负责这项工作。

在众多民工中，有一个穷困的年轻人。他的妻子是个漂亮的妇人，经常讨饭给自己的丈夫送去。大伙儿看到后，既倾慕他俩的感情，又被少妇的青春风韵和动人风姿震撼了。那个负责工程的走狗大臣更是被她的美丽容颜和青春姿色迷倒，进而千方百计与她套近乎，希望她和自己好，可少妇根本不理会他。走狗大臣恼羞成怒，想整治她。有一天，少妇又来给她丈夫送吃的。走狗大臣当着妇人的面，趁她丈夫不注意的时候把墙推倒，将她丈夫活生生压死了。看到这个情形，少妇极为悲愤，却没有任何办法去反抗。

后来有一天，走狗大臣把那位少妇叫到自己跟前，指着堆在桌子一角的东西说："戴上这些首饰，这辈子，你肯定会过得舒服。"随后，他又指着堆在桌子另一角的刀具说："要是拿这些东西，你准会丢掉性命。你马上作出决定，从这两样东西中选一样吧。"少妇虽然心里对他有着刻骨仇恨，但还是以智慧克制着。为得到报仇的机会，她选择了那堆首饰，平静而恭敬地对待这个大臣，没有表露出任何敌视的情绪。

走狗大臣想：这么个可怜巴巴的少妇，有什么不能用财富征服

走狗大臣在桌上摆满金银首饰和刀具，让少妇挑选（白玛层培 绘）

的？"没有不爱财的人，没有不恋草的牛。"这话说得多么有道理！少妇说："尊敬的大臣，您让我选择的两种东西中，我已选择了第一样。现在，我也有三个要求。如果您答应这三个要求，我就尽快佩戴这些首饰，满足您的愿望，不然，您就是痴心妄想。"走狗大臣望着这个美丽的少妇，同意了她的要求，并希望她把这些条件一项一项说清楚。少妇说："第一，要把我丈夫的尸体从地下挖出来，埋在湖边的坟地；第二，要举行适当的佛事活动；第三，要在湖边坟地举行悼念活动，而且，大臣您也要参加。如能这样，就好比云开日出，我俩之间的恩怨将一笔勾销。"

走狗大臣略微想了想，觉得这没有什么不妥，也就答应了。他吩咐手下将倒下的墙挖开，取出年轻民工的尸体，埋在湖边的坟地，并举行佛事活动。当佛事活动结束，在坟茔悼念的时候，女子趁走狗大臣谋划与她未来的生活而没注意之际，将他往湖里一推。这个恶毒的走狗大臣拖着长长的哀号声，坠入了深湖，到阎王爷那里报到去了。

绕着房子和土地跑三圈

（巴宜区）

古时候，在工布地区有一个名叫边巴的人。边巴每次生气，和别人起争执的时候，总是以很快的速度跑回家去，绕着自己的房子和土地跑三圈，然后坐在田地边喘粗气，方才解气。

边巴辛勤劳动，房子越来越大，土地也越来越广。但不管房子和土地有多大，只要与别人争论后生气，边巴还是会绕着房子和土地跑三圈。

"边巴为何每次生气时都绕着房子和土地跑三圈呢？"所有认识他的人心里都起了疑问，但是不管怎么问他，边巴都不愿意明说。

直到后来，边巴很老了，他的房子和土地也已经足够大了。这种情况下生了气，边巴就拄着拐杖艰难地绕着土地和房子走。等他好不容易绕了三圈，太阳都下山了。边巴独自坐在田地边喘气，他的孙子来到他身边恳求："爷爷，您的年纪已经大了，这附近也没有人比我们家的房子和土地更大了，别再像从前那样，一生气就绕着房子和土地跑啊！可不可以告诉我，您一生气就要绕着房子和土地跑上三圈的秘密呢？"

边巴经不起孙子的恳求，终于说出了隐藏在心中多年的秘密。他说："年轻时，我一和别人吵架、争论、生气，就绕着房子和土地跑三圈，边跑边想：'我的房子这么小、土地这么少，哪有时间、哪有资格去跟人家生气呢？'一想到这些，气就消了。于是，就把所有时

为了消气，边巴老人拄着拐杖，绕着自己的房子和土地走三圈（索朗才旺 绘）

间用来努力劳动。"

他孙子又问道："爷爷，您现在老了，又成为富甲一方的人，为什么还要绕着房子和土地走呢？"

边巴笑着回答："我现在依然会生气，生气时绕着房子和土地走三圈，边走边想：'我的房子这么大、土地这么多，又何必跟别人计较呢？'一想到这里，气就消了。"

626

谁家没有死过亲人

（工布江达县、米林县、巴宜区）

从前，有位少妇，她的儿子在一岁左右就夭折了。少妇伤心欲绝，抱着儿子的尸体在街上奔走，碰到人就问，是否有药可以让她的儿子复活。有些人不理会她，有些人嘲笑她，有些人认为她发疯了。最后，一位智者告诉她：世界上只有佛祖一个人能够为她创造奇迹。

于是，她去找佛祖，把儿子的尸体放在佛祖面前，双膝跪倒，说出了自己的痛苦。佛祖以无限慈悲之心听着，然后轻声说："只有一个方法可以解除你的痛苦：你到城里去，向任何一户没有死过亲人的人家要回一粒芥菜籽给我。"

少妇很高兴，立刻动身往城里去。她来到第一户人家说道："佛祖要我从一户没有死过亲人的人家拿回芥菜籽。"

"我家已经有很多人过世了。"那个人如此回答道。

于是，她走向第二家，得到的回答是："我家已经有无数的人过世了。"

她又走向第三家、第四家……几乎走遍了全城的人家，结果，一粒芥菜籽都没有要到。最后，她终于知道佛祖的要求是无法达到的。

她平静地把儿子的尸体抱到坟场，做了最后的道别，然后回到佛祖那儿。"你带回芥菜籽了吗？"佛祖问道。

"没有！"她说，"我开始理解您对我的教旨了：悲伤使人盲目。以前，我以为只有我一个人承受着亲人死亡的折磨。"

少妇在佛祖面前哭诉丧子之痛（索朗才旺 绘）

佛祖问："那你为什又回来呢？"

她回答："请您开示死亡和死后的真相，我身上是否有什么东西是不死的？"

佛祖开始对她开示："如果你想了解生死的真义，就必须经常如此反省：宇宙间只有一个永不改变的法则，那就是一切都在改变、一切都是无常。令郎的死亡，帮助你理解我们所处的轮回世界是无法忍受的苦海。脱离生死轮回的方法只有一个，那就是解脱之道。因为痛苦而使你准备学习，你的心也已经打开大门、迎向真理了。我将教你解脱之道。"

少妇对佛祖顶礼三拜，终其一生追随佛祖，并最终开悟。

牛犊和羊羔

（朗县）

古时候，在密林深处的山谷下游，住着两户人家。其中一家拥有巨额的财富，另一家则是一贫如洗。富家拥有成群的绵羊，而穷家只有一头断了后腿的母奶牛。

有一年，富家一只断了后腿的母山羊因无人照看而暂时寄存在穷家，与断腿奶牛一起由穷家帮助牧养。半年后，再由富家的老父亲承担饲养这只断腿羊和断腿母牛的任务。

一天，富家的老父赶着母羊和母牛到山谷水草丰美的地方去。这时，母羊产了只小羊羔，母牛产下了一只小牛犊。老父仔细一看，发现生下的小羊羔瘦小而半死不活，而生下的小牛犊则很健壮。老父抚摸着这两只小东西，不由自主地迷恋上小牛犊，心想着："要是这头小牛犊是我家的，该多好啊！"

为了独霸这头好牛犊，富家的老父想尽了六六三十六计，用尽了二十五种心思，最终想出了一条"妙计"：他利用几天的时间，硬把小牛犊圈在母山羊身边，让小牛犊吃山羊奶；把小羊羔圈在母牛身边，让小羊羔吃牛奶。几天后，母羊和母牛都有些适应了。不久，母羊主动让小牛犊吃奶，母牛也主动让小羊羔吃奶。一天傍晚，富家的老父赶着两头牲畜回家，看到穷家的老父后，故作惊奇地说："我今天真是见到怪事、见到怪事了！"穷家的老父忙问："你见到什么怪事了？"富家的老父马上回答说："你家的母奶牛生了只小羊羔。我家的

贪心的富家老父，被生怕抢走牛犊的母牛顶死（白玛层培 绘）

山羊生了只小牛犊，它因为生不下小牛犊，差点儿死了。"说着，嘴里喃喃念起"唵玛尼呗咪哄"六字经。

穷家的老父一听便知富家老父的图谋，就说："你有什么大惊小怪的？母羊生小羊羔、母牛生小牛犊，这是自然规律，有啥奇怪的呢！"边说，边抚摸着母牛和小牛犊。富家的老父连忙装出一副非常慎重和神奇的样子说道："现在，宇宙的规律有变化了。要不，我怎么说今天见到怪事了？还是你赶你的母牛和小羊羔回家，我赶自己的母羊和小牛犊回家吧。"穷家的老父听后，提醒富家的老父说："根本就不是什么怪事，实际上是你的所想所思在作怪。"但贪财的富家老父仍然固执地耍赖说，这头小牛犊就是他家的。两人为此事争吵不休，最后决定，第二天到地方宗本那里，请宗本判断，解决纠纷。

第二天一早，富家的老父抢先骑着快马，带着各种贿赂宗本的礼品奔向县衙。而穷家的老父身挎一个小小的挎包，里头装着很少的一

630

点糌粑，徒步而去。太阳升得老高时，穷家的老父才来到县衙。而富家的老父早已到了，在等着他的到来。开始断案了，富家的老父满有把握地抢先上诉道："我亲眼看到母羊生小牛犊、母牛生小羊羔的全过程，再无须更多的证据。"穷家的老父辩道："宗本呀，你想想，富家只有很多绵羊和山羊，从来就没有过牦牛和牦奶牛。这头牛犊怎么会是他家的呢？这不是无中生有吗？"宗本捋捋胡须，指着富家的老父，对穷家的老父威严地说："他老人家亲眼看到母羊生下牛犊、母牛生下小羊羔的全过程，难道不是证据吗？"接着，又反问穷家的老父："你还有什么更有力的证据吗？"穷家的老父回答道："母羊生小羊羔、母牛生小牛犊是符合自然规律的。因为这头母牛是我的，它生下的牛犊理所当然是我的，没有任何争议的理由。"宗本听到这句话，稍停顿了一下又说："富家老父的命运本来就好。你因为在穷家出生，命运自然就不好了。再说，母牛生小羊羔、母羊生小牛犊时，富家的老父在场亲眼看到的。而你空口无凭，只说什么自然规律，却没有任何有力的事实证据。"富家的老父也跟着跳出来："宗本说得非常正确。我亲眼看到母牛带着小羊羔让它吃牛奶、母羊带着小牛犊让它吃羊奶的奇景，是否属实，请宗本明察。"宗本听后，宣布休庭，并派差役前往案发地，实地调查母牛与母羊、牛犊与小羊羔相互之间的亲缘关系。

午后，宗本派去的差役调查完毕回来了，首先证实富家老父的话是否真实，然后开庭审理。开庭后，宗本命令手下差役汇报调查情况。那差役结结巴巴地说："母牛的奶，羊羔在吃；母羊的奶，小牛犊在吃。但是依我看，它们都不是自愿的，甚至看到它们相互乱踢乱顶角。总之，母羊不愿喂饱牛犊，母牛不愿喂饱小羊羔。"宗本听了，武断地判决道："这证明母羊养活着小牛犊、母牛养活着小羊羔。事实证明富家老父说得对，小牛犊应归富家老父，那羊羔应归穷家老父。这样，无羊户从此有了羊，无牛户从此有了牛，也是一种祥兆。"

穷家老父对宗本的判决表示不服，气愤地说："你断案断得太草率了吧！请你好好想一想，至少应该想到你女儿和我儿子的恋爱关系呀！不是这样吗？"宗本一时不相信自己的耳朵，反问穷家老父说："是不是这样？"穷家老父摸摸自己的胡须，慢条斯理地说："本来，宗本你的女儿、富家的儿子和我穷家的儿子是最要好的朋友，但由于富家的儿子是胖子，长相不好，脾气又粗暴，你宗本的女儿根本不喜欢富家的儿子，结果爱上了我穷家的儿子。虽然我穷家没有丰厚的家产，但是，我儿子拥有英俊的相貌、健康的身板和勤劳、智慧的好品质，因此，宗本你的女儿和我儿子立下了誓死不离的誓言。"宗本听了，脸色全变了，他忙问身边人："这是真的吗？"身边人回答说："可能是这样，我们都看到他们经常在一起。"宗本思索了好长一会儿，才抬起头问富家老父："你亲眼看到母牛生小羊羔、母羊生小牛犊，有没有其他人证呢？"富家老父十分慌张地说："没有，只有我一个人看到的，但天上的喇嘛、神仙可以作证。"并发起毒咒。宗本又对富家老父说："你说的并没有什么道理。"在旁的穷家老父脸上满是得意、喜悦和信心。

正在这时，突然听到法庭外富家儿子的吵闹声。原来，他听到穷家老父的说法，就怒气冲冲地来到法庭内，对宗本说："你的女儿和我自小一起长大，虽说我们各自的命运不同，但我由于前世积德行善，现如今与你的女儿结为情侣关系。"宗本听后不知所措，弄不清究竟哪一个是女儿的恋人，心想，以前倒是听说过女儿与富家儿子来往密切，要是真和富家有缘该多好。富家老父趁机说："是呀！我在教育儿子时，经常听他说有了女朋友。前几天，他还催我尽快接纳宗本你的女儿为儿媳妇。"门徒带着宗本的女儿来到法庭。宗本见到女儿，忙问道："告诉我，你的恋人究竟是谁？"宗本的女儿带着几分羞涩，说了富家儿子的名字。穷家老父听了，苍老的脸瞬间变成灰色的。

宗本严肃地对穷家老父说："你为了达到自己的目的，随意说假话欺骗别人，目无王法，藐视法律，也违背了人格尊严。我现在判你从今日起关押15天。"话音刚落，宗本的女儿就非常惊恐地喊道："我的父亲大人，可不要这样判！虽然我和穷家儿子没有姻缘关系，但是，我大哥和穷家大姐是亲密的情侣关系，而且，穷家大姐拉姆已经有了我大哥的骨肉。能不能看在哥哥的面子上，放他一马？"听到这些话，宗本目瞪口呆，愣头愣脑地望着眼前这些人，一时间说不出话了。此时，穷家的老阿妈跑到宗本家，对宗本的夫人说明了自家女儿怀上宗本儿子骨肉的实情。宗本的夫人听后非常高兴，三步并作两步，急巴巴地闯入法庭，笑眯眯地大声说道："大家误会了。我们都是亲戚，都是亲家关系。我们的公子和他们穷家的女儿已经成了血肉情侣关系，而且即将分娩。为了微不足道的一头小牛犊和一只小羊羔丢尽了情和义，是不应该的。各位不如到我家用膳。现在需要的是团结、和谐，而不是无休止的纠缠、争斗和分裂。"

不知所措的宗本好一阵才缓过神来，说道："好了，从今天起，我们没有必要为小小的牛犊和羊羔而争吵，还是孩子们的事情更重要。"于是，宗本和大家开始吃吃喝喝。富家老父和穷家老父之间的矛盾自然消除，和往日一样归于平静。

突然，富家公子和穷家儿子急急忙忙地跑进宗本家中喊道："那母牛顶死了小羊羔！"大家丢下手中的食物来到牛圈里一看，只见小牛犊吃不饱母羊的奶水，瘦成皮包骨。宗本见此情景，赶紧打开圈门，把小牛犊放了出来。小牛犊饿得晃晃悠悠地走到母牛身旁。母牛闻了闻小牛犊，心疼地舔起小牛犊的身子来；小牛犊高兴地钻到母牛腹下，舒服地睡下了。

富家老父见事不妙，赶紧上前，准备把小牛犊抢拉回来。母牛生怕自己的孩子又被抢走，生气地从鼻腔喷出怒火中烧的粗气，愤怒地将锋利的牛角对准富家老父的大肚子，使劲顶了上去，瞬间就把他送到天堂去了。

第六章　幽默故事

什么是幽默故事？

幽默故事，是以讽刺和嘲笑的方式，揭露错误言行的叙事性口头文学。它的主要特点是言简意赅，而又极其尖锐地讲述现实生活中幽默的事情，让人捧腹大笑，进而严厉抨击和揭露没有意义的言论和行为。

疼法不一样

（巴宜区）

从前，有一对夫妇，育有一个独子。为了生计，一家人不畏艰辛，勤奋劳作，换得衣食无忧，对未来的生活充满希望。

一天，夫妇俩在收割庄稼时，丈夫牙病发作，疼痛难忍，无法继续干活，只得俯卧在地头。急性子的妻子对丈夫喊道："喂，快起来，这么忙，哪能躺着？平时，我牙痛时，忍着疼痛做家务活。你稍微忍着点，来割庄稼吧。你是个男人，就忍着点吧。再说，干骨头哪会疼得那么厉害？"

本已疼得很难受了，再听到妻子说出这么不近人情的话，丈夫气得火冒三丈，用手捂着半边脸说道："喂，闭嘴！男牙和女牙的疼法怎么可能一样？"说完，他就哎哟哎哟地呻吟起来，继续躺着不动。

第二年播种时，妻子因食物中毒拉肚子，趴在地头。这时，丈夫因为太忙，就走到妻子跟前说："喂，起来！要撒种子了，拉点肚子就躺着，哪有这闲工夫！我平时闹肚子时，也还忍着疼痛干活呢！"

听到丈夫这些没心没肺的话，妻子无奈而又气愤地说："我嘴里吃进去什么，就全从肛门拉出来，弄得元气耗尽，浑身没有动弹之力。再说，男人肚子和女人肚子的疼法怎么可能一样？"她依旧躺着，不住地发出呻吟声。

到了盛夏之际，儿子因手疼不得不躺着。这一躺，家中放牧的人手就不够了。父亲和母亲便劝他道："儿子，起来，去放牧家畜吧。

父子俩赶着驮熟青稞的公黄牛（白玛层培 绘）

平时，爸爸、妈妈手脚疼痛的时候，一点儿也不在乎，只管干活。俗话说：'男子不会因为吃而被毁掉，而会因为睡觉被毁掉。'"

听到父母讲出这种不通人情的话，儿子无法忍受，就说："我的手疼得很厉害。再说了，老手（大人的手）和幼手（青年人的手）的疼法怎么可能一样呢！"说完，原地躺着不动。

过了几天，这家人炒了青稞，一整天用两头公黄牛驮着熟青稞到水磨房磨糌粑。父子俩赶着公黄牛走了一会儿，那头老公黄牛腿脚一瘸，走不动了，便就地躺了下来。父亲一气，拿鞭子抽着老公黄牛，使劲拽起它的尾巴，嘴里说："腿稍稍瘸一点，用得着躺啊？我们获得宝贵人身的人，平时腿脚稍微有点疼痛，哪有时间躺着，得忍着疼痛干活！"说着，狠狠抽打老公黄牛。

儿子拦住父亲说："阿爸、阿爸，不要这么说。人腿和畜腿的疼法怎么可能一样呢！"

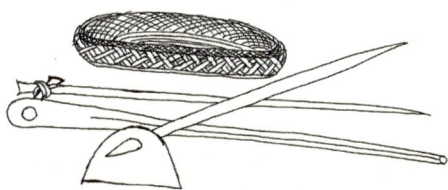

裁缝和主人

（巴宜区）

　　从前，有两位康区籍壮年兄弟在工布地区以做裁缝活为生。一天，他俩到一户人家里做工布服，即无袖套裙。

　　东家两口子很财迷。

　　中午时分，女主人用猪肉、辣椒和天然木耳及臭奶渣（经过发酵的干奶渣），为裁缝两兄弟熬出了大分量的"曲锐"（一种特色食物），又烤了饼子，作为两位裁缝的午餐。女主人想："'曲锐'和饼子算不上高档菜肴，但我做得味道鲜美，他俩准会满意的。今天不仅让他们中午吃，晚上让他们继续吃也不会腻。"

　　两兄弟各吃了几张饼子和两碗"曲锐"。当他俩准备吃第三碗"曲锐"的时候，女主人对丈夫说出带有暗示性的话："我们的亲戚要到松多（三岔路口，此处为三碗之意）去。"丈夫听出了妻子的语意：裁缝准备吃第三碗了，就装出随意的样子说道："不能从松多往上走，就算能走，也因害臊不敢走。"暗示裁缝兄弟俩只能吃三碗"曲锐"，即使还能吃，也要知羞，不能再吃。

　　两位康巴人吃"曲锐"和饼子吃得很香，他俩听了，彼此交换了一下眼色，打算戏弄一下东家，便开始吃起了第四碗"曲锐"。这时，女主人有些着急地说："我们的亲戚们离开松多，去了溪喀孜（日喀则。溪，为藏语数字'四'的谐音。此处为第四碗之意）。"男主人看了一眼女主人："看上去，我们的亲戚很久没有沾到油腥了，肯定

财迷的女主人极不情愿地给两个裁缝盛饭（陈秋丹、江村 绘）

要去溪喀孜，弄不好，还没准儿要去阿里（'阿'在藏语里与数字'五'同音。此处为第五碗之意）。"

兄弟俩吃完第四碗"曲锐"，有些拘谨地准备盛第五碗时，女主人露出非常吃惊的样子说："这些混蛋不待在溪喀孜，到上部阿里去了。"男主人无奈地附和道："谨祈三宝明鉴！搞不好，我们的亲戚们有可能越过阿里到楚苦（吐谷浑。'楚'在藏语里与数字'六'同音）。"他担心裁缝会吃第六碗"曲锐"。

听到这些话，哥哥懂了主人讲的全部意思，回应说："我想到楚苦朝拜戋谷泉。"表示要吃七碗"曲锐"。女主人听了，一脸惊愕的神情，挖苦道："到那么远的地方，鞋底都会破的！"年纪小的康巴人也完全懂得这句话的含意，针对性极强地回敬道："我小时候就已经朝拜过戋谷泉，那一年的谷吐粥也是在那块圣地吃的。"他表示能吃九碗"曲锐"。

到了这时，女主人再也按捺不住，讥讽道："不回自己的家乡，在那块圣地吃廿九粥，就见了不该见的。"男主人接上话茬儿说："不但见了不该见的，而且遇到了不该遇到的。"以此自嘲遇见了这样的大肚子康巴人。

最后，两个康巴裁缝把女主人为他俩准备的午饭和晚饭一并在午饭时全部吃完了，财迷的女主人只能重做晚饭。

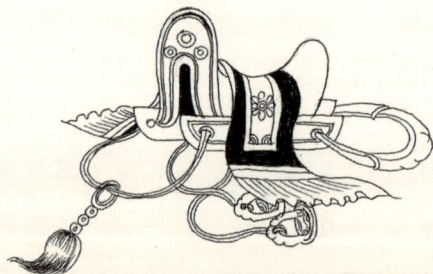

向三宝祷祝祈愿

（米林县）

从前，有一位猎人去打猎。他顺着沟谷底部走啊走，忽然看见一只獐子正在高耸的乱石山岭间吃草。

猎人双手合十，默默地向三宝祷祝祈愿："但愿能打到那只獐子。"然后，他郑重地开了枪。正聚精会神吃草的獐子被枪声一惊吓，猛然一跃，不幸坠崖，昏厥了过去。

猎人慢慢地向乱石山岭间走过去，到了獐子"尸体"跟前。他看着獐子的"尸体"，坐在一旁歇息。猎人倒上一指甲盖鼻烟，右腿搭在左腿上，跷起二郎腿，自言自语地说出了自己的真实想法："本来就不需要向三宝祷祝祈愿，只要自己的枪法准就行了。"

这话刚一说出口，就刮起一阵凉风。獐子清醒过来，倏地站起身，转眼间跑得无影无踪。猎人愕然地愣怔着不知所措，只好拔起一把草，跟在獐子后头，一边向三宝祷祝祈愿"我的獐子别跑，我的獐子别跑"，一边迅速追了过去。

然而，这次不管向三宝祈祷多少回、如何竭尽全力追踪，那只獐子跑得越来越快，让猎人彻底绝望了："哎呀，这下三宝好像彻底生气了，再也没有抓住獐子的希望了！"

傲慢的猎人与坠崖昏厥的獐子（白玛层培 绘）

自　嘲

（波密县）

　　古时候，有两个香客来到拉萨朝圣。旅途的艰辛和饿一顿饱一顿的生活，让他们从头到脚都落满灰尘，看起来极其落魄。

　　一天，这两个香客穿过拉萨的八廓街，从一家大公馆的窗户边走过，窗玻璃照见他俩落魄的身影。香客甲侧头一看，便悄声对香客乙说："喂，卓布，你往那边看，那间房子里走着两个丑八怪。"对方责备道："你说什么呀！那是我们两个人。你看，窗玻璃上映出了我们俩的身影。你看啊，那个流鼻涕的人就是你！"香客甲摸了摸自己的鼻子和鼻涕，看见窗玻璃上的人影也摸了摸自己的鼻子和鼻涕。他一惊，不敢相信自己的眼睛，便问同伴："我像那个丑八怪吗？"

　　香客乙抱怨道："自己不认识自己，真是怪事。平时比窗户里的人还要丑。当初出门朝圣时穿着新衣服，也还是这个怪模样！"香客甲惊讶地自言自语道："真是的，万万没有想到我会是这个样子！"

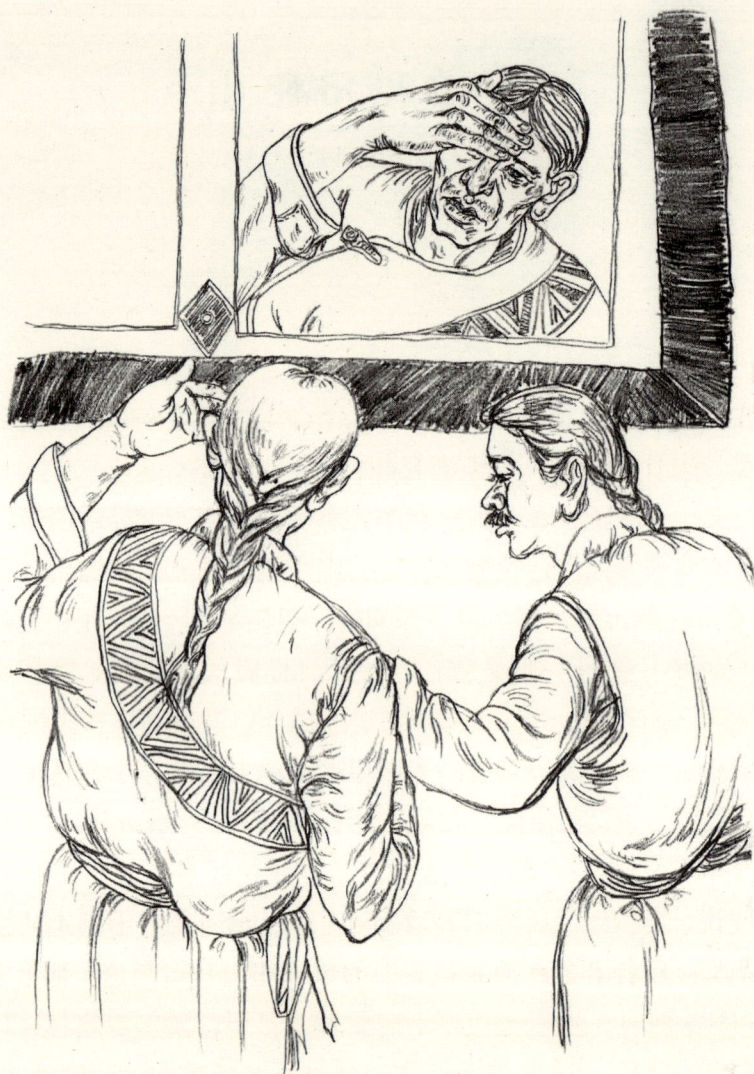

香客甲从窗玻璃上看到流着鼻涕的自己（陈秋丹、江村 绘）

雪山和糌粑山

(巴宜区)

古时候，有一个地方官，是个心肠歹毒而又愚钝的人。他手下有一位虽然没什么钱财，却充满智慧、心胸开阔的仆人。

一天，他们主仆两人从一处谷底登上山顶环顾四周，看见远处东方耸立着一座擎天柱似的雪山。地方官惊诧地问道："那是什么山？"仆人装出一副十分惊奇的样子反问道："那会不会是一座糌粑堆砌的山？"为统一意见，他俩决定第二天前去确认，到底是糌粑山还是雪山。

次日，他俩起了个大早，往那座山的方向进发了。地方官带了一口袋路上吃的糌粑。仆人因缺少糌粑，便带了半袋元根（藏萝卜）。他俩走啊走，来到离那座山还比较远的地方。仆人想捉弄一下地方官，便说："现在，已经离糌粑山很近了。我们带着干粮走只会是累赘，不如把糌粑和元根放在这里。如果那座山是糌粑山，那么，吃多少都可以；而且，世世代代都不需要埋头苦干，要多少糌粑，尽管从那儿取就是了。带这些包袱干啥？就算不是糌粑山，我们俩回来时，把糌粑和元根捡起来吃也可以。"于是，他俩把糌粑和元根堆放在那儿，每人带上一个空袋子，疾步朝雪山方向走去。

这时，地方官自作聪明，对仆人说："你不要那么傻里傻气的啊！以后要是对别人说有糌粑山，人家也会到糌粑山享用糌粑。你不能不分场合地露傻相。"

地方官指着雪山问仆人，是雪山还是糌粑山（白玛层培 绘）

648

马上就要靠近那座山了。为了避免地方官以后怪罪自己，仆人不住地念叨着："不是雪，就是糌粑。不是糌粑，就是雪。不是雪，就是糌粑。不是糌粑，就是雪。"边念边走近那座山。到达后发现是雪山，地方官失望地瞪着仆人埋怨："我不是说过了吗？这么个荒山野岭怎么会有糌粑山？你是不是骗我呀？"仆人答道："我哪敢骗您这位官老爷，不过，我也不知道是雪还是糌粑。所以，我不是说'不是雪，就是糌粑。不是糌粑，就是雪'吗？要是早知道是雪，我也就没有必要到这么远的地方来了。"地方官听了即使怒气冲天，也不知该如何是好。

地方官沮丧地带着一肚子怨气离开雪山往回走，途中饿得一点儿力气也没有。他耐着性子走到放糌粑和元根的地方一看，糌粑被风吹得一点儿痕迹也不见了，而元根依然灰不溜丢地散落在那里。

仆人把元根拾起来装入口袋里，拿出一个边吃边走，一块儿也没有给那个地方官。地方官饿得快要疯了，便拣起仆人扔掉的元根根茎并说："男人饿了，元根的根茎也好吃。"

终生难忘

（波密县）

古时候，有三个年龄大小不等的朋友。一天，中龄朋友对大龄朋友说："朋友，你是我们三个朋友中年纪最大的，也是我交往得最长久的朋友。有什么高兴事、痛苦事，除了你，我也无处可说。那个最年轻的所谓'朋友'，是个不计因果报应的无耻之徒。从今天起，我不得不跟他一刀两断。"

大龄朋友就问中龄朋友："他对你怎么啦？"中龄朋友非常遗憾而又悲伤地答："今天，他对我说了很多令我终生难忘的恶言恶语。"

大龄朋友又问："他到底向你说了什么令你终生难忘的恶言恶语？"中龄朋友想了一会儿说："我全忘了。"

大龄朋友问中龄朋友，那位年轻朋友到底说了什么恶言恶语（白玛层培 绘）

前后矛盾

（波密县）

从前，有两人是非常要好的朋友。一次，朋友甲请朋友乙到家里赴宴，用当地的美食索些玛尔酷①招待他。

朋友甲问："你爱不爱吃索些玛尔酷？"朋友乙答道："索些玛尔酷是我的帕赛②，不爱吃这个，还能爱吃什么呢？"他舀了一勺子滚烫的索些玛尔酷，迫不及待地准备送进嘴里吃。

因为长长的索些玛尔酷垂到了朋友乙的下巴上，热酥油滴落在他的下巴和胸脯上，他被热酥油烫得不禁气愤地咒骂道："哎哟，这个西赛若赛③真是没用。"

---

① 索些玛尔酷，是像面条一样的奶制品。

② 帕赛，直译为祖传的食品，指自己喜爱的食品或者父辈赐予的传统美食。

③ 西赛若赛，指人死后祭祀时用的食品。此处为骂人的话。

朋友甲请朋友乙吃索些玛尔酷（白玛层培 绘）

糊涂僧遇糊涂客

（巴宜区）

　　从前，在一个村庄里，有一个非僧非俗、从事诵经祈福的假经师。他喜欢做与鬼神打交道的事情，经常给别人讲些鬼神的故事，顺带到各家各户讲经祈福。

　　一次，假经师被一个大户人家请去念诵《睹史天众颂》。他对这家主人说，必须准备一尊至尊弥勒佛和一尊宗喀巴大师的塑像，以及新鲜的酸奶。于是，男主人从自家佛堂请出这两尊塑像，交给了他；女主人又把一碗新鲜的酸奶端了过去。假经师把两尊塑像放在自己面前，把酸奶放在桌上，开始念诵起《睹史天众颂》。

　　假经师大声念完"睹史天众怙主之额际，犹似洁白鲜酪之云端，祈愿法王遍知一切者，洛桑扎巴师徒往生此"后，便用勺子取一点酸奶，朝至尊弥勒佛和宗喀巴大师塑像的额头上洒了洒。

　　男主人感到奇怪，就问道："师傅，过去僧人们在念诵《睹史天众颂》时，不会给至尊喇嘛的塑像洒酸奶，你为什么要洒酸奶？"假经师说："这是因为以前的僧人不懂经义。您看，经文里写得很清楚。"他把经书拿给男主人看。

　　男主人看完"怙主之额际，犹似洁白鲜酪"等语，心悦诚服地向假经师顶礼道："好可惜，过去请僧人念诵《睹史天众颂》时，把仪轨搞错了。"男主人对这个假经师的做法，满意得五体投地。

　　实际上，经文的意思是怙主的额际如鲜酪，而两人都理解成向额际洒鲜酪。

654

非僧非俗的假经师在大户人家念经（白玛层培 绘）

地　震

（波密县）

　　从前，有一个非常自傲的人。他多次向别人吹嘘自己的才智超群。

　　一天，当地发生了强烈地震。所有人都惊慌失措地跑出自己的家，到开阔的地方避险。这个自傲的人想："只有'地震'这一叫法，而没有'石震'的叫法。我不如爬到一块大磐石上安全些。"因此，他独自一人奔向山头的大磐石。到了大磐石跟前，他使劲儿往上爬，但滑了下来。他心想是自己的鞋子打滑所致，便立即脱掉鞋子，重新爬，可仍然滑了下来。而且，那块磐石也晃晃悠悠地险些从山上滚落下去。

　　这时，他才明白，地震时不仅是地在动，石头也会摇晃，于是非常惊慌地大声喊道："喂，小心点！今天，我们这里不但地震了，而且还石震了。"

地震来袭，自傲的人跑向大磐石避险（白玛层培 绘）

善吹牛的阿塔扎杰

（巴宜区）

工布地区有一个叫阿塔扎杰的人。他曾漫游各地，结交过各种人，虽然聪明，但喜好吹牛。人们通常把他当成眼界宽阔、见闻广博的人，净想从他那里打听各种消息。

有一段时间，阿塔扎杰没有出现在乡亲们的视线中。人们相互打听他的去向，可是，谁也不知道他上哪儿去了，便说："可能去朝圣了吧？"

约莫过了三个月，阿塔扎杰回到了家里。人们好奇地到他那儿，问他去了些什么地方、做什么事情去了。

阿塔扎杰作出一副惊诧的样子说："这次，我到国外朝圣去了。"乡亲们问他："那你又看到和听到了国外什么奇妙的情况？"阿塔扎杰装出神秘的样子答："那些外国人跟我们根本不一样！"乡亲们睁大眼睛问："有什么跟我们不同的地方啊？"阿塔扎杰作出诡异的动作，双手拍拍膝盖说："外国人的身子是用酥油做成的。男人们金黄金黄的，像牦牛酥油。女人们白花花、胖乎乎的，像黄牛酥油。这实在是叫人莫名其妙哟！"

听了他说的这些话，一个口齿伶俐的大姐问："如果是这样的话，那么，外国的气候怎么样？"阿塔扎杰说："要说气候啊，工布才是好地方。冬天暖和，大地不会冰冻。夏天凉快，雨水又多。春、秋两季，天气不冷不热。这样的好地方，世上难找。外国的夏天像着了

658

阿塔扎杰回家后，乡亲们追问他的去向（白玛层培 绘）

火似的，都快要热死了；冬天冷得够呛，连尿都撒着撒着就结冰了。"那位理性而能言善辩的大姐讥讽道："不是这样的吧？如果人的身子是由酥油变成的，夏天天热的时候不会化掉吗？冬天冷的时候不会冻成冰吗？"

这下，乡亲们闹哄哄地说："不会是这样的吧？人的身体由酥油做成的事儿从来没有听说过，也没有见过！"

阿塔扎杰慢悠悠地揩揩脸说："我没有撒过谎。起初，我虽然亲眼所见，但心里还是不相信。我奇怪地对他们说：'你们在夏天不被大太阳化掉真是怪事！'那些外国人用手碰碰我身上的肉说：'你们工布人的身体是血肉之躯，可夏天不腐烂，真是太奇怪了。'我说：'你们在冬天不冻成冰才怪哪。'他们说：'这有什么奇怪的？你们在冬天不变成冻肉才奇怪，春、秋两季不变成风干肉更奇怪。'"

听了这话，乡亲们的疑惑消除了，都纷纷说："说得倒也是啊。"

不要对别人说没有糌粑

（波密县）

古时候，有个十分贫寒的人家。他们经常断粮，没有糌粑吃。

一天夜里，有个小偷跑进这户人家，在漆黑的屋子里东摸摸西碰碰，看有没有可偷的东西。半天也没有摸到什么可偷的东西，他正失望地准备打道回府之际，却突然摸到一只装糌粑的盒子。他兴奋地揭开糌粑盒盖，用手摸里面有没有糌粑。碰巧，这家人正处于断粮时期，小偷在糌粑盒里除了闻到那么丁点儿糌粑味道外，连一勺糌粑也没有摸到。小偷打开糌粑盒盖子时，正好被这家女主人听到了。她不动声色地对小偷说："我们大白天把糌粑盒倒过来也得不到一勺糌粑，你哪能在伸手不见五指的黑夜偷到糌粑？"

小偷知道自己被这家人发现了，就马上逃走。这家女主人跟在小偷身后提醒道："喂，喂，小偷先生，您千万不要对别人说我们家根本没有糌粑。不然，人家会笑话我们的。"

660

女主人叮嘱小偷，不要对别人说她家没有糌粑（白玛层培 绘）

剩下另一只茶箱

（察隅县）

从前，一位商人从内地雅安买了大批茶叶，雇了骡马队驮上茶叶，准备运到西藏。一天，他们到了一个据说有众多盗匪出没的地方，决定夜宿此地。吃晚饭时，商人对驮夫们说："这地方，盗匪十分猖獗。大家要保持高度警惕，要集中精力，守好各自负责的骡马驮子。如果哪位负责的骡马驮子落到盗匪手里，不但要赔偿驮子，还要除名。"

这一夜，整个驮队的驮夫们都不敢睡觉，但有一个特别嗜睡的人，在半夜时分，鼾声大作地睡着了。此刻，一个偷窃经验丰富、技术熟练的盗贼慢慢潜行至打呼噜的方向，悄悄偷了一只茶箱，迅速溜开了。

第二天，驮夫们在清点骡马驮子时，发现夜间睡觉、鼾声大作的驮夫的驮子只有单只了。而这傻驮夫还高高兴兴地跑去向商人报告："老板、老板，昨晚，我的骡马驮子不仅没有被盗，早上还多出了一只茶箱！"

商人对傻驮夫说："在这么个盗匪横行的地方，你还多了一只茶箱，这简直是笑话。看来，你这个败家子儿是让盗匪盗走了一只茶箱。快去重新清点一遍！"

傻驮夫再次仔细清点时发现少了一只茶箱，刚才余出来的那只茶箱正是丢失的一担茶箱中的另一只。

662

驮夫们清点骡马驮子时，发现少了一只茶箱（陈秋丹、江村 绘）

修炼容忍

（波密县）

古时候有一个人，从内心来讲并不信仰佛教，也没有进行过任何修行，但外表装扮得像个真正的佛教徒，千方百计地骗取他人钱财。

一天，骗子在一座非常著名的神山转经路上的岩洞里"打坐"，双目紧闭，手呈法印，装作无上禅师。为试探其是否为真正的佛教徒，一位朝圣者问他："大师宝，您在干什么？"骗子用粗重的嗓音，缓慢地答道："我在修炼容忍。"

朝圣者继续试探着说道："那么，您一边修炼容忍，一边在吃屎吧！"假禅师一听这话，怒火中烧，迅捷地回话骂道："他妈的！屎能吃的话！你吃吧！我再穷，也用不着吃屎！"说着，他扑向朝圣者，准备打架。这使得在场的人都不由得笑了起来。

这时，那位朝圣者沉稳地说："禅师，您不是在修炼容忍吗？"骗子无言以对，急匆匆地离开岩洞逃走了。

朝圣者试探假禅师是不是在修炼容忍（白玛层培 绘）

脚板变黄

（工布江达县、米林县、巴宜区）

从前，有一个傻气十足而又非常自负的人。

一次，他从别人那儿听说人死后脚板会变黄，便把这话当作真事，心想，脚板变黄后一定就是死了。

一天，他打着赤脚上山放牧，下午回到家，看了一眼自己的脚板。脚板因沾上草汁，完全变成了黄色。他心里就想："啊，完了！这下，我已经死了。尸体怎么能放在家里？必须把它送到外头。"于是，他走到很远的路边，心想着："我现在是具死尸。"便一动不动地躺在路边。

过了一会儿，一位商人赶着驮有很重货物的毛驴群，打这条路上走了过来。到那个人跟前时，正巧路面上有个泥沼窝。毛驴一踏入泥窝，两边的货驮失去平衡，毛驴摔倒的摔倒，陷入泥沼的也不在少数。商人想尽一切办法，也无法解开捆缚住毛驴和驮子的绳子，根本无法把毛驴从泥沼里拖出来。他无奈地对躺在路边的那个人说："喂，朋友，帮个忙吧！"那人答道："怎么能不帮你，可我是个死尸，一点儿办法也没有！"

商人对他说："你没有死，死尸怎么能说话呀！"可他还是带着哭腔回应："我的确死了。你若不相信，就看看我的脚板，不是变成黄黄的了吗？"商人说："你真的没有死，千万不要担心。不如帮我把毛驴扶起来，这样可以积阴德。"然而，不论商人怎么请他帮忙都无济

666

赶着毛驴群的商人遇到那个脚板变黄的人（陈秋丹、江村　绘）

于事。他还执拗地说："我不敢帮你。要是帮了你，别人就会说我是起尸（死而复活的僵尸）。"说完，仍旧纹丝不动、四仰八叉地躺在那里。商人没有别的办法，只好固执地把他拽起来，让他帮忙把毛驴扶起来。他无奈地掏出一把锋利的肋刀，很麻利地割断缠绕着的绳子，把一对对驮子放下后扶起驴。他对商人说："如果我不是个死人，扶驴不是这么扶的。小子，看！应该这样扶。"

到了半夜时分，他冻得拉肚子了，便自言自语道："啊，真奇怪，尸体也有着凉、拉肚子的时候啊。"

次日天亮后，太阳出来了。他被晒得暖洋洋的，浑身舒坦，便又自言自语地说："奇怪，我虽然是尸体，但还是被太阳晒热了，有舒服的感觉。"过了半天，他的肚子饿得厉害，又说："啊，啊，尸体不但会着凉、拉肚子，而且还会饿。这也许是因为我这辈子只死过一次，对死亡生活还不熟悉的缘故。其他人的尸体也一定会是这样的。这回，不管说我是起尸也好，没有死也好，反正非回一趟家不可。"想到这里，他便疾速往家赶去。

他的妻子不知道他去哪儿了，正在为他担心，一见他，便抱怨道："哎哟，你上哪儿啦？真够呛，一晚上不回家。真是的！"他对妻子说："你不要埋怨！我已经死了！昨晚我想，尸体不该停放在家里，就待在很远的路边了。可是，今天肚子饿得实在受不了，就不得不回一趟家。以后，我俩就阴阳两别了……"说着说着，不由得潸然泪下。妻子对他说："傻瓜，人死了能回家、能说话吗？"说完，不禁笑了出来。他听了，仍对妻子说："你要是不相信，就看一下我的脚板吧，脚板已经变成黄黄的啦。脚板变黄，说明人绝对死了。"

妻子问他："昨天，你去放牧时不是光着脚吗？"他答道："我是光着脚去的。"妻子马上说："夏天光着脚走在青草上，脚板当然会变黄啊！"他不由得再次看了一下自己的脚板。经过一晚上来来回回的折腾，他的脚板早就恢复了原样。他这才相信自己还活着。他想着头天夜里自己的经历，不禁大声笑了起来。他不敢确定自己是没有死，还是已经死了，一时处于疑惑不解的状态。

不打自招

（工布江达县、米林县、巴宜区）

古时候，有一个喜欢偷鸡摸狗的毛贼。习惯了偷窃的他，有一天，溜进一户人家，把一口红铜鏊锅偷跑了。

过了几天，他又在村子里转悠，遇见了被盗人家的主人。被盗主问他："上哪儿？"毛贼心想，是不是人家认出了自己就是偷东西的人。其实，他早就做好了思想准备，如果对方看出自己偷东西了，就坚决否认。事到临头，他却慌乱地对被盗主说了"我没有偷"这么一句没头没脑的话。

被盗主没有听懂毛贼的意思，就反问了一句："什么？"毛贼又立即应道："红铜鏊锅。"被盗主这才知道自己的鏊锅是被这个毛贼偷走的，便向当地法官告发。毛贼不打自招，最终受到了严厉惩罚。

毛贼盗走红铜鏊锅（白玛层培 绘）

时令变了

（波密县）

从前有一位老人，因上了年纪，完全丧失了听力，可他不知道自己的耳朵聋了。一天，他非常遗憾地对孙子说："俗话说：'长寿好，但是活得太久不好'，还真是这样。看样子，什么千奇百怪的事情，我都有可能遇见。"孙子说："爷爷，请您不要难过。您能长寿，是您的幸福，也是我们全家的福气。如果我们在孝敬您方面有什么问题和做得不够的地方，您就尽管提出来，我们可以尽最大努力改正。"老人说："根本不是这么回事。对于你们的孝敬，没有什么可说的。我伤心的是时令的变异。"孙子问道："时令是怎么变的呢？"老人说："以前，春天里布谷鸟'咕咕，咕咕'地叫，冬天里乌鸦'啊，啊'地叫。可是如今，春天里布谷鸟只是摇一摇尾巴，冬天里乌鸦也只是张一张嘴，根本就不叫。这些不是时令变异的前兆，又是什么？"

孙子笑着大声解释说："爷爷，布谷鸟和乌鸦现在也还是这么叫的，只是您因为年纪太大听不见而已。"老人这才安下了心。

耳聋的老人与孙子（白玛层培 绘）

砍橡子木

（米林县、巴宜区）

从前，有一个愚笨的人。一天，他跟其他汉子一道上山去砍橡子木。到了目的地，大家分头去砍。他来到一处可做很多橡子木的茂密森林。

他把可以直接砍掉的木头数了数，正好有二十根。他想："除了最厉害的男人，应该没有人能够在一天之内砍掉二十根木头。今天，我把这些木头全都砍掉，就可以成为最能干的男人之一。人们一定会夸赞我。"他这么想着，砍下了一根木头，感到有点累，心想："其他人现在说不定连一根橡子木都没有找到呢，我先睡一会儿，休息休息。然后，我就把这些木头像拔葱、割庄稼一样砍下来，拉到山下。那时，其他男人肯定也只砍了五六根木头。"想到这里，他就悠然自得地睡了。

等他醒来时，太阳快要落山了。他看见其他汉子已把橡子木运到山下，正在休息。他急匆匆地把自己砍的那根木头扛到山下。大家问他："你今天砍了多少橡子木？"他答道："除了一十九根，砍了整整二十根。"人们问他："除了一十九根、整整二十根是怎么一回事？"他把这天的事情一说明，大家不由得笑了起来。

愚笨的人在得意中熟睡（陈秋丹、江村 绘）

674

滥竿充数

（察隅县）

古时候，有一个即便字写得有驴头那么大，也辨不清字的首尾的人。他却穿上漂亮的法衣，冒充诵经师去做法事，欺骗他人。

一户人家请来很多做法事的诵经师。他也以诵经师的身份出现在那户人家里，装模作样地坐在念经者的席位上。当其他僧人发音准确、清楚而又动听地念诵经文时，这个目不识丁的骗子用含含糊糊的声音，念念有词。由于所有诵经师念诵的都是同一个内容，他怕别人发现自己是假冒的，就需要用眼睛的余光不时地看人家什么时候翻动经书，致使邻座的诵经师对他略微起了疑心。因此，真诵经师趁假诵经师去上厕所之际，把他的经书倒过来放。假诵经师回来坐下后，见经书上的字跟往常不一样，就惊讶地说："啊哟哟，今天，我经书上的字把许多箭锋矛头对准了天空。"一句话，让他骗子的真容暴露无遗。

俗话说："玻璃擦上珠宝，遇水会现本色。"经过这场闹剧，骗子从此失去了欺骗他人的市场。

假诵经师的举动让真诵经师起了疑心（陈秋丹、江村 绘）

676

煮熟的鸭子飞了

（米林县）

从前的某一天，有一老一少两位猎人去打猎。他们翻过一座小山，小心翼翼地观察后发现，离他俩八九步远的地方，有一只野山羊正在聚精会神地吃草。

年长的猎人高兴得不得了，对耳朵有点背的年轻伙伴说："小子耶，吃融酥炒野山羊肝，带花椒和盐巴了吗？"

年轻的猎人没有听清楚，便应了一声："啊？"年长的猎人又用稍微大点的声音，把刚才的话重复了一遍。可是，那伙伴依然没有听清，又问道："啊？"

年长的猎人不得不提高音量再重复一遍。耳聋者仍然没有听清楚，可野山羊受惊跑了。

口福到嘴被舌头推走，煮熟的鸭子飞了。对此，年长的猎人气得火冒三丈："呸，吃屎的娃娃，你带吃灰烬的家伙没有？"

老少猎人对话，惊跑了野山羊（白玛层培 绘）

胆怯语傻

（工布江达县、米林县、巴宜区）

古时候的一天，有两个带长刀的人不知何故打起架了。双方都把长刀从刀鞘里抽出来，气势汹汹、你死我活地挥动刀子，拼出命来激烈搏斗。

这两人舞动刀子，打了好久。后来，其中一位因胆怯便渐渐往后退，险些要被打败。胆怯者边退边向对手说："喂，你别乱挥刀，不然，要戳到我的眼睛了。万万没有想到，你会这么傻！"

两个人挥着长刀，拼命搏斗（白玛层培 绘）

曲 解 原 意

（林芝市各区县）

从前，在一座寺庙里，一位藏族僧人和一位蒙古族僧人交上了朋友。

这天，两个僧人密商一件重大事项。藏族僧人对蒙古族僧人说："今天我俩密商的事情，不得告诉任何一个黑头人。"蒙古族僧人同意这么做，而且两人为此立下了誓言，但蒙古族僧人不知道，黑头人在当地是指僧人以外的凡夫俗子。

次日，一个满头白发的老人和两位黄头发的外国夫妇来到寺里。他们跟蒙古族僧人聊了很多话题后，最终把话题转到了他曾与藏族僧人密商的事情上。蒙古族僧人心忖道："我的朋友只是说，不得把秘密说给任何一个黑头人，却没有说不准告诉白头发的人和黄头发的人。说给白头发的人和黄头发的人，或许不要紧吧。"想到这里，他就把密商的内容告诉了两位外国人和老人。此后，一传十、十传百，两个僧人密商的事情传遍了四面八方。

为此，藏族僧人对蒙古族僧人起了疑心，便问他："你是不是把我俩密商的事情都说给别人啦？"蒙古族僧人答道："我只把密商的事情告诉给了白头发的人和黄头发的人。"藏族僧人抱怨道："你不守信用。"蒙古族僧人吃惊地说："不是发誓不得把我们俩密商的事情告诉黑头人吗？"

两个僧人在密商（白玛层培 绘）

担　忧

（工布江达县、米林县、巴宜区）

从前的某一天，一位妇人装作十分伤心的样子，对即将到远方做生意的丈夫说："亲爱的心肝宝贝，你每出趟远门，我的心就像刀割似的非常、非常难受。"

丈夫劝慰妻子道："你千万别担心、难过，我也许会突然回来的。"妻子说："我所担心的正是这个。"

丈夫安慰虚情假意的妻子（白玛层培 绘）

有啥区别

（波密县）

从前，有两位士兵一起上前线打仗。

敌对双方各自坚守着一处悬崖狭道两边的阵地，相互攻击。战斗相持了好久。

在一次激烈的交火中，士兵甲突然惨叫道："哎哟哟，我中枪了！"他喊士兵乙赶快过来。

士兵乙立即停止射击，急急忙忙跑到士兵甲跟前，反复问："伤得厉害吗？伤得厉害吗？"士兵甲带着哭腔，指着自己跟前的一块磐石上的弹痕说："你看，这个跟我有什么区别？"

士兵甲指着弹痕让士兵乙看（白玛层培 绘）

忘 念 药

（工布江达县、米林县、巴宜区）

从前，一家客栈有一个非常贪恋别人财产的老板。

一天，他到医生那儿问："医生，你有忘念药卖吗？"医生问他："你买忘念药，准备做什么？"

老板巧言道："我经常遇到令我心情不好的事情。为了完全忘掉这些烦恼，我想服用一点儿忘念药。"医生信以为真，便给了他一丸忘念药，并嘱咐道："没有什么事儿，就不要乱吃这药。如果吃了这个，不管事情大小，绝对可以忘掉，不过，不会把以前所做的事情全部忘掉。"

老板回家后，祈祷说："希望今晚能遇见一位带着一大堆包袱的客人。"他的祈祷应验了，晚上果然有一位带着很多包袱的商贩到他的客栈住宿。老板跑前跑后地隆重接待这位商贩，并把那丸忘念药掺入晚饭里给他吃了。

老板心里想着"明天，他准会落下包袱离开客栈的"，便抱着发财的希望进入了梦乡。到第二天，老板起床一看：那位客人天不亮就启程了，恰好把该给客栈结付食宿费的事儿忘了个干净。

客人吃了贪财老板下的忘念药，把付账的事忘了个干净（白玛层培 绘）

不 分 彼 此

（工布江达县、巴宜区）

有一对刚结婚的青年夫妻。婚礼完毕后，丈夫忙着摆放家里的物件，并不停地征询妻子的意见："你的东西搁哪儿？我的东西放哪儿？"

妻子对他抱怨道："你千万不能这么说。我俩现在已经是夫妻了，应该心连心，就像一个人的心、一支矛的柄，不可分你我。从现在起，哪怕小到针线也都要说是我们的，而不能说成我的这个、你的那个。"丈夫听了，满口答应这么办。

过了一会儿，丈夫到浴室洗澡。妻子喊道："亲爱的，这么长时间了，你在干什么？"丈夫答道："我已经洗完了我们的身子，现在正刮我们的胡子。"

新婚的丈夫忙着摆放家里的物件（白玛层培 绘）

两个僧人

（波密县）

古时候，有两个比丘到卫藏地区朝圣。途中，俩人轮流做饭。一天，比丘甲碰巧做了一顿既可口又有营养的饭。他想，像今天这样的饭不可能天天都能吃上，如果今天我一个人吃该有多好啊！

为独自享用这顿美味，他一边向菩萨和护法神祈祷，一边想着万全之策，最终想出了办法：用自己的胫骨号角搅拌饭，比丘乙看见了就会嫌脏而不吃。他确信这个办法最好，于是对比丘乙说："喂，我游走四方，过着有什么吃什么的日子，对世间八法毫无感觉，所以，如今成了一名无净秽意识的瑜伽师。"

说着，比丘甲就用胫骨号角搅拌起了饭。比丘乙从他的行为窥见到他的心思，就说："喂，尊敬的比丘，我也已经成了一名走遍八方，勉强能够自食其力，特别是对世间八法同等对待、对万事万物持相同态度的瑜伽师。因此，我不在乎食物的好与差，如今已成了个没有怜悯、吝惜之心的瑜伽师。"说着，就把煮饭的锅抬起来摔在地上。锅摔烂了，可口的饭全与土混在一起，两人都没法吃了。

这时，许许多多的鸟儿奔地上的饭而来。对此，他俩异口同声地说："好可惜！证德高深是好事，但哪有比没有吃的更坏的事情呀。"

两个比丘相互斗心眼儿，搅了一顿好饭（白玛层培 绘）

多舌的后果

（波密县）

从前，有一位姑娘特别爱干净，尤其是非常喜欢洗脸。洗脸成了她的一种习惯，只要一得空，她就洗脸。她在家就不定时地洗，外出时，途中一遇到水也要洗。

一天，她家在做祭天法事时请来了一位上师。姑娘趁上师歇息的工夫，和往常一样洗起脸来。上师看见了，她也不理不睬、毫不在乎。这让上师非常不悦。

晚上，上师做完祭天法事，准备回去，在离开她家时，又遇见这位姑娘在洗脸。上师于是口诵一诗，对这个姑娘影射道：

> 脸蛋浸在水里，焉能出现奇迹；
> 请看水中鱼獭，谁有多么美丽？

不料，姑娘也是一个智商不低的人。她抬起头来，和颜悦色、不卑不亢、面带微笑地回敬上师道：

> 若是黄衣披身，就能普度众生；
> 羽衣黄色鸭子，该救多少生灵？

上师没能立即回击她的话，略感羞怯、惭愧。过了一会儿，上师又说：

做完法事的上师又遇见姑娘在洗脸（白玛层培　绘）

经常洗脸无益，不如刻苦修习；

佛乃人生大道，一生都要竭力。

姑娘答道：

嘲笑别人欠妥，不知自己有错；

若不加强修炼，焉能获得正果？

上师听了，一时不知道该如何回应，同时深刻意识到，无论什么时候都毫不客气地指出别人的缺点是莫大的罪过。

谁 的 权 力 最 大

（波密县）

古时候，有一个心肠歹毒、能力低下，却又特别喜欢别人恭维和夸赞的首领。

一天，首领到了一处有很多百姓聚集的地方，想着"今天，百姓们会怎样对我大加赞扬呢"，就说："喂，我有话要问你们，谁来回答？"在场的百姓中，有一位聪颖智慧、心地宽广、知识丰富的智者。他走上前，大声应道："我来回答！"

首领傲慢地看了看他，问："权力最大、命令最严厉的是谁？"这位智者回答说："权力最大、命令最严厉的是尿和屎。"众人听了，一阵哄笑。智者接着说："为什么这么说呢？对这两个命令，我们根本没有申辩和反抗的余地。在这两个命令之后，权力最大、命令最严厉的就算老爷您了！"首领很不高兴，脸色都变了，气势汹汹地说："那么，你是说我的命令还不如屎和尿？"智者立即装出一副毕恭毕敬的样子答道："绝对不是。屎、尿和您三位的命令都严厉，权势也一样大。"这回答使得首领瞠目结舌。

首领心里很明白，这是在专门侮辱他。然而，正像俗话说的"想攀高处，金梯竖天上；不期落下，坠入泥坑里"那样，首领尽管很气愤，但又不知该说什么好，只有自认倒霉了。

智者回答傲慢首领的问题（白玛层培 绘）

执 念

（波密县）

古时候的一天，一位首领带了一个佣人，赶着一群骡马准备前往拉萨，正经过一处盗匪猖獗的荒山野地。

晚上，首领对佣人说："今晚，你不能睡觉，如果睡着了，我们的骡马就会被盗贼偷走。这地方虽然荒无人烟，但土匪有可能已尾随我们到了附近。假如你觉得很困，就想一些提神的事情，这样就不会睡着。总之，你得胡思乱想，避免睡着。"说完，他俩分别躺了下来。

由于生怕盗贼出现，佣人大声念诵起《度母经》。首领被吵得睡不着，就说："不能这么大声嚷嚷。应该安静地躺着，不要睡着。"没过多久，首领自己感觉昏昏欲睡，坚持不下去了，便问："喂，你在想事吗？"佣人答道："我在琢磨这些尖锐的荆棘是谁磨出来的？这些圆圆的豆子是谁做出来的？谁给这些红红的油菜子染的红色染料？为什么河水不分大小都往下流？为什么这些火焰不分大小都往上燃？"首领放心地说："哦，就是这样。这么一想，就不会睡着，就这样坚持下去！"他觉得有佣人照看骡马，便放心地睡了个痛快的觉。

半夜，盗匪把所有骡马全部盗走了。而佣人没敢高声喊叫，因为严苛的首领叫他"不要大声嚷嚷"，他不得不屏声静气地待着。

天快亮了，首领醒来，问："喂，你睡了吗？"佣人答道："啊，没睡着。因为老爷您叫我一个劲儿地想事，却绝不能大声叫嚷，所以，现在我正在想着我们的骡马被土匪盗走后，该到什么路段了。"首领一听，气得哑口无言。

首领让佣人整夜想事来防盗贼（白玛层培 绘）

不恰当的比喻

（巴宜区）

从前，一个地方请来一位康区的上师讲经。上师讲了三界法王文殊怙主上师宗喀巴教诲的《菩提道次第论》纲要。

上师用通俗易懂的比喻和深入浅出的用语，讲授了深奥的佛法义理。他说："讲授正法的上师好比是渔夫，上师的慈悲心如同鱼钩，教诫犹如鱼肉，世界一如大海，徒众就像鱼群，祈请上师宛若去抓取鱼肉，上师慈悲摄受胜似用鱼钩钓鱼。"

听了上师的一席话，一位老汉突然站起来，气呼呼地说："好一个上师，太不像话！上师当渔夫，抓取鱼肉并捕鱼，比世间的俗人还恶劣。可这个老僧非但不说要弃恶扬善，而且还这么比喻，简直令人惊讶。他好像是个假上师。"老汉发了一通牢骚后，戴上工布帽，离开讲经场，回家去了。

老汉回到家里，儿媳妇问他："爸爸，你为什么不听讲经？"老汉答道："听到他讲的那些话，我对这个上师完全失去了信仰。这个老僧还叮咛我们要获得阿罗汉的地位，太不像话了。佛法讲要同情敌人，而他则讲要制伏怨敌、夺其生命。这样，修习佛法还有什么意义哟！"

700

上师讲授佛法时比喻不当，伤了信徒的心（白玛层培 绘）

不辨自我与他人

（波密县）

古时候，有一个没有见过世面的人，但他自以为是，认为自己是个英勇、聪慧并善于处理社会事务的人。正像人们说的那样："未见辽阔大世界，边地愚人好自高。"果然有一天，为办理某件要紧的事情，当地首领下令让他前往拉萨。

由于这个自傲的人平时瞧不起乡亲们，自命清高，为捉弄一下他，乡亲们装出一副诚心诚意的样子嘱咐他："你这次到拉萨，有很多事情需要谨慎对待，如果不好好考虑这些事情，就不能完成任务。"

自傲的人问："应该怎么谨慎啊？"乡亲们答道："拉萨人口密度大，城市巷子多，邻里之间互不相识，甚至相互间容易弄错，分不清哪是自己、哪是他人。有人因为辨不清自我和他人，没能回到家乡。"自傲的人思忖："就算是这样，我也有分辨自我和他人的办法。只要在鼻子上戴个海贝，就能区别于他人了。"想到这里，他就在自己的鼻子上穿了个孔，戴上了一只海贝，趾高气扬地前往上部太阳城拉萨。

到拉萨后的前几天，并没有发生什么意外。有一天，他来到人多得如海浪一般翻腾的街头，与一个戴着面具、鼻子上插着海贝的哲嘎艺人相遇。他大吃一惊："啊呀，乡亲们讲的还真是有道理。这下，他和我难以分清了。"自傲的人异常紧张，慌里慌张地走上前去，问哲嘎艺人："你是我吗？我是你吗？"在场的所有人一瞬间发出阵阵哄笑声，羞愧、尴尬的自傲的人只好悄悄离开了。

自傲的人遇到哲嘎艺人（陈秋丹、江村 绘）

大言不惭的谈论

　　从前的某一天，一位怒江流域的人、一位后藏人、一位山南人、一位拉萨人和一位藏北那曲人在拉萨相遇。言谈中，他们谈及自己家乡的特产。

　　来自怒江流域的实诚人实话实说道："我的家乡有种瓜的传统。有一种一年生的藤本植物，叫作南瓜。一年中，粗细跟手指头差不多的藤蔓能长出几十庹长，叶子可用来做扇子，果实有陶罐一般大，拿它做菜非常香甜又好吃。"

　　其他人因为都没有见过南瓜，所以对这话不感兴趣，以为他在吹牛皮。

　　然后，那位后藏人说："我的家乡有种葱的传统。有种巨葱，割葱时得用斧头砍。把葱横在江上，可当桥使。人和牲口过江时，可从葱管里来回穿行。"后藏人开始夸海口了。

　　接着，那位山南人说："我的家乡有种植萝卜的传统。大的萝卜有拉萨的澎巴日山那么大，小的萝卜也长得跟拉萨的帕玛日山那么大。"山南人的牛皮吹得更大。

　　拉萨人不甘落后："我们拉萨有一种平时不轻易拿出来请客的佳肴。这种佳肴晚上不用种，都能长到几百庹长。早上不用割，它会自然脱，一辈子都可以不愁吃喝。"

　　那曲人牛气冲天地说："我的家乡有一种体格非常强壮的野兽，

704

几个人在拉萨大谈家乡特产（白玛层培 绘）

它叫野牦牛。人爬上野牦牛的两只犄角尖后互相大声呼叫，都很难听见。"

怒江的那位实诚人想："'直言不讳人讨嫌，挥舞棍棒狗反感'这话说得真有道理。我讲了实话，可他们不相信，那么，我也给他们夸句海口。"他就站起来说道："我的家乡还有打制超大红铜器皿的传统。打制这种器皿的场面特别壮观：一位铁匠师傅骑着马，手持铁棒指挥，几百个年轻的铁匠助手举着铁锤站在四周。铁匠师傅用铁棒指点位置，高声大喊：'砸这里，砸这里！'小伙子们就像下雨似的用锤子砸。"

其他的人都不约而同地问道："打这么大的铜器有什么用？"

怒江人答道："如果不打这么大的铜器，哪能装得下藏北的野牦牛、后藏的葱、山南的萝卜和拉萨的佳肴呢？"

那几个人无言以对。

买 染 料

（波密县）

从前，在一个日追（山中小庙）里有一老一少两个僧人。他俩有一卷白色氆氇，刚够做一件披搭。老僧人经常对小僧人说："我俩要是能买一捆子木质染料，就能给氆氇染上色，做一件披搭。这样，今后去做俗家经忏时，我俩可以轮流披用。"

有一次，老僧人要去俗家做经忏。临走时，他认真嘱咐小僧人："我去的这段时间里要是来了卖染料的人，你务必想办法买一捆子木质染料啊。"

小僧人问老僧人："那么，拿什么买染料？"

老僧人在慌忙中将"钱、粮等什么富余，就拿什么交换染料吧"，说成"到时，你看什么'长'，就用那个'最长'的交换染料吧"，紧接着又重复了一句："你知道'长'是什么吗？"

小僧人自以为聪明地说："哎哟，师傅，正如'江河渡过一半，水情就了解了一半'，您就是不讲全，我也全明白了。"

老僧人离开后，恰巧有位卖染料的商贩来到了日追。小僧人仔细考虑之后，想到最长的是一根绳子和一匹氆氇。他把那根绳子和那匹氆氇比了比，看哪个长。结果发现那匹白色氆氇比那根绳子还长，小僧人就决定用那匹氆氇交换染料，并问卖染料的商贩这么交易可不可以。商贩特别满意，在一捆子染料之外还加了半捆子。小僧人心想："今天的生意做得非常顺当。老僧人叫我拿最长的买一捆子染料，我

自作聪明的小僧人用氆氇交换商贩的染料（白玛层培 绘）

这回得到了一捆子半的染料。"他心里乐呵呵、脸上笑眯眯地等待着老僧人回来。

几天后，老僧人做完俗家经忏回来了。小僧人喜滋滋地期待着得到老僧人的表扬。老僧人刚一落座就问他："你买染料没有？"小僧人笑嘻嘻地回答："买了。"老僧人又问："拿什么买染料的？"小僧人回答说："我拿那匹氆氇交换了染料！"

难以遏制的气愤和吝惜之情，同时涌向老僧人的心头。他站起来大声呵斥道："傻子！把氆氇给人家，买回染料，你想要染什么？"小僧人理直气壮地辩解道："师傅您不是叫我用最长的换染料吗？我俩的物件里最长的只有那匹氆氇。如果师傅您能指出比这个还长的东西来，可以算是我的过错。就是骂我，我也心甘情愿。"

老僧人无奈地把头扭向一边说："你可真是个地地道道的糊涂蛋。"尔后，向小僧人说明"最长"的含义，并讲道："俗话说'人言和刀剑，抓柄莫抓尖'，要掌握话语的精髓。"听了这些话，小僧人方才知道自己错了，后悔不已。

然而，事情已经发生了。就像古语说的那样，"事前考虑是智者，事后懊悔是愚人"，再后悔，也没有任何用处。

带着技术上路

（工布江达县、米林县、巴宜区）

古时候，有一位技术娴熟、超群的木匠收了一个徒弟。徒弟是个聪明好学的人，从师不久，就成了和师傅技术水平几乎不相上下的新秀。

然而，小徒弟还有一样技术不过关，那就是不能像老木匠那样，把木头上的结疤削得又平又好看。他多次向老木匠提出要求："师傅，我削有结疤的木头时，总是达不到您的技术水平，请把削木头结疤的诀窍教给我吧。"可是，老木匠心想："削木头结疤的技术是我的看家本领，若是也教给了他，他的技术就会变得跟我没有任何差别。这项技术，我绝对不能教给他。"就这样，老木匠对徒弟的请求装作没听见，没有传授他这一技术。

一天，师徒俩到外地去做木工活，途中需要渡一条江。由于江上没有桥，他们只能从浅滩涉水渡过。老木匠走在前面，小徒弟跟在后面。老木匠走到江心时，湍急的江水把他冲倒，眼看要被冲走。老木匠朝着徒弟大声呼救："孩子，顺着木头结疤周围转着圈削，就会把结疤削得如孔雀羽毛一般。别让我被水冲走。救救我！"

小徒弟也有被水冲走的危险，而且平时就削木头结疤的事情多次请教过老木匠，可师傅总是吝惜秘诀，不教给他，让他记恨于心。因此，小徒弟大声回应道："师傅，我救不了您，也不要这个技术。您带着技术走好吧！"

710

吝惜秘诀的师傅与小徒弟过河（白玛层培 绘）

智斗宗本

（波密县）

从前，有一个意歹行恶、贪财悭吝的宗本。然而，他有个公道正直、充满智慧的仆人。在日常生活中，无论仆人怎样恭敬、伺候宗本，宗本总是对他大加呵斥、恶语相加。

宗本平日到部落里巡查时，就要带上这位仆人。吝啬的宗本外出到任何一个地方，都舍不得吸自己的鼻烟，总是跟仆人说："喂，把你的烂犄角借给我。"宗本净吸仆人的鼻烟，占尽仆人的便宜。

仆人心想："这宗本真是个只会无情地剥削别人、对别人的付出没有丝毫感恩的粗鄙无耻之徒。他这样经常吸我的鼻烟，还一味恶言粗语地对待我、责骂我。有机会，我要好好报复一下他。"

有一次，部落首领和贵族们聚会，邀请宗本参加。仆人心想，机会到了。他把一只死公犏牛的犄角揣到了怀里。

这一天，当地所有部落首领和贵族都出席了会议。当地的部落首领叫宗本坐在首席第二个座位。宗本以理所当然的表情，极尽威风地坐了上去，并仍旧和往常一样，傲慢地伸出手对仆人说："喂，把你的烂犄角借给我。"

仆人恭恭敬敬地回应着，把死公犏牛的犄角递了上去。

宗本一看，羞惭难当，红着脸，盛气凌人地骂道："小子，你给我死公犏牛犄角，是想欺负、侮辱我吗？我是叫你把鼻烟犄角借给我。"

部落首领和贵族会议上，仆人把死公犏年的犄角递给宗本（陈秋丹、江村 绘）

 仆人恭敬地吐着舌头、弯着腰说："鼻烟犄角里装了我的鼻烟，没法单独借给您犄角。"

 宗本愣了愣，脸更红了："笨蛋小子，我说的是把有鼻烟的犄角借给我。"

 仆人又一次吐了吐舌头说："老爷出门总是忘了带鼻烟壶，又要吸鼻烟，还老是向人家借鼻烟壶的，除了您，还会有谁？"宗本听了，一时间如化石一般，站也不是，坐也不是，走也不是，留也不是，红着脸，任由满座客人哄堂大笑。

依例效颦

（巴宜区）

小僧人元丹嘉措，是元丹洛追堪布的上师元丹贡布的纯正转世灵童。自从迎请自己的上师转世以来，元丹洛追堪布心花怒放，信仰的莲花竞相绽开。

平时在上师、僧徒聚集的场所，元丹洛追堪布一再宣扬自己上师身、语、意方面的功德，并在讲述时出于信仰和净相双手合十。有一天，所有上师、僧徒都看见小活佛无意中从一尊小小的泥塑佛像上跨了过去。元丹洛追堪布双手合十，面向自己上师的转世灵童说："不知者不为过。眼下，上师的日追尚小，不懂得从佛像上跨过去的危害。你们可不能从佛像、佛经和佛塔上跨越。"

小活佛非常喜欢吃风干肉，甚至到了没有风干肉就吃不下糌粑的地步。元丹洛追堪布见一些新僧对此暗自窃笑，便面向他们解释道："不知者不为过。我的根本上师的前世是一位修持完成慈悲菩提心的至高无上者，所以，他长大后绝对不会吃肉。"

用完午餐，元丹洛追堪布继续讲授《戒律》。有一个徒弟打瞌睡，根本不听讲，因此，元丹洛追堪布严厉地批评了他。一见元丹洛追堪布非常生气，这个徒弟就说："师傅，别说是《戒律》的全部内容，就是其中一部分的一小部分，我也遵守不了。"他的话还没有说完，元丹洛追堪布就大声呵斥道："但是，如能获得对《戒律》经义的闻所生慧，便会得到超乎想象的裨益。你不听讲，这是对上师和教诫的

714

元丹洛追堪布讲授《戒律》时，有个徒弟打瞌睡（白玛层培 绘）

大不敬啊！"

　　这个新僧揉揉后颈说："上师，听过并懂得《戒律》经义后违反了会罪孽深重。我要是不学《戒律》经义，今后即使违反了，也有不知者不为过的好处。据此，我觉得睡觉也是件美好的事情。"

一念成佛，一念毁身

（巴宜区）

古时候，在一处幽静的地方有位闭关修行者。他把上师的教诲牢记于心，坚持长时间修行。与此同时，有位猎人经常到这个幽静之所打猎，夺走无数动物的生命。由此，他俩在杀生的理念上极端对立。

光阴似箭，日月如梭。一晃，猎人在此打猎已整整 55 个冬夏，而闭关修行者也修行了整整 55 个春秋。通过大半辈子的人生实践，修行者悟得人生的意义，成就了生生世世的大业。而猎人成了一个只为吃喝、结束无数生灵生命的罪人。

一次，猎人听说当地一位相貌英俊、身体强壮、充满活力的小伙子突然过世的消息，就联想到了生命的无常，心想：如此依靠打猎活着，不仅是糟蹋自己的人生，也会世世代代遭到祸害的报应。猎人心里生出与其苟活、不如立死的决心，并祈祷下辈子不要再投转如此罪恶之身。他对过去所作的孽，抱着如同饮下毒药一般的悔意，纵身跳下陡峭的山崖。出乎他意料的是，他由于具有良好的动机和辨别善恶的慧根，转眼向天空升腾而去，带着此生的躯体往生净土了。

看到或听到这一情况的人们，都大为震惊，并心生无限崇敬之情。修行者心想："如果说一个打了一辈子猎的罪人都能往生净土，我这个一生勤勉于善行、终生修行的人，要是跳下悬崖，怎么可能

死亡动机不同的猎人和修行者（白玛层培 绘）

不往生净土呢？"他就以与猎人比试的心态，从同一险要的山崖跳了下去。

　　不幸的是，因为修行者跳崖的动机不纯，他直接坠入谷底，粉身碎骨，生命宣告完结，而根本没能跃升至净土。

效颦之祸

（米林县）

从前，在下工布松波地区有个大庄园，人们称它松波庄园。不知从何时起，也不知何故，庄园的女主人和女佣人的脖子上都长出了瘿疣，不仅难看，而且疼痛难忍。那天，女佣人和往常一样上山放牧。中午时分，忽然黑云密布、雷声滚滚。紧接着，下起了大雨。女佣人急忙跑进附近的岩洞里躲雨。等着雨停的她，因疲劳过度睡着了。夜幕降临后，许多妖精到岩洞里聚集，发现有个人睡在这里，脖子上还挂着一块很大的瘿疣。妖魔头兴奋地喊道："小的们！今天晚上，我们就把这个人脖子上的肉块割下来吃了。"一群小妖精立即把女佣的瘿疣割下来，吃得只剩一小块。

次日，女佣人醒来后发现自己脖子上的瘿疣不见了，便兴高采烈地回到了庄园。女主人得知这个情况后，马上问了缘由。女佣人毫不隐瞒、毫不夸张地把事情的经过讲给了她。

第三天，女主人穿上一身破烂衣袍，把头发弄成乱糟糟的，放牧去了。她还装模作样地跑进那个岩洞里，躺在那儿，假装睡着了。

没过多久，天就黑了。妖精们到这里集中后，妖魔头说："昨天那个肉块一点儿也不好吃，把剩下的还回去吧。"一个小妖精把剩下的一点瘿疣拿过来贴到女主人脖子上时，看见女主人脖子上有瘿疣，便说："头，没地方贴。昨天割的地方，今天又长出了新肉块。"

妖魔头说："那就贴到后背上吧。"于是，小妖精就把那块瘿疣贴

长着瘿疣的女主人身穿破烂衣袍，来到妖魔洞（白玛层培 绘）

到女主人的后颈窝里。女主人虽然没有睡着，但因害怕妖精，吓得连气都不敢喘。在这个当儿，她的后颈窝就多了一块瘿疣。她尽管非常后悔，但也无可奈何，一动不敢动。

第四天一早，女主人后脖子上挂着女佣人的那块瘿疣，前脖子上挂着想去除的自己的瘿疣，哭着鼻子回家了。

机 灵 的 证 词

（波密县）

古时候，有一个身处智慧黑暗、贪婪火焰中的国王。这个国王对奴隶们的剥削，达到了恨不得榨取他们的血液和骨髓的程度。而他自己过着毫无节制、骄奢淫逸的生活。

一天，国王把一条母牦牛的后腿摆在桌子上，一边用刀子割，一边虎咽狼吞地往嘴里送。突然，一大块肉哽在了他的喉咙里，不管如何又吐又呕、又跳又蹦，就是取不出来，也咽不下去。最终，这个残暴的国王走向了死亡。

当内宫、外臣们集中起来调查国王死因的时候，一位聪明机智的王宫内侍走了进来，毕恭毕敬地指着那条母牦牛后腿和那把小刀说："各位大臣，杀害国王的凶手就是这些。"大臣们不知道因由，便威胁内侍道："你怎么说出这么荒诞无稽的话，是不是想欺骗我们？这两样东西怎么可能杀害国王？你要实话讲清楚。不然，就把你认为是杀害国王的凶手绳之以法。"

内侍不卑不亢地站在大臣们面前，作出万分悲痛的样子说："我怎么敢欺君犯上？杀害国王的真的是这两件东西。为啥这么说呢？母牦牛腿的块头太大、用白柄小刀割的肉太糙、30颗海螺似的牙齿嚼得过少、红舌头推送得太早、咽喉太窄等原因，致使这位太阳般的国王瞬间就没了。"

内侍的一连串语言将国王的死因说清楚了。大臣们个个目瞪口

国王因贪吃牦牛肉咽气（白玛层培 绘）

呆、无话可说，他们妥善布置了各项工作，为国王请上师、僧人做追荐任务后，就急匆匆地各自回家了。

大小两个僧人

（波密县）

从前，在一座寺庙里有一老一小两位僧人，两人一起搭伙。由于寺庙没有寺属百姓，他俩平时就靠做些俗家法事维持生计。

一天，小僧人对老僧人说："平时，我俩去做俗家法事，由于不懂得对施主奉承、恭维和赞美，所以，没有人给我们满意的资财。以后，我俩去做俗家法事时，应多说点儿施主爱听的话。就拿我俩来说吧，你年纪大，能力也强，是大家公认的德高望重的老僧人。要是你来对施主们说点儿好话，施主们一高兴，准会把我们奉若神明！"老僧人对小僧人说："我平时就不会也不喜欢向别人说好话，可现在迫于生计，只好违背自己的意愿。我该怎么说这类'好听的话'呀？"小僧人便出主意道："这个很简单。到施主家里后，先问施主的年龄、庄稼的长势好坏、家畜的数量等客套话，话题自然会逐渐多起来。然后，就可以适时地对施主说些恭维和赞美的话。"

又过了一些日子，一户人家请他俩念诵《般若十万颂》。小僧人事先多次提醒老僧人："师兄你一定要记住我曾经教的那些话。"老僧人点头称诺。

到了施主家，按长幼顺序，老僧人坐在首席，小僧人坐次席。没过多久，施主家的父亲和一个儿子从外面干活回来，问候这两位僧人。这时，小僧人便暗示老僧人，提醒他说话。

老僧人按小僧人教给他的说话方式和规矩，首先向这家人的父

不懂俗务的老僧人与施主谈话（白玛层培 绘）

亲问候道："您今年高寿啦？"父亲答道："我今年快60岁了。"老僧
人又问："那么，你们父子俩谁的年龄大？"这家的父亲心中暗笑了一
下，却没有表露出来，答道："我大。"老僧人又问："家里有多少家
畜？"父亲答道："主要家畜有十几头母犏牛，还有黄牛、马、骡和一
头公黄牛，加起来将近二十头（匹）。"老僧人继续问："你们的骡子
是公的还是母的？""有一匹母的和一匹公的。""骡子下驹了吗？"父
亲心想："哎哟，他真笨！连骡子不下驹都不懂。"但他生怕让两位僧
人尴尬，就说："不会生骡驹。"谁知，老僧人还问："那么，那些公牛
是公的还是母的？"父亲带着嘲笑的神情答："那头公牛是母的。""那
么，那头公牛怀着公牛犊吗？"父亲窃笑一下："不只公牛犊哟，它净
生老公牛。"老僧人沉吟片刻后又问："你家今年庄稼收成怎么样？"
父亲应道："今年夏季前半期，庄稼长势非常好，可是后半期因为雨
水少，产量不太高。"老僧人很遗憾地说："可惜，你们没能在庄稼长
势好的时候收割，这太糟糕了。"一听这话，这家老老少少都不禁捧
腹大笑，整个屋子充满了笑声。最后，弄得这两个僧人不仅没有拿到
较高的酬金，而且羞愧难当，从此再也不敢出现在能看见这家人的
场所。

　　老僧人诵经成愚，不懂俗务，脱离实际，成了当地人经常谈论的
笑柄。

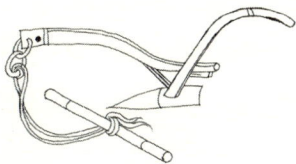

爱发问的牧人

（工布江达县、米林县、朗县、巴宜区）

从前，有一个非常喜欢没话找话的无聊牧人。一天，他上山去放牧时，与一位下山的猎人相遇，马上搭讪道："朋友，请等等，我俩聊一会儿吧。"

猎人又饿又渴又累，根本没有聊天的兴致，头也不抬地继续赶路，没有理睬他。牧人却产生了与猎人聊天的强烈欲望，匆忙跟上，与他一道走了一小段路，边走边问猎人："你的枪能走（射程）多远？"猎人佯装没有听明白这话的真正含义，说："我不背着枪走，枪连脚都没有，更不会走。"

牧人又问："这把枪有多擦波（毒辣）？"猎人答道："我背着它走了很多年，它一句难听的话也没有对我说过，我怎么知道它有多毒辣？"说完，又补充道："枪又不是辣椒，一点儿也不辣！"

牧人不厌其烦地继续问道："这把枪的枪膛有多光滑？"猎人说："不知道，我又没有钻过枪肚子。"

牧人问："这把枪是从哪儿出来的？"猎人回答说："这枪是今天早上从家里出来的，刚刚从山上下来，现在要回家。"说着，他紧走几步，想甩掉牧人。

牧人也跟着紧走几步问："那么，这把枪的劲儿（威力）怎么样？"猎人无奈地回答说："我从来没有跟它比过劲儿大小，你想比的话就比吧。"

饥渴的猎人遇到无聊的牧人（白玛层培 绘）

牧人以为猎人会让自己打一枪，乐得大声说："好！"

猎人问："你比定啦？"

牧人喜滋滋地答："是的。"

猎人说："你把衣服脱下来，就可以看到枪劲儿有多大。"

牧人高兴地赶紧脱掉了外套。

猎人说："把你的衬衣也脱掉吧。"

牧人把衬衣一脱，猎人就将枪口对准他的腹部准备开枪。牧人吓得一个劲儿求饶："求求您啦，朝人打枪，人不会死吗？"

"你不是要看枪的劲儿有多大吗？不开枪，怎么知道劲儿有多大呢？"

"如果是这样，那我就不比枪劲儿了。"

由于猎人压根儿没有给这个无聊者像样的回答，牧人有点生气，便对猎人说："你这张嘴什么都有可能得到。"

"什么都得到才好哪，我现在正饿着肚子。"

牧人有些不满地说："朋友，稍稍磨点嘴皮子，又不会真磨掉嘴皮，干吗要这样？"

猎人说："你要磨嘴皮子，就在石头上磨吧。我根本没有时间。"说完，再也不理他，快速朝自己的家走去。

自揭疮疤

（波密县）

古时候，有一个经常偷鸡摸狗的人。一天，他假装到森林里捡柴火，却从村头森林附近一户人家抓回一只山羊，把它宰掉，装进筐子里，用小树枝盖住，走在回家的路上。

小偷不巧碰见一位熟识的村民。村民随意问他："你去捡培果热苏啦？"这个小偷心里正担心着筐子里的山羊头和山羊腿是不是露出来了，就像俗话所说的"身子有病，才现病容"，正说中他的要害。他脸色一变，惊慌失措地说："什么？山羊头和山羊腿露出来了吗？"小偷失口说出的不打自招的话，让村民知道了他偷山羊并装在筐子里的事实。村民便说了句揭穿他过错的话："我问的是培果热苏。可你带的原来是羊头、羊腿啊。"

小偷见事情败露了，就跪在村民面前不住地磕头，颤声颤气地为自己偷山羊的行为表示懊悔，并连连央求村民网开一面，不要向法官告发。

由于小偷自己揭开自己的疮疤，从此便有了"培果热苏揪出了羊头、羊腿"这一说法。

小偷遇到熟识的村民（陈秋丹、江村 绘）

良枪走火

（米林县）

从前，有两个商人在外人看来貌似好友。他们之间往来热闹并请吃请喝，让很多不知情的人很是羡慕。但事实上，其中一个商人对另一个商人的经济、名望、地位、能力等非常怨恨、忌妒、记仇。

一天，那个心眼儿多的商人带着一杆枪到另一个商人家，从上方天竺到下方汉地，以及中间西藏13万户等天南地北的事聊了一大堆，最后对朋友说："你要是买了这把枪，我会看在咱俩是好友的分儿上，便宜点儿卖给你。"

朋友看着枪的外形，感到较为满意，就问："能不能试一下你的这支枪，看到底好不好？"多心眼儿的商人说："如果你不相信……"边说边把枪从背上拿下来，"啪"的一下摔在藏式方桌上。就在他把这支枪使劲放在桌上的一瞬间，枪走火了，"啪"的一声，子弹打在了购枪商人的胸口上。

多亏购枪商人这天穿了一件野山羊皮古袖，子弹正好打在古袖上，只是蹭破了点儿皮。购枪商人按着胸口说："朋友，你的枪法很准。但是，这支枪只能用来给野山羊做标记。如果为了打野山羊买它，就没意思。我不买了！"

看似好友的两个商人谈购枪的买卖（白玛层培 绘）

方法不对

（米林县）

从前，有三个结伙行窃的人，他们分别是傻子、聋子和瞎子。一天，他们商量好，各自承担部分任务，到一户人家偷糌粑。

天刚擦黑，三人就悄悄地埋伏在欲盗人家的家门口。过了一会儿，瞎子拿着准备装糌粑的布袋等在门口，傻子和聋子偷偷地爬上房顶。傻子从房顶的烟孔里往屋中一瞧，房主全家人正在吃粥。他小声对聋子说："他们在吃粥。"聋子没有听见，便问："你说什么？"傻子用比刚才稍微大一点的声音说："他们在吃粥。""还是听不见。"聋子应道。傻子一生气，大声说："他们在吃粥！"

这一声被屋子里的人听到了，高喊着"小偷来了"，纷纷跑了出来。瞎子拿着布袋待在门口，准备接糌粑。主人扇了他一记火辣辣的耳光。瞎子以为是自己的伙伴打他，心想，打开布袋口子的方法可能不对，就问道："啊？我接糌粑的方法不对吗？"

三个身体有缺陷的人商量偷糌粑（陈秋丹、江村 绘）

徒弟的诗歌例句

(波密县)

从前，有位老师是个老僧。他头上没有毛发，光秃秃的如同酥油包壳；胡子又密又长，刺愣愣的仿佛野猪毛。他对徒弟十分严酷，总是怒目圆睁，动辄呵斥。

一天，老师给徒弟们教授《诗镜》。课堂上，老师经常责骂徒弟。徒弟们除了忍耐，别无他法。在讲诗歌的明喻时，老师每讲完一种比喻法，就要求徒弟们写一个例句，并大声朗诵。

一个徒弟想起这位老师平时无端呵斥他们的情景，为讽刺这一做法，他便仿照吉苏啦①的嵌字诗，写了个例句，大声朗诵道：

　　像是颅上揪撮毛，老在嘴巴四周飘。

　　妖言鬼语难听懂，怪却我们大声嚎。

诗用"像老妖怪"四字藏头，引得在场的其他徒弟哄堂大笑。老师明知这是对自己的嘲讽和污辱，可是碍于找不到斥责的理由，便说："你的例句基本写对了，但比喻得不是很恰当，也有打比喻的动机不纯之嫌。如果把例句改成这个样子就好了：

　　颅上发亮精神焕，牙齿好似珍珠串。

　　既然什么都不会，打完嘴巴将书看。

---

① 吉苏，后藏江孜人，是一位充满智慧、反应敏捷、擅长讽喻、幽默诙谐的真实人物。啦为敬语。

老僧给徒弟们讲授《诗镜》（白玛层培 绘）

徒弟们笑得更加厉害了。

弃恶扬善

（巴宜区）

古时候，有一对夫妻只有一个独子。他们非常宠爱这个孩子，为他积攒了一生所需的财富；并为他的子子孙孙着想，一直教育他要积德行善。

在孩子年满 10 岁那天，父母告诫他说："打明天起，萨嘎达瓦节①到了，要摒弃一切罪孽，并多行善事。"父母还对他讲了很多如果在吉日良辰积德，会有很大益处的话。

佛月中的一天，夫妻俩待在家里口诵经文。这时，孩子打死了六七只鸽子，并把它们带回家来，高高兴兴地拿给父母看。夫妻俩大吃一惊，问道："干吗造这么大的孽？"孩子骄傲地说："今天，我做了善事，看呀！"夫妻俩捻着佛珠问道："你杀鸽子干什么？"孩子说："爸爸、妈妈，一只鸽子一生中要吃掉几亿只虫子。我杀死一只鸽子，等于救回了好几万虫子的命，这完全是积累伟大善业的行为。"夫妻俩听了，一时什么话也没能说出来。过了一会儿，父亲似乎找到了理由，教导孩子说："这种事以后绝对不能干。虫子是鸽子的食物，抢这些食物可不行哟！"

没过几天，孩子一回到家就说："妈妈，今天，我积德了。"母亲便问了一声："今天又做了什么？"孩子说："今天，我没有杀鸽子，只是到沟口打了很多鱼，喂给了野狗。"母亲说："你随意杀害生命就

---

① 萨嘎达瓦节，指每年藏历四月的佛月，藏语称为"萨嘎达瓦"。

造孽的儿子把打死的鸽子带回家，拿给父母看（白玛层培 绘）

是造孽。"孩子说："妈妈，鱼也是狗的食物。我帮狗寻找食物，难道
这不是积德吗？总之，我们也不能夺走狗的食物。"

738

路朝西，人往东

（巴宜区）

从前，工布地区的通卓岭寺因明僧院里有一位新僧，准备到拉萨朝拜佛祖释迦牟尼。他连夜打点行李，做好充分准备，欲在次日早早上路。

次日，新僧听到头遍鸡叫就起床，从通卓岭寺出发，径直朝东走去。为他送行的教友们非常犹疑而又担心地说："喂，教友，上部太阳城拉萨在工布的西面，你干吗往东走？你可别现在就开始冒傻相。到拉萨绝对不能独自出行，你能回到寺里吗？"

新僧把头转过来说："朋友们，你们不是学过理论的僧人吗？听说，当今明论勇士根敦群培，正在吉祥哲蚌寺辩经场提出地球像蛋一样是圆的观点。到上部太阳城拉萨，从东面或者西面走都不会有什么区别。如果我到拉萨后转不回来，说明这个大地就不是球形和圆的。到时候，我就再到吉祥哲蚌寺，好好辩论一下，狠狠驳斥明论勇士根敦群培。"

糊涂的新僧打算去拉萨，却在教友面前冒出傻相（白玛层培 绘）

谨遵医嘱

（巴宜区）

　　古时候的某日，一只猎狗把一只野兽堵在岩缝里，那野兽吓得险些跳下悬崖。猎人就将一块石头从崖顶上朝野兽砸了下去。不巧的是，在他扔石头的同时，崖壁上刮起一股龙卷风，石头打在猎人袍子的下摆上。猎物没砸着，猎人自己却坠下山谷了。

　　因不见猎人回家，第二天，家人就去找他。他们朝猎狗狂吠的方向找去，很快找到了昏迷不醒的猎人。家人就把他背回家，请医生治疗。

　　足足进行了为期两天的治疗和法事。第三天，猎人似乎有些好转，慢慢醒了过来，但还不能说话，也不能进行深呼吸。医生给他把脉，见他的脑袋横向一边，就说："这下彻底没救了，还是准备丧葬佛事为好。"

　　这话隐隐约约被处于昏迷状态的猎人听到了，他想说话，却说不了，手和脚也不能动弹，这样又持续了整整两天。后来，他听到家人和邻里乡亲商量第二天该请哪位天葬师。猎人受到极大的惊吓，倏地坐了起来，说了声："我还没有死。"

　　就在家人无法确定猎人是否死了的当儿，一位老汉对猎人说："你闭嘴，躺下来吧。我们要遵医嘱。"

家人背着坠谷的猎人回家（白玛层培 绘）

阿古顿巴贺丧

（工布江达县）

阿古顿巴喜欢到西藏各个地方游历。一次，他到工布地区巴松措一带朝山拜水，途中听说一家的男主人因年高辞世，家人们正处在极度悲痛之中，因此决定到这家去安慰安慰。

阿古顿巴到了这家，说要安慰一下家中的女主人。他走到女主人面前，往她的脖子上挂了一条哈达说："扎西德勒（吉祥安康）！扎西德勒！"

老太太感到不悦，就说："我家柱子一般好好的老头，说走就走了。你一个陌生人无缘无故地跑到这里来，说这样的话，太不像话了。"

阿古顿巴说：

病人未受磨难，省去照料困难。

延医要花财产，是否吉祥圆满？

阿古顿巴准备走到去世老人的尸首跟前时，看到邻居们好像对死者的尸首非常恐惧，就说：

为人一世是空虚，死后尸体是土石。

不怕活人怕尸体，怪事怪事真怪事！

对此，具有辩才的乡亲们一再夸赞道："有道理。"

阿古顿巴到死者家安慰女主人（陈秋丹、江村 绘）

随后，阿古顿巴把一条哈达挂到停尸处的帘子上，并说："扎西德勒！"乡亲们愕然地问道："这位大叔在说什么呢？"

阿古顿巴又说：

> 没有生者不死亡，何为死亡去悲怆。
>
> 生死本是一隘口，轮回规律永无疆。
>
> 人生一世有八苦，渡越苦海成觉悟。
>
> 如今投胎再转世，祝他吉祥且幸福。

他这么一说，那位伤心欲绝的老太太也想到：是呀，人死不过是换个躯壳而已，死后还能投胎转世，没有必要像遇到灾祸般痛苦。因此，她的悲痛有了稍许缓解。

最后，阿古顿巴面朝全家的孩子们说：

> 逝者一别生死殊，哭泣释悲无益处。

快把逝者善根修，可济今生与来世。

工布阿塔乏良心，不为逝者修善根。

为人理应行教义，不守规矩枉为人。

说完，阿古顿巴捻着佛珠，朝拜神山、圣湖去了。

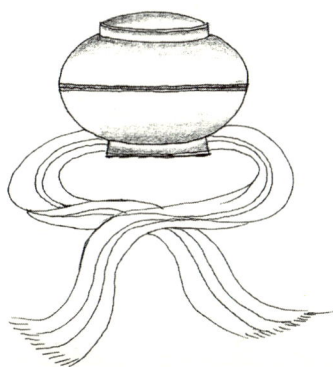

善心的纠结

（巴宜区）

古时候的一天，工布地区通卓岭寺的堪布和几个徒弟到前藏太阳城拉萨朝圣。快到拉萨时，堪布说："布达拉宫修建在红山上。这座山的形状如同大象拴在槽头，是圣者观世音的道场；这座山旁边的药王山，形状如狮子腾空，是吉祥金刚手的圣山；帕玛日山好似母虎入窝，是至尊文殊菩萨的圣山。生活在这些地方的动物，连小小的昆虫都是大悲观世音、至尊文殊和吉祥金刚手三怙主的化身。因此，不能随便加害它们，要学会把这些生灵视作如同真正净土的净相。"

他们从布达拉宫底部往上走的时候，看见一只大虫子在吃一只小虫子。一个年轻僧人说："师傅，这里有一个大的大悲观世音在吃一个小的大悲观世音。"堪布只是看了一眼，什么也没有说。

朝拜完布达拉宫，他们又到药王山朝拜。一条母狗正在撵一只小兔子。年幼的小徒弟拿石头去打那只狗，准备救出兔子。这时，年纪稍长的徒弟说："喂，别拿石头打狗。"小僧解释说："这条老狗要杀死兔子。"年长的徒弟捻着佛珠说："你可别这么说。金刚手母狗吃金刚手兔子，我们管不了。这是个不可思议的秘界，还是持守信仰和净相吧。"

最后，一行人从药王山到帕玛日山朝拜文殊庙和格萨尔庙（关帝庙），在那里又发现，崖顶有一只可怕的鹞子在吃一只可怜的小鸟。小僧说："师傅，一只具有文殊相的鹞子在吃一只具有文殊相的小鸟。"还用手指了指。堪布只是看了一眼，还是什么也没有说。

堪布对着布达拉宫，给徒弟们作讲解（白玛层培 绘）

模棱两可的预言

（巴宜区）

古时候，一个部落里有一位降神师，他的预测能力名气很大。

一次，该部落所在地区发生了大地震，人畜死亡及财产损失很大。

于是，人们请降神师分析招致灾难的原因，特别是预测来年还会不会再发生地震等。降神师开始做法，等到神灵附体、浑身颤悠悠地直打哆嗦时说："明年，地下的大鱼边巴会到滚烫的沙子里。"对此，在场的人们有两种不同的理解。有的人说，这是下一年会发生更大地震的预言。理由在于，大地是由一条叫边巴的大鱼撑着，如果这条大鱼到了热沙子上，肯定会被沙子烫得跳起来，说明会有一次非常大的地震。还有的人说，这是下一年根本没有地震的预兆。理由是，如果大鱼边巴在热沙子里，它就会因为没有水而死，压根儿动弹不了。

人们向降神师请教，他说："这个我不知道，这是神附在我身上说的。现在，神已经离开我的身体走了，我怎么能知道这些事情呢？"最终，预测之事以无法预测而失败，只能根据来年是不是发生地震，对这个预言的内容作出解释，重新加以理解。

又有一次，部落之间差点发生战争。人们又把降神师请来。降神师开始降神，并传达预言。部落首领双膝跪地，问道："今年，部落面临战事的可能性大小如何？"降神师说："部落大战神，身挂箭刀矛，手持锋利剑，反复磨砺之。"部落首领没有听懂预言的真正含义，

降神师在众人面前做法（白玛层培 绘）

便说："到底是不是要发生战争，请明示。我等才疏学浅，没法理解预言的真正深意。"降神师说："天机不可泄露，以后会弄明白的。"说完，他表示神已经脱离了自己的身体。人们根本没有搞清预言的内容，使之再次变成了一个谜。

这一年，当地没有发生任何战争。当人们就下一年形势如何又一次请求降神师预言时，部落首领说错了话，把"去年您说我们的战神在磨武器，所以没有发生战争"说成"发生了战争"。降神师本想说"预言得到了验证"，却说成"当然要发生战争。要是不发生战争，战神的武器就没有必要磨"。部落首领这时发现自己说错了，便礼貌地吐吐舌头，解释道："不是的。去年，我们这里根本没有发生战争。"降神师重新解释说："那当然了。如果发生了战争，战神要上战场，哪有时间磨武器？看他磨武器的样子，说明没有战争。"部落首领被说得晕头转向，失声说道："这个预言把发生战争和不发生战争都预示了。"

狗熊的教诲

（巴宜区）

古时候的一天，有两个人一起在路上走，途中突然遇见了一只狗熊。

两人中的一个立即爬到树上。另一个不知道该往哪里走，便立即趴在路上，敛声屏气地装死。狗熊来到装死的人面前，嗅了嗅。狗熊不吃人的死尸，便掉头往别处走去。

狗熊一走，爬到树上的那位就下来了，好奇地问躺在地上的这位："刚才，狗熊跟你说了些什么？"躺在地上的这位说："狗熊对我进行了简要的教育：千万不要和在危险关头扔下朋友的人交朋友。"

遇到狗熊的两个朋友（白玛层培 绘）

朋 友 的 计 量

（巴宜区）

　　阿古顿巴在担任地方官员时，家里门庭若市，不分昼夜地有数不清的人登门拜访。一位邻居看在眼里，吃惊地问他："你家每天都有那么多人不断进进出出，您究竟有多少朋友？"

　　阿古顿巴沉缓地答道："这只是暂时现象。现阶段，我的朋友会越来越多。所以，到底有多少所谓的'朋友'，我自己也不清楚。反正只要我能满足别人利益上的需求，朋友肯定会越来越多。如果你在我这个位置上，也跟我一样，会有许许多多朋友。但是，当我被免去这个职务，成为一介平民百姓后，到那时有多少朋友，我可以向您作一个明确的答复，因为那时的朋友才能算朋友。"

邻居吃惊地问阿古顿巴究竟有多少朋友（白玛层培 绘）

阿古顿巴的 "拨命棍"

（巴宜区）

从前有个土财主，对家里的长工很苛刻。他们夫妻俩经常想着法儿克扣长工们的工钱。有些长工在他家里辛辛苦苦干了一年，年终时，夫妻俩将长工应得的工钱算来扣去，不但一分钱都没挣到，反倒欠了他们的钱。长工们真是恨透这一家人了。

一天，机敏而正义的阿古顿巴到了村里，听说土财主对待长工的事情，感到很气愤，决定要好好教训一下他。

这天，土财主走在乡下的小路上，忽然看见前面围了一群人。"发生了什么事呢？"土财主想着，走上前去一瞧，顿时瞪大了眼睛。原来是阿古顿巴正提着一根长长的棍子，在拨弄一个死人。

"你在干什么？"土财主好奇地问道。

"我在救活这个人。"

"他不是死了吗？怎么救活呢？"土财主又问道。

阿古顿巴白了土财主一眼："你没看到我的拨命棍吗？我的这根棍子可是神棍，任何死去的人，只要用它一拨，都会活回来。"

"真的吗？"

"当然是真的了。不信，你看着。"

阿古顿巴用"拨命棍"对着尸体拨弄了一会儿，那死人果然慢慢地活了过来。

看到这一情景，土财主的脑子里迅速地打起了小算盘："这根拨命棍要是归我，那就好了。"

"把你的拨命棍卖给我好吗？我可以给你一大笔钱。"土财主把阿古顿巴拉到一边和他商量。

"不卖，不卖。这可是我家祖传的神棍，怎么可以卖掉呢？"阿古顿巴把头摇得像拨浪鼓，快步走开了。

第二天，土财主正在家里吃早餐。忽然，手下人慌慌张张地跑进来报告说，一个长工正在给牛喂草料，不知何故，栽倒在地死了。

土财主急忙放下饭碗去看，只见牛棚边有一个长工倒在地上一动不动。

"这可怎么办呢？我得给长工家里赔钱哪！"想到要损失一笔钱，土财主心疼得要命。正在这时，土财主忽然想起了阿古顿巴。

"快，快把阿古顿巴叫来。记住，让他务必带上那根拨命棍。"土财主吩咐手下道。

阿古顿巴很快就来了。他看了看躺在地上的长工，却不出手相救。

"我不能白白地救人，你得付一笔钱。"

"你要多少？"

阿古顿巴说了一个数。土财主在心里盘算了一番，觉得很划算，因为比起长工高昂的命价来，阿古顿巴要的施救钱并不算多。于是，他答应了。

见土财主答应了，阿古顿巴便拿出"拨命棍"对着躺在地上的长工拨来拨去。不一会儿，长工苏醒过来。

土财主非常高兴，痛痛快快地给了阿古顿巴施救钱。

第三天，土财主家里又"死"了个长工，土财主只好又请阿古顿巴来施救。结果，阿古顿巴又赚了土财主一笔钱。

没想到，自此以后，土财主家中天天"死人"，每次都请阿古顿巴来施救，每次都给阿古顿巴一笔钱。时间一长，土财主受不了啦。

"这样下去，再多的家产也会赔光。"土财主心想，"我一定要把阿古顿巴的拨命棍弄到手。"

土财主出高价，买阿古顿巴中的"拨命棍"（扎西泽登 绘）

"阿古顿巴，把你的拨命棍卖给我好吗？"一天，土财主找到阿古顿巴说。

"不卖，不卖。"

"你要是不卖，那你就别在我们村子里待。"土财主威胁道。

"好吧，强龙斗不过地头蛇。算了，还是卖给你吧。"阿古顿巴表现出很无奈的样子，"不过，我可是依靠这根拨命棍谋生的。你若真心想要，就得给我个好价钱。"

"说吧，只要你肯卖，多少钱都行。"

于是，阿古顿巴将"拨命棍"以高价卖给了土财主。

土财主拿到棍子后，非常高兴。他想试试此棍到底灵不灵验，可家里好久没有死人了。于是，他趁着老婆不防备，拿起棍子朝老婆头上打去。他可怜的老婆还没反应过来是怎么回事，就被打晕过去，不一会儿，便一命呜呼了。

看到老婆躺在地上，土财主得意极了，心想："我有拨命棍在手，即便她死上一百回，我都可以把她救活。"可是，任他怎么在老婆身上拨来拨去，他老婆始终没有活过来。等到他明白上了阿古顿巴的当，想去找他算账时，阿古顿巴早已把从土财主那里得到的钱散发给了长工们，溜之大吉了。

幻想毁了现实

（波密县）

从前，有一对贫穷的父子。父亲非常严厉，调皮、机灵的儿子稍有不对，就会马上动手打儿子。

一天，父子两人吃了午饭，坐在阳台上聊天。父亲用手指指前面的大山说："你看，那座山上长着茂密的树林，树林中绝对有许多獐子。"儿子立即把父亲的话题抢过去说："爸爸，爸爸，那我们可以套獐子了吧？""那当然，明年，我准备爬到那座山上去，放很多很多抓捕獐子的套子。"父亲一说到獐子，儿子又问："獐子有麝香，麝香值很多很多钱，对吗？"父亲答道："对。如果能套上一只公獐子，把麝香卖给人家，用麝香换来的这笔钱，可以买一匹好毛驴……"儿子听到父亲要买毛驴的话，高兴地跳起来说："哦！毛驴下了崽子的话，我一定要骑毛驴崽子！"父亲气愤地提起嗓门说道："唉！毛驴崽子不能骑，它撑不住你的重量，会被你压残废的！"儿子坚决地说："我要骑！我要骑！我一定要骑毛驴崽子！"父亲更气愤地强调说："兔崽子，我说毛驴崽子不能骑，骑了会被压成残废的！"边说边重重地打了儿子一个耳光，由于用力过猛，把儿子的一只耳朵打背了。后来，人们对此议论说："幻想中的毛驴还没有下崽，就把现实中的儿子的耳朵打残废了。"从此，有了"幻想毁了现实"这句民间谚语。

父亲幻想去套獐子（白玛层培 绘）

阿古顿巴种头发

（波密县）

从前，在一个富豪家里有位老爷。他不到 50 岁，头发就全掉光了，成了名副其实的"光头老爷"。富豪老爷因为自己的头发掉光而发愁，经常打听有没有能医治脱发症的医生。阿古顿巴听说后心想："这个老爷对本村百姓非常不好，我要趁此机会，整一整这'光头老爷'。"

一天，阿古顿巴手里提着药箱，在村子里来回穿梭，嘴里反复喊："有没有需要种头发的人呀？有没有需要种头发的人呀？"到了富豪"光头老爷"家门口时，富豪老爷听到"种头发"这三个字，就像孔雀听到雷声般高兴，把阿古顿巴请进家里，热情地接待他，然后了解"种头发"的事情。

"光头老爷"问阿古顿巴："你真会种头发吗？"阿古顿巴答道："啊呀，您老人家不知道吗？我是大名鼎鼎的种头发专家。不信，您亲身体验一下就知道了。""光头老爷"说："那么，成功率高不高？"阿古顿巴说："既然种下去了，绝对没有一个不长头发的，但种的时候有点难度……"阿古顿巴的话还没有说完，"光头老爷"就急着说："那就在我的头上试种一下吧。"阿古顿巴说："这样随随便便种可不行。首先要找出不长头发的病因，其次要除掉病根，最后要举行隆重的种发仪式，这样才能种出好头发。""光头老爷"说："那你找找我的病因吧。"阿古顿巴恭敬地对"光头老爷"说："老爷呀！您老人家头上不长头发的病因是，肉和酥油吃得太多了，以后千万不能吃这些东西了。"接着，他又说："要除掉病根，就必须把家里现存的肉和酥油统统分给本村的百姓，因为他们平时吃不到这些东西；您又不能吃，留着就没有用。在将肉和酥油分给百姓的同时，要举行隆重的种发仪式。""光头老爷"皱着眉头考虑片刻后，不愿把肉和酥油分给他人，便说："把家里的肉和酥油统统分给百姓的话，除了老爷我以外，家里还有其他人呢，那他们吃什么呢？"阿古顿巴痛快地说："对！对！对！那就将三分之一留给你们自己，把三分之二分发给百姓吧！如果您老人家不除病根，我就不能保证种发成功啊！""光头老爷"怕阿古顿巴不种头发，立即同意了阿古顿巴的建议，确定了给百姓分发东西及举行种发仪式的具体时间。

到了这一天，阿古顿巴提着药箱来到了"光头老爷"家门口。全村的人早都集中在门口，等着"光头老爷"分发肉和酥油。阿古顿巴先让"光头老爷"给全村百姓分发肉和酥油，然后在众人面前大声说道："乡亲们！今天是天空吉星高照、地上良辰集聚的日子。一是咱们老爷开恩，把他家多余的肉和酥油全赐给大家了。二是老爷让我在他老人家的头上种头发。种发成功后，老爷会年轻20岁。"说着，阿古顿巴打开药箱，拿出马鬃、猪鬃、牦牛尾、黑山羊毛各一把，问"光头老爷"："请您老人家选择，想种哪一种头发？""光头老爷"看了看，指着牦牛尾说："我要种这种头发。"

于是，阿古顿巴让"光头老爷"坐在木椅子上，将他的双手捆绑起来，从药箱里拿出一把锥子，在光溜溜的"光头老爷"头上，用锥子扎一下，往里栽一根牦牛尾毛。还没有栽完两根，"光头老爷"就痛得哇哇叫着说："你骗我了，哪有这种种法？"阿古顿巴答道："我前面已说过，种头发的时候会有难度，但您老人家没有好好听。不过，以前我给许多人的头上种过头发，也遇到过各种各样的情况。有些人忍受住疼痛，头发种得非常成功，这种人占绝大多数；有些人忍受不了疼痛，要求放弃免种，这种人也不少；有些人哇哇叫着，最后死掉了，这种人是极个别的。""光头老爷"一听到"死掉"两个字，

阿古顿巴给富豪老爷种头发（白玛层培 绘）

就害怕地全身发抖，立即说："我要放弃、放弃。"阿古顿巴不慌不忙地说："您老人家可以选择放弃，我绝对不会勉强的。"说完，收拾起自己的东西就走了。

心 脏 病

（巴宜区）

　　一天，一个病人到医院检查身体。为了能够早点儿检查，他一大早就在医院门口等候着；可是，到了上班时间，也不见医生的影子。

　　过了一会儿，两个医生慢慢腾腾地边说着话，边朝诊断室方向走来。他俩虽然开门走了进去，但连看都不看病人一眼，一屁股坐在桌子两边，继续谈论起各种无聊的话题。病人看着两个医生的样子，心里既焦躁又气愤，可没有什么办法，只好耐着性子等待。大约过了半个小时，一个医生转向病人问道："你哪儿不舒服？"病人一走神，答道："我心脏不舒服。"医生问："有多长时间？"病人回答说："打你们两个医生一到这里就开始了。"

　　医生说："怎么搞的？还要诊断病因。"

　　病人说："会不会是因为看见你俩的行为才得的病？"

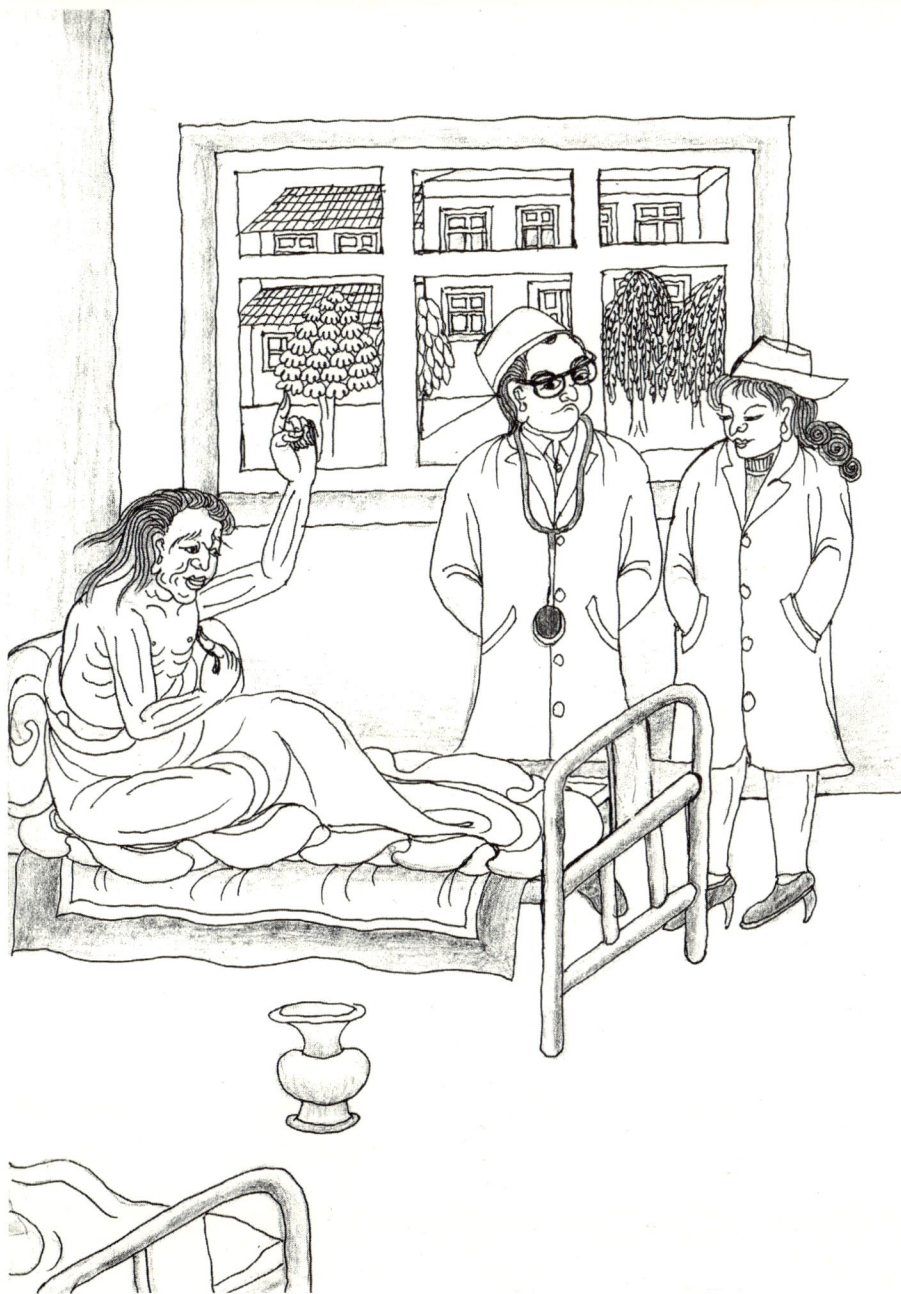

病人在两个医生面前含沙射影地抱怨（白玛层培 绘）

译 后 语

能够参与《林芝区域文化丛书》之《林芝民间故事》（下卷）的翻译工作，我深感荣幸和欣慰。荣幸的是，《林芝区域文化丛书》的编撰工作，从林芝地区自身来说，是一项前无古人的重大文化工程，意义深远。欣慰的是，作为喜欢文字翻译，尤其酷爱文学的人——我，算是接受了一次民间文学的洗礼，获得了滋养，受益颇多。

内行都知道并承认翻译是一门科学。如果允许我加一句话，那就是：从事翻译工作无异于做学问。正因为如此，本人便以严谨的治学态度对待翻译工作，《林芝民间故事》（下卷）的翻译亦不例外。对我而言，翻译民间故事，是头一回。根据林芝市政协原副主席、《林芝区域文化丛书》常务副总编、《林芝民间故事》主编普布多吉先生的提议，我将几点翻译体会说明如下，以求得到专家指教，并与同行共勉。

其一，转换角色，准确把握故事内容。每翻译一则故事，我首先从头到尾认真地看一遍，在掌握故事内容的同时，熟悉其语言特点，掂量翻译的难易程度。在此基础上，自己走进故事里，由故事的翻译者转换为故事的讲述者，把自己与故事中的人物融为一体，用另一种文字来讲述，而不是以旁观者、局外人的身份"解说"故事。

其二，忠实原文，旨在保持文本原貌。本人以忠实原文为宗旨，确保原文风貌的原汁原味。在翻译《林芝民间故事》（下卷）时，我第一步以直译形式，将故事基本译成汉文，确保原文不走样。第二步，回过头来，按译入语，就是用汉语的表达方式捋一遍，使文本语言符合译入语的表达习惯，尽一切努力避免显现翻译的痕迹。

其三，切忌任意发挥想象，不随意删减原文内容。在翻译过程中，本人坚持了不任意发挥想象、不随意删减原文内容的原则。这样，自然就做到了保持原文风貌，否则，就会把好端端的作品糟蹋成不伦不类的东西，破坏原文风貌，非但有嫌于不尊重原著作者，甚至亵渎了人类神圣的文化事业。当然，过度"忠实"原文所造成的负面影响也容易留下翻译痕迹，导致忠实有余、洒脱不足。例如，当代西藏的报纸杂志、广播电视、党政公文等等许多译文用语无一不是汉语式的藏语。因此，我在翻译《林芝民间故事》（下卷）时，除非原文本身存在语言缺憾，文理不通，无法衔接，或因缺少过渡语言，导致语言出现障碍，或用词欠妥，影响内容的表达，否则，基本不做任意增删处理，即使做些增删，也以谨慎的态度弥补原文语言表达的不足。

其四，尽量采用直译法，保持原文的民族风格。我在翻译《林芝民间故事》（下卷）过程中，处理藏族的谚语和比喻时，基本采取直译的方法，把原文风格原原本本地呈献给读者，为的是体现藏民族不同于其他民族的谚语和比喻风格、特征以及独特魅力。当然，前提是其他民族的读者一看就能懂得其意，而非一头雾水。譬如，"འགྱེལ་བ་དེ་ཐོག་ལ་རྫོག་བརྫིས་དང་། མུ་གེའི་སྐོར་ལ་ཟླ་ཤོལ།" 直译为"跌倒又遭脚踏，荒年又逢闰月"，语近汉语的"屋漏更遭连天雨，船破又遇顶头风"，谁看了都能明白。如果有些谚语翻译成汉语后感觉十分别扭，而且难以理解，就采用与汉语对应的谚语。如，藏语的比喻句 "རེའི་ཐོག་ལ་སྲན་མ་གཏོར་བ་བཞིན་ལ་ཐོར་ནས་ཐོས་ཏེ་སོང་།"，如果直译，应为"如同豆子撒在鼓面上逃走了"。这么翻译准会弄得读者哭笑不得，这样，就用汉族读者能够接受的比喻。实在不行，就采取仿造的办法，造一个对应的比喻。故之，我就以"棒打豆子，四散奔逃"的成语来进行处理。

其五，保留原文形式，尊重民间故事的创作者。书中以歌词形式出现的对话，多数用对仗方式处理，如："应对外敌威如雷，对待百姓柔似帛。具备公正安邦智，能思国运宜封王。"

其六，对译文里出现的难以理解的词语加了注释。为便于不懂藏语的读者或异地读者阅读，对一些地域特征很强的词语作了注释。

班　丹

2016 年 1 月 19 日

后　记

　　应时任林芝地区政协副主席普布多吉先生约请，本人出任《林芝地域文化丛书》之《林芝民间故事》（上、下卷）副主编、执行编辑，并在《林芝地域文化丛书》总编室的直接领导下，于2014年1月，正式开始了资料的收集、整理和编辑工作。

　　《林芝民间故事》（上、下卷），以普布多吉先生收集的民间故事，还有我到林芝市部分基层单位，实地采访有关人员收集起来的民间故事为基础，将丹增老师提供的一部分故事、各区县《林芝区域文化丛书》编辑部提供的一部分资料，我本人委托熟人、朋友以及学生收集的一部分零散故事补充其中，进行有效取舍，编辑而成。本书收录了民间故事200余篇。其中有些故事虽也在其他藏区流传，但各个地方的讲法略有不同，为便于对西藏各地民间故事的分布和特点进行研究，亦一并收入本书。同时，为突出林芝的地方特色，除保留故事中少量词语，并对其进行注释外，其余的尽可能用藏族通用语言加以讲述。

　　为保证《林芝民间故事》（上、下卷）的内容、语言、表现形式等各方面的质量，初稿编辑完成后，《林芝区域文化丛书》总编室召集有关专家，对书稿进行具体审核、讨论，就如何进行修改，提出了重要意见。为落实专家们在会上提出的有关修改意见，立即着手进行编法调整，内容增删，语法、文字校订，语言提炼等工作。然而，第一，编辑时间较短。第二，基层交通不便，加之我们在收集民间故事的现场直接通过工布语进行交流有一定障碍。第三，各区县《林芝区域文化丛书》编辑部提供的资料数量与质量均有欠缺。第四，本书字数多，工作量大，实际编辑人员少。凡此种种，因诸多不利因素，书中一定存在不少缺点、错误。不论是丛书总编室的最初要求，还是我本人的预想，总觉得尚未达到标准，仍有一些遗憾。在此，衷心希望有识之士不吝赐教，以期补短扬长，对于今后的收集、整理民间文学工作有所帮助。

最后，谨向给予此书亲切关怀的各位领导、予以无私指导帮助的各位专家和毫不吝惜地提供资料的各位朋友，表示由衷的谢忱，并致以崇高的敬意！

索 确

（西藏大学农牧学院副教授）

2016 年 10 月 8 日